DE NACHTROOS

Ook verschenen van Lucinda Riley bij Xander Uitgevers

De zeven zussen (2017)

De zeven zussen – Storm (2018)

De zeven zussen – Schaduw (2018)

De zeven zussen – Parel (2018)

De lavendeltuin (2018)

Het meisje op de rots (2018)

LUCINDA RILEY

De nachtroos

XANDER

Uitgegeven door Xander Uitgevers BV
Hamerstraat 3, 1021 JT Amsterdam

www.xanderuitgevers.nl

Oorspronkelijke titel: *The Midnight Rose*
Oorspronkelijke uitgever: Pan Macmillan
Vertaling: Willemien Werkman
Omslagontwerp: zero-media.net, Munich
Belettering: Studio Marlies Visser
Omslagbeeld: FinePic
Auteursfoto: Lana Pinho
Zetwerk: Michiel Niesen, ZetProducties

Eerste druk 2018

ISBN 978 94 0160 993 7 | NUR 302

Voor Leonora

Laat mijn gedachten naar je toe komen, als ik er niet meer ben, als de gloed van de ondergaande zon aan de rand van een stille sterrennacht.

Rabindranath Tagore

DARJEELING, INDIA

FEBRUARI 2000

PROLOOG

ANAHITA

Vandaag word ik honderd. Het is me niet alleen gelukt een eeuw vol te maken, ik heb ook een nieuw millennium zien komen.

De dag breekt aan en ik zie door mijn raam de zon opkomen boven de Kanchenjunga. Ik lig op mijn kussens en glimlach om hoe belachelijk dit alles is. Als ik een meubelstuk was, een mooie stoel bijvoorbeeld, dan zou ik antiek worden genoemd. Ik zou worden gewreven, gerestaureerd en trots worden getoond als een pronkstuk. Helaas is mijn menselijke gestel niet oud geworden als een mooi stuk mahoniehout. Mijn lichaam is vergaan tot een aardappelzak vol botten.

Wat er al aan schoonheid in mij zit, ligt diep vanbinnen. Het zijn de wijsheid van honderd jaar lang op deze aarde te hebben rondgelopen, en het hart dat bij elke denkbare menselijke emotie en gedraging zijn ritme bewaarde.

Honderd jaar geleden, op de dag af, consulteerden mijn ouders, naar goede Indiase gewoonte, een astroloog die hen de toekomst van hun pasgeboren dochtertje voorspelde. Volgens mij zit de voorspelling nog altijd tussen de paar bezittingen van mijn moeder die ik heb bewaard. Ik weet nog dat erin stond dat ik lang zou leven, maar ik neem aan dat mijn ouders, in 1900, dachten dat dat betekende dat ik de vijftig zou halen.

Ik hoor een zacht klopje op mijn deur. Het is Keva, mijn trouwe meid, gewapend met een blad met English Breakfast-thee en een kannetje koude melk. Thee, op Engelse wijze gedronken, is een gewoonte die ik nooit heb afgeleerd, ook al heb ik de afgelopen achtenzeventig jaar in India gewoond, in Darjeeling nota bene.

Ik reageer niet op Keva's kloppen. Ik ben op deze speciale ochtend liever nog wat langer alleen met mijn gedachten. Keva wil ongetwijfeld praten over wat er deze dag allemaal staat te gebeuren, wil me graag uit bed krijgen, gewassen en aangekleed voordat mijn familie arriveert.

De zon begint de wolken rond de met sneeuw bedekte toppen van de bergen weg te branden en ik zoek in de blauwe hemel naar het antwoord waarnaar ik de afgelopen achtenzeventig jaar zo wanhopig heb verlangd.

Vandaag, alsjeblieft, smeek ik de goden, want ik weet elk uur dat voorbij is gegaan sinds ik mijn kind voor het laatst zag, dat hij ergens op deze planeet nog steeds ademt. Als hij was doodgegaan, had ik dat op datzelfde moment geweten, zoals ik het wist van alle mensen van wie ik in mijn leven gehouden heb.

Er springen tranen in mijn ogen en ik draai mijn hoofd naar het nachtkastje naast mijn bed om naar de enige foto die ik van hem heb te kijken, een schattige tweejarige die op mijn schoot zit te lachen. Ik kreeg hem van mijn vriendin Indira, samen met zijn overlijdensakte, een paar weken nadat ik te horen had gekregen dat mijn zoon was overleden.

Een heel leven geleden, denk ik. Mijn zoon is nu ook een oude man. Hij zal in oktober zijn eenentachtigste verjaardag vieren, maar zelfs met mijn verbeeldingskracht is het onmogelijk om hem als een oude man voor te stellen.

Ik draai mijn hoofd vastberaden weg van het beeld van mijn zoon. Ik weet dat ik vandaag moet genieten van het feest dat mijn familie voor mij heeft georganiseerd. Maar toch, bij al deze gelegenheden, als ik mijn andere kind zie en haar kinderen en kleinkinderen, voedt het ontbreken van mijn zoon de pijn in mijn hart alleen maar en herinnert mij eraan dat hij er nooit bij was.

Natuurlijk geloven zij dat mijn zoon achtenzeventig jaar geleden is overleden. Dat hebben ze altijd geloofd.

'Maaji, kijk nou, je hebt zelfs zijn overlijdensakte! Laat hem rusten,' zei mijn dochter Muna steeds weer, met een zucht. 'Geniet van je familie die wel in leven is.'

Na al die jaren begrijp ik dat Muna soms wanhopig van mij wordt. En ze heeft natuurlijk gelijk. Ze wil voldoende zijn, zij alleen. Een verloren kind is echter iets wat in een moeders hart nooit kan worden vervangen.

Vandaag zal mijn dochter haar zin krijgen. Ik zal in mijn stoel zitten en ervan genieten de dynastie die ik heb gesticht aan me voorbij te zien trekken. Ik zal ze niet vervelen met mijn verhalen over de geschiedenis van India. Als ze arriveren, in hun westerse jeeps, met hun kinderen die spelen op hun op batterijen werkende moderne vindingen, zal ik ze er niet aan herinneren hoe Indira en ik de steile bergen rond Darjeeling te paard beklommen, dat elektriciteit en stromend water in elk huis ooit zeldzaam waren, of dat ik elk beduimeld boek dat ik in handen kreeg verslond. De jeugd raakt geïrriteerd door mijn verhalen over vroeger; ze willen alleen maar in het nu leven, net als ik toen ik zo oud was als zij.

Ik kan mij voorstellen dat de meesten van mijn familieleden er helemaal niet naar uitkijken om half India over te vliegen om hun overgrootmoeder te bezoeken op haar honderdste verjaardag, maar misschien oordeel ik nu te hard over ze. Ik heb de afgelopen jaren veel nagedacht over de vraag waarom jonge mensen zich niet op hun gemak lijken te voelen bij oude mensen; ze zouden zoveel van ons kunnen leren. Ik heb geconcludeerd dat hun ongemak voortkomt uit het feit dat ze zich in de aanwezigheid van onze breekbare verschijning bewust worden van wat de toekomst voor hen in petto heeft. Ze zien, in de gloed van hun eigen kracht en schoonheid, alleen maar hoe zij ook op een dag zullen zijn verwelkt. Ze zien niet wat ze erbij winnen.

Hoe kunnen ze ons vanbinnen zien? Begrijpen hoe hun ziel zal groeien, hun onstuimigheid zal worden getemd en hun egoïstische gedachten door de ervaringen van zoveel jaren zullen afnemen?

Ik accepteer dat dit de natuur is, in al zijn glorieuze complexiteit. Ik ben opgehouden er vragen over te stellen.

Als Keva voor de tweede keer aanklopt, laat ik haar binnen. Ze ratelt tegen me in snel Hindi en ik drink mijn thee en repeteer de namen van mijn vier kleinkinderen en elf achterkleinkinderen. Als je honderd bent, wil je in ieder geval laten zien dat je hoofd het nog doet.

De vier kleinkinderen die mijn dochter mij schonk zijn allemaal succesvolle en liefdevolle ouders geworden. Ze bloeiden op in de nieuwe wereld die onafhankelijkheid van de Engelsen India bracht en hun kinderen zijn daarin zelfs nog verder gegaan. Minstens zes van hen, als ik het me goed herinner, zijn een eigen bedrijf begonnen of handelen of hebben een goede baan in de handel. Ik had gehoopt dat een van mijn vele nakomelingen belangstelling had opgevat voor de geneeskunde en in mijn voetstappen was getreden, maar ik weet heel goed dat je niet alles kunt hebben.

Keva helpt me naar de badkamer om me te wassen en ik bedenk me dat mijn familie een mengeling van geluk, hersenen en familiebanden aan haar kant heeft gehad. En dat mijn geliefde India misschien nog wel een eeuw nodig heeft voordat de miljoenen die nog altijd op straat verhongeren een minimum van hun basisbehoeften vergaren. Ik heb mijn best gedaan om daaraan bij te dragen, maar ik weet dat mijn inspanningen slechts een rimpeling teweeg hebben gebracht in de oceaan, tegen de vloedgolf van armoede en ontbering in.

Terwijl ik geduldig stilzit tot Keva mij mijn nieuwe sari heeft aangetrokken – een verjaardagscadeau van mijn dochter Muna – besluit ik zulke duistere gedachten vandaag achterwege te laten. Ik heb waar ik maar kon geprobeerd om de levens die mijn pad kruisten te verbeteren en daar moet ik tevreden mee zijn.

'U ziet er prachtig uit, mevrouw Chavan.'

Als ik in de spiegel kijk, weet ik dat ze liegt, maar dat waardeer ik in haar. Mijn vingers gaan naar de parels die ik al bijna tachtig jaar om mijn hals draag. Ik heb in mijn testament opgenomen dat ze naar Muna gaan.

'Uw dochter komt om elf uur en de rest van de familie een uur later. Waar zal ik u neerzetten totdat ze er zijn?'

Ik glimlach naar haar en voel me nu heel erg als die mahoniehouten stoel. 'Zet me maar bij het raam. Ik wil naar mijn bergen kijken,' zeg ik. Ze helpt me overeind, begeleidt me voorzichtig naar de leunstoel en laat me zitten.

'Kan ik u nog iets brengen, mevrouw?'

'Nee. Ga jij nu maar naar de keuken en zorg ervoor dat die kok van ons het lunchmenu onder controle heeft.'

'Ja, mevrouw.' Ze verplaatst mijn bel van het nachtkastje naar het tafeltje naast me en verlaat zachtjes de kamer.

Ik wend mijn gezicht naar het zonlicht dat door de grote ramen van mijn huis op de heuvel naar binnen stroomt. Ik baad erin als een poes en denk aan de vrienden die al zijn heengegaan en er vandaag niet bij zullen zijn op het feest.

Indira, mijn allerbeste vriendin, overleed meer dan vijftien jaar geleden. Ik beken dat dat een van de weinige keren in mijn leven is geweest dat ik ben ingestort en onbeheerst heb gehuild. Zelfs mijn toegewijde dochter kon de liefde en de vriendschap die Indira mij toonde niet evenaren. Indira was tot het eind vooral op zichzelf gericht en vluchtig, maar ze was er als ik haar het hardst nodig had.

Ik kijk naar de secretaire in de alkoof tegenover mij en denk aan wat daarin, in de afgesloten lade, ligt opgeborgen. Het is een brief van meer dan driehonderd bladzijden lang. Hij is gericht aan mijn geliefde zoon en vertelt mijn levensverhaal, van het begin af aan. Naarmate de jaren verstreken, begon ik me zorgen te maken dat ik de details zou vergeten, dat ze vaag en schokkerig zouden worden in mijn geest, als een stomme zwart-witfilm. Als, zoals ik tot op de dag van vandaag geloof, mijn zoon leefde en als hij ooit naar mij terugkeerde, dan wilde ik in staat zijn hem het verhaal van zijn moeder en haar blijvende liefde voor haar verloren kind te geven. En de redenen waarom ze hem had moeten achterlaten...

Ik was eraan begonnen toen ik de middelbare leeftijd had bereikt, want ik geloofde toen dat het elk moment afgelopen zou kunnen zijn. Hij lag dus al bijna vijftig jaar in de la, onaangeraakt en ongelezen, want hij is mij nooit komen opzoeken en ik heb hem nog altijd niet gevonden.

Zelfs mijn dochter kent mijn levensverhaal niet van voor zij ter wereld kwam. Soms voel ik mij er schuldig over dat ik de waarheid zelfs aan haar niet heb onthuld. Ik denk echter dat het genoeg is dat zij mijn liefde heeft gekend, die aan haar broer werd onthouden.

Ik kijk naar de secretaire en stel me de vergelende stapel papier voor die erin ligt. Ik vraag de goden mij de weg te wijzen. Als ik doodga, wat toch zeker snel staat te gebeuren, zou ik het vreselijk vinden als hij in de verkeerde handen zou vallen. Ik vraag me even af of ik een vuur moet maken en Keva moet vragen de papieren erin te gooien. Nee, ik schud mijn hoofd. Ik kan mezelf daar niet toe zetten, voor het geval ik hem wél terugvind. Er is nog altijd hoop. Ik ben tenslotte honderd geworden. Misschien leef ik nog wel tot ik honderdtien ben.

Aan wie moet ik ze toevertrouwen, ondertussen, voor het geval dat...?

Ik ga in mijn hoofd mijn familieleden af, gerangschikt per generatie. Bij elke naam vraag ik om raad. Bij de naam van een van mijn achterkleinzoons blijf ik hangen.

Ari Malik, het oudste kind van mijn oudste kleinzoon Vivek. Ik grinnik zachtjes als er een huivering langs mijn ruggengraat trekt – het teken van degenen boven mij die zoveel meer begrijpen dan ik ooit zou kunnen. Ari, het enige lid van mijn grote familie dat is gezegend met blauwe ogen. Net als mijn geliefde verloren kind.

Ik doe mijn uiterste best om hem goed voor de geest te halen. Met elf achterkleinkinderen, stel ik mezelf gerust, zou iemand die half zo oud was als ik al moeite hebben. En bovendien wonen ze tegenwoordig verspreid over heel India en zie ik ze haast nooit.

Vivek, Ari's vader, was de financieel succesvolste van mijn kleinkinderen. Hij was altijd al slim, maar een beetje saai. Hij is ingenieur en verdiende genoeg om zijn vrouw en drie kinderen een comfortabel leven te geven. Als ik het mij goed herinner, heeft Ari in Engeland gestudeerd. Hij was altijd een scherp baasje, al heb ik geen idee wat hij na school is gaan doen. Vandaag, besluit ik, zal ik erachter komen. Ik zal hem observeren. En ik ben ervan overtuigd dat ik zal weten of mijn intuïtie juist is.

Nu ik dat heb bedacht en mij rustiger voel omdat mijn dilemma misschien snel zal zijn opgelost, sluit ik mijn ogen en sta ik mijzelf toe in slaap te vallen.

'Waar is hij?' fluisterde Samina Malik tegen haar man. 'Hij heeft me bezworen dat hij deze keer niet te laat zou komen,' voegde ze eraan toe en keek naar de andere, voltallig aanwezige gezinnen van Anahita's grote familie. Ze zaten rond de oude dame in de elegante zitkamer en overlaadden haar met cadeaus en complimenten.

'Geen paniek, Samina,' stelde Vivek zijn vrouw gerust. 'Onze zoon komt heus wel.'

'Ari zei dat hij ons op het station zou ontmoeten, zodat we om tien uur samen, als gezin, de berg op zouden kunnen gaan... ik zweer het, Vivek, die jongen heeft geen respect voor zijn familie, ik...'

'Stil maar, *pyari*, hij is een drukbezet man en een goede jongen.'

'Vind je?' vroeg Samina. 'Ik weet het niet zo zeker. Elke keer als ik hem bel, krijg ik een andere vrouw aan de telefoon. Je weet hoe het in Mumbai is; het zit er vol Bollywood-chicks,' fluisterde ze. Ze wilde niet dat een ander familielid hun gesprek zou horen.

'Ja, en onze zoon is nu vijfentwintig jaar oud en heeft zijn eigen bedrijf. Hij kan heel goed voor zichzelf zorgen,' antwoordde Vivek.

'Het personeel wacht op hem met de champagne om te kunnen toosten. Keva is bang dat je grootmoeder te moe wordt als we nog langer wachten.' Samina zuchtte. 'Als Ari er niet binnen tien minuten is, zal ik ze zeggen dat ze niet op hem moeten wachten.'

'Ik zei je al dat dat niet nodig is,' zei Vivek, breed lachend toen Ari, zijn lievelingszoon, de kamer binnenkwam. 'Je moeder was ongerust, zoals altijd,' zei hij tegen Ari en hij omhelsde hem.

'Je had beloofd dat je op het station zou zijn. We hebben een uur staan wachten! Waar was je nou?' Samina fronste naar haar knappe zoon, maar ze wist ook wel dat ze niet was opgewassen tegen zijn charme.

'Vergeef me, Ma.' Ari lachte naar zijn moeder en nam haar handen in de zijne. 'Ik was vertraagd, en ik probeerde je te bellen op je mobiel, maar die stond, zoals gebruikelijk, niet aan.'

Ari en zijn vader wisselden een veelbetekenende blik met elkaar. Samina's onhandigheid met haar mobiele telefoon was iets waar ze altijd grappen over maakten.

'Hoe dan ook, ik ben er nu,' zei hij en hij keek de kamer rond naar de rest van zijn familie. 'Heb ik iets gemist?'

'Nee, en je overgrootmoeder is zo druk met het begroeten van de rest van haar familie dat ze hopelijk niet eens gemerkt heeft dat je zo laat was,' antwoordde Vivek.

Ari draaide zich om en keek door de menigte van zijn eigen

bloedverwanten naar de matriarch wier genen zich als onzichtbare draden door de generaties hadden geweven. Hij zag dat ze haar heldere, onderzoekende ogen op hem gericht had.

'Ari! Daar ben je eindelijk.' Ze glimlachte. 'Kom je overgrootmoeder eens een kus geven.'

'Ze mag vandaag dan honderd zijn geworden, maar je grootmoeder ontgaat niets,' fluisterde Samina tegen Vivek.

Toen Anahita haar broze armen spreidde om Ari te omhelzen, week de menigte van familieleden uiteen en richtten alle ogen in de kamer zich op hem. Ari liep naar haar toe en knielde voor haar. Hij toonde zijn respect met een diepe *pranaam* en wachtte op haar zegen.

'Nani,' zei hij. Hij gebruikte het koosnaampje waarmee al haar kleinkinderen en achterkleinkinderen haar aanspraken. 'Vergeef me dat ik laat was. Het is een lange reis vanuit Mumbai.'

Toen hij opkeek, zag hij dat haar ogen hem doorgrondden op de wonderlijke manier waarop ze dat altijd hadden gedaan, alsof ze zijn ziel de maat nam.

'Geeft niet,' zei ze en ze raakte met haar verschrompelde, kinderlijke vingers zijn wang aan, zo licht als een vlindervleugel. 'Hoewel...' en ze ging zo zacht praten dat ze fluisterde, zodat alleen hij het kon horen, 'ik het altijd handig vind om de avond van tevoren te kijken of ik mijn wekker wel op tijd heb gezet.' Ze knipoogde naar hem en gebaarde toen dat hij moest opstaan. 'We spreken elkaar later. Ik zie dat Keva graag met het programma wil beginnen.'

'Ja, Nani, natuurlijk,' zei Ari en hij voelde dat zijn wangen begonnen te gloeien. 'Gefeliciteerd met uw verjaardag.'

Toen hij terugliep naar zijn ouders, vroeg Ari zich af hoe zijn overgrootmoeder wist waarom hij vandaag te laat was.

De dag verliep zoals gepland. Vivek hield, als oudste van Anahita's kleinkinderen, een ontroerende toespraak over haar bewogen leven. Toen de champagne begon te vloeien, kwamen de tongen los en begon de wonderlijke spanning van een familie die elkaar te lang niet heeft gezien af te nemen. De natuurlijke concurrentie onder de nakomelingen verwaterde toen ze hun plaats in de familiehiërarchie weer innamen, en de jongere neven en nichten raakten hun verlegenheid kwijt en vonden elkaar weer.

‘Kijk je zoon nou eens,’ merkte Muna, Anahita’s dochter, op tegen Vivek. ‘Zijn nichtjes zwijmelen allemaal om hem. Het wordt tijd dat hij aan trouwen gaat denken.’

‘Ik betwijfel of hij dat ook zo ziet,’ mopperde Samina tegen haar schoonmoeder. ‘Tegenwoordig lijken jonge mannen tot na hun dertigste vrij spel te willen hebben.’

‘Arrangeer je dan niet iets voor hem?’ informeerde Muna.

‘Dat gaan we zeker doen, maar ik denk niet dat hij daarmee instemt.’ Vivek zuchtte. ‘Ari behoort tot een nieuwe generatie en hij is meester van zijn eigen universum. Hij heeft zijn bedrijf en reist de wereld over. De tijden zijn veranderd, Ma, en Samina en ik moeten onze kinderen enige inspraak toestaan in de keuze van hun toekomstige echtgenoot.’

‘Echt?’ Muna trok een wenkbrauw op. ‘Dat is heel modern van je, Vivek. Jullie tweeën hebben het tenslotte helemaal niet slecht samen.’

‘Ja, Ma,’ stemde Vivek in en hij pakte de hand van zijn vrouw. ‘Je hebt een goede keus voor mij gemaakt.’ Hij glimlachte.

‘We roeien tegen een onmogelijke stroom in,’ zei Samina. ‘De jongeren doen tegenwoordig wat ze willen en nemen hun eigen beslissingen.’ Ze wilde graag van onderwerp veranderen en wierp een blik op Anahita. ‘Je moeder lijkt te genieten van haar verjaardag,’ zei ze tegen Muna. ‘Ze is echt een wonder.’

‘Ja,’ verzuchtte Muna, ‘maar ik maak me wel zorgen over haar, hier in de bergen, met alleen Keva die voor haar zorgt. Het kan hier zo koud worden in de winter en dat kan toch niet goed zijn voor haar oude botten. Ik heb haar vaak gevraagd om bij ons te komen wonen in Guhagar, zodat we haar in de gaten kunnen houden. Maar natuurlijk weigert ze dat. Ze zegt dat ze zich hierboven dichter bij de geesten voelt, en natuurlijk ook bij haar verleden.’

‘Haar mysterieuze verleden.’ Vivek trok een wenkbrauw op. ‘Ma, denk je dat jij haar ooit zover kunt krijgen dat ze je vertelt wie jouw vader was? Ik weet dat hij nog voor je geboorte is overleden, maar de details zijn altijd onduidelijk voor mij gebleven.’

‘Toen ik opgroeide, was dat van belang, en ik weet nog dat ik haar lastigviel met vragen, maar nu…’ Muna haalde haar schouders op.

'Als ze haar geheimen wil bewaren, dan moet ze dat maar doen. Ze had geen liefdevollere ouder voor mij kunnen zijn en ik wil haar niet van streek maken.' Toen Muna vol liefde naar haar moeder keek, ving Anahita haar blik en wenkte haar dochter naar haar toe te komen.

'Ja, Maaji, wat is er?' vroeg Muna toen ze bij haar was.

'Ik ben een beetje moe.' Anahita onderdrukte een gaap. 'Ik wil gaan rusten. Maar over een uur wil ik dat je mijn achterkleinzoon Ari naar mij toe brengt. Ik wil hem spreken.'

'Natuurlijk.' Muna hielp haar moeder overeind en leidde haar door de groep familieleden. Keva, die als altijd vlak in de buurt was, schoot toe. 'Mijn moeder wil rusten, Keva. Kun jij haar installeren?'

'Natuurlijk, het is een lange dag geweest.'

Muna keek ze na toen ze de kamer verlieten en ging toen terug naar Vivek en zijn vrouw. 'Ze gaat even rusten, maar ze heeft me gevraagd of Ari over een uur naar haar toe kan gaan.'

'Echt?' Vivek fronste zijn voorhoofd. 'Ik vraag me af waarom.'

'Wie weet wat er in mijn moeders hoofd omgaat,' zei Muna en ze zuchtte.

'Nou, dan kan ik hem dat maar beter vertellen, hij zei dat hij vroeg wilde weggaan. Hij heeft morgenochtend een zakenafspraak in Mumbai.'

'Zijn familie moet voor één keer maar eens voorgaan,' zei Samina streng. 'Ik ga naar hem op zoek.'

Toen Ari van zijn moeder hoorde dat zijn overgrootmoeder hem over een uur wilde spreken, was hij, zoals zijn vader al had voorspeld, helemaal niet blij.

'Ik kan dat vliegtuig niet missen,' zei hij. 'Je moet begrijpen, Ma, dat ik een bedrijf te leiden heb.'

'Dan vraag ik of je vader zijn grootmoeder wil vertellen dat haar oudste achterkleinkind op haar honderdste verjaardag geen tijd had om met haar te praten, toen ze daarom vroeg.'

'Maar, Ma...' Ari zag de uitdrukking op zijn moeders gezicht en zuchtte. 'Goed dan,' knikte hij. 'Ik blijf. Excuseer me, ik moet even ergens een signaal zoeken om te kunnen bellen en de vergadering uit te stellen.'

Samina keek naar haar zoon toen hij van haar wegliep, zijn ogen op zijn telefoon gericht. Hij was altijd al een vastberaden kind geweest, vanaf de dag dat hij werd geboren, en natuurlijk had ze haar eerstgeborene verwend, zoals elke moeder dat deed. Hij was altijd speciaal geweest, vanaf het eerste moment dat hij zijn ogen had geopend en zij geschokt in die blauwe kijkers had gestaard. Vivek had haar er eindeloos mee geplaagd en zelfs haar trouw in twijfel getrokken, tot ze bij Anahita op bezoek gingen, die hen vertelde dat Muna's vader ook blauwe ogen had gehad.

Ari's huid was lichter dan die van de rest van zijn familieleden en zijn opvallende verschijning had altijd de aandacht getrokken. Zoveel dat hij met zijn vijfentwintig jaar een zekere arrogantie over zich had gekregen. Zijn vriendelijke karakter had hem echter altijd gered. Van al haar kinderen was Ari altijd het liefste geweest; hij was er altijd geweest zodra er een probleem was. Tot het moment waarop hij naar Mumbai was vertrokken en aankondigde dat hij zijn eigen bedrijf startte...

Tegenwoordig leek de Ari die zijn familie bezocht harder en meer met zichzelf bezig. Samina moest toegeven dat ze hem eigenlijk steeds minder aardig vond. Ze liep terug naar haar man en hoopte maar dat het een fase was, die voorbij zou gaan.

'Mijn achterkleinzoon mag binnenkomen,' zei Anahita, toen Keva haar rechtop zette in bed en de kussens achter haar hoofd opschudde.

'Ja, mevrouw. Ik ga hem halen.'

'En ik wil niet dat we gestoord worden.'

'Nee, mevrouw.'

'Goedemiddag, Nani,' zei Ari toen hij een paar seconden later de kamer binnen kwam lopen. 'Ik hoop dat u wat uitgerust bent.'

'Ja hoor.' Anahita wees naar een stoel. 'Alsjeblieft, Ari, ga zitten. En het spijt me dat ik je zakelijke afspraken van morgen heb verstoord.'

'Echt,' Ari voelde voor de tweede keer die dag zijn wangen gloeien, 'het is geen enkel probleem.' Hij zag weer hoe ze hem met haar ogen doorboorde en vroeg zich af hoe ze in staat leek zijn gedachten te lezen.

'Ik hoor van je vader dat je in Mumbai woont en een succesvol bedrijf hebt.'

'Nou, ik zou het nu nog niet direct succesvol willen noemen,' zei Ari. 'Maar ik werk er hard aan om het succesvol te maken.'

'Ik zie dat je een jongeman met ambities bent. En ik weet zeker dat je bedrijf vruchtbaar zal blijken te zijn, zoals je hoopt.'

'Dank u, Nani.'

Ari zag dat er een vage glimlach over het gezicht van zijn overgrootmoeder trok. 'Het zal je misschien niet de bevrediging schenken die je er nu van verwacht. Het leven is meer dan werken en rijkdom. Daar kom je nog wel achter,' voegde ze eraan toe. 'En nu, Ari, wil ik je iets geven. Open alsjeblieft de secretaire met deze sleutel en pak de stapel papier die je daarin ziet liggen.'

Ari nam de sleutel van zijn overgrootmoeder aan, draaide hem om in het slot en pakte een vergeeld manuscript uit de secretaire.

'Wat is dit?' vroeg hij haar.

'Het is het levensverhaal van je overgrootmoeder. Ik heb het geschreven om het vast te leggen voor mijn verloren zoon. Helaas heb ik hem nooit teruggevonden.'

Ari zag dat zich tranen vormden in haar ogen. Hij had zijn vader jaren geleden weleens horen vertellen over de zoon die als klein kind in Engeland was overleden, toen zijn overgrootmoeder daar tijdens de Eerste Wereldoorlog verbleef. Als zijn geheugen hem niet in de steek liet, dacht hij dat ze hem had moeten achterlaten toen ze terugkeerde naar India. Blijkbaar weigerde Anahita te geloven dat haar zoon dood was.

'Maar ik dacht...'

'Ja, jij hebt vast te horen gekregen dat ik zijn overlijdensakte heb, en dat ik gewoon een verdrietige en misschien wel krankzinnige moeder ben die niet wil accepteren dat haar geliefde zoon dood is.'

Ari schoof ongemakkelijk heen en weer in zijn stoel. 'Ik heb dat verhaal gehoord,' gaf hij toe.

'Ik weet hoe mijn familie erover denkt en hoe jij er ongetwijfeld ook over denkt,' zei Anahita ferm. 'Geloof me nou maar, er is meer tussen hemel en aarde dan kan worden verklaard in een door mensenhanden vervaardigd document. Er is ook een moederhart, en haar ziel, die dingen vertellen die niet kunnen worden genegeerd. En ik zeg je nu dat mijn zoon niet dood is.'

'Nani, ik geloof u.'

'Ik begrijp het dat je dat niet doet.' Anahita haalde haar schouders op. 'Maar het maakt mij niet uit. Het is gedeeltelijk mijn eigen schuld dat mijn familie mij niet gelooft. Ik heb ze nooit verteld wat er zoveel jaren geleden precies is gebeurd.'

'Waarom niet?'

'Omdat...' Anahita keek naar buiten, naar haar geliefde bergen. Ze schudde haar hoofd even. 'Het zou niet goed zijn als ik je dat nu vertel. Het staat hier allemaal in.' Ze wees naar de papieren in Ari's handen. 'Als het moment komt – en jij zult weten wanneer dat is – dan zul je mijn verhaal misschien lezen. En dan zul je beslissen of je erachteraan wilt gaan.'

'Ik begrijp het,' zei Ari, maar dat was niet zo.

'Het enige wat ik van je vraag is dat je de inhoud niet deelt met iemand van de familie voordat ik dood ben. Ik vertrouw je mijn leven toe, Ari. Zoals je weet...' Anahita zweeg even. '... is mijn tijd op deze aarde spoedig voorbij.'

Ari staarde naar haar. Hij begreep niet wat zijn overgrootmoeder van hem vroeg. 'U wilt dat ik dit lees en dan onderzoek doe naar wat er met uw zoon is gebeurd?' verduidelijkte hij.

'Ja.'

'Waar moet ik dan beginnen?'

'In Engeland natuurlijk.' Anahita keek hem aan. 'Je zou in mijn voetstappen moeten treden. Alles wat je moet weten, heb je nu in je handen. En bovendien vertelt je vader mij dat je een soort computerbedrijf hebt. Je hebt als geen ander de beschikking over het netwerk.'

'U bedoelt het internet?' Ari onderdrukte een grinnik.

'Ja, dus je hebt vast binnen enkele seconden de plaats gevonden waar het allemaal begon,' besloot Anahita.

Ari volgde de blik van zijn overgrootmoeder naar de bergen achter het raam. 'Het is een prachtig uitzicht,' zei hij, omdat hij niets beters kon bedenken.

'Ja, en dat is de reden waarom ik hier blijf, al keurt mijn dochter het af. Het zal niet lang meer duren of ik reis omhoog, ver voorbij die pieken, en daar zal ik blij om zijn. Ik zal veel mensen daar terugzien om wie ik in mijn leven heb gerouwd. Maar niet degene die ik het meest van al zou willen terugzien.' Anahita's blik richtte zich weer op haar achterkleinzoon.

'Hoe weet u dat hij nog altijd in leven is?'

Anahita keek weer naar buiten en sloot toen haar ogen. 'Zoals ik al zei, dat staat allemaal in mijn verhaal.'

'Natuurlijk.' Ari wist dat het tijd was om te gaan. 'Ik zal u laten rusten, Nani.'

Anahita knikte. Ari stond op en maakte een pranaam. Toen kuste hij zijn overgrootmoeder op haar voorhoofd.

'Dag Nani; ik weet zeker dat ik u snel weer zie,' zei hij toen hij naar de deur liep.

'Misschien,' antwoordde ze.

Toen Ari zich opmaakte de kamer te verlaten, draaide hij zich opeens om. 'Nani, waarom ik? Waarom geeft u uw verhaal niet aan uw dochter, of mijn vader?'

Anahita keek hem aan. 'Omdat, Ari, het verhaal dat je in je handen houdt misschien mijn verleden is, maar ook jouw toekomst.'

Toen Ari de kamer verliet, voelde hij zich uitgeput. Hij liep het huis door naar de kapstok bij de voordeur, waaronder zijn aktetas stond. Hij borg de vergeelde papieren erin op en liep door daar de woonkamer. Zijn grootmoeder, Muna, kwam direct op hem af.

'Waarom wilde ze je spreken?' vroeg ze.

'O,' antwoordde Ari luchtig. 'Ze gelooft niet dat haar zoon dood is en wil dat ik in Engeland naar hem op zoek ga.' Hij rolde met zijn ogen, voor extra effect.

'Niet weer!' Muna rolde al net zo dramatisch met haar ogen. 'Luister, ik kan je de overlijdensakte laten zien. Haar zoon stierf toen hij een jaar of drie was. Alsjeblieft, Ari,' Muna legde een hand op zijn schouder, 'vergeet het. Ze heeft het hier al jaren over. Het is de fantasie van een oude vrouw en niet de moeite waard om je kostbare tijd aan te verspillen. Geloof me. Ik heb die verhalen al veel langer gehoord. Kom,' voegde zijn grootmoeder er lachend aan toe. 'Drink nog een laatste glas champagne met je familie.'

Ari zat in het laatste vliegtuig van Bagdogra naar Mumbai. Hij probeerde zich te concentreren op de cijfers voor hem, maar hij zag steeds Anahita's gezicht voor zich. Zijn grootmoeder had vast en zeker gelijk toen ze hem vertelde dat Anahita in de war was. En toch waren er dingen die zijn overgrootmoeder had gezegd toen ze alleen waren – dingen die ze niet over hem kon weten – die hem hadden geraakt. Misschien zat er toch iets in haar verhaal… misschien moest hij de tijd nemen om even naar het manuscript te kijken als hij thuis was.

Op het vliegveld van Mumbai stond Bambi, zijn huidige vriendin, op hem te wachten in de aankomsthal, hoewel het al voorbij middernacht was. De rest van de nacht brachten ze aangenaam door in zijn flat, die uitkeek over de Arabische Zee.

De volgende ochtend was hij al laat voor zijn afspraak, en toen hij zijn aktetas inpakte met de papieren die hij nodig had, haalde hij de papieren die Anahita hem gegeven had eruit.

Ooit zal ik de tijd hebben om ze te lezen, dacht hij, toen hij de stapel in de onderste la van zijn bureau stopte en haastig zijn flat verliet.

EEN JAAR LATER

... Herinneringen. Midden in de nacht was het kleinste zuchtje wind een welkome afwisseling voor de oneindige droge hitte van Jaipur. De andere dames en de kinderen van de zenana klimmen vaak op het dak van het Moon Palace om daar te slapen.

En, terwijl ik daar naar de sterren lig te kijken, hoor ik een zacht en puur gezang. Ik weet op dat moment dat iemand die ik liefheb van de aarde wordt opgetild en voorzichtig naar boven wordt gedragen...

Ik schrik wakker en ben in mijn slaapkamer in Darjeeling, niet op het dak van het paleis in Jaipur. Het was een droom. Ik probeer mijzelf te troosten, gedesoriënteerd, want het zingen blijft klinken in mijn oren. Toch weet ik zeker dat ik bij bewustzijn ben.

Ik probeer tot mezelf te komen en besef dan wat dit betekent: als ik in het nu ben, sterft op dit moment iemand van wie ik houd. Mijn hartslag versnelt, ik sluit mijn ogen en ga mijn familie na. Ik weet dat mijn intuïtie mij zal vertellen wie het is.

Deze keer krijg ik geen antwoord. En dat is vreemd, want de goden hebben het nooit eerder bij het verkeerde eind gehad.

Maar wie...?

Ik sluit mijn ogen, adem diep in, rustig, en luister geconcentreerd.

Dan weet ik het. Ik weet zeker wat mij wordt verteld.

Mijn zoon... mijn geliefde zoon. Ik weet dat hij het is die eindelijk naar boven wordt geroepen.

Mijn ogen vullen zich met tranen en ik staar uit mijn raam naar de hemel, op zoek naar troost, maar het is nacht en achter mijn raam is alleen duisternis te zien.

Er klinkt een zachte klop op mijn deur en Keva komt binnen, met een bezorgd gezicht.

'Mevrouw, ik hoorde u huilen. Bent u ziek?' vraagt ze. Ze loopt naar me toe en buigt zich over me heen. Tegelijk neemt ze mijn polsslag op.

Ik schud mijn hoofd zonder iets te zeggen. Ze pakt een zakdoek om de tranen op mijn wangen te drogen. 'Nee,' stel ik haar gerust. 'Ik ben niet ziek.'

'Wat is er dan? Hebt u een nare droom gehad?'

'Nee.' Ik kijk naar haar op en weet dat ze het niet zal begrijpen. 'Mijn kind is zojuist gestorven.'

Keva kijkt me ontzet aan. 'Maar hoe bent u erachter gekomen dat mevrouw Muna is overleden?'

'Niet mijn dochter, Keva, mijn zoon. Die ik lang geleden in Engeland heb achtergelaten. Hij was eenentachtig,' mompel ik. 'Hij heeft tenminste een lang leven gehad.'

Weer kijkt Keva mij verward aan en legt haar hand op mijn voorhoofd om te controleren of ik misschien koorts heb. 'Maar, mevrouw, uw zoon is lang geleden gestorven. Misschien hebt u gedroomd,' zegt ze, meer om zichzelf te overtuigen dan mij.

'Misschien,' zeg ik vriendelijk. Ik wil haar niet ongerust maken. 'Toch wil ik graag dat je het tijdstip en de datum noteert. Het is een moment dat ik niet wil vergeten. Want mijn wachten is nu voorbij.' Ik glimlach zwakjes naar haar.

Ze doet wat ik haar vraag en schrijft de tijd en de datum op een stuk papier, dat ze aan me geeft.

'Ik ben in orde. Je kunt gaan.'

'Ja, mevrouw,' antwoordt Keva aarzelend. 'Weet u zeker dat u niet ziek bent?'

'Ik weet het zeker. Welterusten, Keva.'

Als ze weg is, pak ik een pen van mijn nachtkastje en schrijf een korte brief naast het tijdstip en de datum van mijn zoons overlijden. Ik haal zijn beduimelde overlijdensakte uit de la van mijn nachtkastje. Morgen zal ik Keva vragen ze in een envelop te doen en ze naar de advocaat te sturen die mijn zaken na mijn dood zal afhandelen. Ik zal hem vragen mij te bellen, zodat ik hem instructies kan geven aan wie hij de envelop moet sturen als ik dood ben.

Ik sluit mijn ogen en verlang ernaar te slapen, want ik voel me opeens verschrikkelijk alleen hier op aarde. Ik besef dat ik op dit moment heb gewacht. Nu mijn zoon mij heeft verlaten, is het eindelijk mijn beurt om hem te volgen...

Drie dagen later klopte Keva op de gebruikelijke tijd in de ochtend op de deur van haar bazin; mevrouw Chavan bleef deze dagen vaak 's ochtends wat langer liggen. Keva hield zichzelf nog een half uurtje bezig met het huishouden. Ze keerde terug en klopte weer, maar het bleef stil. Dit was ongewoon en dus opende Keva de deur zachtjes en zag dat haar bazin nog steeds diep in slaap was. Pas toen ze de gordijnen opende en tegen haar babbelde over niemendalletjes, zoals altijd, besefte ze dat mevrouw Chavan niet reageerde.

Ari's telefoon ging over terwijl hij in de auto zat, midden in het chaotische verkeer van Mumbai. Toen hij zag dat het zijn vader was, die hij in weken niet had gesproken, zette hij de telefoon op de speaker en nam op.

'Papa!' zei hij vrolijk. 'Hoe is het?'

'Hallo, Ari, met mij gaat het goed, maar...'

Ari hoorde de sombere ondertoon in zijn vaders stem.

'Ja?' vroeg hij. 'Wat is er?'

'Het is je overgrootmoeder Anahita. Ik moet je vertellen dat ze vanochtend vroeg is overleden.'

'O, papa. Dat spijt me heel erg.'

'Dat geldt voor ons allemaal. Ze was een geweldige vrouw en ze zal heel erg worden gemist.'

'Ja. Ze heeft in ieder geval een lang leven gehad,' zei Ari troostend, terwijl hij een taxi die plotseling voor hem stilstond nog net kon ontwijken.

'Dat is zo. De uitvaart is over vier dagen, zodat de familie de tijd heeft om bij elkaar te komen. Je broer en zus komen en iedereen zal er zijn. Jij ook, hoop ik,' zei Vivek.

'Bedoel je aanstaande vrijdag?' vroeg Ari bezorgd.

'Ja, om twaalf uur. Ze wordt in familiekring gecremeerd in de *ghaat* in Darjeeling. We organiseren later een herdenkingsdienst voor haar, omdat er veel mensen zijn die willen komen en haar leven willen gedenken.'

'Papa,' verzuchtte Ari, 'vrijdag is echt onmogelijk voor me. Er komt een potentiële klant uit Amerika over om met mij te praten over de overname van zijn softwarecontract. Dat zou het bedrijf in één klap uit de rode cijfers helpen. Met de beste wil van de wereld kan ik onmogelijk vrijdag in Darjeeling zijn.'

Het bleef stil aan de andere kant van de lijn. 'Ari,' zei zijn vader ten slotte. 'Zelfs ik weet dat er momenten zijn waarop zaken op de tweede plaats komen te staan en familie voorgaat. Je moeder zou het je nooit vergeven, zeker nadat Anahita op haar verjaardag afgelopen jaar heeft laten blijken dat jij heel speciaal voor haar bent.'

'Het spijt me, papa,' zei Ari vastberaden, 'maar ik kan er niets aan veranderen.'

'En dat is je laatste woord?'

'Dat is mijn laatste woord.'

Ari hoorde hoe de hoorn aan de andere kant van de lijn op de haak werd gesmeten.

Ari verkeerde in een euforische stemming toen hij die vrijdagavond thuiskwam. De ontmoeting met de Amerikanen was zo goed verlopen dat de deal direct werd gesloten. Hij zou Bambi die avond mee uit nemen om het te vieren en kwam even thuis om te douchen en zich te verkleden. Hij haalde een brief uit zijn postvak in de hal en nam de lift naar de zestiende verdieping. In zijn flat scheurde hij, terwijl hij zijn slaapkamer in liep, de envelop open en las de brief die erin zat.

Khan & Chauhan Advocaten
Chowrasta Square
Darjeeling
West-Bengalen
India

2 maart 2001

Geachte heer,

Op verzoek van mijn cliënt Anahita Chavan stuur ik deze envelop aan u door. Zoals u waarschijnlijk weet, is mevrouw Chavan enkele dagen geleden overleden.

Met oprechte deelneming,
Devak Khan
Partner

Ari ging op zijn bed zitten en besefte dat hij zo door zijn afspraak met de Amerikanen en het voorbereiden van zijn team op die ontmoeting in beslag was genomen dat hij geen moment aan de uitvaart van zijn overgrootmoeder had gedacht. Hij zuchtte diep toen hij de envelop die de advocaat had bijgesloten opende en betwijfelde of zijn ouders hem ooit zouden vergeven dat hij ze vandaag niet eens even gebeld had.

'Dat moet dan maar zo zijn,' zei Ari grimmig tegen zichzelf toen hij het vel papier dat in de envelop zat openvouwde en de brief die erbij zat begon te lezen.

Mijn liefste Ari,

Als je dit leest, ben ik heengegaan. Bijgesloten vind je de details over de dood van mijn zoon Moh. De exacte datum en het tijdstip van zijn overlijden. En bovendien zijn oorspronkelijke overlijdensakte. Zoals je zult zien, komen de data niet overeen. Dit betekent op dit moment waarschijnlijk niet veel voor je, mijn lieve jongen, maar later, als je besluit dat je wilt uitzoeken wat er werkelijk met hem is gebeurd, zijn ze misschien van belang.
Ondertussen, tot wij elkaar op een andere plaats weer ontmoeten, stuur ik je mijn liefde. Onthoud dat we nooit echt ons lot kunnen bepalen. Gebruik je oren om te horen, je ogen om te zien en ik weet dat je dan geleid zult worden.

Je liefhebbende overgrootmoeder Anahita

Ari zuchtte. Hij was echt niet in de stemming voor de hocus pocus van zijn overgrootmoeder of om te denken aan hoe boos zijn ouders op dit moment op hem waren. Hij wilde zijn goede humeur vanavond door niets laten bederven.

Hij zette de douche aan, drukte op de knop van de cd-speler bij zijn bed en stond onder de douche terwijl er bonkende muziek door de ruimte schalde.

Hij kleedde zich in een van zijn op maat gemaakte pakken en overhemden, zette de muziek uit en stond op het punt de slaapkamer uit te lopen, toen Anahita's brief zijn aandacht trok. Instinctmatig vouwde hij de papieren weer in de envelop en stopte ze in de la, bij het vergeelde manuscript. Toen deed hij het licht uit en verliet de flat.

LONDEN

JULI 2011

1

Rebecca Bradley drukte haar neus tegen het raam toen het vliegtuig de landing inzette naar Londen. De lappendeken van verschillende tinten groen glinsterde alsof er ochtenddauw op lag op deze prachtige zomerdag. Toen de stad onder haar zichtbaar werd, herinnerde de aanblik van de Big Ben en de Houses of Parliament haar aan een speelgoedstadje, vergeleken bij de huizenhoge wolkenkrabbers van New York.

'Miss Bradley, u kunt als eerste het vliegtuig verlaten,' informeerde de stewardess haar.

'Dank u.' Rebecca lachte geforceerd naar haar. Ze haalde een grote zonnebril uit haar schoudertas tevoorschijn waarachter ze hopelijk haar uitputting kon verbergen, al zouden er waarschijnlijk geen fotografen op haar staan te wachten. Ze had New York overhaast moeten verlaten, en daarom had ze de luchtvaartmaatschappij gebeld en haar oorspronkelijke vlucht omgeboekt naar een eerdere.

Het voelde goed dat niemand, zelfs haar impresario of Jack, wist waar ze was. Jack had die middag haar flat verlaten om terug te vliegen naar Los Angeles. Ze had hem niet het antwoord kunnen geven waarop hij had gehoopt; ze had hem gezegd dat ze tijd nodig had om na te denken.

Rebecca rommelde in haar tas, op zoek naar het rode fluwelen doosje en klapte het open. De ring die hij haar had gegeven was zeker indrukwekkend, al was hij naar haar smaak iets te opzichtig. Jack hield er nu eenmaal van om de dingen groots aan te pakken, zoals dat hoorde bij zijn status van een van de beroemdste en bestbetaalde filmsterren ter wereld. En hij had haar niets minders kunnen aanbieden, want, als ze ja had gezegd op zijn aanzoek, zou de ring in kranten en tijdschriften over de hele wereld te zien zijn. Jack Heyward en Rebecca Bradley waren het populairste stel in Hollywood en de media konden geen genoeg van hen krijgen.

Rebecca sloot het fluwelen doosje weer en staarde voor zich uit terwijl het vliegtuig zich klaarmaakte voor de landing. Sinds zij en Jack elkaar een jaar geleden hadden ontmoet op de set van een romcom, had ze het gevoel dat haar leven was overgenomen door mensen die haar leven wilden leiden, niet alleen de rollen die ze speelde, maar ook haar privéleven. De waarheid was – Rebecca beet op haar lip terwijl het vliegtuig verder daalde – dat de 'droomrelatie' die de wereld dacht dat zij hadden net zo onecht was als haar films.

Zelfs Victor, haar impresario, moedigde haar aan haar relatie met Jack voort te zetten. Hij zei haar steeds weer dat die haar carrière als opkomende wereldster alleen maar ten goede kon komen.

'Er is niets waar het publiek meer van smult dan een echt Hollywoodstel, liefje,' had hij gezegd. 'Zelfs als je filmcarrière mislukt, willen ze nog foto's van je kinderen die in het park spelen.'

Rebecca dacht terug aan de hoeveelheid tijd die zij en Jack feitelijk met elkaar hadden doorgebracht in het afgelopen jaar. Hij woonde in Hollywood, zij in New York, en ze hadden allebei zulke drukke programma's dat ze elkaar vaak weken achtereen niet zagen. En als ze wél samen waren, werden ze overal achtervolgd. Gisteren nog hadden ze geluncht in een piepklein Italiaans restaurantje en waren ze belegerd door gasten die foto's en handtekeningen wilden. Jack had haar uiteindelijk meegenomen naar Central Park om daar in alle rust zijn aanzoek te kunnen doen. Ze hoopte maar dat niemand hen daar had gezien...

De overweldigende claustrofobie die ze had gevoeld toen ze een taxi terug naar haar flat in SoHo hadden genomen en Jack op een antwoord had aangedrongen was de reden geweest dat ze een eerdere vlucht naar Engeland had geboekt. Het feit dat de wereld meekeek met elke stap die ze zette, dat ze van dag tot dag werd achtervolgd door vreemden die allemaal dachten dat ze recht hadden op een deel van haar, was ondraaglijk voor Rebecca. Het gemis aan privacy dat hoorde bij een dergelijke relatie in de spotlights, dat ze niet eens even een bagel en een latte kon nemen bij de plaatselijke koffiebar zonder te worden belaagd, begon langzaamaan zijn tol te eisen.

Haar dokter had een paar weken geleden valium voorgeschreven toen ze bij haar flatgebouw was opgewacht en zichzelf uiteindelijk in haar badkamer had opgesloten, waar ze op de vloer gehurkt hysterisch had zitten huilen. Het had even geholpen, maar Rebecca wist dat het uiteindelijk nergens toe leidde. Het glibberige pad naar verslaving om haar in staat te stellen met de druk waaronder ze leefde om te gaan doemde voor haar op. En Jack wist dat maar al te goed.

Hij had haar in de eerste, onstuimige dagen van hun romance verzekerd dat de cocaïne die hij gebruikte geen gewoonte was. Hij kon er zo mee stoppen. Het hielp hem alleen om te ontspannen. Naarmate ze hem echter beter leerde kennen, had Rebecca gemerkt dat dit niet helemaal klopte. Hij had defensief en boos gereageerd toen ze hem vroeg naar zijn voortdurende zware gebruik van het middel en naar de hoeveelheid alcohol die hij tot zich nam. Rebecca was zelf iemand die geen drugs gebruikte en maar zelden dronk en ze had er een hekel aan als Jack high was.

In het begin van hun relatie had ze gedacht dat haar leven niet perfecter kon zijn: ze had een zeer succesvolle carrière en een knappe, getalenteerde partner om dat succes mee te delen. Maar met de drugs, de voortdurende afwezigheid en de geleidelijke gewaarwording van Jacks onzekerheid – die uiteindelijk had geleid tot een woedende reactie toen zij zeven maanden geleden was genomineerd voor een Golden Globe en hij niet – begon de roze wolk te verdampen.

Het aanbod van een grote rol in een Engelse film, *The Still of the Night*, die speelde in de jaren twintig van de twintigste eeuw en ging over een aristocratische Engelse familie, had niet op een beter moment kunnen komen. Niet alleen was het een volgende stap, na de lichtgewicht rollen die ze tot dusver had gespeeld, maar het was ook een grote eer om te worden uitverkoren door Robert Hope, de beroemde Engelse regisseur. Jack was er zelfs nog in geslaagd om daar een domper op te zetten door te zeggen dat ze haar nodig hadden vanwege haar associatie met 'Hollywood', om de financiers van de film tevreden te stellen. Vervolgens zei hij haar dat haar grootste bijdrage aan de film zou zijn dat ze er prachtig zou uitzien in de historische kostuums die ze zou dragen en dat ze zich niet moest verbeelden dat haar talent iets te maken had met het krijgen van de rol.

'Je bent veel te mooi om serieus te worden genomen, schat,' had hij eraan toegevoegd terwijl hij zijn glas nog eens volschonk met wodka.

Toen het vliegtuig op Heathrow was geland en tot stilstand kwam, maakte Rebecca haar veiligheidsgordel los. De lichten in het vliegtuig waren weer aangegaan.

'Bent u klaar, Miss Bradley?' vroeg de stewardess.

'Ja. Dank u wel.'

'Ze zijn er over enkele minuten.'

Rebecca haalde een kam door haar lange, donkere haar en zette het vast in een knot in haar nek. Haar Audrey Hepburn-look, noemde Jack het, en de media vergeleken Rebecca inderdaad voortdurend met de iconische filmster. Er was zelfs sprake van een remake van *Breakfast at Tiffany's*, volgend jaar.

Ze zou niet naar hem moeten luisteren, zou haar zelfvertrouwen als actrice niet nog verder door hem moeten laten afbreken. Jacks laatste twee films waren geflopt en zijn ster straalde niet meer zoals vroeger. De afschuwelijke waarheid was dat hij jaloers was op haar succes. Ze ademde diep in om zichzelf te kalmeren. Wat Jack ook tegen haar had gezegd, ze was vastberaden om te bewijzen dat ze meer was dan een mooi gezichtje, en het omvangrijke script gaf haar een kans om dat ook echt te doen.

Ver weg op locatie, ergens in een landelijk deel van het Engelse platteland, hoopte Rebecca dat ze rust en ruimte zou vinden om na te denken. Onder al zijn problemen wist ze dat er een Jack verborgen zat van wie ze hield. Hij moest echter wel bereid zijn om iets te doen aan zijn toenemende verslaving, anders wist ze dat ze geen ja kon zeggen op zijn aanzoek.

'We nemen u nu mee het vliegtuig uit, Miss Bradley,' zei de in een donker kostuum geklede beveiligingsbeambte van het vliegveld die naast haar was opgedoken.

Rebecca zette haar zonnebril op en verliet de eersteklascabine. Toen ze in de viplounge op haar bagage zat te wachten, bedacht ze dat het een doodlopende weg was met Jack, als hij niet toegaf dat hij problemen had. Misschien moest ze hem dat wel zeggen, overwoog ze toen ze haar telefoon uit haar tas haalde en naar het scherm staarde.

'Miss Bradley, uw bagage wordt naar uw auto gebracht,' zei de beveiligingsbeambte. 'Ik ben echter bang dat er een hele batterij fotografen buiten op u staat te wachten.'

'Nee!' Ze keek wanhopig naar hem op. 'Hoeveel?'

'Véél,' bevestigde hij. 'Maakt u zich geen zorgen. Ik loods u er veilig doorheen.'

Hij gebaarde dat ze moesten gaan en Rebecca stond op.

'Ik verwachtte dat niet,' merkte ze op toen ze met hem mee liep naar de aankomsthal. 'Ik heb een andere vlucht genomen dan de vlucht die ik oorspronkelijk had geboekt.'

'Tja, u arriveert in Londen op de ochtend dat uw grote nieuws bekend is geworden. Mag ik u feliciteren?'

Rebecca stond stil. 'Welk nieuws?' vroeg ze.

'Uw... verloving met Jack Heyward, Miss Bradley.'

'Ik... O, jezus,' mompelde ze.

'Er is een heel mooie foto van u in Central Park, waarop Mr. Heyward een ring aan uw vinger schuift. Hij staat op de voorpagina van de meeste kranten hier vanochtend. Goed...' Hij stond stil voor de schuifdeuren. 'Bent u er klaar voor?'

Achter de glazen van haar zonnebril prikten tranen in Rebecca's ogen en ze knikte boos.

'Goed, we gaan er zo snel mogelijk doorheen.'

Een kwartier later, toen de auto van Heathrow wegreed, staarde Rebecca hulpeloos naar de foto van haar en Jack, midden op de voorpagina van de *Daily Mail*, naast de kop:

JACK EN BECKS – HET IS OFFICIEEL!

Op de korrelige foto was Jack te zien die de ring aan haar vinger schuift in Central Park. Ze keek naar hem op met wat zij wist dat een uitdrukking van paniek was, maar wat de journalist beschreef als verrukte verrassing. Het ergste was dat er een opmerking van Jack bij stond, die hij duidelijk had gemaakt nadat hij gistermiddag haar flat had verlaten. Hij had blijkbaar bevestigd dat hij Rebecca ten huwelijk had gevraagd, en gezegd dat ze nog een datum moesten bepalen.

Ze haalde met trillende handen nogmaals haar telefoon uit haar tas. Toen ze zag dat er een hele rij berichten waren, van Jack, haar impresario, en journalisten, zette ze de telefoon uit en stopte hem weer in haar tas. Ze kon het niet opbrengen om op dit moment een van hen te antwoorden. Ze was woedend op Jack dat hij iets had gezegd over wat er in het park was voorgevallen.

Morgen zou de hele wereld speculeren over wie haar trouwjurk zou ontwerpen, waar de ceremonie zou plaatsvinden en waarschijnlijk ook of ze zwanger was.

Rebecca sloot haar ogen en zuchtte diep. Ze was negenentwintig jaar en tot gisteravond was de gedachte aan trouwen en kinderen krijgen een ver-van-mijn-bed-show geweest, iets wat misschien later ooit zou gebeuren.

Jack liep al tegen de veertig, was met zijn meeste collega-filmactrices naar bed geweest en vond, zoals hij haar had gezegd, dat het tijd werd om te settelen. Voor haar was dit pas haar tweede serieuze relatie – ze was jaren met haar jeugdliefde samen geweest. Haar bloeiende carrière en uiteindelijke roem hadden dat liefdesverhaal uiteindelijk te gronde gericht.

'Ik ben bang dat het een paar uur kost om in Devon te komen, Miss Bradley,' zei haar vriendelijke chauffeur. 'Mijn naam is Graham. Laat het me weten als u onderweg ergens wilt stoppen.'

'Dat zal ik doen,' zei Rebecca. Ze zou op dat moment het liefst willen dat hij haar naar een of andere woestijn in Afrika reed, een plaats zonder fotografen, kranten of piepende telefoons.

'Het is daar behoorlijk geïsoleerd, Miss Bradley,' merkte Graham op, alsof hij haar gedachten kon lezen. 'Er zijn weinig felle lampen en winkels op Dartmoor te vinden,' voegde hij eraan toe. 'Een schitterend oud huis, waar u gaat filmen, dat wel. Alsof je teruggaat naar een andere tijd. Ik wist niet dat er nog mensen woonden in die grote oude huizen. Het platteland is voor mij weer eens wat anders.

Normaal gesproken rijd ik acteurs naar de studio's rond Londen, door het drukke verkeer.'

Zijn woorden troostten Rebecca enigszins. Misschien zouden de media haar met rust laten als ze ergens *in the middle of nowhere* zat.

'Het lijkt erop dat we gevolgd worden door een motorfiets, Miss Bradley,' zei Graham. Hij keek in zijn achteruitkijkspiegel en verstoorde haar gedachten over privacy direct. 'Maak u geen zorgen. Zodra we op de snelweg zijn, raken we hem wel kwijt.'

'Dank u,' zei Rebecca. Ze probeerde haar overspannen zenuwen te kalmeren, zakte onderuit in haar stoel, sloot haar ogen en probeerde te slapen.

'We zijn er bijna, Miss Bradley.'

Na vierenhalf uur in de auto, waarbij ze af en toe een dutje had gedaan, begon Rebecca haar jetlag te voelen. Ze keek verward uit het raam. 'Waar zijn we?' vroeg ze en ze staarde naar het ruwe, verlaten heidelandschap dat hen omringde.

'Op Dartmoor. Het ziet er vandaag, met een zonnetje erbij, nog wel vriendelijk uit, maar volgens mij is het hier 's winters erg somber. Neem me niet kwalijk,' zei Graham toen zijn telefoon ging. 'Het is de productiemanager. Ik stop hier even om op te nemen.'

Terwijl de chauffeur zijn mobiele telefoon opnam, opende Rebecca het portier en stapte op het ruwe gras dat naast de smalle weg groeide. Ze ademde diep in en rook de zoete frisheid in de lucht. Er waaide een lichte bries over de heide en in de verte zag ze de contouren van gekartelde rotsen zich tegen de hemel aftekenen. Er was kilometers ver geen enkel levend wezen te bekennen. 'Heerlijk!' verzuchtte ze, toen Graham de auto startte en zij weer instapte. 'Het is hier zo vredig,' merkte ze op.

'Inderdaad,' stemde hij in, 'maar helaas, Miss Bradley, belde de productiemanager om te zeggen dat er al een hele verzameling fotografen buiten het hotel staat waar de cast verblijft. Ze wachten op uw komst. Daarom stelt hij voor dat ik u direct naar Astbury Hall breng, waar de opnames zullen zijn.'

'Oké.' Rebecca beet gefrustreerd op haar lip toen ze doorreden.

'Sorry, Miss Bradley,' zei hij meelevend. 'Ik zeg altijd tegen mijn kinderen dat het helemaal niet is wat het lijkt om een rijke en beroemde filmster te zijn. Het moet zwaar voor u zijn, zeker op momenten als deze.'

Door zijn medeleven kreeg Rebecca een brok in haar keel. 'Soms is dat inderdaad zo,' stemde ze in.

'Het goede nieuws is dat als u aan het filmen bent, niemand in uw buurt kan komen. Het privéterrein rond het huis is enkele honderden hectaren groot en een paar kilometer van de toegang tot het huis zelf.'

Rebecca zag dat ze waren gearriveerd bij een smeedijzeren hek met een beveiligingsagent ernaast. Graham gebaarde naar hem en hij opende het hek. Rebecca keek verwonderd rond toen ze over het parkachtige terrein reden, vol stokoude eiken, kastanjes en beuken aan weerszijden van de oprit.

Verderop stond een enorm huis, meer een paleis. Zoiets had ze alleen gezien in boeken of historische programma's op de televisie. Een barokke suikertaart van beeldhouwwerk en gedraaide zuilen.

'Wow,' zei ze zacht.

'Spectaculair, nietwaar? Al wil ik er niet aan denken wat het kost om het te verwarmen,' grapte Graham.

Toen ze dichterbij kwamen en Rebecca de marmeren fontein zag die voor het huis stond, wilde ze dat ze genoeg architectonische termen kende om de schoonheid die ze voor zich zag te beschrijven. De elegante symmetrie van het gebouw, met twee sierlijke vleugels aan elke kant van een overkoepeld centraal gedeelte, was adembenemend. Het zonlicht werd weerkaatst door de perfect geproportioneerde raampanelen, die als juwelen in de voorgevel waren geplaatst. Het steenwerk ertussen werd afgewisseld door gebeeldhouwde cherubijnen en urnen. Onder de massieve centrale portiek, gedragen door vier enorme zuilen, zag ze een magnifieke dubbele eiken deur.

'Passend voor een koningin, hè?' zei Graham toen hij rond het huis reed naar een binnenplaats aan de zijkant ervan, die vol stond met vrachtwagens. Het was er een drukte van belang; mensen droegen camera's, lampen en kabels door een deur naar binnen. 'Ze hopen morgen klaar te zijn voor de opnames, heb ik gehoord,' zei Graham en hij parkeerde de auto.

'Dank u,' zei Rebecca toen ze uitstapte en Graham naar achteren liep om haar koffer uit de achterbak te halen.

'Is dit alles wat u hebt meegenomen, Miss Bradley? Filmsterren reizen doorgaans met een karrenvracht bagage,' plaagde hij haar vriendelijk.

'Ik ben nogal overhaast vertrokken,' gaf Rebecca toe toen ze hem over de binnenplaats volgde naar het huis.

'Goed, denk eraan dat ik tijdens de duur van de opnames beschikbaar ben, dus als u ergens naartoe wilt, hoeft u het maar te zeggen, oké? Het was een genoegen u te leren kennen.'

'Ah! U bent er!' Er kwam een slanke jongeman op hen af. Hij stak zijn hand uit naar Rebecca. 'Welkom in Engeland, Miss Bradley. Steve Campion, productiemanager. Het spijt me te horen dat u vanochtend moest rennen om onze verschrikkelijke paparazzi te ontvluchten. Hier bent u tenminste veilig voor ze.'

'Dank u. Weet u wanneer ik naar mijn hotel kan? Ik kan wel een douche en wat slaap gebruiken,' zei Rebecca, die zich verkreukeld en verreisd voelde.

'Natuurlijk. We wilden u niet nog eens dezelfde ellende bij het hotel aandoen als op het vliegveld,' zei Steve. 'Lord Astbury heeft u voorlopig een kamer in het huis aangeboden, tot we een alternatieve accommodatie voor u vinden. Zoals u kunt zien...' Steve wees naar het enorme gebouw en grijnsde, 'heeft hij wel wat ruimte over. Robert, de regisseur, wil graag morgen met de opnames beginnen en wilde niet dat uw concentratie, of die van de andere acteurs in het hotel, zou worden verstoord.'

'Het spijt me dat ik de oorzaak ben van al dat gedoe,' zei Rebecca. Ze bloosde en voelde zich opeens heel schuldig.

'Het geeft niet, het is onze eigen schuld. We wilden nu eenmaal een beroemde jonge actrice in de film. Oké, de huishoudster zei dat ik haar moest roepen als u er was. Zij brengt u naar uw kamer. Om vijf uur vanmiddag is er een bijeenkomst van de volledige cast in de woonkamer. Dat geeft u de gelegenheid om een paar uur te slapen.'

'Dank u,' zei Rebecca nog eens. De toon in zijn stem ontging haar niet. Ze wist dat ze al als 'moeilijk' te boek stond en wist zeker dat de cast van getalenteerde Engelse acteurs – die het geen van allen in beroemdheid en als publiekstrekker tegen haar konden opnemen – dat hartgrondig met hem eens was.

'Wacht daar en ik ga Mrs. Trevathan halen,' zei Steve en hij liet Rebecca op de binnenplaats achter, terwijl de cameracrew hun materiaal langs haar heen sjouwde.

Even later verscheen er een stevige vrouw van middelbare leeftijd met grijzend, krullend haar en een gezonde kleur in de deuropening en liep naar haar toe.

'Miss Rebecca Bradley?'

'Ja.'

'Ach, natuurlijk, lieverd.' De vrouw lachte breed. 'Ik herkende je onmiddellijk. En geloof me, je bent in het echt nog mooier. Ik heb al je films gezien en het is me een genoegen je te leren kennen. Ik ben Mrs. Trevathan, de huishoudster. Volg me maar, dan breng ik je naar je kamer. Het is een stukje lopen, ben ik bang. Graham brengt je koffer straks wel naar boven,' zei ze, toen Rebecca aanstalten maakte hem op te tillen. 'Je kunt je niet voorstellen hoeveel kilometers ik elke dag afleg.'

'Waarschijnlijk niet,' knikte Rebecca. Ze had moeite om de vrouw te verstaan, met haar zware Devon-accent. 'Dit huis is werkelijk fantastisch!'

'Minder fantastisch nu het alleen door mij en af en toe een daghulp wordt onderhouden. Ik ben helemaal aan mijn eind. Natuurlijk, jaren geleden werkten er hier dertig mensen fulltime, maar de tijden zijn veranderd.'

'Ja, dat zal wel,' zei Rebecca toen Mrs. Trevathan haar voorging door een reeks deuren naar een enorme keuken, waar een vrouw in verpleegstersuniform aan een tafel koffie zat te drinken.

'Via de personeelstrap vanuit de keuken kom je het snelst bij de slaapkamers,' zei Mrs. Trevathan en Rebecca volgde haar over een smalle, steile trap omhoog. 'Ik heb een mooie kamer aan de achterkant voor je in gereedheid gebracht. Hij heeft een mooi uitzicht op de tuin en het landschap erachter. Je mag van geluk spreken dat Lord Astbury het goed vond dat je hier een kamer krijgt. Hij houdt niet van gasten. Wel jammer, want dit huis kon ooit gemakkelijk aan veertig mensen onderdak bieden, maar die dagen zijn voorbij.'

Eindelijk kwamen ze door een andere deur op een brede tussenverdieping uit. Rebecca staarde verwonderd naar de schitterende koepel boven haar en volgde toen Mrs. Trevathan door een brede, schemerige gang.

'Hier is het,' zei ze en ze opende een deur naar een ruime kamer met een hoog plafond, waarin centraal een enorm tweepersoonsbed stond. 'Ik heb de ramen opengezet om een beetje te luchten, dus het is wat koud. Dat is beter dan de geur van vocht. Er is een elektrisch vuur dat je aan kunt doen als je het koud hebt.'

'Dank u. Waar is de badkamer?' vroeg ze.

Mrs. Trevathan glimlachte. 'Twee deuren naar links, aan de andere kant van de gang. Ik ben bang dat we nog niet zo ver zijn dat we kamers met badkamer hebben. Ik zal je nu alleen laten, dan kun je rusten.'

'Kan ik misschien een glas water krijgen?' vroeg Rebecca bescheiden.

Mrs. Trevathan was al onderweg naar de deur, stond stil, draaide zich om en keek haar vriendelijk aan. 'Natuurlijk, je hebt verzorging nodig. Heb je iets gegeten?'

'Nee, ik kon in het vliegtuig niet eten.'

'Zal ik je dan een pot thee en wat toast brengen? Je ziet er echt wat verpieterd uit.'

'Dat zou heel fijn zijn.' Rebecca bedankte haar. Ze voelde zich opeens duizelig en plofte neer in een leunstoel die bij de lege open haard stond.

'Goed. Ik ga het voor je halen.' Mrs. Trevathan keek nadenkend naar haar. 'Je bent ook maar een klein meisje onder al die glamour, hè? Nou, kom een beetje bij en ik ben zo weer terug.' Ze glimlachte vriendelijk en verliet de kamer.

Even later ging Rebecca de gang op en vond, na enkele mislukte pogingen, waarbij ze in een kast en een andere kamer terechtkwam, een grote badkamer met een ouderwetse gietijzeren badkuip in het midden. Er hing een verroeste metalen ketting aan het waterreservoir boven het toilet en nadat ze wat water had gedronken, keerde ze terug naar haar kamer. Ze liep naar de hoge ramen en keek uit over het landschap onder haar. De tuin achter het brede terras dat tegen de achterkant van het huis lag, was goed onderhouden. Bloeiende planten en struiken groeiden in overvloed in de borders. Hun veelkleurige bloemen verzachtten het groen van de gazons in het midden. Achter de hoge taxushaag die de Franse tuin omringde lag de heide. De ruwheid van het landschap contrasteerde scherp met de strakke, goed onderhouden gazons onder haar. Ze schopte haar schoenen uit en klom op het bed, waarvan het matras door jaren gebruik zacht was geworden.

Toen Mrs. Trevathan tien minuten later zachtjes op de deur klopte en de kamer binnenkwam, zag ze dat Rebecca diep in slaap was. Ze zette het blad neer op de tafel bij de open haard, dekte haar voorzichtig toe met de beddensprei en verliet stilletjes de kamer.

2

'Lords, lady's, dames en heren, mag ik jullie welkom heten in Astbury Hall, zoals jullie allemaal kunnen zien de perfecte locatie om *The Still of the Night* op te nemen. Ik voel me in ieder geval vereerd om in een van de mooiste landhuizen van Engeland te mogen filmen en ik hoop dat onze tijd hier met elkaar gelukkig en productief mag zijn.'

Robert Hope, de regisseur, glimlachte welwillend naar de verzamelde cast. 'Ik zou denken dat deze oude muren moeten kraken van de grote hoeveelheid talent en ervaring die op dit moment hier bij elkaar zit. Veel van jullie kennen elkaar al, maar ik wil een speciaal woord van welkom uitspreken voor Rebecca Bradley, die ons komt versterken vanuit Amerika om ons, stoffige, oude Britten, wat Hollywoodglamour bij te brengen.'

Alle ogen richtten zich op Rebecca, die zich in een hoekje schuilhield, overweldigd door de aanblik van zoveel iconische Engelse acteurs bij elkaar. 'Hallo,' zei ze blozend en ze lachte verlegen.

'Ik draag jullie nu over aan Hugo Manners, wiens fantastische scenario het beste van jullie allemaal naar buiten zal brengen,' vervolgde Robert. 'We zullen jullie later het definitieve script uitreiken, vers van de pers. Steve, de productiemanager, zal jullie tijdschema's overhandigen. Het enige wat mij rest jullie te zeggen is: op een succesvolle opname van *The Still of the Night*! Hier is Hugo.'

Er klonk applaus toen Hugo Manners, een met een Oscar bekroonde scenarioschrijver, opstond. Rebecca luisterde maar half naar wat hij te vertellen had. Ze voelde zich opeens overweldigd door wat ze op zich genomen had. Ze maakte zich nog het meest zorgen om haar accent. Ze had in New York lessen genomen in dictie en uitspraak en had de afgelopen twee maanden haar best gedaan om in haar dagelijks leven als een Engelse te praten. Ze wist echter maar al te goed dat ze door deze rol te accepteren haar hoofd boven het maaiveld had gestoken en dat ze heel goed zou kunnen worden neergemaaid. Er was niets wat de Britse media leuker vonden dan de prestaties van een Amerikaanse actrice die de rol van een Engelse speelde belachelijk maken. En zeker als het ging om een actrice die commercieel zoveel succes gehad had als zij.

Het leek niet uit te maken of ze een beurs had gekregen voor de Juilliard School in New York en de beste actrice van haar jaar was geweest in haar rol van Beatrice in een productie van Shakespeares *Much Ado About Nothing*. Elke actrice in Hollywood vond zichzelf 'serieus', ook al had ze de modelroute gevolgd, iets wat voor Rebecca zeker niet gold. Ze wist dat dit haar kans was om zichzelf te bewijzen als klassiek opgeleide actrice, om de sprong te maken naar een kritischer publiek.

Er klonk weer applaus toen Hugo klaar was met zijn praatje en Steve, de productiemanager, begon het nieuwe script uit te delen, met een persoonlijk programma voor ieder van hen.

'Je zult wel blij zijn te horen dat we je morgen niet nodig hebben op de set, Rebecca. Je hebt een ochtend bij de Garderobe met de kostuumontwerper en haar team om je garderobe te passen, en daarna willen Haar en Make-up je zien. Robert heeft voorgesteld dat je een uur met de stemcoach neemt om je tekst door te nemen voor de eerste opnamedag.'

'Dat is goed. Heb je enig idee wanneer ik naar mijn hotel kan worden gebracht? Ik zou graag mijn spullen uitpakken en mezelf installeren.'

'Die fotografen hangen er blijkbaar nog altijd rond. Voor vanavond heeft Lord Astbury ermee ingestemd dat je hier blijft. Ondertussen zoeken wij iets onopvallends voor je, waar je kunt verblijven. Je boft maar!' voegde Steve er lachend aan toe. 'Dit is wel iets luxueuzer dan het kamertje boven de plaatselijke pub dat aan mij is toegewezen. En het betekent ook dat je alle gelegenheid hebt om de sfeer hier op te snuiven.'

Een bijzonder knappe man met gebeeldhouwde trekken liep naar hen toe en stak zijn hand uit. 'Miss Bradley? Ik ben James Waugh. Ik speel Lawrence en volgens mij hebben wij een paar, hoe zal ik het zeggen, intieme scènes met elkaar.' Hij knipoogde naar haar en Rebecca merkte zijn natuurlijke charme en expressieve blauwe ogen op, die hem ongetwijfeld vooruit hadden geholpen binnen de wereld van de jonge Britse acteurs.

'Aangenaam je te ontmoeten, James,' zei ze. Ze stond op om zijn hand aan te nemen.

'Arme schat,' zei hij meelevend. 'Je verkeert vast in shock, net uit Amerika aangekomen en meteen geconfronteerd met al die heisa over je verloving met Jack Heyward.'

'Ik...' Rebecca wist niet zo goed wat ze moest zeggen. 'Inderdaad,' voegde ze er ten slotte halfslachtig aan toe.

'Gefeliciteerd, trouwens!' James hield nog steeds haar hand vast. 'Hij is een gelukkig man.'

'Dank je,' antwoordde ze stijfjes.

'Als je op welk moment dan ook onze scènes samen wilt doornemen voor de opnames, aarzel dan niet me dat te laten weten. Ik ben zelf doodsbang,' vertrouwde hij haar toe. 'Het is bijzonder imponerend om met al die grootheden uit de film en het theater samen te werken.'

'Nou, hè,' stemde Rebecca met hem in. Ze begon hem al wat aardiger te vinden.

'Ik weet zeker dat jij het geweldig zult doen, en, als je behoefte hebt aan wat gezelschap nu we hier in dit gat in de rimboe zitten, laat het maar weten.'

'Dat zal ik doen. Dank je wel.'

James zond haar nog een betekenisvolle blik, liet toen haar hand los en liep weg.

Rebecca was te verlegen om zich onder de andere acteurs te mengen, ze ging weer zitten en bestudeerde haar schema. Het was haar opgevallen dat James haar met haar verloving had gefeliciteerd en in één adem duidelijk had gemaakt dat hij haar graag beter wilde leren kennen.

'Rebecca, de cast en de crew gaan dadelijk terug naar het hotel voor het diner,' zei Steve, die plotseling naast haar opdook. 'De locatiecateraars komen hier morgenochtend vroeg, maar ik zal je nieuwe beste vriendin, Mrs. Trevathan, vragen of ze voor vanavond iets voor je wil maken in de keuken. Ze was erg met je begaan, zei dat je meer moest eten.'

'Dat is lief van haar. Ik wilde toch al het nieuwe script doorlezen,' antwoordde ze.

'Gaat het, Rebecca?' Steve keek haar bezorgd aan.

'Ja hoor. Misschien een beetje last van mijn jetlag en, om eerlijk te zijn, ook wat onder de indruk van al die ongelooflijke acteurs. Ik maak me zorgen dat ik niet aan de standaard voldoe,' bekende ze.

'Ik snap het. Misschien helpt het als ik je zeg dat ik al heel lang met Robert werk en dat hij nog nooit een fout heeft gemaakt als hij acteurs kiest voor zijn films. Ik weet dat hij je hoog heeft zitten als actrice. Als dat niet zo was, dan was je hier gewoon niet, hoe beroemd je ook bent. Oké?'

'Ja, bedankt, Steve,' antwoordde ze dankbaar.

'Goed, dan zie ik je morgen. Geniet van je nacht in je paleis. Hier kan niemand je lastigvallen, dat is zeker.'

Steve liep weg en begon zijn kudde acteurs uit de zitkamer te drijven. Toen iedereen weg was, stond Rebecca op. Voor het eerst had ze de kans haar omgeving eens goed in zich op te nemen. De julizon wierp een warme gloed door de enorme ramen en verzachtte het strenge mahoniehouten meubilair waarmee de kamer vol stond. Sofa's en gemakkelijke stoelen stonden rond een reusachtige marmeren open haard. Rebecca huiverde. Ze voelde de plotselinge kilte van de avond en wilde dat er een vuur in de haard brandde.

'Daar ben je!' Mrs. Trevathan verscheen in de deuropening en liep naar haar toe. 'Steve vroeg me je van avondeten te voorzien. Ik heb nog een stuk zelfgemaakte steak-and-kidneypie en wat piepers over van de lunch van *His Lordship*.'

'Piepers?' reageerde Rebecca verbaasd.

'Aardappels, liefje,' zei Mrs. Trevathan glimlachend.

'Ik heb niet veel honger. Misschien gewoon een salade?'

'Ja ja.' Mrs. Trevathan observeerde haar met toegeknepen ogen. 'Zoals je eruitziet, zou ik zeggen dat je permanent op dieet bent. Vergeef me, Miss Rebecca, maar een zuchtje wind zou je nog omverblazen.'

'Ik moet inderdaad oppassen,' antwoordde Rebecca, in verlegenheid gebracht door de welgemeende bemoeizucht van de vrouw.

'Zoals je wilt, maar je hebt er meer aan als je eens goed eet. Zal ik je maaltijd naar je kamer brengen?'

'Dat zou heel vriendelijk van u zijn, dank u wel.'

Toen de huishoudster weg was, fronste Rebecca haar wenkbrauwen bij de gedachte aan Mrs. Trevathans instinctieve herkenning van haar eetgewoonten. Ze kon niet ontkennen dat ze voortdurend lette op wat ze at, maar hoe kon het ook anders? Haar carrière hing af van haar slanke figuur.

Ze liep de kamer uit, de grote hal in, om de brede trap te beklimmen die naar haar kamer leidde. Ze stond stil om naar de schitterende koepel boven haar te kijken. Door de kleine glaspanelen in de hoeken ervan vielen lichtvlekken op de marmeren vloer onder haar voeten.

'Goedenavond.'

Rebecca schrok toen ze het geluid van een mannenstem hoorde en ze draaide zich om. Ze staarde naar de man die bij de voordeur stond in een oeroud tweedjasje en een versleten corduroybroek die hij in zijn rubberlaarzen had gestopt. Zijn grove, ongekamde haar begon grijs te worden en kon wel een knipbeurt gebruiken. Ze schatte dat hij halverwege de vijftig was.

'Hallo,' antwoordde ze aarzelend.

'Ik ben Anthony, en u bent...?'

'Rebecca, Rebecca Bradley.'

'O!' In zijn ogen was een glimp van herkenning te zien. 'De Amerikaanse filmster. Ze zeggen dat u heel beroemd bent, maar ik ben bang dat ik nog nooit van u heb gehoord. Films zijn echt niet mijn ding. Sorry.' Hij haalde zijn schouders op.

'Verontschuldigt u zich alstublieft niet. Er is geen enkele reden waarom u mij zou moeten kennen.'

'Nee. Nou ja, ik moet ervandoor.' De man wiebelde heen en weer op zijn voeten, hij voelde zich duidelijk ongemakkelijk. 'Ik moet buiten nog het een en ander doen voor het donker wordt.' Hij knikte kort naar haar en verdween toen door de voordeur.

Rebecca liep door de hal en beklom de trap. Onderweg bewonderde ze de olieverfschilderijen van generaties Astbury's die aan de muur hingen. Mrs. Trevathan verscheen op de bovenverdieping met een blad en volgde Rebecca naar haar kamer.

'Alsjeblieft, liefje. Ik heb wat soep voor je en wat vers brood en boter. O, en ik heb er een stuk van mijn Bakewell-taart bij gedaan, met custard.' Ze haalde de deksel die de pudding had afgedekt met een vrolijke zwaai van het bord.

'Dank u!'

'Heb je verder nog iets nodig?'

'Nee. Dank u wel. Dit is werkelijk een prachtig huis, vindt u niet?'

'Jazeker, dat is zo. En je hebt geen idee hoeveel opofferingen er moeten worden gedaan om het in stand te houden.' Mrs. Trevathan zuchtte even.

'Ik kan me er iets bij voorstellen. Trouwens, ik kwam beneden de tuinman tegen,' voegde Rebecca eraan toe.

'Tuinman?' Mrs. Trevathan trok een wenkbrauw op. 'Beneden? Binnen?'

'Ja.'

'We hebben iemand die eenmaal per week de gazons komt maaien. Misschien zocht hij His Lordship. Nou, ik laat je met rust, dan kun je eten. Hoe laat wil je morgenochtend je ontbijt?'

'Ik ontbijt eigenlijk nooit, maar misschien kunt u wat vruchtensap en yoghurt brengen.'

'Ik zal kijken wat ik kan doen.' Mrs. Trevathan snoof duidelijk afkeurend toen ze naar de deur liep, maar draaide zich toen om om de jonge vrouw nog even vriendelijk toe te lachen. 'Welterusten voor straks. Slaap lekker.'

'Welterusten.'

Rebecca at de prei- en aardappelsoep en al het dik met boter besmeerde brood smakelijk op. Daarna had ze nog steeds trek, dus probeerde ze een klein hapje van de vreemde pudding die Mrs. Trevathan voor haar had achtergelaten. Hij was zo lekker dat ze die ook opat. Daarna ging ze met een schuldgevoel op het bed liggen. Ze moest er geen gewoonte van maken om dat zware Engelse eten te verslinden, hoe goed het haar ook smaakte.

Toen haar maag weer tot rust was gekomen, rolde ze van het bed en pakte haar tas. Ze haalde voorzichtig haar telefoon eruit en zette hem aan. Ze drukte op de knop om haar berichten op te halen en hield de telefoon aan haar oor. Hij maakte geen contact en toen ze op het scherm keek, zag ze dat er geen signaal was. Ze haalde haar iPad tevoorschijn en zag dat daarvoor ook geen netwerk beschikbaar was.

Er verscheen een aarzelende glimlach om haar lippen. Die ochtend had ze gewenst dat ze ergens was waar niemand haar kon vinden of contact met haar kon maken, en het leek erop dat ze daar in ieder geval voor vanavond in geslaagd was. Ze ging op het bed liggen en keek uit het raam naar de schemering die viel, de zon die langzaam achter de horizon op de heide achter de tuin verdween. Toen drong pas tot haar door dat het enige wat ze kon horen een diepe stilte was.

Rebecca pakte het script van het zijtafeltje en begon het door te lezen. Zij zou Lady Elizabeth Sayers spelen, de mooie jonge dochter van het huis. Het verhaal speelde in 1922, midden in de Jazz Age. Haar vader was vastbesloten om haar uit te huwelijken aan een naburige landeigenaar, maar Elizabeth had andere ideeën. De film richtte zich op de Britse aristocratie in een veranderende wereld, toen vrouwen voorzichtige stappen namen in de richting van emancipatie en de arbeidersklassen hun onderwerping aan de aristocratie niet langer accepteerden. Elizabeth werd verliefd op een dichter, Lawrence, een ongeschikte partij, die ze had ontmoet in de uitgebreide kunstenaarsscene in Londen. De keus die ze moest maken tussen het te schande maken van haar ouders en het volgen van haar hart was een oud verhaal. En toch maakte het geestige en tegelijk ontroerende script van Hugo Manners er een juweel van een rol van.

Zoals meestal het geval was begonnen de opnames niet aan het begin van het verhaal en Rebecca moest overmorgen haar eerste scène opnemen met James Waugh, die haar ongeschikte dichter speelde. Er zou in de tuin worden gefilmd en de scène bevatte een hartstochtelijke kus. Rebecca zuchtte. Hoe professioneel ze ook was als actrice, of hoe vaak ze ook voor de camera was verleid, ze had er altijd een hekel aan liefdesscènes op te nemen met collega's die ze nauwelijks kende.

Uit haar ooghoek zag ze een beweging in de tuin beneden. Ze

ging naar het raam en zag de tuinman op een bankje zitten. Zelfs van boven gezien voelde ze dat er iets eenzaams aan hem was, iets treurigs. Rebecca keek naar hem, hoe hij daar zat, voor zich uit starend in de toenemende duisternis.

Nadat ze een bad had genomen, kroop Rebecca tussen de gesteven witte lakens. Toen ze daar lag en haar tekst oefende in het afgemeten Britse accent van de jaren twintig, besefte ze dat het deze avond voelde alsof ze echt leefde in de wereld van het filmscript. Er leek zo weinig te zijn veranderd sinds die tijd dat het bijna eng was.

Ze zag dat het inmiddels over tienen was, maar ze was ervan overtuigd dat ze niet zou kunnen slapen vanwege haar jetlag. Toch deed ze het licht uit. Tot haar verbazing sliep ze de hele nacht door en werd ze pas wakker toen Mrs. Trevathan de volgende ochtend om acht uur voor haar neus stond met een ontbijt.

Om tien uur ging ze naar beneden en vond de weg naar de Garderobe om haar kostuums te passen. Jean, de Schotse kostuumontwerpster, zag haar en zei meteen: 'Jij bent gemaakt voor deze periode. Je hebt echt een ouderwets gezicht. En... ik heb een verrassing voor je.'

'Echt?'

'Ja. Ik praatte gisteren met de huishoudster en zij vertelde me dat er boven een grote collectie japonnen uit de jaren twintig hangt, in een van de slaapkamers. Blijkbaar zijn ze gedragen door een al lang overleden familielid van de huidige Lord Astbury en zijn ze al die jaren niet van hun plaats geweest. Ik vroeg of ik even mocht kijken, gewoon uit persoonlijke interesse, en natuurlijk ook,' ze knipoogde naar Rebecca, 'om te zien of er iets bruikbaars was dat jou zou passen. Het zou geweldig zijn om ze in de film te gebruiken.'

'Zeker,' knikte Rebecca.

'En...' Jean trok met een groots gebaar een zijden drapering weg van een kledingrek, 'moet je dit eens zien!'

Rebecca hapte naar adem toen een rij schitterende japonnen tevoorschijn kwam. 'Wow!' fluisterde ze. 'Wat mooi!'

'En perfect onderhouden. Je zou nooit zeggen dat ze negentig jaar oud zijn. Er zijn er veel bij van Franse ontwerpers uit die tijd, zoals Lanvin, Vionnet en Patou. Wat een goudmijn!' merkte Jean op toen ze samen de japonnen op het rek bekeken en ze een voor een tevoorschijn haalden en bewonderden. 'Op een veiling zouden ze een fortuin opbrengen. Ik kan gewoon niet wachten om te zien of ze jou passen. Vast wel, als ik jouw maten zie. Het lijkt erop dat de oorspronkelijke eigenaresse van deze jurken precies dezelfde maten en lengte had als jij.'

'Maar mag ik ze dragen, ook al passen ze?' vroeg Rebecca.

'Wie weet? De huishoudster klonk erg twijfelachtig en zei dat ze het Lord Astbury moest vragen. Maar we moeten eerst weten of ze passen. Dan kijken we wel verder.' Jean haalde een jurk van het rek. 'Wat denk je bijvoorbeeld van deze voor je eerste scène met James Waugh morgen?'

Tien minuten later bekeek Rebecca zichzelf in de spiegel. Sinds haar Juilliard-tijd had ze niet meer zulke periodekostuums gedragen; haar rollen in Hollywood waren altijd van jonge, moderne vrouwen geweest; meestal in jeans en T-shirt. De Lanvinjurk die ze nu aan had was van zijde gemaakt, met een laagje chiffon en geborduurd met kralen. De asymmetrische zoom golfde rond haar enkels als ze liep.

'Oké, al moet ik op mijn knieën smeken, ik ga die Lord Astbury ervan overtuigen dat hij me een paar van deze jurken laat gebruiken,' zei Jean vastbesloten. 'Laten we de volgende eens proberen.'

Nadat Rebecca in een schitterende reeks japonnen had geparadeerd, die haar stuk voor stuk als gegoten zaten, grijnsde Jean naar haar. 'Volgens mij ben je klaar. Ik spreek zo snel mogelijk met de huishoudster. Lieverd, je zult eruitzien als een droom,' merkte ze op toen ze Rebecca uit de laatste jurk hielp. 'Als je langs Haar en Make-up bent geweest, ben je een echte jarentwintigschoonheid!' Ze knipoogde samenzweerderig naar Rebecca. 'Je vindt ze verderop in de gang, rechts.'

'Ik denk dat ik een gps nodig heb in dit huis,' zei Rebecca lachend toen ze naar de deur liep, 'ik verdwaal voortdurend.'

Ze verliet de Garderobe en liep door de gang tot ze bij Haar en Make-up was. Toen ze in een stoel voor de spiegel was gaan zitten, nam een van de haarstylisten een glanzende lok van Rebecca's dikke, donkere haar in haar handen.

'Wat vind je ervan als we het morgen knippen en verven?' vroeg ze.

Dit was een van de hangijzers geweest bij haar impresario, Victor, toen het contract werd gesloten; een van de voorwaarden was dat Rebecca's lange haar in een jarentwintigbob zou worden geknipt en blond geverfd om bij de haarkleur van de actrice die haar moeder speelde te passen.

'Dat is goed.' Rebecca haalde haar schouders op. 'Het groeit toch weer aan?'

'Natuurlijk. En als de opnames voorbij zijn, kunnen we het zo weer in je oorspronkelijke kleur verven. Fijn om te zien dat je er niet zo moeilijk over doet,' zei de haarstyliste goedkeurend. 'Veel actrices doen dat wel. Bovendien vind je de stijl misschien wel wat. Je hebt het perfecte hoofd voor een bob.'

'En misschien herkent niemand me meer als blondine,' overwoog Rebecca.

'Helaas, ik ben bang dat dat je niet gaat helpen,' wierp de visagiste tegen die op een stoel tegenover Rebecca was gaan zitten. 'Dat gezicht van jou verraadt je altijd. Vertel eens, hoe is Jack Heyward in het echt? Hij is zo goddelijk op het scherm. Ziet hij er 's ochtends vroeg ook zo uit?' zei ze plagend.

Rebecca dacht erover na. 'Hij ziet er 's ochtends eigenlijk best goed uit.'

'Vast wel!' Het make-upmeisje lachte. 'Je kunt het vast niet geloven dat je echt met hem gaat trouwen!'

'Weet je? Je hebt gelijk, ik geloof het echt niet! Ik zie jullie morgenvroeg voor de knipbeurt.' Ze lachte om de ironie van haar woorden te verhullen en stond op. Voor ze de kamer verliet, zwaaide ze naar de twee. Ze keek op haar horloge en zag dat het nog maar drie uur was. Dat betekende dat ze nog twee uur had voor haar afspraak met de stemcoach.

Een van de kleedsters had haar gezegd dat het blijkbaar mogelijk was om een signaal op haar mobiele telefoon te ontvangen als je in de richting van de heide liep. Ze rende naar boven om haar telefoon te halen. De opnames waren al begonnen in de zitkamer en toen ze door de openslaande deuren in de eetkamer het terras op liep, kreeg ze een raar gevoel in haar maag bij de gedachte dat zij morgen degene zou zijn die voor de camera stond.

Rebecca daalde de afbrokkelende bakstenen traptreden af de tuin in en liep er in een flink tempo doorheen. Ze ging op het bankje zitten waar ze gisteren de tuinman had zien zitten en probeerde opnieuw haar telefoon die nog steeds nauwelijks een signaal ontving.

'Verdorie!' zei ze, toen haar voicemail nogmaals weigerde verbinding te maken.

'Alles in orde?'

Rebecca schrok van de stem en keek in de richting van de rozenperken waar ze de tuinman die ze gisteravond was tegengekomen bezig zag met een snoeischaar.

'Ja, niets aan de hand. Mijn telefoon heeft alleen geen bereik.'

'Sorry. We hebben hier een vreselijk slechte verbinding.'

'Misschien is het niet eens zo slecht om afgesneden te zijn van de wereld. Eigenlijk vind ik het wel prettig,' vertrouwde ze hem toe. 'Vindt u het prettig om hier te werken?' vroeg ze beleefd.

Hij keek een beetje gek, maar knikte toen. 'Zo heb ik er nog nooit over nagedacht, maar ik denk het wel. Ik kan me niet voorstellen ergens anders te zijn, in ieder geval.'

'Het moet de droom zijn van elke tuinman. Die rozen zijn schitterend. Zulke prachtige kleuren – vooral die u daar aan het snoeien bent. Zo'n prachtig diep, fluwelig paars, het lijkt wel zwart.'

'Ja,' knikte hij. 'Dat is de nachtroos en het is een nogal mysterieuze plant. Hij is hier al zo lang als ik hier ben en zou al vele jaren geleden moeten zijn doodgegaan. Toch bloeit hij elk jaar weer trouw alsof hij net is neergezet.'

'Ik heb in mijn flat alleen wat potplanten,' merkte Rebecca op.

'Houdt u ook van tuinieren?'

'Als kind had ik mijn eigen stukje in de tuin van mijn ouders. Ik vond dat altijd een heel troostrijk plekje.'

'Het is zeker een goed gevoel om controle uit te oefenen over het land. Het helpt tegen de stress,' zei de tuinman, instemmend knikkend. 'Hoe vindt u het hier, vergeleken met Amerika?'

'Het is compleet anders dan waar ik ook maar geweest ben, maar ik heb net lekkerder geslapen dan ik in jaren heb gedaan. Het is hier zo vredig. Later vandaag word ik naar een hotel verhuisd. Ik denk niet dat Lord Astbury zin heeft in gasten in zijn huis. Eerlijk gezegd,' bekende Rebecca, 'zou ik liever willen blijven. Ik voel me hier veilig.'

'Nou, je weet maar nooit. Misschien verandert Lord Astbury van gedachten. Trouwens,' hij wees naar haar mobiele telefoon, 'als u het aan Mrs. Trevathan vraagt, kunt u misschien wel de vaste lijn in zijn studeerkamer gebruiken.'

'Oké, bedankt, ik zal het vragen,' zei Rebecca en ze stond op. 'Ik zie u vast nog wel.'

'Hier,' de tuinman knipte een enkele tak met een perfecte nachtroos voor haar af, 'iets moois om naar te kijken in uw kamer. De geur is heerlijk.'

'Dank u,' zei Rebecca. Ze was geraakt door het gebaar. 'Ik zet hem meteen in water.'

Ze vond Mrs. Trevathan in de keuken en legde uit dat ze een vaas nodig had voor haar roos en dat de tuinman had gezegd dat er een telefoon in de studeerkamer was. Mrs. Trevathan ging haar voor naar een kleine, donkere kamer met boekenplanken. Op het bureau lagen stapels slordig opgehoopte papieren.

'Alsjeblieft. Maar maak het niet te lang als je met Amerika belt. His Lordship krijgt een beroerte als hij de telefoonrekeningen ziet.'

Toen Mrs. Trevathan de kamer uit was, dacht Rebecca dat 'His Lordship' klonk als een boeman.

Ze ging zitten en zocht het nummer op in haar mobiel. Toen nam ze de hoorn van de stokoude telefoon, die nog een draaischijf had met cijfers erop. Ze moest even kijken hoe hij werkte, stak toen haar vinger in de gaten en draaide de cijfers op de schijf om Jack te bellen. Ze voelde zich opgelucht toen ze hoorde dat ze direct zijn voicemail kreeg.

'Hai, ik ben het. Ik ben ergens waar geen internet is en ook geen mobiel bereik. Ik verhuis later vandaag naar een hotel. Dan zal ik contact met je opnemen. Het gaat goed met me. Ik...' Rebecca zweeg even. Ze dacht erover na wat ze tegen hem moest zeggen, maar het onderwerp was zo groot en complex dat ze niet direct woorden vond om het te beschrijven. 'Ik bel je snel. Dag!'

Ze bracht de hoorn nogmaals naar haar oor, koos het nummer van Victor, haar impresario, en liet een vergelijkbaar bericht achter op zijn voicemail.

Vervolgens verliet ze de studeerkamer en ging op zoek naar Steve. Ze wilde van hem weten waar ze nou uiteindelijk zou verblijven tijdens de opnames. Ze vond hem bij de vrachtwagen van de setcatering die op het erf naast het huis stond opgesteld.

'Ik weet het, ik weet het, Rebecca. Je wilt weten waar je naartoe gaat,' zei Steve. Hij voelde zich duidelijk overvallen. 'Ik wilde net naar je toe gaan met hopelijk goed nieuws. Lord Astbury kwam vijf minuten geleden naar me toe en zei dat het goed was als je hier tijdens de opnames wilt blijven. Ik ben wel verbaasd, omdat hij eerder niet zo voor het idee te vinden was,' merkte hij op. 'We hadden een keurige bed and breakfast voor je gevonden in een van de nabijgelegen dorpen, maar ik denk eerlijk gezegd niet dat die accommodatie aan jouw normen voldoet. En er is natuurlijk geen garantie dat de pers je daar uiteindelijk niet toch vindt. Zeg jij maar wat je wilt.'

'Oké, mag ik erover nadenken?' Ze hield van de veiligheid en de rust van haar huidige accommodatie, maar ze wist niet zeker of ze die wel wilde delen met de tot nu toe onzichtbare Lord Astbury.

'Ja,' zei Steve toen zijn walkietalkie kraakte. 'Neem me niet kwalijk, Rebecca, maar ze hebben me nodig op de set.

In haar kamer nam Rebecca haar tekst nog eens door, in voorbereiding op haar afspraak met de stemcoach over een half uur. Ze stond op en staarde naar buiten. Ze voelde zich werkelijk veilig hier. Meer dan wat ook had ze rust en stilte om zich heen nodig om zich op haar rol te concentreren. Hij zou haar toekomstige carrière kunnen maken of breken.

Na de sessie met de stemcoach zocht Rebecca Steve en vond hem op het terras. Ze zei hem dat ze het heerlijk zou vinden om in Astbury Hall te blijven.

'Gezien hoe het er nu voorstaat, is dat waarschijnlijk het enige verstandige wat je kunt doen,' antwoordde Steve. Hij was blij dat het probleem was opgelost. 'En Mrs. Trevathan zei ook nog dat ze je 's avonds best van avondeten wil voorzien. Ze lijkt je onder haar vleugels te hebben genomen.' Hij glimlachte.

'O, ik eet 's avonds toch nauwelijks iets, dus…'

'Hallo daar,' zei een stem achter hen.

Rebecca zag dat de tuinman de treden van het terras beklom en naar hen toe liep.

'Goedemiddag, Lord Astbury. Rebecca heeft gezegd dat ze graag wil blijven,' zei Steve. 'Het is heel vriendelijk van u dat u voor haar een uitzondering wilt maken.'

'Noem me alsjeblieft Anthony,' zei de man.

Rebecca was geschokt en keek eerst naar Steve en toen naar Anthony.

'Misschien kunt u mij 's avonds, als iedereen weg is, wat helpen met het werk in de tuin,' zei hij met een ironische ondertoon in zijn stem.

'Ik… dus ú bent Lord Astbury?' stotterde ze onhandig.

'Ja, maar, zoals ik net al tegen Steve zei, iedereen noemt me Anthony.'

Rebecca voelde hoe haar wangen begonnen te gloeien. 'Ik voel me zo opgelaten, ik wist niet wie u was.'

'Nee, nou ja, misschien zag ik er niet zo uit als je verwachtte,' antwoordde Anthony rustig. 'Het is tegenwoordig helaas zo dat de arme adel zonder geld zelf het vuile werk moet doen. Geen smoking voor ons. Als jullie mij nu willen verontschuldigen, ik moet nog enkele goudenregenstruiken verzorgen.'

Hij liep weg en verdween om de hoek van het huis.

'O, Rebecca!' Steve gooide zijn hoofd in zijn nek en lachte. 'Klassiek! Ik weet niet hoe het bij jullie in de States gaat, maar de moderne aristocratie hier in Engeland ziet er vaak het onverzorgdst uit. Het is zo'n beetje hun statussymbool geworden om hun oudste kleren aan te trekken en in stokoude auto's rond te rijden. Geen zichzelf respecterende edelman piekert erover om zich thuis op te doffen. Dat is not done.'

'Oké,' antwoordde Rebecca. Ze voelde zich dom en heel erg buitenlands.

'Hoe dan ook, je onwetendheid heeft je blijkbaar geen windeieren gelegd,' vervolgde Steve. 'Je hebt er een onbeperkte uitnodiging om hier te blijven logeren aan te danken.'

James Waugh verscheen en slenterde naar hen toe. 'Rebecca, ik wilde je net vragen of je vanavond iets te doen had. Ik dacht, misschien kunnen we ergens een hapje gaan eten en elkaar iets beter leren kennen. We hebben morgenochtend onze eerste opname samen en die is nogal – hoe zal ik het zeggen – persoonlijk.' Hij grijnsde ondeugend naar haar.

'Eigenlijk wilde ik vroeg gaan slapen,' antwoordde ze.

'Graham kan je vast ophalen, dus dat hoeft geen belemmering te zijn.'

'Ik... liever niet. De pers...'

'Allemaal foetsie. Sinds vanochtend,' zei James. 'En je kunt toch niet toestaan dat al dat beroemdheidsgedoe je in je werk dwarszit?'

'Nee. Nou, goed dan,' zei Rebecca ten slotte. Ze wilde niet hooghartig overkomen.

'Goed.' James glimlachte. 'Dan zie ik je om acht uur in het hotel. En maak je geen zorgen. Ik vraag om een discreet tafeltje.'

Toen James weg was, keek Steve Rebecca veelbetekenend aan. 'Volgens mij heb je daar ook succes. Kijk uit met hem. Hij heeft de reputatie van een stoute jongen.'

'Doe ik. Dank je, Steve.' Ze liep weg, haar hoofd omhoog.

Toen ze weer in haar kamer was, werd er op de deur geklopt.

'Kom binnen.'

Het was Mrs. Trevathan. 'Sorry dat ik je stoor, Rebecca, maar ik hoor dat je His Lordship hebt ontmoet.'

'Ja, dat is zo,' zei Rebecca zacht, terwijl ze verderging met het ophangen van de weinige kledingstukken die ze had meegenomen in de oude mahoniehouten kledingkast.

'Laat mij dat maar doen,' zei Mrs. Trevathan.

'Nee, het geeft niet, ik...'

'Ga lekker zitten. We praten wel terwijl ik je spullen opberg.'

Rebecca gaf toe en ging op de rand van het bed zitten, terwijl Mrs. Trevathan de rest van de inhoud van haar koffer opruimde.

'Je hebt niet veel meegenomen, hè, lieverd?' merkte ze op. 'Maar goed, ik kwam om te zeggen dat His Lordship je heeft uitgenodigd om vanavond samen met hem te dineren. Hij eet altijd precies om acht uur.'

'O nee, ik ben bang dat dat niet gaat. Ik heb al een afspraak.'

'Ach, dat zal His Lordship teleurstellen. En dat nadat hij zo vriendelijk is geweest je hier onderdak te bieden.'

Rebecca hoorde de afkeuring in de stem van de huishoudster. 'Wilt u mij bij hem verontschuldigen? Zeg hem dat ik de uitnodiging heel graag een andere avond aanneem,' zei ze zacht.

'Dat zal ik doen. Hij vindt het echt niet prettig om mensen in zijn huis te hebben. His Lordship heeft rust nodig. Veel rust. Maar een kat in nood maakt rare sprongen.'

'Wat bedoelt u?'

'Ik bedoel, lieverd, dat hij het geld van de film hard nodig heeft om zijn huis draaiende te houden,' legde Mrs. Trevathan uit.

'Ik begrijp het. Heeft Lord Anthony eigenlijk familie?' informeerde ze voorzichtig.

'Nee, dat heeft hij niet.'

'Dus hij woont hier alleen?'

'Ja. Goed, dan zie ik je morgenochtend. Vroeg, heb ik begrepen. Kom niet te laat thuis, lieverd. Je moet morgen fris zijn.'

'Dat zal ik niet doen, dat beloof ik. Dank u, Mrs. Trevathan.' Rebecca vond het helemaal niet erg dat de oudere vrouw een beetje over haar moederde.

Haar vroege jeugd was geen tijd waar Rebecca graag aan terugdacht. Heel weinig mensen, zelfs haar impresario niet, kenden de waarheid over haar verleden. Ze had er Jack op een avond, toen ze op vakantie waren in het herfstige, winderige Nantucket, een keer over verteld.

Hij had haar vastgehouden toen ze huilde en teder de tranen van haar wangen geveegd.

Rebecca schudde haar hoofd en zuchtte. Ze had toen echt het gevoel gehad dat Jack van haar hield. Ze stond op en liep heen en weer over de krakende vloer. De herinnering was zo in tegenspraak met het meer recente verleden, waarin hij high, onsamenhangend en agressief was geweest. Niet voor de eerste keer wenste ze met haar hele hart dat ze gewoon twee doorsnee mensen waren, zoals dat weekend, goed ingepakt tegen de kou en door niemand herkend. Gewoon een jongen en een meisje die verliefd op elkaar waren.

Rebecca schoof die gedachten opzij en zag dat ze minder dan een uur had voor ze met haar collega-acteur uit eten zou gaan.

3

'Goeienavond,' zei James toen Rebecca de kleine zitkamer van zijn suite binnenkwam, waar een tafel was neergezet voor het diner. Hij kuste haar op beide wangen en leidde haar ernaartoe. 'Ik dacht dat je het prettiger zou vinden om hier te eten, gezien de omstandigheden.'

'Ja, dank je wel,' zei Rebecca, dankbaar dat ze niet onder de ogen van loerende gasten hoefde te eten, maar tegelijkertijd bezorgd over roddels onder het hotelpersoneel. Gezien worden als ze de suite van haar collega-acteur binnenging was op vele manieren erger dan met hem gezien worden in het restaurant van het hotel.

'Maak je geen zorgen dat het personeel iets naar buiten zal brengen.' James leek haar gedachten te lezen toen hij haar stoel naar achteren schoof. 'Robert vertelde me dat het hotel ze een privacyclausule heeft laten tekenen, voor de tijd dat wij hier allemaal zijn. Als er ook maar een woord uitlekt naar de pers over wat iemand van de cast heeft gedaan, dan krijgen ze een proces aan hun broek van de advocaten van de productiemaatschappij.'

'Oké,' zei Rebecca.

'Wat een waanzin, hè?' verzuchtte James en hij ging tegenover haar zitten. 'Hoe dan ook, de soep is al hier, dus schep op zolang hij nog warm is. Wijn?' Hij haalde een fles tevoorschijn.

'Nee, bedankt,' zei Rebecca. 'Ik moet morgen fris zijn.'

'Vertel eens, hoe ben jij eigenlijk "ontdekt"?' vroeg James en hij schonk een flinke scheut wijn in zijn eigen glas.

Rebecca roerde in de kom met dunne, onduidelijke soep terwijl ze overwoog wat ze zou zeggen. Ondertussen bedacht ze dat dat wat Mrs. Trevathan op tafel zette veel beter was dan dit. 'Ik heb niet het gevoel dat ik werkelijk ben ontdekt. Ik kreeg gewoon een rolletje in een tv-serie toen ik twintig was, en vanaf dat moment werden de rollen steeds groter.' Ze haalde haar schouders op.

'Ik moet het nog maken in Hollywood,' zei James. 'De aandacht van de pers hier in Engeland is heel vervelend, maar naar wat ik heb gehoord, is het in LA een nachtmerrie.'

'O ja, dat is zo,' stemde Rebecca in. 'Daarom woon ik er ook niet. Ik heb een appartement in New York.'

'Dat doe je goed. Ik denk dat jij verstandig bent. Ik heb een vriend die een paar jaar geleden een film gedraaid heeft in LA en hij zegt dat de meeste filmsterren letterlijk nooit de deur uitgaan. Ze sluiten zichzelf op in hun huis in de bergen, achter hun zwaarbeveiligde muren en batterijen camera's. Dat zou me helemaal niet bevallen,' voegde hij er met een grijns aan toe.

'Je vriend heeft gelijk, en het bevalt mij ook niet. New York is veel relaxter.'

'Behalve in periodes als deze, nu ze je zelfs in een uithoek als Devon lastigvallen.' James trok zijn wenkbrauwen op.

'Ja, nu is het vreselijk.' Rebecca stopte met het eten van haar soep en legde haar lepel op het bord ernaast.

'Ik vind het altijd ironisch dat het doel van elke jonge acteur jouw soort roem en rijkdom is,' zei James. 'Terwijl de prijs echt hoog is. Ik ben niet van jouw niveau, natuurlijk, maar zelfs als ík iets uitvreet, staat het in de krant.'

'Ik denk dat je er maar aan moet wennen,' verzuchtte Rebecca. 'Het wordt normaal. Het zijn vooral de leugens die mij raken.'

'Die verloving is toch zeker geen leugen, Rebecca?'

Rebecca zweeg en dacht erover na wat ze moest zeggen, terwijl James de soepborden afruimde en twee borden uit de warmhouder haalde die het hotelpersoneel had neergezet.

'Ik zou zeggen dat de aankondiging een beetje... voorbarig was. Maar Jack heeft me inderdaad gevraagd met hem te trouwen.'

'En je hebt ja gezegd?'

'Soort van. Maar goed, laten we het over de film hebben,' zei ze abrupt.

'Natuurlijk.' James begreep de hint. 'Zo... Miss Bradley, morgenochtend mag ik de mooiste vrouw ter wereld kussen. Heb ik even geluk!' Hij keek naar het plafond en zuchtte dramatisch. 'Acteren is echt de moeilijkste baan die er is. En ik moet zeggen, Rebecca, jij bent werkelijk adembenemend.' James boog zich naar voren om haar trekken goed te bestuderen. 'Ik zie nergens ook maar een vermoeden van make-up op je gezicht. Zelfs geen lippenstift.'

'Dan zul je me morgen niet herkennen. Ze zullen me dichtplamuren. Ik lijk op een beschilderde pop, ga daar maar vanuit.'

'Nou ja, dat past bij die tijd,' zei James. 'Zeg eens, ben je, behalve voor Jack, weleens voor een andere collega gevallen?'

'Nee,' antwoordde Rebecca naar waarheid. 'Jij?'

James nam een slok van zijn wijn. 'Ik zou niet willen zeggen dat mijn reputatie vlekkeloos is,' gaf hij toe, met een ondeugende glinstering in zijn ogen. 'Ik heb me gedragen als een kind in een snoepwinkel, omdat ik met zoveel mooie vrouwen mocht werken. Eerlijk is eerlijk, ik was niet beter of slechter dan elke andere warmbloedige jongeman van in de twintig; het verschil is dat ik het in de schijnwerpers van de media heb gedaan. Laten we dus maar snel van onderwerp veranderen,' zei hij lachend. 'Hoe vind je Engeland tot nu toe?'

Rebecca begon James in de loop van de avond aardiger te vinden. Voor een bekende acteur had hij veel zelfkennis en bovendien een scherp gevoel voor humor. Ze vond het prettig dat hij zichzelf of zijn carrière niet al te serieus nam; hij zag zijn acteerwerk echt als werk. Vergeleken met Jack, die zijn talent heel hoog had zitten en er altijd over klaagde dat hij in de rollen die hij kreeg niet tot zijn recht kwam, was de houding van James een verademing.

'Laten we eerlijk zijn,' zei hij, toen ze toe waren aan een kop muntthee voor haar en koffie met cognac voor hem, 'als jij en ik eruitzagen als de achterkant van een bus, dan zouden we vast niet Elizabeth en Lawrence mogen spelen. Zo is het nu eenmaal.'

Rebecca glimlachte. 'Ik moet nu echt gaan,' zei ze. Het was al over tienen.

'Natuurlijk, en ik zal me terugtrekken in de bezemkast die moet doorgaan voor een slaapkamer, terwijl jij wordt weggebracht om als een prinses in je toren te slapen. Ik zal hier welterusten zeggen, goed?' Hij glimlachte. 'Ik wil niet dat eventuele fotografen die buiten opduiken een verkeerde indruk krijgen.'

'Ja, dank je wel,' zei Rebecca en ze stond op. 'Ik zie je morgen op de set.'

James kuste haar zacht op beide wangen. 'En, ik meen het, Rebecca, als je ooit behoefte hebt om te praten, ik ben er voor je.'

'Dank je. Welterusten,' fluisterde ze en ze verliet de suite. Ze nam de trap naar beneden, om niet het risico te lopen dat iemand haar de lift uit zag komen en haastte zich naar de voordeur van het hotel. Ze zag Graham buiten in de Mercedes wachten en stapte snel in de auto.

Vijftien minuten later opende Rebecca de deur van haar kamer en sloot hem achter zich. Mrs. Trevathan had de lamp op haar nachtkastje voor haar aangedaan en de dekens alvast opengeslagen. Toen ze zich uitkleedde en tussen de lakens gleed, bedacht Rebecca dat ze zich inderdaad voelde als de prinses die James had beschreven.

Midden in de nacht schrok Rebecca wakker. Ze was er zeker van dat ze iets had gehoord in haar kamer. Toen ze het licht aan had gedaan, zag ze dat er niemand was. Ze rook alleen een sterke bloemengeur. Het was niet onplezierig, maar wel heel sterk. Rebecca haalde haar schouders op, deed het licht uit en viel uiteindelijk weer in slaap.

'Je wordt over vijf minuten op de set verwacht, Miss Bradley,' zei de runner toen hij de make-upruimte binnenkwam.

'En ze is helemaal klaar!' zei visagiste Chrissie. Ze bracht nog wat poeder aan op Rebecca's voorhoofd. 'Tadaaa,' zei ze en ze haalde de beschermende cape van Rebecca's schouders af.

'Wow,' zei de runner, toen Rebecca opstond en zich omdraaide. 'U ziet er prachtig uit, Miss Bradley,' voegde hij er vol bewondering aan toe.

'Ja, hè?' zei Chrissie instemmend.

'Dank je,' zei Rebecca. Ze moest nog wennen aan haar blonde, korte haar, zwaar opgemaakte ogen, albastwitte huid en donkerrood gestifte lippen. Ze leek helemaal niet op zichzelf. Toen ze achter de runner door de gang liep en in de grote hal aankwam, zag ze Anthony die de brede marmeren trap afdaalde.

Ze keek naar hem op en glimlachte. 'Goedemorgen.'

Toen Anthony haar zag, stond hij stil op de trap. Hij leek geschokt.

'Mijn god!' bracht hij uit.

'Wat is er?'

Anthony antwoordde niet, hij bleef alleen naar haar staren.

'Kom, Miss Bradley, we moeten gaan,' drong de runner aan.

'Dag!' zei Rebecca ongemakkelijk tegen de stilstaande figuur op de trap en ze volgde de runner toen de hal uit.

James wachtte in de zitkamer, terwijl de crew cameraposities koos op het terras.

'Mooi, dat haar, schat,' zei hij met een brede lach, 'en ben jij dat, onder al die make-up?'

'Ergens verstopt, ja,' reageerde ze, toen ze op de set werden geroepen.

'Nou, ik ben vast niet de eerste die het zegt, maar je ziet er geweldig uit. Persoonlijk heb ik je liever naakt... je gezicht dan, vanzelfsprekend,' fluisterde James ondeugend. Hij bood haar zijn arm en ze stapten naar buiten.

Robert Hope, de regisseur, liep naar hen toe en legde goedkeurend een arm om haar schouders. 'Je ziet er perfect uit, Rebecca. Ben je er klaar voor?'

'Beter gaat het niet worden,' zei ze nerveus.

'Je zult het fantastisch doen, ik weet het zeker,' stelde hij haar gerust. 'Goed, laten we de scène van het begin af aan doornemen.'

Twee uur later liep Rebecca de woonkamer weer in met James. Ze liet zich achterovervallen in een stoel, uitgeput van de spanning. 'Jeetje, wat ben ik blij dat dat voorbij is!'

'Je was geweldig, echt waar,' merkte James op. Hij stak een sigaret op bij de open deur en glimlachte naar haar. 'Je accent was perfect.'

'Dank je,' zei Rebecca. 'Je hielp me echt om me op mijn gemak te voelen.'

'Volgens mij zijn we een goed team. En ik heb echt van die kus genoten,' voegde hij er met een knipoog aan toe.

Rebecca bloosde en stond op. 'Ik ga op zoek naar iets kouds om te drinken. Tot later.' Ze verliet de kamer voor hij achter haar aan kon komen. Ze wilde hem niet aanmoedigen in de gedachte dat hun relatie op het witte doek een kans had om daarbuiten op te bloeien. Ze had de blikken van een aantal collega-acteurs wel gezien. James was een aardige jongen, maar ze had hem als vriend nodig, niets meer dan dat.

'Rebecca.' Steve hield haar tegen, terwijl ze onderweg was naar de cateringwagen. 'Het productiekantoor heeft een woedend telefoontje ontvangen van je impresario. Hij zei dat je verloofde contact met hem had gezocht en dat ze allebei willen weten waar je bent. Kun je ze even bellen?'

'Ik heb bij allebei een boodschap ingesproken dat ik oké ben,' sputterde Rebecca tegen. 'Ik heb hier geen bereik op mijn mobiel.'

'Weet ik. Het is een groot probleem voor iedereen hier, dus ik heb Lord Astbury gevraagd of we de vaste lijn mogen gebruiken. Natuurlijk zullen we ervoor betalen, dus maak er alsjeblieft gebruik van. We willen geen vervelende verhalen in de pers dat jij gekidnapt bent, nietwaar?' voegde hij eraan toe en hij liep snel weg.

Met een zucht begon Rebecca de trap te beklimmen naar haar kamer om haar mobiel te halen, waarin de nummers stonden.

'Rebecca?'

Ze draaide zich om en keek omlaag. Anthony stond in de hal.

'Hallo,' zei ze onzeker. Hij staarde weer naar haar en ze voelde zich uitgesproken ongemakkelijk onder zijn doordringende blik.

'Heb je een paar minuten?' vroeg hij. 'Ik wil je iets laten zien.'

'Natuurlijk,' antwoordde ze. Ze kon onmogelijk weigeren.

Anthony gebaarde dat ze naar beneden moest komen. Hij glimlachte naar haar toen ze naast hem stond. Zijn ogen verlieten haar gezicht geen moment. 'Volg me.' Hij ging haar voor door de gang die toegang gaf tot de staatsievertrekken die uitkeken over de tuin aan de achterkant van het huis. Voor een ervan bleef hij staan en hij draaide zich naar haar om. 'Schrik niet.'

'Oké,' antwoordde Rebecca toen hij de deur opende en ze een ruime bibliotheek binnenliepen. Anthony trok haar mee naar het midden van de kamer, legde zijn handen op haar schouders en draaide haar met haar gezicht naar de schoorsteenmantel.

'Kijk eens naar dat schilderij.'

Rebecca zag een portret van een jonge, blonde vrouw, precies als zij gekleed, met een hoofdband vol edelstenen op haar voorhoofd. Het was niet alleen wat de vrouw aan had wat haar trof. Het was haar gezicht.

'Zij...' Rebecca hervond haar stem. 'Zij lijkt precies op mij.'

'Ik weet het. De gelijkenis is...' Anthony zweeg even. '... buitengewoon. Toen ik je vanochtend zag, je haar blond en in deze kleding, dacht ik dat ik een spook zag.'

Rebecca ging nog helemaal op in de grote bruine ogen, het hartvormige gezicht, dat net zo bleek was als het hare, de kleine wipneus en de volle lippen. 'Wie is zij?'

'Mijn grootmoeder Violet. En, wat het nog vreemder maakt, ze was Amerikaans. Ze trouwde in 1920 met mijn grootvader Donald en ging hier op Astbury met hem wonen. Ze stond zowel in Engeland en in Amerika bekend als een van de grote schoonheden van haar tijd. Helaas is ze erg jong gestorven, dus ik heb haar nooit ontmoet. Mijn grootvader overleed slechts een maand na haar.' Anthony zweeg even en zuchtte toen diep. 'Je zou kunnen zeggen dat het het begin van het einde was voor de familie Astbury.'

'Hoe is Violet overleden?' vroeg Rebecca hem vriendelijk.

'Haar lot was hetzelfde als dat van veel jonge vrouwen in die tijd. Ze stierf in het kraambed...' Anthony's stem klonk verdrietig.

'Dat spijt me,' zei Rebecca. Ze wist niet wat ze ermee aan moest.

Anthony herstelde zichzelf en ging verder: 'Vervolgens groeide mijn arme moeder op als wees, onder de hoede van haar grootmoeder. Daar zie je mijn moeder.' Hij wees naar een ander portret, waarop een vrouw van middelbare leeftijd met een strakke mond was afgebeeld. 'Neem me niet kwalijk als ik wat overdreven overkom, maar is het niet vreemd dat het met de Astbury's eigenlijk nooit meer goed is gekomen sinds Violets dood?' Hij keek opeens van het portret naar Rebecca. 'Je bent toch geen familie van de familie Drumner in New York? Dat was een steenrijke, machtige familie in het begin van de twintigste eeuw. Eerlijk gezegd heeft Violets erfenis dit landgoed van de ondergang gered.'

Anthony keek naar haar. Hij wachtte op een antwoord. Haar verleden was niet iets wat Rebecca aan iedereen wilde blootgeven, en zeker niet aan een vreemde.

'Nee. Mijn familie komt uit Chicago en ik heb de naam Drumner nog nooit horen vallen. De gelijkenis moet toeval zijn.'

'Toch...' Anthony lachte minnetjes, 'raar om jou hier op Astbury te hebben, en dat je een personage speelt uit de tijd waarin Violet leefde. En dat je zoveel op haar lijkt.'

'Ja, dat is zo, maar ik kan je verzekeren dat er geen familieconnectie is,' zei Rebecca nog maar eens.

'Goed, dat is dan duidelijk. Je kunt je wel voorstellen dat het een schok was toen ik je vanochtend in de hal zag. Neem me alsjeblieft niet kwalijk.'

'Natuurlijk niet.'

'Nou, ik zal je niet langer ophouden, maar ik vond dat je Violets portret moest zien. En misschien zou je mij vanavond aan het diner willen vergezellen?'

'Heel graag! Maar nu moet ik echt gaan. Ik moet over een uur weer op de set zijn.'

'Natuurlijk.' Anthony liep naar de deur en hield hem voor haar open. Ze liepen zwijgend terug naar de hal. Rebecca nam glimlachend afscheid van hem en klom toen in haar eentje weer de trap op om haar telefoon te halen. Toen ze eindelijk alleen in haar kamer was, sloot ze de deur. Haar benen voelden opeens te zwak om haar te dragen. Ze ging snel zitten in de leunstoel bij de haard, ondersteunde haar hoofd met haar handen en haalde diep adem.

Ze had gelogen. Het enige wat ze van haar ouders wist, was de naam van haar moeder, Jenny Bradley. Plus dat Jenny afstand had gedaan van haar dochter toen Rebecca vijf jaar oud was.

De mensen die zij als haar ouders beschouwde waren Bob en Margaret – een vriendelijk echtpaar dat Rebecca in huis had genomen toen ze zes was. Door de jaren heen hadden ze steeds geprobeerd om Rebecca te adopteren, maar haar moeder had altijd geweigerd de papieren te tekenen, omdat ze ervan uitging dat ze op een dag weer in staat zou zijn om zelf voor haar dochter te zorgen.

Emotioneel was de situatie moeilijk voor haar geweest. De stabiliteit en veiligheid die ze zo nodig had, waren haar niet gegeven. Als jong meisje werd ze nacht na nacht verteerd door angst dat haar moeder haar zou komen halen en haar weer zou meenemen naar het leven dat ze zich vaag herinnerde van voor ze de jeugdzorg in ging.

Uiteindelijk, toen Rebecca negentien was, vertelden Bob en Margaret haar voorzichtig dat haar moeder was overleden aan een overdosis.

Ze had nooit geweten wie haar vader was. Ze had geen idee of Jenny dat eigenlijk wel had geweten. Ze vermoedde dat ze waarschijnlijk verwekt was toen haar moeder zich prostitueerde om alcohol en drugs te kopen.

Rebecca staarde voor zich uit. Wie weet, misschien was haar vader wel familie van Violet Drumner? Het was een mogelijkheid. Aangezien zijn naam niet op haar geboortebewijs stond, was er geen enkele manier om daarachter te komen.

Rebecca voelde voor de eerste keer sinds ze hier was aangekomen een steekje van verlangen naar de troostende armen van Jack. Ze pakte haar mobiel en ging naar Anthony's studeerkamer om hem te bellen op de vaste telefoon.

Ze kreeg alweer zijn voicemail, maar ze wist dat Jack nooit oproepen beantwoordde van nummers die hij niet kende, uit veiligheidsoverwegingen.

'Ha lieverd, ik ben het. Ik heb hier geen bereik, dus ik gebruik weer de vaste lijn. Ik probeer het straks nog eens. Ik heb een uur voor ik weer op de set moet zijn. Ik hoop dat het goed met je gaat. Dag!'

Vervolgens draaide ze Victors nummer; deze keer nam hij wel op.

'Hoe gaat het, schat? Ik stond op het punt om de CIA te sturen om je op te sporen.'

'Het gaat goed. We filmen in een fantastisch oud huis en vanwege alle aandacht van de media mag ik van de eigenaar, Lord Astbury, hier logeren. Maak je geen zorgen, Victor, ik ben zo veilig als wat,' verzekerde ze hem.

'Goed zo. En wat is dat allemaal over dat Jack en jij verloofd zijn? Je had wel even met mij mogen praten voor je ja zei.'

'Meen je dat? Ik denk toch dat het mijn eigen beslissing is met wie ik wil trouwen, Victor, vind je ook niet?' Rebecca trommelde geïrriteerd met haar vingers op de tafel.

'Je weet toch dat ik het niet zo bedoel, schat,' zei Victor kalmerend. 'Het enige wat ik zeg is dat het gemakkelijker was geweest als je het mij had verteld dat je het ging aankondigen. We hadden het voor je in banen kunnen leiden.'

'Nou... en dit blijft tussen ons,' reageerde ze, 'ik heb nog niet eens ja tegen hem gezegd.'

Het viel even stil aan de andere kant van de lijn. 'Wat? Meen je dat, Rebecca?'

'Ja, dat meen ik.' Rebecca hoorde de paniek in Victors stem en schoot bijna in de lach. 'Ik heb tegen Jack gezegd dat ik tijd nodig had om erover na te denken. En dat is zo,' benadrukte ze. 'Ik kan er niets aan doen dat hij de volgende stap heeft gezet en het heeft bevestigd voor hij mijn antwoord had.'

'Jezus, Rebecca. De hele wereld valt over me heen om iets van jou te horen. Je kunt nu niet meer terug; je zult een heel leger van Jacks fans achter je aan krijgen die je haatmail stuurt en je films gaat boycotten.'

Rebecca voelde haar bloeddruk stijgen. 'Victor, ik heb tijd nodig om erover na te denken, oké?' zei ze vastberaden.

'Als ik deze keer dan maar de tweede mag zijn aan wie je je beslissing bekendmaakt. En ik hoop van harte dat het antwoord ja is. Want meid,' voegde hij eraan toe en hij begon te fluisteren, 'je kunt altijd van hem scheiden als het verkeerd uitpakt. Dit is een cruciaal moment in je carrière en ik wil niet dat je die op het spel zet met negatieve publiciteit.' Het werd weer even stil aan de andere kant van de lijn, waarna Victor zei: 'Er is toch niet iemand anders?'

'Jezus, Victor! Natuurlijk niet.' Rebecca verloor haar geduld met hem.

'Nou, dat is dan tenminste iets. Maak het niet te gezellig met die jonge Britse acteur die je minnaar speelt. Zijn reputatie met vrouwen is niet zo best.'

'Ben je klaar met preken?' vroeg Rebecca bot. 'Wil je nog iets weten over hoe het filmen ging vandaag of niet?'

'Luister, schat. Kunnen we het daar een andere keer over hebben? Ik moet rennen voor een ontbijtvergadering.'

'Natuurlijk.'

'Goed zo. Bel me later vandaag, oké?'

'Dat zal ik doen. Dag, Victor!'

Rebecca beëindigde het gesprek en staarde verdrietig naar de mooie satijnen schoentjes aan haar voeten. Ze wist dat Victor het goed bedoelde – hij was een prima impresario en had haar carrière perfect opgebouwd. Soms wilde hij echter te beschermend zijn. Ze was niet zijn eigendom. Hij was evenmin haar vader.

Rebecca keek naar de verzameling oude foto's in zilveren lijsten op Anthony's bureau. Ze benijdde hem om de stabiliteit van een echte familie die hij generaties terug kon volgen. Het waren allemaal zwart-witfoto's en Rebecca herkende Anthony's moeder direct van het portret. Op de foto hield ze de hand vast van een schattig jong meisje met blonde pijpenkrullen. De gelijkenis met Anthony was opvallend en Rebecca vermoedde dat het kind zijn zusje moest zijn. Toen ze opstond en naar de oude reiswekker op het bureau keek, zag ze dat ze nog maar twintig minuten had om iets te eten voor de middagopnames zouden beginnen.

4

Om kwart voor acht die avond klonk er een zacht klopje op Rebecca's deur.

'Binnen,' riep Rebecca. Ze wilde dat ze Anthony's uitnodiging voor het diner niet had aangenomen. Ze was doodmoe na haar eerste dag filmen.

'Ben je zover, Rebecca?' zei Mrs. Trevathan toen ze opgewekt om de hoek van de deur keek.

'Ik ben over een paar minuten beneden.'

Rebecca deed haar badjas uit, trok een spijkerbroek en een T-shirt aan en droogde haar nieuwe en nog ongewoon aanvoelende korte haar met een handdoek. Voor de spiegel bestudeerde ze haar gezicht. Zonder make-up vond ze dat haar nieuwe haarkleur haar gezicht flets maakte. Ze voelde zich helemaal niet zichzelf.

Toen ze haar kamer verliet en de grote trap afdaalde, dacht ze na over de toewijding van Mrs. Trevathan aan Lord Anthony. Net als alles hier was hun meester-bedienderelatie iets uit een andere tijd. Het was alsof de tijd aan Astbury Hall en zijn bewoners voorbij was gegaan. Ze wachtte buiten de deur van de eetkamer en klopte.

'Kom binnen.'

Rebecca duwde de deur open en zag dat Anthony al aan het hoofd van een lange, sierlijke mahoniehouten tafel had plaatsgenomen. Het feit dat hij alleen at in de grote, formele eetzaal, aan een tafel die bedoeld was voor velen, benadrukte zijn eenzaamheid alleen nog maar.

'Hallo.' Hij glimlachte naar haar en wees naar het couvert dat links naast hem was gedekt. Toen ze naar de stoel liep, stond hij op en trok hem voor haar naar achteren.

'Dank je,' zei ze zacht toen hij weer ging zitten.

'Wijn?' vroeg hij. Hij pakte een karaf met robijnrood vocht uit een zilveren houder op tafel. 'We eten rundvlees en deze wijn smaakt er perfect bij.'

'Een klein glaasje maar,' zei Rebecca. Ze wilde niet onbeleefd zijn, maar ze dronk nauwelijks. En als ze het al deed, zou ze niet voor rode wijn kiezen. Ze zou ook nooit voor rundvlees hebben gekozen.

'Mijn lieve moeder had natuurlijk een butler om de wijn te decanteren en in te schenken,' merkte Anthony op toen hij de wijn in haar glas schonk. 'Helaas was er geen geld meer om hem te vervangen toen hij met pensioen ging.'

'Ik kan me gewoon niet voorstellen hoeveel het moet kosten om dit huis te onderhouden,' zei Rebecca.

'Nee, en dat zou je ook niet willen,' verzuchtte Anthony, toen Mrs. Trevathan binnenkwam met een blad en de soep serveerde. 'Maar we redden ons, hè, Mrs. Trevathan?' Hij schonk zijn huishoudster een warme glimlach.

'Zeker, *my lord*, dat doen we,' knikte Mrs. Trevathan toen ze de kamer verliet.

'Mrs. Trevathan houdt het huis vrijwel in haar eentje draaiend. Als zij ooit besluit om te vertrekken, zou ik niet weten wat ik moest beginnen.' Hij wees naar de soep. 'Alsjeblieft, laat hem niet koud worden.'

'Heeft zij haar hele leven hier gewerkt?'

'Inderdaad. Net als haar voorouders. Mabel, haar moeder, heeft mij verzorgd toen ik een kind was.'

'Het moet geweldig zijn om zo'n lange familiegeschiedenis te hebben, om te weten waar je vandaan komt,' zei Rebecca terwijl ze een hapje van haar soep nam.

'Op een bepaalde manier wel, ja.' Anthony zuchtte. 'Maar, zoals ik je al eerder vertelde, er is een sluier over dit huis gekomen toen Violet stierf. Je weet toch wel dat de jurk die je droeg toen ik je op de trap tegenkwam van haar was?'

Rebecca keek naar hem en voelde een rilling over haar rug gaan. 'Echt?'

'Ja. Haar dochter Daisy – mijn moeder – heeft haar jurken na haar dood in perfecte conditie bewaard.'

‘Daisy zal haar moeder wel nooit hebben gekend, als Violet stierf tijdens de bevalling van haar?’

‘Nee, maar ze verafgoodde Violet, of in ieder geval het beeld wat ze van haar moeder had. Zoals ik háár weer verafgoodde,’ zei Anthony droevig.

‘Hoelang geleden is je moeder gestorven?’ vroeg Rebecca zacht.

‘Het is nu vijfentwintig jaar geleden. Ik mis haar nog altijd, om je de waarheid te zeggen. We waren erg close.’

‘Ja, een moeder verliezen is het ergste,’ knikte Rebecca.

‘We waren altijd met zijn tweeën, weet je. Ze was alles voor me.’

‘En je vader?’

Anthony’s gezicht betrok. ‘Hij was geen goede man. Mijn arme moeder heeft verschrikkelijk onder hem geleden. Hij had om te beginnen al een hekel aan Astbury en bracht het grootste deel van zijn tijd door in Londen,’ legde hij uit. ‘Mijn moeder was er niet rouwig om toen hij doodging in een groezelig bordeel in East End. Hij was blijkbaar zo dronken dat hij viel en zijn nek brak.’

Rebecca zag een rilling door Anthony heen gaan bij die herinnering. Ze begreep helemaal wat hij voelde. Het kwam in haar op om te vertellen dat zij die pijn ook kende, maar ze was er nog niet aan toe om haar geheim te delen met iemand die eigenlijk nog een vreemde was. ‘Dat spijt me, dat moet heel naar voor je zijn geweest,’ bracht ze uit.

‘Gelukkig was ik op dat moment nog maar net drie jaar oud, dus ik kan me hem nauwelijks herinneren. Ik heb zijn aanwezigheid zeker niet gemist toen ik opgroeide. Nou ja, laten we niet meer over het verleden praten.’ Anthony legde zijn soeplepel naast zijn lege bord. ‘Vertel me eens wat meer over jezelf,’ zei hij, toen Mrs. Trevathan de soepborden afruimde en een flinke plak rundvlees voor elk van hen neerzette.

‘Ach, ik denk dat ik gewoon een doorsnee meisje uit Chicago ben,’ antwoordde ze.

‘Zo doorsnee toch zeker niet,’ merkte Anthony op. ‘Iedereen zegt tegen me dat ik aan tafel zit met een van de bekendste en mooiste vrouwen ter wereld. Net zoals mijn grootmoeder Violet in haar dagen werd beschreven.’

Rebecca bloosde, verlegen onder het compliment over haar uiterlijk. 'Ik heb erg geboft en heb kansen gekregen. Veel jonge actrices krijgen die niet.'

'Ik weet zeker dat talent er ook iets mee te maken heeft,' vervolgde Anthony, 'hoewel ik, zoals ik al zei, nooit een van je films heb gezien. Niettemin wil ik eraan toevoegen dat veel vrouwen mooi zijn, maar slechts weinigen die persoonlijke aantrekkingskracht bezitten die ze uitzonderlijk maakt. Jij hebt het, en Violet had het, te oordelen naar wat iedereen me heeft verteld. Zij was het middelpunt van Londen en New York en ontving de groten der aarde hier op Astbury Hall. Dat waren nog eens tijden,' zei hij met spijt in zijn stem. 'Ik heb soms het gevoel dat ik de pech heb in de verkeerde tijd te zijn geboren. Maar genoeg daarover.'

Er volgde een stilte, waarin Anthony zijn bord leegat en Rebecca alleen maar een beetje in haar rundvlees prikte. Uiteindelijk vroeg Anthony: 'Heb je genoeg gegeten?'

'Ja.' Rebecca keek schuldbewust naar haar nog halfvolle bord. 'Het spijt me. Ik ben een kleine eter.'

'Dat zie ik. Ik kan je dus niet verleiden tot een stuk van de appel-en-bosbessenkruimeltaart van Mrs. Trevathan?'

'Ik ben bang van niet.' Rebecca onderdrukte een gaap en Anthony legde een verrassend zachte hand op de hare.

'Je bent moe.'

'Ja, een beetje. Ik was vanochtend al heel vroeg op om mijn haar en make-up te laten doen.'

'Natuurlijk. En het laatste waar je nu zin in hebt is je te laten vervelen door een oude kerel als ik. Waarom ga je niet naar boven? Dan vraag ik of Mrs. Trevathan een beker warme melk naar je toe brengt. Het is misschien wat ouderwets, maar ik geloof echt dat je er beter van slaapt.'

'Als je dat niet erg vindt.'

'Natuurlijk niet. Ik zal alleen nog weleens vragen om het genoegen van je gezelschap. Ondanks mijn gebruikelijke voorkeur voor eenzaamheid, heb ik deze avond heel plezierig gevonden. Ah, Mrs. Trevathan,' Anthony keek op. 'Rebecca gaat naar bed en ik zei dat u haar wel wat warme melk wilt brengen.'

'Natuurlijk, Your Lordship.'

'Goed dan, lieve meid.' Anthony stond tegelijk met Rebecca op, pakte haar hand en kuste hem. 'Het was me een genoegen. Slaap lekker.'

'Dat zal wel lukken. En hartelijk dank voor het eten.'

Toen ze eenmaal in bed zat, met een glas warme melk naast zich, terwijl buiten de schemering maar niet van wijken leek te willen weten, dacht Rebecca terug aan haar gesprek met Anthony. Met zijn perfecte manieren en archaïsche manier van spreken was hij net zo met het verleden verbonden als het huis. Als je hier woonde, te midden van de schitterende, maar eenzame natuur, in een huis waar het heden nog niet leek te zijn doorgedrongen, kon je je gemakkelijk voorstellen hoe het leven honderd jaar geleden geweest moest zijn. Nu de cast en de crew vertrokken waren en het huis terugkeerde naar zijn gebruikelijke ritme, voelde zij zelfs hoe de moderne werkelijkheid geleidelijk aan wegsmolt.

Rebecca schudde haar hoofd; morgen moest ze zichzelf weer dwingen in het heden terug te keren, het heden dat buiten de betoverde wereld van Astbury bestond, en een serieuze poging wagen om Jack te pakken te krijgen. Ze deed het licht uit en kroop onder de dekens.

En weer rook Rebecca, ergens in de lange uren voor de dag aanbrak, de krachtige geur van bloemen die haar neusgaten prikkelde en haar van exotische oorden deed dromen die ze altijd had willen bezoeken, maar waar ze nooit was geweest. Toen wist ze zeker dat ze iemand hoorde zingen, een hoog geluid dat haar wekte. Ze stapte uit bed en liep, gedesoriënteerd en met het geluid nog in haar oren, naar de deur en opende die. De gang was in duisternis gehuld en het geluid was ineens verdwenen.

Het was een droom, zei Rebecca tegen zichzelf toen ze terugliep naar haar bed en ging liggen. Het was weer stil, maar het zoete geluid van de hoge stem bleef bij haar en zong haar weer in slaap.

5

MUMBAI, INDIA

Ari was blij dat hij thuis was. Het was een lange dag geweest op kantoor, aan het eind van een moeilijke week. Hij opende de deur van zijn flat en liep rechtstreeks naar de keuken om zichzelf een stevige gin-tonic in te schenken die hopelijk zijn geteisterde zenuwen wat zou kalmeren. Hij hoopte ook dat Lali niet weer zou beginnen te klagen dat hij te veel dronk. Vergeleken met sommige van zijn westerse zakenpartners was het te verwaarlozen wat hij innam. Hij liep door naar de woonkamer en toen hij die leeg aantrof, veronderstelde hij dat Lali beneden een douche nam. Hij gooide zichzelf gestrekt op de bank en nam een flinke slok van zijn drankje.

Hij vroeg zich af waarom hij zich de laatste tijd zo gestrest voelde, terwijl zijn bedrijf zo in de lift zat. Zeker nu de wereldwijde financiële crisis Amerika en de Europese landen dwong naar India uit te wijken, met zijn minder kostbare mogelijkheden, hadden ze meer werk dan ze aankonden. Dat was een deel van het probleem. Het zoeken naar betrouwbare en goed opgeleide managers om hem te helpen de stroom aan werk de baas te worden, bleek een nachtmerrie. Met het gevolg dat hij in zijn eentje werk verzette voor tien.

Lali zat hem altijd maar op zijn huid, dat hij eens vakantie moest nemen. Ze zwaaide dan met brochures van rustige badplaatsen. Ze leek maar niet te begrijpen dat het op dat moment gewoon onmogelijk was om zoiets ook maar te overwegen.

'Als ik mensen vind die ik kan vertrouwen, dan gaan we, dat beloof ik je.'

'Ari, lieverd, dat zeg je al drie jaar,' verzuchtte ze dan bedroefd, terwijl ze de brochures weer van hem aanpakte en ze in de vuilnisbak gooide.

Ari voelde zich schuldig na zo'n uitbarsting en kwam dan thuis met een sieraad dat zijn secretaresse had uitgezocht, of misschien een jurk van een van haar favoriete designers. Hij verontschuldigde zich dan uitgebreid voor het feit dat hij haar verwaarloosde en deed zijn best om op tijd thuis te zijn en haar mee uit eten te nemen. De dagen die volgden bespraken ze voor de vorm hoe ze meer tijd samen konden doorbrengen, maar de week erop zou Ari alweer achttien uur per dag aan het werk zijn.

Toen Ari zijn gin-tonic achteroversloeg en opstond om zichzelf een tweede in te schenken, gaf hij toe dat hij soms, uit frustratie, tegen haar had geschreeuwd.

'Hoe moeten we anders de hypotheek betalen van de flat? Of al die mooie dingen in je kledingkast?'

Haar antwoord was altijd hetzelfde. 'Het maakt me niet uit waar ik woon of wat ik aan heb. Jij vindt die dingen belangrijk, Ari, ik niet.'

Dat was natuurlijk niet waar, zei hij tegen zichzelf toen hij op het terras van hun flat van twee verdiepingen stapte en uitkeek over het strand van de Arabische Zee. Ze dacht misschien dat ze dat allemaal niet zou missen, maar dat was natuurlijk wel zo.

Afgezien van zijn werktijden was er nog een veel groter probleem dat tussen hen in stond, wist Ari. Lali was nu bijna dertig en ze wilde graag trouwen. Dat begreep hij maar al te goed. Ze was zelf, tegen de wil van haar familie, vier jaar geleden bij hem ingetrokken, en had erop vertrouwd dat hij haar wel zou vragen. En toch had Ari zichzelf er nooit toe kunnen zetten om de woorden uit te spreken waar zij zo naar verlangde. Hij wist niet waarom, omdat er geen twijfel over bestond dat hij van Lali hield. Ze was erg mooi en haar zachte, lieve karakter en kalme temperament pasten precies bij zijn meer wispelturige persoonlijkheid. Zijn vrienden hadden het hem maar al te vaak gezegd: ze was perfect voor hem.

Waar wachtte hij dan op? Hij was nu zesendertig en had het veld verkend met een hele reeks prachtige vrouwen voor hij Lali had ontmoet. Ergens vanbinnen vertelde een instinct hem dat hij die laatste stap nog niet moest zetten.

Hij had de afgelopen weken gemerkt dat zij zich van hem terugtrok. Ze was vaak niet thuis om hem na zijn lange dag werken te eten te geven en te verwennen. Ze zei dat ze vaker in de sportschool was of met haar vriendinnen uitging. En wie kon haar dat kwalijk nemen? Als hij thuis werkte, merkte hij vaak niet eens of ze er was of niet.

Ari liep weer naar binnen en zocht naar haar in de enorme flat. Vanavond miste hij haar en het leek erop dat ze niet eens een briefje had achtergelaten of hem een berichtje had gestuurd om hem te zeggen waar ze was. Hij nam een douche en zocht toen in de koelkast naar iets om te eten. Hij warmde een kliekje van gisteravond op in de magnetron, schonk zichzelf een glas wijn in en liep naar de woonkamer. Hij zette de reusachtige tv aan en zapte tot hij een zender met Engels voetbal vond. Natuurlijk moest hij nog werken, maar vanavond was hij te moe om daaraan te denken.

Het enige goede nieuws was dat hij een jonge verkoper had opgemerkt, die hij twee jaar geleden had aangenomen en die beter presteerde dan zijn collega's. Ari had een paar weken geleden een gesprek met hem gehad en hem een promotie aangeboden naar een positie waarin hij de Indiase kant van het bedrijf op zich zou nemen, die ook groeide naarmate de nationale economie bleef aantrekken. Als Dhiren zichzelf de komende zes maanden zou bewijzen, dacht Ari dat hij het in zich had om directeur te worden.

Over drie weken zou Ari naar Londen gaan om kennis te maken met mogelijke nieuwe klanten. Hij had iemand nodig om het schip te besturen als hij op reis was en dit zou een mooie test zijn.

Misschien, overwoog hij, zou hij Lali moeten vragen om met hem mee te gaan. Hij zou niet veel tijd hebben om dingen samen met haar te doen, maar misschien zou ze het leuk vinden om wat rond te kijken. Ja, dacht hij, dat zou hij voorstellen als ze thuiskwam.

Om half twaalf deed Ari het licht uit in de woonkamer en liep naar beneden, naar de slaapkamer. Het was uiterst ongebruikelijk voor Lali om tot zo laat uit te zijn, en zeker zonder hem te vertellen waar ze was. Er begon een zenuw te trekken op Ari's slaap. Hij probeerde haar mobiele telefoon, maar die ging direct over op voicemail. Ze zat waarschijnlijk ergens te mokken, dacht hij en hij dacht terug aan alle keren waarbij ze had gedreigd bij hem weg te gaan. Het was hem met zijn aanzienlijke overredingskracht altijd gelukt om haar dat idee uit haar hoofd te praten. En dat zou hij deze keer weer doen.

Om acht uur de volgende ochtend, toen hij nog even een kop koffie dronk voor hij naar kantoor zou vertrekken, hoorde Ari de sleutel in het slot. Lali kwam de keuken binnen. Ze zag er bleek en getekend uit. Zonder haar gebruikelijke perfecte make-up leek ze op een klein, moe meisje. Ze stond in de deuropening van de keuken en Ari zag dat ze nerveus was.

'En waar ben jij geweest, als ik vragen mag?' vroeg hij.

'Ik heb vannacht bij mijn ouders geslapen.'

'Echt? Ik dacht dat je geen contact meer met hen had,' zei hij verbaasd.

'Dat was ook zo. Ik wist dat jij ze niet mocht.'

'Neem me niet kwalijk,' wierp Ari tegen, 'als ik het me goed herinner, hebben ze jou, toen je zei dat je bij mij introk, gezegd dat je niet meer welkom was. Ik dacht dat jij ook niet zo dol op ze was.'

Ze staarde naar hem en haar grote donkere ogen vulden zich met tranen. 'Het zijn mijn ouders, Ari. Ik heb ze gemist en me elke dag schuldig gevoeld dat ik ze teleurgesteld had.'

'Ze teleurgesteld?' Ari keek haar ontsteld aan. 'Wat bedoel je? Je nam een besluit dat hen niet beviel, dat is alles.'

'Ik...' Ze zuchtte en schudde haar hoofd. 'Ari, ik denk dat jij heel anders bent dan ik.'

'Wat bedoel je?'

'Het maakt nu niet uit.' Ze haalde droevig haar schouders op. 'Ik wil geen ruzie maken.'

'Lali, waar gaat dit allemaal over? Kom, gooi het eruit.'

Ze zweeg even en ademde toen diep in, ter voorbereiding op wat ze ging zeggen. 'Ik ga terug naar mijn ouders, Ari. Ik ben alleen hier om mijn spullen op te halen.'

'Oké. Is dit voor een nacht? Een maand? Voor altijd?'

'Voor altijd. Het spijt me.'

'Dus... wat je me eigenlijk probeert te vertellen is dat je bij me weggaat?' concludeerde Ari, toen het eindelijk tot hem doordrong.

‘Ja, ik wil geen ruzie en geen gesprek. Ik wil alleen mijn spullen ophalen en vertrekken.’

Ari zag dat ze stond te trillen van emotie. Hij knikte langzaam. ‘Oké. Weet je zeker dat je er niet over wilt praten?’

‘Ja. Er valt niets meer te zeggen. Ik ga pakken.’

Hij keek toe hoe ze zich omdraaide en de kamer uit liep. Hij maakte zich geen al te grote zorgen; ze hadden dit al eerder meegemaakt. Het idee dat ze weer bij haar ouders – die hem nooit hadden gemogen – ging wonen stemde hem echter niet erg gerust. Hij stond op van de tafel en volgde haar naar beneden, naar de slaapkamer.

‘Lali, pyari, ik zie dat je van streek bent, maar ik vind echt dat we moeten praten. Ik wilde je net vragen of je met me meeging naar Europa. Je hebt gelijk, we moeten ertussenuit, we hebben meer tijd samen nodig.’

‘Er is geen tijd, Ari, die is er nooit geweest. Jij rent van vergadering naar vergadering en ik zit op je te wachten in het hotel. En als je er dan eindelijk bent, ben je te moe en wil je alleen maar slapen.’ Lali trok een koffer onder uit haar kledingkast, tilde hem op het bed en liep naar de ladekast. Ze begon de inhoud ervan in de koffer te gooien.

‘Lali.’ Ari liep naar haar toe om haar te omhelzen. ‘Ik...’

‘Raak me niet aan!’ riep ze. Ze ontweek zijn armen en liep terug naar de kledingkast om haar kleren van de hangers te halen.

‘Lali, waar ben je zo boos over? Vertel het me alsjeblieft. Ik houd van je, dat weet je toch, pyari, ik wil je niet laten gaan.’

‘Nee.’ Ze keek hem aan, met een droevige uitdrukking op haar gezicht. ‘Ik geloof je. Maar ik moet. Voor mezelf.’ Lali boog haar hoofd en haar ogen vulden zich met tranen.

‘Maar waarom? Ik dacht dat het goed met ons ging. De laatste tijd ging het prima. Ik...’

‘Ik weet dat jij denkt dat alles in orde is,’ zei ze toen ze de koffer dichtritste en een tas pakte waarin ze al haar spullen van de toilettafel pakte. ‘Ari, dit is niet jouw fout. Het is gewoon zo.’

‘Je spreekt in raadselen, lieverd, en ik begrijp niet wat je probeert te zeggen. Als het mijn fout niet is, wiens fout is het dan wel?’

Lali zweeg even en zuchtte diep. Ze staarde in de verte. 'We willen verschillende dingen van ons leven, dat is alles. Ik verlang naar een huwelijk, kinderen, en een man die wat tijd vrij kan maken op een dag om bij mij te zijn.' Ze keek naar hem en glimlachte flauwtjes. 'Het enige wat jij wilt is succes en geld. Ik hoop dat het je gelukkig maakt,' zei Lali terwijl ze de tas sloot en de koffer van het bed sleepte. 'Goed, mijn vader wacht beneden op me. Ik moet gaan.' Uit de zak van haar jeans haalde ze een sleutelbos. 'Hier zijn de sleutels van de flat en van de auto.' Ze legde ze op de toilettafel en keek naar hem. 'Dag Ari. Ik zal altijd van je houden en hopen dat je gelukkig bent.'

Ari bleef als betoverd staan toen Lali haar tassen de kamer uit rolde en ze de trap op sleepte. Hij hoorde hoe de voordeur achter haar dichtviel en kwam toen pas in beweging. Hij rende de flat uit en zag nog net hoe de deuren van de lift zich achter haar sloten.

'Lali!' Hij sloeg met zijn vuist op de knop om de deuren weer te openen, maar de lift was al onderweg naar beneden. Ari liep langzaam terug de flat in, sloot de deur achter zich en leunde ertegenaan. Dat kon ze toch niet menen? Misschien was het gewoon een truc om hem zover te krijgen dat hij haar eindelijk zou vragen met hem te trouwen. Nou, als dat het was, dacht hij vastberaden, dan zou het niet werken. Hij liet zich niet onder druk zetten.

Bovendien, dacht hij, was het onwaarschijnlijk dat ze het twee minuten zou uithouden in het hutje van haar ouders. Ze hadden niet eens stromend water en ze zou een kamer moeten delen met haar vier jongere zussen. Na het leven wat ze met hem had geleid, zou haar dat helemaal niet bevallen.

Woede begon de schrik nu weg te dringen, toen hij eraan dacht wat hij allemaal voor haar had gedaan. Ze had altijd gezegd dat materiële bezittingen haar niet interesseerden. Dat als hij in een illegaal hutje op het strand had gebivakkeerd en fenegriek had verkocht voor een paar roepies per dag, dat niets had uitgemaakt, omdat ze van hém hield.

'Nou,' zei hij hardop tegen het stille appartement, 'als ze een tijdje bij haar ouders heeft gewoond, zullen we nog weleens zien wat daarvan waar is.'

Met hernieuwde veerkracht en in het besef dat hij laat was, pakte Ari zijn autosleutels en vertrok naar kantoor.

Een week later voelde Ari zich niet meer zo zeker van zijn zaak. Lali had geen contact meer gezocht sinds ze was weggegaan en hij had, ondanks dat hij ernaar uit had gekeken om ongestoord achter zijn computer te kunnen zitten en achterstallig werk te kunnen afmaken, eigenlijk alleen maar uit het enorme raam gestaard. Daar maakten gezinnen op het drukke strand beneden hem plezier en schreeuwden van opwinding als ze de zee in gingen.

De waarheid was dat hij haar miste. Hij miste haar veel meer dan hij zich had kunnen voorstellen. Talloze malen had hij zijn telefoon gepakt en haar nummer ingetoetst, maar zijn trots verbood hem om de verbinding tot stand te brengen. Zij had hem verlaten, Lali moest als eerste contact zoeken. Hij zou het haar niet moeilijk maken, bedacht hij. Hij zou luisteren naar haar verontschuldiging, haar zonder een woord terugnemen en haar dan, op zijn eigen moment, vragen of ze met hem wilde trouwen. Ze zou haar zin krijgen…

Naarmate de dagen verstreken, werd hij steeds minder zeker van zijn zaak. Hij verlangde die nacht, toen hij in zijn eentje in zijn enorme, verlaten flat zat, dat hij met iemand kon praten over zijn dilemma, iemand die hij om advies kon vragen. Hoe hard hij er ook over nadacht, hij kon niemand bedenken die zo dicht bij hem stond dat hij naar hem zou willen luisteren. Hij was de afgelopen jaren te druk geweest om het contact met zijn jeugdvrienden te onderhouden en sinds hij tien jaar geleden had geweigerd om naar Anahita's uitvaartdienst te gaan, was de relatie met zijn familie verslechterd. Hij belde tegenwoordig hoogstens eenmaal per maand naar huis en praatte dan met wie de telefoon opnam, vroeg naar hun gezondheid en of er nog iets nieuws was te vertellen. Zelfs zijn moeder klonk, als zij opnam, koel en afstandelijk. En geen van zijn familieleden belde hem nog ooit spontaan.

Ze hebben me laten vallen, dacht hij met een zucht toen hij de trap afdaalde naar zijn grote, eenzame bed. Hij kroop tussen de lakens en lag daar met zijn handen onder zijn hoofd. Hij vroeg zich af hoe het kwam dat voordat Lali was weggegaan er nooit genoeg tijd leek te zijn geweest voor iets en dat nu, nu ze er niet meer was, de uren zich 's avonds voortsleepten als langzaam voorbijtrekkende avondmist.

De volgende ochtend keek hij aan tegen een lang, leeg weekend en probeerde zijn gedachten te ordenen. Hij zou zijn trots moeten laten varen en achter haar aan moeten gaan. Hij verzamelde moed, toetste haar nummer in en wachtte op de verbinding. In plaats van dat hij Lali's opgewekte stem hoorde die de beller vroeg een boodschap achter te laten, klonk er een monotone piep, die aangaf dat het nummer niet langer in gebruik was.

Voor het eerst sinds ze was vertrokken, voelde Ari een vaag steekje van angst rond zijn hart. Tot dat moment was hij ervan overtuigd geweest dat hij alleen maar verwikkeld was in een machtsstrijd, die hij maar al te graag wilde verliezen. Het was geen moment bij hem opgekomen dat Lali het meende en een eind wilde maken aan hun relatie.

Ari probeerde haar nummer nog eens, maar hoorde hetzelfde geluid. Hij voelde paniek opkomen en dacht aan hoe hij haar zou moeten terugvinden. Hij wist alleen dat haar ouders ergens in de doolhofachtige straatjes van Dharavi woonden – hij was er een keer geweest, maar had geen idee hoe hij bij hun huis moest komen. Ari pijnigde zijn hersenen, op zoek naar vriendinnen van haar die hij zou kennen. Lali had haar sociale leven met haar vriendinnen voor zichzelf gehouden, omdat veel meisjes met wie ze was opgegroeid uit arme families kwamen, net als zijzelf. Ze had begrepen dat ze niet het soort ontwikkelde vrouwen waren met wie je als viertal uit eten kon gaan in het Indigo Café. Ari had geen flauw idee waar hij ze zou moeten vinden.

Hoe was het mogelijk dat hij vier jaar lang met Lali had samengewoond en vrijwel niets over haar leven buiten hun huis had geweten? Is dat mijn schuld, vroeg hij zich af terwijl hij heen en weer liep op het zonovergoten terras.

Natuurlijk was het dat, gaf hij uiteindelijk toe. Zeker, wat haar ouders betreft, had hij duidelijk gemaakt dat hij geen zin had om een relatie met hen op te bouwen. En hij had ook geen enkele poging daartoe gedaan, zelfs niet voor haar. Het waren geen slechte mensen... arm, dat wel, maar hardwerkende en vrome hindoes die hun kinderen hadden opgevoed met krachtige morele waarden en hun best hadden gedaan ze een opleiding te laten volgen van hun magere inkomsten.

Ari liet zich uitgeput in een stoel vallen en leunde voorover, zijn hoofd in zijn handen. Hij besefte dat hij zich te goed had gevoeld, niet alleen voor hen, maar ook waarvoor ze stonden – hij had het blinde vertrouwen in hun goden, de nederigheid en acceptatie van hun lot veracht. Zij waren het 'oude India' – net als zijn ouders – wier serviliteit een gevolg was van meer dan honderd jaar Britse overheersing.

De oudere generatie leek niet te begrijpen dat de macht was overgedragen, dat er niet langer behoefte was aan onderdanigheid. Het ras waarin hij was geboren had eigenwaarde gekregen, niets hield ze nog tegen en de mogelijkheden waren eindeloos.

Hij had van de oude waarden willen wegrennen. Hij vond dat die degenen die in ze geloofden beperkingen oplegden. Ari voelde dat hij boos was. Maar waarom?

Opeens deed hij iets wat hij zichzelf jarenlang had verboden. Hij sloeg zijn handen voor zijn ogen en huilde.

Ari wist dat hij de lange, duistere uren van dat weekend niet snel zou vergeten. Hij zag onder ogen wat hij was geworden en waarom. Of hij nu rouwde om het verlies van Lali of om zichzelf en de eenzame, door zichzelf geobsedeerde, boze persoon die hij geworden was, hij wist het niet. Zijn pijn stroomde naar buiten en hij vroeg zich af of hij een soort zenuwinzinking had, het resultaat van vijftien jaar te hard werken, dag in dag uit, zonder een moment rust.

Ja, besefte hij, hij had een succesvol bedrijf opgebouwd en daarmee veel geld verdiend. Al doende was hij zichzelf echter kwijtgeraakt.

Hij probeerde de redenen van zijn woede op een rijtje te zetten en erachter te komen waarom hij elke emotie en compassie die hij ooit had gevoeld opzij had geschoven. Hij dacht terug aan zijn tijd op kostschool in Engeland en hoe de jongens daar op hem hadden neergekeken, omdat hij Indiër was. India mocht dan misschien al meer dan zestig jaar geleden onafhankelijk zijn geworden, de hogere klassen in Engeland hadden nog geen afstand gedaan van hun aanspraak op superioriteit.

Het feit dat zijn ouders zo trots op hem waren geweest had het nog erger gemaakt. Ondanks wat hij zag als de vele verschrikkelijke gevolgen van Britse overheersing voor het Indiase ras, waren de cultuur en de tradities van hun meesters onuitwisbaar op hen overgegaan. Voor hen was het nog altijd de hoogst haalbare eer voor een Indiase jongen om een Engelse publieke school te bezoeken.

Ari besefte echter dat, zelfs als zijn vijf jaar in Engeland hadden bijgedragen aan zijn behoefte te bewijzen dat hij net zoveel waard was en net zo intelligent was als al die Engelse jongens, zijn uiteindelijke zucht naar succes uit hemzelf kwam. En hij besefte ook dat hij, door de kwaliteiten die zijn ras zo uniek maakten uit de weg te gaan, net zo'n grote imperialist was geworden als de toenmalige overheersers van zijn land. Hij was zijn Indiase ziel verloren.

Op zondagavond liep Ari naar buiten, de straat op en vroeg de eerste de beste die hij tegenkwam op Juhu Tara Road waar hij de dichtstbijzijnde tempel kon vinden. Hij schaamde zich zo dat hij erbij vertelde dat hij niet bekend was in Mumbai.

Eenmaal binnen in de tempel trok hij zijn schoenen uit en voerde de rituelen uit die bij het eren en bidden hoorden en die jaren geleden zo vanzelfsprekend voor hem waren geweest als ademhalen, maar nu vreemd en onwennig aanvoelden. Ari bracht puja-offers, niet aan Lakshmi, de godin van de welvaart, zoals hij in de afgelopen jaren had gedaan bij zijn zeldzame bezoeken aan een tempel, maar aan Parvati, de godin van de liefde, en Vishnu, de almachtige beschermer. Hij vroeg ze om vergeving, met name voor de manier waarop hij zichzelf van zijn ouders had vervreemd. En hij smeekte dat Lali naar hem zou terugkomen.

Toen hij weer thuiskwam, voelde hij zich rustiger en belde hij onmiddellijk zijn ouders. Het was zijn moeder die de telefoon opnam.

'Hallo, Ma. Ik...'

'Wat is er, *beta*?'

Het feit dat zij onmiddellijk had gehoord dat er iets aan de hand was deed de tranen in zijn ogen springen en hij brak. Hij vroeg haar, zijn vader, zijn broers en zusters om vergeving. 'Het spijt me zo, Ma, echt,' huilde hij.

'Mijn zoon, mijn hart breekt als ik je zo hoor. Heeft Lali het jouwe gebroken?'

Ari zweeg even. 'Hoe wist je dat, Ma?'

'Heeft ze je niet verteld dat ze twee weken geleden bij ons is geweest?'

'Nee.'

'Ik begrijp het.'

'Wat heeft ze gezegd, Ma?' vroeg hij.

'Ze zei...' Ari hoorde Samina zuchten. '... dat ze niet langer kon wachten tot jij voor haar zou kiezen. Dat ze nu zeker wist dat het kwam doordat je niet genoeg van haar hield en dat het het beste was om jou je vrijheid te geven. Je weet hoe zij naar een gezin verlangde, *pyara*.'

'Ja. Ja, natuurlijk weet ik dat. Geloof me, Ma, ik houd van haar. Ik mis haar... ik wil dat ze thuiskomt. Als je weet waar ze is, zeg haar dat dan van mij. Ik...' Ari kon niet verder.

'O, mijn zoon, het spijt me zo, maar ze komt niet meer bij je terug.'

'Waarom niet?' Ari hoorde dat hij klonk als een verwende kleuter die vroeg waarom hij zijn favoriete speelgoed niet terugkreeg.

'Het spijt me dat je het van mij moet horen, maar misschien is het beter als je het weet. Je weet vast nog wel dat haar ouders een huwelijk voor haar hadden gearrangeerd, wat ze weigerde te accepteren toen ze jou tegenkwam.'

'Ja.' Ari herinnerde het zich vaag. 'Een neef uit de buurt van Calcutta, meen ik me te herinneren. Hij was een boer en veel ouder dan zij. Lali zei dat ze op het eerste gezicht al een hekel aan hem had.'

'Misschien is dat zo, misschien ook niet,' zei Samina, 'maar ze is gisteren met hem getrouwd.'

Ari zweeg geschokt.

'Ari, ben je daar nog?'

'Ja.' Hij slaagde erin zijn stem te hervinden. 'Waarom? Ik begrijp niet...'

'Ik wel,' antwoordde zijn moeder rustig. 'Lali is bijna dertig jaar oud, Ari. Ze heeft geen beroep of opleiding waarmee ze zelf de kost kan verdienen en haar ouders zijn te arm om haar een bruidsschat mee te geven. Ze zei dat ze tenminste veilig zou zijn, en voor de rest van haar leven financieel onder de pannen bij deze oudere man.'

'Wat?!' Ari kon nauwelijks geloven wat zijn moeder zei. 'Maar, Ma, ze was veilig en financieel onder de pannen bij mij! Ik heb misschien niet genoeg tijd aan haar besteed, maar financieel heb ik haar alles gegeven!'

'Ja, maar je verzuimde haar te geven wat ze het meest nodig had. Iets waar elke vrouw naar verlangt, zeker in India.'

'Je bedoelt een huwelijk?' kreunde Ari.

'Natuurlijk. Zoals Lali zelf zei, had je haar, als je genoeg van haar had gekregen, met niets op straat kunnen zetten. Ze had geen enkel recht als je maîtresse, geen status, geen eigendom... dat zijn allemaal dingen die van groot belang zijn, dat moet je toch begrijpen.'

'Had ze daar maar iets over gezegd.' Ari beet op zijn lip.

'Dat heeft ze gedaan, vele malen, tot ze het opgaf.' Samina zuchtte. 'Ze zei dat je haar niet hoorde. Het enige wat ze in haar voordeel had waren haar jeugd en haar schoonheid. En haar tijd raakte op.'

'Ik... ik heb het niet begrepen. Echt, Ma, geloof me.'

'En natuurlijk was ze te trots om bij je te smeken.'

'Ma, wat moet ik doen?' vroeg hij wanhopig.

'Opnieuw beginnen?' stelde Samina voor. 'En er lering uit trekken. Maar Lali is voorgoed weg.'

'Ik... ik moet ophangen. Ik moet aan het werk.'

'Houd contact...' hoorde hij zijn moeder zeggen toen hij, niet in staat om nog iets te zeggen, de verbinding verbrak.

Voor het eerst in zijn leven ging Ari de volgende dag niet naar kantoor. Hij belde Dhiren, de nieuwe salesmanager, en zei dat hij ziek was en koorts had. De dagen erop sliep hij alsof hij een winterslaap hield. Hij kwam alleen zijn bed uit om te eten, te drinken en naar de wc te gaan. Zijn legendarische energie leek hem te hebben verlaten en toen hij zichzelf in de spiegel zag, leek hij kleiner, en bleek – alsof een deel van hem was weggerukt. En dat was natuurlijk ook zo, op een bepaalde manier, dacht hij.

In de zeldzame momenten dat hij wakker was, lag hij op zijn rug naar het plafond te staren en vroeg hij zich af hoe de energie die hem de afgelopen vijftien jaar elke dag had voortgedreven, zo ineens kon zijn verdwenen. Als ze belden van zijn werk, nam hij niet op. Hij kon het gewoon niet aan.

Op dinsdagavond, toen hij het terras op strompelde, het licht in, en over de reling hing en de wereld onder hem zag doorgaan, dacht hij na over zijn toekomst. En toen zag hij die voor zich, gapend als een leeg, duister gat. Hij legde zijn hoofd op zijn handen. 'Lali, het spijt me zo vreselijk erg,' verzuchtte hij.

Binnen hoorde hij het zoemen van de intercom. Hij rende ernaartoe, vurig biddend dat zij het was, en greep de hoorn van de haak.'

'Hallo?'

'Beta, ik ben het, je moeder.'

'Kom maar naar boven,' zei hij. De teleurstelling dat het Lali niet was voelde hij door zijn lichaam stromen. Hij was ook verbaasd; zijn ouders woonden op vijf uur rijden van Mumbai.

'Mijn zoon.' Samina spreidde haar liefhebbende armen uit naar haar jongen toen Ari de deur opende om haar binnen te laten.

Op dat moment vloeide alle spanning en bitterheid van de afgelopen tien jaar uit hem en Ari stond als een klein kind in de armen van zijn moeder te snikken.

'Het spijt me zo, Ma, het spijt me zo.'

'Ari...' Samina veegde het haar uit zijn ogen en glimlachte naar hem. 'Je bent terug in de familie en dat is het enige wat telt. Misschien kun je wat thee zetten voor je oude moeder? Ze heeft een lange autorit achter de rug.'

Die avond praatte Ari met zijn moeder en sprak hij alle gedachten uit die hem de afgelopen paar dagen hadden omringd en de somberheid die hij voelde ten aanzien van zijn toekomst.

'Nu spreek je tenminste vanuit je hart tegen mij en niet vanuit die harde kop van je,' zei Samina. Ze probeerde hem te troosten. 'Ik heb me al die tijd afgevraagd waar mijn zoon was gebleven en of hij ooit bij mij zou terugkeren. Dit is dus een goed begin. Je hebt een zeer belangrijke les geleerd, Ari, dat tevredenheid van veel verschillende dingen komt en niet van slechts één ding. Geld en succes kunnen je nooit gelukkig maken als je hart gesloten blijft.'

'Anahita zei ongeveer hetzelfde tegen me toen ik haar de laatste keer zag,' zei Ari nadenkend. 'En ze zei dat ik dat op een dag zou beseffen.'

'Je overgrootmoeder was een heel wijze vrouw.'

'Ja, en ik schaam me ervoor dat ik er niet bij was om afscheid van haar te nemen.'

'Nou, als je net als zij in de geesten gelooft, dan weet ik zeker dat ze hier nu bij ons is en jouw verontschuldiging accepteert.' Ze geeuwde. 'En nu ben ik moe na mijn reis en heb ik slaap nodig.'

'Natuurlijk,' antwoordde Ari en hij ging haar voor naar beneden, naar een van de fraai ingerichte slaapkamers.

'Zoveel ruimte, voor mij alleen,' zei Samina toen Ari haar reistas neerzette. 'En een hele nacht zonder je vader die in mijn oor snurkt. Misschien wil ik wel nooit meer weg!'

'Blijf zo lang als je wilt, Ma,' zei Ari. Hij was verbaasd dat hij het werkelijk meende en beschaamd dat hij haar nog nooit eerder in zijn huis had uitgenodigd. 'En dank je wel dat je gekomen bent,' voegde hij eraan toe toen hij haar een nachtkus gaf.

'Je bent mijn zoon, ik maakte me zorgen over je. Hoe groot je flat ook is en hoe rijk je ook bent, je bent nog altijd mijn eerstgeborene.' Samina streelde haar zoon liefdevol over zijn wang.

Toen Ari een half uur later in bed stapte, voelde hij zich vreemd getroost dat zijn moeder op enkele meters van hem vandaan lag te slapen. Hij voelde zich nederig doordat ze hem geen enkel verwijt had gemaakt over zijn gedrag in het verleden en door het feit dat ze onmiddellijk naar hem toe was gekomen zodra ze hoorde dat hij problemen had. Toen dacht hij aan Anahita en hoe zij al die jaren had geweigerd te geloven dat haar eigen eerstgeborene dood was.

Was er echt een aangeboren zesde zintuig voor een moeder als het om haar kind ging?

Ari's ogen gingen als vanzelf naar de ladekast. In de onderste la lag het verhaal van zijn overgrootmoeder, al elf jaar lang onaangeraakt. Hoewel hij alleen was, voelde Ari een blos op zijn wangen verschijnen, net als toen hij voor het laatst bij zijn overgrootmoeder was geweest.

Als ze nu echt bij hem was, hoopte hij dat ze kon horen hoe hij zich verontschuldigde voor het feit dat hij had genegeerd wat zij aan hem had toevertrouwd. Hij stapte uit bed, opende de la en pakte de vergeelde papieren eruit. Hij keek naar het onberispelijke handschrift en zag dat het in het Engels was geschreven in kleine, keurige letters.

Ari voelde zijn oogleden zwaar worden. Dit was niet het moment om de woorden te ontcijferen, maar hij beloofde zichzelf dat hij er morgen aan zou beginnen.

De volgende dag nam Ari zijn moeder mee om buiten de deur te ontbijten voor ze aan haar lange reis naar huis zou beginnen.

'Ga je morgen weer aan het werk?' vroeg Samina. 'Ik zou het maar doen. Het geeft je afleiding. Beter dan de hele dag alleen in dat zielloze appartement van je rond te hangen.'

'Het moet niet gekker worden, Ma,' zei Ari en hij grinnikte. 'Het ene moment zit je me op mijn huid omdat ik te hard werk en het volgende zeg je dat ik weer naar kantoor moet gaan!'

'Er moet altijd een balans zijn in je leven en je moet die ook in jouw leven zoeken. Dan vind je misschien het geluk dat je zoekt. O, voor ik het vergeet,' Samina haalde uit haar handtas een beduimeld exemplaar van Rudyard Kiplings dichtbundel *Rewards and Fairies* tevoorschijn en gaf het aan Ari. 'Je vader heeft dit voor je meegegeven. Hij zei dat je het gedicht 'If' moest lezen en dat ik je moest zeggen dat dat een van zijn favorieten is.'

'Ja.' Ari glimlachte. 'Ik ken het, maar ik heb het sinds school niet meer gelezen.'

Toen zijn moeder weg was, nadat hij haar had verzekerd dat hij de familie zou opzoeken zodra hij terug was van zijn reizen, reed hij naar kantoor.

Ari riep Dhiren bij zich en zei hem dat hij de zaken aan hem toevertrouwde terwijl hij in Londen was en dat hij misschien langer zou wegblijven dan hij eerder had gedacht.

Vierentwintig uur later stapte hij op de nachtvlucht naar Heathrow. Hij keek niet naar de films, maar herlas het gedicht van Rudyard Kipling dat zijn vader voor hem aan zijn moeder had meegegeven en grijnsde. Hij begreep de boodschap. Vervolgens bestelde hij een glas wijn en haalde de stapel vergeelde bladzijden van zijn overgrootmoeder uit zijn handbagage.

JAIPUR, INDIA

1911

6

ANAHITA

Mijn kind, ik weet het nog goed. Midden in de nacht was het kleinste zuchtje wind een welkome afwisseling voor de oneindige droge hitte van Jaipur. De andere dames en kinderen van de zenana en ik klommen vaak op het dak van het Moon Palace om daar te slapen.

Jaipur ligt op een vlakte, omringd door bruine woestijnheuvels. Als kind dacht ik dat ik wel op de mooiste plaats op aarde moest wonen, want de stad zelf was sprookjesachtig. De gebouwen waren geschilderd in het mooist denkbare roze. Overkoepelde huizen met verfijnd gesneden traliewerk en elegante, door pilaren gedragen veranda's omzoomden de brede straten. En het Moon Palace lag natuurlijk op de allermooiste locatie – dat was een stad op zich, omringd door weelderige tuinen. Vanbinnen was het een labyrint, de geschulpte bogen gaven toegang tot binnenplaatsen die op hun beurt weer geheimen blootgaven.

De inwoners van Jaipur waren zelf ook kleurrijk; de mannen droegen kleurige tulbanden – geel, magenta, robijnrood. Ik keek soms omlaag naar hen vanaf een van de hoge terrassen die uitkeken over de stad en bedacht dan dat ze me herinnerden aan honderden felgekleurde mieren die zonder ophouden aan het werk waren.

In mijn paleis, in het midden van de magische stad, te midden van de hoogst geplaatsten in het land, was het gemakkelijk om mij een prinses te voelen, net als veel van mijn speelkameraden.

Dat was ik natuurlijk niet.

Tot mijn negende had ik tussen de mensen gewoond in de straten onder mij.

Mijn moeder, Tira, stamde van een lange lijn van *baidh*, de Indiase term voor wijze vrouwen en genezeressen. Vanaf dat ik heel jong was zat ik bij haar als de mensen uit de stad haar om raad kwamen vragen voor hun problemen. In haar achtertuintje kweekte ze allerlei zoet geurende kruiden, waarmee ze haar ayurvedische dranken mengde, en ik zag haar vaak de *guggulu*, *manjishtha* of *gokhru* vermalen op haar *shil noda* om een middel te bereiden. De klanten waren tevreden en gingen weg in het volste vertrouwen dat hun geliefde van hen hield of dat die lelijke tumor zou verdwijnen of dat ze binnen een maand een kind zouden verwekken.

Soms, als er een vrouwelijke klant naar het huis kwam, zei mijn moeder tegen de meid dat ze mij een paar uur mee uit wandelen moest nemen. Het begon mij op te vallen dat als zij dit vroeg de vrouw met een wit weggetrokken en angstig gezicht op de kussens in onze achterkamer zat.

Natuurlijk wist ik toen niet op welke manier mijn moeder deze vrouwen bijstond, maar nu weet ik dat wel. Ze hielp ze van een ongewenst kind af te komen.

Mijn kind, misschien denk je dat zo'n daad een zonde is in de ogen van de goden. Het gebeurde doorgaans omdat een vrouw al een stuk of zes kinderen had, of meer – het was in die tijd in India niet mogelijk om te voorkomen dat er kinderen kwamen – en de familie zo arm was dat ze niet nog een mond konden voeden. Aan de andere kant hielp ze moeders ook als een kind ter wereld moest komen. En toen ik groter werd, nam ze me mee om haar daarbij te helpen. Toen ik voor het eerst een baby geboren zag worden, hield ik mijn handen voor mijn ogen, ik geef het toe, maar zoals met alles, zeker als het de natuur is, wen je eraan en begin je het te zien als het wonder dat het is.

Soms reden mijn moeder en ik op de pony die mijn vader buiten de stad op stal had staan naar de dorpen buiten Jaipur. Toen begon ik te begrijpen dat niet iedereen in een roze sprookjesstad woont, met liefhebbende ouders en elke avond eten op tafel. Ik zag verschrikkelijke dingen tijdens deze bezoeken: armoede, ziekte, honger en de pijn waaraan mensen kunnen lijden. Ik leerde toen ik nog heel jong was dat het leven niet eerlijk is. Het was een les die ik nooit meer zou vergeten.

Mijn moeder was, net als alle hindoes, erg bijgelovig. Mijn vader plaagde haar dat zij daarin wel heel ver ging. Op een keer, toen ik zes jaar oud was, bereidden wij ons voor op een reis om familie te gaan bezoeken, driehonderd kilometer verderop, ter gelegenheid van *Holi*, een feest waarbij we zoveel mogelijk kleurig poeder naar elkaar gooien. Aan het eind van de dag is iedereen van top tot teen overdekt met alle tinten van de regenboog.

We verlieten het huis en begonnen langs de weg naar het station te lopen voor het eerste traject van de reis. Opeens vloog er een witte uil voor ons uit en mijn moeder stond abrupt stil, met een ontzette uitdrukking op haar gezicht.

'We kunnen niet gaan,' zei ze tegen mijn vader en mij. 'We moeten terug.'

Mijn vader, die gewend was aan mijn moeders bijgeloof en zijn familie graag wilde bezoeken met Holi, glimlachte en schudde zijn hoofd. 'Nee, mijn pyari, het was gewoon een prachtig dier dat ons voorbij vloog. Het betekent niets.'

Mijn moeder had echter al rechtsomkeert gemaakt en liep terug in de richting van ons huis. Ondanks protesten van mijn vader was ze niet op andere gedachten te brengen. Dat weekend zaten we dus thuis, mijn vader en ik mokkend omdat we dachten aan onze neven en nichten, ooms en tantes die honderden kilometers ver weg Holi vierden.

Een dag later hoorden we echter dat er overstromingen in het gebied waren geweest. En de trein die wij hadden moeten nemen was over een brug gereden die was ingestort onder het gewicht. De trein en zijn inzittenden waren in het woest stromende modderwater gestort. Honderd inwoners uit onze stad kwamen niet meer thuis.

Daarna begon zelfs mijn vader mijn moeders intuïtie serieuzer te nemen. Naarmate ik ouder werd, begon mijn moeder mij eenvoudige remedies te leren om een verkoudheid, een hoest of een gebroken hart te behandelen. Mij werd gezegd de maankalender in de gaten te houden – er waren in elke maand momenten die de middelen krachtiger maakten als ze dan werden gemengd. Ze vertelde me dat de maan vrouwen onze vrouwelijke kracht verleende. En hoe de natuur, die door de goden was geschapen om de mensen alles te verschaffen wat ze nodig hadden, de sterkste macht op aarde was.

'Op een dag, Anni, zul je de geesten horen zingen,' zei ze als ze me 's avonds instopte. 'Dan weten we zeker of de gave aan jou is doorgegeven.'

Op dat moment begreep ik niet wat ze zei, maar ik knikte toch instemmend. 'Ja, Maaji,' zei ik toen ze mij een nachtzoen gaf.

Ik wist dat de familie van mijn moeder vond dat ze beneden haar stand was getrouwd. Mijn moeder was in een hoge kaste geboren. Ze was een achternicht van de *maharani* van Jaipur, hoewel het mij altijd voorkwam dat iedereen die ik in India kende een nicht of een neef van ons was of van iemand die wij kenden. Ze was op tweejarige leeftijd beloofd aan een rijke neef in Bengalen, die vervolgens op zijn zestiende malaria kreeg en daaraan overleed. Terwijl haar ouders naar een geschikte partij voor haar zochten, ontmoette mijn moeder mijn vader op het *Navratri*-feest en ze begonnen een geheime relatie die volledig bestond uit gesmokkelde brieven.

Toen mijn grootouders haar vertelden dat ze een echtgenoot voor haar hadden gevonden, een oudere man van vijftig, uit een goede familie, die mijn moeder als derde vrouw wilde nemen, dreigde ze weg te lopen, tenzij ze haar toestonden mijn jonge en knappe vader te trouwen. Ik weet niet hoe ver mijn ouders gingen om elkaar te kunnen zien – de verhalen waren tegen de tijd dat ik geboren werd onderdeel geworden van hun eigen folklore – maar uiteindelijk vonden mijn grootouders het goed, zij het met tegenzin.

'Ik zei tegen je grootouders dat ik hun dochter geen robijnen, parels of een paleis om in te wonen kon geven, maar dat ik haar altijd in liefde kon laten wonen,' had mijn vader mij verteld. 'En, mijn *beti*, denk eraan dat beminnen en bemind worden net zoveel waard is als alle schatten in het koninkrijk van een maharadja.'

Mijn vader, Kamalesh, was de tegenpool van mijn moeder. Hij was een filosoof, dichter en schrijver, die zijn ideologie ontleende aan Rabindranath Tagore, de beroemde brahmaanse dichter en activist. Hij verdiende slechts een schijntje met het uitbrengen van een maandelijks pamflet over zijn radicale gedachten, met name omtrent de Engelse bezetting van India. Hij had zichzelf uitstekend

Engels geleerd en, wonderlijk genoeg, gegeven zijn politieke denkbeelden, financierde hij zijn geschriften door les te geven aan hooggeboren Indiërs die de taal wensten te leren om met hun Britse tegenhangers te kunnen praten.

Hij leerde ook mij, zijn dochter, niet alleen Engels, maar een hele reeks vakken, van geschiedenis tot natuurwetenschappen. Andere Indiase meisjes leerden borduren en de gebeden die nodig waren om aan Shiva te kunnen offeren als je een goede en liefhebbende echtgenoot zocht, maar ik las *Over de oorsprong der soorten* van Charles Darwin en leerde wiskunde. Ik kon toen ik acht was ook zonder zadel paardrijden en racete over de woestijnvlakten buiten de stad terwijl mijn vader mij aanspoorde sneller en sneller te gaan en hem in te halen. Ik was dol op mijn vader, zoals alle kleine meisjes, en deed mijn uiterste best om bij hem in de smaak te vallen.

En zo groeide ik op tussen mijn vader, de radicaal, die over alles logisch nadacht, en mijn moeder, die eens een vleermuis zag in de slaapkamer die ze met mijn vader deelde en een *ojha* naar het huis liet komen om de kwade geesten eruit te verjagen, met een bijzonder gevarieerd wereldbeeld. Er zat veel van hen allebei in mij, maar ook iets wat uitsluitend van mij was.

Op een keer, toen mijn vader mij op zijn knie nam en troostte nadat ik had gezien hoe een groep jongens een uitgemergelde hond op straat sloegen, lichtte hij mijn kin op zodat ik hem aankeek terwijl hij mijn tranen wegveegde.

'Mijn lieve Anni, je bloedend hart klopt luider dan honderd *tabla* bij elkaar. Net als je vader verafschuw je onrecht en houd je van eerlijkheid. Wees wel voorzichtig, Anni, want mensen zijn ingewikkelde wezens en hun ziel is vaak grijs, niet zwart of wit. Waar je goedheid denkt te vinden, vind je misschien ook kwaad. En waar je alleen maar kwaad ziet, is misschien ook iets goeds te vinden.'

Toen ik negen was, stierf mijn vader plotseling tijdens een tyfusepidemie die onze stad in het moessonseizoen teisterde. Zelfs de drankjes van mijn moeder konden hem niet redden.

'Het was zijn tijd, pyari, en ik wist het,' zei mijn moeder.

Ik had er moeite mee haar rustige acceptatie van mijn vaders dood te begrijpen. Ik jammerde als een *banshee* bij zijn levenloze lichaam, maar zij zat rustig en stil bij hem zonder een traan te laten.

'Anni, als het je tijd is en je wordt geroepen, dan moet je gaan,' troostte ze mij. 'Er zit niets anders op.'

Haar reactie beviel me niets. Ik schopte en sloeg om me heen en schreeuwde en weigerde mijn vader los te laten toen zijn lichaam op de brandstapel werd getild. Ik herinner me dat ik met geweld werd weggesleept toen de *swami* begon te zingen en ze het strobed onder hem in brand staken. Toen een zure rook omhoog kringelde, wendde ik mij af en verborg mij in mijn moeders rokken.

Na de dood van mijn vader hadden we nauwelijks inkomen. De maharani van Jaipur, een nicht van mijn moeder, bood ons onderdak aan bij haar. En dus verhuisden we met zijn tweeën uit ons lieve kleine huisje in de stad naar het Moon Palace, in de zenana.

In de zenana woonden alle vrouwen van het paleis bij elkaar, gescheiden van de mannen. Want in die tijd volgden alle vrouwen, vanaf het moment dat de puberteit begon, de traditie van de *purdah*. Geen enkele man, behalve de echtgenoot of naaste mannelijke verwanten, mocht ons gezicht zien. Zelfs als een van ons ziek was, moest de dokter een diagnose stellen van achter een scherm. En als we onder de mensen waren moesten ons gezicht en ons lichaam zwaar gesluierd zijn. Ik heb er nu moeite mee dat dat toen zo was, maar geen van ons wist beter en het was gewoon een onderdeel van ons leven.

Toen ik er net was aangekomen, moest ik wennen aan het lawaai en de drukte van de zenana. In ons huis hadden we een meid en een jongen die de tuin voor ons onderhield. Als zij aan het eind van de dag vertrokken, waren we met zijn drieën en we hadden een voordeur die we konden dichtdoen om de wereld buiten te houden, als we dat wilden. Het leven in het paleis was heel anders. We leefden, aten en sliepen met elkaar. Soms verlangde ik naar de rust en de privacy van mijn oude huis, waar ik mijn slaapkamerdeur kon sluiten en mijzelf kon verliezen in een boek zonder gestoord te worden.

Het gemeenschappelijke leven had echter ook zijn voordelen. Ik zat nooit om een speelkameraad verlegen, want er waren veel meisjes van mijn leeftijd in de zenana. Er was altijd wel iemand die een potje backgammon met mij wilde spelen of mij op de *veena*, een snaarinstrument, wilde begeleiden als ik zong.

Mijn vriendinnetjes waren allemaal beleefde, goedgemanierde dochters van de plaatselijke adel. Het enige wat ik echt vreselijk miste, waren mijn lessen. Pas nadat ik in de zenana was komen wonen, besefte ik hoe progressief mijn vader was geweest door mij te onderwijzen.

Hij had mij de bijnaam 'Anni' gegeven; mijn echte naam, Anahita, betekent 'vol gratie'. Ik had misschien een goed verstand (en ik versloeg al mijn leeftijdgenoten in een race te paard), maar als het om meisjesdingen ging, voelde ik mij onderbedeeld. Ik keek vaak toe in de zenana als de andere vrouwen elkaar mooi maakten en voor de spiegel stonden te draaien. Ze deden er uren over om de juiste kleur lijfje te kiezen bij een rok – traditionele sari's werden in de provincie Rajasthan niet gedragen.

Alle prinsessen en veel van hun nobele nichtjes waren al beloofd aan een man die hun familie geschikt vond. Ik kwam weliswaar uit een hoge kaste, maar uit een arme familie. Mijn vader had nauwelijks materiële bezittingen nagelaten en ik was me ervan bewust dat mijn moeder mij geen bruidsschat kon geven. Ik was voor geen enkele man een 'goede partij' en mijn moeder zocht nog altijd de familiestamboom af naar iemand die mij zou willen trouwen. Ik was hierover niet teleurgesteld of bezorgd; ik dacht alleen aan mijn vaders woorden tegen de familie van mijn moeder toen hij ze had gevraagd of hij hun dochter mocht trouwen.

Ik wilde liefde vinden.

Toen ik elf was en meer dan een jaar in de zenana was verbleven, begonnen mijn vroegere opleiding en mijn vaardigheden te paard vruchten af te werpen. Ik werd door de maharani uitgekozen om haar oudste dochter, prinses Jameera, gezelschap te houden.

Ook al gaf het feit dat ik de prinses gezelschap hield mij nieuwe privileges en opende het deuren tot nieuwe, opwindende activiteiten, zoals met haar meegaan naar jachtpartijen en toegang tot delen van het paleis die voorheen verboden voor mij waren, herinner ik mij dit niet als een gelukkige periode.

Jameera was verwend en moeilijk. Als we een spel speelden en zij verloor, rende ze in tranen naar haar moeder en beschuldigde ze mij ervan dat ik vals had gespeeld. Als ik in het Engels tegen haar sprak, zoals haar moeder mij had gevraagd te doen, legde ze haar handen over haar oren en weigerde ze te luisteren. En als ik het ook maar waagde om op de buitenrit die wij elke ochtend te paard maakten sneller te zijn dan zij, brulde ze van woede en negeerde ze mij de rest van de dag.

We wisten allebei wat het probleem was. Ook al was zij de prinses, ik was gezegend met bepaalde natuurlijke talenten en vaardigheden die zij miste. En wat erger was, hoewel ik niet de neiging had om mijzelf mooi te maken en op te dirken, kreeg ik van iedereen complimenten over mijn slanke figuur en goede bottenstructuur. En Jameera bezat geen van beiden.

'Maaji,' huilde ik dan in mijn moeders armen als ze mijn tranen wegveegde. 'Jameera haat me!'

'Ze is inderdaad een moeilijk meisje. Daar kunnen we niets aan doen, nietwaar, pyari? We kunnen toch niet tegen haar moeder, de maharani zelf, zeggen dat je een hekel hebt aan haar oudste dochter? Je moet je best doen,' zei mijn moeder. 'Je moet je vereerd voelen dat je door haar bent uitverkoren en ik weet zeker dat je daar op een dag de vruchten van plukt.'

Zoals altijd had mijn moeder gelijk. In 1911 heerste er grote opwinding in India in de verschillende prinsdommen. Edward VII, keizer van India, was het jaar daarvoor overleden. Zijn zoon, George V, was koning geworden en zijn formele kroning zou in juni in Engeland plaatsvinden. Daarna, in december, zou er een grote Coronation Durbar worden gehouden in Delhi, waarvoor alle prinsen van India waren uitgenodigd. Als gezelschapsdame van prinses Jameera behoorde ik tot de enorme entourage die de maharadja van Jaipur – haar vader – zou meenemen.

Mijn moeder was in alle staten van opwinding. 'Anni,' zei ze en ze nam mijn gezicht in haar handen en keek mij aan, 'toen jij werd geboren, consulteerde ik, volgens de traditie, een astroloog om je levenspad te voorspellen. En weet je wat hij zei?'

Ik schudde mijn hoofd. 'Nee, Maaji, wat zei hij?'

'Hij zei dat als je elf jaar oud was jou iets buitengewoons zou overkomen. Je zou iemand ontmoeten die je levensloop zou veranderen.'

'Dat is inderdaad ongelooflijk,' antwoordde ik vol ontzag.

Pas nu, nu ik dit schrijf, kan ik terugkijken en zien dat de astroloog gelijk had.

7

Het zou gewoon onmogelijk zijn om de pracht en praal van de Coronation Durbar in woorden te beschrijven. Toen we de vlakten naderden waarop Coronation Park – het tentendorp net buiten Delhi – was opgericht, voelde het alsof heel India op weg was naar dezelfde bestemming.

Toen Jameera, de jongere prinsessen en ik in onze *purdah-howdah*, op de rug van een van de grote olifanten in de karavaan van de maharani zaten, tuurden we door de gordijntjes naar buiten om een glimp van de buitenwereld op te vangen. De stoffige wegen waren verstopt met elke denkbare vorm van vervoer: fietsen, karren volgeladen met bezittingen en getrokken door ossen die glommen van het zweet, auto's en olifanten die allemaal ruimte opeisten op de weg. Rijk en arm, iedereen was onderweg naar Coronation Park.

Elk van de maharadja's had zijn eigen tentenkamp, ieder een dorp op zich, compleet met water en elektriciteit. Toen we in ons kamp aankwamen, keek ik vol ontzag naar de rijk ingerichte vrouwenverblijven.

'Er is zelfs een bad!' riep ik naar Jameera. Ik verbaasde me over de moderne wonderen die alles wat we maar nodig hadden konden voortbrengen.

Jameera was minder onder de indruk. Het was een lange reis geweest en ze kon daar niet zo goed tegen.

'Waar is mijn puja-doos?' blafte ze naar de meiden die de eindeloze rij koffers uitpakten die ze vanuit het paleis hadden meegenomen voor de koninklijke vrouwen. 'Deze lakens zijn ruw,' zei ze mokkend toen ze met haar dikke vingertjes aan het beddengoed voelde. 'Ik wil andere!'

Ik liet me niet van mijn stuk brengen door het slechte humeur van Jameera. Toen ik de meiden had geholpen met uitpakken en

Jameera goed en wel in de badkamer was en verzorgd werd, ging ik op onderzoek uit. Buiten, in de onberispelijke, prachtige tuin die rond ons kamp lag, verlichtten de lampen van het reusachtige park de nachtelijke hemel. In de verte zag ik opeens vuurwerk uiteenspatten, dansende derwisjen in allerlei kleuren – de zurige rook ervan mengde zich met de geur van wierook die zwaar in de lucht hing. Ik hoorde ver weg olifanten trompetteren en het geluid van sitars.

Even voelde ik een moment van pure, onvermengde vreugde. Alle prinsdommen in India waren op deze plaats verzameld. Te midden van de vele duizenden mensen die het park bevolkten waren de meest eerbiedwaardige, machtigste en geleerdste van het land. En ik, Anahita Chavan, was een van hen.

Ik richtte mijn blik omhoog, naar de hemel, en sprak tegen mijn vader.

'Ik ben hier, vader, ik ben hier,' vertelde ik hem trots.

Het spreekt vanzelf dat als je de grootsten in het land zo dicht bij elkaar brengt, er een soort competitie ontstaat. Elke maharadja wilde dat zijn kamp het rijkst was ingericht of dat hij een grotere hofhouding of meer olifanten had dan zijn buren. De feesten en diners die elke prins gaf waren steeds groter en uitgebreider dan de voorgaande. Met de robijnen, diamanten, smaragden en parels waarmee de grote vorsten en hun vrouwen zichzelf behingen, zouden ze de rest van de wereld hebben kunnen kopen, bedacht ik toen ik mij haastte om Jameera aan te kleden voor het eerste banket dat haar moeder en vader zouden houden in ons kamp. Iedereen verkeerde in een staat van grote opwinding.

'Er komen vanavond achttien prinsen en hun maharani's!' zei Jameera terwijl ze een gouden armband over haar mollige knokkels aan haar pols probeerde te schuiven. 'Maaji zei dat de vader van de prins aan wie ik ben beloofd er ook is. Je moet me helpen, ik moet er op mijn mooist uitzien.'

'Natuurlijk,' stemde ik in.

Uiteindelijk vertrokken de vier vrouwen van de maharadja met hun belangrijkste hofdames en gingen achter een purdah-scherm zitten om naar hun mannen en hun mannelijke gasten te kijken tijdens de grote receptie voor het banket. We slaakten een zucht van verlichting dat iedereen in een goed humeur was vertrokken en bereidden ons in onze zenanavertrekken voor op de komst van de vrouwen en kinderen die met ons zouden dineren, apart van de mannen.

Later die avond werd het receptiegedeelte van onze tenten overspoeld door vrouwelijke gasten en hun kroost. Ik keek verwonderd toe hoe de vrouwen van de bezoekende maharadja's werden begroet door onze eigen maharani's. Voor een elfjarig kind waren deze vrouwen sprookjesachtig: geolied, heerlijk ruikend en met verfijnde hennatatoeages, met parels zo groot als eieren om hun hals, glinsterende hoofdtooien bezet met robijnen en smaragden, en kostbare diamanten neusringen. Hun kinderen waren al net zo schitterend aangekleed – jongens en meisjes zo jong als drie jaar droegen gouden, met juwelen bezette enkelbanden en verfijnde, onberispelijk vervaardigde halskettingen.

Ik herinner me dat al dat moois mij imponeerde, maar me ook verwarde. Ik werd erdoor getroffen dat er zoveel rijkdom in één ruimte kon zijn, die door de eigenaren als vanzelfsprekend werd ervaren, terwijl ik in ons land zoveel armoede en honger had gezien.

Toch kon ik niet helpen dat ik onder de indruk was van het spektakel.

Op deze bijeenkomst zou de voorspelling van mijn geboorteastroloog uitkomen. Misschien ben je je niet bewust van een doorslaggevend moment in je leven. Die momenten gaan doorgaans niet gepaard met trompetgeschal.

Ik zat rustig in een hoekje van de ontvangstruimte van de zenana naar alle pracht en praal om me heen te kijken. Ik verveelde me en had het warm, dus ik stond op en liep stiekem naar een opening in de tent voor wat frisse lucht. Ik trok de flap opzij en keek naar buiten, terwijl een zachte bries mijn gezicht streelde. Ik herinner me dat ik naar de onmetelijke sterrenhemel keek toen ik naast me een stem hoorde.

'Verveel je je?'

Ik draaide me om en zag een meisje naast me staan. Ik zag aan de snoeren parels die in rijen om haar hals lagen en de kleine, glinsterende hoofdtooi op haar dikke, golvende haar dat dit een rijk en invloedrijk kind was.

'Nee, natuurlijk niet,' zei ik snel.

'Jawel! Ik zie het, want ik verveel me ook.'

Verlegen zocht ik haar ogen. We keken elkaar een paar seconden aan, alsof we elkaars innerlijke blauwdruk lazen.

'Zullen we naar buiten gaan en de boel verkennen?' vroeg ze.

'Dat mag niet!' zei ik geschrokken.

'Waarom niet? Er zijn hier zoveel vrouwen, niemand merkt het.' Haar buitengewone lichtbruine ogen, waarvan de irissen amberkleurig gevlekt waren, keken me uitdagend aan.

Ik ademde diep in, want ik wist wat er zwaaide als iemand zou ontdekken dat ik er niet was. Tegen beter weten in, knikte ik en stemde toe.

'We moeten in het donker blijven, anders zien ze ons,' fluisterde ze. 'Kom!'

Toen pakte ze mijn hand.

Ik weet nog hoe haar lange, slanke vingers de mijne pakten. Ik keek haar in de ogen en zag de glinstering van ondeugd die daar flakkerde. Mijn vingers sloten zich rond de hare en onze handpalmen raakten elkaar.

Buiten wees mijn nieuwe vriendin naar de andere kant van het kamp. 'Zie je? Daar zitten alle maharadja's te eten.'

De omgeving van de centrale durbartent was verlicht met duizenden kaarsen in glazen houders die de donkere vormen van de bomen en planten in de exotische tuinen verlichtten.

Ik werd ernaartoe getrokken; het zachte gras kriebelde aan de zolen van mijn blote voeten. Zij leek precies te weten waar we naartoe moesten en al snel waren we bij de reusachtige tent. Ze schoot razendsnel langs een zijde ervan en verdween weer in de schaduw, waar niemand ons kon zien. Toen knielde ze en trok het zware canvas omhoog. Ze boog zich naar voren en keek door het kleine gat.

'Wees alsjeblieft voorzichtig. Straks ziet iemand je,' smeekte ik.

'Niemand kijkt toch naar de grond,' grinnikte ze toen ze het canvas verder omhoogtrok. 'Kom, ik wijs je mijn vader aan. Ik vind hem de knapste van alle maharadja's.'

Het meisje schoof iets op, zodat ik naast haar kon gaan zitten; ik pakte het dikke canvas en keek door het kijkgat.

Binnen zag ik een heleboel grote mannenvoeten vol sieraden, en niets anders. Ik wilde mijn nieuwe vriendin echter niet teleurstellen.

'Ja!' zei ik. 'Wat een spektakel!'

'Als je naar links kijkt, zie je mijn vader.'

'Ja, ja,' zei ik, maar ik zag alleen een rij enkels. 'Ik zie hem.'

'Hij is knapper dan jouw vader!' Haar ogen glinsterden.

Ik begreep dat dit meisje dacht dat ik ook een prinses was, en dat de maharadja van Jaipur mijn vader was. Verdrietig schudde ik mijn hoofd.

'Mijn vader is dood. Hij is hier niet.'

Weer werd er een warme bruine hand op de mijne gelegd. 'Dat spijt me.'

'Dank je.'

'Hoe heet je?' vroeg ze mij.

'Mijn naam is Anahita, maar iedereen noemt me Anni.'

'En ik ben Indira, maar ze noemen mij thuis Indy.' Ze glimlachte. Op dat moment lag Indira plat op haar buik en ondersteunde haar hoofd met haar handen. 'Wie ben jij dan?' vroeg ze. Haar glinsterende ogen onderzochten me nieuwsgierig, als een tijgerin. 'Je bent veel mooier dan de andere prinsessen uit Jaipur.'

'O nee, ik ben niet een van de prinsessen,' corrigeerde ik haar. 'Mijn moeder is de achternicht van de maharani van Jaipur. Mijn vader is twee jaar geleden overleden en nu wonen wij in het Moon Palace, in de zenana.'

Ze trok haar wenkbrauwen op. 'Jammer genoeg voor mij, ben ik wél een prinses. Ik ben de jongste dochter van de maharadja van Cooch Behar.'

'Vind je het niet leuk om een prinses te zijn?' vroeg ik.

'Niet echt, nee.' Plotseling rolde Indira sierlijk op haar rug, legde haar handen onder haar hoofd en keek omhoog naar de sterren. 'Ik denk dat ik liever een tijgertemmer in een circus zou zijn.'

Ik giechelde.

'Niet lachen,' waarschuwde ze mij. 'Ik meen het. Ma zegt dat ik een heel slechte prinses ben. Ik word altijd vies en werk mezelf in de nesten. Ze denkt erover om mij naar een kostschool in Engeland te sturen om mij manieren te leren. Ik zei dat ik zou weglopen als ze dat zou doen.'

'Waarom? Ik zou Engeland maar wat graag zien. Ik ben nog nooit ergens geweest,' zei ik verlangend.

'Wees blij. Wij zijn altijd onderweg. Ma houdt erg van gezelschap, weet je, en ze sleept ons overal mee naartoe, hier en in Europa. Ik wilde dat ik thuis kon blijven in ons mooie paleis en voor onze dieren zorgen. Als ik geen tijgertrainer kan worden, dan wil ik een *mahout* zijn en met een olifant leven. Je zou Engeland vreselijk vinden. Het is er grijs en koud en mistig en iedereen in mijn familie wordt er altijd vreselijk verkouden, zeker Pa.' Indira zuchtte. 'Ik maak me echt zorgen om zijn gezondheid. Spreek jij eigenlijk Engels?' vroeg ze mij.

Ik begon te beseffen dat haar gedachten voortdurend heen en weer sprongen, als vlinders, van het ene onderwerp naar het andere. 'Ja.'

Indira kwam onmiddellijk overeind, zat op haar knieën en stak haar hand naar mij uit. '*How do you do*?' zei ze in een perfecte parodie van een afgemeten Engels accent. '*I'm awfully pleased to meet you*.'

Ik stak mijn hand uit en onze palmen raakten elkaar weer. '*The pleasure is all mine*,' antwoordde ik en we keken elkaar aan. We bleven elkaars handen schudden. Daarna lagen we allebei op het gras te schudden van het lachen. Toen we weer tot onszelf kwamen, besefte ik dat we terug naar de zenana moesten voor iemand ons miste. Ik stond op.

'Waar ga je naartoe?' vroeg ze.

'Terug naar onze tent. Er zwaait iets voor ons als ze erachter komen dat we weg zijn.'

'O,' antwoordde Indira luchtig. 'Daar ben ik wel aan gewend. Ik denk eigenlijk dat ze het van me verwachten dat ik niet doe wat ze zeggen.'

Ik wilde zeggen dat het voor mij, omdat ik geen prinses was, maar mijn onderdak en eten moest verdienen als gezelschapsdame van een prinses, niet zo voor de hand lag dat ze het door de vingers zouden zien.

'Nog vijf minuten dan?' smeekte ze. 'Het is zo warm en zo vervelend in die tent. Vertel eens,' vervolgde ze. 'Aan wie word jij uitgehuwelijkt?'

'Dat is nog niet geregeld,' antwoordde ik onverstoorbaar.

'Nogmaals, wees blij. Ik heb mijn toekomstige echtgenoot een paar dagen geleden hier ontmoet en hij is oud en lelijk.'

'En je gaat met hem trouwen? Ook al is hij oud en lelijk?'

'Nooit van mijn leven! Ik wil een knappe prins vinden die van mij houdt en het goed vindt dat ik tijgers heb,' zei ze met een lach.

'Ik wil ook mijn eigen prins vinden,' zei ik zacht.

Daar zaten we dan, twee kleine meisjes die naar de sterren staarden en droomden van een knappe prins. Sommige mensen zeggen dat ze graag in de toekomst zouden willen kijken. Als ik echter terugdenk aan dat moment van pure kinderlijke onschuld, toen Indira en ik op het gras lagen, met ons hele leven nog voor ons, dan ben ik blij dat we dat niet konden.

8

De drie weken die volgden raakten Indira en ik, naarmate de feestelijkheden in het Coronation Park zich ontvouwden, in een opmaat voor de grote presentatie van alle prinsen aan koning George, onafscheidelijk. Hoe het haar lukte om zo vaak te ontsnappen, weet ik niet, maar ze was altijd op tijd op onze afgesproken ontmoetingsplaats en dan gingen we op ontdekkingstocht. Het kamp werd ons speelterrein, een tuin vol heerlijkheden voor twee nieuwsgierige kleine meisjes. Bij kraampjes kon je allerlei heerlijk ruikend eten krijgen, zoals *panipuris* en samosa's, gevuld met kruidige groenten en goudbruin gefrituurd. Er waren winkeltjes met snuisterijen die allerlei aardewerken en houten figuurtjes verkochten. Indira, die altijd voldoende roepies bij zich leek te hebben, kocht een aardewerken tijger die ik heel mooi vond en gaf die aan mij. 'Als we niet samen zijn,' zei ze, 'kijk je deze tijger in de ogen en weet je dat ik aan je denk.'

Gelukkig had prinses Jameera vaak andere dingen te doen. Ze legde met haar ouders vaak officiële bezoeken af aan de kampen van andere maharadja's, en dan was mijn aanwezigheid niet vereist. Ik vroeg Indira waarom haar familie haar bij zulke gelegenheden haast nooit nodig leek te hebben.

'O,' antwoordde ze schouderophalend, 'dat is omdat ik het jongste kind ben. Niemand is in mij geïnteresseerd.'

Ik wist dat dit niet helemaal waar was. Er waren momenten waarop Indira mij niet kon ontmoeten en er later over klaagde dat ze uren in een hete tent had moeten zitten terwijl haar ouders met andere mensen praatten. Meestal lukte het ons echter om elkaar elke dag te zien.

Op een ochtend, toen onze tijd samen bijna voorbij was en ik ertegen opzag om terug te keren naar de besloten omgeving van het Moon Palace in Jaipur, straalden haar ogen toen ze op onze afgesproken plek verscheen.

'Kom,' zei ze en ze trok me mee, handig tussen de tenten door manoeuvrerend.

'Waar gaan we naartoe?' vroeg ik.

'Dat zul je wel zien,' antwoordde ze geheimzinnig.

Een paar minuten later kwamen we bij het kamp van de maharadja van Cooch Behar. Indira had het me eerder aangewezen.

'Allereerst,' zei Indira, 'laat ik je kennismaken met mijn favoriete olifant. Ze is nog maar een baby van twee. Ze zou hier helemaal niet moeten zijn, en ze heeft nog niet geleerd om in de stoet mee te lopen, maar ik wilde dat ze meeging. Ze zou zijn weggekwijnd zonder mij en zonder haar moeder.'

Toen we de *pilkhana* binnengingen, werden mijn neusgaten geprikkeld door de scherpe stank van olifantenmest. Er moesten op zijn minst veertig olifanten in de tent staan, dacht ik, toen Indira mij voorging langs de stallen en ze allemaal bij naam begroette. We liepen rechtstreeks naar het eind van de stallen en in de allerlaatste stond de babyolifant. Toen we naderden, hoorde het jonge dier onze voetstappen en trompetterde naar Indira. Ze herkende haar.

'Hoe is het, mijn mooie Preema?' zei Indira en ze drukte haar gezicht tegen de olifant aan. 'Ik was erbij toen je geboren werd, weet je nog, lieverd?' De olifant sloeg zijn slurf om mijn vriendin heen. Indira draaide zich naar mij om en pakte twee bananen van een berg die daar lag.

'Van Ditti, je mahout, mocht ik een naam voor je verzinnen,' zei ze toen ze de baby-olifant de bananen gaf. 'Ik besloot je Preema te noemen, wat je in het Latijn spelt als P-R-I-M-A en wat "eerste" betekent, omdat jij de eerste olifant was die ik ooit geboren zag worden.' Indira keek mij stralend aan. 'En nu noem ik haar Pretty, want dat is ze, vind je niet?'

Ik staarde in de zachte, trouwe ogen van de olifant en voelde een belachelijk steekje van jaloezie omdat Indira zoveel van haar hield.

'Ja, ze is heel erg mooi,' antwoordde ik.

Een kleine, lichtbruine Indiase man dook uit het niets op.

'Ditti, gedraagt mijn Pretty zich een beetje?'

'Ja, Uwe Koninklijke Hoogheid, al weet ik zeker dat ze graag weer naar huis wil.'

'Net als wij allemaal,' stemde Indira in.

De oudere mahout boog zijn hoofd respectvol toen wij de stal verlieten. Ik besefte dat het de eerste keer was dat ik meemaakte dat mijn vriendin werd behandeld als de prinses die zij in feite was. Er trok opeens een golf van wanhoop door me heen toen ik Indira volgde, de pilkhana uit. Het meisje met wie ik had gelachen en gespeeld en gepraat alsof het mijn zusje was, behoorde tot een andere wereld, ergens ver weg, aan de andere kant van India. En algauw zou ze van mij worden afgenomen en daarnaartoe teruggaan.

Ik voelde tranen bij mij opwellen en ik begon met mijn ogen te knipperen om ze tegen te houden. Indira was het middelpunt van mijn wereld geworden, maar ik besefte nu dat ik slechts tot de periferie van de hare behoorde. Op zijn best had ik haar een paar weken vermaakt. Als de vlinder die zij was, zou ze wegfladderen en ergens anders vermaak vinden.

Ik probeerde mijn gedachten te stoppen en dankbaar te zijn voor de tijd die we samen hadden doorgebracht. Mijn moeder had me mijn hele kindertijd al toegesproken over mijn plotselinge sombere stemmingen. Ze zei dat ik om de een of andere reden de neiging had om mij te laten opslokken door verdriet. 'Je hebt een gave voor geluk, maar ook een gave voor plotselinge wanhoop,' had ze ooit tegen mij gezegd.

'Kom, schiet op! Ik wil je aan nog iemand voorstellen,' zei Indira.

Ik schudde de sombere gedachten van mij af en deed mijn uiterste best om naar haar te lachen.

'Wat nu? Dier, mineraal of mens?'

Het was een spelletje dat we vaak speelden en Indira lachte erom.

'Heel zeker een mens. Ik neem je mee naar mijn moeder.'

Toen ik dat hoorde, begon mijn hart sneller te kloppen. Er werd in de zenana van Jaipur veel gesproken over de beeldschone Ayesha, de maharani van Cooch Behar. Ik had Jameera en haar moeder horen zeggen dat Ayesha zich beter leek te voelen dan de andere maharani's, omdat ze de keizerin van India, Victoria, had ontmoet, op Buckingham Palace.

'Ze spreekt Engels en draagt in Europa westerse kleding!' had Jameera's moeder uitgeroepen. 'Maar ook al zijn haar kleren gemaakt door Franse couturiers en is ze behangen met juwelen waarmee haar man haar overlaadt, maakt haar dat nog geen betere Indiase echtgenote of koningin!'

Ik wist dat dat niet de echte reden was waarom Jameera en haar moeder Indira's moeder wilden kleineren. Het was omdat Jameera's vader vier dagen geleden een informele bijeenkomst in het Cooch Behar-kamp had bezocht en bij terugkomst had verkondigd dat de maharani van Cooch Behar de mooiste vrouw was die hij ooit had ontmoet.

Mijn lieve kind, sindsdien weet ik dat afgunst onder vrouwen zelden wordt geïnspireerd door intelligentie of status van een andere vrouw of hoeveel juwelen zij bezit. Nee, het is vrijwel altijd het vermogen van een vrouw om een man te verleiden dat de meeste jaloezie opwekt bij vrouwen.

'Ma!' riep Indira toen we de vrouwenverblijven van het Cooch Behar-kamp binnengingen. 'Waar ben je?'

'Hier, lieverd,' antwoordde een zachte stem.

Indira trok me voort door een reeks tenten en toen naar buiten, een kleine veranda op die door heen en weer bewegende jacaranda's werd beschaduwd. Midden op de binnenplaats klaterde een kleine fontein.

'Ik heb mijn vriendin Anni meegenomen om je te ontmoeten. Mogen we even gedag komen zeggen?'

'Natuurlijk. Ik ben net klaar met mijn ontbijt.'

Indira's moeder leunde tegen een stapel zijden kussens, met een ontbijtblad op haar schoot. Ze duwde het onmiddellijk opzij, stond op en liep naar ons toe, haar armen uitgespreid naar haar dochter.

Dit was op zich al een ongewoon gebaar – elke keer als ik in de buurt kwam van een van mijn eigen maharani's uit de zenana, moest ik altijd voorovergebogen lopen, in een diepe pranaam, tot ik toestemming kreeg om overeind te komen.

'Waar was je, stoute meid?' zei de maharani met een glimlach en ze nam Indira in haar armen.

Terwijl ze dit deed, nam ik even de tijd om deze vrouw te bekijken, het onderwerp van zoveel roddel in het kamp. Indira's moeder droeg geen enkel sieraad of make-up. Haar slanke lichaam was gehuld in een eenvoudig zijden gewaad, en haar lange, donkere, krullende haar hing los rond haar schouders. Ik stond daar en voelde hoe zij haar enorme, intelligente amberkleurige ogen – precies als die van haar dochter – op mij richtte en mij in zich opnam. Ik was het eens met Jameera's vader; ze was zonder twijfel de mooiste vrouw die ik ooit had gezien.

'Ik heb Anni mijn baby-olifant laten zien. Dat is alles, Ma.'

De maharani glimlachte en kuste haar dochter op haar hoofd. 'Nou, dan moet je mij maar eens voorstellen aan je nieuwe vriendin.'

'Ja, natuurlijk. Anni, dit is mijn moeder Ayesha. Ma, dit is Anahita Chavan.'

'Hallo, Anahita.' De maharani gaf me een warme welkomstglimlach, haar perfect gevormde rode lippen omlijstten haar sterke witte tanden. Ik stond voor haar en voelde me overweldigd en verlegen. Haar ongebruikelijke informaliteit, zowel met mij als met haar dochter, droegen alleen maar bij aan haar charme. Uiteindelijk legde ik mijn handen tegen elkaar en boog mijn hoofd in een pranaam. 'Het is mij een eer u te ontmoeten,' bracht ik uit en ik wist dat ik bloosde tot mijn haarwortels.

'Kom bij mij zitten, allebei, en neem wat thee.' Ayesha leidde ons vriendelijk naar de kussens en wees ons hoe we naast haar moesten gaan zitten. Ik wist niet zeker of ik het wel moest doen, want het was ongehoord dat een maharani zich op dezelfde hoogte bevond als haar onderdanen. In onze zenana zaten wij op de grond en onze maharani's in stoelen boven ons.

Toen Indira naast haar moeder op de kussens neerknielde, volgde ik haar voorbeeld, maar ik probeerde zo klein en laag mogelijk te blijven. Ayesha klapte in haar handen en er dook onmiddellijk een dienstmeisje uit de tent op.

'*Chai*,' bestelde ze en het meisje boog en verdween weer naar binnen. 'Anahita,' zei Ayesha, en ze richtte haar aandacht op mij, 'Indira heeft het over weinig anders gehad dan haar nieuwe vriendin. Ze vertelt me dat je ook heel goed Engels spreekt. Waar heb je dat geleerd?'

'Van mijn vader, Uwe Hoogheid. Hij was een geleerde en een leraar,' bracht ik ademloos uit.

'Dan heb jij geluk gehad dat jij het geschenk van een opleiding hebt gekregen. Jammer genoeg geloven nog veel vaders dat het niet de moeite waard is om het hoofd van hun dochters met kennis vol te stoppen. Misschien kun jij mijn eigen dochter wat discipline bijbrengen als het om leren gaat,' zei ze en ze woelde liefdevol door Indira's haar. 'Ze is een slim meisje, misschien wel veel slimmer dan haar broers, maar op dit moment heeft ze geen geduld om te leren.'

'Ma, je weet dat ik tijgertemmer wil worden, geen professor!' pruilde Indira.

En alweer werd ik getroffen door het gemak en de openheid waarmee moeder en dochter met elkaar spraken.

'Indira vertelt me dat je in het Moon Palace in Jaipur woont,' vervolgde de maharani.

'Inderdaad.'

'Jaipur is een heel mooie stad.' Ze glimlachte.

De thee werd gebracht en toen hij was ingeschonken, nam ik een slokje. Ik kon nauwelijks geloven dat ik chai en een stapel zijden kussens deelde met de beroemde, beeldschone maharani van Cooch Behar.

'Ma, ik kan mijn nieuwe beste vriendin niet achterlaten als we gaan,' verklaarde Indira opeens. 'Ik wil dat ze bij ons komt wonen in het paleis in Cooch Behar.'

Alweer bloosde ik hevig en ik keek naar mijn voeten. De maharani trok een perfect gevormde wenkbrauw op. 'Ik begrijp het.'

Haar blik ging naar mij. 'En heeft Indira dat met jou besproken, Anahita?'

'Ik... eh... nee, Uwe Hoogheid,' stotterde ik.

'Indira, ik denk niet dat Anahita haar familie, haar huis en haar vriendinnen wil achterlaten om bij ons te komen wonen. Je denkt weer alleen aan jezelf. Ik verontschuldig mij voor mijn dochter, Anahita. Soms praat ze voor ze denkt.'

'Maar, Ma, ik ben zo eenzaam in het paleis, nu mijn broers en zus naar school zijn. En je zei zelf al dat Anni mij kan helpen met mijn boeken en mijn Engels,' smeekte Indira. 'Ze is op dit moment gezelschap van prinses Jameera en doet precies hetzelfde voor haar.'

'Dan is er zelfs nog meer reden voor Anahita om niet te willen verhuizen. Ik weet zeker dat die arme prinses Jameera haar zou missen. Je kunt nu eenmaal geen mensen stelen, mijn lieve Indira, hoezeer je dat ook zou willen.'

Op dat moment deed ik mijn mond open. Ik wilde zeggen dat ik niets liever wilde dan te worden 'gestolen' door mijn nieuwe vriendin. Mijn tong wilde alleen de woorden niet vormen en dus zat ik daar en voelde me ellendig terwijl de maharani haar dochter de les las om haar egoïsme.

'Maar, Ma, je begrijpt het niet – we zijn onafscheidelijk! Als Anni niet mee mag, dan kwijn ik weg zonder haar,' drong Indira aan.

'Dan kunnen we Anni vragen of ze ons komt bezoeken,' troostte de maharani. 'Mag ik je ook Anni noemen?' vroeg ze me.

'Natuurlijk, Uwe Hoogheid,' antwoordde ik haastig. 'En ja, dat zou ik heel graag willen.'

'Dan zullen we dat regelen. En nu moet ik voortmaken en mij aankleden. We hebben een lunch met de gouverneur-generaal.' De maharani stond op en ik kwam ook snel overeind. Ze glimlachte weer naar mij. 'Het was een plezier je te ontmoeten, Anni. Ik hoop dat je ons heel snel komt opzoeken in Cooch Behar.'

Indira moest ook bij de lunch zijn, dus ik liep alleen terug naar mijn kamp. Ik vervloekte mezelf dat ik niets had gezegd toen ik de kans had. Ik had ze moeten zeggen dat ik naar de maan zou verhuizen als dat zou betekenen dat ik bij mijn nieuwe vriendin kon zijn.

Toen de Durbarvieringen hun einde naderden, zag ik Indira minder vaak. Ons eigen kamp werd afgebroken en ingepakt, in voorbereiding op de lange reis terug naar Jaipur.

'Wat is er toch?' vroeg Jameera. 'Je lijkt wel een kat die op zijn staart is getrapt. Heb je het hier niet heerlijk gehad?'

'Ja, natuurlijk.'

'Dan zou je dankbaar moeten zijn dat ik je heb meegenomen.'

'Ik ben heel dankbaar, Jameera.'

Ik zag dat ze haar lippen op elkaar klemde en zich van mij afwendde. Ik wist dat ik haar niet de mate van dankbaarheid en respect had getoond die ze van mij verlangde, maar dat kon mij niets schelen. Bij Indira en haar moeder had ik mij gewenst en gewaardeerd gevoeld en dat was een geweldig, nieuw gevoel.

Op de laatste avond in Delhi kroop ik in bed in de tentkamer die ik met Jameera deelde en knipperde mijn tranen weg. Ik wist dat we de volgende ochtend vroeg zouden vertrekken en dat er geen kans meer zou zijn om afscheid te nemen van Indira. De tranen prikten in mijn ogen en ik liet ze vrijelijk over mijn wangen stromen. We hadden er niet eens aan gedacht om adressen uit te wisselen en ik vroeg me af of een brief waarop alleen stond 'Prinses Indira in het paleis van Cooch Behar' haar zou bereiken.

Bovendien, dacht ik ellendig, zou zij teruggaan naar haar mooie prinsessenleven en mij vrijwel zeker vergeten. Eindelijk viel ik in een rusteloze slaap, bij het geluid van het snurken van Jameera.

Ik dacht dat ik droomde toen ik Indira's stem mijn naam hoorde fluisteren.

'Anni! Word wakker, word nou wakker!'

Ik opende mijn ogen en zag haar op mij neerkijken. Ik sprong op, was onmiddellijk klaarwakker. 'Hoe ben je binnengekomen?' fluisterde ik ontzet. Jameera bewoog in het bed naast mij.

Indira legde haar vinger op haar lippen en stak haar hand uit om mij uit mijn bed te trekken. Als twee spookjes in onze witte nachthemden renden we de kamer uit en door het slapende kamp tot we een losse tentflap vonden en naar buiten konden kruipen. Indira trok me tussen twee tenten, zodat we niet gezien konden worden. 'Ik kwam afscheid nemen,' zei ze.

Alle verschrikkelijke, zwarte gedachten over dat ze mij zou vergeten verdwenen als sneeuw voor de zon. Indira was door de nacht naar mij op zoek gegaan voor ze vertrok en ik voelde me schuldig dat ik aan haar had getwijfeld. Mijn ogen vulden zich weer met tranen. Spontaan stak ik mijn armen naar haar uit en zij liet zich door mij omhelzen. Zij drukte mij dicht tegen zich aan.

'Ik zal je zo missen,' huilde ik op haar schouder.

'Ik jou ook,' zei ze, met net zo'n betraand gezicht als ik. 'Maar maak je geen zorgen, liefste Anni. Ik vind een manier. Jij komt bij

mij wonen in Cooch Behar en dan zullen we altijd samen zijn.'
'Indy, ik zie niet hoe…'
'Vertrouw me,' fluisterde ze, 'er is altijd een manier. Nu moet ik terug, voor ze ontdekken dat ik weg ben, maar…' Ze haalde het kleine gouden Ganesh-hangertje van haar hals en hing het om de mijne. 'Dit is opdat je mij nooit zult vergeten. Vaarwel, zusje, ik houd van je. En ik beloof dat het niet lang zal duren voor we weer samen zijn.'
Met een laatste, ondeugende twinkeling in haar ogen, vloog Indira als een spookje de nacht in.

Mijn hand ging wel honderd keer naar de hals van mijn lijfje toen we de lange reis terug naar Jaipur maakten. Daarin was Indira's hangertje verborgen. Ik durfde het niet aan Jameera te laten zien – ze zou onmiddellijk denken dat ik het had gestolen, het was zo mooi.
Eenmaal terug in het Moon Palace leek iedereen om mij heen snel weer te wennen aan de gewone dagelijkse routine. Hoe ik ook mijn best deed, mij lukte dat niet. Ik wachtte om te zien met welk plan Indira zou komen. Ze had gezworen dat ze mij niet zou teleurstellen.
Toen het 1912 werd, waren er al enkele weken voorbijgegaan zonder dat ik iets van haar had gehoord, ondanks dat ik mijn aardewerken tijger diep in de ogen keek en Indira smeekte mij niet te vergeten.
Eind januari, net toen ik de moed begon te verliezen, werd ik plotseling door Jameera's moeder ontboden in haar verblijven.
'Kom,' zei mijn moeder, en ze waste mijn gezicht ruw met een washand en kamde mijn haren. 'De maharani wil je zien. Je moet er op je best uitzien.'
Ik werd naar de vertrekken van de maharani gebracht en maakte mijn gebruikelijke diepe pranaam om mijn respect te tonen.
'Alsjeblieft, ga zitten, kind, en jij ook, Tira,' gebaarde de maharani.
We zaten allebei met gekruiste benen voor haar op de grond.
'Ik heb vanochtend een brief ontvangen van Ayesha, de maharani van Cooch Behar. Ze vertelt me dat haar dochter Indira bevriend

met je is geraakt, Anahita, toen jullie samen op de Coronation Durbar waren. Klopt dat?'

Ik dacht na over haar vraag en wist niet goed hoe ik moest antwoorden. Misschien zag zij mijn vriendschap met een andere prinses als een belediging van haar dochter. Ik zocht in haar gezicht naar aanwijzingen, maar zoals altijd toonde ze weinig emotie.

Ik besloot daarom de waarheid te vertellen.

'Ja, Hoogheid, we werden goede vriendinnen.'

'Zo goed dat de maharani schrijft dat prinses Indira blijkbaar weigert te eten tot jij toestemming krijgt om naar haar toe te gaan. Ze is, volgens haar moeder, erg ziek geworden.'

Ik wist niet zeker of de maharani dit geloofde of niet.

'Is ze heel erg ziek?' vroeg ik bezorgd.

'Ziek genoeg dat haar moeder mij persoonlijk heeft gevraagd om jou onmiddellijk naar Cooch Behar te laten reizen om prinses Indira te bezoeken.'

Ik draaide me om en keek naar mijn moeder, wier gezicht al even uitdrukkingsloos was.

'Hoe denk jij erover, kind?' vroeg de maharani.

Ik deed mijn best om somber en bezorgd te kijken, want ik had besloten dat het niet handig was om haar te vertellen dat het vuur dat in mijn hart smeulde plotseling was opgelaaid als duizend brandbommen tegelijk.

'Natuurlijk zou ik vereerd zijn om prinses Indira te helpen, als zij mij inderdaad nodig heeft,' zei ik. Mijn hoofd was zo diep gebogen dat geen van de vrouwen de vreugde zag die in mijn ogen opgloeide.

'En jij, Tira?' vroeg de maharani. 'Ben jij bereid vele weken lang je dochter zo ver weg te laten gaan?'

Mijn moeder, die nu eenmaal mijn moeder was, kende mijn hart en hoe het daarmee gesteld was. Ze knikte. 'Net als Anahita ben ik vereerd om haar te laten doen wat Hare Hoogheid vraagt.'

'Ik heb al met prinses Jameera gesproken, en zij is het ermee eens dat Anahita moet gaan,' voegde de maharani eraan toe.

Ik kon nog net voorkomen dat ik mijn ogen ten hemel hief om dank te zeggen. Het was geen verrassing dat Jameera zich er niet tegen verzette dat ik ging. Ze had een veel plooibaarder metgezel nodig dan ik was.

'Goed, als we het er dan allemaal over eens zijn, Anahita, dan zullen regelingen worden getroffen door de maharani van Cooch Behar dat jij daarnaartoe kunt reizen.'

'Dank u, Uwe Hoogheid,' zei ik en ik boog mijn hoofd weer. 'Wanneer zal ik vertrekken?' kon ik niet laten te vragen.

'Zodra de regelingen zijn getroffen.'

Mijn moeder en ik verlieten de kamer achterwaarts. Zodra we uit zicht waren, sloeg ze haar armen om mij heen. Ze pakte me bij mijn kin en keek mij in de ogen.

'Is dit wat je wilt?' vroeg ze mij.

'Meer dan wat ook, Maaji.'

9

En dit, mijn lieve kind, opende, zoals de astroloog had voorspeld, echt een nieuw hoofdstuk in mijn leven. Er was een adjudant meegestuurd om mij van Jaipur naar Cooch Behar te vergezellen. Toen ik uit de trein stapte, die op een enkelspoor reed dat speciaal was aangelegd om Cooch Behar, de meest noordoostelijke Indiase provincie, te bereiken, keek ik omhoog en zag ik in de verte het silhouet van het Himalayagebergte zich aftekenen tegen de hemel. Een kruier droeg de gehavende koffer die ooit van mijn vader was geweest en ik zag dat er een *tonga* met een paard ervoor was gestuurd om mij af te halen.

Voor ik Jaipur had verlaten, had ik alles gelezen wat ik maar kon vinden over Indira's afgelegen provincie. Het is moeilijk voor iemand die nog nooit in India is geweest om zich voor te stellen hoe één land zoveel verschillende klimaten en landschappen kan omvatten. India is een land van tegenstellingen, elke staat bevat een heleboel verschillende culturen, talen en volken. We worden vaak als één land op een hoop gegooid, maar alles aan ons enorme land is dramatisch en gevarieerd.

Toen de koetsier mij hielp instappen, plakten mijn kleren direct aan mijn klamme huid vast. Het klimaat was hier warm en vochtig, zo anders dan de droge, verstikkende warmte van Jaipur.

Toen we door de stad reden, zag ik dat de huizen eenvoudige bouwsels waren van bamboe en riet, met daken die door weelderig bloeiende hibiscus waren overdekt. Ze stonden op palen om ze te beschermen tegen de overstromingen tijdens de moesson. Niemand verspilde zijn geld aan het bouwen van stenen huizen zoals in Jaipur, die wel twee- tot driehonderd jaar konden meegaan. In Cooch Behar waren de eigenaren zich maar al te bewust dat er weer een overstroming of aardbeving kon komen die hun huizen met zich mee kon sleuren.

Het paard draafde over de stoffige, rode wegen en ik staarde nieuwsgierig uit het raam om een eerste glimp van het paleis te kunnen opvangen. We waren al een eindje de stad uit toen ik het zag. Het leek reusachtig, met twee grote vleugels aan weerszijden van een grote koepel in het midden. We reden door het park, waarvan de goed onderhouden gazons zich naar alle kanten uitstrekten. Ik hoorde het getrompetter van olifanten vanuit de pilkhana en ik zag een meer dat net zo breed was als het paleis.

Ook toen al vond ik het paleis er niet erg traditioneel Indiaas uitzien en later hoorde ik dat het exterieur was geïnspireerd op de stijl van een Engels landhuis. Vanbuiten gaf de stevige bakstenen constructie en het ontbreken van het verfijnde Indiase maaswerk bij de ramen het een sobere uitstraling, in tegenstelling tot de delicate schoonheid van het Moon Palace in Jaipur.

Ik heb het contrast in sfeer tussen de buitenkant en de binnenkant van Indiase paleizen altijd opmerkelijk gevonden: voor wie buiten staat lijken ze verlaten, omdat vrijwel alles zich afspeelt op de vele beschaduwde binnenplaatsen die speciaal zijn ontworpen om de bewoners te beschermen tegen de brandende Indiase zon. Nu ik dit schrijf, bedenk ik me dat dit ook een goede metafoor is voor mensen: vaak verraadt hun stille, serene buitenkant de levendige geest die in hen huist niet.

En dit was zeker het geval toen ik aankwam in het Cooch Behar Palace. Toen mijn tonga tot stilstand kwam en de deur voor mij werd opengehouden, zodat ik kon uitstappen, bedacht ik me dat ik nog geen levende ziel had gezien sinds we het park waren binnengereden.

Toen de koetsier mijn kleine koffer uitlaadde, hoorde ik een stem achter me.

'Verrassing!'

Indira sprong als een aap op mijn rug en sloeg haar slanke, bruine armen om mijn nek.

'Au!' zei ik toen ze met haar armband in mijn haren bleef hangen. Ze liet onmiddellijk los en draaide me om om haar aan te kijken.

'Je bent er! Ik zei je toch dat ik het voor elkaar zou krijgen!'

'Ja, ik ben er,' zei ik. Ik voelde me uitgeput na de lange reis en plotseling verlegen en ongemakkelijk nadat ik haar zoveel weken niet had gezien.

Ik zocht direct naar tekenen van de ziekte die in de brief van haar moeder zo levendig was beschreven. Haar ogen straalden echter en haar dikke, zwarte haar glansde met een blauwe gloed toen de zon erop viel. Haar tanige gestalte leek niet magerder dan de vorige keer dat ik haar zag.

'Ik dacht dat je heel erg ziek was,' mopperde ik op haar. 'Ik kon haast niet slapen van bezorgdheid sinds ik het hoorde.'

Ze legde haar handen op haar smalle heupen en rolde met haar ogen. 'Dat was ik ook,' zei ze. 'Ik was zo ziek dat ik wekenlang niet kon eten. Ma liet allemaal dokters komen om erachter te komen wat er met mij aan de hand was. De dokters waren het erover eens dat ik naar iets verlangde. Of iemand. En toen, zodra Ma had besloten dat jij moest komen, kwam ik uit bed en voelde me opeens weer hongerig en gezond. Is het geen wonder?' Indira wapperde met haar handen naar de hemel. 'Sindsdien eet ik als een paard.' Ze keek naar mij en haar ogen werden serieus. 'Ik heb je zo gemist, Anni. Ik denk dat ik was doodgegaan als je niet was gekomen.'

Ik was onder de indruk van de list die ze had gebruikt om er zeker van te zijn dat ik zou komen. Ik was van nature wantrouwig, zeker als het aankwam op koninklijke families en prinsessen en mijn gevoelens moeten van mijn gezicht af te lezen zijn geweest.

'Anni, je twijfelde aan me, is het niet?'

Ik boog zwijgend mijn hoofd en keek toen naar haar op. Ik greep haar handen vast. 'Ja, het spijt me dat ik moet zeggen dat dat zo is. Ik zal nooit meer aan je twijfelen, lieve vriendin.'

Mijn eerste weken in Cooch Behar Palace met Indira waren vol nieuwe, spannende ervaringen. Het paleisleven en mijn dagelijkse routine zouden niet méér kunnen verschillen van waar ik in Jaipur aan gewend was. Ik was door de vrouwen van mijn oude zenana eindeloos gewaarschuwd dat de maharani van Cooch Behar haar vrouwelijke hofhouding niet op een goede hindoemanier bestierde. Niet alleen hield zij zich binnen de paleismuren niet aan de purdah, maar Ayesha was met haar familie vele malen over het water weg van India gereisd. Dit betekende, in de strengste interpretatie van de hindoereligie, dat de gehele koninklijke familie het kastesysteem had doorbroken.

De dames in Jaipur hadden me ook met een ernstig gezicht verteld dat de maharani meer westers leek dan Indiaas. En dat haar paleis voortdurend vol buitenlandse gasten was, onder wie Europese aristocraten en Amerikaanse acteurs. Ik had met een al even ernstig gezicht teruggeknikt toen ik naar hun litanie van kritiek luisterde. Zij konden niet weten dat deze verhalen mij vervulden met een onvoorstelbare opwinding.

En ik ontdekte al snel dat vrijwel alles wat ze verteld hadden, klopte. De maharani leidde haar paleis en haar gezin op een moderne wijze. Elke ochtend stonden Indira en ik bij zonsopgang op om naar de stallen te gaan, waar twee perfect verzorgde en opgezadelde paarden op ons stonden te wachten. Eerst kon ik Indira niet bijhouden; ze bleek een uitstekend ruiter te zijn. Als ik in razende vaart door het park galoppeerde, lachend en gillend met de wind langs mijn gezicht, voelde ik mij levend en vrij en gelukkiger dan ik mij ooit had gevoeld.

Het duurde vele weken voor ik sneller kon galopperen dan zij, maar toen mij dat uiteindelijk lukte, gilde Indira van plezier om mijn overwinning.

Na het ontbijt gingen we op weekdagen een grote ruimte binnen waar we door een privéleraar werden onderwezen. Indira had de aandachtsspanne van een mug en het kostte me al mijn overredingskracht om haar bij de les te houden. Ik zag hoe ze verlangend naar buiten keek en wachtte op het moment waarop we naar buiten konden, naar haar dierbare olifant Pretty, en een kort ritje op haar rug konden maken, of konden tennissen op de schitterend aangelegde tennisbaan.

Ik genoot juist van de gelegenheid mijn kennis te vergroten. Onze Britse onderwijzer was een leraar Engels, die mij stimuleerde in mijn liefde voor boeken. Terugkijkend denk ik dat hij net zo blij was om mij in zijn klaslokaal te hebben als ik was om er te zijn. Mijn Engelse vocabulaire werd steeds beter en ik deed mijn best, zoals ik door de maharani was gevraagd, om zoveel als mogelijk was met haar dochter in het Engels te converseren.

De maharani had ook een Engelse gouvernante in dienst genomen om voor haar jongste dochter te zorgen. Miss Reid was een vriendelijke vrouw die er duidelijk een hard hoofd in had dat dit wilde kind dat aan haar was toevertrouwd ooit een dame zou worden.

Talloze malen negeerde Indira haar smeekbedes om niet te laat te komen voor de lunch of om na de lunch stil met een boek in het klaslokaal te zitten. Zodra Miss Reid zich had omgedraaid, knipoogde Indira naar mij en waren we vertrokken om buiten een volgend avontuur te beleven.

Een van mijn favoriete delen van het paleis was de enorme bibliotheek, die kostbare eerste drukken bevatte van beroemde schrijvers uit de hele wereld. De glazen kabinetten waarin de boeken stonden bleven altijd op slot; ze waren gewoon versiering, een deel van de inrichting, en ik betwijfelde of een van de titels ooit van de plank was gepakt en gelezen in de jaren dat ze er stonden. Ik had vaak naar de planken gekeken en mijn vingers jeukten om een boek eraf te pakken en het vast te houden. Ik moest het doen met de stukgelezen exemplaren van *Wuthering Heights*, *Oliver Twist* en Shakespeare's *Hamlet* die mijn leraar uit Engeland had meegenomen. Op die lange, vredige middagen heb ik ze steeds weer herlezen.

Vele andere middagen werden rustend doorgebracht in de mooie, luchtige slaapkamer die ik met Indira deelde. Ik lag op mijn bed en staarde naar de azuurblauwe muren, versierd met handgeschilderde Himalayazonnebloemen en dankte de goden omstandig dat zij mij hiernaartoe hadden gebracht. Indira viel, waarschijnlijk omdat ze zoveel nerveuze energie verbruikte als ze wakker was, onmiddellijk in slaap, maar ik herkauwde de gebeurtenissen van de dag tot dan toe.

Als het begon te schemeren, kwam het paleis weer tot leven. Dit was het moment van de dag waar ik het meest van hield; het gevoel van verwachting over de avond die komen ging vervulde ons allemaal. Er waren altijd talloze exotische gasten uit de hele wereld uitgenodigd voor het diner. Indira en ik keken hoe de bedienden de tafel in de reusachtige eetzaal dekten met massief gouden servie-zen, zware messen en vorken ingelegd met edelstenen en enorme vazen vol schitterende bloemen. De lucht was zwaar van de wierook die door een bediende door de kamers werd verspreid in een zilveren *dhuan*.

Op mijn eerste avond in het paleis maakten we ons na ons avondeten op voor het volgende ritueel. Toen Indira me had verteld waar we naartoe gingen, was ik geschokt geweest.

'We gaan kijken hoe je moeder zich aankleedt en zich voorbereidt op de avond? Waarom?' had ik gevraagd.

'Ik weet het ook niet. Ze vindt het gewoon fijn als we daar allemaal bij elkaar zijn.' Indira had haar schouders opgehaald.

Onderweg door de enorme, overkoepelde Durbarhal, die het centrale gedeelte van het paleis vormde en waarvan de ingang hoog genoeg was om een volwassen olifant met een howdah op zijn rug door te laten, dacht ik eraan hoe vreselijk ik het zou vinden als er een publiek kwam kijken hoe ík mij aankleedde.

Toen we de privévertrekken van de maharani waren binnengegaan, kon ik nauwelijks geloven hoeveel mensen zich in haar boudoir hadden verzameld. Meiden, familieleden, vrienden en wij, de kinderen, vulden de kamer. En daar, te midden van de drukte, aan haar fijn besneden parelmoeren kaptafel, zat de maharani zelf.

Indira had mij door de menigte meegetrokken naar haar moeder.

'Anni is hier, Ma, ze is hier!' had ze vol enthousiasme uitgeroepen.

'Dat zie ik.' De maharani had liefdevol naar ons allebei gelachen. 'En nu hoop ik, lieve Indira, dat je gezondheid en eetlust volledig zullen terugkomen.' Ze had naar mij gekeken en we hadden een veelzeggende blik van wederzijds begrip uitgewisseld. 'Welkom Anni, ik hoop dat je gelukkig zult zijn hier bij ons in het paleis.'

'Dank u,' had ik geantwoord. 'Dat zal wel lukken.'

Die eerste avond, moet ik bekennen, hoorde ik nauwelijks wat zij zei. Ik was gefascineerd door haar gezicht, haar met kohl omrande ogen, haar lippen die rood werden toen ze ze zorgvuldig kleurde met een penseel en een klein doosje pigment. De geur van haar favoriete Franse parfum vulde de kamer toen ze erin slaagde zich klaar te maken terwijl ze op hetzelfde moment hof hield met haar entourage en behendig wisselde van Hindi naar Engels en Bengali, afhankelijk van met wie ze sprak.

'Kom,' had Indira gezegd, 'ik laat je de rest van Ma's kamers zien.' Ze trok me de badkamer in, waarin een westerse badkuip stond – wij meisjes gingen op een ruwhouten bankje zitten en lieten water over ons gieten uit grote zilveren urnen – en in haar wit met gouden slaapkamer met hoog plafond stond een reusachtig marmeren bed. Langs alle kamers liep een schaduwrijke veranda die uitkwam op een binnenplaats vol jacaranda's, hibiscus en jasmijn.

Mijn zoon, als er ooit een echte sprookjeskoningin heeft bestaan, een die jong, mooi en vriendelijk was en in een weelderig paleis woonde, dan was het Ayesha, de maharani van Cooch Behar. En ik raakte volledig door haar betoverd, net als iedereen.

Later, toen de maharani – adembenemend in een prachtig geborduurde smaragdgroene sari – eindelijk klaar was om haar gasten te begroeten, keerden Indira en ik terug naar onze kamer, waar Miss Reid ons in ons nachthemd hielp en naar bed bracht.

'Vind je niet dat Ma de mooiste vrouw van de hele wereld is?' had Indira mij gevraagd.

'Ja, de allermooiste,' had ik zonder aarzelen geantwoord.

'En het mooiste is,' had ze gezegd, met een slaperige geeuw, 'dat mijn ouders zoveel van elkaar houden. Mijn vader aanbidt haar. En hij is de knapste man op de hele wereld. Ik kan niet wachten tot je hem zult ontmoeten.'

Er kwam een hand uit de schaduw naar mij toe en ik gaf haar de mijne. 'Welterusten, liefste Anni,' had ze met een tevreden zucht gezegd. 'Ik ben zo blij dat je hier bent.'

10

Op een ochtend, toen ik een brief van mijn moeder kreeg, besefte ik dat ik al bijna twee maanden in Cooch Behar was. Natuurlijk was er oorspronkelijk afgesproken dat ik maar enkele weken bij Indira zou blijven. Ik schaam me te moeten zeggen dat ik me volledig door mijn nieuwe leven had laten opslokken en alle gevoel voor tijd was kwijtgeraakt. Mijn moeder vroeg me in haar brief wanneer ik zou terugkomen. Het plotselinge besef dat mijn leven hier slechts tijdelijk was trof me als een blikseminslag.

Indira en ik waren op dat moment vrijwel één en ze merkte mijn gezichtsuitdrukking onmiddellijk op.

'Wat is er?'

Ik keek op van de brief. 'Mijn moeder vraagt wanneer ik terugkom.'

'Naar waar?' Indira leek het niet te begrijpen.

'Naar Jaipur, natuurlijk.'

'Maar je kunt helemaal niet weg,' antwoordde ze. 'Je woont hier nu bij mij. Misschien kunnen we regelen dat je moeder je komt opzoeken.'

'Ik denk niet dat ze die lange reis graag maakt.'

'Ik zal met Ma praten en kijken wat zij voorstelt.'

Mijn hart klopte in mijn keel toen Indira wegrende om haar moeder te vinden. Wat als de maharani het zo druk had gehad dat het haar gewoon niet was opgevallen dat ik nog niet naar huis was gegaan? Wat als – ik huiverde van angst – ik voorgoed terug moest naar de zenana in Jaipur?

Indira kwam een half uur later terug en knikte tevreden. 'Geen zorgen, Anni. Ma vindt wel een oplossing. Dat doet ze altijd.'

Die avond, toen we zoals gewoonlijk waren verzameld in het boudoir van de maharani, wenkte ze mij naar zich toe bij haar spiegel.

'Indira zegt dat je moeder je mist en je graag wil zien.'

'Ja, dat schrijft ze in haar brief,' antwoordde ik nerveus.

'Dat begrijp ik volkomen. Geen moeder wil de aanblik en het gezelschap van haar kind missen. We moesten maar eens regelen dat ze je komt bezoeken.'

'Dank u, Uwe Hoogheid.' Ik maakte een respectvolle buiging. Eigenlijk wilde ik haar verfijnde gezicht overdekken met kussen, uit pure dankbaarheid.

'Ik schrijf je moeder direct een brief. Ik had dat toch al willen doen, omdat ik nog iets anders met haar wilde bespreken.'

Mijn hart maakte een sprongetje van opluchting. Ze stuurde me niet meteen naar huis.

Een paar dagen later verscheen de maharani in de slaapkamer die Indira en ik deelden. Ze wilde niet met haar dochter spreken, maar met mij.

'Kom eens met mij mee, Anni,' zei ze en ze wees naar de deuren naar de veranda.

'Mag ik ook komen, Ma?' vroeg Indira klaaglijk.

'Nee,' was het ferme antwoord. 'Ik wil alleen met Anni spreken.'

Ik volgde de maharani naar een bankje dat buiten in de koele schaduw van de binnenplaats stond. Zelfs in haar dagelijkse dracht, een tuniek met een broek, die ze droeg als er geen gasten waren, zag de maharani er stralend uit.

'Anni, er is een reden waarom ik alleen met jou wil praten, zonder mijn dochter erbij.'

'Ja, Uwe Hoogheid?'

'Vind je het fijn hier?'

'O ja, Uwe Hoogheid,' verzekerde ik haar vol enthousiasme.

'Zou je langer bij ons willen blijven?'

'O ja, alstublieft! Ik vind het hier heerlijk!' De gretigheid waarmee ik antwoord gaf liet geen ruimte voor twijfel.

De maharani staarde in de verte. Na een tijdje zuchtte ze. 'Ik wilde die woorden uit je eigen mond horen. Ik ben me er goed van bewust dat Indira een meisje is met een sterke wil en dat ze boft met het leven waarin ze geboren is. Ik weet ook dat ze, omdat ze de jongste is, door haar oudere broers en zus is verwend. Ze heeft meer vrijheid gekregen dan eigenlijk goed voor haar is. Ik neem de verantwoordelijkheid daarvoor. Ik weet dat ze haar broers en zus mist en dat ze eenzaam was voordat jij kwam. Toch kan ze niet zomaar verwachten dat al haar wensen worden vervuld, zeker niet als haar wens een ander mens betreft.'

'Ik houd van haar,' zei ik. Het waren de eenvoudigste en waarachtigste woorden die ik kende.

De maharani wendde zich weer tot mij en glimlachte. 'Dat weet ik, Anni. Ik zie het aan je gezicht. En ware vriendschap, die liefde, loyaliteit en vertrouwen behelst, is een zeldzaam en kostbaar goed. Ik hoop voor jou en voor mijn dochter dat jullie vriendschap jullie in de toekomst zal begeleiden. Maar...' De maharani pakte mijn handen en nam ze in de hare. Haar gezicht stond opeens ernstig. '... jij hebt je eigen wensen en gedachten. En je moet me beloven dat je nooit zult aarzelen om die kenbaar te maken. Indira is een sterke persoonlijkheid.' De maharani zweeg even en glimlachte weer. 'Het spijt me te zeggen dat ik veel van mezelf in haar terugzie. Laat je niet door haar overheersen. Dat zou slecht zijn voor jou en slecht voor mijn dochter.'

'Ja, Uwe Hoogheid,' antwoordde ik, diep geraakt dat ze mij haar advies waardig achtte. Op dat moment besefte ik waarom Ayesha, de beroemde maharani van Cooch Behar, door vrijwel iedereen die het geluk had gesmaakt haar te ontmoeten werd aanbeden.

Ze begreep de menselijke natuur.

'Je moeder zal hier over ongeveer een week zijn. Dan zal ik verder met haar praten.'

'Dank u, Uwe Hoogheid.'

'Ik zou jou moeten bedanken, Anni.' Ze liet mijn handen los en klopte er zachtjes op met haar lange, koele vingers voor ze opstond. 'Ik vind dat mijn dochter maar boft dat ze jou als vriendin heeft.'

Twee weken later arriveerde mijn moeder op het Cooch Behar Palace.

'Anni, wat ben je gegroeid!' riep ze uit toen ik haar verwelkomde en haar een rondleiding gaf door het paleis. Ik kon zien dat ze geïmponeerd was door de eindeloze rij kamers, ingericht met kostbare schatten die door de maharani uit de hele wereld waren meegenomen. Ik was inmiddels gewend geraakt aan de weelderige omgeving waarin ik nu leefde.

'Waar is de zenana?' vroeg ze nerveus.

'O...' Ik wuifde achteloos met mijn hand naar geen richting in het bijzonder. 'Daar ergens.'

'Maar de maharani woont toch zeker met de andere vrouwen in de zenana?'

'Nee, Maaji, ze heeft haar eigen kamers.'

Ik voelde mijn moeders ongemak toen ik met haar door de gemeenschappelijke ruimtes van het paleis liep. Er liep een aantal adjudanten en mannelijke bedienden rond die niet op ons letten. Ondanks dat haar leven als genezer en mijn vaders opvattingen dat vrouwen recht hadden op onderwijs haar, vergeleken met veel vrouwen van haar leeftijd, beter hadden voorbereid op de ontspannen manier waarop de dingen hier gingen, voelde ik dat ze zich er niet prettig bij voelde. Ze was nog nooit ongesluierd in het gezelschap van andere mannen dan mijn vader geweest.

'Jij en prinses Indira zullen spoedig vrouwen zijn. Zul je dan de purdah respecteren en in de zenana gaan wonen?'

'Ik weet het niet, Maaji,' antwoordde ik in alle eerlijkheid, toen we met een kop thee op de kleine binnenplaats buiten onze slaapkamer zaten. 'Dat zou ik moeten vragen. Of misschien moet jij dat doen. Ik weet dat zowel de maharadja als de maharani goed bevriend zijn met Rabindranath Tagore, die, zoals je weet, enorm door vader werd bewonderd. Hij is geen voorstander van de purdah,' zei ik, in een poging het iets aanvaardbaarder voor haar te maken door haar te herinneren aan haar geliefde echtgenoot.

Ik zie de angst op het gezicht van mijn moeder nog voor me toen ze heen en weer werd geslingerd tussen het oude en het nieuwe.

'Ik zou nu graag even rusten,' zei ze ten slotte. 'Het was een lange reis.'

Ik wist dat mijn moeder later die avond naar het boudoir van de maharani zou worden gebracht om aan haar te worden voorgesteld. Mijn hart sprong haast uit mijn borst bij de gedachte aan wat ze daar zou zien. Het was een altaar voor de moderne manier van leven, en de hogepriesteres van dat alles, met haar Franse parfum en westerse attributen, zou mijn moeders consternatie alleen maar vergroten.

Wat als mijn moeder dacht dat ik niet op de goede hindoemanier werd opgevoed? Ze zou het recht hebben mij direct met zich mee terug te nemen naar Jaipur.

Natuurlijk had ik me geen zorgen hoeven maken. Toen Indira en ik het boudoir binnenkwamen met mijn moeder, stond Ayesha op en doorkruiste een hele groep vrouwen om mijn moeder te begroeten. Ze was al gekleed in een sari van glanzend goud, diamanten sierden haar hals en een enorm neussieraad met een robijn ving het licht van de Baccarat-kroonluchter boven haar.

'Het is mij een eer u te ontmoeten, Uwe Hoogheid,' zei mijn moeder en ze boog diep, vol ontzag. Toen ik de twee vrouwen zag, besefte ik dat ze niet meer van elkaar konden verschillen. De een was adembenemend mooi, rijk en onafhankelijk, de ander gebogen door het harde leven sinds de dood van mijn vader.

'Nee,' antwoordde de maharani zacht. 'Het is mij een eer ú te ontmoeten. U hebt een heel bijzondere dochter en wij zijn blij dat wij haar bij ons hebben. Kom nu met mij naar mijn gebedsruimte, dan offeren we puja aan Brahma omdat we gezegend zijn met zulke kinderen.'

Dat gezegd hebbende ging ze mijn moeder voor tussen de verbaasd toekijkende aanwezigen door en verdween in de kamer ernaast. Ze sloot de deur achter zich.

Vijftien minuten later, toen de twee vrouwen weer tevoorschijn kwamen, kletsten ze als oude vriendinnen met elkaar. De nervositeit van mijn moeder was helemaal verdwenen en ik dankte de goden ook dat de maharani precies had geweten wat ze moest doen om mijn moeder gerust te stellen.

Die avond viel mijn moeder, net als iedereen, als een blok voor de maharani. Ze was lyrisch over de smaak van haar nieuwe vriendin voor meubels, kleding en haar grote kennis van filosofie, poëzie en de wereld in het algemeen. Ze deelden hun gedachten over ayurvedische geneeskunst en de maharani was gefascineerd toen ze hoorde over mijn moeders speciale gave, de helderziendheid.

'Heb je ook voor haar "gezien", Maaji?' vroeg ik nieuwsgierig toen ze op een middag uit de vertrekken van de maharani naar buiten kwam.

'Zoals je heel goed weet, Anni, is dat een privéaangelegenheid die tussen de maharani en mij blijft,' antwoordde mijn moeder.

Tegen het eind van de eerste week was ze voldoende ontspannen om met mij een rondje door de tuin te lopen, in het zicht van de mannelijke bewoners van het paleis. Ze wilde nog steeds niet haar *ghoonghat* voor haar gezicht weghalen en ik respecteerde dat. Verder was ze net zo enthousiast over Cooch Behar Palace en zijn bewoners als ik.

De dag voordat mijn moeder naar huis zou terugkeren nodigde de maharani haar uit in haar vertrekken voor een privéaudiëntie. Ik wist wat er besproken zou worden en Indira en ik wachtten zenuwachtig buiten.

'Wat als mijn moeder wil dat ik met haar mee terugga? Ik denk dat ik doodga!' fluisterde ik bezorgd.

Indira zat rustig naast me. Ze hield mijn hand vast. 'Ze zal je niet vragen mee terug te gaan, Anni, dat beloof ik je.'

En natuurlijk had Indira gelijk. Mijn moeder kwam lachend weer naar buiten en nam me mee naar haar kamer om onder vier ogen te praten.

'De maharani heeft me gevraagd of ik bereid ben om jou op permanente basis aan haar familie uit te lenen. Ze heeft ook aangeboden om jou samen met Indira op te leiden, en dat is precies wat je vader gewild zou hebben.'

'Ja, Maaji,' stamelde ik.

'Ze zei ook dat ze begrijpt dat het moeilijk voor mij zal zijn zonder jou, dus ze heeft voorgesteld dat ik een deel van het jaar hier bij jou doorbreng, als de familie in het paleis resideert. Dus, mijn dochter, wil je hier blijven als ik terugkeer naar Jaipur?'

'O, Maaji, ik...' Er sprongen tranen in mijn ogen. 'Ik denk het wel, ja. Ook al zal ik een deel van het jaar zonder jou zijn en je vreselijk missen. Ik weet dat vader heel blij zou zijn als hij zag dat ik mijn opleiding voortzet. En dat kan ik niet in de zenana in Jaipur.'

'De kansen die je hier krijgt zijn veel beter, dat is zo. En je bent altijd speciaal geweest, mijn pyari.' Ze glimlachte en raakte mijn wang even aan. 'Schrijf je me elke week?'

'Natuurlijk, Maaji. Elke dag, als je dat wilt.'

'Elke week is genoeg, lief kind. En ik kom hier weer terug na de moesson, over vier maanden. Ik beloof je dat die zo om zijn.'

'Ik zal je missen.'

'En ik jou.' Ze opende haar armen voor mij. 'Vergeet niet dat ik altijd bij je ben.'

'Dat weet ik, Maaji,' zei ik en ik omhelsde haar stevig.

Zelfs nu herinner ik mij dat ze op dat moment met zo'n droefheid in haar ogen naar mij keek, dat ik zei: 'Misschien moet ik toch met je mee terug gaan naar Jaipur.'

'Nee, Anni...' Ze keek omhoog naar de hemel. 'Ik weet dat het je lot is om te blijven.'

En dus ging mijn moeder terug naar Jaipur, overladen met cadeaus van de maharani. En hoewel ik had bereikt wat ik het allerliefste wilde en Cooch Behar Palace nu als mijn permanente thuis kon beschouwen, voelde ik me toch een klein beetje ongemakkelijk omdat mijn moeder, spiritueel begaafd en wijs als ze was, zo subtiel was overgehaald om haar dierbare dochter op te geven.

Die zomer, toen de moessontijd kwam en de hete aarde onder onze voeten zelfs onze geharde voetzolen brandde als de steken van duizend bijen, verhuisde het koninklijke hof met de rest van bevoorrecht India naar de bergstations om de frisse, koele lucht in te ademen. We reisden naar Darjeeling, een schitterende bergstreek, ruim tweeduizend meter hoog en beroemd om zijn theeplantages, die de groene heuvels zover het oog reikte overdekten.

Die zomer was het begin van mijn levenslange liefdesrelatie met Darjeeling: de aanblik van de adembenemende Himalaya in de verte alleen al gaf mij een geluksgevoel. De Engelsen hadden lang geleden ook geleerd om naar Darjeeling te ontvluchten en hadden de stad de hunne gemaakt. Rijen witte bungalows, genoemd naar plaatsen in Engeland, sierden de heuvels en de stad was onberispelijk aangelegd, heel anders dan onze eigen chaotische Indiase dorpen. Ik droomde ervan op een dag het echte Engeland te bezoeken.

In Darjeeling ontmoette ik Indira's broers en zus. Alle drie waren ze op vakantie van de kostschool die ze in Engeland bezochten. Ze waren zeventien, zestien en vijftien jaar oud en dol op hun kleine zusje, maar ze waren zoveel ouder dan zij dat ik wel begreep dat Indira het gevoel had een enig kind te zijn. Minty, haar vijftienjarige zus, leek erg volwassen en ontwikkeld. Ik luisterde gefascineerd als ze tijdens het eten over het leven in Engeland praatten. Ik leerde croquet spelen op de smetteloze gazons en raakte ook bedreven in eindeloos veel kaarttrucs dankzij Indira's middelste broer Abivanth. Ik was met name onder de indruk van Raj, Indira's oudste broer, de kroonprins, die zo knap en charmant was dat ik in zijn gezelschap nauwelijks een woord meer wist uit te brengen.

Het huis waar we verbleven was heel klein, vergeleken met het Cooch Behar Palace, wat betekende dat we veel meer als een gezin leefden. Het stond hoog in de bergen en kon alleen door paarden en riksja's worden bereikt, waardoor er veel privacy en rust was.

Vaak sloot de knappe maharadja – die ik in Cooch Behar maar zelden zag vanwege zijn verplichtingen – zich aan bij zijn gezin voor een eenvoudige picknick in de tuin. Ik zag, in de informele sfeer van Darjeeling, waar ik in mijn eigen toekomstige leven naar verlangde: een blijvende en oprechte liefde tussen man en vrouw. Ik zag het in de manier waarop ze tijdens het diner elkaar soms aankeken en een glimlach deelden, in hoe zijn hand vaak naar de maharani's middel ging. Dit was het soort echte liefde die ik mij herinnerde van het huwelijk van mijn eigen ouders.

Ook al heersten ze samen over een koninkrijk en waren de eisen van hun tijd heel zwaar, besefte ik dat hun ware kracht voortkwam uit hun wederzijdse bewondering en het vertrouwen dat ze voor elkaar voelden.

Die zomer stonden Indira en ik 's ochtends heel vroeg op en reden we over de steile paden omhoog naar Tiger Hill om de zon te zien opkomen boven de Mount Everest. We hielden ervan om het marktplein in het centrum van Darjeeling te bezoeken als Tibetaanse en Bhutanese handelaren met hun enorme bonthoeden hun waren kwamen verkopen. Ik was zonder enige twijfel gelukkiger dan ik ooit was geweest en voelde me volledig opgenomen in Indira's gezin.

Ook al had ik moeilijke tijden gekend, was ik toch te jong om volledig te begrijpen dat de weegschaal in het leven in een kort moment kan doorslaan. En dat groot geluk op het ene ogenblik niet garandeert dat dit er het volgende moment ook nog is.

De minderbedeelden in India, die ver beneden ons bergparadijs zaten gevangen, waren dat seizoen minder gelukkig. De stofstormen wervelden over de vlakten en bedekten allen met een fijne laag; zelfs een barst in een raam met luiken ervoor zorgde dat een huis de volgende ochtend vuil was. De moessonregens deden de rivieren zwellen en dreven de rode aarde uit zijn natuurlijke kanalen, waarbij alles op hun pad werd vernietigd.

Het was ook het epidemieseizoen in India, de tijd van het jaar waarin elke moeder vreesde voor haar kinderen. Toen ik over de begraafplaats van Darjeeling dwaalde, was ik verbaasd te zien dat zelfs een groot aantal Britse baby's voor hun volwassenheid was gestorven. Jaarlijks teisterden tyfus, malaria en gele koorts de bevolking en decimeerden haar. Die zomer was het bijzonder ernstig en we hoorden over ziekten die in alle delen van het land de kop opstaken.

Op een avond, eind augustus, kreeg ik een reeks vreemde dromen en ik werd zwetend wakker met een vreemd gevoel van angst, wat ik niet kon kwijtraken. Een week later klopte mijn hart in mijn keel toen ik in de zitkamer van de maharani werd ontboden. Ik had het nooit geloofd als mijn moeder mij vertelde dat ik haar gave van haar had geërfd. Toen ik de maharani echter naderde met een voorgevoel dat zwaar op mijn hart drukte, wist ik al wat zij mij moest vertellen.

De maharani hield een brief in haar handen. Ze wenkte mij naar zich toe en klopte op de plaats naast haar op de chaise longue.

'O, mijn pyari, het spijt me zo, maar ik heb slecht nieuws voor je.'

'Hoe is mijn moeder gestorven?'

Het was de enige keer in mijn leven dat ik zag dat de maharani geen woorden kon vinden.

'Ik... heeft iemand het je verteld? Ik kreeg deze brief vanochtend pas.'

‘Nee, ik… wist het gewoon,’ zei ik en ik probeerde mijn tranen terug te dringen.

‘Velen zeggen dat we het voelen als een geliefde is overgegaan,’ zei ze en ze herstelde zich, ‘en jij bent blijkbaar heel gevoelig voor die dingen, Anni. Ik vind het heel erg dat ik je moet vertellen dat je gelijk hebt. Je moeder verbleef bij je tante en oom in de bergen om aan de hitte in Jaipur te ontkomen. Helaas was er een heel erge moesson, die een landverschuiving veroorzaakte die in de nacht uit de bergen omlaag kwam. Niemand in het dorp heeft het overleefd. Het spijt me zo, mijn liefste Anni. Het ziet ernaar uit dat je niet alleen je moeder, maar ook je tante en oom en hun vijf kinderen bent verloren.’

Daar zat ik, naast haar. Haar zachte handpalm rustte op mijn kleine, koude hand. Ik dacht aan mijn moeder, haar zuster en zwager en hun kinderen, sommige nog maar peuters, en kon mij niet neerleggen bij het idee dat ze niet langer op deze aarde waren.

‘Als er iets is wat wij voor je kunnen doen, Anni, dan hoef je het alleen maar te vragen.’

Ik schudde mijn hoofd, te verdrietig en te geschokt om iets te kunnen zeggen.

‘Dit is meer dan een week geleden gebeurd. Ze zijn nog steeds…’ De ogen van de maharani vulden zich met tranen. ‘… op zoek naar de lichamen. Als ze ze vinden, dan moet je natuurlijk terug naar Jaipur voor de begrafenissen.’

‘Ja,’ antwoordde ik, maar we wisten allebei dat ze geen lichamen zouden vinden. Mijn arme moeder zou tot in de eeuwigheid in de door de zon hard geworden, rode aarde blijven liggen.

‘Je wilt vast naar de tempel om te bidden. Ik heb dit voor je gevonden.’ Ze gaf me een witte tuniek, gemaakt van de zachtst mogelijke zijde. ‘Ik heb het altijd een troost gevonden dat wij Indiërs wit dragen als we rouwen om een geliefd persoon, en niet zwart. Er is al genoeg verdriet. En liefste Anni, maak je geen zorgen om je toekomst. Ik heb je weggehaald bij je familie, en nu neem ik de verantwoordelijkheid voor je. Begrijp je dat?’

Op dat moment begreep ik helemaal niets, maar ik knikte.

‘Onthoud, ook al zien we ze niet, de mensen van wie we houden zijn altijd om ons heen,’ voegde ze er zacht aan toe.

Ik stond op, niet in staat om op dat moment troost in haar woorden te vinden.

Toen ik de witte tuniek had aangetrokken, werd een adjudant gestuurd die mij in een riksja naar de kleine hindoetempel in de stad bracht. Helemaal alleen bracht ik de traditionele puja-offers en zei ik de gebeden om de doden op weg te helpen. Daarna zat ik voor de goden, mijn hoofd gebogen tot op mijn knieën. Ook al wilde ik heel graag geloven en voelen dat mijn moeder nog steeds bij mij was, drong er een scherpe realiteit tot mij door en dacht ik ook aan mijzelf. Ik was nu een wees, ik bezat geen geld en was volledig afhankelijk van de goedheid van de koninklijke familie. Het was onwaarschijnlijk dat ik ooit zou trouwen – zonder familie, laat staan een bruidsschat, was ik voor geen enkele man een partij. Ik zou misschien wel kunnen blijven studeren, maar het was niet waarschijnlijk dat ik mijn eigen pad in het leven zou kunnen kiezen.

Naast de tranen die ik die dag om de familie huilde die ik verloren had, moet ik toegeven dat ik er ook een aantal plengde om het verlies van de toekomst die mijn vader voor mij had gewenst – een leven waarin ik de scherpe, onderzoekende geest zou kunnen gebruiken die hij zo ijverig had gevoed en gestimuleerd. Een leven dat nu zo wreed was gekortwiekt.

Ik voelde een hand op mijn schouder, maar ik bewoog me niet.

'Anni, Ma vertelde het me en ik vind het zo verschrikkelijk erg.' Indira's stem drong binnen in mijn gedachten. 'Ik ben er voor je, Anni, ik beloof het, altijd. Ik zal voor je zorgen. Ik houd van je.'

Haar hand zocht de mijne en pakte hem zachtjes vast. Ik klampte me eraan vast alsof mijn leven ervan afhing.

Ze omhelsde mij, haar tanige lichaam beschermde mij terwijl ik huilde. Ik weet niet hoelang wij daar zo gezeten hebben tot ik eindelijk opstond en afscheid nam van mijn familie. Toen liep ik langzaam de tempel uit, arm in arm met de enige persoon in de wereld van wie ik wist dat ze werkelijk om mij gaf.

Later die avond kon ik niet slapen en maakte ik mij los van Indira's warme lichaam dat beschermend tegen mij aan lag in bed. Ik ging de veranda op naast onze kamer. De nachtlucht was heerlijk koel en sterren straalden helder boven mij.

'Maaji,' fluisterde ik. 'Ik zou bij je moeten zijn daarboven, en niet helemaal alleen hierbeneden!' In mijn verdriet was het mij niet ontgaan dat als ik in Jaipur was gebleven met mijn moeder, ik ook niet meer op deze aarde zou zijn.

Toen hoorde ik plotseling een hoog geluid in mijn oren. Ik draaide me van links naar rechts om te zien wie daar zo mooi en helder zong. De veranda en de omgeving ervan waren volledig verlaten. Het zingen hield niet op, maar ging zachtjes door, kalmerend en troostend. Het deed me denken aan de wiegeliedjes die mijn moeder voor mij zong toen ik een baby was.

Opeens herinnerde ik mij mijn moeders woorden van lang geleden. En ik besefte dat ik, zoals zij gezegd had dat zou gebeuren, het zingen nu voor het eerst hoorde. Ik stond daar en voelde mijn moeder vlak bij me. Ze vertelde me dat haar gave aan mij werd overgedragen. Dat het mijn tijd nog niet was geweest en dat ik meer te doen had.

Een maand later, toen de regens bijna voorbij waren en de septemberlucht was afgekoeld, keerden we terug naar het paleis. Een oude vrouw die ik alleen van gezicht kende uit de zenana, kwam mij opzoeken.

'Anahita, ik heb iets voor je.'

Ik keek haar verbaasd aan. Ze nam mij mee naar een rustig plekje, waar we gingen zitten.

'Weet je wie ik ben?' vroeg ze.

'Nee.'

'Mijn naam is Zeena en ik ben een baidh. Ik vervul dezelfde rol hier in het paleis als je moeder in Jaipur.'

Haar zwarte ogen boorden zich in de mijne en ik knipperde begrijpend. 'U bent een genezer?'

'Ja. Toen ze hier was om je te bezoeken, heeft je moeder waarschijnlijk haar eigen dood voorvoeld, want ze heeft mij iets toevertrouwd. Ze zei dat ik het je moest geven als haar iets zou overkomen.' Zeena gaf me een klein stoffen zakje, dichtgebonden met een touwtje. 'Ik heb niet gekeken wat erin zit, maar ik raad je aan om ergens naartoe te gaan waar je niet gestoord wordt en het dan te openen.'

'Dat zal ik doen. Dank u wel dat u het mij hebt gebracht, wat het ook is.' Ik boog dankbaar toen ik opstond.

'Ze vertelde me dat jij ook de gave van de genezing bezit en vroeg mij of ik je wilde helpen.' Ze keek me doordringend aan. 'En ik geloof ook dat je de gave hebt. Ik leer je alles wat ik weet, als je dat wilt.'

'Mijn moeder vertelde me toen ik klein was dat de gave op mij zou overgaan,' antwoordde ik geëmotioneerd. 'Ik wist dat mijn moeder dood was voor de maharani dat bevestigde.'

'Natuurlijk wist je dat.' Zeena glimlachte naar me en drukte een kus op mijn voorhoofd. 'Kom naar me toe als je klaar bent om te beginnen.'

'Dank u, Zeena.'

Ik haastte me naar mijn favoriete plekje op het paleisterrein. Het was een klein paviljoen, gewijd aan Durga, de godin van vrouwelijke macht, verborgen in een bosje, waar ik mijzelf vaak terugtrok om te lezen en na te denken. Ik zat met gekruiste benen en frommelde ongeduldig aan de strakke knoop van het touwtje. Ik wist dat dit zakje de laatste aardse geschenken van mijn moeder bevatte en had geen idee wat ik zou aantreffen.

Ik haalde de drie dingen die in het zakje zaten er voorzichtig uit en legde ze op de harde vloer voor mij. Er was een envelop met mijn naam erop, een klein, in leer gebonden notitieboekje en een kleinere juten zak, op zijn beurt met een touwtje dichtgebonden. Ik besloot om allereerst de brief open te maken.

Mijn liefste Anni,

Pyari, ik hoop dat ik het mis heb, maar de avond voor ik Cooch Behar Palace, en jou, mijn geliefde dochter, zou verlaten, zongen de geesten voor mij en vertelden mij dat ik mij moest voorbereiden. Terwijl ik dit schrijf, weet ik niet wat er zal gebeuren. En omdat we nooit in angst moeten leven voor wat er zal gebeuren, ben ik blij dat ik het niet weet. Anahita, mijn eigen, mooie dochter, ik weet dat als je deze woorden leest, ik van deze aarde ben vertrokken. Zoals je in het leven zult ervaren, is niemand die echt van je gehouden heeft ooit ver bij je vandaan.

Je bent een bijzonder kind. Ik weet dat alle ouders dit van hun kinderen vinden, maar jij bent met een reden op deze aarde gezet. Ik denk niet dat je reis gemakkelijk zal zijn en je moet niet vergeten dat het lot ons met veel moeilijke situaties opzadelt. Als je niet weet welke weg de juiste is, vraag ik je om je gave te gebruiken. Die zal je nooit in de steek laten.

Misschien heb je de geesten voor je horen zingen toen ik overging – dat gebeurde ook toen mijn moeder mij verliet. Ik weet zeker dat als je dit leest, je je eenzaam voelt. Dat hoeft niet, Anni, want je bent niet verlaten. Je leven is zoals het bedoeld is, en wordt bepaald door hogere machten. Vergeet nooit dat ons lot door hen wordt bestierd. Misschien, pyari, zit ik wel tussen hen in terwijl jij dit leest en begin ik er meer van te begrijpen.

De gave die jij hebt geërfd is een zegen en een vloek. Hij kan je meesleuren in een diepe duisternis als je de dood voorziet van iemand van wie je houdt, maar hij kan je ook optillen naar de sterren als je unieke krachten je helpen anderen te genezen.

Zoals je zult leren op je reis door het leven, mijn dochter, kan macht voor het goede en voor het kwade worden ingezet. Ik weet dat jij je gave verstandig zult gebruiken.

Ik heb twee voorwerpen achtergelaten bij Zeena, die ik volledig vertrouw en die jij ook volledig kunt vertrouwen. Laat haar jou alles leren wat zij weet – ze begrijpt wie je bent. Het eerste is mijn boek met ayurvedische formules, de recepten voor mijn genezingen. Het is van generatie op generatie tot mij gekomen en is erg oud en kostbaar. Ik hoop dat wat erin staat jou op je levensweg zal helpen. Zorg er goed voor, want het bevat de kennis en wijsheid van je voorouders, vrouwen van uitzonderlijke kwaliteit.

Het tweede is wat je lieve vader altijd onze 'verzekering' noemde. De inhoud zal je in ieder geval enige zekerheid bieden. Ik moet eraan toevoegen dat je vader me er nooit iets over verteld heeft tot de nacht dat hij stierf; ik weet niet hoeveel ze waard zijn en

hoe hij eraan is gekomen. Misschien was hij van plan ze op een dag als bruidsschat voor jou te gebruiken. Als jij dat een geschikte bestemming vindt, dan is dat helemaal aan jou.
Mijn lieve dochter, laat je verdriet en je wanhoop over je huidige lot je niet weerhouden het leven te leiden dat zowel je vader als ik voor jou wensten. Je hebt nu misschien het gevoel dat we je in de steek hebben gelaten, omdat we er niet meer zijn, maar ik kan je verzekeren dat wij, op het moment waarop je dit leest, naar je kijken en van je houden.
Zoals je vader zei, wees altijd trouw aan jezelf.
Wees een goed meisje in alles wat je doet.

Ik houd van je,

Je liefhebbende moeder, xxx

Ik las de brief vele malen over, want de eerste paar keren kon ik door de tranen die mijn ogen vertroebelden de woorden niet onderscheiden. Toen opende ik met trillende vingers het juten zakje.

Deze keer ging de knoop gemakkelijk los en ik schudde de inhoud op de grond.

Er zaten drie stenen in. Ze zagen eruit als een bonk aarde die ik overal in India uit de grond zou kunnen halen. Ik nam de grootste in mijn hand en vroeg me af waarom mijn vader ze 'verzekering' had genoemd. In verwarring stopte ik ze terug in het zakje, stond op en liep verdrietig terug naar het paleis.

Pas enkele weken later kwam ik achter hun waarde; de maharani had een pakje ontvangen van de plaatselijke juwelier om een nieuw halssieraad uit te kiezen, een geschenk van haar man. De stenen – net zulke stukjes aarde als die van mij – werden op een bord uitgestald en de juwelier begon met een speciaal instrument de grond eraf te slijpen. Toen hij eindelijk de glinstering van dieprood binnenin had blootgelegd, begreep ik wat mijn vader mij had nagelaten: drie robijnen.

Uiteindelijk besloot ik om de juten zak weer mee terug te nemen naar het paviljoen en daar groef ik een klein gat onder de fundering en begroef hem diep onder de grond. Mijn moeder had gelijk gehad – ook al had ik geen flauw idee hoeveel de stenen waard waren, ik voelde me in ieder geval zekerder, omdat ik in geval van nood iets had om op terug te vallen. Toen ik wegliep van het paviljoen, voelde mijn hart iets lichter.

Vanaf dat moment, als Indira het druk had met prinses zijn op grote recepties of staatsiediners, bracht ik zoveel mogelijk tijd door met Zeena in de kruidentuin, vastbesloten om alles wat ik maar kon van haar te leren. Ook al had ik op dat moment niet de intentie om genezeres te worden of om de brouwsels in mijn moeders in leer gebonden notitieboek hun werk te laten doen, voelde ik me verplicht om te leren wat zij mij had willen bijbrengen. Nadat Zeena mijn moeders notitieboek had doorgelezen, terwijl haar kromme vingers met hun lange, gele nagels de drankjes op de bladzijden volgden, leek het alsof ze met hernieuwd respect naar me keek.

'Jij komt uit een machtige lijn van baidh. Hierin staan recepten die maar bij heel weinigen bekend zijn.' Ze sloeg de bladzijden om tot ze bij een bepaalde rubriek was aangekomen. 'Kijk, er staan zelfs middelen in waarmee je een mens kunt doden!' zei ze op fluistertoon.

Ik vroeg haar of ze ooit een drank had gebruikt om iemand kwaad te doen.

Ze staarde naar me en dacht na over haar antwoord. 'Ik ben een genezeres, Anahita. Alleen de goden vertellen me welke drank ik moet gebruiken.'

Er was weinig wat ik verborgen hield voor Indira, maar mijn lessen met Zeena hield ik voor mezelf. Net als de begraven robijnen. Dat waren geheimen die mijn intuïtie mij opdroeg niet te delen.

11

EEN JAAR LATER

Indira rende onze slaapkamer binnen, gooide zich op het matras en beukte met haar vuisten op het kussen. 'Ik ga niet! Ik kan niet! Ik zal niet!' Ik keek vol ontzetting toe hoe mijn dertienjarige vriendin jammerde en gilde als een peuter. 'Ze kunnen me niet dwingen! Ik loop weg! Ik doe het niet!'

In de afgelopen maanden had ik deze woede-uitbarstingen vaker meegemaakt, als Indira haar zin niet kreeg. Ik bleef rustig zitten en keek toe tot ze kalmeerde. Toen vroeg ik zachtjes: 'Wat is er, Indy? Wat is er gebeurd?'

'Mijn ouders willen dat ik net als mijn broers en mijn zus naar kostschool ga in Engeland. Ik háát Engeland! Het is er saai en ellendig en ik word er altijd verkouden!'

Ik keek geschokt naar Indira. Als ze haar naar school sturen, dacht ik egoïstisch, wat zou er dan van mij worden? 'Ze kunnen je toch niet dwingen?'

'Mijn vader wil dat ik ga. En hij is "God", dus zijn wil is wet. Ook voor mij. Ik zweer je, ik ga dood!' voegde ze er vol drama aan toe.

Natuurlijk was voor mij de gedachte aan een bezoek aan Engeland – het beroemde vaderland van de mensen die ons in India bestuurden – een avontuur waar ik altijd naar had verlangd. Ik stelde me voor dat ik de narcissen van Wordsworth zou zien, de sombere heidevelden van Yorkshire zou bezoeken waar de Brontës hun verhalen hadden geschreven en natuurlijk Londen, de Hoofdstad van de Wereld. Ik wist dat deze gedachten niet geschikt waren om mijn vriendin, die zo van slag was, nu mee te troosten.

'Wanneer zou je moeten gaan?'

'Ik vaar in augustus, en dan ben ik er aan het begin van het schooljaar, in september. Ik heb tegen Ma gezegd dat ik nooit goed zal zijn in leren en dat ik niet gemaakt ben om stil te zitten – en bovendien weet ik zeker dat ik zal wegkwijnen als een bevroren goudsbloem in dat koude, donkere land.'

'O, Indy, ik ga je zo missen!'

'Nee, Anni, ze willen niet alleen mij sturen, jou ook!'

'Mij?'

'Natuurlijk! Zelfs zij zijn niet zo gemeen dat ze mij alleen zouden laten gaan. Jij gaat met mij mee, tenzij jij een manier weet om ze te overtuigen dat we hier willen blijven. Ma is dol op Engeland en het Seizoen daar, dus ze staat helemaal niet aan onze kant. En hoe moet het dan met Pretty?' riep Indira uit. 'Ze zal doodgaan zonder mij. Ik weet het zeker!'

Ik probeerde net zo bezorgd en verdrietig te kijken als voordat Indira mij had verteld dat ik mee zou gaan op reis. 'Is het echt zo verschrikkelijk?' vroeg ik haar. 'Je moeder en vader lijken toch erg van je te houden, en je broers en zus ook. Ze zeiden dat Londen een prachtige stad is, waar de straten door elektriciteit worden verlicht en de vrouwen vrij kunnen rondlopen. Ze kunnen zelfs hun enkels laten zien!'

'Wij komen niet in de buurt van Londen.' Indira liet haar hoofd hangen. 'Ze sturen ons naar de school waar mijn zus ook naartoe is gegaan – een afschuwelijk oord aan die ijskoude Engelse zee. O, Anni, wat moeten we in vredesnaam doen?'

'We hebben tenminste elkaar,' zei ik voorzichtig. Ik stond op en ging naast haar op het bed zitten. Ik nam haar handen in de mijne. 'Huil niet meer, Indy. Zolang we elkaar hebben, kunnen we alles aan, toch?'

Indira haalde haar schouders op. Haar ogen waren neergeslagen. Ze wist dat ze deze keer verslagen was.

'Ik zal voor je zorgen, ik beloof het.'

Tijdens onze laatste drie maanden in India zat Indira voortdurend te mokken en ik raakte steeds opgewondener. In het hete seizoen verhuisden we weer naar de zomerresidentie van de koninklijke familie in Darjeeling.

'Dit koelere klimaat bereidt je voor op de tijd overzee,' zei haar vader, de maharadja, op een zwoele avond tegen haar, toen de familie na het eten op de veranda bij elkaar zat.

'Pa, níéts bereidt me voor op Engeland,' gromde Indira humeurig. 'Je weet dat ik het vreselijk vind.'

'Net zoals ik het vreselijk vind dat ik mij steeds met staatszaken moet bezighouden en nooit een dag voor mijzelf heb,' zei haar vader streng tegen haar. 'Echt, Indira, je moet leren dat het leven niet alleen maar een pretje is.'

We keerden vroeger dan gebruikelijk terug naar Cooch Behar Palace vanuit Darjeeling om ons klaar te maken voor de reis. De hele familie zou samen naar Engeland varen, en er moesten enorme kisten en kratten worden ingepakt – de maharani stond erop dat ze een klein beetje van haar thuis meenam, waar ze ook naartoe ging. Indira raakte in een staat van wanhopige moedeloosheid waar zelfs ik haar niet uit kon halen. Ze stond erop dat ze 's nachts bij Pretty de olifant mocht slapen, in de pilkhana, en wat ik ook deed, ik kreeg haar niet mee naar binnen.

'Ik kan niet eens zeggen dat ik thuis zal zijn met Kerstmis,' zei ze en ze keek naar de halfvolle kisten op de vloer van onze slaapkamer. De tranen stroomden over haar wangen. 'Er is niet genoeg tijd om terug te varen. Ik zal Pretty bijna een jaar niet zien!'

Ik pakte de weinige dingen in die ik bezat: mijn moeders boek met recepten, haar shil noda en een kleine selectie gedroogde kruiden voor het geval ik in Engeland ziek zou worden. Na er goed over te hebben nagedacht besloot ik mijn robijnen in hun schuilplaats onder het paviljoen te laten. Ik dacht dat ze daar veiliger zouden zijn dan in mijn koffer of reistas.

Vier dagen later stond ik op het dek van het grootste en mooiste schip dat ik ooit had gezien, terwijl het wegvoer uit de haven van Calcutta. Ik had er geen idee van dat we veel langer zouden wegblijven dan we ons hadden kunnen voorstellen.

Het koninklijke gezelschap was ondergebracht in een rij bovendekse luxehutten. Indira en ik hadden onze eigen hut aan de gang die was ingericht voor de familie en de adjudanten, meiden en algemene staf waaruit ons gezelschap bestond. Ik was eraan gewend om in enkele roepies te tellen en dacht dat voor het onderhouden van hun levensstijl ze zoveel geld moesten hebben dat ze de hele wereld konden kopen. Twee keer, als het nodig was.

Zelfs bij Indira kon er een lachje af toen we de verschillende moderne snufjes in onze hut onderzochten. We mochten ook, nu we allebei bijna veertien waren, samen met de rest van de familie de cocktailparty's bezoeken die Indira's ouders organiseerden in hun suite. Net als Indira had ik een geschikte westerse garderobe aangemeten gekregen – vreemd gevormde tunieken van mousseline en kriebelige wollen truien, die ik nodig zou hebben als we aan de koude kust van Engeland zouden zijn aangekomen.

Terwijl ik worstelde om de kleine parelmoeren knoopjes dicht te krijgen van een ongemakkelijk strakzittend blouseje, merkte ik mijn ontluikende lichaam op in de spiegel. Het was vreselijk ongemakkelijk geweest toen Miss Reid mij had gesuggereerd dat het misschien tijd was om een bh te dragen. Ze had me ook lappen gegeven voor wat ze mijn 'maandelijkse periode' noemde. Ik had er onlangs een gehad, tot mijn schrik, maar gelukkig was het daarna niet meer gebeurd. Mijn nieuwe, vollere lichaam viel nog extra op omdat Indira's lichaam nauwelijks leek te zijn veranderd. Ze was alleen in de lengte gegroeid, niet in de breedte, en was nu zo'n acht centimeter langer dan ik. Ik voelde me als een bolle granaatappel naast een banaan.

'Zijn jullie klaar, meisjes?' vroeg Miss Reid toen de meid de laatste hand legde aan het kammen van Indira's glanzende zwarte haar.

'Ja, Miss Reid,' antwoordde ik voor ons beiden.

'Ik weet gewoon al dat dit saai zal zijn,' zei Indira en ze trok haar wenkbrauwen op toen we onze hut verlieten en door de gang naar de salon liepen. We hoorden de band spelen en een crooner westerse liedjes zingen toen we de enorme, rijkversierde ruimte binnenliepen. De glinsterende juwelen die de vrouwelijke gasten droegen vingen het licht van de kroonluchters. Alle dames waren in westerse kleding, ook de maharani, die een schitterende saffierblauwe avondjurk droeg. Ik heb nooit kunnen beslissen of ik haar mooier vond in een sari of een cocktailjurk – Ayesha paste zich als een kameleon perfect aan beide aan.

'Blijf bij me, alsjeblieft,' zei Indira en ze trok me door de menigte naar een ober.

'Een drankje, *Miss*?' Een kelner in een smetteloos wit uniform hield ons een blad voor.

Indira knipoogde naar me toen ze twee glazen champagne koos van het assortiment op het blad. De kelner keek onderzoekend naar haar, maar voor hij iets kon zeggen, was Indira alweer tussen de mensen verdwenen, met mij achter zich aan.

'Toe maar, probeer het maar,' zei ze en ze gaf me een glas. 'Ik vind het lekker. De belletjes gaan je neus in.' Ze zette het glas aan haar lippen.

'Vind je echt dat we dit moeten doen?' Ik keek nerveus om me heen. 'Er zit alcohol in, Indy. Ik weet zeker dat we in de problemen komen als iemand ons ziet.'

'Wat geeft het, Anni? En bovendien, we zijn bijna volwassen. Toe,' spoorde ze mij aan.

En dus zette ik het champagneglas aan mijn lippen en nam een slokje. Toen de belletjes mijn neus in gingen, proestte ik het uit en Indira keek lachend toe.

'Lieve hemel, toch niet nu al aan de champagne, meisjes? Op jullie leeftijd?'

Ik wilde wel door de grond zakken van schaamte toen Raj, Indira's oudste broer, geamuseerd op mij neerkeek, terwijl de tranen uit mijn ogen stroomden. 'Hier, Anahita, hier is mijn zakdoek.'

'Dank je,' zei ik en ik veegde mijn ogen af en snoot mijn neus. Ik vervloekte mezelf om de slechte timing. Het afgelopen jaar had ik gevoelens gekregen voor Raj. Hij was voor de zomer naar Darjeeling gekomen, nadat hij net Harrow had afgerond, een school in Engeland die de zonen van de Engelse en buitenlandse aristocratie ontving. Hij leek onmogelijk volwassen en ontwikkeld in zijn westerse kleding en was de knapste jongeman die ik ooit had gezien.

'Mag ik mijn vriend, prins Varun van Patna, voorstellen? Hij en ik gaan dit schooljaar samen naar Oxford. We zullen ze daar weleens laten zien wat cricket is, nietwaar?' Raj deed of hij een bal wegsloeg.

'Absoluut,' zei prins Varun. 'Vermaken jullie je een beetje op deze reis, meisjes?'

Ik wendde me naar Indira, die meestal voor ons allebei antwoordde in dergelijke situaties, maar Indira staarde in de ogen van prins Varun en kon geen woord uitbrengen.

'Ja,' antwoordde ik haastig. 'Het is de eerste keer dat ik buiten India ben.'

'Dan zul je zeker je ogen uitkijken in Engeland, en je zult schrikken van het weer,' zei Raj lachend. 'Ik hoop dat je een heleboel warme kleren hebt ingepakt, en epsomzout. En wees voorbereid op de mosterdbaden, mocht je op school verkouden worden. Die lijken op niets wat je ooit hebt meegemaakt.'

Indira stond nog altijd zwijgend naar Varun te staren, dus ik zei: 'Ja, ik denk dat we goed zijn voorbereid.'

'Goed zo. Nou, we laten jullie weer met rust.' Raj boog zich naar mij over en wierp een blik op zijn zus. 'Je bent erg stil, Indira. Voel je je wel goed?'

'Ja.' Indira wendde haar blik dromerig af van prins Varun. 'Ik voel me prima.'

In tegenstelling tot Indira's eerdere bewering dat ze het 'saaie' feest zo snel mogelijk wilde verlaten, stond ze er nu op dat we in een hoekje gingen zitten en naar de gasten keken. Uiteindelijk begon ik zelfs te gapen en naar mijn bed te verlangen. Eindelijk stond ik op. 'Kom mee, Indira. Ik ben moe.'

'Nog vijf minuten,' zei Indira en ik volgde haar blik naar waar Raj en Varun geanimeerd met een paar Engelse vrouwen stonden te praten.

Ten slotte lukte het mij haar de zaal uit te slepen, over de gang, en naar onze hut. We kleedden ons uit en stapten in bed.

'Indy, je was heel stil vanavond. Wat is er aan de hand?'

Indira's ogen waren dicht, maar ze zuchtte licht. 'Ja. Ik voel me prima. Ik heb alleen de man ontmoet met wie ik ga trouwen, dat is alles.'

'Wat?!'

'Ja, ik zag hem en ik wist het gewoon.'

'Bedoel je Varun?'

'Natuurlijk.'

'Maar Indy, hij is een prins! Dat betekent dat al door zijn ouders is beslist met wie hij zal trouwen.'

'Net als mijn ouders al hebben beslist met wie ik zal trouwen.' Haar ogen gingen plotseling weer open en ze wierp een van haar diepe, alwetende blikken op mij. 'Ik beloof het je, Anni, op een dag is hij mijn echtgenoot.'

In de weken die volgden werd het leven aan boord een kat-en-muisspel, omdat Indira absoluut Raj en Varun wilde stalken, alleen maar om weer een glimp op te vangen van haar 'toekomstige echtgenoot'. Dit hield in dat we onopvallend rondhingen buiten hun hut, als ze die verlieten om te gaan ontbijten of lunchen, of gingen biljarten of croquet gingen spelen op een van de dekken. We moesten dan zo nonchalant mogelijk tevoorschijn komen, alsof het toeval was dat we ze daar tegenkwamen, en dan naar welk spel ze ook speelden gaan zitten kijken.

Opeens begon het meisje dat nog nooit om haar uiterlijk had gegeven moeilijk te doen over wat ze 's avonds naar het diner aan moest, parfum te stelen van haar moeder en lippenstift van haar zus.

Ik vrees dat ik het hele gedoe belachelijk vond en nogal irritant. Indira was gewoon voor het eerst verliefd en ik wist dat het ook zo weer voorbij zou gaan. Indy zou echter Indy niet zijn als ze zich niet met volledige overgave in haar nieuwe passie zou storten.

Op de laatste avond voor we in Southampton zouden aankomen was het koninklijke gezelschap uitgenodigd om te dineren aan de kapiteinstafel. Indira's emoties schoten heen en weer tussen welke jurk ze aan zou doen en het feit dat dit de laatste keer was dat ze prins Varun zou zien. Ik had er wijselijk van afgezien op te merken dat ze net zo goed niets zou kunnen aantrekken, omdat Varun haar hoe dan ook zou blijven zien als wat ze in feite was, een klein meisje.

'Kijk, Minty heeft me een van haar oude jurken geleend!' Indira stormde de kamer binnen met een perzikkleurige chiffon avondjurk over haar arm. 'En hij past me perfect!'

'Die durf je toch zeker niet aan te doen?' vroeg ik voorzichtig. Ik dacht aan de preutse mousseline en katoenen jurken die tot aan de kin waren dichtgeknoopt en pasten bij onze nog altijd kinderlijke status.

'Ja! Anni, begrijp je het dan niet? Ik moet iets opvallends doen, zodat Varun mij ziet!'

'Dat lukt je nooit. Miss Reid laat je in geen miljoen jaar in die jurk naar buiten gaan. En bovendien, wat zou je moeder wel niet zeggen?'

'Ik ben over vier maanden veertien. Jeetje, veel meisjes in India zijn dan al getrouwd,' protesteerde Indira. 'Anni, je moet me helpen. Ik kleed me gewoon normaal aan, samen met jou, en als Miss Reid ons naar de eetzaal heeft gebracht, zeg ik dat ik iets ben vergeten en ren ik naar beneden en doe ik deze jurk aan. Wat denk je?'

De afschuw stond op mijn gezicht te lezen. 'Alsjeblieft, Indy, wat zal je vader niet denken? Wil je hem te schande maken?'

'Echt, Anni!' Indira hield de jurk tegen zich aan. 'Ik kom toch zeker niet in mijn ondergoed. Het is gewoon een meer volwassen versie van wat ik normaal aan zou hebben.'

En inderdaad, ik zag dat de jurk nog tamelijk netjes was, met een vierkante halslijn en een lijfje dat onder de borsten was ingenomen en dan in zacht golvend chiffon uitliep tot aan de voeten.

'Minty had hem aan op haar zestiende verjaardag. Zo erg kan hij dus niet zijn.'

Ik zuchtte en besefte dat wat ik er ook van vond, het toch zou gebeuren.

Later die avond, toen Miss Reid met ons meeliep de grote trap in het schip op en we de ingang van de eetzaal naderden, bracht Indira haar hand naar haar mond.

'O, Miss Reid! Ik had gezegd dat ik Lady Alice Carruthers een boek zou lenen en dat ik het vanavond mee zou nemen aan tafel. Het is morgen vast veel te druk, als het schip aanlegt.'

'Zal ik het even voor je halen, lieverd?' vroeg Miss Reid.

'Nee, doe geen moeite. Ik ga wel. Ik weet precies waar het ligt.'

Indira draaide zich om en vloog de trap af voor iemand haar kon tegenhouden. Ze liet Miss Reid en mij achter bij de deur van de eetzaal.

Ik ging zitten in een van de vergulde stoelen in de gang. 'Miss Reid, alstublieft, ik wacht hier wel op haar. Ik weet dat u nog niet hebt gegeten en het wordt morgen een lange dag. Ik zit hier goed, echt.'

'Als je dat zeker weet, liefje,' zei ze instemmend. 'Indira kennende en de wanorde waarin ze haar spullen bewaart, zou het nog wel een kwartier kunnen duren voor ze terug is en ik heb nog heel veel inpakwerk te doen na het eten vanavond.'

'Echt, maak u geen zorgen,' zei ik, opgelucht dat ik haar had kunnen overtuigen om naar de kantine benedendeks te gaan waar het personeel at. 'Ik beloof u dat ik hier blijf zitten tot ze terugkomt.'

'Nou, goed dan, lieverd, dank je wel. Ik kom jullie om tien uur weer halen.'

Ik keek haar na toen ze de trap af liep en wist dat het geholpen had dat ze mij beschouwde als de betrouwbaarste van ons tweeën. Ik had zelden een pas verkeerd gezet in haar aanwezigheid. Terwijl ik op Indira wachtte, vermaakte ik mij met het kijken naar de elegante gasten die de eetzaal binnengingen. Ze spraken in hun afgemeten Britse accent en ik had er moeite mee om het te verstaan. Ik bedacht me dat Engels leren in India misschien weleens iets heel anders zou kunnen zijn dan echt begrijpen en begrepen worden in het land zelf.

Eindelijk, toen de laatste gasten waren gepasseerd en de eetzaal binnen waren gegaan en ik me begon af te vragen of Indira wel op tijd zou komen voor het zeggen van het gebed (de Engelsen zeiden 'Grace' voor ze gingen eten), zweefde er een wolk van perzikkleurig chiffon de trap op, in mijn richting.

Ik knipperde met mijn ogen en kon nauwelijks geloven wat er met mijn jongensachtige vriendin was gebeurd. De jurk paste precies rond haar lange, slanke lichaam en ze had haar haren opgestoken, waarna ze er een perzikkleurige roos in had gedaan. Ze zag er adembenemend uit, een jongere versie van haar moeder.

'Hoe zie ik eruit?' fluisterde ze zenuwachtig.

'Prachtig! Kom!' Ik stond op en liep naar de deuren van de eetzaal. We duwden ze open, net op het moment dat de ceremoniemeester in zijn handen klapte en zei: 'Dames en heren, stilte alstublieft, voor uw kapitein.'

Alle hoofden draaiden in de richting van de kapitein, die – je zal het altijd zien – midden in de zaal zat, slechts een paar meter van de enorme deuren waardoor Indira en ik onze stiekeme entree wilden maken. Alle ogen waren op ons gericht en ik stond stil als een konijn, gevangen in het licht van de koplampen. Mijn wangen kleurden roder dan het vermiljoen op Indira's lippen.

De kapitein keek waar de andere gasten naar keken. 'Dames...' Hij gebaarde naar ons. 'Gaat u alstublieft zitten voor ik Grace zeg.'

'Dank u.' Indira liep, totaal niet onder de indruk, met opgeheven hoofd naar de kapiteinstafel, koninklijk in haar houding en zonder ook maar een spoortje verlegenheid omdat zij in het middelpunt van de aandacht stond. Voor het eerst zag ik haar echt als een prinses. We gingen zitten op de twee stoelen die aan het eind van de tafel voor ons waren vrijgehouden, en toen ik haar volgde, zag ik prins Varun. Er bestond geen twijfel over dat hij naar haar keek met een andere uitdrukking in zijn ogen.

Ik kon die avond mijn ogen niet van Indira afhouden, omdat de perzikkleurige jurk haar een nieuwe rijpheid leek te geven, een nieuwe elegantie en charme. Zelfs haar ouders, die toch geschokt moesten zijn geweest toen hun dochter haar entree maakte, keken nu welwillend naar haar.

En weer, dacht ik, terwijl ik daar zat in mijn mousseline jurk en me voddig en ongemakkelijk voelde, had schoonheid haar magie uitgeoefend op iedereen die haar aanschouwde. Niemand was boos, maar iedereen bewonderde Indira. En toen de band begon te spelen, nodigde de maharadja zelf zijn jongste dochter uit op de dansvloer. En daarna Raj, haar broer, en ten slotte prins Varun. Toen Miss Reid om tien uur verscheen en mij vroeg waar Indira was, wees ik naar de dansvloer.

Ik keek hoe Miss Reid naar haar zocht.

'Waar?'

'In de perzikkleurige jurk. Ze danst met prins Varun.'

Ik zag hoe de realisatie tot haar doordrong. Ze bracht een hand langzaam naar haar mond, vol afgrijzen, waarna ze nerveus in de richting van de maharani keek. 'Ik raak hierdoor vrijwel zeker mijn baan kwijt. Wist jij van haar plan?'

'Ja,' zei ik. 'Maar wat had ik kunnen doen?'

'Wat hadden we allebei kunnen doen?' Miss Reid zuchtte diep. 'Ze is een prinses.'

Ik lag die avond in bed en luisterde terwijl Indira de details van haar triomf steeds weer navertelde, die was geëindigd met een dans met prins Varun. Hij had aan het eind blijkbaar gefluisterd dat ze een prachtige jonge vrouw werd, net als haar moeder. En iets in mij begon te knagen aan de fundamenten van de overtuiging dat Indira en ik altijd samen zouden zijn; het was maar een klein scheurtje. Ze groeide voor mijn ogen op en op een dag, dacht ik en ik beet op mijn lip om mijn tranen tegen te houden, zou mijn vriendschap niet meer genoeg zijn voor haar. Ze zou de liefde van een man nodig hebben.

Ik werd de volgende dag wakker met een angstig gevoel. Ik vreesde de gevolgen van Indira's gedrag van de vorige avond. Wonderlijk genoeg bleven die uit. In plaats daarvan, terwijl iedereen op het schip rondrende om afscheid te nemen van de nieuwe vrienden die ze aan boord hadden ontmoet, hoorde ik alleen maar hoe mooi Indira eruit had gezien. Het leek erop dat het lelijke eendje in een zwaan was veranderd en niemand leek zich te storen aan het feit dat zij de regels had genegeerd.

Indira rende van hut naar hut om afscheid te nemen van haar nieuwe vrienden, maar ik ging aan dek om te zien hoe het nieuwe land waarover ik zoveel had gehoord naderbij kwam.

Hoewel het augustus was, naar ik gehoord had een van de warmste maanden in Engeland, huiverde ik in mijn dunne katoenen blouse. Het was nog vroeg en er hing mist boven de haven van Southampton. Ik ademde voor het eerst de Engelse lucht in en vond hem vooral nogal kleurloos. Hij rook naar niets, behalve schone, zilte wind.

Ik probeerde mezelf uit mijn sombere stemming te halen door te denken dat ik over een uur of zo het beroemde, groene en fijne land zou betreden dat de grootste schrijvers ter wereld tot hun mooiste boeken had geïnspireerd.

Ik kon het niet.

Misschien, troostte ik mijzelf, was ik gewoon uitgeput van de emotionele stress van gisteravond, maar ik wist dat het dieper zat. Ik was nog niet gewend aan de nieuwe, vreemde gevoelens die ik kon hebben sinds ik het zingen had gehoord en ik stond daar en voelde een rilling langs mijn ruggengraat gaan, mijn huid tintelde en de haartjes op mijn arm gingen recht overeind staan. Ik heb later geleerd dat die sensatie mij waarschuwde voor gevaar, maar die dag, toen ik probeerde te begrijpen wat het betekende, voelde het alleen alsof al mijn zintuigen op scherp stonden.

De scheepstoeter loeide voor de laatste keer toen het schip aanlegde en er heerste een kermisachtige vrolijkheid op de dekken. Op de kade zag ik kleine figuurtjes met Union Jack-vlaggen zwaaien terwijl ze wachtten op een eerste glimp van hun geliefden die terugkeerden.

Toen iedereen terugkeerde naar zijn hut om zijn bezittingen bij elkaar te zoeken en zich klaar te maken om van boord te gaan, liep het dek leeg en bleef ik alleen achter. Ik huiverde nogmaals, zowel door mijn eenzaamheid en angst als door de kou. Toen ik in mijn zak naar een zakdoek zocht, werd ik opeens omhelsd door twee warme, bruine armen.

'Wat doe je hier, helemaal in je eentje? Ik heb je overal gezocht.' Indira trok me dicht tegen zich aan, haar zoete adem smolt het ijs dat in mijn aderen was ontstaan.

'Ik keek naar Engeland.'

Ze draaide me om en bestudeerde mijn gezicht. 'Je hebt gehuild, Anni. Waarom?'

'Ik weet het niet,' zei ik naar waarheid.

Een slanke vinger veegde een traan van mijn wangen. 'Niet huilen, Anni, en wees alsjeblieft niet bang. Ik ben er, weet je nog?' Indira sloeg haar armen om me heen en trok me tegen zich aan. 'En ik zal er altijd zijn.'

12

De eerste twee weken waren we ondergebracht in een mooi victoriaans huis in Pont Street, Knightsbridge. Hoewel het huis het formaat van een konijnenhol had, vergeleken bij het paleis waar we aan gewend waren, maakte dat eigenlijk niets uit, omdat er buiten zoveel te doen en te zien was. In weerwil van Indira's beweringen hoe ze Engeland haatte, trommelde ze onmiddellijk de chauffeur van de familie op en was ze vastbesloten om mij de wonderen van Londen te laten zien. We reden over The Mall om Buckingham Palace te zien en de Changing of the Guard. We bezochten de Tower of London, waar Indira mij met smaak de gore details vertelde over hoe de Engelse koning Hendrik VIII het hoofd van twee van zijn vrouwen had laten afhakken, omdat hij een ander wilde trouwen.

'Wat stom dat ze maar één vrouw tegelijk mogen trouwen en ze moeten vermoorden als ze iemand anders willen!' Ze giechelde. 'Weet je dat Pa wel acht vrouwen zou kunnen hebben, als hij dat wilde?'

We gingen naar Trafalgar Square en voerden de duiven die rond Nelson's Column scharrelden, waarna we een boot namen om over de Theems te varen. Eigenlijk was Indira's favoriete plek in Londen slechts enkele meters van ons huis in Pont Street verwijderd.

Toen ze mij voorging door de voordeur, vertelde ze mij dat we zojuist de beroemdste winkel in de hele wereld hadden betreden.

'Ik ben dol op Harrods. Ze verkopen er alles, van nieuwe sleutels voor een kapot slot tot kaas en kleren – zelfs Indiase olifanten! En,' voegde ze eraan toe toen we in de lift naar boven gingen, 'Ma heeft hier een rekening, dus wat je maar wilt hebben, zeg het gewoon.'

Inderdaad was de Harrods-winkel, of warenhuis, zoals zij het noemde, een echte grot van Ali Baba. Soms nam Indira een van de ernstig kijkende verkopers in de maling door ze te vragen of ze ook parkieten of jacaranda's hadden.

'Wel, jongedame, u vindt de parkieten op de huisdierenafdeling en de bomen op de tuinafdeling. Als zij niet op voorraad hebben wat u wenst, weet ik zeker dat Harrods het voor u kan bestellen,' antwoordde de verkoper dan.

'O, Indy, plaag ze alsjeblieft niet zo!' smeekte ik als ze giechelend wegliep en ik me doodschaamde.

Ze nam me mee naar boven, naar de spectaculaire speelgoedafdeling, waar de verkopers haar begroetten als een vriendin die ze lang niet hadden gezien.

'Toen ik nog heel klein was, ontsnapte ik altijd uit ons huis en kwam ik hier om wat ik maar wilde te bestellen. Ik liet het op Ma's rekening zetten, en ze heeft het heel lang niet eens gemerkt.' Indira lachte toen we weer naar beneden gingen met de verbazingwekkende bewegende trap die zij de roltrap noemde.

'Vandaag koop je daar niets?'

'Nee, ik denk dat ik te groot ben geworden voor speelgoed, vind je niet? Laten we naar de damesafdeling gaan. Ik heb nog nooit een confectiejurk gepast. Dat is vast heel leuk!'

Nadat ze een hele reeks verkoopsters voor haar karretje had gespannen om haar een collectie mooie jurken te brengen, volgde ik Indira in de paskamer, zodat ze ze kon passen. Nadat we daar twee uur hadden doorgebracht, begon mijn geduld op te raken.

'Weet je zeker dat je moeder het niet erg vindt?' zei ik toen Indira in weer een schitterende creatie ronddraaide en de verkoopster opdroeg die toe te voegen aan haar toch al enorme stapel.

'Pas als ze over een paar weken de rekening krijgt.' Ze grijnsde.

Onderweg naar beneden, naar de uitgang, passeerden we de boekenafdeling en ik bleef even verlangend staan kijken. Indira zag het en, misschien omdat ze zich schuldig voelde dat ze mij zo lang had verveeld met het passen van die jurken, stelde voor om te gaan kijken.

Hier vond ik mijn eigen wonderland. Voor mij stonden eindeloze rijen van de boeken die ik achter de glazen deuren van de bibliotheek in het Cooch Behar Palace had zien staan. En hier kon ik ze gewoon van de plank pakken. Ik pakte het ene na het andere boek en streelde de titels in goud-op-snee.

'Kies wat je maar wilt, Anni,' zei Indira, net zo ongeduldig naast me als ik was geweest op de damesafdeling.

Deze keer protesteerde ik niet en ik koos drie boeken: *Bleak House* van Charles Dickens, *Jane Eyre* van Charlotte Brontë en *Pride and Prejudice* van Jane Austen. Ik drukte ze tegen mij aan toen we Harrods verlieten en kon nauwelijks geloven dat ze van mij waren en ik ze nooit zou hoeven teruggeven.

In de slaapkamer die Indira en ik deelden op de bovenverdieping van het huis aan Pont Street maakte ik ruimte op een plank en zette daar trots mijn drie boeken op. Ik zwoer dat ik op een dag genoeg geld zou verdienen om zoveel boeken te kunnen bezitten als ik maar wilde.

Hoewel ik helemaal vol was van de nieuwe indrukken en geluiden van Engeland, versterkte mijn tijd in Londen mijn gevoel van afhankelijkheid van de koninklijke familie van Cooch Behar. In het paleis waren mijn behoeften klein geweest en was ik gewoon een van de honderden die verzorging en voeding nodig hadden. Hier in Londen werd ik me er echter scherp van bewust. Indira had altijd genoeg geld en was daar enorm scheutig mee, maar ik vond het niet prettig om haar om iets te vragen. In de kleine gebedsruimte die in een van de rustiger kamers achter in het huis was ingericht knielde ik neer en bracht het puja-offer aan Lakshmi, de godin van de rijkdom, in de hoop dat ik op een dag een manier zou vinden om financieel onafhankelijk te zijn.

Een paar dagen later keerden Indira en ik terug naar Harrods, nu onder het waakzame oog van Miss Reid. We gingen naar een heel andere afdeling, die van de schooluniformen.

'We moeten een stropdas dragen! Als mannen!' riep Indira uit toen Miss Reid haar liet zien hoe ze die rond haar nek moest strikken. 'Aargh!' Indira legde haar handen rond haar nek, en zette grote, verschrikte ogen op. 'Het voelt alsof ik gewurgd word!'

Toen volgde een selectie van blouses, hesjes en truien die zo kriebelden dat het was alsof er duizend vliegen over mijn huid kropen.

'En deze,' zei de verkoper, 'dragen de meisjes naar wedstrijden, zoals netbal en hockey.' Ze hield een vormeloze roodbruine tuniek en een wijde bijpassende broek omhoog.

'Netbal? Hockey? Ik wil helemaal niet weten hoe je deze spellen speelt,' zei Indira uit de hoogte.

'Ik weet zeker dat je ze geweldig vindt als je ze eenmaal geprobeerd hebt, lieverd,' zei Miss Reid, een bron van eindeloos geduld. 'En je bent zo goed in buitenactiviteiten. Je zult je helemaal kunnen uitleven bij Engelse balsporten.'

'Ik weet zeker dat ik er niks aan vind,' mokte Indira.

Miss Reid en ik wisselden een veelbetekenende blik toen ze de paskamer binnen stampte om de foeilelijke tuniek te passen.

Een week later, toen we in de auto naar Eastbourne in Sussex reden, zat Indira naast me op de achterbank van de deftige Rolls-Royce en staarde verdrietig naar het groene Engelse landschap, wat ikzelf erg mooi vond. De herfst was al zichtbaar; de blaadjes werden goudgeel en de zachtheid van de vroege ochtendmist maakte me slaperig. Miss Reid bracht ons weg en zat voorin met de chauffeur te praten. Eindelijk arriveerden we voor een streng grijs gebouw dat me, misschien onterecht, aan Dotheboys Hall deed denken, de school waar de jonge Nicholas Nickleby de baan van assistent-onderwijzer krijgt in het verhaal van Charles Dickens.

De chauffeur laadde onze koffers uit de kofferbak voor in de auto en Indira weigerde uit te stappen. Miss Reid en ik stapten uit en bekeken de school.

'Niet zenuwachtig zijn, lieverd, ik weet zeker dat je veel zult hebben aan je tijd hier. En,' voegde ze er op fluistertoon aan toe, 'Indira is voor het eerst zonder meid. Ze zal voor zichzelf moeten zorgen. Denk eraan dat je dan misschien geen prinses bent, maar een meisje van goede afkomst, niets minder dan een nichtje van de maharani. Laat haar jou niet als haar bediende behandelen.'

'Dat doet ze vast niet,' zei ik loyaal.

Miss Reid had geen tijd om meer te zeggen, want een humeurige Indira was ons gevolgd uit de auto, en zat nu in kleermakerszit op de oprit.

'Sta op, lieverd!' spoorde Miss Reid haar aan. 'En gedraag je als de jonge vrouw die je de afgelopen weken zo graag wilde zijn.'

Indira bewoog zich niet. Ze sloeg haar armen alleen nog vaster over elkaar, alsof ze haar punt nog duidelijker wilde maken, en staarde zwijgend in de verte.

Ik liep om de auto heen en hurkte naast haar. 'Kom nou, Indy, de andere meisjes zien je misschien en vinden je een baby. Bovendien,' voegde ik eraan toe, 'is het hier misschien wel leuk.'

'Ik vind het hier vreselijk,' gromde Indira en ik zag dat haar ogen vol tranen stonden. 'Niemand van mijn familie vindt het erg dat ik weg ben. Pa had het zelfs te druk om afscheid te nemen. Ze wilden gewoon van me af.'

'Je weet dat dat niet waar is. Ze zijn allemaal dol op je; en je vader wil zeker dat je hem trots maakt. Luister,' fluisterde ik, 'je hebt veel geld, toch?'

Ze knikte.

'Goed.' Ik gebruikte mijn laatste wapen. 'Als we het niet leuk vinden hier, dan lopen we gewoon weg en nemen we de eerste boot terug naar India. Wat denk je daarvan?'

Ze draaide zich om en haar ogen lichtten op bij de gedachte aan zo'n avontuur.

'Ja,' zei ze toen ze eindelijk opstond en het witte stof van het grind van haar rok klopte. 'Daar zouden ze niet van terug hebben, hè?'

'Nee. Ben je zover?' vroeg ik haar.

'Ik ben zover.'

En zo liepen we hand in hand de trap op en de school binnen.

Miss Reid had ons al gewaarschuwd dat de andere meisjes ons met grote ogen zouden bekijken. Indiase meisjes waren nog altijd zeldzaam op een Engelse kostschool. De eerste week hielden we onze rug recht onder het gestaar en het gefluister dat onze aanwezigheid teweegbracht, en het giechelen dat we hoorden als we kip in plaats van rundvlees kregen voorgeschoteld in de eetzaal. Toen de meisjes ons negeerden, hingen we nog meer aan elkaar dan we al deden. Vooral 's nachts in de tochtige slaapzaal, als Indira bij mij in bed klom zodat we elkaar konden verwarmen en troosten.

'Ik wil naar huis,' huilde ze en haar tranen drupten op mijn nachthemd. 'Alsjeblieft, Anni, laten we doen wat jij zei en weglopen.'

‘Gauw, ik beloof het, maar we moeten lang genoeg blijven dat je ouders begrijpen dat je het echt hebt geprobeerd.’

Indira was niet de enige die zich ellendig voelde. Ik vond mijn nieuwe leven ook verschrikkelijk. Ik haatte de kou van de Engelse ochtend, als mijn botten bevroren en mijn lichaam overdekt raakte met kippenvel die pas verdween als Indira’s lichaam zich ’s avonds tegen mij aan drukte. Het smakeloze Engelse eten, dat leek te zijn gekookt in overgebleven afwaswater, zonder enige specerijen, maakte me misselijk. En zelfs al had ik gedacht dat mijn beheersing van de Engelse taal en mijn begrip ervan goed was, had ik toch moeite het personeel en de meisjes te verstaan. Ze praatten zo snel en spraken zelfs bekende woorden zo anders uit. Als ze mij iets vroegen, bleef ik stokstijf staan en zweeg. Pas later begreep ik wat ze bedoeld hadden. De buitensporten, met houten stokken, in een modderig veld, met spelregels die net zo verwarrend waren als bespottelijk, gingen mij boven mijn pet. Ik hield toch al niet van balspelen, dus aan deze uren van de dag had ik de meeste hekel.

Door de onophoudelijke Engelse regen rook alles muf. ’s Nachts hing er geen wierook in de lucht, zoals in het paleis in Cooch Behar. Het enige wat op ons scheen, was het harde licht van een kaal elektrisch peertje.

Toen de eerste twee weken voorbij waren, was ík degene die wilde weglopen.

En toen kwam de geschiedenisleraar, die blijkbaar verlof had gehad vanwege een opdracht in het buitenland, ons ijskoude klaslokaal binnen om ons les te geven. Hij was jonger dan de andere leraren die we tot nu toe gehad hadden en zijn huid had een donkere, notenbruine kleur.

‘Goedemorgen, meisjes,’ zei hij toen hij de klas binnenkwam. We stonden allemaal braaf op en zeiden in koor: ‘Goedemorgen, meneer.’

‘Goed, ik hoop dat jullie allemaal een fijne zomervakantie hebben gehad. Ik in ieder geval wel. Ik ben op bezoek geweest bij mijn ouders in India.’

De rest van de meisjes keek verveeld, maar Indira en ik waren meteen klaarwakker.

'En ik zie dat we twee nieuwe leerlingen hebben uit dat land. Ik geloof dat een van jullie een prinses is. Eens kijken...' Zijn blik ging naar Indira en mij. '... wie van jullie zou dat zijn?'

Er klonk opeens een levendig gefluister in de klas toen alle meisjes zich omdraaiden om naar ons te kijken en probeerden te raden wie van ons het was. Indira stak langzaam haar hand op. 'Ik ben het, meneer.'

'Hare Hoogheid, prinses Indira van Cooch Behar.' De leraar glimlachte begripvol. 'Ik heb Cooch Behar bezocht toen ik twee jaar geleden in India was en heb het prachtige paleis gezien waar je familie woont.'

Dit veroorzaakte weer opgewonden gepraat en de meisjes bleven staren.

'Ja, meneer.' Indira sloeg haar ogen neer.

'Misschien, Indira, wil je ons een keer de geschiedenis van je familie vertellen en ons laten weten hoe je daar leeft. Ik denk dat alle meisjes hier daar een heleboel van kunnen leren.'

'Ja, meneer.'

'En jij?' vroeg hij. Nu keek hij naar mij. 'Waar woon jij?'

'Ik woon ook in het paleis, meneer.'

'Aha. En toch ben je geen prinses?'

'Nee, meneer.'

'Anni is mijn beste vriendin,' zei Indira. 'En mijn metgezel.'

'*Jolly good, jolly good.* Goed, meisjes, ik hoop dat jullie prinses Indira en juffrouw Chavan helpen zich hier thuis te voelen. Ik ga jullie vertellen wat ik gezien heb op mijn reizen door Brits-India.'

Toen de les was afgelopen, moesten we ons flesje melk gaan halen voor het 'elfuurtje', zoals de meisjes het noemden, en voor een portie versterkende zeewind, die de Engelsen onmisbaar schenen te vinden. Indira en ik stonden normaal gesproken in een hoekje van het schoolplein, waar we de melk ongezien in de bosjes goten. Vandaag ging het anders. De meisjes kwamen achter ons aan.

'Ben je echt een prinses?'

'Woon je echt in een paleis?'

'Heb je veel bedienden?'

'Heb je weleens op een olifant gereden?'

'Draag je thuis een kroon?'

De opgewonden meisjes dromden rond Indira, terwijl ik aan de zijlijn stond en zag hoe zij vriendelijk glimlachte en zoveel vragen beantwoordde als ze maar kon. Later, toen de bel voor de lunch ging en we de eetzaal in liepen, kwam een meisje dat Celestria heette en degene was die iedereen in de klas wilde leren kennen, naar Indira en mij toe.

'Wil je bij ons komen zitten voor de lunch, prinses Indira?'

'Natuurlijk.'

Ik zag Indira bij mij weg lopen. Ze praatte met Celestria. Toen draaide ze zich om en wenkte mij. 'Anni moet ook komen.'

Celestria knikte, maar toen we bij de lange tafel aankwamen, schoven de meisjes op de banken op om plaats te maken voor Indira en Celestria. Ik kon nog net op het randje aan de buitenkant zitten.

In dat uur zag ik Indira opbloeien onder de aandacht en de bewondering die haar ten deel viel. Ik kon het haar niet kwalijk nemen. Ze was haar hele leven omringd geweest door andere mensen die haar dienstbaar waren en haar voortdurend haar zin gaven. Ze was 'speciaal' van geboorte. Ik, Anahita, was dat niet.

Ik herinner me die eerste, koude Engelse winter als een van de wanhopigste perioden van mijn leven. Naarmate Indira meer zelfvertrouwen kreeg, kwam haar sprankelende persoonlijkheid naar boven en alle meisjes streden om haar aandacht. Ze steeg snel op de ladder om haar rechtmatige plaats als bijenkoningin in te nemen. Dat ging haar net zo natuurlijk af als de zon die elke ochtend opkwam. Ze deed echt haar best om mij erin te betrekken, maar de andere meisjes lieten duidelijk blijken dat ze niet geïnteresseerd waren in een 'metgezel' die niet het soort bubbelende charme uitstraalde die Indira in overvloed bezat. Ik raakte steeds verder geïsoleerd en zat tijdens de pauze vaak in de bibliotheek te lezen, omdat ik Indira niet wilde lastigvallen met mijn ongemakkelijke aanwezigheid.

Om het allemaal nog erger te maken en terwijl Indira's lichaam zich ontwikkelde als een zwaan en alle onderdelen die tijdens de puberteit werden toegevoegd in precies de juiste proporties bij haar lengte pasten en alleen maar bijdroegen aan haar elegantie, maakten de hormonen en het zware Engelse eten mij alleen maar dik. Ik had ook gemerkt dat als ik bij weinig licht probeerde te lezen, ik de woorden nauwelijks kon onderscheiden. Ik werd naar de schoolarts gestuurd, die mij een afschuwelijke bril met dikke glazen voorschreef om te lezen.

Af en toe kroop Indira 's nachts nog bij mij in bed.

'Hoe gaat het met je, Anni?' fluisterde ze zacht in mijn oor.

'Goed, hoor, wat dacht je dan?' loog ik.

Overdag merkte ze mij nauwelijks op. Dan bracht ze de tijd door met haar nieuwe aristocratische Engelse vriendinnen. Ik had duidelijk het gevoel dat ik op de een of andere manier een last was geworden voor haar. En dus sloot ik me op in mijn eigen wereld van boeken en verlangde naar juni, als we zouden terugkeren naar het paleis en alles weer zou zijn als het geweest was tussen Indira en mij.

Mijn hart werd lichter toen het lente werd in Engeland en we terugkeerden naar het huis in Londen voor de paasvakantie. Daar zag ik Indira echter nog minder dan op school, want ze werd voortdurend uitgenodigd om bij haar nieuwe vriendinnen te logeren of in mooie hotels thee met ze te drinken.

Op een middag kwam ze terug van zo'n gelegenheid en trof mij lezend op bed aan in onze kamer.

'Anni, ik vraag me af of ik je om een heel grote gunst mag vragen,' begon ze in haar nieuw aangemeten Engelse accent.

Ik zette mijn bril af en keek naar haar. 'Ja, Indy, wat is het?'

'Nou, het zit zo. Celestria's ouders zijn naar Frankrijk en ze zei dat het verschrikkelijk saai was als ze in hun huis op het land verbleef met alleen haar gouvernante als gezelschap. Ze heeft gevraagd of ze hier in Pont Street bij ons mocht logeren. En Ma heeft ja gezegd.'

'Wat leuk,' bracht ik met moeite uit.

'Het probleem is,' verzuchtte ze overdreven, 'dat de enige kamer die we nog over hebben de oude rommelkamer in de gang is. Ik kan die toch niet aan Celestria geven, ze is tenslotte de dochter van een lord. Dus ik vroeg me af, als je het niet héél erg vindt, of je de week dat ze hier is, wilt overwegen om in die kamer te slapen?'

'Natuurlijk,' antwoordde ik.

Ik vond het werkelijk niet erg. Het kon mij niet schelen om in een dienstbodekamer te trekken. In dat moment werd echter het toenemende gevoel van angst samengevat dat ik al de hele winter in mijn hart droeg. Ik kon het Indira niet kwalijk nemen; het was vanzelfsprekend dat wij uit elkaar zouden groeien. Zij was voorbestemd om in de hoogste kringen in de maatschappij te worden opgenomen en op een dag de vrouw van een maharadja te worden, terwijl ik...

Ik wist het niet.

En om het nog erger te maken werden, toen Celestria haar plaats innam in mijn oude bed naast Indira, de oorlogsdreigingen steeds duidelijker. Iedereen in Londen verzekerde elkaar dat de *Kaiser* natuurlijk niet zo dom zou zijn om een niet-uitgelokte aanval op een buurland uit te voeren. Het enige waar ik aan kon denken was dat als er een oorlog zou uitbreken, we vast niet zouden kunnen terugreizen naar India als de zomervakantie over twee maanden zou beginnen.

Een paar dagen na Pasen voeren Indira's ouders naar huis. Haar vader had staatszaken te behartigen in Cooch Behar. Onderweg terug naar school aan het eind van de vakantie, toen ik Indira eindelijk voor mijzelf had, sneed ik het onderwerp bij haar aan.

'Iedereen zegt dat er geen oorlog komt,' zei ze en ze veegde mijn zorgen luchtig van tafel. 'En bovendien weet ik zeker dat we zo nodig in het huis in Pont Street kunnen blijven. Het Seizoen moet geweldig zijn in Londen, heb ik gehoord.'

Ik was geschokt door haar zorgeloosheid. Was dit hetzelfde meisje dat nog maar een paar maanden geleden had gehuild over het feit dat ze haar olifant zo zou missen? De valse wereldwijsheid die Indira, die altijd alles kon naspelen, zo graag overnam van haar Engelse vriendinnen, maakte dat ik haar wel door elkaar wilde schudden.

Later, toen we weer op school waren en Indira vroeg of het goed was dat ze naar de slaapzaal verhuisde waar Celestria en haar andere vriendinnen sliepen, stemde ik in zonder te protesteren. Ik moest accepteren dat Indira onherstelbaar was veranderd.

Het zomertrimester op school ging veel sneller voorbij dan de voorgaande twee trimesters, deels vanwege het feit dat ik nu wist dat ik Indira, al was het maar voorlopig, kwijt was. Charlotte, het meisje dat nu in Indira's vroegere bed naast mij sliep, was lief en vriendelijk. Haar vader was een legerpastoor van de christelijke Kerk en diende in het buitenland. Hoewel ik nooit eenzelfde vriendschap zou kennen als die met Indira, voelde ik dat Charlotte en ik in ieder geval dingen gemeen hadden. Haar schoolgeld werd betaald door het leger, dus zij nam haar opleiding serieus, anders dan veel van onze Engelse klasgenootjes, die school zagen als een plaats waar ze hun tijd doorbrachten tot ze in de society werden geïntroduceerd en een passend huwelijk sloten. Charlotte had besloten dat ze gouvernante wilde worden als ze van school kwam.

'Vader verdient maar een schijntje bij de Kerk, en dat spaart hij om als een pensioen te gebruiken als moeder en hij niet meer werken. Er is niet genoeg om mij te onderhouden, dus ik moet bij hen blijven wonen of werken voor mijn onderhoud,' vertrouwde ze mij op een avond toe.

Hierdoor begon ik erover na te denken of ik niet ook een toekomst als gouvernante zou kunnen hebben. Als ik de school zou hebben afgerond, zou ik zeker genoeg hebben geleerd om kleine kinderen te onderwijzen. Tegelijk bedacht ik, zuchtend, dat er wel niemand zou zijn die mij zou willen hebben. In India werd het als een statussymbool gezien om een Engelse lady in dienst te hebben om de kinderen te onderwijzen. Het maakte niet uit hoe goed ze was opgeleid.

Naarmate de dagen voorbijgingen, beseft ik dat ik in een niemandsland was terechtgekomen. Ik was opgevoed in een paleis, maar ik was arm; ik was naar school gegaan in Engeland, maar ik had de verkeerde kleur om mijn opleiding te gebruiken. Ik behoorde niet tot de arbeidersklasse, maar ik was niet aristocratisch genoeg om een goed huwelijk te kunnen sluiten. Ik dacht aan de juten zak die verborgen lag onder het paviljoen op het terrein van het Cooch Behar Palace en bad tot alle goden en godinnen die ik kende dat het er nog steeds lag en dat de inhoud veilig en intact was.

13

Aan het begin van juni namen de geruchten over een naderende oorlog toe. Er was geen sprake van dat wij zouden terugkeren naar India. Het was evenmin mogelijk dat Indira en ik de zomer zouden doorbrengen in het huis in Pont Street – het was gesloten en veel van de personeelsleden waren in het leger gegaan. Bovendien was Indira's moeder doodsbang voor de zeer reële mogelijkheid dat er bommen zouden vallen op Londen. Daarom werd geregeld dat Indira en ik de zomer zouden doorbrengen op een plek die zo ver mogelijk van Londen verwijderd was als de maharani ons kon krijgen. We moesten op reis naar een graafschap dat Devon heette, in Zuid-Engeland. De weduwe van de voormalige resident van Cooch Behar – de hoogste Britse ambtenaar die in elke vorstenland aanwezig is – had aangeboden ons tweeën gedurende de vakantie onderdak te bieden.

'Ik kan gewoon niet geloven dat Ma ons daarheen stuurt! De oorlog is nog niet eens uitgeroepen,' mopperde Indira terwijl ze willekeurig kleren in haar hutkoffer gooide. 'Ik heb haar gesmeekt om bij Celestria te mogen logeren, maar ze zei nee. Wat moet ik in hemelsnaam met mijzelf aanvangen, ergens in the middle of nowhere, zonder vriendinnen?'

Ik wilde zeggen – maar ik deed het natuurlijk niet – dat ik er zou zijn om haar gezelschap te houden. Toen we op reis gingen naar Devon, ging ze zo ver mogelijk bij mij vandaan zitten op de zwarte leren bank, haar gezicht van mij afgewend. Zoals altijd zei Indira's lichaamstaal alles wat haar woorden niet konden zeggen. Ik wilde dat ik op school had kunnen blijven, zoals een paar andere meisjes van wie de ouders in het buitenland verbleven. Ook mijn vriendin Charlotte. Hoe kon ik aan de maharani uitleggen dat haar dochter mij niet langer als metgezel wenste?

Dit waren gedachten die ik niet kon uitspreken tegen een vrouw die mij in huis had genomen en vervolgens uit eigen beweging voor mijn dure opleiding had betaald, omdat ze dacht dat haar dochter van mij hield en mij nodig had.

Ik keek naar Indira, die zat te mokken, en wist dat ze mij niet langer nodig had.

Toen we het park in reden dat Astbury Hall omringde, duurde het nog enkele volle minuten voor het huis in beeld kwam. Ik staarde er gefascineerd naar, want het leek sterk op Cooch Behar Palace. Het was alsof het tweelingen waren: de een vormgegeven uit hitte, de ander uit ijs. Later zou ik erachter komen dat de architect het paleis voor een deel op Astbury Hall had gebaseerd, dus het was niet zo gek dat deze koude monoliet voor me, met zijn koepel als middenpartij, bekend voorkwam.

Toen we tot stilstand kwamen voor de enorme natuurstenen trap die naar de voordeur leidde, zag ik dat die openzwaaide en dat leden van de huishoudelijke staf naar buiten stroomden. Ze stelden zich in rijen op langs de treden toen wij uit de auto stapten. Prinses Indira kreeg zeker een koninklijke ontvangst. Ze liep de treden op, langs het personeel, naar een strenge vrouw met brede heupen, gekleed in een ouderwetse edwardiaanse japon.

'Ik ben Maud Astbury. Welkom in Astbury Hall, prinses Indira.'

'Dank u, Lady Astbury,' antwoordde Indira beleefd.

Ik volgde hen toen zij Indira naar binnen begeleidde.

'Ik hoop dat je kamer je zal bevallen. We hebben zo weinig personeel, nu alle jongemannen het leger in gaan.'

Indira, altijd een en al gratie als ze koninklijk werd behandeld, knikte begrijpend. 'Natuurlijk, ik begrijp het. Het is heel vriendelijk van u dat u mij kunt ontvangen.'

'Mijn zoon, Donald, komt over een paar dagen ook thuis voor de vakantie. Hij zal je in ieder geval wat kunnen vermaken.'

Zoals altijd stond ik achter Indira en voelde me ongemakkelijk. Uiteindelijk zag Lady Astbury mij. 'Ik zie dat je je eigen meid hebt meegenomen?'

'Nee,' zei Indira snel. 'Anahita is mijn vriendin en metgezel.'

'Aha.' Er was verwarring te zien op het gezicht van Lady Astbury, toen ze Indira meenam naar de voet van de grote trap. Ze boog haar hoofd naar Indira en de twee fluisterden met elkaar.

'Natuurlijk, ik zorg ervoor dat dat geregeld wordt. Goed, prinses Indira, de meid zal jou en je... metgezel naar boven brengen en je jullie kamers laten zien. Vertel het me alsjeblieft als je iets nodig hebt tijdens je verblijf. Ik zie je vanavond bij het diner.'

'Het spijt me, Anni,' zei Indira wederom toen ze rondkeek in de donkere kleine zolderkamer die mij was toebedeeld. 'Ma was kennelijk zo in de war, dat ze vergeten is te vertellen dat jij ook zou komen. Lady Astbury beloofde dat ze morgen een kamer voor je zou klaarmaken op de hoofdverdieping. Vind je het heel erg om hier vannacht te moeten slapen?'

'Natuurlijk niet,' zei ik, dankbaar omdat ik Indira's oprechte bezorgdheid meende te voelen. 'Het uitzicht is prachtig vanaf hier.'

Indira keek uit het kleine glazen venstertje, dat onder de daklijst van het grote huis was geplaatst. 'Ja, je hebt gelijk. Het is prachtig. Nou ja, als je het hier niet uithoudt, mijn bed is groot genoeg voor nog minstens vier andere mensen.' Ze grijnsde naar me.

'Ik zit hier prima.'

'Goed dan. Ik ben beneden als je me nodig hebt. Anni.' Ze nam mijn handen in de hare. 'Het spijt me dat ik je op school in de steek heb gelaten. Ik deed het niet met opzet. Echt niet.'

Toen sloeg Indira haar armen om me heen, zoals ze dat deed in de tijd dat het alleen wij tweeën was tegen de wereld.

'Kom naar beneden als je je spullen hebt uitgepakt,' zei ze en ze zwaaide even naar me toen ze wegging.

Een week na onze aankomst in het huis, leek Lady Astbury het voor het gemak vergeten te zijn dat ik zou verhuizen naar de benedenverdieping en zat ik nog steeds op mijn piepkleine zolderkamertje. Het bleek onmogelijk om na zes uur 's ochtends nog te slapen, want de zon scheen door mijn gordijnloze raam en zette de kamer in een verblindend licht. Ik keek dan naar buiten en zag dat het weer een prachtige dag was. Rusteloos waste ik mijn gezicht aan de wastafel die voor mij beschikbaar was gesteld en ging over de trap aan de achterkant via de keuken naar buiten om van de zonsopgang te genieten.

Als ik over het enorme terras liep, dat geen veranda nodig had om het tegen de zwakke Engelse zon te beschermen, rook ik de zoete geur van vers gemaaid gras. Ik huppelde de trap af, de tuin in, wandelde er rond en bewonderde het ene na het andere perk met schitterende rozen. Terwijl ik genoot van de stilte en de rust van de vroege ochtend, gingen mijn gedachten terug naar een typische zonsopgang in India. Hier, in het gematigde Engeland, was het weer niet overheersend en verwoestend. De temperatuur daalde in de winter en maakte het leven minder plezierig, maar voor zover ik wist, was er op de Britse Eilanden nooit een moesson geweest, of een aardbeving, of een andere heftige natuurramp.

India, bedacht ik, stond daar recht tegenover. Alles daar was heftig, kleurig en vol dramatiek. De temperaturen schoten omhoog, de winden waaiden hard, de rivieren braken door hun oevers; alles was gewelddadig en onvoorspelbaar.

Ik begon ook te begrijpen dat, anders dan mijn landgenoten met hun felle karakter, de Engelsen doorgaans weinig emotioneel waren. Ik ging op een bankje zitten en dacht terug aan het moment waarop mijn vriendin Charlotte, vlak voor het eind van het trimester, hoorde van de dood van haar moeder. Ze nam het nieuws stoïcijns op, met acceptatie en een paar tranen. Toen dacht ik aan mijzelf, twee jaar eerder. Ik had die vreselijke dag in de tempel gehuild en gejammerd om het verlies van mijn moeder.

Ik wist ook dat, ook al waren de Engelsen altijd in oorlog in een of ander afgelegen deel van de wereld, de stevige Engelse grond waarop ik stond, nooit langer dan tweehonderd jaar door een buitenlandse macht was bezet geweest.

Dat zou de komende weken of maanden weleens allemaal kunnen veranderen. Zou de Kaiser met zijn zware leren laarzen door Europa stampen en zijn vuist schudden naar dit kleine landje, dat erin was geslaagd zoveel van de wereld te veroveren en een rijk op te bouwen waarin, zoals de Engelsen graag tegen elkaar zeiden, de zon nooit onderging?

'Hallo daar, ben jij onze Indiase prinses?'

Ik was zo in gedachten verzonken geweest dat ik niet had gehoord dat iemand naderde. Ik keek op en zag de blauwste Engelse ogen die ik ooit had gezien. Ze zaten in een gezicht dat nog de onduidelijke trekken van de adolescentie bezat, voordat de definitieve contouren van de volwassenheid verschenen. De haren van de jongen hadden, in mijn Indiase ogen, de kleur van stro en waren al net zo grof. Hij had de gebruikelijke lichtroze, bleke teint van de Engelsen, waarnaar zoveel Indiërs verlangden.

Voor mij was hij, bij die zonsopgang, de Adonis uit de Griekse mythen die ik tijdens de geschiedenislessen had gelezen.

'Ik...'

Toen ik begon te antwoorden, klonk er een vaag gezang in mijn oren en ik vond het moeilijk om mij te concentreren. Er ging een rilling langs mijn ruggengraat, die me inmiddels wel bekend is. Iemand, of iets, vertelde mij dat deze vreemde een rol zou spelen in mijn toekomst.

'Versta je wel Engels?' drong hij aan.

'Ja.' Ik probeerde de geluiden in mijn oren te stoppen door ze te vertellen dat ik begreep wat ze mij wilden vertellen. Dat de boodschap luid en duidelijk was overgekomen. 'Ik spreek goed Engels,' antwoordde ik.

'En je naam is Indira?'

'Nee, ik ben haar metgezel. Mijn naam is Anahita Chavan, kort gezegd Anni.'

'Hallo, Miss Chavan, of Anni,' zei hij en hij stak zijn hand uit. 'Ik ben Donald Astbury. Hoe maak je het?'

Net als alle Engelsen, had hij onberispelijke manieren.

'Heel goed, dank je,' antwoordde ik verlegen.

Hij ging gezellig naast me op het bankje zitten. 'Mag ik vragen wat je op zo'n vroeg tijdstip in de tuin doet?'

'De zon schijnt door mijn raam en maakt me wakker. En jij?'

'O, ik ben gisteravond laat uit school thuisgekomen. De bel gaat daar om half zeven, dus ik werd hier ook zo vroeg wakker. Het is zo'n prachtige ochtend dat ik besloot om bij mijn merrie op stal te gaan kijken.'

'Ik ben gek op paarden,' zei ik weemoedig.

'Rijd je?'

'Ja, ik reed al paard voor ik kon lopen.'

'Ik wist niet dat kinderen in India ook al zo vroeg leren rijden.'

'Natuurlijk! Hoe hadden we ons anders al die duizenden jaren moeten verplaatsen?'

'Goed punt, goed punt,' zei Donald met een glimlach. 'Zal ik je dan onze stallen maar eens laten zien?'

'Dat zou ik heel graag willen!' zei ik gretig.

'Kom mee!' Hij hielp me opstaan van de bank en we liepen door de tuin. 'En, wat vind je van Engeland?'

'Er zijn dingen die mij bevallen en dingen die mij niet bevallen.'

Hij keek me opeens aan. 'Jij bent ontzettend verstandig en je Engels is uitstekend. Mag ik vragen hoe oud je bent?'

'Ik word over een paar maanden vijftien,' antwoordde ik. Ik overdreef een beetje.

'Jeetje. De meeste Engelse meisjes van die leeftijd zijn nog kleine kinderen.'

'Dank je.'

'Graag gedaan,' antwoordde hij toen we de stallen naderden. 'Kijk, dit is mijn merrie, Glory. Mijn moeder heeft haar Gloria genoemd, naar een ongetrouwde tante van ons, maar ik vond die naam niet bij haar passen, dus ik heb hem veranderd. Wat vind je van haar?'

Ik keek naar het paard en zag dat Glory haar naam eer aandeed. Ze was een volbloed en ik schatte haar op een schofthoogte van een meter zestig. Ik stak mijn hand uit en legde hem onder haar kin terwijl ik haar lange, gladde neus streelde.

'Goh, ik ben onder de indruk,' merkte Donald op. 'Normaal gesproken is ze nukkig en wil ze niet dat een vreemde haar aait. Je hebt er duidelijk gevoel voor, Anni.'

'Ik lijk hen te begrijpen, op de een of andere manier.'

'Wat denk je van een ritje? Ik wil heel graag zien of Glory jou op haar rug duldt. Normaal gaat ze ervandoor en gooit ze vreemde ruiters van zich af. Laten we eens zien of ze jou laat opstappen.'

'Ik zou het heel graag proberen,' zei ik enthousiast.

'Neem haar maar mee de stal uit, dan zadel ik haar op,' zei mijn nieuwe vriend. 'Ze laat ons vast wel weten of ze wil meewerken.'

Ik deed wat hij vroeg en toen Glory stilstond, sprong ik op haar rug. Ik trok mijn lange rok zo ver omhoog als de zedelijkheid toeliet.

'Het lijkt erop dat ze het prima vindt dat jij op haar rug zit. Ik haal de hengst.'

Vijf minuten later draafden we naast elkaar door het park. Hij hield zijn paard in en keek naar mij. 'Wat denk je van wat ruwer terrein? Dartmoor ligt maar een paar minuten verderop,' zei hij en hij wees naar links. 'Het is een prachtige rit en ik denk dat jij het wel aankunt.'

'Natuurlijk.' Ik stemde in, al had ik geen idee wat dit 'Dartmoor' was. Ik voelde me gelukkiger en vrijer dan ik mij in maanden had gevoeld. 'Ik volg je.'

'Prima!' zei Donald en hij galoppeerde onmiddellijk weg. Glory en ik deden ons best hem bij te houden.

Toen we het park uit reden en de heide op vlogen, waaide er een warme wind door mijn haren en voelde ik de zwaarte die over mij was gekomen lichter worden. Eerst concentreerde ik mij op het sturen over het rotsige, ongelijkmatige terrein. Glory leek precies te weten waar ze liep en toen ik besefte dat zij de leiding nam, ontspande ik me, leunde achterover en genoot van de rit.

Veertig minuten later waren we terug bij de stallen. Zowel de paarden als de ruiters hijgden van inspanning.

'Mijn hemel,' zei Donald, toen hij van zijn paard stapte en het aan de geeuwende stalknecht gaf om het te verzorgen, 'je bent verreweg de beste amazone die ik ooit heb gezien.'

Ik besefte dat hij met oprechte bewondering naar me keek.

'Dank je. Je zult merken dat prinses Indira net zo goed is,' voegde ik er loyaal aan toe.

'Dan kijk ik ernaar uit om haar ook eens mee te nemen, maar ik betwijfel of ze beter is dan jij.' Hij bood me zijn hand om af te stappen. 'Nou, Anni, ik hoop dat je vaker met mij wilt rijden,' zei hij toen we samen terugliepen naar het huis. 'Morgenochtend, misschien? Half zeven?'

'Heel graag, ja!'

Ik zweefde naar boven om me te wassen voor het ontbijt. Ik voelde me gelukkiger dan ik mij in maanden had gevoeld.

Ondanks mijn nare gevoel omdat ik niet terug kon naar India, was die eerste zomer op Astbury er een die ik nooit meer zou vergeten. Ook al had Engeland op 4 augustus officieel de oorlog aan Duitsland verklaard, merkten we er weinig van. Toen de voedseltekorten begonnen, viel ons dat nauwelijks op, omdat het landgoed, met zijn duizenden hectaren vruchtbare akkers, zelfvoorzienend was.

Donald zelf was te jong om in het leger te gaan, maar een gebeurtenis bracht het lijden en de verandering waarmee anderen werden geconfronteerd heel dichtbij. Dat was toen Selina, de dochter van Lady Astbury, terugkwam om bij haar te wonen. Haar man, een kapitein in het Britse leger, was naar Frankrijk overgeplaatst. Ze waren nog maar iets langer dan een jaar getrouwd en Selina was acht maanden zwanger van haar eerste kind.

Soms trof ik haar 's middags in de oranjerie, waarin de vele exotische planten stonden die generaties Astbury's mee terug hadden genomen van hun reizen naar verre landen. Ik herkende sommige uit het in leer gebonden aantekenboek met recepten van mijn moeder en was begonnen er blaadjes van af te knippen en die fijn te stampen met mijn shil noda, waarna ik ze op de rand van de dakgoot buiten mijn zolderraam in de zon te drogen legde. Op mijn tochten door de tuin en soms verder, Dartmoor in, had ik nog andere bijzondere kruiden en planten gevonden en nadat ik in de keuken om lege jampotten had gevraagd, begon mijn collectie te groeien.

'Wat doe je met al die stekjes, Anni?' vroeg Selina op een drukkende middag in de oranjerie, waar ze zich in haar stoel koelte zat toe te wuiven en mij met belangstelling gadesloeg.

Ik wist niet goed wat ik moest zeggen, en ik besloot de waarheid te vertellen. 'Ik maak er genezende medicijnen van,' zei ik.

'Echt? Heb je in India geleerd hoe dat moet?'

'Ja. Mijn moeder heeft het mij geleerd.' Ik wilde er verder niet op ingaan, want ik was bang dat ze mij als een soort heks zou zien.

'Mijn hemel, wat ben jij slim, zeg,' antwoordde ze met oprechte bewondering. 'Ik weet dat mijn vader veel geloof hechtte aan de plaatselijke remedies toen hij in India gestationeerd was. Als je een drankje hebt om te zorgen dat deze baby sneller komt, zou ik je heel dankbaar zijn.'

Ik keek naar de omvang van haar buik, zag dat het kind dat ze droeg de afgelopen paar dagen lager was gaan zitten, wat betekende dat het hoofd al was ingedaald.

'Ik denk niet dat het nog lang duurt.'

'Echt? Kun je dat zien?'

'Ja.' Ik glimlachte. 'Ik denk het wel.'

Jammer genoeg zag ik Indira minder dan ooit, ondanks haar emotionele belofte op de dag dat we waren aangekomen. Lady Astbury had toegestaan dat er vriendinnen uit Londen mochten worden uitgenodigd om haar gezelschap te houden. Ik had het gevoel dat Lady Astbury hier nog een reden voor had; het zou niet lang meer duren voor Donald een bruid zou moeten kiezen uit de klasse van hooggeboren jonge Engelse vrouwen. De meisjes die Indira uitnodigde zouden een mooie introductie zijn.

'Ik heb nog nooit zoveel mooie jonge meisjes over de vloer gehad,' zei ze op een dag tegen mij toen ze me tegenkwam op de grote trap. 'Anahita, zou je zo lief willen zijn om naar boven te rennen en te zien of de meiden eraan hebben gedacht bloemen in de kamer van Lady Celestria te zetten?'

'Natuurlijk,' zei ik en ik ging snel kijken of ze het niet waren vergeten.

Ik mocht Lady Astbury niet en ik wist dat zij mij niet mocht. Ze had in India gewoond toen haar man de resident was van Cooch Behar, en ik begreep uit de dingen die ze zei dat ze het er verschrikkelijk had gevonden; ze behandelde mij als weinig meer dan een bediende. Haar neerbuigende houding tegenover mijn landgenoten – 'vieze kleine heidenen' had ik haar eens over ons horen zeggen – verscherpte haar minachting voor mij. Ik wist dat zij een vroom katholiek was en elke dag de mis in de kapel van het huis bezocht.

Voor mij vatte haar stijve formaliteit en ingeboren arrogantie samen wat ik haatte in de Engelsen. Indira was van koninklijken bloede en was opgevoed in westerse stijl. Lady Astbury was in staat om haar als een gelijke te behandelen… met moeite.

Ondanks het feit dat ik ook verwant was aan Indiase royalty, werd ik steeds vaker door Lady Astbury gevraagd om klusjes voor haar te doen. Ze vroeg me vaak verstrooid om even haar borduurwerk voor haar te halen of een boek uit de bibliotheek.

De situatie werd erger door het gebrek aan personeel in het huis. Zoveel van de mannen waren vertrokken om in Frankrijk te vechten, dat de werklast van de vrouwen was verdubbeld. Ik wilde niet onbeleefd of ondankbaar lijken en voldeed altijd aan de verzoeken van Lady Astbury. Het was niet erg om de meiden te helpen, die lief en vriendelijk waren en blij dat ze er een paar handen bij hadden om bedden te verschonen of kamers te stoffen.

De eerste paar dagen in Astbury Hall was ik samen met Indira in de officiële eetzaal gaan eten, maar ik merkte dat ik genegeerd werd en dat maakte dat ik me ongemakkelijk voelde. Op de vierde avond werd een blad omhoog gebracht naar mijn kamer op zolder en ik begreep de hint. Ik was er niet rouwig om, want mijn garderobe bevatte niet genoeg nette Engelse kleren die nodig waren voor dergelijke gelegenheden. Ik wilde daar niet over beginnen tegen Indira.

Tilly, een van de meiden die 's avonds belast was met de taak de eindeloze trappen te beklimmen om mijn blad naar de zolder te brengen, merkte op dat het wel eenzaam voor mij moest zijn om helemaal alleen te eten. Ze stelde voor of ik misschien liever met de rest van het personeel in de keuken at. Omdat ik wist dat dit haar ook de klim omhoog zou besparen, stemde ik in. Vanaf dat moment at ik elke avond beneden met de bedienden en antwoordde ik op al hun vragen, want ze waren allemaal gefascineerd door mijn leven in het paleis in India.

Bij een gelegenheid klaagde de kok, Mrs. Thomas, over artritis in haar handen. Ik vroeg haar of ze iets wilde tegen de pijn en de ontsteking.

'Ik betwijfel of het helpt,' merkte ze op, 'maar het kan vast ook geen kwaad.'

Met mijn shil noda maakte ik een kalmoeswortel fijn die ik in de oranjerie had gevonden en deed er water bij om er een pasta van te maken. Die avond liet ik Mrs. Thomas zien hoe ze de pasta op haar handen moest aanbrengen.

'U moet dit een week lang elke dag tweemaal doen. Dan denk ik dat het helpt.'

En inderdaad vertelde Mrs. Thomas een week later iedereen die het horen wilde dat ik wonderen verrichtte. Dit leidde al snel tot een hele rij 'klanten' in de keuken, die mij vroegen om een middel voor allerlei pijntjes en kwalen. Ik wilde graag helpen en het stelde me in staat om wat ik van Zeena en mijn moeder had geleerd in praktijk te brengen. Ik genoot ook van de oprechte warmte en acceptatie van de andere personeelsleden – het was lang geleden dat ik zoiets had gevoeld.

De belangrijkste reden dat ik die zomer zo gelukkig was, zo gelukkig dat zelfs Indira's afwijzing en de manier waarop Lady Astbury mij behandelde mijn humeur niet konden bederven, waren echter mijn ochtendritten met Donald Astbury.

De dag na onze eerste rit was ik 's ochtends uit bed gesprongen, benieuwd of hij zoals afgesproken bij de stallen zou zijn.

'Anni!' had hij lachend geroepen. 'Zin in nog een rit?'

'Ja.' Ik knikte enthousiast en we hadden de paarden opgezadeld en waren weggevlogen door Dartmoor in het zachte zonlicht van de vroege ochtend. Vanaf dat moment zagen we elkaar vrijwel elke ochtend. Tijdens onze ritten sloten we vriendschap. Heel anders dan zijn moeder was Donald warm en open en ik voelde dat ik vrijuit met hem over mijn leven kon praten. Hij was oprecht geboeid door mijn verhalen over India, de gewoonten en de cultuur.

'Mijn vader hield van India en de mensen daar,' legde hij uit. 'Jammer genoeg mijn moeder niet en dat is de reden dat ze terugkeerden naar Engeland toen Selina en ik nog heel klein waren. Helaas overleed mijn vader vijf jaar later. Moeder gaf India altijd de schuld van zijn dood en inderdaad leed hij aan terugvallen van een malaria die hij daar had opgelopen, maar uiteindelijk is hij aan longontsteking overleden. Hij zei dat het Engelse weer niet bij hem paste. Hij was echt een fijne vent. Hij probeerde altijd iedereen te helpen.'

'Lijk jij op hem?' vroeg ik toen we in het ruwe gras van Dartmoor lagen en onze hijgende paarden lieten drinken.

'Mijn moeder zegt altijd van wel. Ik denk niet dat ze het eens was met wat zij zijn bloedende hart noemde – vader was altijd bezig om de minderbedeelden te helpen, vaak ten koste van onze bankrekening. Hij lette niet op geloof of kleur, terwijl mijn moeder wel wat... traditioneler is in haar denkwijze.'

Tijdens onze ritten op de heide vertelde hij me over zijn angst voor zijn eigen toekomst vanwege de oorlog, en hoe hij zich zorgen maakte of hij wel in staat was om over een paar jaar het beheer van het Astbury Estate over te nemen. Het zou op hem overgaan als hij volwassen zou worden, op zijn eenentwintigste.

'Er is nauwelijks genoeg geld om de lopende kosten te betalen,' verzuchtte hij, 'laat staan voor restauratie van het huis – aan sommige delen is in geen honderd jaar iets gedaan. Moeder heeft het geërfd, weet je. Vader was nooit echt een zakenman, en dat hij zo jong zou sterven had niemand verwacht. Dus ik denk dat moeder haar kop in het zand heeft gestoken. Of, om het preciezer te zeggen, in de kapel. Ik wil niet degene zijn die haar vertelt hoe moeizaam alles gaat, maar het is niet waarschijnlijk dat God ons zal helpen.'

Ik keek naar hem en was ervan onder de indruk dat, hoewel hij nog maar zestien jaar was, het gewicht van de wereld op zijn schouders leek te drukken.

'Er zijn zoveel mensen afhankelijk van mij voor hun levensonderhoud.' Toen rolde hij zich naar mij toe en grijnsde. 'Ach, er zit niets anders op dan een rijke erfgename te trouwen! Kom, we moeten terug.'

Als Donald het huis in was verdwenen om zich te verkleden voor het ontbijt, zag ik hem vaak pas de volgende ochtend weer. Zijn dagen waren gevuld met het bezighouden van Indira en haar vriendinnen met lunches, tennispartijen en paardrijden in het park, veel rustiger dan hij met mij deed. Ik betwijfelde of hij het ooit over onze ochtendritten had – ik sprak er in ieder geval niet over. Het was nog een geheim dat ik voor mijzelf hield op deze lange, zwoele Engelse zomeravonden.

14

Aan het einde van augustus, een paar dagen voor Indira en ik terug naar school zouden gaan, begonnen de weeën van Selina. De meiden renden de trappen op en neer met handdoeken en warm water. De sfeer in de keuken was gespannen, met de gebruikelijke mengeling van verwachting over de komst van een nieuwe baby en angst dat het misschien niet goed zou gaan.

'Dokter Trefusis is op de terugweg van het ziekenhuis in Exeter. Alleen Lady Selina kiest natuurlijk een zondagavond om te bevallen. Laten we hopen dat hij op tijd is,' zei Mrs. Thomas. Ze rolde met haar ogen.

Een uur later kwam Tilly, Selina's meid, naar beneden met een bleek gezicht. 'Het gaat helemaal niet goed, ze rolt over het bed van de pijn en gilt het hele huis bij elkaar. Ik weet niet wat ik moet doen om haar rustig te krijgen. Wat kan ik haar geven, Mrs. Thomas? Ik ben bang dat de baby vastzit of zo.'

'Heb je gevraagd of *Her Ladyship* erbij komt?' vroeg Mrs. Thomas.

'Ja, maar u weet ook wel dat Lady Astbury niet in de buurt van een bevalling komt. Ik denk dat ze iemand heeft betaald om die van haar geboren te laten worden!'

'Lady Selina is vast moe,' merkte ik op vanuit mijn vaste stoel in de hoek van de keuken.

'Ze is uitgeput, Miss Anni, ze is al zes uur bezig,' legde Tilly uit.

'Dan moet je haar wat suikerwater geven om haar suikerspiegel op peil te houden,' adviseerde ik rustig. 'En laat haar zoveel mogelijk bewegen.'

Alle ogen in de keuken richtten zich op mij. 'Heb jij ooit een baby geboren zien worden, Miss Anni?' vroeg Mrs. Thomas.

'O ja. Ik heb heel wat keren toegekeken als mijn moeder de vrouwen in de omgeving hielp tijdens hun weeën.'

'Nou, alles is toegestaan in tijden van nood,' zei Mrs. Thomas. 'Miss Anni, zou jij met Tilly naar boven willen gaan? Zij zal Lady Selina vragen of ze jou wil ontvangen.'

'Echt?' zei ik. Ik stond nerveus op uit mijn stoel.

'Het enige wat ze kan is nee zeggen, toch? Het lijkt erop dat ze alle hulp nodig heeft die ze kan krijgen. Ga maar, lieverd.'

Ik volgde Tilly naar boven en toen ik op de gang stond te wachten, hoorde ik Selina kreunen.

Tilly stak haar hoofd om de deur en wenkte mij naar binnen. 'Ze leek niet te begrijpen wat ik zei. Kom maar gewoon.'

Ik liep de slaapkamer binnen en zag Selina plat op haar rug liggen. Haar gezicht was wit, haar haren plakten van het zweet aan elkaar.

'Lady Selina, ik ben het, Anahita. Ik heb eerder baby's op de wereld geholpen. Mag ik proberen u te helpen?'

Selina hief een uitgeputte hand op, wat ik opvatte als een teken van instemming.

'Eerst moeten we haar rechtop laten zitten tegen de kussens, zodat ze het suikerwater kan drinken, en dan snel beneden wat natte lappen halen om op haar voorhoofd te leggen. Bind haar haren op,' zei ik tegen Tilly, 'dat is minder warm.'

Toen we Selina voorzichtig zo ver hadden gekregen om rechtop te zitten en Tilly haar wat suikerwater had laten drinken, voelde ik haar pols, die veel te snel ging.

'Lady Selina, mag ik u onderzoeken? Ik moet weten hoe ver u bent.'

Ze knikte met tegenzin, haar ogen nog altijd gesloten.

Ik tilde haar nachthemd op, onderzocht haar en voelde onmiddellijk dat ze nog maar vier vingertoppen ontsluiting had. Ze had er tien nodig voor ze ook maar aan persen kon denken.

'Lady Selina, de baby wil graag komen, maar uw lichaam is er nog niet klaar voor. Ik wil dat u met mij opstaat en gaat lopen. Ik beloof u dat de zwaartekracht zal helpen. Kunt u dat doen?'

'Nee, nee... de pijn, de pijn...' jammerde ze.

'Laten we het in ieder geval proberen.'

Ik legde mijn arm onder haar rug en hees haar omhoog, sloeg

haar benen over de rand van het bed en bracht haar met al mijn kracht tot staan. 'Goed zo, nu gaan we lopen,' zei ik tegen haar. 'Dat helpt ook tegen de pijn.' Langzaam liet ik haar de ene voet voor de andere zetten en we begonnen naar de andere kant van de kamer te lopen.

'Kijk maar, u doet het uitstekend,' moedigde ik aan.

Twee lange uren leidde ik Selina op en neer door de slaapkamer, ademde met haar en fluisterde haar aanmoedigingen toe. De voortdurende beweging kalmeerde haar en haar pols werd rustiger.

'Ik moet persen!' kondigde ze opeens aan.

Dit was het moment waarop ik wist dat alles klaar moest staan en ik gebaarde naar Tilly dat ze handdoeken op het bed moest leggen. Ik hielp Selina boven op de handdoeken te gaan liggen. 'Nog niet persen, Lady Selina, hijg in plaats daarvan, als een dorstige hond... zo...' Ik liet een reeks vlakke ademhalingen horen en glimlachte bemoedigend naar haar toen ze mij begon na te doen. Ik controleerde snel of ze voldoende ontsluiting had om de baby door te laten. Toen ik wist dat dat inderdaad het geval was, zei ik dat de volgende keer als ze aandrang had om te persen, ze dat moest doen, zo hard als ze maar kon. Een schreeuw scheurde door de stille nachtlucht toen ik het babyhoofdje in de opening zag verschijnen.

Ze moest nog een paar keer persen – en Selina kneep zo hard in mijn hand dat het voelde alsof de botten zouden verpulveren – maar toen schoot het babyhoofdje naar buiten. Vervolgens hielp ik de rest van het kleine, perfecte mensje uit de moeder glijden.

'Is de baby in orde, Anahita?' vroeg Selina. Ze probeerde haar hoofd op te tillen om te kijken, maar dat lukte niet.

'O! O!' Tilly sloeg haar handen voor haar gezicht toen de baby tussen Selina's benen lag. 'Het is een meisje! Gefeliciteerd, Lady Selina!'

Ik pakte de baby op en legde haar direct in Selina's armen. Op dat moment ging de deur open en kwam de dokter binnen.

'Zo, zo,' zei hij toen hij naar het voeteneind van het bed liep en zijn blik over moeder en kind liet gaan, die nu rustig waren van uitputting en triomf. De dokter opende zijn dokterstas en haalde er een instrument uit waarmee de navelstreng kon worden doorgeknipt. Hij keek naar mij en glimlachte onhandig. 'Zal ik het nu maar overnemen?'

'Natuurlijk.' Ik wist dat ik niet meer nodig of gewenst was en wilde de kamer verlaten. Selina stak onmiddellijk haar hand naar mij uit. 'Dank je wel, Anni, je was geweldig!'

De volgende ochtend, toen ik naar beneden ging om in de keuken te ontbijten – zo kapot dat ik niet eens voor mijn ochtendrit met Donald was opgestaan – kreeg ik de ontvangst van een heldin.

'Je hebt haar leven gered! Dat zegt Lady Selina in ieder geval,' zei Tilly. 'Miss Anni was fantastisch,' vertelde ze aan iedereen in de keuken. 'Ze wist precies wat ze moest doen en kalmeerde haar. Ik hoop dat die ouwe strijdbijl daarboven je een beetje dankbaar is, Miss Anni. Dat geloof je toch niet, dat ze niet eens in de buurt van haar arme dochter wilde komen, toen ze zoveel pijn had? En ik hoorde haar na afloop tegen de dokter zeggen op de overloop dat Lady Selina geluk had gehad dat het een normale bevalling was. Het enige wat ik kan zeggen is dat ze haar handen dicht mag knijpen dat jij er was en wist wat je moest doen.'

Later die dag werd ik naar boven geroepen door Selina om de baby te zien. Selina lag tevreden in bed met haar dochter in haar armen. Ze glimlachte stralend naar me toen ik binnenkwam.

'Hallo, Anni. Kom mijn prachtige, perfecte baby eens bekijken.' Ze klopte op de rand van het bed en ik ging aarzelend zitten.

'O, wat is ze mooi!' zei ik en ik stak mijn vinger uit om haar fluwelige huidje te strelen. 'Hoe hebt u haar genoemd?'

'Ik ben bang dat ik daar niet veel keus in had. Ze heet Eleanor, naar haar vaders moeder. Ze is echt een schatje, vind je niet? Wil je haar vasthouden, Anni?'

'Heel graag!' zei ik en ze legde de baby in mijn armen.

'Ik wil je zeggen, lieve Anni, dat je afgelopen nacht een wonder bent geweest. Ik heb mijn familie vanochtend verteld dat ik niet weet wat ik zou hebben gedaan als jij er niet was geweest. Dank je wel, namens ons allebei.'

'Het was niets.' Ik lachte naar haar. 'Het was mij een eer om deel uit te maken van het wonder van een nieuw leven.'

'Ja, ik wilde alleen dat de vader van dit kleine wonder hier was om zijn dochter te zien. We hebben een telegram naar Frankrijk gestuurd, natuurlijk, maar God weet wanneer hij het bericht krijgt.'

Opeens begonnen de vage geluiden weer in mijn oren te klinken en mijn hart voelde zwaar van duisternis. Ik wist op dat moment dat deze baby haar vader nooit zou zien. Ontdaan dwong ik mijzelf te glimlachen. 'Hij is hier voor u het weet,' loog ik.

'Ik kan alleen maar bidden dat dat zo is. Maar goed... prinses Indira vertelde me dat jullie morgen weer naar school vertrekken. Is dat zo?'

'Ja.'

'Het is zo jammer, Anni. Ik wilde dat jij voor ons kon zorgen, in plaats van die oude kinderverzorgster die mijn moeder in dienst heeft. Ik vind de manier waarop jij dingen aanpakt veel prettiger. Beloof me dat je snel terugkomt?'

'Ja,' zei ik en ik gaf haar de baby terug.

'Vaarwel dan, Anni, en nogmaals bedankt.'

'Vaarwel. En veel geluk met uw prachtige dochter.'

Toen ik opstond en naar de deur liep, zei Selina: 'Ben je echt nog maar veertien, Anni? Ik kan het nauwelijks geloven. Vannacht voelde het alsof er een vrouw bij me was die minstens drie keer zo oud was en met drie keer zoveel ervaring.'

'Ja, echt.' Ik lachte nog even naar haar ten afscheid en liep de kamer uit.

We zouden de volgende ochtend om elf uur naar school vertrekken, wat me de gelegenheid gaf om voor de laatste keer met Donald te gaan rijden. Hij had natuurlijk het verhaal gehoord hoe ik zijn nichtje ter wereld had geholpen.

Toen we op onze vaste plaats zaten, bij de kreek, vroeg hij me hoe ik geweten had wat ik moest doen.

'Het is eigenlijk heel eenvoudig,' legde ik uit. 'Je moet altijd de natuur volgen. Het lichaam van je zuster wist het allemaal, ik heb alleen geprobeerd haar te helpen het te vertrouwen.'

Ik zag dat er vandaag een nieuw respect voor mij in Donalds ogen was. 'Mijn hemel, als er alleen maar meer mensen in de wereld zo zouden denken. Mijn vader had een groot respect voor de natuur. Je bent ontzettend wijs, Anahita, zeker voor je leeftijd.'

'Soms,' zei ik en ik boorde de hiel van mijn laars in de stevige, droge grond, 'vind ik het meer een vloek dan een zegen.'

'Wat bedoel je?'

'Nou, om een hoofd te hebben dat de wereld wil snappen.' Ik keek naar hem. 'Voor de meeste vrouwen is mooi zijn en veel nieuwe jurken bezitten genoeg om ze tevreden te stellen.'

'Met die jurken kan ik je niet helpen,' grinnikte hij, 'maar ik kan je wel zeggen dat je mooi bent. Heel erg mooi. En nu moesten we maar weer eens naar huis.'

Toen we van de stallen terugliepen naar het huis, zei Donald opeens: 'Ik zal onze ochtendritjes samen missen.'

'Ik ook,' zei ik en ik meende het met heel mijn hart.

Hij boog zich naar me toe en kuste me zachtjes op mijn wang. 'Vaarwel, Anni, kom gauw terug. Je bent een heel bijzondere jonge vrouw en ik ben blij dat ik je heb leren kennen.'

Mijn hart zong van vreugde op de weg terug naar school in Eastbourne. Zelfs Indira's gebabbel over hoe ze ernaar uitkeek om Celestria en de rest van de meisjes terug te zien, en de gedachte dat ik weer opgesloten en eenzaam zou zijn, konden mijn humeur niet bederven.

Ik had iemand ontmoet die mij waardeerde om wie ik was. We waren vrienden, dat was alles. Ik deed in ieder geval mijn best om dat te geloven, maar de herinnering aan zijn lippen op mijn wang vertelde mijn hart iets heel anders.

15

In de loop van de twee jaar die volgden woedde de oorlog in Europa verder en waren Indira en ik niet in staat om terug te keren naar India. Tijdens de vakanties bleef ik op school, terwijl Indira bij haar verschillende vriendinnen logeerde. Ik vond het niet erg, want veel van de meisjes zaten in hetzelfde schuitje, onder wie mijn vriendin Charlotte. Ik gebruikte de tijd om te studeren voor het naderende eindexamen.

Indira en ik vierden onze zestiende verjaardag met een klein feestje op school, met taart die meer weg had van een steen dankzij het eipoeder dat was gebruikt. Indira had voortdurend ruzie met haar vriendinnen en kwam naar mij voor steun als een van hen iets bijzonder lelijks had gezegd. Ik accepteerde ten slotte haar jojo-benadering van onze vriendschap en wist dat als haar zelfvertrouwen minder werd, ze bij me terugkwam om getroost te worden.

Het deed pijn, maar ik zei tegen mezelf dat mijn positie in haar leven mij van het onderwijs verzekerde dat mijn vader altijd voor mij gewenst had. Ik was een van de besten in de klas, of in ieder geval de meest toegewijde en hardst werkende leerling, en de leraren begonnen met mij te praten over de universiteit. Natuurlijk was dit niet mogelijk, maar het was hartverwarmend om te weten dat ze mij zo hoog hadden zitten.

Kerstmis 1916 waren we in Astbury – ik herinner het mij als een sombere aangelegenheid. Zoals ik al had voorvoeld, was Selina op de hoogte gesteld van de dood van haar man in Frankrijk, in oktober. In een rouwend gezin kun je geen feestelijkheden verwachten.

Selina zag er mager en bleek uit in haar zwarte weduwekledij. Ze lachte naar me toen ze mij zag.

'Hallo, mijn liefste Anni, wat fijn om jouw vrolijke gezicht terug te zien hier op Astbury.'

De volgende middag zocht ze me op en vroeg of ik een wandeling met haar wilde maken.

'Ik vond het zo erg toen ik hoorde over de dood van uw man, Lady Selina,' zei ik toen we door de berijpte tuin liepen. Er hing een dichte mist en de zwakke winterzon leek zich haastig terug te trekken voor de komende nacht.

'Dank je,' zei Selina. 'Ik probeer het allemaal te begrijpen. Hugo was zo jong, Anni, met zijn hele leven nog voor zich. En nu...' Ze zweeg even. '... is hij er niet meer. Moeder vindt dat ik troost moet zoeken in God en gebed, zoals zij. Als ik eerlijk ben, dan herhaal ik alleen holle frasen die geen betekenis hebben. Ik kan mezelf er niet toe zetten om naar de kapel te gaan. Is het niet afschuwelijk om te moeten toegeven dat mijn geloof me lijkt te hebben verlaten, net nu ik het het hardst nodig heb?'

'Nee, natuurlijk niet. Soms is het onmogelijk om te begrijpen waarom dierbaren van ons worden weggenomen,' stemde ik in. 'De goden hebben genomen, maar ze hebben ook gegeven. U hebt een prachtige dochter en zij draagt een deel van Hugo in zich.'

'Ja, en ik dank God – of de goden, zo je wilt – voor haar,' zei Selina zacht. 'Is het alleen ook niet afschuwelijk om toe te geven dat Hugo's dood mij op mijn eenentwintigste tot weduwe heeft gemaakt, thuiswonend, met alleen mijn moeder als gezelschap en weinig kans om daar in de toekomst aan te ontsnappen?'

'Lady Selina, er komt weer een kans op geluk, geloof me,' zei ik. Mijn instinct stond plotseling op scherp. Het was niet het juiste moment om haar te vertellen over een nieuwe liefde die elk moment in haar leven kon komen, maar ik wist met al mijn vezels dat het waar was.

'Denk je dat echt, Anni?'

'Ja, dat doe ik. En denk eraan, het is niet nodig om elke dag in de kerk te bidden. Wij zijn allemaal onderdeel van God. Er is een klein beetje van Hem in ons allemaal. Hij hoort u, waar u ook bent.'

'Dank je, lieve Anni.' Selina legde een gehandschoende hand op de mijne en we liepen terug naar het huis, om aan de kou te ontsnappen.

Er waren geen ochtendritten die Kerstmis. Donald was enkele weken eerder opgeroepen voor militaire dienst en was ergens aan het trainen met zijn bataljon.

Op een ijzige decemberochtend kreeg ik, toen ik in de keuken zat te ontbijten, een brief aangereikt met mijn naam erop.

Chelsea Barracks
Londen

19 december 1916

Liefste Anahita,

Ik hoop dat je het niet erg vindt dat ik je schrijf. Ik kon niemand anders bedenken aan wie ik mijn diepste gedachten kon toevertrouwen. Mijn training (ofwel de paar weken rondmarcheren en leren hoe je een geweer vasthoudt) is ten einde en ik sta op het punt om morgen scheep te gaan naar een onbekende bestemming. We denken allemaal dat het Frankrijk is. Ik heb natuurlijk een formele brief naar mijn moeder en mijn zuster gestuurd om ze te laten weten van mijn aanstaande vertrek en heb daarin de toon aangeslagen die van mij verwacht werd – dapper en sterk.
Ook al zijn alle jongens hier helemaal opgewonden over de geweldige tijd die we in de loopgraven gaan hebben met elkaar, weet ik dat we allemaal de ogen sluiten voor het feit dat velen van ons niet zullen terugkomen. Terwijl ik dit vanavond aan je schrijf, nog maar enkele uren voor we vertrekken, wil ik je laten weten, Anni, dat ik nog niet dood wil. Of, zoals vele arme donders dat moeten, voorgoed verminkt door het leven gaan.
Vergeef me, ik heb nog nooit een dergelijke brief aan iemand gestuurd. Ik weet echter van wat de bedienden over je vertelden en van onze eigen momenten samen dat jij misschien wel over bepaalde krachten beschikt. Als dat zo is, alsjeblieft, Anni, stuur me dan wat je maar kunt om mij te beschermen. Als je tegen me zegt dat het goed komt, dan weet ik dat dat zo is. Jij bent mijn talisman. Kun je mij terugschrijven naar bovenstaand adres? Ik zou heel graag

van je horen. Ik hoop dat je mij geen aansteller vindt, of een lafaard, dat ik je dit schrijf. Ik blijf alleen steeds terugdenken aan die heerlijke zonnige ochtenden, toen we samen bij de kreek lagen en alles vredig was. Misschien ben ik egoïstisch, maar ik wil meer van zulke dagen. Ik vertrouw erop dat je de inhoud van deze brief voor jezelf houdt. Ik hoop dat je het goed maakt en alsjeblieft, bid voor mij.

Met liefde,

Donald Astbury

Ik las en herlas Donalds brief vele malen. Toen liep ik de tuin in, weg van het huis. Als Donald deze aarde spoedig zou moeten verlaten, dan wist ik dat ik dat zou voelen en horen. En… ik voelde niets. Een helder, puur niets.

Mijn hart sprong op van vreugde, want nu wist ik dat hij zijn beproeving zou overleven en ongedeerd naar huis zou terugkeren.

Daarom was ik in staat om hem in volle overtuiging de brief te schrijven die ik ook zou hebben opgesteld als ik wél slecht nieuws had voorvoeld.

Astbury Hall
Devon

30 december 1916

Lieve Donald,

Dank je wel voor je brief.
Wees alsjeblieft niet bang. Ik ben er absoluut zeker van dat je deze aarde nog niet snel hoeft te verlaten. Ik hoop je spoedig te zien als je terugkeert uit Frankrijk.

Lieve groet,

Anahita Chavan

Zelfs Indira's vriendinnen kwamen haar niet opzoeken in Astbury tijdens de kerstvakantie. De rantsoenering van brandstof maakte lange reizen vanuit de zuidelijke graafschappen, waar de meesten van hen woonden, onmogelijk. Omdat de stemming boven in de woonkamer zo somber was, voegde Indira zich op oudejaarsavond bij mij, in de keuken, bij de bedienden. Er stond een piano, waarop Mrs. Thomas wat Engelse liedjes speelde. Dit was ongetwijfeld de vrolijkste plaats in het huis, toen 1916 overging in 1917.

Op een avond, kort na nieuwjaarsdag, werd er op mijn zolderkamerdeur geklopt.

'Kom binnen.'

Indira verscheen in de deuropening, haar ogen rood van het huilen, en stak haar armen naar mij uit. Ik had weinig zin om uit bed te komen – er was geen vuur op de zolderverdieping – en ik wikkelde de dekens om mij heen, stond op en liep naar haar toe.

'Wat is er?' vroeg ik.

'O, Anni, ik heb zo'n heimwee naar Pa en Ma... en India. Ik vind het hier vreselijk. Het is niet leuk en het is zo koud. Echt, ik voel me net zoveel een wees als jij!'

'De oorlog is vast snel voorbij en dan kun je terug naar je familie,' troostte ik haar rustig.

'En... O Anni, ik begrijp dat ik zo gemeen tegen je ben geweest en je links heb laten liggen, en...' Indira wees om zich heen, 'en je heb laten slapen in deze ijskoude zolderkamer, zonder iets tegen Lady Astbury te zeggen. Luister,' ze huiverde plotseling, 'kom mee naar beneden en slaap in mijn bed. Daar is tenminste een vuur, en we kunnen praten.'

Ik deed wat ze vroeg, zoals ik altijd deed, en toen we in dekens gewikkeld voor het vuur in haar kamer zaten, staarde ze erin en zuchtte. 'Weet je, ik droom elke nacht van het paleis. Ik heb het nooit genoeg gewaardeerd. En jou ook niet,' voegde ze eraan toe. 'Ik weet dat ik gemeen ben geweest, en ik ben waarschijnlijk een naar mens. Kun je mij vergeven, Anni?'

'Natuurlijk kan ik je vergeven.' Ik glimlachte naar haar.

'We gaan op een dag terug naar India, hè?'

‘Natuurlijk. We winnen de oorlog en dat zal niet lang meer duren, zegt iedereen.’

‘Weet je,’ zuchtte Indira, ‘ik hoor niet thuis in Engeland, ik hoor in India. Ik mis het zo verschrikkelijk. Pretty denkt vast dat ik haar voorgoed heb verlaten.’

De gedachte aan haar olifant zorgde voor een nieuwe huilbui.

‘Misschien leert deze oorlog ons allemaal te waarderen wat we hebben in plaats van wat we missen,’ troostte ik.

Ze keek naar me op, haar amberkleurige ogen wijd open. ‘Jij bent zo wijs, Anni. Ma heeft me gezegd dat ik altijd naar jou moest luisteren en misschien had ze gelijk.’

‘Ik ben niet wijs, Indy, ik accepteer het gewoon. We kunnen niet veranderen hoe de dingen zijn, hoe hard we dat ook proberen.’

‘En,’ Indira beet op haar lip, ‘ik dacht er ook aan dat mijn prins mij misschien is vergeten.’

‘Ik heb je al eerder gezegd, Indira, als jullie voor elkaar bestemd zijn, dan is dat zo.’

‘Ja, je hebt gelijk,’ knikte Indira. ‘Anni, wil je vannacht bij mij in bed slapen? Ik wil niet alleen zijn.’

‘Ja hoor, als jij dat wilt.’

En dus kropen we samen in Indira’s grote bed, net als toen we kinderen waren.

‘Weet je zeker dat je mij vergeeft, Anni?’ vroeg ze, toen ik het licht uitdeed.

‘Ik houd van je, Indy, en ik zal je altijd vergeven.’

Zoals ze had beloofd bracht Indira toen we eenmaal terug waren op school inderdaad meer tijd met mij door dan in de voorgaande trimesters. Dit kwam voor een deel doordat haar beste vriendin, Celestria, van school was gehaald. De mogelijkheid dat Engeland gebombardeerd zou worden was nu reëel en haar moeder wilde haar dochter veilig bij zich thuis hebben. Andere meisjes waren ook van school gehaald, en hoewel Londen tot nu toe het voornaamste doelwit was geweest voor luchtaanvallen, verkeerde het hele land nu in een staat van verhoogde spanning en angst.

Met Pasen pakten we onze spullen voor de vakantie en verwachtten we met de trein naar Dartmoor te zullen reizen. We waren verrast toen op de laatste dag van het trimester een Rolls-Royce met chauffeur voorreed om ons op te halen.

'Waar gaan we heen?' vroeg Indira die de wegen niet goed genoeg kende om dat te kunnen zien. De chauffeur bleef zwijgen en pas toen we de bekende straten van Londen bereikten, verscheen er een lach op Indira's gezicht. Toen de auto voor het huis in Pont Street stopte, stormde Indira naar buiten en rende de stoep naar de voordeur op.

De deur ging open en daar stond de maharani zelf.

'Ma!' Ik zag hoe Indira zich in de armen van haar moeder stortte.

'Verrassing!' zei de maharani toen ze haar dochter omhelsde. 'Ik wilde het niet zeggen voor het schip veilig in Engeland was aangemeerd. En dat was pas gisteren.'

'Maar hoe? Ik dacht dat het onmogelijk was om te reizen, nu alle schepen zijn geconfisqueerd voor de troepen,' zei Indira toen we naar binnen liepen.

'Dat vertel ik je allemaal nog wel. Het was een heel avontuur!' Ze lachte en toen viel haar blik eindelijk op mij. 'Anni! Wat ben je gegroeid! Wat zeg je, Indira, onze Anni begint een echte schoonheid te worden!'

Ik negeerde haar opmerking en volgde ze naar binnen, de elegante woonkamer in, waar een vuur in de haard was aangemaakt om ons te verwelkomen.

'Ma, vertel me nou eens hoe je die hele reis naar Engeland hebt kunnen maken?' zei Indira toen we zaten en de maharani haar meid had gevraagd thee te brengen.

'Ik zei dat het een noodgeval was en dat ik hiernaartoe moest reizen. Ik heb tegen de resident gezegd dat mijn jongste kind ernstig ziek was in Londen en dat ik moest komen, wat de consequenties ook waren. En daarom stemde de kapitein van een van de Brits-Indiase troepenschepen ermee in mij aan boord te nemen. Hij waarschuwde mij streng dat hij niet kon instaan voor mijn veiligheid,' de maharani lachte, duidelijk heel tevreden met haar avontuur, 'en dat ik misschien in een hangmat naast de soldaten moest slapen! Natuurlijk hadden ze een veel comfortabeler accommodatie voor me en heb ik elke avond heerlijk gegeten met de alleraardigste kapitein en zijn officieren.'

'O, Ma!' riep Indira uit, met opengesperde ogen, 'je had onderweg wel kunnen doodgaan! Je weet hoeveel schepen er al verloren zijn gegaan.'

'Ik weet het, mijn pyari, maar ik kon het niet langer verdragen om mijn dochter niet te zien. En bovendien voer het schip met volle kracht vooruit – op topsnelheid om ons hier te brengen zonder incidenten. We zijn in de helft van de tijd die het gewoonlijk kost hier aangekomen. Maar hoe gaat het met jullie?' Haar blik gleed even over mij en vestigde zich toen weer op haar geliefde dochter.

'Anni en ik zijn zo ongelukkig geweest als de vogels tijdens de moesson,' jammerde Indira. 'Het eten was verschrikkelijk, de kou ondragelijk en iedereen heeft het hier ellendig. Ma, ik geloof niet dat je weet hoe Engeland werkelijk is. Het is een naargeestig, donker land en ik kan niet wachten tot ik weer naar huis kan.'

'Het is in India nu ook heel moeilijk. Veel van onze eigen jongemannen vechten nu voor Engeland in de oorlog.' De maharani zuchtte. 'Het zijn zorgelijke en moeilijke tijden voor ons allemaal. Maar,' zei ze en ze herpakte zichzelf, 'we moeten er het beste van maken. En dat gaan we dus doen, nu ik hier in Londen ben.'

Ze hield woord en het huis vulde zich met gasten uit een Londen dat lang niet meer iets leuks had meegemaakt, gasten die maar wat graag deelnamen aan haar overvloedige stijl van ontvangen. Ze organiseerde etentjes en feesten – al had ik geen idee waar ze delicatessen als kwarteleieren, gerookte zalm en kaviaar vandaan haalde in het in oorlog verkerende Londen.

De maharani was geschokt door de staat van mijn garderobe, die in bijna twee jaar tijd niet meer was aangevuld. Ik was uit vrijwel alles wat ik bezat gegroeid en dus stuurde ze mij met Indira naar Harrods om te kopen wat we maar wilden. Deze keer was ik veel geïnteresseerder in de vrouwenafdeling. Ik was het niet direct met de maharani eens toen ze zo vriendelijk tegen me had gezegd dat ik een 'schoonheid' was geworden, maar ik kon zelf ook zien, als ik de mooie jurken paste en naar mijzelf keek in de spiegel, dat mijn babyvet was verdwenen en er een goed gevormd en heel acceptabel lichaam tevoorschijn was gekomen.

'Anni, je had me moeten schrijven!' zei ze en ze mopperde weer op mij. 'Alsjeblieft, schaam je voortaan niet te vragen om wat je nodig hebt.'

De maharani stuurde me naar een opticien voor een nieuwe bril om de oude te vervangen, die ik onhandig met ijzerdraad had gerepareerd. Indira en ik moesten nodig naar de kapper en kwamen trots uit de salon met ons haar in een moderne bob geknipt. We kregen ook onze eerste manicure van een vrouw die aan huis kwam bij de maharani. Die avond, toen ik naar beneden kwam voor het avondeten, in mijn mooie nieuwe zijden jurk van Harrods, had ik zelfs het idee dat ik een paar bewonderende blikken kreeg van de andere gasten.

Halverwege de vakantie was Indira helemaal door het dolle toen prins Varun op een van de soirees van de maharani verscheen. Hij had twee weken verlof van zijn regiment en was in Londen.

Sinds de laatste keer dat ze elkaar hadden gezien had Indira zich ontwikkeld tot een verbijsterend mooie jonge vrouw. Ik bekeek ze die avond goed en had geen idee of iemand anders aan tafel de vonken opmerkte die tussen hen heen en weer vlogen.

Die avond, na het diner, kwam Indira onze slaapkamer binnen toen ik net onder de dekens kroop. Haar ogen glansden en ze tintelde van top tot teen van opwinding.

'O, Anni, is hij niet knap?' zei ze, toen ze zich in haar volle lengte op haar bed liet vallen en daar lag, met gesloten ogen en een dromerige uitdrukking op haar gezicht.

'Hij ziet er heel goed uit, ja.'

'En weet je wat? Hij wil me nog een keer zien nu hij in Londen is. Echt waar!' Ze sloeg haar handen ineen van verrukking. 'Natuurlijk laat Ma mij nooit alleen gaan. Wil jij, lieve Anni, daarom met mij meegaan om thee te drinken in het Ritz en mij dan bij de ingang van het hotel achterlaten om een uurtje te gaan wandelen? Alsjeblieft?' Ze smeekte. 'Ik heb geen idee wanneer we elkaar weer zien. Ik móét gaan!'

'Indy, nee. Je weet dat je je nóóit alleen met een man mag vertonen. Je bent een prinses, er zijn regels.'

'Dat maakt mij niet uit!' Indira verborg haar gezicht in haar kussen en draaide zich toen om om mij weer aan te kijken, er glinsterde iets in haar ogen. 'We kunnen moeilijk iets doen wat niet mag bij een kop thee en een paar komkommersandwiches. Of wel? Tenzij hij me meeneemt naar boven, natuurlijk...'

'Alsjeblieft, zeg dat niet hardop!' Ik rolde vol afschuw met mijn ogen. 'Als je moeder erachter komt, en dat gebeurt vrijwel zeker, want ze heeft overal spionnen, dan zitten we allebei diep in de problemen.'

'Nou, niets nieuws onder de zon, toch? Wat kan ze doen? Mij weer terug in de purdah stoppen? Alsjeblieft, zeg dat je mij dekt, Anni, alleen deze ene keer!'

'Goed dan.' Ik zuchtte diep. 'Alleen deze ene keer, en geen minuut langer dan een uur.'

'Dank je wel!' Indira sloeg haar armen om me heen, nu ze haar zin had gekregen. 'Je bent echt de beste vriendin die een meisje zou kunnen hebben.'

De volgende middag trokken we allebei kleding aan die paste bij thee in het Ritz en lieten ons er door een chauffeur naartoe rijden. Indira, die op de achterbank naast mij zat, kon haar opwinding nauwelijks intomen. 'Je begrijpt wat je moet doen, hè, Anni? We zeggen tegen de chauffeur dat hij ons om vier uur moet ophalen. En jij doet alsof je naar binnen gaat, maar laat me bij de ingang achter.'

'Ja.' Ik fronste mijn voorhoofd; dit was de honderdste keer dat ze mij dat vertelde. 'Succes,' zei ik toen we uitstapten voor de grote ingang van het Ritz en ik de chauffeur zag wegrijden. Ze wierp me een handkus toe toen ze naar binnen liep. Ik draaide me om en liep in de richting van Green Park. Ik keek er niet naar uit om een uur zoet te moeten brengen, alleen op een bankje in de kilte van een voorjaarsdag in Londen. Ik keek toevallig naar de overkant en zag een elegant, natuurstenen gebouw, waarop stond dat het de Royal Academy of Arts was. Ik stak over en bestudeerde het bord bij de deur. Blijkbaar was er een tentoonstelling van nieuwe kunstenaars, dus ik liep de grote deuren door en de trap op. Binnen was een balie in een indrukwekkende hal.

‘Ik zou graag de tentoonstelling bekijken. Hoeveel is het?’ vroeg ik de vrouw die achter de balie zat.

‘Bent u lid van de Koninklijke Academie?’

‘Nee. Moet dat?’

Ze aarzelde even en antwoordde toen: ‘Ja, dat moet.’

‘Dan spijt het me dat ik u heb lastiggevallen,’ zei ik en ik begon zo elegant als ik kon terug te lopen naar de uitgang. Op dat moment stapten de twee Engelse vrouwen die achter mij hadden staan wachten naar de balie. De receptioniste vroeg of ze lid waren en ze antwoordden, net als ik, dat ze dat niet waren.

‘Dan wordt het vijf shilling per persoon,’ antwoordde de receptioniste. De vrouwen betaalden en gingen naar binnen.

Dat moment, zonder de mantel van Indiase royalty om mijn schouders, maakte ik voor het eerst kennis met rassendiscriminatie in Groot-Brittannië, het land dat honderdvijftig jaar over ons had geheerst. En helaas bleef het daar niet bij.

Vervolgens bracht ik de volgende drie middagen rillend door in Green Park, waar ik wachtte tot Indira klaar was met haar rendezvous met haar prins. Ook al waren Fortnum & Mason en de heerlijkheden van Piccadilly vlakbij, ik was te zeer geschrokken van de reactie van de vrouw in de Royal Academy om ergens alleen naartoe te gaan. Ik besefte hoe vreemd ik er moest hebben uitgezien, zonder context, zonder de rest van het koninklijke gezelschap; met mijn bruine lichaam en gezicht gevat in een westerse jurk werd ik aangestaard als mensen het bankje passeerden waar ik op zat. Ik richtte mijn blik op mijn nieuwe vriend, Thomas Hardy, en concentreerde mij op *Far from the Madding Crowd.*

Als Indira en ik elkaar op de afgesproken tijd bij de zijingang van het Ritz ontmoetten en in de auto stapten om weer naar huis te gaan, verkeerden we in tegengestelde stemmingen: zij genoot van een eerste liefde; ik besefte steeds duidelijker dat ik nergens thuishoorde.

‘O, Anni,’ verzuchtte ze, als ik nogmaals luisterde naar de vloedgolf van superlatieven over haar prins. ‘Ik ben zo verliefd en vandaag vertelde hij mij dat hij ook verliefd is op mij!’

‘Ik ben heel blij voor je, Indy, maar hij is al getrouwd. Dat weet je.’ Ik had wat nader onderzoek gedaan naar Indira’s prins.

'Natuurlijk weet ik dat! Hij is tenslotte een prins. Dat huwelijk was voor hem gearrangeerd voor hij nog maar kon lopen. Het is formeel, dat is alles. Het is geen huwelijk uit liefde.'

'Net zoals jouw huwelijk is gearrangeerd met de maharadja van Dharampur,' herinnerde ik haar bruusk. 'En jij zou het toch zeker niet kunnen verdragen om de tweede vrouw te zijn? Bovendien weten we allebei dat je vader een bijzonder moderne verhouding heeft met je moeder. Prins Varun zou vrijwel zeker van je verwachten dat je in zijn paleis blijft, in purdah, als hij op reis is.'

'Ja, in het begin misschien, voor de vorm,' wierp Indira tegen, 'maar dan zou hij willen dat ik hem zou vergezellen en met hem over de wereld zou reizen, net als Ma met Pa.'

Ik schraapte mijn keel. 'Vertel je me nu dat jij en prins Varun het hierover gehad hebben?'

'Natuurlijk! Hij wil met me trouwen. Vandaag zei hij dat hij vanaf de eerste dag dat hij mij zag had geweten dat we op een dag zouden trouwen.'

Ik staarde haar geschokt aan. Wat Indira mij vertelde was belachelijk. Ze was al met iemand anders verloofd, en een huwelijk dat jaren geleden door twee vorstenlanden en de families die er heersten was gearrangeerd, kon je niet zomaar afblazen.

Ik wist ook maar al te goed dat Indira eraan gewend was haar zin te krijgen, maar dit zou toch ook voor haar een brug te ver zijn. Ik was al net zo woedend op mezelf dat ik hun romance had gefaciliteerd.

'Indy, alsjeblieft,' smeekte ik haar. 'Je moet toch weten dat prins Varun en jij nooit samen kunnen zijn?'

'Zeg dat niet!' zei ze geïrriteerd. 'Natuurlijk is het mogelijk. Alles is mogelijk in de liefde...'

Zoals altijd als ik het niet volledig eens was met Indira's gedachten en gevoelens, trok zij zich van mij terug. Ik had geweigerd om nog langer deel uit te maken van haar bedrog, maar ik wist heel goed dat ze 's middags, als ze tegen haar moeder zei dat ze bij een vriendin op bezoek ging, eigenlijk haar prins opzocht. Ik zou blij zijn als we terug naar school zouden gaan en Indira en ik uit Londen weg zouden zijn.

Een week later vertrok Varun naar zijn regiment en Indira verzonk in een diepe depressie. Ze weigerde haar kamer te verlaten en voerde ziekte op als reden.

Twee avonden voor we naar Eastbourne zouden terugkeren, riep de maharani mij bij zich in de woonkamer.

'Lieve Anni, ik denk dat het tijd is om je toekomst te bespreken.'

'Ja, Uwe Hoogheid.'

Ze wees naar een stoel bij het vuur dat ze altijd in de woonkamer had branden. 'Alsjeblieft, ga zitten. Thee?'

Ik accepteerde een kopje thee en wachtte om te horen wat ze te zeggen had.

'Indira weet het nog niet, maar ik neem haar mee terug naar India als ik over een paar dagen terugga. Haar ziekte de afgelopen dagen heeft mij dat doen besluiten. Ik wil dat mijn familie bij elkaar is in deze moeilijke tijd en India is, in ieder geval voorlopig, een veilig land. Anders dan mijn dochter,' zei ze glimlachend, 'weet ik dat jij het uitzonderlijk goed doet op school. Ik zie al je rapporten. Je bent een slimme meid, dat wist ik al toen je jonger was, en je hebt een goede invloed op Indira.'

Ik probeerde heel hard om niet te blozen en had veel spijt van mijn bedrog de afgelopen twee weken. 'Dank u, Uwe Hoogheid.'

'En nu is het dus tijd om jou te vragen wat jij wilt, Anni. Over een paar weken heb je je eindexamen en de voltooiing van je officiële schooltijd. Voor Indira,' de maharani zuchtte, 'maakt het niet veel uit. Ze zal binnen de komende achttien maanden trouwen met de maharadja van Dharampur. Natuurlijk is er altijd plaats voor jou in mijn huis en ik twijfel er niet aan dat Indira het liefste wil dat jij met haar meegaat naar haar nieuwe paleis als zij trouwt. Maar ik vind dat ik jou moet vragen, Anni, of het jouw wens is om met ons terug te gaan naar India? Of wil je liever in Engeland blijven en je opleiding afmaken?'

'Ik weet het niet, Uwe Hoogheid.'

'Ik heb ook een brief gekregen van Lady Selina in Astbury Hall. Je weet natuurlijk dat zij een goede vriendin is van mijn dochter Minty. Ze zegt dat jij haar hebt geholpen bij haar bevalling.'

'Ja, Uwe Hoogheid, dat is zo.'

'En dus,' vervolgde de maharani, terwijl ze met haar fraai gemanicuurde vingers speelde, 'heeft Selina, mocht je besluiten in Engeland te blijven, je een positie aangeboden op Astbury Hall als verzorgster van haar baby. Het lijkt erop dat ze maar moeilijk een goede verzorgster kan vinden in deze crisis.'

Ik geef toe dat mijn hart een sprongetje maakte bij de gedachte in het huis te wonen waar Donald op een dag naar zou terugkeren, als de oorlog eindelijk voorbij was. 'Dat is heel vriendelijk van haar, en ik zal het zeker overwegen.'

'Het moet natuurlijk je eigen keuze zijn,' ging ze verder, 'maar ik vind dat jouw doelen misschien iets hoger gesteld mogen worden dan het werk van een babyverzorgster.'

Ik wist dat ik slechts enkele seconden had om te begrijpen wat ze precies zei. Deze vrouw, die mij helemaal niet hoefde te vragen wat ik met mijn toekomst wilde doen, maar de goedheid en integriteit bezat om dat toch te doen, bood mij mijn vrijheid. 'Ik mis India verschrikkelijk,' antwoordde ik in alle eerlijkheid. 'En als ik hier zou blijven, dan zou ik Indira ook missen. Ze is als mijn zuster.'

'We missen Indira en onze vrienden allemaal als we weg zijn,' knikte de maharani, 'maar het leven wat je daar zou leiden als volwassen vrouw is misschien niet het leven dat je zou wensen. Ook al zal het mijn dochter verdriet doen dat ze jou moet kwijtraken, zou ik niet willen dat jij de rest van je leven in een zenana zit opgesloten, en niet in staat bent om die scherpe geest van je te gebruiken.' De maharani zuchtte. 'En vergeef me dat ik het zo cru zeg, maar zelfs al ben ik natuurlijk bereid je te helpen, je huwelijksvooruitzichten zijn… beperkt.'

'Ja, dat weet ik.'

'Dus, Anni, het is jouw beslissing. Ik vind het prima als je hier in Engeland wilt blijven en je opleiding wilt afmaken – het zou oneerlijk zijn als je zo hard hebt gewerkt zonder dat te kunnen doen – maar ook als je met Indira en mij terug naar India wilt. Je reis naar huis is al geboekt, maar dat kan ik gemakkelijk ongedaan maken.'

'Uwe Hoogheid, ik heb tijd nodig om na te denken,' antwoordde ik.

'Natuurlijk,' zei ze. 'We praten morgenochtend verder. Laten we hopen dat Indira is hersteld van haar ziekte en kan reizen.'

'Ja.'

Toen ik opstond en naar de deur liep, volgde de maharani mij en legde haar hand op mijn schouder. 'Vergeet niet, Anni, dat ik mijn dochter heel goed ken. Ze lijkt veel te veel op mij. Haar hart heerst over haar hoofd.'

Ik wist dat de maharani mij vertelde dat ze wist van Indira's verliefdheid op prins Varun en dat zou oplossen. Ik was ervan overtuigd dat dat een deel van de reden was waarom ze Indira mee terug nam en ik voelde me opgelucht dat die last van mijn schouders werd genomen.

Die avond ijsbeerde ik in stilte door de slaapkamer waar Indira lag te slapen. Ik was opgewonden door het nieuwe en zeldzame gevoel dat ik mijn eigen beslissingen kon nemen – ik hield mijn lot in mijn eigen handen. Alleen in Engeland blijven en mijn school afmaken zou heel dapper zijn, terwijl als ik terugging naar India met de maharani en Indira, ik de bescherming van de koninklijke familie zou hebben. Ik dacht aan het moment in de Royal Academy of Arts en huiverde. Als Indira's geplande huwelijk echter doorging, zou mijn toekomst, zoals de maharani subtiel had aangegeven, beperkt blijven tot de grenzen van Indira's nieuwe zenana. En ik zou vrijwel zeker de rest van mijn leven ongehuwd blijven.

In Engeland wachtte mij vrijheid en ook – ik dwong mijzelf om eerlijk te zijn over waarom de positie die Selina mij aanbood zo verleidelijk was – Donald.

Ik wist dat we alleen vrienden waren en ik begreep dat, gegeven onze status, we nooit meer konden zijn. Als ik naar India zou teruggaan, zou ik hem echter nooit meer zien.

Uiteindelijk deed ik wat elke jongvolwassene doet als hij of zij een moeilijke beslissing moet nemen: ik legde het voor aan mijn ouders. Ik ging met gekruiste benen op de grond zitten, keek omhoog naar de hemel en vroeg ze wat hun dochter moest doen. Toen wachtte ik op een antwoord...

'Ik heb besloten dat ik in Engeland wil blijven en mijn school wil afmaken.'

De maharani glimlachte naar me. 'Ik dacht al dat dat je antwoord zou zijn, Anni.'

'Ik denk...' Dit was de eerste keer dat ik de gedachten die al een tijdje door mijn hoofd spookten onder woorden bracht. Ze waren afgelopen nacht, toen ik mijn ouders om raad vroeg, uitgekristalliseerd. 'Ik denk dat ik een opleiding tot verpleegster zou willen volgen.'

'Ja, ik begrijp dat dat bij je past, gezien je gaven.' Ze knikte me vriendelijk en geruststellend toe.

'Maar hoe moet het met prinses Indira? We zijn bijna zes jaar lang onafscheidelijk geweest. Ik wil niet dat zij het gevoel heeft dat ik haar in de steek laat.'

'Zoals we allebei weten, Anni, is het hart van mijn dochter op dit moment ergens anders. Ze ziet en voelt niets anders.'

'Ja,' zei ik en we deelden een moment van wederzijds begrip.

'Laat haar aan mij over, Anni, en vertrouw erop dat ik de situatie regel. Ik denk dat het goed is als jij je eigen leven in handen neemt. Ik zal je een maandelijkse toelage sturen, die genoeg moet zijn om in je behoeften te voorzien en als je wilt, schrijf ik aan Selina om haar te vertellen dat je haar aanbod aanvaardt.'

'Ja, maar, Uwe Hoogheid, alleen voor de zomer,' zei ik. 'Daarna wil ik mij graag als verpleegster aansluiten bij de Voluntary Aid Detachment en helpen in de oorlog.'

'Dat is heel bewonderenswaardig van je, Anni, en het bereidt je goed voor op de toekomst. Goed, dus dat is wat je wilt?'

'Ja. Ik kan u niet genoeg bedanken voor alles wat u voor mij hebt gedaan. U bent zo ruimhartig geweest en zo goed.' De tranen sprongen in mijn ogen en ik beet op mijn lip om ze terug te dringen.

'Liefste Anni, vergeet niet dat ik je moeder heb beloofd om voor je te zorgen toen ze jou aan mij toevertrouwde. Ik wil dat je onthoudt dat ik er voor je ben, in haar plaats. Als er iets is wat je nodig hebt, beloof me dat je me schrijft, want ik weet niet hoelang het zal duren voor we elkaar weer zien. Kom.'

De maharani spreidde haar armen en omhelsde me. 'Ik houd van je alsof je mijn eigen vlees en bloed bent, lieve Anni. Aarzel nooit mijn hulp te vragen, als je die in de toekomst nodig mocht hebben.'

'Dank u, Uwe Hoogheid,' fluisterde ik door mijn tranen heen. Ik dankte de hemel dat deze geweldige vrouw – zo'n zeldzame combinatie van kracht en goedheid – in mijn leven was gekomen. Op dat moment voelde ik mij oprecht gezegend.

Zoals de maharani al had voorspeld, was Indira niet erg onder de indruk toen ik haar vertelde dat ik in Engeland bleef om mijn school af te maken.

'Je schrijft toch wel?' vroeg ze. 'Elke dag?'

'Misschien niet elke dag, want ik moet hard studeren,' zei ik glimlachend, 'maar wel heel vaak.'

Toen mijn koffer werd gesloten en naar beneden werd gedragen, keek ze mij opeens aan. 'Ik dacht dat je het vreselijk vond hier in Engeland. Waarom zou je in vredesnaam willen blijven?'

'Omdat ik weet dat het de juiste beslissing is,' antwoordde ik.

Pas nadat ik de maharani een afscheidskus had gegeven en Indira nog één laatste keer tegen mij aan had gedrukt, nadat ik achter in de auto was gestapt die mij bij hen weg zou voeren – misschien wel voorgoed – besefte ik hoe reusachtig de beslissing was geweest die ik had genomen.

ASTBURY HALL

2011

16

Ari zat in zijn auto, aan de kant van de weg die zich door Dartmoor slingerde en sloeg gefrustreerd met zijn vuist op de tomtom. Niet dat dat zou helpen, dat wist hij ook wel. Hij was het signaal al zo'n tien minuten geleden kwijtgeraakt – en dat was ook meteen de laatste keer dat hij iets had gezien wat op een bord leek. Hij was verdwaald.

Omdat hij niets beters wist om te doen, stapte Ari de auto uit en ademde de frisse heidelucht diep in. Het was een warme dag voor Engelse begrippen en toen hij over het glooiende landschap uitkeek, waardeerde hij de schoonheid die zijn overgrootmoeder zo levendig in haar verhaal had beschreven. De rust trof hem nog het meest; nauwelijks een zuchtje wind, de stilte werd alleen doorbroken door de roep van een buizerd die boven het ruwe, lege heidelandschap vloog – hij betwijfelde of het veranderd was sinds de tijd dat Anahita hier voor het laatst was.

Als gevolg van zijn hectische werkschema in Londen, in combinatie met een jetlag, had Ari haar verhaal nog niet uitgelezen. Wat hij in het vliegtuig had gelezen had hem echter voldoende geïntrigeerd om een auto te huren, naar Devon te rijden en zelf eens een kijkje te nemen in Astbury Hall. Nog voor hij zijn bestemming had bereikt, had hij al een vermoeden wat daar had plaatsgevonden.

Toen hij daar stond en over de *moors* uitkeek, besefte Ari dat de dagen die komen gingen de eerste vakantie zouden zijn die hij in vijftien jaar had genomen. Zelfs als hij erachter zou komen dat het verhaal van zijn overgrootmoeder niet de moeite waard was om te onderzoeken, dan zou het hem in ieder geval de tijd geven om zijn eigen gedachten te ordenen voor hij terugging naar het zootje wat hij in India van zijn leven had gemaakt.

Omdat… het ook jouw toekomst is.

Anahita's laatste woorden hadden weer in zijn hoofd geklonken toen hij die ochtend naar Devon was gereden.

Ari stapte weer in en startte de auto. Hij zou gewoon net zo lang moeten rijden tot hij een dorp tegenkwam waar hij de weg kon vragen. Hij had voor de verandering eens geen deadline die hij moest halen, dus hij leunde achterover, ontspande zich en begon van het landschap te genieten.

Een uur later stopte hij voor een smeedijzeren hek en tuurde naar de oprit die erachter lag. Vanaf de weg was geen gebouw te zien, maar hij zag wel dat het hek stevig op slot zat en er een beveiliger naast stond. Toen hij zich afvroeg wat hij moest doen, stopte er een witte bestelbus aan de andere kant van het hek. De beveiliger knikte en opende het hek om het busje door te laten.

'Alles in orde, vriend?' vroeg de man in het busje toen hij langs Ari reed.

'Ja, dit is toch Astbury Hall?'

'Jazeker, en een nachtmerrie om te vinden. Ik heb net wat extra kabels afgeleverd en het kostte me ruim een uur om er te komen. Komt u voor de opnames?'

'Ja,' loog Ari.

'Als u op zoek bent naar Steve Campion, de productiemanager, moet u de oprit volgen en dan rechts afslaan als u bij het huis bent. Hij is op de binnenplaats.' De chauffeur reed verder. Toen het hek zich begon te sluiten, besloot Ari er snel doorheen te rijden.

'Ik hoorde dat ik Steve Campion op de binnenplaats kon vinden,' zei hij tegen de beveiliger.

De wacht knikte ongeïnteresseerd en wuifde hem door. Toen hij door het park dat het huis omringde reed, vermoedde Ari dat het landgoed nu voor zakelijke doelen werd gebruikt, misschien als hotel of congrescentrum. Dat was in ieder geval zo gegaan met veel van de grote oude paleizen in India.

Toen Astbury Hall eindelijk verscheen, was het niet alleen de grootsheid van het gebouw dat maakte dat Ari naar adem hapte. Op de stoep stond een aantal mannen met hoge hoed en in rokkostuum en vrouwen in vroeg-twintigste-eeuwse avondjurken. Er stond een oude Rolls-Royce voor het huis geparkeerd met een man ernaast in een ouderwets chauffeursuniform.

Ari ging langzamer rijden en knipperde met zijn ogen, want wat hij voor zich zag leek uit een andere tijd te zijn overgewaaid. Pas toen hij de camera's rond de mensen opmerkte, grinnikte hij en begreep dat de man in het witte bestelbusje het over een film had gehad, niet over een ziekenhuisopname.

Hij zag iemand dringend naar hem zwaaien en gebaren dat hij naar rechts, om het huis heen, moest rijden. Ze zaten duidelijk midden in de opname van een scène. Toen hij deed wat hem gevraagd werd, kwam Ari terecht op een binnenplaats die bruiste van de activiteit. Hij vond een parkeerplaats voor zijn auto, stapte uit en liep langs een menigte medewerkers en acteurs die in kostuum in de rij stonden voor een cateringwagen. Niemand lette op hem. Hij zag een open deur aan de zijkant van het huis en liep voorzichtig een halletje in, waarna hij in een enorme, verlaten keuken stond.

Ari staarde naar de lange, geschuurde grenen tafel, het ouderwetse aanrecht en de piano die tegen de muur stond. Naast de open haard stond een tot op de draad versleten stoel. Hij vroeg zich af of dit dezelfde keuken was waar Anahita bijna honderd jaar geleden in had gezeten.

'Kan ik u helpen?'

Een vrouwenstem deed hem opschrikken uit zijn gedachten.

Een stevig gebouwde vrouw van middelbare leeftijd keek hem vragend aan. 'Er is hier geen eten te krijgen, mijn beste, alle filmmensen eten buiten bij de cateringwagen. En achter het huis staan toiletten,' voegde ze eraan toe.

'Neem me niet kwalijk,' zei Ari, 'ik hoor niet bij de film.'

'Wat doet u dan in mijn keuken?'

'Ik ben gekomen om Astbury Hall te zien.'

'Het huis is niet open voor het publiek, dus dat kan niet.' Ze staarde hem aan en haar ogen vernauwden zich argwanend. 'U bent toch niet een van die journalisten, hè? Hoe bent u binnengekomen? Er zou een beveiliger bij het hek staan.'

'Nee, nee,' zei Ari snel. Hij vroeg zich af hoe hij zijn aanwezigheid in hemelsnaam zou moeten verklaren. 'Het gaat om een... familieband. Daarom ben ik hier.'

'Echt?'

'Ja. Een van mijn familieleden heeft heel lang geleden op Astbury Hall gewerkt.'

'Wie dan?'

'Haar naam was Anahita Chavan.'

'Nooit van gehoord,' antwoordde de vrouw.

'Het is meer dan negentig jaar geleden dat ze hier was. Ik ben een paar dagen voor zaken in Engeland en ik dacht dat het interessant was om het huis te zien waarover ik zoveel heb gehoord.'

'Dus u liep gewoon maar naar binnen?'

'Neem me niet kwalijk, ik wist niet aan wie ik het moest vragen. Is er een huidige Lord Astbury?'

'Jazeker, maar hij heeft het veel te druk om u te ontvangen zonder afspraak.'

'Natuurlijk.' Ari begreep het. 'Kunt u hem dan misschien dit geven?' Hij haalde een visitekaartje uit zijn binnenzak. 'Mijn mobiele telefoonnummer en e-mailadres staan erop.'

Toen ze het kaartje stond te bekijken, werd Ari gewaar dat er nog iemand in de keuken was. Hij draaide zich naar de deur naar de gang en zag een jonge vrouw, lang, slank en beeldschoon, staan. Ze droeg een ouderwetse jurk van de zachtste zijde, die elegant rond haar slanke enkels viel.

'Stoor ik, Mrs. Trevathan?'

Ari hoorde dat de jonge vrouw met een licht Amerikaans accent sprak.

'Nee, liefje, helemaal niet. Deze meneer ging net weg.' De oudere vrouw richtte zich weer tot Ari. 'Lord Astbury heeft geen e-mail en gebruikt zijn telefoon zelden. Ik stel voor dat u uw verzoek op schrift stelt en dat aan hem stuurt. Goed, Rebecca, wat kan ik voor je doen?'

'Ik vroeg me af of u antihistamine heeft? Mijn neus jeukt en mijn ogen tranen. Bloeit de alsemambrosia hier op dit moment?'

'Ik weet niet wat alsemambrosia is, maar juni is zeker hooikoortstijd. His Lordship heeft er soms ook last van.' Mrs. Trevathan liep naar een kast en haalde een plastic doosje uit een la. Ze vond de tabletten en gaf het doosje aan de jonge vrouw.

'Dank u, Mrs. Trevathan. Ik neem er een bij de lunch. Ik moet zo weer op.'

'Het spijt me dat ik u heb lastiggevallen,' zei Ari. 'Ik zal doen wat u voorstelde en Lord Astbury schrijven. Tot ziens.' Hij volgde de jonge vrouw naar de deur. 'Mag ik?'

'Dank u,' zei ze en toen hij de deur voor haar openhield, keek ze keek hem aan met haar reusachtige bruine ogen.

'Vergeef me als ik brutaal ben,' zei Ari toen ze in de felle zon van de binnenplaats stapten, 'maar u komt me zo bekend voor. Is het mogelijk dat wij elkaar ergens hebben ontmoet?'

'Dat betwijfel ik,' antwoordde ze. 'Veel mensen schijnen te denken dat ze mij kennen. Hoort u bij het productieteam?'

'Nee, ik ben hier vanwege mijn familie. Ik had een familielid dat lang geleden in dit huis heeft gewerkt. Ik zou heel graag met Lord Astbury praten, maar ik krijg het gevoel dat dat moeilijk gaat worden.'

'Mrs. Trevathan is heel beschermend over hem, dus dat gevoel van u klopt,' antwoordde de jonge vrouw toen ze naast Ari's auto stilstonden.

'Dat is heel jammer,' zei Ari, 'want hij is misschien wel geïnteresseerd in een stukje familiegeschiedenis waar hij niets over weet. Nou ja, ik zal doen wat die vrouw in de keuken voorstelde en mijn verzoek op schrift stellen.'

'Ik zie Lord Astbury regelmatig, dus misschien kan ik zeggen dat u hier was?'

'Dat zou bijzonder behulpzaam zijn, want ik denk niet dat ik nog heel lang in Engeland ben.' Hij haalde een pen en nog een visitekaartje uit zijn binnenzak en schreef er iets op. 'Kunt u hem dit geven? Dit ben ik, Ari Malik, en de naam van mijn overgrootmoeder die hier gewerkt heeft. Je weet nooit, misschien heeft hij wel van haar gehoord.'

Toen Ari de deur van zijn auto opende, bekeek de vrouw het kaartje. 'Anahita Chavan. Zeker, Mr. Malik, ik zorg dat hij dit krijgt.'

'Dank u.' Toen, in een opwelling, pakte hij de plastic dossiermap met het verhaal van zijn overgrootmoeder van de achterbank. Hij scheidde de bladzijden die hij al gelezen had van die die hij nog moest lezen en gaf ze aan haar. 'Misschien kunt u hem dit ook geven? Het is een fotokopie van een deel van het levensverhaal van mijn overgrootmoeder. Het geeft een beeld van Astbury Hall en zijn bewoners in de jaren twintig van de vorige eeuw.'

'Dat is de periode waarin het verhaal speelt dat wij hier opnemen,' zei ze en ze pakte de bladzijden van hem aan. 'Brengt het nog lijken in de kast van Astbury aan het licht? Volgens mij heeft dit huis een heleboel geheimen.'

'Ik ben nog niet aan het eind van het verhaal, maar ik heb wel het gevoel dat dat zo is, ja.' Ari glimlachte naar haar.

Hij stapte in de auto. 'O, dat is ook wat, ik heb uw naam niet meegekregen.'

'Rebecca, Rebecca Bradley. Ik zie u vast nog, Mr. Malik.' En met een glimlach en een opgestoken hand zweefde ze bij hem vandaan.

Ari keek haar na in de achteruitkijkspiegel. Hij vroeg zich nog steeds af waarom ze hem zo bekend voorkwam. Ze was zeker een schoonheid, hoewel hij eigenlijk niet zo van blond hield, dacht hij toen hij de auto van de binnenplaats af reed en over de oprit terugreed, om op zoek te gaan naar het dichtstbijzijnde hotel.

Toen ze klaar was met filmen voor die dag, liep Rebecca door de hal naar de donkere studeerkamer, waar de enige telefoon in het huis stond. Ze sloot de deur achter zich, ging zitten in de versleten leren fauteuil en draaide Jacks nummer. Het was tien uur 's ochtends in LA en zelfs Jack zou nu wel in het land van de levenden zijn.

'Hallo?' Zijn bekende stem klonk slaperig.

'Ha, ik ben het, Rebecca.'

'Jezus, Becks! Ik begon me af te vragen of je nog wel leefde.'

'Ik heb voicemailberichten ingesproken, Jack. Heb je ze niet gekregen?'

'Ja hoor... Hoe is het? Regent het daar?'

'Nee, waarom?'

'Het regent toch altijd aan de andere kant van de grote plas, of niet soms?'

'Niet altijd, nee,' antwoordde ze, geïrriteerd door zijn opmerking. 'Hoe gaat het bij jou?'

'Ach, je weet wel, scripts doornemen, op zoek naar een goed project – ik heb een paar dingen die er oké uitzien, maar mijn agent is niet tevreden over mijn betaling.'

'Wat jammer.'

'En jij, Becks? Mis je me?'

'Natuurlijk. Ik zit hier in een schitterend huis waar de media me niet kunnen vinden. Het is heel erg rustig. Het filmen gaat goed en volgens mij is Robert Hope wel blij met hoe ik tot nu toe heb gespeeld.'

'Goed zo, goed zo. Hoelang blijf je nog?'

'Nog een maand, denk ik.'

'Dat is heel lang, lieverd. Hoe moet ik het zonder jou uithouden?'

'Je redt het wel, Jack,' flapte ze eruit.

'Nou, misschien vlieg ik wel naar je toe. We hebben tenslotte plannen te bespreken, data te prikken.'

'Jack, ik...' Rebecca's stem stierf weg en ze zuchtte. Hij leek voor het gemak te zijn vergeten dat de media hen verloofd hadden verklaard en zij hem nog geen definitief antwoord had gegeven. 'Laten we zien hoe het gaat, goed? Mijn filmschema is zo dichtgetimmerd de komende weken. Je weet toch hoe dat is?'

'Ja, natuurlijk, maar ik mis je echt, schat.'

'Ik jou ook. Ik moet nu gaan, ik probeer je in het weekend weer te bellen.'

'Ja, doe dat, alsjeblieft. Het voelt idioot dat ik je niet te pakken kan krijgen als ik je wil spreken. Weet je zeker dat dat echt komt doordat je daar geen bereik hebt?'

'Natuurlijk, Jack. Daar zou ik toch niet over liegen. Luister, ik moet echt gaan.'

'Oké, ik houd van je.'

'Ik ook van jou. Dag!'

Rebecca legde de hoorn op de haak en liep langzaam naar boven, naar haar kamer. Ze viel met een zucht op de stoel naast de open haard. Wat mankeerde haar toch? Een paar maanden geleden was ze nog hopeloos verliefd op Jack. En nu kon ze het nauwelijks opbrengen om met hem te praten, laat staan om lieve dingen tegen hem te zeggen of te zeggen dat ze hem miste.

Misschien, zei ze tegen zichzelf, kwam het omdat ze zich in de hoek gedreven voelde. Als een hert in het licht van de koplampen, ze voelde zich gevangen. En hier in Engeland verkeerde ze in het gezelschap van mannen die zichzelf veel minder serieus leken te nemen dan Jack.

Rebecca had er nooit aan kunnen wennen dat hij meer vochtinbrengers en huidverzorgingsproducten gebruikte dan zij. Ze giechelde bij de gedachte dat Lord Anthony zoiets zou doen. Waarschijnlijk was zijn enige concessie aan persoonlijke verzorging de aanschaf van een scheerapparaat dat hij al sinds hij zich begon te scheren gebruikte.

Dat herinnerde haar eraan dat ze Anthony moest opzoeken en hem het kaartje van Mr. Malik en de papieren die hij haar had toevertrouwd moest geven. Ze keek uit het raam en zag dat Anthony in de tuin bezig was met het snoeien van de rozen. Ze verliet haar kamer en liep naar beneden, naar het terras. Toen ze naar buiten kwam, zag hij haar en liep door de tuin en het terras op naar haar toe.

'Hoe is het, Rebecca?'

'Het was een goede dag,' zei ze. 'En jij?'

'Ach, zijn gangetje,' zei hij vriendelijk.

'Heeft Mrs. Trevathan het nog over de bezoeker gehad die hier eerder vandaag was?'

'Nee, wie?'

'Een jonge Indiër, Ari Malik, die ons vertelde dat een familielid van hem hier lang geleden heeft gewerkt. Hij vroeg me of ik je deze bladzijden wilde geven. Ze zijn geschreven door zijn overgrootmoeder over haar tijd in Astbury Hall, begin twintigste eeuw. Ze heette zo.' Rebecca gaf hem het visitekaartje en Anthony bestudeerde het.

'Anahita Chavan… ik ben bang dat er geen bellen gaan rinkelen. Als ze een bediende was, dan moet haar naam in de oude leggers waarin het loon van het personeel werd bijgehouden te vinden zijn. Ze liggen in de bibliotheek.'

'Misschien dat deze bladzijden je meer vertellen. Mr. Malik zei dat je ze misschien zou willen lezen.'

Anthony wierp er een blik op en Rebecca zag dat hij aarzelde. 'Niet echt mijn ding, om in de familiegeschiedenis te duiken. Wat heeft het voor zin om het verleden te herbeleven als het zoveel pijn doet?'

'Het spijt me, Anthony, ik wilde je niet van streek maken.'

'Vergeef me.' Anthony herpakte zich en glimlachte vaag. 'Ik heb er al moeite mee om met het heden om te gaan.'

'Ik begrijp het. Zou je het erg vinden als ik ze lees? Het geeft me misschien meer inzicht in de tijd waarin Elizabeth leefde.'

'Elizabeth?'

'Mijn personage in de film,' verduidelijkte Rebecca.

'O, natuurlijk. Zeker, ga je gang,' stemde Anthony in. 'Misschien wil je mij het plezier doen eens een drankje met mij te drinken als je opnameschema dat toestaat?'

'Natuurlijk. Heel graag.'

'Ik kijk ernaar uit. Tot dan,' zei hij toen hij het kaartje dat ze hem gegeven had in zijn zak stak en weer de traptreden van het terras af liep naar zijn dierbare tuin.

Rebecca bracht het volgende half uur door met toekijken hoe het dorpsfeest werd gefilmd. Het was gesitueerd in het park voor het huis. Jonge kinderen – inwoners van de omringende dorpen – renden opgewonden tussen de verschillende opgestelde kramen heen en weer en Rebecca zag de verpleegster die ze de eerste dag in de keuken had gezien een oude vrouw in een rolstoel voortduwen. Ze keek vol bewondering toe hoe Marion Devereaux – een legendarische Britse actrice – een lange, ingewikkelde dialoog in één enkele perfecte take voltooide.

Ze geeuwde opeens en keerde terug naar haar kamer. Ze rolde zich op op het bed en nam nog een half uur haar tekst door. Toen werd haar aandacht getrokken door de plastic map die Ari Malik haar gegeven had.

Toen ze weer opkeek, zag ze dat het voorbij middernacht was. Ze kroop onder de dekens en viel onmiddellijk in slaap. Ze droomde die nacht van maharadja's, robijnen en een exotische Indiase prins met blauwe ogen...

17

De volgende drie nachten was het weer warm en droog, met een volle, witte maan die helder scheen in de met sterren gevulde hemel. Robert had daarom besloten om de nachtscènes op te nemen, en het was steeds later dan twee uur in de nacht als Rebecca moe haar bed had opgezocht. Deze nacht zag het ernaar uit dat het nog later zou worden. Ze zuchtte toen ze naast James zat te wachten op het moment dat ze samen in de oude Rolls-Royce zouden vertrekken om stiekem te trouwen.

'En dan zeggen ze dat acteren een prachtig vak is,' zei James, geeuwend in de duisternis. 'Ik zou graag met je weglopen, Becks, wanneer je maar wilt, maar het zeven keer overdoen om één uur 's nachts en dan bij elke take niet verder komen dan dertig meter is een beetje te veel van het goede. Wat een belachelijke manier om je geld te verdienen.'

'We zijn tenminste buiten, op een schitterende locatie, niet ergens in een benauwde studio in een oud gebouw in Hollywood,' herinnerde Rebecca hem.

'Zeker, zeker. Is het dus mogelijk dat ons Amerikaanse schatje verliefd wordt op Engeland? Ik zag je laatst in de tuin met onze gastheer praten. Wat is hij voor iemand? Hij lijkt nogal gereserveerd.'

'Anthony is heel aardig. Hij is alleen een beetje verlegen, denk ik.'

'Aha, het is al Anthony? Niet Lord Astbury? Gezellig hoor,' zei James plagend. 'Wat dacht je van een titel, Becks? Je zou in de voetstappen treden van je rijke Amerikaanse voorouders. Veel erfgenamen ruilden hun familiefortuin in voor een plaats in de Britse aristocratie. Lady Rebecca Astbury, klinkt eigenlijk best goed,' plaagde hij haar verder.

'Haha,' mopperde Rebecca zachtjes, toen de geluidstechnicus aangaf dat ze eindelijk klaar waren.

'Twintig seconden!'

'Het lijkt mij dat dit oude krot wel wat Amerikaans fortuin kan gebruiken. Pas maar op, schat. Misschien is Lord Anthony wel uit op je geld!'

'Tien seconden!'

'Hij is lief, maar echt niet mijn type,' fluisterde Rebecca.

'Vijf seconden!'

'Wat is je type dan?'

Rebecca had geen tijd om te antwoorden, want het klapbord sloeg dicht voor het windscherm en James reed de auto nogmaals over de oprit.

Na een paar minuten kondigde de assistent-regisseur aan dat het er eindelijk op stond en dat ze klaar waren voor die avond. Steve hield de deur voor Rebecca open en ze stapte uit de auto.

'Alles in orde?' vroeg hij.

'Ja, dank je.'

'Ik ben bang dat je morgenochtend weer vroeg aan de bak moet, maar daarna hebben we een paar dagen vrij voor het weekend,' zei hij toen ze met zijn drieën de enorme stoep beklommen naar de voordeur van het huis. 'Vind je het goed om hier in het huis te blijven, of zal ik Graham vragen je naar Londen te brengen?'

'Ja! Ga met mij mee naar Londen,' stelde James voor. 'Ik laat je de stad zien.'

'Dat is lief van je, maar ik heb volgende week een zwaar programma,' legde Rebecca uit. 'Ik denk dat ik lekker hier blijf en rustig mijn tekst leer. Misschien kan ik wat rondkijken in de omgeving.'

'Geen probleem. Graham is beschikbaar om je weg te brengen waar je maar naartoe wilt,' verzekerde Steve haar. 'Goed dan. Ik zie je morgenochtend om zes uur.'

'Weet je zeker dat je niet met mij mee wilt, Becks?' vroeg James. 'Ik vind het geen prettig idee dat je hier alleen bent met de mysterieuze Lord Astbury en de plaatselijke versie van Mrs. Danvers,' plaagde hij. 'Nou, als je van gedachten verandert, ik vertrek morgenmiddag zodra de opnames klaar zijn.'

'Dank je. Welterusten, James,' antwoordde ze en ze ging naar binnen om bij de Garderobe haar kostuum uit te trekken. Misschien was het omdat ze zo moe was, maar ze had helemaal geen zin om Astbury Hall te verlaten. Bovendien wilde ze niet riskeren dat James en zij samen gezien werden. Er zou onmiddellijk een foto van hen samen de wereld over gaan.

De acteurs en de crew verlieten de volgende middag rond theetijd het huis en Rebecca maakte van de gelegenheid gebruik om eens lekker lang in het bad te gaan liggen. Ze besloot dat ze Graham zou vragen haar morgen naar de dichtstbijzijnde plaats te rijden, zodat ze wat extra kleren kon kopen en sterkere medicijnen voor haar hooikoorts.

Ze kwam uit bad en liep door de gang naar haar kamer, waar Mrs. Trevathan op haar stond te wachten.

'Ik heb je wat van mijn zelfgemaakte kamillethee gebracht.'

'Dank u,' zei Rebecca.

'Het zal je helpen om te ontspannen na je lange week. His Lordship heeft je ook uitgenodigd voor een drankje op het terras vanavond. Hij zei dat jullie het daar eerder deze week over hebben gehad.'

'Ja, dat is zo. Hoe laat?'

'Half acht? En hij zei dat je ook welkom bent om daarna samen met hem te dineren, als je dat wilt,' voegde Mrs. Trevathan eraan toe.

'Niet vanavond, dank u. Mijn hooikoorts speelt op dit moment heel erg op.'

'Arm ding. Nou, een nacht goed slapen doet wonderen. Ik zal His Lordship zeggen dat je om half acht beneden bent.'

Rebecca dronk de heerlijke kamillethee en verdiepte zich een uur lang in de scènes die ze de komende week zou spelen. Toen kleedde ze zich aan, pakte een trui en ging naar beneden naar het betegelde terras dat zich over de volle breedte van het huis uitstrekte.

Anthony zat aan een smeedijzeren tafel aan de kant van het terras die het mooiste uitzicht bood op de bloementuin en het uitgestrekte gazon en park erachter. 'Goedenavond,' zei hij en hij glimlachte toen hij opstond en een stoel voor haar naar achteren schoof.

'Dank je,' zei Rebecca en ze ging zitten. 'Wat een schitterende zonsondergang. De natuur doet heel erg haar best voor ons. Ik heb eigenlijk nooit goed naar de hemel gekeken voor ik naar Astbury kwam. De sterren lijken hier zo helder.'

'Misschien zie je dat niet zo goed in een stad,' zei Anthony. Hij schonk uit een karaf een amberkleurige drank met fruit en ijs in haar glas.

'Wat drinken we?' Rebecca keek er achterdochtig naar.

'Pimm's, dat is wat wij Engelsen drinken op een zeldzame zwoele zomeravond als deze. Er zit een heleboel limonade in, dus het stijgt niet naar je hoofd.'

Rebecca zette het glas voorzichtig aan haar lippen en nam een slokje. 'Het is heel lekker. Dank je,' zei ze.

'Daar ben ik blij om. Mrs. Trevathan zei dat je last hebt van hooikoorts.'

'Ja, dat heb ik al van kinds af aan en soms is het echt zwaar. Ik heb trouwens gisteravond de eerste pagina's gelezen van het verhaal dat Mr. Malik hier heeft achtergelaten en die zijn geschreven door een familielid van hem dat hier gewerkt heeft. Tot zover geen lijken.' Rebecca glimlachte. 'Maar Donald, je grootvader volgens mij, komt er wel in voor.'

'Echt?' Anthony nam nadenkend een slokje van zijn Pimm's. 'Ik heb in de personeelsleggers gekeken in de bibliotheek, maar ik kan geen spoor vinden van iemand die Anahita Chavan heette in de periode die je noemde.'

'Volgens haar verhaal heeft ze wel degelijk hier gewerkt, al is het maar kort,' ging Rebecca verder. 'Ze was kindermeisje voor Eleanor, de dochter van de zuster van je grootvader.'

'Selina Fontaine. Volgens wat ik begrepen heb van mijn moeder was zij het zwarte schaap van de familie. Ze trouwde met een of andere Franse graaf en is naar Frankrijk verhuisd. Daarna is ze vrijwel nooit meer terug geweest.'

'Dat verbaast me,' zei Rebecca. 'Ze klinkt in het verhaal als een aardig iemand. Neem me niet kwalijk dat ik het zeg, Anthony, maar ik begrijp niet dat je niet meer wilt weten over het verleden van je familie. Ik zou het geweldig vinden als ik ook maar iets meer over die van mij zou kunnen vinden.'

'Vergeef me als ik het niet met je eens ben,' antwoordde hij. Hij klonk geprikkeld. 'In het geval van mijn familiegeschiedenis is het beter om geen slapende honden wakker te maken, zoals Mrs. Trevathan altijd tegen mij zegt.'

'Dat mag zo zijn, maar wat ik gelezen heb heeft zich bijna honderd jaar geleden afgespeeld. Het kan toch zeker geen kwaad om iets meer te weten te komen over de mensen die hier vóór jou woonden?'

Anthony staarde in de verte en wendde zich toen tot haar.

'Dus jij denkt dat het mij zou helpen, Rebecca?'

'Ik...' Ze keek naar hem. De uitdrukking in zijn ogen deed haar denken aan een kind dat zijn moeder om advies vraagt. Ze haalde haar schouders op. 'Misschien is het Amerikaans, maar ik wil altijd graag de feiten kennen,' antwoordde ze.

'Goed, misschien heb je gelijk en zou ik dit verhaal waar je zo enthousiast over bent toch eens moeten lezen,' stemde hij uiteindelijk in.

'Mijn verontschuldigingen, Anthony, het gaat mij helemaal niet aan. Ik wil me er echt niet mee bemoeien.'

'Leek die Mr. Malik een aardige vent?'

'Nou, hij zag er niet uit of hij meer van je wilde dan een gesprek over zijn overgrootmoeder,' bevestigde Rebecca.

'Ik zal erover nadenken. Heb je dit weekend plannen?' zei Anthony. Hij veranderde abrupt van onderwerp. 'Ik moet zeggen dat ik het wel weer even prettig vind om het huis voor mezelf te hebben.'

'Dat begrijp ik heel goed. Ik beloof dat ik je morgen ook niet meer tot last zal zijn,' zei ze snel. 'Ik vraag Graham, mijn chauffeur, om mij naar de dichtstbijzijnde plaats te brengen. Ik heb nog wat extra kleren nodig. Ik heb zo weinig meegenomen en het is hier warmer dan ik verwacht had. Ik wilde ook een beetje rondkijken in de buurt. Is er iets speciaals waarvan je denkt dat ik het moet zien?'

'Natuurlijk, maar toen ik zei dat ik het huis weer voor mezelf wilde hebben, bedoelde ik daarmee niet jou. Ik zou het zelfs leuk vinden om je zelf de omgeving te laten zien. Ik denk niet dat iemand dit deel van de wereld beter kent dan ik.'

'Echt, Anthony, dat hoeft niet,' verzekerde Rebecca hem. 'Ik weet zeker dat je helemaal geen zin hebt om dit weekend de gids uit te hangen.'

'Nee, ik sta erop. Werkelijk. Ik vind jouw aanwezigheid hier helemaal niet bezwaarlijk en het zou mij een genoegen zijn. Mrs. Trevathan zegt dat je te moe bent om vanavond met mij te dineren. Zullen we dan afspreken dat we elkaar morgenochtend om, zeg, tien uur op het terras treffen?'

'Oké, als je het zeker weet,' stemde Rebecca in, 'maar ik wil je echt niet tot last zijn.'

'Het is helemaal geen last. Vertel me nu eens hoe het met de film gaat.'

Rebecca vertelde hem over de film, blij om te zien dat de eerdere spanning van Anthony's gezicht verdween toen hij zat te luisteren.

'Natuurlijk is de echte ster van de show Astbury Hall zelf. Iedereen voelt zich bevoorrecht om hier te mogen zijn en het huis gaat er prachtig uitzien op het witte doek.'

'Het huis verdient in ieder geval zijn onderhoud eens, voor de verandering,' verzuchtte Anthony. 'Het is wel ironisch dat het feit dat er geen fondsen waren om het te moderniseren het nu zo geschikt maakt als setting voor jullie film.'

'Ik vind het hier heerlijk, Anthony, hoe ouderwets de badkamer ook is,' voegde ze er lachend aan toe.

'Echt? Meen je dat?'

'Ja, echt,' bevestigde ze.

'Dat vind ik fijn.' Er trok een uitdrukking van bijna kinderlijk genoegen over Anthony's gezicht.

Toen Mrs. Trevathan op het terras verscheen om te zeggen dat Anthony's diner klaar stond, voelde Rebecca zich schuldig dat ze blij was dat ze de trap op kon lopen voor een rustige, lichte maaltijd in haar eentje.

Toen Rebecca de volgende ochtend wakker werd, voelde ze zich brak en had ze zo'n hoofdpijn dat ze zich afvroeg of ze gisteravond toch te veel alcohol had gedronken. Hoe sterk was die Pimm's eigenlijk? Mrs. Trevathan verscheen klokslag negen uur in haar kamer en zette een blad met thee, toast en een gekookt ei op haar schoot. Rebecca zat rechtop in bed en voelde zich misselijk. Ze probeerde iets van het ontbijt te eten, maar slaagde daar nauwelijks in. Ze nam wat ibuprofen voor haar hoofd, trok een T-shirt en jeans aan en ging naar beneden.

'Goedemorgen!' Anthony zat al op het terras op haar te wachten. 'Zullen we?'

Ze liepen met zijn tweeën naar de voorkant van het huis, waar een stokoude Range Rover stond geparkeerd. 'Stap maar in. Het spijt me dat het niet is wat je gewend bent,' zei hij verontschuldigend.

Rebecca stapte in de auto terwijl Anthony de motor startte. Ze was verbaasd over het nooit-veranderende uniform van haar gastheer, een geruit overhemd en een stokoud tweedjasje. Misschien waren het de enige kleren die hij bezat. Ze hoopte dat Mrs. Trevathan ze af en toe waste.

'Ik wilde je meenemen naar Ashburton. Er zijn daar een paar winkels, al heb ik geen idee of wat ze daar verkopen jouw smaak is,' merkte Anthony op toen ze wegreden. 'Dan rijden we naar Widecombe-in-the-Moor en lunchen daar in de pub. En daarna wil je misschien Dartmoor zien? De beste manier is te paard, maar misschien rijd je niet?'

'Ik ben dol op paardrijden,' zei Rebecca, die helemaal opleefde bij de gedachte. 'Ik moest het leren voor een rol die ik een paar jaar geleden in een film speelde. Die speelde zich af in Montana en ik heb het geleerd van een paar echte cowboys. Ik ben dus bang dat mijn rijstijl niet zo gelikt is als wat jullie hier gewend zijn.'

'Wel, wel, kijk eens aan,' zei Anthony, duidelijk verbaasd. 'Jammer genoeg zijn onze stallen niet meer wat ze geweest zijn. Ik verhuur ze aan het meisje dat de plaatselijke rijschool leidt. In ruil daarvoor houdt zij een paar van mijn paarden daar. Ik was nooit zo'n goede ruiter toen ik jong was, en mijn rug speelt de laatste tijd wat op, dus ze krijgen niet veel beweging. Voel je dus alsjeblieft vrij om een van de paarden mee naar buiten te nemen terwijl je hier bent. Het zou mij echt helpen als je dat deed.'

'Weet je wat? Misschien doe ik dat wel!' stemde Rebecca in.

'Ik heb overigens nog nagedacht over wat je gisteravond zei. Ik heb vanochtend contact opgenomen met Mr. Malik en hem gevraagd om morgenmiddag in het huis te komen lunchen. Op één voorwaarde,' voegde Anthony eraan toe.

'En die is?'

'Dat jij erbij bent. Jij bent tenslotte degene die mij overhaalde hem te ontmoeten.'

'Natuurlijk, dat doe ik graag,' knikte Rebecca. 'En, Anthony, als Mr. Malik morgen komt lunchen, denk ik dat je misschien het begin van het verhaal van zijn overgrootmoeder moet lezen voor hij komt. Het is fascinerend.'

Anthony wierp een nerveuze blik op haar. 'Beloof je mij dat er echt geen lijken in de kast van mijn familie zitten die mij zouden kunnen choqueren?'

'Echt niet, in ieder geval niet in wat ik tot nu toe heb gelezen. Het grootste deel gaat over Anahita's kindertijd in India. Ik had echt het gevoel een andere wereld te betreden die ik graag zou willen bezoeken. Ze woonde in een schitterend paleis als metgezel van een prinses voor ze samen naar Engeland kwamen, voor kostschool.'

'Dat is dan waarschijnlijk de band met de familie,' dacht Anthony hardop tijdens het autorijden. 'Ik weet dat mijn overgrootvader resident was in Cooch Behar State voor hij overleed.'

'Ja. En ik krijg het gevoel dat hij van India hield en dat je overgrootmoeder, Maud, het er vreselijk vond.'

'Dat weet ik. Jammer genoeg was er niet veel waar zij het mee eens was. Zeker niet met ons mannen,' voegde hij er met emotie aan toe.

'Ik denk dat je het gewoon zelf moet lezen.'

'Dat zal ik doen. En ik laat Mrs. Trevathan weten van die lunch morgen. Goed,' zei Anthony toen hij de auto parkeerde in een mooie drukke straat, 'laten we gaan winkelen.'

De ochtend bleek veel plezieriger uit te pakken dan Rebecca had verwacht. Ze liep in de zon, met haar mannelijke beschermer naast zich en met haar pas geverfde haar en genoot van de vrijheid zich in het openbaar te kunnen bewegen zonder te worden herkend. Nadat ze een paar winkels was binnengegaan en ze een paar nieuwe shirts had uitgezocht, en nadat ze meer antihistaminetabletten had gehaald bij de drogist, reden ze naar Widecombe-in-the-Moor.

Ze zaten buiten in de zon op het terras van The Rugglestone Inn en aten een verse krabsalade.

'Het is bijna een ansichtkaart van hoe ik mij Engeland voorstelde,' zei Rebecca. Ze keek naar de kleine huisjes die verspreid stonden langs de smalle straat. 'En nu we het er toch over hebben, misschien verstuur ik er wel een paar.'

'Het is zeker een mooi deel van de wereld. En het is goed voor mij om het met nieuwe ogen te bekijken. Ik heb nooit veel gereisd en ik denk dat je dan het bekende niet meer echt ziet.'

'Werd jij ook naar kostschool gestuurd toen je klein was, net als je grootvader Donald?' informeerde Rebecca.

'Nee. Ik ben thuis opgevoed. Mijn moeder hield niet van kostschool,' zei hij.

'Echt? Dat verbaast me. Van het filmscript en mijn onderzoek naar de periode had ik begrepen dat het een soort overgangsritueel was voor alle jongens uit Britse families als de jouwe.'

'Moeder zou me veel te veel hebben gemist. Je kunt je misschien voorstellen hoe eenzaam ze was geweest als ze alleen door het huis had gelopen.'

'Natuurlijk.' Het was Rebecca opgevallen dat er een soort meisjesachtigheid over hem kwam als hij over zijn moeder sprak. Ze vroeg zich opeens af of de reden waarom Anthony nooit getrouwd was, was dat hij homoseksueel was. 'Nou, na wat ik over kostschool heb gehoord, begrijp ik dat je goed bent weggekomen. Ik kan niet begrijpen waarom iemand een kind wil en het dan wegstuurt.'

'Moeder vond het altijd een grap dat wij jonge Britten werden weggestuurd naar school om ons geschikt te maken om het rijk te besturen. Tegen het eind van de jaren vijftig, toen ik een jongen was, was er geen rijk meer over.' Hij zuchtte. 'En toch hoor ik van alle kanten dat kostschool tegenwoordig veel vriendelijker is. Ze hebben nu zelfs warm water.'

'Ik zou het nooit ook maar overwegen voor een van mijn kinderen.' Rebecca huiverde.

'Zoals je al terecht opmerkte, het is traditie. Goed, misschien vind je het leuk om vanmiddag een rit over Dartmoor te maken?'

Na de lunch voelde Rebecca zich weer misselijk en merkte ze ook dat haar hoofdpijn terugkwam. 'Misschien morgen. Ik voel me nog steeds nogal moe.'

'Zullen we dan teruggaan? Dan laat ik je de familiekapel zien,' stelde hij voor. 'Hij is ontworpen door Vanbrugh, een beroemde Engelse architect. Hij zit verborgen in het huis, achter de lange galerij.'

'Ja, als je dat niet erg vindt, Anthony,' antwoordde Rebecca.

Twintig minuten later, terug in het huis, volgde Rebecca Anthony over de elegante lange galerij. Hij bleef staan voor een eiken deur en gebruikte een enorme sleutel om die te openen.

Rebecca stapte naar binnen en keek vol verwondering omhoog naar een hoog oprijzend woud van vergulde zuilen die eindigden onder een kleine koepel waarvan de zijkanten waren versierd met wolken en cherubijnen.

'Wat mooi,' fluisterde ze en ze wendde zich tot Anthony.

'Ja, maar helaas wat verwaarloosd. Ik kom hier zelden. Alsjeblieft,' zei hij en hij ging zitten in een kerkbank, 'loop gerust een beetje rond.'

Dat deed Rebecca. Ze genoot van de rustige sfeer en voelde het gewicht van de geschiedenis die de kapel bevatte. Ze keek omlaag naar de uitgesleten marmeren vloer, een tastbaar bewijs van de vele zielen die hier door de jaren heen troost waren komen zoeken.

Ze draaide zich om en keek naar Anthony. Hij staarde voor zich uit, duidelijk diep in gedachten verzonken. Toen ze hem daar zo alleen zag zitten, voelde ze zijn kwetsbaarheid. Ze liep naar hem toe en ging naast hem zitten in de kerkbank. 'Geloof je in God, Anthony?'

'Mijn overgrootmoeder Maud was heel religieus. Zij heeft mijn moeder opgevoed als strenge katholiek. Omdat Maud nog leefde toen ik werd geboren, gebeurde dat ook met mij. Persoonlijk geloof ik er niet in. Nooit gedaan ook, om eerlijk te zijn, al deed ik alsof als zij erbij was. Ben jij gelovig?'

'Ik ben nooit zo met religie bezig geweest. Het was geen onderdeel van mijn jeugd, in ieder geval.'

'Het was nogal een groot onderdeel van de mijne, al heb ik er nooit dieper over nagedacht dan jij. Het was gewoon een routine en betekende niets voor mij. Doodsaai, als een natuurkunde- of wiskundeles. Eerlijk gezegd zie ik alleen de ellende die godsdienst door de eeuwen heen heeft veroorzaakt. En Mauds obsessieve gedrag heeft mijn familie ook weinig goed gedaan. Ze was geen... warm iemand. Maar ja.' Hij wendde zich tot Rebecca met een droevige glimlach. 'Ben je uitgekeken?'

'Ja. Dank je wel dat je me hier mee naartoe hebt genomen. Ik voel me bevoorrecht dat ik het heb mogen zien.'

'Het genoegen is geheel aan mij,' verzekerde hij haar ernstig.

'Waar liggen je voorouders begraven?' vroeg Rebecca. Ze hoopte dat het niet in een gewelf onder hun voeten was.

'In wat ik beschouw als een afschuwelijk gebouwtje in een bosje in het park. Ik kan je nu meenemen naar het mausoleum, als je dat wilt,' bood Anthony aan toen ze terugliepen over de lange galerij.

'Eerlijk gezegd heb ik een zware hoofdpijn. Misschien een andere keer.'

'Goed. Ik hoop dat je je goed genoeg voelt om mij en onze jonge Indiase vriend morgen te vergezellen. Mrs. Trevathan verzorgt altijd een behoorlijke lunch.'

'Ja, natuurlijk. Ik voel me vast beter als ik gerust heb.'

'Rebecca, ik...' Anthony keek haar even aan en schudde toen zijn hoofd. 'Niets. Ik hoop dat je je morgen beter voelt. Is er iets wat je nodig hebt?'

'Alleen wat slaap.'

'Ik ga weer naar mijn tuin. Bedankt voor de plezierige dag.'

Anthony liep in de richting van het terras en Rebecca ging naar boven. Ze sloot de deur achter zich, nam wat ibuprofen en ging op haar bed liggen. Ze verlangde er even naar dat ze in een hotel was en een niet-storen-bordje aan haar deur kon hangen. Ze sloot haar ogen en deed haar best zich te ontspannen.

18

'Rebecca? Rebecca?'

Ze hoorde hoe een stem haar riep. Toen ze haar ogen opende, zag ze Mrs. Trevathan die op haar neerkeek.

'Je hebt meer dan drie uur geslapen. Ik dacht dat ik je maar wakker moest maken, want het is bijna zeven uur, en je krijgt anders later nooit je rust als je nog meer slaapt. Ik heb thee en scones voor je.'

'O… dank u wel.' Rebecca voelde zich gedesoriënteerd en verward.

'His Lordship zei dat je last had van hoofdpijn. Heb je nog iets nodig? Je ziet erg bleek, lieverd.'

'Nee, het gaat wel, dank u,' antwoordde Rebecca. Ze zwaaide haar benen over de rand van het bed en liep naar de tafel. 'Ik voel me veel beter nu ik geslapen heb.'

'Zal ik de thee voor je inschenken?'

'Alstublieft.'

'Ik hoor dat we morgen een extra gast voor de lunch hebben. Jij hebt His Lordship blijkbaar verteld over die Indiër die hier laatst was.'

'Ja, dat heb ik gedaan.' Rebecca zag de afkeuring die op het gezicht van Mrs. Trevathan geschreven stond. 'Is dat een probleem?'

'Nee, nee. Het is alleen zo druk op het moment. Ik denk dat we er gewoon niet aan gewend zijn dat onze routine zo verstoord wordt.'

'Dat kan ik me voorstellen,' zei Rebecca meelevend. Ze zweeg even. 'Anthony is zo aardig voor me. Hij lijkt me alleen erg eenzaam. Het gaat me natuurlijk niet aan, maar ik vroeg me af… heeft Anthony ooit een vriendin gehad?'

'Niet echt, nee. Ik denk dat je zou kunnen zeggen dat His Lordship is wat ze een verstokte vrijgezel noemen. Hij is een bijzonder iemand.' Mrs. Trevathan glimlachte in zichzelf.

'Ik weet niet of ik altijd alleen door het leven zou willen gaan,' verzuchtte Rebecca en ze nam een slokje van haar thee.

'Nou ja, ieder het zijne, zeg ik altijd maar. We kunnen niet allemaal gelukkig zijn in de liefde, nietwaar? Bovendien heeft hij altijd mij als gezelschap. Goed dan, ik laat je weer met rust.'

'O, dat is waar ook, ik had beloofd om Anthony het manuscript te geven dat ik van Mr. Malik had gekregen, zodat hij het voor morgen kon lezen.' Rebecca pakte de stapel papieren van het nachtkastje naast het bed en gaf ze aan Mrs. Trevathan.

Ze keek er argwanend naar. 'Wat moet dit voorstellen?'

'Het gaat voornamelijk over het leven in India. En, natuurlijk, ook over Astbury Hall.'

'Aha. Er staat toch niets in wat His Lordship van streek kan maken? Hij is erg...' Ze zocht naar het juiste woord. '... gevoelig, en ik wil niet dat hij gekwetst wordt.'

'Nee, niets.'

'Wat wil die Indiër eigenlijk, denk je?' drong Mrs. Trevathan aan.

'Hij wil alleen meer weten over het verleden van zijn overgrootmoeder. Wat zou het anders kunnen zijn?'

'Niets... niets,' mompelde Mrs. Trevathan. Ze was duidelijk niet overtuigd. 'Goed, ik laat je nu echt met rust.'

Toen Rebecca de heerlijke scones opat, dacht ze na over de bezitterige manier waarop Mrs. Trevathan over Anthony sprak. Je zou haast denken dat ze man en vrouw waren. Zij deed tenslotte alle huishoudelijke taken die een vrouw van oudsher uitvoert, en ze waren duidelijk al heel lang samen. Rebecca vroeg zich vervolgens af hoe Mrs. Trevathan het zou vinden als er opeens wél een andere vrouw op de proppen kwam. Ze kon zich er niet aan onttrekken dat zij hun relatie vreemd vond. Hij was zo... intiem, ze leunden allebei enorm op elkaar, maar stonden toch zo ver van elkaar af. Misschien, dacht ze met een grimas, waren veel huwelijken zo.

Rebecca zette haar lege bord op het blad en zette dat buiten de deur, als teken dat ze niet gestoord wilde worden. Ze ging in de stoel zitten en probeerde er rationeel over na te denken hoe haar leven eruit zou zien als ze met Jack getrouwd was. Er zou geen meester-en-dienaar-verhouding zijn, omdat zij gelijkwaardig waren. Was dat eigenlijk mogelijk? Jacks ego was zo groot als de Titanic, en omdat haar eigen ik minder uitgesproken was en het haar natuur was om conflict tegen elke prijs uit de weg te gaan, ging ze ervan uit dat zij het zou zijn die het eerste zou toegeven.

Rebecca stond op en nam een bad. Vervolgens kroop ze met haar script in bed. Ze vond het moeilijk om zich te concentreren. Haar gedachten gingen steeds weer naar Jack en zijn aanzoek. Uiteindelijk, toen haar oogleden zwaar werden en ze bijna in slaap viel, besefte ze dat het enige wat ze zeker wist was dat ze niet klaar was om zich levenslang vast te leggen.

'Ah, Rebecca, ik wilde net Mrs. Trevathan naar boven sturen om je te roepen.' Anthony stond op van de eettafel om haar te begroeten. 'Je ziet er veel beter uit vandaag. Is de hoofdpijn over?'

'Ja, gelukkig wel, dank je,' beaamde Rebecca toen ze de kamer binnenliep.

'Jullie hebben elkaar volgens mij eerder ontmoet. Rebecca, dit is Mr. Malik,' zei Anthony.

'Hallo,' zei Rebecca. Ze glimlachte en stak haar hand uit naar Ari.

'Rebecca,' zei Ari ietwat opgelaten. 'Ik moet me verontschuldigen voor het feit dat ik laatst volhield dat ik je ergens van kende. Later besefte ik pas wie je bent.'

'Echt, dat geeft niet. Het is weer eens wat anders,' zei ze lachend.

'Ik zag toevallig pas gisteren een foto van jou en je verloofde in een krant,' vervolgde Ari. 'Mag ik je feliciteren?'

'Bedankt.' Rebecca bloosde ongemakkelijk.

'Ben je verloofd?' Anthony staarde Rebecca verbaasd aan. 'Dat wist ik niet.'

'Ik... ja.'

'Oké. Zullen we gaan zitten?' zei Anthony bruusk. 'Mr. Malik, ik weet niet of het eten naar uw smaak is. Mijn huishoudster kookt nogal traditioneel Engels.'

'Alstublieft, noem mij Ari. En maak je geen zorgen, ik ben aan Engels eten gewend geraakt toen ik op Harrow zat.'

'Zat je op Harrow?' Anthony leek nogal onder de indruk.

'Ja, mijn ouders vonden dat een Engelse opleiding de beste in de wereld was. En dus...'

Ari praatte verder, maar zijn woorden gingen aan Rebecca voorbij, omdat haar nu pas opviel hoe knap hij eigenlijk was. Hij had dik, golvend zwart haar dat glansde met een blauwe gloed in het zonlicht dat door het raam naar binnen viel. Het was zo lang dat het net over de kraag van zijn overhemd viel, maar hij zag er toch mannelijk uit. Zijn huid was licht honingbruin en hij droeg een onberispelijk geperst en gesteven wit overhemd. Het waren echter vooral zijn ogen waar Rebecca door werd aangetrokken – ze wist niet hoe ze de kleur zou moeten beschrijven, want ze waren blauw, maar bevatten ook groene en amberkleurige vlekjes. Ze deden haar denken aan wat ze zag toen ze als kind in haar caleidoscoop keek.

'Wat denk jij, Rebecca?' vroeg Anthony haar.

'Neem me niet kwalijk.' Ze richtte zich met moeite weer op de conversatie. 'Ik ben bang dat ik dat even gemist heb.'

'Ik zei tegen Ari dat sinds de neergang van het Britse rijk veel van onze tradities in de wereld niet meer zo hoog in aanzien staan als vroeger.'

'Nou, daar ben ik niet zo zeker van.' Rebecca glimlachte. 'Wij Amerikanen houden nog altijd van jullie Britten. Ik bedoel, kijk naar mij: hier ben ik, ik maak een film over jullie aristocratie voor de Amerikaanse markt.'

'Rebecca heeft gelijk,' zei Ari. 'Veel van de gewoonten die in mijn land het meest zijn ingesleten komen van die tientallen jaren Britse overheersing. Tegenwoordig denk ik echter dat wij ze hoger houden dan jullie zelf doen. Kijk maar naar cricket,' plaagde hij.

'Woon je in India?' vroeg Rebecca, toen Mrs. Trevathan de soep voor hen neerzette.

'Ja, ik woon in Mumbai, maar ik ben ook veel in het buitenland.'

'Wat doe je precies?' vroeg Anthony.

'Mijn bedrijf biedt technologische oplossingen aan andere bedrijven. We ontwerpen software op maat.'

'Echt? Ik vrees dat ik een dinosaurus ben,' zei Anthony. 'Ik heb niet eens een computer en dat zal ook nooit gebeuren. Ze jagen me angst aan, als ik eerlijk moet zijn.'

'En toch kan mijn zesjarige neefje net zo snel van programma wisselen op een computer als hij de bladzijden van een boek kan omslaan,' zei Ari. 'Of je het nu wilt of niet, de digitale wereld heeft ons leven onherroepelijk veranderd.'

'Het mijne niet,' antwoordde Anthony zonder rancune. 'Zoals je misschien is opgevallen, zijn mijn huis en ik allebei hopeloos ouderwets en dat houden we zo. En nu gaan we eten. Eet smakelijk!'

Tijdens de lunch zat Rebecca stil te luisteren hoe de mannen over Engelse en Indiase geschiedenis praatten en over de vreemde, maar blijvende verbondenheid die die had voortgebracht.

Na het eten zei Anthony: 'Zullen we voor de koffie naar de zitkamer gaan?'

Toen ze daar eenmaal zaten en Mrs. Trevathan koffie voor de mannen had ingeschonken en kamillethee voor Rebecca, pakte Anthony de bladzijden van een bureau en gaf ze terug aan Ari.

'Dank je dat ik dit heb mogen lezen. Ik vond het fascinerend, zeker het inzicht dat het bood in het India van 1911. Het is de wereld waar mijn overgrootvader deel van uitmaakte.'

'Ja, ik heb ook een heleboel over mijn eigen cultuur geleerd van deze bladzijden,' knikte Ari.

'Maar,' vervolgde Anthony, 'ik zie nog niet wat dit verhaal te maken heeft met mijn familie of met Astbury Hall.'

'Nee, dat begrijp ik,' zei Ari. 'Nu ik het verhaal van mijn overgrootmoeder helemaal heb uitgelezen, kan ik je verzekeren dat er zeker een grote relevantie bestaat.'

'Je overgrootmoeder beschrijft dat ze hier werkte, maar ik zei al tegen Rebecca, ik heb geen enkele vermelding van haar gevonden in de personeelsleggers uit die periode.'

'Het zou me niets verbazen als je geen spoor van haar terugvindt in de documenten van Astbury Hall. Helaas had haar tijd hier voor geen van de betrokkenen een gelukkige afloop.'

'Dan weet ik niet of ik het wel wil weten,' merkte Anthony op.

'De reden waarom ik naar Astbury ben gekomen was eigenlijk om te zien of je mij kon helpen het ontbrekende stukje van de legpuzzel van mijn eigen familiegeschiedenis te vinden,' zei Ari.

'En wat kan dat zijn?'

'Om een lang verhaal kort te maken, Anahita kreeg, kort na de dood van Violet Astbury, te horen dat haar eigen zoon was overleden. De rest van haar leven heeft ze geweigerd dat te accepteren.' Hij wees naar de map waarin de rest van het verhaal was opgeborgen. 'Het is gecompliceerd, maar volgens mij legt zij het allemaal veel beter uit dan ik ooit zou kunnen. Zou je de rest ook willen lezen?'

'Misschien.' Anthony stond abrupt op, duidelijk van streek. 'Rebecca, je zei gisteren dat je wel een ritje over de moors zou willen maken.'

'Ja, dat is zo.'

'Rijd jij paard, Ari?' informeerde Anthony.

'Ja.'

'Waarom gaan jullie dan niet even uitwaaien? Ik heb werk te doen in de tuin.'

'Het is zo'n mooie dag, dat lijkt me heerlijk,' zei Rebecca. 'Wil je met mij meegaan, Ari?' drong ze aan. Het was duidelijk dat Anthony hen weg wilde hebben.

'Ja, natuurlijk, als jullie dat allebei willen. De lunch was heerlijk, Anthony, bedankt voor je gastvrijheid,' zei Ari. Hij begreep de hint en volgde Rebecca door de kamer naar de openslaande deuren die op het terras uitkwamen. 'Ik heb alleen geen laarzen of rijkleding bij me.'

'Als je naar links gaat, vind je de stallen iets verderop,' zei Anthony. 'Zeg maar tegen Debbie dat ik jullie gestuurd heb. Zij heeft rijkleding voor jullie. Geniet ervan.'

'Dank je,' zei Rebecca. 'Tot straks.'

'Ik heb hem duidelijk van streek gemaakt,' zei Ari toen ze buiten gehoorsafstand waren.

'Misschien weet hij meer dan hij wil zeggen?' Ze haalde haar schouders op.

'Mogelijk. Logeer jij hier bij hem?'

'Ja. Ik weet dat Anthony een beetje vreemd overkomt, maar hij is heel vriendelijk en gastvrij voor mij. Dank je wel dat je mee wilde paardrijden, trouwens,' zei ze toen ze bij de stallen aankwamen. 'Ik denk dat hij even alleen wilde zijn.'

'Het plezier is geheel aan mijn kant.' Ari glimlachte naar haar.

'Wacht hier even. Dan ga ik Debbie zoeken,' zei ze en ze liep langs de paarden, terwijl ze hun fluwelige neuzen aaide.

Debbie, het stalmeisje, gaf Rebecca een slanke schimmelmerrie en Ari een vosruin. Toen ze de paarden opzadelde, wees ze hen de weg naar de moors. 'Volg gewoon het pad als je daar bent,' adviseerde ze. 'Als je het terrein niet kent, zou ik niet van de paden gaan. Het kan je anders eindeloos veel tijd kosten voor je de weg terugvindt. Ik ben hier tot een uur of zes,' zei ze toen ze met zijn tweeën de stal uit reden.

'Wat een prachtige middag,' merkte Ari op. 'Het Engelse klimaat is zo mild – het wordt zelden extreem. Net als de mensen die er wonen,' voegde hij er licht ironisch aan toe.

'Ik herinner me dat je overgrootmoeder vrijwel hetzelfde schreef. De Engelsen zijn in ieder geval veel minder demonstratief dan wij Amerikanen.'

'En wij Indiërs ook. Maar ik ben hier opgeleid, en ik heb geleerd mijn emoties te beheersen.' Hij lachte. 'Goed,' zei hij toen ze de rand van de moors bereikten. 'Hoe voel je je? Zin in een galopje?'

'Ik probeer het, maar als ik je niet kan bijhouden, moet je maar gewoon doorrijden als je dat wilt.'

Ari tikte met zijn been tegen de flank van zijn paard en de vosruin galoppeerde weg. Rebecca drukte zacht met haar kuiten en volgde hem, maar in een iets rustiger tempo. Toen ze zich zekerder begon te voelen, verhoogde ze de snelheid en al snel vloog ze naast hem voort. Geen van hen zei een woord toen de paarden voort daverden. Uiteindelijk, toen ze alle vier buiten adem waren, zag Ari een beekje dat door een spleet in de heidevelden stroomde.

'Zullen we de paarden daar wat laten drinken en van dit schitterende landschap genieten?' stelde hij voor.

'Prima,' antwoordde Rebecca. Ze stapte af en leidde haar schimmel naar de rand van de beek. Ze plofte neer in het ruwe gras en staarde omhoog naar de wolkeloze hemel. Ari deed hetzelfde en ze lagen naast elkaar in een stilte die prettig aanvoelde.

'Hoor je dat?' zei Ari.

'Wat?'

'Precies.' Hij lachte naar haar. 'Niets.'

'En ik vind het heerlijk.' Rebecca zuchtte. 'Hoelang ben je nog in Engeland?'

'Ik geef het nog een paar dagen om te zien of Anthony zin heeft om meer van Anahita's verhaal te lezen. Ik kan zelf nog wat onderzoek ter plaatse doen om te proberen haar zogenaamde verloren zoon te vinden. Het kwam trouwens wel goed uit. Ik moest even weg uit India.'

'Waarom dat?'

'Ik denk...' Ari zuchtte. 'Ik was op een keerpunt aangekomen, in elk aspect van mijn leven. Misschien heb ik wel een vroege midlifecrisis, maar alles wat ooit belangrijk was, was dat opeens niet meer.'

'Weet je ook hoe dat kwam?' vroeg Rebecca hem voorzichtig.

'Helaas, ja. Ik ben een geweldige vrouw kwijtgeraakt, omdat ik zo vol was van mijn carrière en succes. Pas achteraf kan ik zien wat ik had en wat ik kwijt ben.'

'Waarom kun je haar dat dan niet vertellen?'

'Ze is twee weken geleden met iemand anders getrouwd. Ik kan het haar niet kwalijk nemen dat ze het met mij heeft opgegeven. Ze stond de hele tijd naast me toen ik mijn bedrijf opbouwde en ik heb haar gewoon niet gezien,' verzuchtte hij verdrietig. 'Nou ja, gedane zaken nemen geen keer en het helpt niet om achterom te kijken.'

'Ik ben hier niet gekomen om antwoorden te vinden,' zei Rebecca en ze kwam wat overeind en steunde haar hoofd op haar handen, 'maar ik heb er wel een paar gevonden.'

'Zoals?' drong Ari aan.

Rebecca zuchtte. 'Het moet tussen ons blijven, maar ik heb besloten dat ik nog niet wil trouwen.'

'Oké. Geeft dat geen problemen? Ik begreep uit de berichten in de kranten dat de wereld je huwelijk al aan het voorbereiden is.'

'Ja. Maar ik heb dat probleem liever nu dan over vijf jaar een akelige scheiding. Misschien kunnen Jack en ik nog een tijdje verloofd blijven.' Rebecca rolde op haar buik en trok aan het ruwe gras. 'Maar ik weet niet of dat het antwoord is.'

'Houd je van hem?' vroeg Ari.

'Ik... ik weet het niet meer.'

'Zorg dat je het zeker weet voor je iets beslist.' Ari ging op zijn rug liggen, sloot zijn ogen en vouwde zijn armen onder zijn hoofd. Rebecca keek naar hem en weer vond ze hem heel erg aantrekkelijk. Ze was tegelijkertijd opgelucht en een beetje teleurgesteld dat hij duidelijk had gemaakt dat hij treurde over het verlies van iemand die hij had liefgehad. Hij was niet in haar geïnteresseerd, zoveel was duidelijk. Ook zij rolde zich op haar rug en sloot haar ogen. Ze liet deze wonderlijke toestand op zich inwerken. Nadat mannen jarenlang bij de eerste gelegenheid voor haar waren gevallen, was het verfrissend dat Ari alleen maar leek te willen praten.

'Je glimlacht,' zei hij opeens. 'Waarom?'

Ze opende haar ogen en zag dat Ari op haar neerkeek. 'Ik voel me rustig en gelukkig.'

'Genieten van het moment, zullen alle goeroes je vertellen, is het geheim van een gelukkig leven. Ga je mee nog een stukje rijden? Ik wil nog wel een eindje.'

'Natuurlijk,' zei ze en ze stapten weer op hun paard.

'Eens kijken,' Ari speurde de horizon af, 'als dit de beek is die mijn overgrootmoeder beschrijft in haar verhaal, dan moet het huisje vlakbij zijn. Laten we eens zien of we het kunnen vinden.'

Rebecca volgde Ari van het pad af, de heide op. Iets leek hem de weg te wijzen, want na slechts een paar minuten zoeken zagen ze al de schoorstenen van een gebouw dat half verscholen lag in een dalletje te midden van de ruige omgeving.

'Dat is het,' zei Ari. 'Ik weet het zeker.'

'Wat?'

'Het huisje waar Anahita woonde. Kom!'

'Ik dacht dat ze in het huis woonde. Je kunt het niet maken dat je zoiets zegt en me niet vertelt wat je bedoelt!' riep ze toen Ari ernaartoe reed.

'Ik vertel het je zo!' riep hij over zijn schouder. Rebecca draafde achter hem aan, de helling af en naar de voorkant van het huisje.

'Dit moet het zijn,' zei Ari toen hij van zijn paard sprong. 'Laten we eens een kijkje nemen.' Hij hielp Rebecca afstappen en liep met haar naar het hek. De tuin was allang overgenomen door heide en wilde planten.

'Het is bijna alsof de moors het weer hebben opgeëist,' zei hij toen hij met al zijn kracht het hek openduwde. 'Het lijkt erop dat hier jaren niemand heeft gewoond. Misschien wel sinds Anahita hier was, negentig jaar geleden,' merkte hij op toen hij het gras platstampte om een pad voor hen te maken naar de voordeur.

Elke centimeter van het huisje was overdekt met klimop. Hij probeerde die met zijn handen weg te trekken van de ramen, maar het was ondoordringbaar. Toen probeerde hij de deur en gebruikte al zijn kracht om die door de klimop heen open te duwen, maar dat lukte evenmin.

Rebecca stond te wachten, tot haar middel in bramen en gras, toen plotseling een diepe kleur haar aandacht trok tussen het struikgewas. Ze duwde de takken opzij en schrok toen ze een kleine, perfecte roos zag, identiek van kleur aan de roos die Anthony haar had gegeven toen ze net op Astbury was aangekomen. Toen ze zich vooroverboog om beter te kijken, zag ze dat er meer knoppen aan de plant zaten, die dolgraag wilden bloeien, en ze voelde opeens verdriet dat iets wat zo mooi was toch kon bloeien in de verstikkende chaos die het omringde.

'Misschien moeten we een ruit inslaan?' stelde hij voor. 'Of misschien is er aan de achterkant nog een deur?'

'Ik denk niet dat we met geweld naar binnen moeten gaan,' zei Rebecca nerveus. 'Iemand is de eigenaar.'

'Ja, Anthony,' zei Ari.

'Laten we hem dan om een sleutel vragen,' zei Rebecca. Ze wilde weg. Er was iets met dit huisje wat haar een heel ongemakkelijk gevoel gaf.

'Ik loop even om naar de achterkant om te zien of ik daar kan binnenkomen.' Ari draaide zich om en liep langs haar heen naar het hek.

'We moeten terug,' zei ze. 'Het is al na zessen en we hebben Debbie beloofd dat we terug zouden zijn.'

Ari keek op zijn horloge. 'Ja, je hebt gelijk. We weten nu tenminste waar het huisje is. Misschien kan ik Anthony om toestemming vragen om terug te komen en er rond te kijken.'

'Wat wil je vinden?' vroeg ze hem toen ze weer op hun paard

klommen. Ze voelde een grote opluchting toen ze weg draafden van het huisje.

'Of er iets binnen is wat nog wijst op de aanwezigheid van mijn overgrootmoeder.'

'Dat kan toch bijna niet, als het negentig jaar geleden was?'

'Je hebt waarschijnlijk gelijk, maar ik zou mijn nieuwsgierigheid toch graag bevredigen.'

Toen ze terug waren bij de stallen, droegen ze de paarden over aan Debbie, met uitgebreide verontschuldigingen omdat ze haar hadden laten wachten, en liepen terug naar het huis. Toen ze de treden naar het terras op liepen, zag Rebecca dat Anthony aan het werk was in de ommuurde tuin. Hij wenkte hen.

'Mooie rit?' vroeg hij.

'Ja. Bedankt dat we de paarden mochten gebruiken,' zei Ari.

'Geen probleem. Die arme dieren krijgen tegenwoordig te weinig beweging. Voel je vrij om ze mee te nemen wanneer je maar wilt. Hoelang ben je nog hier?'

'Ik weet het niet,' zei Ari.

'Ik heb nagedacht terwijl ik hier aan het spitten was. Ik moet me niet verstoppen voor het verleden van mijn familie. Ik zal het verhaal van je overgrootmoeder uitlezen. En als ik het uit heb, praten we verder.'

'Dank je, daar ben ik blij om. Dan wacht ik tot ik van je hoor.'

'En voel je ondertussen vrij om op het terrein van Astbury rond te lopen. Het is in deze tijd van het jaar op zijn mooist. Voor nu groet ik je.' Anthony trok zich weer terug in de tuin.

Rebecca grijnsde naar Ari. 'Pas maar op. Als je hier morgen terugkomt, beland je misschien wel in de film.'

'Ik denk het niet, tenzij er opeens een rol is voor een Indiase bediende. Goed, ik ga ervandoor. En bedankt, Rebecca. Het is volledig aan jou te danken dat Anthony mij heeft willen ontvangen.'

'Geen probleem. Tot gauw, Ari.'

'Ja, dat hoop ik.' Hij glimlachte toen hij wegliep.

19

'Gaat het, Rebecca?' vroeg James toen ze maandagochtend vroeg op de set stonden. 'Je lijkt niet je gewone vrolijke zelf.'

'Ik weet het niet.' Rebecca keek naar haar trillende handen en ze wist dat die trilling niets te maken had met zenuwen voor de scène die ze zouden opnemen. 'Ik voel me een beetje raar, ook al heb ik een paar dagen vrij gehad.'

'Misschien is het een virus, of misschien past ons zware Engelse voedsel niet bij je fijne constitutie. We kunnen Steve vragen of hij een dokter wil bellen.'

'Ik kom maar niet van die hoofdpijn af. Ik dacht gisteren dat hij weg was, maar nu is hij weer terug. Misschien is het migraine, maar daar heb ik nog nooit last van gehad. Bedankt, ik kijk het nog even aan,' zei ze met een vage glimlach.

'Dertig seconden, iedereen!'

Rebecca was blij dat ze deze scène mocht zitten. Naast de hoofdpijn voelde ze zich misselijk en duizelig. Ze moest nog wat meer ibuprofen nemen als ze pauzeerden voor de lunch.

Een uur later, toen Rebecca zich naar haar kamer haastte om de pillen te halen, hield Steve haar tegen.

'Het productiebureau is vanochtend vroeg weer gebeld door je verloofde. Hij klonk nogal ongerust, omdat je blijkbaar had gezegd dat je hem in het weekend zou bellen en je dat niet hebt gedaan.'

'Het is onmogelijk om hier mobiel te bellen en ik gebruik niet graag de huistelefoon,' legde Rebecca uit.

'Dat begrijp ik helemaal, maar je verloofde blijkbaar niet. Ik heb je al gezegd dat alle kosten worden vergoed, dus gebruik gewoon de vaste telefoon in de studeerkamer van Lord Astbury.'

'Oké, ik zal hem later bellen. Het spijt me dat hij jullie lastigvalt.' Ze wendde zich van Steve af en liep doodmoe de trap op.

Gelukkig was Rebecca die avond niet nodig op de set. Ze was 's middags niet opgeknapt en ze was naar haar kamer gegaan en dankbaar op haar bed neergevallen.

Mrs. Trevathan verscheen een paar minuten later, haar gezicht een en al bezorgdheid.

'Voel je je niet goed, lieverd?' zei ze. Ze haastte zich naar haar toe en legde een hand op Rebecca's voorhoofd.

'Het gaat wel over. Het is alleen hoofdpijn.'

'Je voorhoofd voelt niet of je koorts hebt. Zal ik je zo een kop soep brengen? Dan kun je vroeg gaan slapen.'

'Dank u, maar ik kan echt geen hap door mijn keel krijgen,' zei ze. Ze wilde dat Mrs. Trevathan wegging, zodat ze haar ogen dicht kon doen.

'Goed, lieverd. Ik kom straks nog wel even bij je kijken.'

'Dat is echt niet nodig.'

'Je wilt met rust gelaten worden,' zei Mrs. Trevathan bijna fluisterend. 'Ik begrijp het. Welterusten dan.'

Toen ze de kamer uit liep, vroeg Rebecca zich af of de mensen die in het verleden op Astbury hadden gewoond zich ook benauwd hadden gevoeld onder de zorgen van hun personeel. Er was gewoon geen enkele privacy. Ze zuchtte toen ze haar kleren uittrok en in bed kroop. Ze had Jack nog niet gebeld, maar ze voelde zich nu te ziek om dat te doen. Na een nacht goed slapen zou ze er vast beter toe in staat zijn.

Rebecca had die nacht vreemde dromen. Ze was in het huisje op de moors en er was gevaar, maar de deur zat dicht en toen ze de ramen probeerde te openen, slingerde de klimop die daar groeide zich rond haar handen en hield haar vast. Weer rook ze de koppige geur van parfum toen een hand over haar neus en mond werd gelegd en ze geen lucht meer kon krijgen...

Rebecca schrok wakker; haar hart bonkte in haar borst. Toen ze haar hand uitstak om het licht aan te doen, gooide ze het glas water om dat op haar nachtkastje stond. Ze stapte uit bed en stelde zichzelf gerust dat het maar een droom was geweest, misschien door de koorts – haar voorhoofd voelde nu in ieder geval wel warm aan. Ze stommelde de gang op naar de badkamer om haar glas opnieuw te vullen. Ze waste haar gezicht met koud water en liep in het halfduister terug over de gang naar haar kamer.

Ze onderdrukte een gil toen een figuur haar in de schaduw bij haar deur opwachtte.

'Gaat het?'

'Ik...' Ze slaagde erin haar ogen scherp te stellen op de vorm en zag dat het Anthony was, gekleed in een geruite kamerjas. 'Ik verwachtte niet iemand tegen te komen,' zei ze en ze hapte naar adem.

'Het spijt me dat ik je heb laten schrikken. Ik hoorde iemand schreeuwen en ik kwam kijken wat er aan de hand was.'

'Ik denk dat ik een nachtmerrie had. Sorry dat ik je gestoord heb.'

'Dat geeft niet, ik slaap zelden erg diep,' stelde Anthony haar gerust. 'Nou, als je zeker weet dat alles in orde is, dan zeg ik je welterusten.'

'Welterusten.' Rebecca opende de deur van haar kamer en sloot hem stevig achter haar.

'Jack heeft weer gebeld,' zei Steve de volgende ochtend. 'Ga naar de studeerkamer en bel hem als je pauze hebt, voor ik in de roddelbladen terechtkom omdat ik jullie sprookjesachtige romance in de kiem zou hebben gesmoord.' Hij grijnsde en liep verder.

Rebecca verliet de set op het terras waar ze net klaar was met filmen en liep naar Anthony's studeerkamer. Haar hoofdpijn was weg en ze kon het eindelijk aan om met Jack te praten.

Zoals gebruikelijk gingen zowel zijn nummer thuis als dat van zijn mobiele telefoon direct over op de voicemail. Rebecca zuchtte gefrustreerd en liep terug naar het uiteinde van het zuidelijke terras, waar de catering tafels in de zon had neergezet, en voegde zich bij de anderen voor de lunch.

'Kom je bij mij zitten?' zei Marion Devereaux en ze klopte op de lege stoel naast haar.

'Graag,' zei Rebecca en ze voelde een nerveuze trilling in haar maag. Tot nu toe was ze te verlegen geweest om de legendarische actrice te benaderen. Haar carrière had haar elke prijs en lauwerkrans die er maar te krijgen was opgeleverd.

'Ik zag je vanochtend bezig op de set, lieverd, en ik wilde je zeggen dat je goed bent. Heel goed, om precies te zijn.'

'Bedankt!' Rebecca bloosde.

'Ja, je hebt een heel natuurlijke *présence* voor de camera. Heb je veel op het toneel gestaan?'

'Wel toen ik op Juilliard zat, in New York, maar sinds mijn eindexamen daar heb ik alleen maar films gedaan.'

'Ik hoop dat je de kans krijgt om weer op het toneel te verschijnen. Niets beter dan een live publiek om de adrenaline te laten stromen en het beste uit een acteur te halen.' Marion glimlachte en stak een dun sigaretje aan. 'Je krijgt er trouwens maar een schijntje voor.'

'Het geld maakt mij niet uit. Het heeft me nooit iets uitgemaakt.'

'Nee, dat zal wel niet, met al die grote Hollywoodproducties in je zak,' merkte Marion droog op.

Rebecca bloosde om de overduidelijke insinuatie. 'Heb je misschien advies voor me? Manieren waarop ik mezelf als actrice kan verbeteren?'

De befaamde paarsblauwe ogen van de oude dame richtten zich op haar. 'Ja, schat. Lééf. Verzamel ervaringen en leer jezelf kennen. Het begrip van de menselijke geest voegt gewicht en emotionele bagage toe aan een uitvoering die techniek alleen nooit zou kunnen brengen. Acteer net zoveel vanuit je ziel als vanuit je hoofd,' zei ze en ze sloeg haar hand tegen haar aanzienlijke boezem.

Een deel van Rebecca wilde giechelen, maar ze knikte ernstig. 'Dank je, Marion. Ik zal het proberen.'

'Ik ben jaloers op je. Je begint net, en je hebt nog een heleboel prachtige rollen vóór je.' Ze zuchtte. 'Maar goed, ik ben nu een veel betere actrice dan toen ik zo oud was als jij. We moeten eens samen dineren voordat de opnames klaar zijn. Nu moet ik gaan,' zei ze en ze stond op. 'De zon doet rare dingen met mijn make-up.'

Rebecca bleef op haar stoel zitten. Ze genoot van de complimenten die ze net had gekregen, de warmte van de dag en haar huidige hoofdpijnloze toestand. James verscheen en ging naast haar zitten op de stoel die Marion een paar seconden eerder had verlaten.

'Voel je je beter?' vroeg hij. 'Je ziet er in ieder geval beter uit.'

'Ja, het gaat beter. Dank je.'

'Goed genoeg om vanavond met mij uit eten te gaan? We kunnen naar die geweldige pub rijden waar ik je laatst over vertelde.'

'Waarom niet?' antwoordde Rebecca. Ze had het gevoel dat ze misschien echt even uit Astbury Hall weg moest.

'Geweldig, we moeten er om acht uur zijn. Alles gaat hier op het platteland zo vroeg dicht.'

'Je klinkt als een echte stadsjongen,' plaagde Rebecca.

'Zeker, niet echt gemaakt voor het platteland – eerder een jongen voor een rokerige nachtclub om twee uur 's nachts. Maar 's lands wijs...' Met die woorden liep James weg.

'Waar ga je naartoe vanavond?' vroeg Mrs. Trevathan toen Rebecca haar haar kamer binnenliet. 'Je bent helemaal opgedirkt.'

'Niet echt, dit is gewoon een nieuw shirt dat ik zaterdag heb gekocht. Ik ga naar de pub met een van de andere acteurs.'

'Dus je eet vanavond niet hier?'

'Nee, vanavond niet.' Rebecca had er bijna aan toegevoegd: 'Als u het tenminste goed vindt,' maar ze hield haar mond.

'Lord Astbury hoopte dat je hem zou vergezellen. Hij wilde met je praten over dat verhaal dat die Indiër hem heeft gegeven en hij heeft hem morgenavond weer te eten gevraagd. Je bent dan toch wel beschikbaar?'

'Ja, natuurlijk. Verontschuldig me bij hem en zeg hem dat ik ernaar uitkijk om hem morgenavond te zien.'

'Goed dan. Tot later, lieverd. Ik wacht op je tot je weer veilig thuis bent. His Lordship wil altijd dat ik het huis afsluit en vergrendel voor ik naar bed ga.'

'Dat is niet nodig. Ik wil u niet tot last zijn. Misschien kan ik een sleutel lenen, alleen voor vanavond?'

'Dat hoeft echt niet,' zei Mrs. Trevathan vastberaden.

'Oké,' gaf Rebecca toe. 'Ik zal niet laat zijn. Ik wil u trouwens iets vragen. In welk deel van het huis zit de slaapkamer van His Lordship?'

'In de gang in de westvleugel, aan de andere kant van de grote trap. Waarom vraag je dat?' Mrs. Trevathan reageerde zowel verrast als defensief op Rebecca's vraag.

'O, nergens om. Ik dacht alleen dat ik iemand buiten mijn deur hoorde praten afgelopen nacht. Het zal wel een droom zijn geweest.'

'Ja, dat moet het wel geweest zijn. Fijne avond, lieverd.'

Toen Rebecca over de oprit naar James liep, die in Grahams auto op haar zat te wachten, verkeerde ze in grote verwarring. Als Anthony aan de andere kant van het huis sliep, had hij haar afgelopen nacht nooit kunnen horen schreeuwen. Waarom had hij buiten haar deur gestaan?

James sprong de auto uit om de passagiersdeur voor haar te openen. 'Schat, wat zie je er... modern uit!' riep hij lachend uit.

Ze roddelden over de opnames tijdens de rit naar The Ruggleston Inn. Toen ze aankwamen, kregen ze een discreet tafeltje toegewezen.

James ging naar de bar en kwam terug met een fles wijn. Hij ging zitten en schonk wat in het glas bij Rebecca's bord.

'Dat is genoeg!' zei ze toen het halfvol was. 'Na mijn afschuwelijke migraine, wil ik niet riskeren dat die terugkomt.'

'Je bent niet zo'n drinker, hè?'

'Je zegt het alsof dat iets slechts is,' antwoordde ze.

'Natuurlijk niet. Toen ik naar Hollywood ging, merkte ik dat alle Amerikaanse acteurs geheelonthouders leken te zijn. Terwijl de Engelsen een stelletje dronkaards zijn. Proost!' James tikte met zijn glas tegen het hare. 'Ik drink op onze ondeugden. Vertel eens,' vervolgde hij met een lach, 'hoe is het leven op Astbury Hall?'

'Nou, eerlijk gezegd, hoe langer ik er ben, hoe vreemder het er lijkt,' bekende Rebecca. 'De huishoudster, Mrs. Trevathan, is bijvoorbeeld zo beschermend voor Lord Astbury dat het bijna obsessief is.'

'Misschien is ze verliefd op hem, vrouwelijke bedienden vallen vaak voor hun baas. Het is een cliché, maar het gebeurt.'

'Misschien, maar ze is ook voortdurend in mijn kamer en bemoeit zich met me, ze brengt me van alles te eten en te drinken.'

'Lijkt me heerlijk. Ik houd wel van een vrouw die voor me zorgt,' zei James met een grijns.

'Ik weet wel dat ze het goed bedoelt, maar ze lijkt me nooit met rust te kunnen laten.'

'Ik zou denken dat het heerlijk was als je als een prinses in een paleis woont en alles voor je wordt gedaan. Wij hebben in ons hotel geen roomservice meer na tien uur.' James trok zijn wenkbrauwen op. 'Nou ja, het heeft je in ieder geval toch wel goed gedaan om even wat rust te hebben, gezien de omstandigheden?'

'Ja, dat aspect ervan is heerlijk. Sorry als ik klink als een verwend nest. Ik denk dat ik me gewoon niet zo prettig heb gevoeld.'

'En de mysterieuze Lord Astbury? Hij heeft toch niet geprobeerd je te bespringen, hè?'

'God, nee!' Rebecca rolde met het haar ogen. 'Ik krijg de indruk dat hij niet veel interesse heeft in vrouwen, of mannen of welk soort relatie dan ook.'

'Ik kan ook geen hoogte van hem krijgen,' zei James. 'Alleen in dat grote huis, al die jaren, geen internet of moderne gemakken. Het is een rare, dat is wel zeker.'

'Ik mag hem eigenlijk wel en ik ben het met je eens dat hij bijzonder is, maar er is iets verdrietigs aan hem. Soms wil ik gewoon mijn armen om hem heen slaan en hem even goed vasthouden,' gaf Rebecca toe.

'Dus je bent inderdaad voor hem aan het vallen?'

'Nee, helemaal niet! Ik zou hem alleen af en toe willen beschermen. Het is of hij de moderne wereld niet echt begrijpt. O god, nu klink ik net als Mrs. Trevathan!' Ze kreunde.

'Nou, als ik het zo hoor, is het maar goed dat hij de onnatuurlijk toegewijde Mrs. Trevathan heeft om voor hem te zorgen,' zei James.

'Ik begin me af te vragen of dat niet de helft van het probleem is.' Ze zuchtte. 'Zelfs áls hij iemand zou ontmoeten, zouden ze geen kans maken als zij ze voortdurend in de gaten houdt.'

'Uit alles wat je zegt blijkt dat ze werkelijk verliefd op hem is. Misschien doen ze het al jaren in het geheim.' James grijnsde. 'Ik zie nu stiekeme afspraakjes voor me in de linnenkamer of achter de tuinschuur.'

'Houd op!' smeekte ze, huiverend bij de gedachte. 'En het gaat me natuurlijk ook helemaal niet aan.'

'Nee, maar het is altijd interessant om je andermans leven voor te stellen. En we zijn tenslotte acteurs, schat, dus het analyseren van menselijk gedrag is een groot deel van ons werk.'

'Iets anders wat me stoort is de manier waarop Anthony voortdurend tegen me zegt dat ik zo op zijn grootmoeder, Violet, lijk. Heel vervelend.'

'En is het ook zo?' vroeg James.

'Ik heb haar portret gezien en ja, het is zo, zeker met mijn haar in deze kleur geverfd.'

'Hoe raarder en raarder, zoals Alice ooit zei. Je bent toch geen familie van deze Violet?'

'Nee. Mijn familie heeft geen enkele relatie met de Engelse aristocratie.' Rebecca nam een slokje van haar wijn. 'Integendeel.'

'Nou, als ik het zo hoor, zijn de gebeurtenissen op Astbury Hall veel interessanter dan het verhaal dat we aan het filmen zijn,' veronderstelde James.

'Weet je, soms, als ik in kostuum ben, dan heb ik het vreemde gevoel dat ik echt Violet bén, de vrouw op wie ik lijk, en dat ik op Astbury woon in de jaren twintig. Het is allemaal heel surrealistisch.'

'Nou, houd ze nog even op een rijtje, schat, het is geen goed idee om fantasie en werkelijkheid door elkaar te halen. Als je me nodig hebt om je terug te brengen in de echte wereld, dan roep je maar. Zullen we bestellen?'

Er kwam een vrouw van middelbare leeftijd verlegen naar hun tafel toe gelopen. 'Neem me niet kwalijk, maar bent u niet James Waugh en... O mijn god! U bent Rebecca Bradley! Ik herkende u niet met die andere haarkleur.'

'Goed gezien,' zei James en hij glimlachte naar de vrouw. 'Wat kunnen we voor u doen?'

'Nou, ik zou heel graag uw handtekening hebben. En een foto, als dat kan.'

'Natuurlijk.' James nam het aangereikte servet aan en zette er zijn handtekening op. Hij gaf het servet net aan Rebecca toen een flits hun gezichten verlichtte.

'Dank u wel. Het spijt me dat ik u gestoord heb en ik hoop dat u een prettige tijd heeft in Engeland, Miss Bradley.'

Toen de vrouw bij hun tafel wegliep, keek Rebecca James vol afschuw aan. 'Jij liet haar een foto nemen? Ik sta een fan nooit toe om dat te doen zonder dat ik ze een verklaring laat ondertekenen dat hij niet gepubliceerd zal worden en alleen bedoeld is voor privégebruik!'

'Rustig maar, Rebecca. Ze zal hem toch niet direct naar het eerste het beste roddelblad sturen?'

'Nou, dat overkomt mij doorgaans wel, als iemand een foto neemt zonder iets te ondertekenen,' wierp Rebecca tegen. Ze voelde zich misselijk.

'Ik denk dat jij veel meer nieuwswaarde hebt dan ik.' James haalde zijn schouders op. 'Laten we maar hopen dat ze het niet doet.'

Daarna werden ze voortdurend onderbroken door een stroom opgewonden plaatselijke inwoners die allemaal hun handtekening wilden.

'Ik denk dat het tijd wordt om hier te vertrekken, vind je niet? Het spijt me heel erg, Rebecca,' zei hij toen hij haar de pub uit leidde naar de wachtende auto. 'Ik heb je roem kennelijk onderschat, zelfs in een ingeslapen dorpje als dit.'

'Het geeft niet,' zei Rebecca geschrokken. 'Vergeet alle negatieve dingen die ik over het leven in Astbury Hall heb gezegd. Ik ben zo blij dat ik er weer naartoe kan gaan, terug naar de veiligheid daar. Ik was bijna vergeten hoe het was om uit eten te gaan.'

'God, jouw leven moet een hel zijn.' James rolde met zijn ogen. 'Hoe houd je dat in vredesnaam vol?'

'Ik houd het niet vol en de waarheid is dat ik nog niet eens ja heb gezegd tegen Jack! Het zijn de media die ermee op de loop zijn gegaan.' Ze beet op haar lip. 'Ik weet helemaal niet wat ik moet doen.'

'Ik begrijp het,' zei James rustig toen ze over de schitterende moors reden onder een met sterren gevulde hemel.

'Nou,' zuchtte Rebecca. 'Ik vind er vast wel wat op als ik terug ben in de States. Ik zeg niet dat het uit is tussen ons, maar ik wil gewoon niet overhaast trouwen.'

'Als je ooit besluit om hem te dumpen, dan werp ik me op als alternatief.'

'Bedankt,' antwoordde Rebecca luchtig, 'maar ik denk niet dat dat nodig zal zijn.'

'Jammer, hoor.' Toen ze voor Astbury Hall stopten, zei hij: 'Ik denk dat het niet netjes is als je mij uitnodigt voor een kop koffie of een afzakkertje bij jou thuis, dus we nemen hier maar afscheid.'

'Dag James, en dank je wel voor het eten.'

Rebecca opende het portier van de auto, maar voor ze kon uitstappen, greep hij haar hand en trok haar naar zich toe om haar stevig te omhelzen.

'Onthoud, lieverd, ik ben er altijd als je wilt praten.'

'Dank je.' Rebecca maakte zich los uit zijn greep, stapte uit, wierp hem een handkus toe en zwaaide hem na toen Graham en hij wegreden. Ze draaide zich om om naar het huis te lopen, maar stond geschrokken stil toen ze zag wie er bij de voordeur stond.

'Jack,' zei ze en ze liep langzaam de treden op naar hem toe. 'Wat doe jij hier in vredesnaam?' Ze zag dat zijn gezicht op onweer stond.

'Ik heb geprobeerd je te bellen om te zeggen dat ik langs zou komen, maar je belde nooit terug. En ik denk dat ik nu weet waarom. Wie is je nieuwe vlam in de auto?' vroeg hij woedend.

'Nee, Jack...' Rebecca schudde haar hoofd. 'Hij is niet... ik bedoel... echt, ik...'

'Nu begrijp ik tenminste waarom ik de afgelopen twee weken nauwelijks iets van je gehoord heb. Ik denk dat het maar het beste is als ik meteen weer ga.'

'Jack, alsjeblieft! Het is helemaal niet wat je denkt!'

'Wat is het dan wel? Als het niet door hem komt, vertel me dan eens waarom ik je maar één keer heb gesproken sinds je bent weggegaan en we hadden besloten te trouwen!'

'Dat hebben we helemaal niet gedaan! Alsjeblieft, Jack.' Rebecca besefte dat de voordeur wijd open stond, zodat iedereen in het huis hun gesprek kon horen. 'Alsjeblieft, laten we in ieder geval naar binnen gaan, zodat ik het kan uitleggen.'

'Jezus christus!' Jack wierp haar een ijskoude blik toe en lachte schamper. 'Je klinkt net als ik als ik me ergens uit wil praten.'

Mrs. Trevathan verscheen in de deuropening. Ze keek bezorgd. 'Misschien kunnen jullie beter binnenkomen. His Lordship slaapt en ik wil niet dat hij gestoord wordt.'

'Het spijt me, Mrs. Trevathan,' zei Rebecca. 'Ik wist niet dat mijn... vriend zou komen.'

'Nee, en dat kwam omdat je in de armen van je nieuwe minnaar lag en geen zin had om mij terug te bellen!'

'Alstublieft, wilt u zacht praten,' siste Mrs. Trevathan.

'Wilt u liever dat we naar een hotel gaan?' vroeg Rebecca haar toen ze achter de huishoudster aan naar binnen liepen. 'Mijn chauffeur kan ons ernaartoe brengen.'

'Ik betwijfel of er nog iets open is om half elf 's avonds,' zei ze kortaf en ze ging hen voor door de gang, waarna ze een deur opende naar een kleine zitkamer. 'Ik hoop dat jullie hier je meningsverschillen kunnen oplossen.' Ze trok de deur achter zich dicht.

'Is zij ook een van de acteurs?' Jack sloeg zijn armen over elkaar. 'Goed, wil je mij vertellen wat er in godsnaam aan de hand is? Is het uit tussen ons en had je de moed niet om me dat te zeggen?'

'Ik heb je al gezegd dat ik hier geen enkel bereik heb en dat er hier maar één telefoon is, waar ik niet graag gebruik van maak.'

'Nou, nu ik het hier zie, wil ik dat graag geloven. Dit huis ziet eruit als iets uit een geschiedenisboek. Maar, ook als het moeilijk was om mij te bereiken, toen ik de ene boodschap na de andere achterliet bij het productiebureau met de vraag mij terug te bellen, heb je dat ofwel niet gedaan, of deed je het op een moment waarvan je wist dat ik niet zou opnemen. Ik wil weten waarom, Becks.'

Rebecca liet zich op de bank vallen. Ze voelde zich geschokt, uitgeput en niet voorbereid op deze confrontatie. 'Ik denk dat ik gewoon tijd nodig had om na te denken.'

'Nadenken over ons? Over ons? De avond voor je wegging, gaf ik je een verlovingsring en vroeg ik je om mijn vrouw te worden!' schreeuwde hij. 'Dan vertrek je de volgende dag en vertelt me niet waar je bent en wat er allemaal gebeurt in dat hoofd van je, Becks. En de enige keer dat we elkaar wél spreken, klink je zo afstandelijk, alsof je het gesprek zo snel mogelijk wilde beëindigen. Ik ben sinds dat gesprek helemaal van streek.' Jack haalde een hand door zijn haar en ijsbeerde door de kamer. 'Begrijp je niet dat het wreed is wat je doet, mij zo aan het lijntje houden, zonder dat ik weet wat er in je hoofd omgaat? Ik houd van je, Becks. Die avond zei ik dat ik de rest van mijn leven met je wil doorbrengen! Waarom liep je dan weg?'

'Ik liep niet weg,' antwoordde ze. Ze probeerde rustig te blijven. 'Je weet toch dat ik de volgende dag een vlucht naar Engeland zou nemen? Ik besloot alleen een vlucht eerder te nemen.'

'Toe nou! Je hebt het tegen mij! Vertel me nou geen bullshit!'

'Nee, het spijt me. Ik denk...' Ze zocht naar de juiste woorden. '... dat ik bang werd. Trouwen is nogal wat en we hebben de laatste tijd onze problemen gehad.'

'Welke problemen? Ik dacht niet dat we problemen hadden, anders had ik niet gevraagd of je met me wilde trouwen.'

Ze ademde diep in. 'Nou, het gaat om de drugs, Jack. Dat is de afgelopen tijd wel erg geworden.'

'Wát? Godverdomme, Becks! Ik geloof gewoon niet dat jij denkt dat ik een probleem heb. Half Hollywood gebruikt. Het is normaal! Je doet alsof ik verslaafd ben!'

'Het spijt me, maar ik vind het verschrikkelijk, dat is alles.'

'Iedereen heeft toch zeker recht op een beetje plezier af en toe? Zeker nu het met mijn carrière even niet zo goed gaat. Daar weet jij natuurlijk niets van,' merkte hij kattig op.

'Jack, probeer alsjeblieft te begrijpen dat ik tijd nodig had om na te denken. Toen ik hier uit het vliegtuig stapte, werd ik opgewacht door een massa journalisten die mij met mijn verloving feliciteerden. Ik voelde me in de val gelokt.' Rebecca wreef wanhopig in haar handen. 'Heb jij de media ingelicht?'

'Nee, ik heb niets gezegd!'

'Echt niet? Waar hebben ze hun verhaal dan vandaan?'

'Waar ze het altijd vandaan halen, schat, zoals je heel goed weet. Van mijn persvoorlichter, die uit de school geklapt heeft.' Jack rolde met zijn ogen. 'Kom nou, Becks, doe niet zo naïef. Je weet toch hoe het gaat en ik vind het erg dat je mij de schuld geeft.'

'Het spijt me,' zei ze weer. Ze wist niets anders te zeggen.

'Maar weet je wat ik het ergste vind?' Hij stond woedend voor haar. 'Zelfs al hád ik bevestigd dat ik je ten huwelijk had gevraagd, zou dat echt zo verschrikkelijk zijn geweest? Ik bedoel, ik denk dat ik het helemaal verkeerd begrepen heb. Ik hoopte dat je gelukkig zou zijn...'

'Het is een grote stap en...'

'Nou, je hebt hier voldoende ruimte en tijd gehad. Mag ik je vragen wat je besloten hebt?'

Rebecca zweeg. Ze wist niet hoe ze het moest zeggen.

'Oké.' Jack zuchtte. 'Ik denk dat die reactie voldoende zegt. En die vent die in de auto zo druk met je was, hij heeft je waarschijnlijk geholpen met je beslissing?'

'Nee! James is een acteur in de film. Hij is aardig. Ik mag hem graag, maar ik heb hem buiten de set nauwelijks gezien. Hij vroeg me vanavond mee om iets te eten en dat is alles.'

Jack staarde naar haar. 'En dat moet ik geloven? Met je tegenspeler slapen op locatie is zo oud als de wereld. Ontken het maar niet. Ik kom hier na twee weken radiostilte langs en ik vind mijn meisje in de armen van een andere man. Wat moet ik dán denken? Je kunt toch niet van me verwachten dat ik geloof dat het een niet met het ander samenhangt?'

'Nou, ik kan je verzekeren dat het niet zo is,' herhaalde Rebecca. Ze was uitgeput. 'Vraag het Mrs. Trevathan, als je wilt. Zij weet dat ik hier elke avond binnen was. Ik weet hoe het op jou moet overkomen, Jack, maar het is gewoon niet zo.'

'Christus, je klinkt zelfs anders. Dat Engelse accent is nog iets wat je sinds je hier bent hebt gekregen.'

Ze zaten zwijgend tegenover elkaar, geraakt door elkaars woorden. 'Dus jij zegt dat we nog steeds bij elkaar zijn?' vroeg Jack uiteindelijk.

'Ja, iedereen hier weet dat dat zo is.'

'De vraag is alleen, Becks, weet jij het ook? Heb je al een antwoord op mijn vraag? Want je hebt nu wel genoeg tijd gehad om erover na te denken. En als het een ja is, dan duurt het ook nog wel even voor je mij ervan overtuigd hebt dat je die acteur niet hebt genaaid.'

Rebecca's hoofd was één warboel van door elkaar heen dwarrelende gedachten. 'Ik...' Ze legde haar vingers op haar slapen. 'Jack, ik ben nog steeds in shock dat je opeens voor mijn neus staat. Kunnen we niet beter eerst rustig worden en er morgen over praten, als we geslapen hebben? Ik ben ziek geweest, een vreselijke migraine, en...'

‘Speel nu niet die zielige kaart, Becks. Je voelde je goed genoeg om met je nieuwe vlam uit eten te gaan.’ Jack zuchtte. ‘Goed, Ik denk dat ik genoeg heb gezien. Ik denk dat het het beste is dat ik nu maar naar huis ga.’

‘Jack, alsjeblieft! Ga niet weg,’ smeekte ze. ‘We moeten dit oplossen. Alleen omdat ik schrok van je aanzoek, hoeft dat nog niet te betekenen dat ik heb besloten dat het uit is tussen ons. Een van onze problemen is dat we nooit tijd of privacy hebben om echt met elkaar te praten. Jij bent altijd hier en ik daar. Nu kunnen we praten. Vind je niet dat we daar gebruik van moeten maken?’

Jack liet zich op de bank naast haar vallen en schudde zijn hoofd. ‘Ik weet niet wat ik wil op dit moment, Becks. Met jou trouwen was het enige wat me nog overeind hield. Mijn carrière zit aan de grond. Er komen geen goede rollen meer, zoals vroeger. Ik begin te geloven dat het voorbij is voor mij. Ik...’

Jack begon te huilen. Rebecca trok hem tegen zich aan.

‘Het spijt me, Jack. Echt. Natuurlijk is het niet voorbij. Het is gewoon even een moeilijke periode. Dat zal mij in de toekomst ook overkomen.’

‘Ja, maar jij hebt nog een paar goede jaren voor je waarin je de hoofdrollen krijgt. Die tijd is voorbij voor mij. En ja,’ gaf hij toe, ‘ik heb de afgelopen tijd te veel gebruikt, maar ik zweer je, Becks, ik ben niet verslaafd. Ik voel me de laatste tijd alleen nogal slecht en wilde daarvan af. Je gelooft me toch zeker wel?’

‘Ja, ik geloof je,’ antwoordde Rebecca. Wat moest ze anders zeggen? Ze was sinds Jacks komst al in de verdediging.

‘En het doet me pijn, Becks, het doet me echt pijn dat jij mij blijkbaar niet serieus nam toen ik je vroeg of je mijn vrouw wilde worden. Dat je dacht dat ik een spelletje speelde en dat je niet begrijpt hoeveel ik van je houd.’

Rebecca streelde hem zachtjes over zijn haren. ‘Het spijt me dat ik je pijn heb gedaan, Jack. Echt waar.’

‘Dank je. Ik kan wel een borrel gebruiken. Is er alcohol in dit godverlaten krot?’

‘Als dat zo was, zou ik niet weten waar. Waarom gaan we niet naar boven en proberen we om wat te slapen? We kunnen morgen verder praten, al moet ik wel vroeg op de set zijn.'

'Als je zeker weet dat je mij nog in je bed wilt.' Hij haalde zijn schouders op. 'En als je zweert dat je die acteur niet de hele tijd hebt geneukt, want dan weet iedereen het en ik wil hier niet het lachertje zijn.'

'Nee, Jack,' antwoordde Rebecca zuchtend. 'Dat zweer ik.'

Uiteindelijk lachte Jack een beetje. 'Ik moet je dan maar op je woord geloven. Neem me maar mee naar je toren, prinses, waar ik van plan ben om mijn schade in te halen.' Hij trok Rebecca naar zich toe en kuste haar.

'Kom, laten we gaan,' zei ze. Ze pakte zijn handen en trok hem omhoog van de bank. 'Mogelijk hangt Mrs. Trevathan nog ergens rond. Zij weigert naar bed te gaan voordat ieder ander dat heeft gedaan.' Rebecca ging hem voor door de doolhof van duistere gangen tot ze in de hal kwamen. En daar dook Mrs. Trevathan als een spook naast hen op. 'Wil je... vriend hier blijven slapen?' informeerde ze.

'Ja, als u en Anthony het goed vinden,' zei Rebecca.

'Ik kan het His Lordship moeilijk vragen op dit uur van de nacht, of wel? Hij ligt allang te slapen. Ik zal hem morgenochtend natuurlijk op de hoogte brengen van de aanwezigheid van je man in het huis. Welterusten.'

'Welterusten, en bedankt. Het spijt me dat we eerder zo'n lawaai hebben gemaakt.' Jack schonk haar een van zijn legendarische glimlachen, maar Mrs. Trevathan toonde zich onberoerd.

'Jezus, zij is een rare, zeg,' zei Jack toen ze boven waren en Rebecca de deur van haar kamer had gesloten. 'Zeg, zit er echt geen slot op de deur?' vroeg hij vanaf de rand van het bed, waar hij zat.

'Helaas niet,' antwoordde Rebecca. Ze voelde zich opeens ongemakkelijk toen Jack zijn armen naar haar uitstak.

'Kom hier.'

Ze liep naar hem toe en hij nam haar in zijn armen.

'Ik was vergeten hoe prachtig je bent. Blond staat je mooi, dat is een ding wat zeker is. Ik heb je gemist, Becks.'

Toen ze vrijden, probeerde ze zich te ontspannen en ervan te genieten. Na afloop viel Jack in slaap en Rebecca ging het bed uit om naar de wc te gaan. Toen ze terugkwam, kroop ze weer naast hem en deed het licht uit.

Vroeg in de ochtend werd hij wakker en trok haar in het donker nogmaals naar zich toe. Toen haar lichaam zich naar hem toe kromde, had ze het griezelige gevoel dat ze niet alleen waren, dat er iemand toekeek…

Toen ze haar hoofd op Jacks brede schouder legde, zette ze dat idee uit haar hoofd en zakte ze weg in een droomloze slaap.

20

De volgende dag had iedereen op de set het over Jacks onverwachte komst in de nacht. De make-upmeisjes gingen bijna van hun stokje toen hij hun ruimte binnenkwam, op zoek naar Rebecca. Ze zag hoe hij met hen flirtte en ze allemaal om zijn vinger wond.

'Jij geluksvogel,' zei Chrissie, het hoofd van de visagistes. 'Hij is in het echt nog knapper dan op het witte doek,' merkte ze op nadat Jack Rebecca een kus op haar voorhoofd had gegeven en was vertrokken naar de cateringwagen om te ontbijten.

'Wanneer is híj verschenen?' vroeg James toen ze een uur later hun plaats innamen op de set. 'Je hebt gisteravond niet gezegd dat hij zou komen.'

'Dat wist ik ook niet. Hij stond op me te wachten toen ik uit de auto stapte. Helaas zag hij dat jij me omhelsde en dacht onmiddellijk het ergste.' Rebecca zuchtte.

'Oké. Nou, voordat we over je eer moeten duelleren, ik wil hem met liefde vertellen hoe het zit,' zei James. 'Ik vertel hem naar waarheid dat ik heel graag van je charmes gebruik had willen maken, maar dat jij er jammer genoeg niets van wilde weten.' Hij grijnsde naar haar. 'Hij is echt een knappe kerel. Als ik van het competitieve soort was geweest, had ik me bedreigd gevoeld. Gelukkig is dat niet zo.'

Tegen lunchtijd had Jack zijn gewone uitbundigheid herwonnen en genoot hij van de aandacht die hij kreeg.

'Ik ben blij dat ik ben gekomen, Becks,' zei hij en hij sloeg het bier achterover dat Steve voor hem had weten te bemachtigen. 'Dit is een fijne groep, met wie je werkt.'

'Ja, iedereen is erg hartelijk.'

'En ik kan niet wachten tot ik mijn handen onder je rok kan krijgen en die zijden kousen en die jarretels kan voelen,' fluisterde hij in haar oor. 'Je haarkleur is ook geweldig. Het is alsof ik een nieuw meisje heb!'

Na de lunch trok Jack Rebecca mee naar binnen. 'Kom, tijd voor een dutje,' zei hij toen ze de trap naar haar kamer op liepen.

'Rebecca, wil je zo vriendelijk zijn om mij voor te stellen aan je gast?' zei een strenge stem achter hen.

'Hallo, Anthony,' zei Rebecca. Ze draaide zich om en probeerde geen schuldig gezicht te trekken. 'Het spijt me dat ik nog niet de gelegenheid heb gehad om mijn vriend aan je voor te stellen. Hij stond gisteravond laat opeens voor mijn neus en Mrs. Trevathan zei dat je al sliep. Dit is Jack Heyward. Jack, mag ik je voorstellen aan Lord Anthony Astbury.'

'Hallo, *sir*... ik bedoel Lord Astbury,' zei Jack. Zijn gebruikelijke zelfverzekerdheid had hem even verlaten. Hij liep de trap af en stak zijn hand uit naar Anthony. 'Dank u dat ik hier zonder aankondiging kon blijven slapen.'

Anthony bekeek hem met een uitdrukkingloos gezicht. 'Het lijkt niet dat ik daar iets over te zeggen heb, maar u bent niettemin welkom.'

'Dank u. En ik vind het prima om met Becks naar een hotel te vertrekken als dat beter schikt.'

'Mrs. Trevathan heeft hier al een kamer voor u in orde gemaakt, neem ik aan?'

'O nee, sir... Your Lordship. Ik heb bij Becks geslapen, ik bedoel, in dezelfde kamer.'

Rebecca wilde giechelen om Jacks gestuntel.

'Ik begrijp het.' Anthony trok een wenkbrauw op. 'Goed, als er nog iets is wat u nodig hebt, vraag het dan aan Mrs. Trevathan. Ik neem aan, Rebecca, dat je niet met ons mee-eet vanavond? Je weet toch dat Mr. Malik komt eten?'

'Nee, het spijt me, Anthony. Jack en ik moeten een paar dingen bespreken.'

'Heel goed.' Hij knikte naar hen en liep weg door de hal.

'Jezus! Ik dacht dat de huishoudster vreemd was, maar die kerel slaat alles!' zei Jack toen ze de trap verder beklommen.

'Echt, hij is heel aardig als je hem leert kennen. Ik denk dat hij niet zo handig is met mensen.'

'Je bedoelt dat hij een sociopaat is?' zei Jack lachend toen hij de deur van de kamer opende.

'Ik bedoel dat hij hier in zijn eentje zijn leven leeft en niet veel met andere mensen omgaat,' antwoordde ze defensief.

'Dat bedoel ik, een gek. Hij keurt het duidelijk af dat ik een kamer met je deel. Je kunt me niet wijsmaken dat hij alleen in seks na het huwelijk gelooft,' zei Jack. Zijn hand ging omhoog langs haar dij naar de bovenkant van haar kousen.

'Ik denk dat hij helemaal niet in seks gelooft,' grinnikte Rebecca toen Jack haar op het bed gooide en haar lachen met een kus smoorde.

Later die middag moest Rebecca een ingewikkelde scène opnemen die een paar uur in beslag zou nemen. Jack zei dat hij even naar James' hotel zou gaan om gebruik te maken van de wifi daar.

'Je weet het zeker, hè, dat er niets tussen jullie was,' zei hij toen hij haar op de neus kuste. 'James stelde voor dat ik wat met hem zou gaan drinken om goed te maken dat hij me gisteravond op het verkeerde been had gezet. Het is goed, Becks, ik geloof je en het spijt me dat ik de verkeerde conclusie trok.'

'Dat was heel begrijpelijk. Het spijt mij ook.'

'James zegt dat ik het bier hier moet proberen. Persoonlijk geef ik de voorkeur aan een paar glazen wodka.'

'Veel plezier,' zei ze toen hij vertrok en ze glimlachte bij zichzelf om de ironie dat Jack het wel met James leek te kunnen vinden. Op een bepaalde manier leken ze erg op elkaar en ze wilde niet denken aan de reactie van de plaatselijke vrouwelijke bevolking als ze samen de hotelbar binnenkwamen.

'Er zit meer leven in je vanavond.' Robert knipoogde naar haar toen ze een half uur later op de set verscheen. 'Ik heb de doorlopen bekeken en je straalt werkelijk. Misschien moeten we voortaan in je contract opnemen dat je verloofde aanwezig moet zijn. Ik plaag alleen maar, hoor. Oké, laten we beginnen.'

Voor de verandering gingen ze deze keer eens heel snel door de scène en om half acht was Rebecca alweer beneden in haar jeans, op zoek naar Anthony. Ze wilde zich verontschuldigen voor Jacks plotselinge komst voordat hij met Ari zou gaan eten. Ze verwachtte hem in de tuin te vinden en liep de treden van het terras af. Op het bankje in de rozentuin trof ze echter Ari. Hij keek naar haar op.

'Hallo, Rebecca.'

'Hoi, wat doe je hier nou buiten?'

'Mrs. Trevathan zei me dat Anthony nog niet beneden was en dat ik in de tuin op hem kon wachten. Eerlijk gezegd denk ik niet dat ze mij mag.' Hij zuchtte.

'Volgens mij mag ze niemand die haar routine verstoort,' zei Rebecca.

'Zullen we een eindje lopen?' Ari stond op.

'Waarom niet.'

'Het is hier zo prachtig. Het Engelse platteland is zo...' Ari zocht naar het juiste woord terwijl ze over het gazon liepen. '... sereen. Dat vind je niet in Mumbai.'

'Of in New York,' zei Rebecca.

'Woon je daar?'

'Ja.'

'Wat ruimte betreft is het hier zo anders dan in India. De steden in mijn land zijn zo overbevolkt – iedereen vecht voor zijn paar centimeter ruimte. En het lawaai op straat houdt nooit op, dag en nacht. Zelfs in onze tempels zingen en praten de mensen, net als op straat. Het is bijna onmogelijk om ergens rust te vinden.'

'Ik ben nog nooit in India geweest,' zei Rebecca. 'Ik ben zelfs haast nooit buiten de vs geweest. Het is interessant dat je vertelt dat het zo hectisch is. Alle boeken die ik erover gelezen heb vertellen over mensen die ernaartoe gaan om innerlijke rust te vinden.'

'O ja, dat gebeurt heel veel,' knikte Ari. 'Maar als je in één kamer woont met je oudere familieleden, je man en je kinderen en je maar een paar roepies hebt om rijst te kopen, dan moet je wel een sterk geloof hebben. Hier in het westen is geloven in iets wat groter is dan jijzelf misschien niet meer zo nodig. Fysiek comfort – materialisme, zo je wilt – is de vijand van spiritualiteit, denk ik. Als we warm en goed doorvoed zijn, kan onze ziel leeg zijn, maar komen we toch de dag door. En dat is, zoals ik onlangs zelf heb ondervonden, de grootste armoede die er is,' voegde hij er met een zucht aan toe.

'Zo heb ik het nog nooit gezien, maar je hebt gelijk.'

'Misschien ben ik wel naar Engeland gekomen om mijn ziel te vinden,' zei Ari met een vage glimlach. Hij staarde naar de zich verdiepende amberkleurige gloed van de ondergaande zon.

'Het is treurig, maar ik ken maar heel weinig mensen die echt gelukkig zijn,' zei Rebecca. 'Iedereen is zo hebzuchtig. Ze zijn nooit tevreden met wat ze hebben.'

'In mijn land leren we dat het nirwana pas kan worden bereikt door je wereldlijke bezittingen los te laten. Als je een arme Indiër bent, heb je toch al nauwelijks iets. Ik denk dat er zoveel afhangt van onze verwachtingen van wat ons leven ons zal brengen. Hoe minder je verwacht, hoe tevredener je bent. Zie je?' Ari opende zijn armen wijd voor het universum. 'We creëren onze eigen ashram op het terrein van een landgoed in Engeland.'

Rebecca glimlachte bij de gedachte.

'Het wordt fris,' zei hij. 'Zullen we teruggaan?'

'Ja.'

'Eet je vanavond met ons mee?'

'Nee, ik heb een gast. Mijn vriend kwam gisteravond onverwacht opdagen,' legde ze uit.

'Ik begrijp het. En, gegeven ons gesprek op de moors laatst, hoe voelt dat?' vroeg Ari haar.

'Het voelt... wel goed. Beter dan ik had verwacht.'

'Goed. Nou, wens me maar succes voor tijdens het diner. Ik hoop dat Anthony niet te veel van slag is door het verhaal van mijn overgrootmoeder.'

'Ik weet niet hoe het verder ging, dus dat weet ik niet,' zei Rebecca toen ze de hal binnenstapten.

'Ik vertel het je nog weleens, maar als ik niet voortmaak, dan kom ik nog te laat en dat zal mij zeker niet helpen bij mijn zoektocht naar meer informatie.'

'Succes,' zei ze en ze liep naar de trap.

'Dank je!'

Ari draaide zich om en liep de eetkamer binnen.

Anthony keek op toen hij binnenkwam. 'Hallo, Mr. Malik. Sluit de deur voor je plaatsneemt, ik wil liever niet dat we worden afgeluisterd. Hoe maak je het?'

'Heel goed, dank je,' antwoordde Ari en hij deed wat Anthony hem vroeg, waarna hij bij hem aan tafel kwam zitten. 'En jij?'

'Eerlijk gezegd, geschokt door wat ik tot nu toe heb gelezen.'

'Ja,' zei Ari. Hij voelde Anthony's spanning.

Anthony schonk wat wijn in Ari's glas. Hij zuchtte. 'We moeten het dus over het verleden hebben...'

ENGELAND

1917

21

ANAHITA

Toen ik terugkwam op school, concentreerde ik mij op mijn examens. Ik wist dat als ik mij in de Britse medische wereld wilde begeven, mijn resultaten bovengemiddeld moesten zijn. Mijn eindexamen vond plaats in een waas van laat doorwerken, hoofdpijn en piekeren. Ik dacht dat ik het wel goed had gedaan, maar zou mijn resultaten pas aan het eind van de zomer horen.

Direct na het eind van het laatste trimester, voor ik mijn betrekking als kindermeisje van Selina's kindje aanvaardde, vertrok ik uit Eastbourne met mijn vriendin Charlotte, de domineesdochter, en ging ik met haar mee naar haar huis in Yorkshire. Ik had vele malen tegen haar gezegd dat ik de pastorie waar mijn geliefde Brontëzusters hadden gewoond zo graag eens wilde zien.

Charlottes vader was in Afrika aan het prediken en je herinnert je misschien dat ik je al vertelde dat haar moeder het voorgaande jaar was overleden. Charlottes tweelingbroer Ned was alleraardigst en zij vergezelden mij allebei vanaf de pastorie in de bus naar de Haworth Moors.

Die avond zaten we met zijn drieën buiten in de mooie pastorietuin en aten we samen.

'Wat ga jij doen als je klaar bent met je opleiding?' vroeg ik aan Ned toen we aan de koffie zaten.

'Helaas zal ik, tenzij deze oorlog snel afloopt, en we betwijfelen nu allemaal dat dat het geval is, binnen zes weken onder de wapenen zijn. Niet zo mijn ding, vechten,' voegde Ned er berustend aan toe. 'Ik volg liever het voorbeeld van de Brontës en ga schrijven.'

'Heb je geen zin om net als je vader dominee te worden?'

'O nee! Als ik nog een restje geloof bezat voordat deze oorlog begon, dan ben ik dat nu wel kwijt.'

'O, Ned,' wierp Charlotte tegen, 'dat moet je niet zeggen. Ik weet zeker dat de oorlog snel voorbij is.'

'En we moeten nooit ophouden te geloven, Ned,' voegde ik eraan toe. 'Wat hebben we anders nog?'

De volgende dag, toen Charlotte bij een familielid langsging, maakten Ned en ik samen een wandeling op de Keighley Moors. We praatten veel over literatuur en een beetje over filosofie, en hij vroeg naar mijn vroegere leven in India. Ik hield van zijn bedachtzame, zachte karakter en ik moet toegeven dat ik in de maanden daarna veel aan hem heb gedacht. De volgende ochtend nam ik in tranen afscheid van Charlotte op het station van Keighley en begon aan de lange reis naar Devon.

'Anni! Lieve Anni, welkom!' Selina sloeg haar armen om mij heen en lachte met oprecht plezier naar me toen ik uit de koets stapte. 'Kom binnen en het spijt me vreselijk dat ik geen auto voor je naar het station kon sturen. De brandstofrantsoenering heeft er hier echt ingehakt en omdat we zo ver van alles af wonen, moeten we er heel zuinig op zijn. Ik heb jou de kamer naast de kinderkamer op de hoofdverdieping gegeven,' zei ze toen ze me voorging op de trap. 'Kleine Eleanor slaapt meestal de hele nacht door, maar het is wel fijn als je vlakbij bent als ze toch wakker wordt.'

'Bedankt,' zei ik, overdonderd door haar warme ontvangst. 'U weet toch wel dat ik weinig ervaring heb met kleine kinderen?'

'Anni, je hebt geholpen Eleanor op de wereld te zetten! Ik vertrouw je volledig. Kijk eens,' zei ze toen ze de deur van mijn kamer opende, 'wat denk je hiervan?'

Ik keek rond in de kamer met zijn prachtige uitzicht op de tuin en de heide daarachter. 'Hij is prachtig, dank u wel!'

'Zal ik bellen en vragen of ze thee voor je naar boven brengen?'

'Eigenlijk ga ik liever naar beneden om mijn vriendinnen in de keuken weer te zien. Ik drink mijn thee daar.'

'Ik ben zo blij dat je er bent, Anni. Je hebt geen idee wat een nachtmerrie het was om iemand te vinden om me te helpen met

Eleanor. De oude kindermeid die moeder voor me had gevonden was afschuwelijk, dus ik heb haar weggestuurd, en daar was moeder helemaal niet blij mee!' Selina rolde met haar ogen. 'De afgelopen maanden heb ik zelf voor Eleanor gezorgd. Kom, als je je hebt geïnstalleerd en je iedereen in de keuken hebt begroet, maar naar de kinderkamer.'

Toen ik mijn koffer uitpakte, kon ik het niet nalaten te glimlachen om het idee dat een moeder het zo raar vond om zelf voor haar kind te zorgen. Ik knapte mijzelf op en ging naar beneden, naar de keuken. Het personeel drong zich om mij heen. Mrs. Thomas kwam met thee en koekjes, Tilly omhelsde mij hartelijk en ik voelde mij echt geborgen.

Daarna ging ik weer naar boven om Eleanor te zien in haar kinderkamer. Ze was nu bijna drie jaar oud en een heerlijk, schattig klein meisje met wie ik het onmiddellijk kon vinden. Haar moeder keek toe hoe ik haar in bad deed, haar haar nachtpon aantrok en haar in slaap zong in haar bedje.

'Je bent een wonder,' zei Selina toen we op ons tenen de kamer verlieten. 'Eleanor lijkt direct al dol op je te zijn. Ik dacht, Anni, dat ik, als ze aan je gewend is, misschien naar Londen ga. Ik ben al een jaar lang niet uit dit huis geweest en er zijn zoveel vrienden die ik zou willen zien.'

'Natuurlijk, Lady Selina. Daarvoor ben ik toch hier? Zolang u mij vertrouwt, kunt u gaan en staan waar u wilt.'

'Dan doe ik dat misschien wel! Het is hier zo treurig. Ik zou graag willen dat je straks met moeder en mij samen eet. Ik hoor graag hoe het gaat met Minty, Indira en de hele familie in Cooch Behar.'

Ik deed mijn mooiste jurk van Harrods aan en ging naar beneden om in de officiële eetzaal te dineren. Lady Astbury behandelde mij met haar gebruikelijke minachting en sprak nauwelijks een woord tegen mij. Ik wist dat zij het niet prettig vond dat ik, een gewoon kindermeisje, aan haar tafel zat. Selina genoot van mijn verhalen over de tijd die Indira en ik in Londen hadden doorgebracht, toen de maharani erin geslaagd was om op een troepenschip naar Engeland te komen.

'Moeder, nu Anni hier is om voor Eleanor te zorgen, dacht ik dat ik volgende week wel naar Londen kan gaan, als dat mag?' stelde Selina voor bij de pudding.

Ik vond het heel erg sneu voor haar dat ze toestemming aan haar moeder moest vragen, terwijl ze zelf een getrouwde vrouw was geweest en haar eigen huishouding had geleid. Het lot had bepaald dat Selina's onafhankelijke leven was geëindigd voor het goed en wel begonnen was.

'Als het echt moet, Selina.' Lady Astbury keek afkeurend. 'Weet je zeker dat het lukt met het kind, Miss Chavan?' vroeg ze mij. 'Ik heb in ieder geval geen tijd om mij ermee bezig te houden.'

'Natuurlijk, Lady Astbury. Eleanor en ik redden ons wel,' antwoordde ik.

Een paar dagen later was Selina klaar om naar Londen te vertrekken. Haar gezicht vertoonde een mengeling van opwinding en bezorgdheid toen ze haar reishandschoenen aantrok en in de koets stapte die haar naar het station zou brengen.

'Vermaak uzelf, Lady Selina. U bent jong en mooi en verdient het om wat plezier te maken na zo'n moeilijke tijd,' zei ik tegen haar.

'Dank je, Anni, jij weet altijd de juiste woorden te vinden. Stuur alsjeblieft een telegram naar ons adres in Londen als er problemen zijn met Eleanor.'

'Dat doe ik,' zei ik toen ik haar uitzwaaide.

Het pakte zo uit dat Selina, tevreden dat alles naar wens ging met haar dochter, haar verblijf in Londen rekte tot bijna een maand. En wie kon haar dat kwalijk nemen, dacht ik op een avond. Er hing een deken van wanhoop over Astbury. Zelfs ik, die ongemakken zoals het ontbreken van warm water en het afbrokkelende metselwerk aan de buitenkant van het huis, niet snel opmerkte, was me ervan bewust dat het huis in verval was geraakt.

Bovendien was de zoon en erfgenaam van het huis, mijn geliefde Donald, nog altijd in het buitenland aan het vechten. Niemand had in weken iets van hem gehoord, en toen ik naar de stallen liep met Eleanor om de paarden te aaien, leunde ik met mijn hoofd tegen de gladde manen van Glory.

'Je baasje komt gauw thuis, dat beloof ik,' fluisterde ik tegen haar.

Toen het augustus werd, zag ik hoe de goudgele tarwevelden bruin werden, omdat ze niet werden gemaaid wegens onvoldoende mankracht om het gewas te oogsten en te dorsen. De schapen op de heidevelden werden niet geschoren en zweetten de zomer door, terwijl hun wol menig soldaat in een ijskoud buitenland warm had kunnen houden.

Aan het hoofd van deze chaos stond de stoïcijnse figuur van Maud Astbury. Ik keek soms naar haar, als ze theedronk op het gazon, elke middag om half vier precies, vervolgens om zes uur naar haar privékapel wandelde en zich niet in haar routine liet storen terwijl het landgoed om haar heen tot stilstand kwam.

Ik probeerde begripvol te zijn en herinnerde mijzelf eraan dat toen zij vijfentwintig jaar geleden met Donalds vader trouwde, het een andere tijd was geweest. Ze was niet opgevoed om in haar eentje zo'n enorme verantwoordelijkheid als Astbury op zich te nemen. Ik legde dit uit aan het personeel, dat mopperde op het feit dat hun bazin niet in staat bleek te zijn de toestand te verbeteren.

'Dan moet Her Ladyship maar léren hoe ze de boel weer op poten zet,' merkte Mrs. Thomas op. 'Als ze niet snel iets doet, is er niets meer over voor de jongeheer als hij thuiskomt!'

'Laten we hopen dat het niet allemaal op jou neerkomt, Eleanor,' fluisterde ik op een middag tegen haar toen ik met haar wandelde in de tuin. 'Ik hoop alleen maar dat mijn geesten het goed hebben voorvoeld en dat je oom veilig en wel terugkomt.'

Halverwege augustus ontving ik de uitslag van mijn eindexamen. Ik was met vlag en wimpel geslaagd en de trage, saaie zomer had mij ervan overtuigd dat ik niet, zoals de andere bewoners van Astbury Hall, van plan was om het einde van de oorlog af te wachten om met mijn leven te beginnen.

Een paar dagen nadat Selina uit Londen was teruggekeerd, ging ik naar haar toe.

'Lady Selina,' begon ik. 'Ik heb besloten dat ik inderdaad wil helpen in de oorlog. Ik heb mij opgegeven voor de Voluntary Aid Detachment.'

'O jee.' Selina zag er verslagen uit. 'De maharani had al gezegd dat je dat misschien ging doen aan het eind van de zomer, maar ik hoopte eigenlijk dat je het was vergeten.'

'Dat ben ik niet. Ik begin in september met mijn verpleegstersopleiding in Londen. Ik begrijp dat u iemand anders moet vinden om voor kleine Eleanor te zorgen, maar ik heb gemerkt dat Jane, de nieuwe meid uit het dorp, het goed met haar kan vinden en Eleanor lijkt ook op haar gesteld. Ik denk dat zij heel goed de zorg voor haar op zich kan nemen.'

Selina zuchtte diep. 'Nou, Anni, ik hoop dat je weet waar je aan begint. Een van mijn vriendinnen heeft zich bij de VAD aangesloten en zij heeft het niet langer dan een week uitgehouden. Ze moest beddenpannen legen!' Ze trok haar neus op. 'Het zal wel tegen koning en vaderland zijn om je te vragen om het te heroverwegen, dus natuurlijk moet je gaan. Ik blijf hier wel achter in dit godvergeten gat en speel mijn wekelijkse spelletje bridge met moeder, de priester en zijn zeventigjarige zuster!'

In een impuls greep ik een van haar kleine bleke handen. 'Lady Selina, ik beloof u dat er in de toekomst nog veel geluk op u wacht. Om precies te zijn, ik denk dat u daar al wat van geproefd hebt toen u in Londen was.'

Ze staarde mij verbijsterd aan. 'O, Anni, hoe weet je die dingen toch? Ja, er was inderdaad een man, maar ik ben nog maar zo kort weduwe en moeder zou hem zeker afkeuren. Hij is een buitenlander, een Franse graaf die in Londen werkt als verbindingsofficier voor de Franse regering.'

Ze bloosde lief en keek mij verlegen aan. 'Om heel eerlijk te zijn, Anni, ik vind hem veel leuker dan eigenlijk zou mogen.'

'Ik beloof u, Lady Selina, als u uw hart volgt en anderen u niet op andere gedachten laat brengen, dan komt het allemaal goed.'

'Dank je, Anni, dank je! Jij lijkt iedereen om je heen hoop te kunnen geven.'

'Ik zeg alleen wat mijn instinct mij vertelt.'

'Mag ik dan zeggen dat jij ook een speciaal iemand verdient?'

'Dank u, Lady Selina.' Toen ik wegliep, betwijfelde ik of zelfs zij het zou goedkeuren als zij zou weten wie ik hoopte dat die speciale iemand zou zijn.

22

NOVEMBER 1918, NOORD-FRANKRIJK

Mijn kind, ik wil niet in details treden over wat ik in mijn tijd als verpleegster heb gezien. Je hebt vast in de geschiedenisboeken gelezen hoe afschuwelijk het was. Ik kan alleen maar zeggen dat alles wat daarin geschreven staat nooit de echte gruwel waar ik getuige van ben geweest kan weergeven.

Een paar weken na mijn eerste training werd ik naar Frankrijk gestuurd. Ik bleek geschikt en ze zaten om verpleegsters te springen om de gewonden in de frontlinie te verzorgen. Net als bij iedereen die daar was liet het herinneringen achter die onuitwisbaar in mijn ziel staan gegrift. De enorme wanhoop die je voelt als je ziet hoe het menselijk ras zichzelf vernietigt stelde mijn geloof op de proef. Ik was alleen dankbaar dat mijn moeder mij toen ik klein was had meegenomen naar de dorpen in Jaipur en dat ik eerder lijden had gezien. Ik was er tenminste meer dan de meesten op voorbereid.

Ik vertel je wel dat ik Ned tegenkwam, de tweelingbroer van mijn vriendin Charlotte. Hij was een paar dagen in mijn veldhospitaal met een flink gat in zijn voorhoofd. Ik heb het voor hem verbonden en het was fijn om een bekend gezicht te zien uit een rustiger periode in mijn leven.

Ned moet hetzelfde hebben gevoeld, en omdat hij vlak bij ons hospitaal achter de linies was gestationeerd, nam hij mij in onze schaarse vrije tijd mee naar het stadje Albert, waar we een paar uur respijt hadden. We praatten over boeken, kunst, theater – alles wat niets te maken had met de akelige realiteit die wij allebei dagelijks moesten ondergaan.

Ik was met hem op de dag dat de wapenstilstand eindelijk werd uitgeroepen. Tegen die tijd waren de loopgraven halfleeg, gedeeltelijk door de gruwelijke Tweede Slag aan de Somme en omdat het weinig zin leek te hebben om weer extra kanonnenvoer aan te voeren, omdat het steeds duidelijker werd dat de Duitsers geen andere keus hadden dan zich over te geven.

Wij bevonden ons te midden van de menigte verpleegsters en soldaten die in jeeps naar Albert reden. Geen van ons durfde te geloven dat het echt waar kon zijn. Soldaten van alle nationaliteiten – Engelsen, Fransen, Amerikanen en zelfs Indiërs – en van overal langs de frontlinie stroomden het plein op en een ter plekke samengestelde band speelde die nacht in een euforische kakofonie van vreugde.

Ik herinner me levendig dat iemand vuurwerk afstak en het hele plein plotseling stilviel. Onze zintuigen waren alert, bang dat we verkeerd geïnformeerd waren en dat het het geluid was van Duitse raketten. Toen het vuurwerk de lucht in vloog, verzekerden de vonkende kleuren en patronen van licht ons dat dat niet zo was.

Vlak na dat vuurwerk werd ik op mijn schouder getikt.

Ik was op dat moment in Neds armen en danste op de tonen van de Dixieland Jazz Band. We stopten en ik keek om, en daar zag ik, als een verouderde schaduw van zijn vroegere jongensachtige zelf, Donald Astbury.

'Anahita? Ben jij het?'

'Donald?' Ik hield mijn adem in, durfde het nauwelijks te geloven.

'Ja.' Hij lachte. 'Selina schreef me en vertelde me dat je bij de VAD's was gegaan, maar wat een toeval dat ik je hier vanavond tegenkom!'

Ned stond in de houding – Donald was zijn meerdere in rang – dus ik stelde ze aan elkaar voor en de twee schudden elkaar de hand.

Donald keek op mij neer met affectie in zijn ogen. 'Weet je, sergeant Brookner, de laatste keer dat ik deze jongedame zag, was ze bijna vijftien jaar oud. En kijk nou eens naar je, Anni!' Zijn ogen gingen bewonderend op en neer langs mijn lichaam. 'Helemaal volwassen. Ik herkende je haast niet. En,' vervolgde Donald tegen Ned, 'het was ook Anni die mij vertelde dat ik de oorlog veilig zou doorkomen. Ik heb zo vaak in de loopgraven naar jouw brief gekeken, Anni, om te geloven dat ik erdoor zou komen.' Donald lachte opeens en zijn vermoeide, grijze gezicht lichtte op. 'Dus hier ben ik!'

De muziek zette het refrein in van 'Let Me Call You Sweetheart'.

'Sorry, ouwe jongen, maar mag ik deze dans van Anni?' vroeg Donald aan Ned.

'Natuurlijk, sir!' zei Ned, maar hij klonk een beetje verdrietig.

'Dank je wel. Kom, Anni, laten we dit blijde moment vieren.' Donald pakte me bij de hand en trok me de menigte in.

Ik schaam me te moeten zeggen dat ik die avond niet meer in Neds armen terugkeerde. Donald en ik dansten de hele nacht op dat dorpsplein in Noord-Frankrijk alsof ons leven nog maar net begon. En misschien was dat ook wel zo.

'Ik kan niet geloven hoe volwassen je bent geworden!' zei hij wel honderd keer tegen me. 'Anni, je bent zo mooi geworden!'

'Alsjeblieft...' Ik bloosde elke keer als hij dat zei. 'Mijn jurk is drie jaar oud en mijn haar is al meer dan anderhalf jaar niet geknipt.'

'Je haar is prachtig,' zei Donald en hij haalde zijn vingers erdoorheen. 'Jij bent prachtig. We waren voorbestemd om elkaar hier vanavond te ontmoeten.'

Ik begreep dat iedereen zich die avond liet meeslepen in een soort euforie die onmogelijk te beschrijven is. Toen Donald mij overstelpte met complimenten en mij vertelde dat hij de afgelopen drie jaar elke dag aan mij had gedacht, sloot ik dat allemaal weg in een doosje, ver van mijn hart vandaan, want ik wist waarom hij dat zei.

Toen het plein langzaam leegliep in die ijskoude novembernacht, zaten Donald en ik op de rand van de fontein in het midden en staarden omhoog naar de sterren aan de heldere hemel.

'Sigaret?' bood hij aan.

Ik nam er een en we zaten dicht bij elkaar te roken.

'Ik kan echt nauwelijks geloven dat het voorbij is,' zei hij ongelovig.

'Nee, maar ik moet natuurlijk wel snel weer terug naar het hospitaal. Ik heb nog steeds veel zieke en gewonde patiënten die mij nodig hebben. Wapenstilstand of niet.'

'Zij hebben het vast goed gedaan onder jouw handen, Anni. Echt, jij bent een geboren verpleegster.'

'In de toekomst zou ik graag zien dat meer van mijn patiënten blijven leven.' Ik huiverde. 'Ik deed wat ik kon, maar in veel gevallen kon ik gewoon niet helpen. Ik denk dat ik er wel mee verder wil als de oorlog voorbij is.'

'De oorlog ís voorbij, mijn liefste Anni,' plaagde Donald mij, en we grinnikten allebei om de zin die de wereld de afgelopen vier jaar elke dag had gebruikt.

'Ik moet nu echt terug. Het hoofd vilt me levend.'

'Welnee, niet vanavond. Maar als je moet gaan, dan loop ik met je mee.'

'Dat is toch een heel eind om?' zei ik toen ik opstond.

'Maakt niet uit. Vannacht zou ik een miljoen kilometer kunnen lopen.'

We liepen arm in arm het dorp uit over de verlaten weg, de lucht rook nog scherp van maandenlang granaatvuur.

'Weet je, ik denk echt dat jij mijn talisman was,' zei Donald toen we de ingang naderden van het kamp waarin mijn hospitaal lag. 'Ik ben talloze malen de loopgraven uit gestuurd, maar heb nog geen schram opgelopen.'

'Ik wist dat je voor het geluk geboren was.' Ik grijnsde naar hem.

'Misschien, maar jij hielp me daarin te geloven. En dat is het belangrijkste. Welterusten, Anni.'

Donald boog zich naar me toe en kuste me. En ik schaam me een beetje te zeggen dat die kus heel lang duurde.

De twee weken die volgden waren druk voor me. We lapten de mannen die nog in ons hospitaal lagen op ter voorbereiding op hun reis terug naar Engeland. Donald kwam me elke avond ophalen met zijn jeep. De andere verpleegsters trokken hun wenkbrauwen op en roddelden onder elkaar.

'Onze Anni heeft een jongeman, en een officier nog wel! En hij heeft ook nog eens twee armen en twee benen! Geluksvogel!' zei een van de verpleegsters, niet onvriendelijk.

Ik probeerde wanhopig om mijn hart af te sluiten voor Donald en de schade die hij zou kunnen aanrichten. Geen van ons tweeën sprak in de kostbare momenten dat we samen waren – een wereld zonder regels of conventies, of een maatschappij die ons vertelde hoe we ons moesten gedragen en van wie we moesten houden – over de toekomst. We leefden gewoon in het moment en genoten van elke seconde.

Toen het einde in zicht kwam en ik zou terugreizen over het Kanaal naar Engeland op een hospitaalschip met enkele van mijn patiënten, nam de intensiteit tussen ons koortsachtige vormen aan.

'Ik zie je in Londen, toch?' vroeg Donald mij wanhopig tijdens onze laatste avond samen. 'En je komt toch naar Astbury? Je weet hoe dol iedereen daar op je is.'

'Behalve je moeder.' Ik rolde met mijn ogen terwijl ik heerlijk in zijn armen lag in zijn jeep.

'Trek je van haar niets aan, zij mag niemand. God, ik kon niet wachten tot de oorlog voorbij was toen hij nog bezig was, maar nu moet ik mijn moeder weer onder ogen komen en me met het landgoed bezighouden, en voel ik me minder euforisch.' Hij trok een grimas. 'Astbury is wettelijk op mij overgegaan toen ik een paar weken geleden eenentwintig werd. Dus nu is het volledig mijn verantwoordelijkheid.'

'Ik denk dat je er wel wat werk aan zult hebben,' antwoordde ik, en dat was natuurlijk een enorm understatement.

'Waar woon je als je terug bent?'

'Er is een verpleegstershuis, vlak bij het hospitaal waar ik naartoe word gestuurd met de patiënten,' antwoordde ik. 'Het is in Whitechapel, en daar zal ik in de nabije toekomst werken.'

'Anni,' zei Donald en hij had een plotselinge urgentie in zijn stem, 'ga vanavond niet terug. Kom met mij mee naar het dorp. Ik heb daar een kamer. We kunnen daar tenminste nog een paar uur bij elkaar zijn.'

'Ik...'

'Echt, Anni, ik ben een heer en ik zou niets oneerbaars doen.'

'Ssst,' zei ik. Ik kon mijzelf niet stoppen. 'Ik ga met je mee.'

Natuurlijk was het die nacht onmogelijk, zoals het altijd is geweest over de hele wereld, voor twee verliefde mensen om niet met elkaar verbonden te zijn op onze speciale, menselijke manier. In die kleine, verduisterde kamer, waarin het zachte licht tussen de luiken door naar binnen viel, voelde ik geen spoor van schuld toen Donald mij voorzichtig uitkleedde. Toen hij mij over mijn hele lichaam kuste en we één werden, voelde ik dat mijn geloof in de goden en in de mensheid werd hersteld.

'Ik houd van je, mijn lieve Anni, ik moet bij je zijn,' kreunde hij. 'Ik heb je nodig, ik heb je zo nodig...'

'Ik houd ook van jou,' fluisterde ik in zijn oor toen onze urgentie toenam, 'en dat zal ik altijd blijven doen.'

23

De eerste maand na onze terugkomst in Engeland zag ik Donald niet. Het was Kerstmis – de eerste Kerstmis die hij met zijn familie op Astbury Hall vierde in drie jaar tijd. Hij schreef me echter elke dag; lange, diep doorvoelde brieven waarin hij mij vertelde hoe hij me miste, hoeveel hij van mij hield en dat hij niet kon wachten tot hij weer bij me was.

Ik schreef terug, brieven die vol stonden met mijn dagelijkse belevenissen in het ziekenhuis. Ook al barstte mijn hart bijna uit elkaar van liefde voor hem, hield ik mij in en liet ik dat niet zo tot uitdrukking komen op papier als hij. Nu ik terug was in Engeland, wist mijn pragmatische kant dat ik mijzelf niet kon toestaan om mij volledig door hem te laten meeslepen, want ik zag gewoon niet hoe wij in de toekomst samen zouden kunnen zijn. Ik werd godzijdank goed beziggehouden in het London Hospital in Whitechapel, en op een middag, vlak na Nieuwjaar, werd ik bij de hoofdverpleegkundige geroepen, die mij vroeg te gaan zitten.

'Zuster Chavan, ik heb vandaag over u gesproken in mijn wekelijkse overleg met de artsen. We zijn het er allemaal over eens dat u bijzonder geschikt bent voor het verpleegstersvak. Uw werk in Frankrijk spreekt al voor u en uw werk hier is van het hoogst mogelijke niveau geweest.'

'Dank u,' zei ik. Ik was dankbaar voor haar complimenten. Dat gebeurde niet zo vaak.

'Voor u naar Frankrijk vertrok, hebt u alleen basistraining als hulpverpleegster gehad, is het niet?'

'Ja, mevrouw, maar toen ik in Frankrijk was, was het alle hens aan dek en ik heb veel geleerd van de artsen. Ik kan professioneel hechten, wonden verbinden, injecties geven en ik heb dokters geassisteerd bij de vele noodoperaties die ze moesten uitvoeren.'

'Ja, ik weet het. U hebt ook een soort rustige autoriteit over u die de patiënten vertrouwen geeft. Ik zag al dat hoogopgeleide verpleegsters tegen u opkijken en u respecteren. Wat wij van het ziekenhuis willen voorstellen is dat u verder doorleert en de kwalificaties verkrijgt om verpleegster te worden en later misschien hoofdverpleegster.'

Ik was overdonderd. Ik had geen idee dat mijn bekwaamheid zo was opgevallen. 'Dank u, mevrouw, ik voel me vereerd.'

'U blijft hier gestationeerd in het ziekenhuis, maar u gaat drie dagen per week naar onze school om de technische kant van het verplegen te leren. Over een jaar bent u dan officieel verpleegster. Wat vindt u daarvan?'

'Ik zou dat heel graag doen,' antwoordde ik.

'Goed. Ik schrijf u onmiddellijk in en u kunt volgende week beginnen.'

'Dank u, mevrouw,' zei ik toen ik opstond en de kamer verliet.

Buiten slaakte ik onwillekeurig een gilletje van blijdschap en opwinding. Ik bedacht hoe trots mijn vader en moeder op mij zouden zijn geweest. Twee dagen later werd mijn geluk compleet toen Donald in Londen aankwam. Hij verbleef in het huis van de Astbury's aan Belgrave Square, waar Selina op dat moment woonde met Eleanor en haar kindermeisje Jane, het meisje dat ik aan haar had voorgesteld.

Ik wist dat hij zou komen en ik had een dag vrij genomen van het ziekenhuis, was met de bus naar Selfridges gegaan en had voor de gelegenheid een deel van mijn zuurverdiende geld besteed aan een nieuwe, zeer modieuze mantel. Toen ik Piccadilly Circus naderde – we hadden afgesproken onder het beeld van Eros – begon mijn hart te bonken in mijn borstkas. Misschien was Donald van gedachten veranderd en niet gekomen, dacht ik, toen ik de menigte afzocht naar zijn bekende gezicht. Uiteindelijk zag ik hem. Hij zocht net zo fanatiek naar mij als ik naar hem. Hij liep naar me toe en nam me in zijn armen.

'Lieverd, o god, wat heb ik je gemist!' Hij bestudeerde mijn gezicht. 'Heb je mij ook gemist?'

'Natuurlijk heb ik je gemist, en ik heb je zoveel te vertellen. Zullen we ergens thee gaan drinken?' stelde ik voor.

'Ja.' Hij begroef zijn gezicht in mijn hals. 'Al is op dit moment thee wel het laatste waar ik zin in heb. Maar goed, we zullen het ermee moeten doen.'

We gingen samen zitten in het Lyons' Corner House aan Shaftesbury Avenue en praatten elkaar de oren van het hoofd tot het buiten donker werd. Donald leek net zo enthousiast als ik over mijn carrièrekansen.

'Je bent een geweldige verpleegster,' zei hij bewonderend. 'Alle kerels van wie ik weet dat ze door jou verzorgd zijn in Frankrijk herinneren zich jou. En mijn zuster is natuurlijk ook dol op je. En nu we het toch over haar hebben, ik vertelde haar dat ik met jou had afgesproken vandaag en ze zei dat Eleanor en zij jou ook graag willen zien. Kun je morgenavond misschien naar het huis komen? Dan kun je Eleanor zien en blijven eten met Selina, mij en haar nieuwe *amour*, Henri Fontaine.'

'Lady Selina heeft een nieuwe liefde? Ik wist het!' Ik klapte in mijn handen van vreugde over dit nieuws.

'Ja, ze zijn heel erg verliefd,' bevestigde Donald. 'Maar, om redenen die je waarschijnlijk wel kent, weet moeder daar nog niets van. Ze zou het niet goedkeuren.'

'Ik moet even op mijn rooster kijken, maar ja, ik denk wel dat het lukt. Het wordt veel gemakkelijker als ik volgende week met mijn school begin. Ik ben dan om vier uur klaar met mijn lessen. Weet Lady Selina van... ons?' informeerde ik voorzichtig.

'Nou, ik ben niet in details getreden, zeker niet met Kerstmis met moeder erbij, maar Selina weet wel dat ik jou in Frankrijk veel heb gezien.' Hij glimlachte. 'En natuurlijk weet ze het als ze ons samen ziet.'

'En je vindt het niet erg dat ze het weet?'

'Anni, waarom zou ik dat erg vinden? Selina is dol op je en bovendien moet ze zelf nog aan moeder vertellen waarom zíj zo vaak naar Londen gaat!' voegde Donald eraan toe.

'Je moeder heeft een hekel aan buitenlanders,' zei ik zacht.

'Mijn moeder leeft in het verleden, in een moeilijke tijd. Dat weet je, Anni.'

'Ja, dat weet ik. Maar...'

'Stil!' Donald legde een vinger op mijn lippen. 'Ze is hier niet en ik wil niet dat haar spookbeeld de weinige tijd die we samen hebben verpest.'

Ik keek op mijn horloge en zag dat de avondklok in het verpleegstershuis over minder dan een uur zou ingaan. 'Ik moet gaan,' zei ik.

'Echt?'

'Ja.'

Donald vroeg de rekening en we liepen naar buiten, de koude avondlucht in. Toen we terugliepen naar Piccadilly Circus, waar ik weer op de bus zou stappen, trok hij me een portiek in en kuste me hartstochtelijk.

'Goed,' zei hij toen hij me eindelijk losliet, 'dan zie ik je morgenavond bij ons thuis? Belgrave Square, nummer 29. Ik heb morgen om zes uur een afspraak in mijn club met de bankmanager van de familie, dus ik ben misschien een beetje laat, afhankelijk van hoe vreselijk de financiën ervoor staan.'

'Ziet het er erg slecht uit?'

'Laten we het zo zeggen, Anni, als de bank weigert om de lening te verlengen, rest mij geen andere keuze dan het hele landgoed te verkopen – het huis én het land,' zei Donald met een zucht. 'Dus ja, ik denk niet dat het nog erger kan.'

'Geef de hoop nog niet op. Ik zie je morgen.' Ik kuste hem en holde om mijn bus te halen.

De volgende avond reisde ik naar Belgrave Square. Selina en Eleanor waren net zo blij om mij te zien als Donald had voorspeld.

'Anni, wat fijn om je hier te zien,' zei Selina toen ze me naar Eleanor bracht, die op het kleed voor het haardvuur in een prentenboek zat te kijken. 'Eleanor, kijk eens, het is Anni!'

Eleanor zat al snel op mijn schoot en Selina belde de meid om thee te brengen. 'Nu Donald er nog niet is, wil ik dat je me alles vertelt over je avonturen in Frankrijk.' Ze lachte samenzweerderig naar me. 'En natuurlijk ook hoe jullie elkaar daar hebben teruggevonden.'

Ik gaf haar een zorgvuldig bewerkte versie van de tijd dat ik daar achter de frontlinie werkte, en een al net zo korte schets van mijn hernieuwde kennismaking met Donald. Selina vroeg Jane om Eleanor naar bed te brengen en toen we alleen waren, vervolgde ze haar ondervraging.

'O, Anni, dus jij en Donald ontmoetten elkaar weer op de dag van de wapenstilstand en dansten toen de hele nacht in Frankrijk. Wat heerlijk romantisch.' Ze boog zich naar mij toe en fluisterde: 'Volgens mij vertel je mij niet alles. Ik ken mijn broertje heel goed, en zodra ik hem zag, wist ik dat hij verliefd was. Alsjeblieft, Anni, je kunt me vertrouwen. Als hij verliefd is op jou, vind ik dat zo schattig!' Ze liet haar belletjesachtige lach horen.

'Vraag dat maar aan Donald.'

'Maak je geen zorgen, dat zal ik zeker doen. Weet je nog, jij zei me dat er iemand op mij wachtte. En je had gelijk, Anni, dat was zo. Ik ben zo gelukkig!'

'Ik ben heel blij voor u, Lady Selina.

'Noem me alsjeblieft gewoon Selina, het voelt alsof we bijna familie zijn.' Ze glimlachte. 'Hoe dan ook,' vervolgde ze, 'ik vertrouw je genoeg om je te vertellen dat ik dolverliefd ben op Henri en dat we van plan zijn zo gauw mogelijk te trouwen, wat moeder er ook van vindt. Ik hoop dat je hem aardig vindt, hij zal hier zo wel zijn. Weet je, Anni, soms voel ik mij verschrikkelijk schuldig. Ik geloof niet dat ik ooit zo verliefd ben geweest op de arme, dode vader van Eleanor als nu op Henri.'

'Ach, we kunnen toch nooit kiezen van wie we echt houden?' antwoordde ik.

'Nee, dat is zo. Hugo was een goede man en perfect voor mij als het ging om status en aanzien, zoals moeder altijd zei, maar hij raakte mijn hart niet.'

'Blijf je hier in Londen wonen of verhuizen jullie naar Frankrijk?'

'Een beetje van allebei denk ik. Henri heeft een chateau in het zuiden van het land, wat heel mooi moet zijn, maar hij houdt ook van Londen.'

Op dat moment kwam Donald de kamer binnen. Hij zag er moe uit, maar zijn ogen lichtten op toen hij mij zag. Hij wilde naar me toe komen, maar zag toen dat zijn zuster tegenover mij zat en herstelde zichzelf.

'Selina, je ziet er weer prachtig uit vanavond,' zei hij. 'En Anni, hoe maak je het?' Hij pakte mijn hand en kuste hem; zijn ogen vertelden wat hij voelde en met zijn lichaam niet kon uitdrukken.

'Heel goed, dank je, Donald,' antwoordde ik formeel, met een twinkeling in mijn ogen.

Ik zag dat Selina gefascineerd naar ons keek, maar er was geen tijd voor haar om ons nader te ondervragen. De deur van de zitkamer ging nogmaals open en de meid liet een kleine man binnen met een snor en haar van een lengte die in Engeland als ronduit bohemien werd beschouwd.

'Henri, welkom!' Selina ging naar hem toe en ook zij deden formeel tegen elkaar. 'Mag ik mijn broer, Lord Donald Astbury, aan je voorstellen, en onze vriendin Miss Anahita Chavan.'

'*Enchanté, mademoiselle*,' zei de graaf toen hij mijn hand kuste.

'Goed, wie wil er wat drinken?' zei Selina.

Toen we allemaal op ons gemak waren en de wijn tijdens het diner rijkelijk had gevloeid, lieten we onze reserves varen. We bespraken met zijn vieren de toekomstplannen van Selina en Henri.

Op een bepaald moment boog Henri zich naar mij toe en fluisterde: 'Is hun moeder echt zo angstaanjagend als Selina haar beschrijft?'

'Helaas, ja. En ze houdt niet van buitenlanders.'

Nu we elkaar in de situatie hadden gevonden, lachten we hardop om de ironie van dit dinertje. Donalds hand zocht mijn knie onder tafel en Henri ging door mij bekentenissen te doen.

'Ik ga in de komende twee weken met Selina naar Devon om "*Madame le Dragon*" te vertellen dat ik met haar dochter wil trouwen. Zal ik levend worden opgegeten?'

'De kans is groot dat je een paar vingers verliest, maar ik betwijfel of ze de rest van je zal aanraken. Je bent tenslotte Frans en dat is niet haar smaak.'

Na het eten bleven Donald en Henri, zoals toen de gewoonte was, aan tafel zitten met een cognac en een sigaar en vertrokken Selina en ik naar de zitkamer.

'Is Henri niet geweldig?' zei ze, toen ze zich tevreden in de stoel bij het vuur nestelde.

'Ik mag hem heel graag. Ik denk dat hij inderdaad een goede echtgenoot voor je is,' verzekerde ik haar.

'En wat jou betreft, ik zie dat Donald je aanbidt, net zoals Henri dol is op mij. Misschien moeten we een gezamenlijke bruiloft houden,' zei ze en ze kon niet meer stoppen met lachen.

'Selina,' zei ik, plotseling ernstig, 'ik denk dat jouw omstandigheden heel anders zijn dan die van Donald. Hij is de erfgenaam van Astbury. Hij heeft me ooit verteld dat hij iemand moet trouwen die hem kan helpen het landgoed te redden. Jij weet heel goed hoe vervallen het huis is.'

'Je hebt vast en zeker gelijk, maar ik bemoei me niet met de zakelijke kant.'

'Nou, Donald heeft me verteld dat de financiën er heel slecht voor staan.'

'Dan heeft hij toch zeker iemand nodig die sterk is, zoals jij, die hem kan steunen als hij alles weer op orde brengt?' wierp Selina tegen.

'Helaas weten we allebei dat je moeder het daar niet mee eens is.'

'Houd je van hem, Anni?'

'Meer dan van de aarde en de hemel bij elkaar,' antwoordde ik naar waarheid. 'Maar ik wil zijn toekomst niet ruïneren, Selina. Ik heb geen bruidsschat en gemengde huwelijken zijn nog niet echt geaccepteerd in Engeland. Niet dat Donald mij gevraagd heeft, natuurlijk,' voegde ik er haastig aan toe.

'Onzin! Een week geleden nog ontving ik een brief van mijn vriendin Minty, Indira's grote zus, waarin ze mij vertelde dat een van haar vriendinnen onlangs met een Engelsman is getrouwd.'

'Ja, en misschien was haar vriendin een prinses, en niet een gewoon kindermeisje.' Ik zuchtte. 'We weten allebei dat je moeder het verschrikkelijk zou vinden.'

'Vergeet mijn moeder! Donald is volwassen, hij is Lord Astbury en heeft de leiding over het landgoed én over zijn eigen lot. Jij maakt hem gelukkig, Anni! Wat doet de rest ertoe?'

We hadden het er verder niet meer over, want de mannen kwamen de zitkamer in om bij ons te zitten. Ik keek op mijn horloge en zag dat het na elf uur was. Ik had toestemming later terug te komen, maar ik moest wel om middernacht in het verpleegstershuis zijn.

'Ik moet gaan,' zei ik zachtjes tegen Donald. Ik wilde het samenzijn niet verstoren.

'Natuurlijk. Ik bel een taxi om je thuis te brengen.'

Ik nam afscheid van Selina en Henri, en Donald liep met me mee de trap af van het huis. Toen we op Belgrave Square op de taxi stonden te wachten, wendde ik me tot hem.

'Hoe was je gesprek met de bankmanager?'

'Precies zo vreselijk als ik verwachtte,' zei hij. 'Het landgoed staat op het punt failliet te gaan en ik kreeg vanavond te horen dat de bank de lening niet kan verlengen. Moeder heeft de zaken in de soep laten lopen, zonder ergens over na te denken.'

'Het spijt me zo, Donald,' zei ik zacht.

'De bankmanager vertelde me dat ik niet de enige ben die na vier jaar oorlog thuiskomt en een dergelijke situatie aantreft. De problemen zijn al veel eerder begonnen. Mijn vader is tien jaar geleden overleden. Het landgoed moet worden verkocht. Zo eenvoudig is het.'

'Voor jou is het misschien eenvoudig, maar denk je dat je moeder het zal accepteren?' vroeg ik hem.

'Ze zal wel moeten, net als wij allemaal. Er is geen keus. Helaas.' Donald zuchtte toen hij een taxi voor mij aanhield. 'Niets is meer zoals het ooit was.'

Ik gaf het adres aan de chauffeur en Donald drukte een bankbiljet in mijn hand toen hij mij tegen zich aan drukte.

'Zie ik je morgen?' vroeg hij.

'Ik ben pas om acht uur klaar.'

'Dan kom ik je afhalen en eten we ergens in Whitechapel.'

'Ik denk niet dat het je daar bevalt,' zei ik toen de taxi op het punt stond om weg te rijden.

'Frankrijk beviel mij ook niet, tot ik jou er tegenkwam.' Hij lachte. 'Ik zie je voor het ziekenhuis om acht uur, Anni. Welterusten.'

Ik zakte achterover op de zachte leren zitting. Mijn gedachten gingen de gebeurtenissen van die avond na en wat Selina had gezegd. Als het Astbury Estate moest worden verkocht, dan was er misschien, heel misschien, een mogelijkheid dat er een toekomst bestond voor Donald en mij.

Het was gevaarlijk, maar voor het eerst zag ik het voor me.

Op de een of andere manier slaagden Donald en ik erin elkaar de twee weken die volgden elke dag te zien. Selina was teruggegaan naar Astbury Hall om haar moeder voor te bereiden op Henri's komst en de aankondiging van hun verloving, dus Donald en ik hadden het huis in Londen voor onszelf.

'Weet je, het hoofd geeft me vast een slechte aantekening omdat ik niet toegewijd overkom,' zei ik toen Donald en ik 's nachts tevreden samen in het grote bed lagen. 'Ik heb de afgelopen twee weken al zeven nachtverloven opgenomen.'

'Maar ze weet ook dat je "tante", een nicht van de maharani van Cooch Behar, in Engeland is en haar nichtje wil zien,' zei Donald plagend en hij streelde mijn haren zachtjes. 'Luister, Anni.' Hij keek naar me, serieus opeens. 'Ik moet gauw terug naar Devon om met mijn moeder te praten over de verkoop van het landgoed. Ik wilde ermee wachten tot nadat Selina heeft verteld dat ze met Henri gaat trouwen. Zoveel schokken tegelijk, het zou te veel voor haar kunnen worden.'

'Natuurlijk.'

'En dan zijn jij en ik er ook nog.'

'Wat bedoel je?'

'Anni, alsjeblieft, je wéét wat ik bedoel. Jij en ik,' herhaalde hij. 'Ik houd van je, Anni. Je bent mijn beste vriendin, mijn geliefde en de wijste en mooiste vrouw die ik ooit ben tegengekomen. En ik wil dat je mijn vrouw wordt.'

Ik staarde hem verbijsterd aan. 'Je vrouw?'

'Ja, Anni, mijn vrouw. Hoe kun je daar zo verbaasd over zijn? Ik kan de gedachte gewoon niet verdragen dat ik zonder jou zou moeten leven. Is er een betere reden om te willen trouwen?'

'Nee. Maar...'

'Geen gemaar.' Donald legde zijn vinger op mijn lippen. Hij sloeg zijn armen om mij heen en ging lekkerder liggen. 'Ik weet dat je de problemen waar ik nu mee te maken heb kent en ik moet ze allemaal tegelijk aanpakken. Ik wil dat je weet dat ik vastbesloten ben om met jou te trouwen. Ik hoop dat je begrijpt, met hoe de dingen er nu voor staan, dat je niet de kasteelvrouwe van een groot huis zult zijn. Er zal niet veel over zijn nadat het huis is verkocht, zeker omdat ik van de opbrengst moeder op een geschikte plaats moet onderbrengen. Ik dacht dat we misschien hier in Londen konden gaan wonen en dan kijken of we een kleiner huis op het land kunnen kopen als de kleintjes komen.'

'O, Donald.' Op dat moment begon ik te huilen.

'Lieverd, wat is er?'

'Het is alleen...' Ik snoot mijn neus en probeerde het nog eens. 'Het is alleen dat ik geschokt ben dat je serieus een toekomst met mij hebt overwogen.'

'Waarom? Jij dan niet?' Donald zag er verbaasd en een beetje geschrokken uit.

'Donald, begrijp je dan niet dat ik er niet eens over durfde te denken. We komen uit zulke verschillende werelden: ik ben een straatarme Indiase verpleegster en jij bent een lord, met een landgoed.'

'In je eigen land ben je hooggeboren, Anni,' herinnerde hij mij.

'Ja, maar mijn familie is, net als de jouwe, in zwaar weer terechtgekomen. Mijn moeder is uit liefde getrouwd, weet je.'

'Kijk eens aan.' Hij lachte.

'Maar Donald.' Ik moest het zeggen. 'Je moet beseffen dat niet alleen je moeder bezwaar zal hebben tegen ons huwelijk. Ik heb in Engeland al vele malen vooroordelen ondervonden vanwege mijn ras en mijn huidskleur. Weet je zeker dat je met het stigma wilt leven dat je een Indiase vrouw hebt?'

'Ik ben dol op de prachtige kleur van je huid, lieverd,' zei hij toen hij mij in mijn hals kuste. 'Om eerlijk te zijn wil ik degene die hem niet mooi vindt niet eens kennen.'

Ik keek naar hem op en hield nooit meer van hem dan op dat moment. 'Je bent een heel bijzondere man, Donald Astbury.'

'En jij bent een buitengewone vrouw. Ik aanbid je.'

Toen hij de volgende dag naar Devon vertrok, begon ik te fantaseren over onze toekomst samen. En beetje bij beetje begon de doos waarin ik mijn ware gevoelens voor hem had opgeborgen te barsten.

24

Toen Donald in Devon was, wilde ik mij op mijn verpleegstersopleiding storten. Ik wist dat ik mij er niet voldoende mee had beziggehouden. Wat de toekomst ook voor ons brengen mocht, deze prestatie wilde ik voor mijzelf.

Misschien kun je zeggen dat als iemand van je houdt, er een gloed van geluk en vertrouwen om je heen hangt die anderen onweerstaanbaar vinden. Ik was nog nooit naar zoveel bals en uitjes mee gevraagd door artsen in mijn ziekenhuis.

'Je ligt goed in de markt,' zei een van de verpleegsters toen ik weer een uitnodiging had afgeslagen van een aantrekkelijke jonge chirurg.

Voor de eerste keer in mijn leven leek ze gelijk te hebben.

Inmiddels weet ik dat je nooit zelfvoldaan moet zijn over een bepaalde periode in je bestaan. Het is allemaal zo voorbij, dat moment waarop je je onoverwinnelijk voelt, en het spijt me te moeten zeggen dat mijn moment al heel snel daarna tot een abrupt einde kwam. Een week nadat Donald naar Devon was vertrokken, kreeg ik een brief in het verpleegstershuis, doorgestuurd door Selina.

Cooch Behar Palace
Cooch Behar
Bengalen

December 1918

Mijn liefste Anni,

Ik heb geen idee waar je woont sinds je een paar weken geleden uit Frankrijk bent teruggekeerd, maar ik dacht dat de Astbury's het misschien zouden weten. Misschien heb je ondertussen ge-

schreven met je nieuwe adres, maar we weten allebei hoe traag de Indiase post kan zijn. Ik kan alleen maar zeggen hoe trots we hier allemaal zijn op je verpleegsterswerk aan het front. En ik hoop dat je het goed maakt en eindelijk in staat bent om je eigen weg te vinden, na de onrust van de afgelopen vier jaar.

Daarom vind ik het moeilijk om je deze brief te schrijven, omdat ik het naar vind je aandacht te vragen voor iets buiten je eigen leven. Ik heb je hulp nodig.

Zoals we allebei weten, is Indira lang geleden verliefd geworden op prins Varun. Omdat de oorlog nu is afgelopen, zijn de voorbereidingen voor haar huwelijk in volle gang. Zij weigert echter categorisch om met de maharadja van Dharampur te trouwen. We hebben allemaal geprobeerd om met haar te praten, haar te vertellen dat ze geen keus heeft – je kunt je het schandaal voorstellen als ze hem op dit moment afwijst – en de maharadja is een goede man, al is hij iets ouder dan zij. Indira moet haar plicht doen voor haar familie, ongeacht wat haar hart haar zegt te doen.

Ze weigert op dit moment te eten en komt zelfs helemaal niet meer uit haar bed. Ze zegt me dat ze liever blijft liggen en sterft dan een man trouwen van wie ze niet houdt. Niemand in het paleis kan haar tot rede brengen, en ik smeek jou, Anni, als iemand van wie ze houdt, die ze vertrouwt en respecteert, om naar huis te komen, al is het maar voor korte tijd, en ons te helpen haar te laten inzien waar haar plichten liggen. We denken allemaal dat jij misschien de enige bent op deze wereld naar wie ze wil luisteren.

Ik sluit een eersteklaspassage terug naar huis bij. Het is een open ticket, omdat ik geen idee heb hoelang deze brief nodig heeft om jou te bereiken, maar het enige wat je hoeft te doen is contact opnemen met het P&O-kantoor en de precieze datum waarop je wilt vertrekken doorgeven.

Ik weet dat dit veel van je is gevraagd, maar afgezien van alles, is het lang geleden dat je je geboortegrond hebt bezocht, en we houden allemaal heel erg van je.

Mijn lieve Anni, we hebben je nodig.

Met liefde, en de allerbeste groeten...

De brief was ondertekend met 'Ayesha' en droeg daaronder haar koninklijke zegel.

Ik zat op mijn smalle bed in het verpleegstershuis. Mijn hoofd tolde en mijn gedachten gingen terug naar het verleden. Ik had me zo volledig in mijn nieuwe Engelse leven gestort dat het moeilijk was om mij het paleis voor de geest te halen, net als de gezichten van de mensen die ooit alles voor mij hadden betekend.

Talloze gedachten tuimelden door mijn hoofd, waarvan de belangrijkste was: wat zou Donald zeggen?

Het was toch zeker te veel van mij gevraagd om alles op te geven en terug te gaan, al was het maar voor een korte tijd, naar een leven waarvan ik lang geleden afscheid had genomen? Ik ijsbeerde door mijn slaapzaal en besefte dat ook al zou ik maar twee weken gaan, de reis ernaartoe en terug net iets minder dan twee maanden zou duren. De timing was afschuwelijk, kon niet erger zijn.

Ik wist echter ook dat ik alles wat ik was en alles wat ik bezat in mijn leven te danken had aan de maharani en haar familie, die voor mij gezorgd hadden en mij gesteund hadden toen niemand anders dat deed. De laatste keer dat ik de maharani had gezien, had ze mij een keus gegeven, maar deze keer wist ik dat ik die niet had.

'Het is bijzonder jammer,' verzuchtte de hoofdverpleegster de volgende ochtend, toen ik haar vertelde dat ik dringend terug moest naar India wegens familieomstandigheden. 'Heb je enig idee wanneer je terug bent?'

'Ik hoop binnen drie maanden,' verzekerde ik haar.

'Wat ik dan voorstel is dat we je zorgverlof verlenen. Dat betekent dat we een plaats voor je vrij kunnen houden, zowel in het ziekenhuis als in je opleiding. We zouden je hier niet willen kwijtraken.'

'Mevrouw, het spijt me echt heel erg dat ik u moet teleurstellen, maar ik moet echt gaan. Het is een familiekwestie.'

'Zorg er wel voor dat je terugkomt, zuster Chavan.'

'Natuurlijk kom ik terug.' Ik lachte zelfverzekerd naar haar toen ik opstond om te vertrekken. 'Mijn hele leven is nu hier in Engeland.'

Zoals de maharani mij gevraagd had, ging ik naar het P&O-bureau en boekte een ticket voor de eerst mogelijke overtocht. Ik stuurde een telegram om haar te laten weten wanneer ik zou aankomen en maakte me toen op om het aan Donald te vertellen, die binnen een paar dagen uit Devon zou terugkeren. Zoals ik al verwacht had, vond hij het vreselijk toen ik het hem vertelde.

'O, Anni,' zei hij toen ik hem het nieuws vertelde op de eerste avond dat hij terug was. 'Moet je echt gaan?'

'Ja, ik moet. Ze zijn zo goed als familie. De maharani is zo goed voor mij geweest toen ik een kind was en mijn moeder verloor. Zij was degene die mij naar Engeland heeft gestuurd en heeft betaald voor mijn opleiding.'

'Maar Anni,' drong hij aan. 'Wat kun je doen? Als Indira het in haar hoofd heeft gezet dat ze die maharadja niet wil trouwen, denk ik niet dat iemand, zelfs haar oudste vriendin niet, daar iets aan kan veranderen. Niemand zou mij kunnen overtuigen om te stoppen van jou te houden,' voegde Donald er met een treurige glimlach aan toe.

'Je hebt gelijk, ik betwijfel ook of ik iets kan doen, maar de maharani heeft een beroep op mij gedaan en ik kan haar niet in de steek laten.'

'Hoelang blijf je weg?'

'Ongeveer drie maanden, denk ik.'

Donald pakte mijn handen en hield ze stevig vast. 'Beloof me, geen dag langer?'

'Het enige wat ik je kan beloven is dat ik zo snel mogelijk naar Engeland zal terugkeren,' zei ik ernstig.

'Je bent heel lang niet meer in India geweest. Misschien word je er weer door gegrepen en wil je niet meer terug.'

'Dat gebeurt niet,' zei ik vastberaden. 'Vertel me nu over Devon en hoe je moeder reageerde op het nieuws van Selina's verloving.'

'Ik heb de afschuwelijkste tien dagen achter de rug,' gaf Donald toe. 'Toen ik aankwam, vertelde Selina mij dat moeder bijna was flauwgevallen van schrik toen ze vertelde dat ze met Henri zou gaan trouwen en naar alle waarschijnlijkheid in Frankrijk zou gaan wonen. Natuurlijk verbood ze het. Ze zei dat ze nooit meer op Astbury terug mocht komen en dat ze geen cent van haar te verwachten had als ze het waagde met Henri te trouwen. Niet dat ze een cent heeft om aan Selina te geven,' voegde Donald er somber aan toe. 'Tegen de tijd dat ik arriveerde, een paar dagen later, was ze in bed gaan liggen en weigerde ze er nog uit te komen. Ze zei dat ze ziek was en niemand wilde zien. Toegegeven, ze was verkouden, maar toen ik er eindelijk in slaagde binnen te komen, was ze echt niet doodziek,' verzuchtte hij. 'Hoe dan ook, gegeven het feit dat ze het nieuws over Selina zo slecht opnam en duidelijk niet in orde was, vond ik het geen geschikt moment om haar te vertellen dat het landgoed verkocht moet worden. Of dat ik verliefd ben op jou, mijn lieverd,' voegde hij eraan toe.

'Nee, dat zou zeker een te grote schok voor haar zijn geweest,' gaf ik toe.

'En dus verkeren we op dit moment in een impasse. En nu ik jouw nieuws hoor, denk ik dat als jij naar India vertrekt, ik maar beter naar Devon kan gaan en op zoek kan gaan naar een koper voor het landgoed. En kan wachten op het juiste moment om het aan moeder te vertellen.'

'Ik benijd je niet, Donald. Waar is Selina nu?' vroeg ik.

'Ze is naar Frankrijk gevaren met Eleanor en Henri. Hij laat haar zijn chateau in de Provence zien. Geluksvogel,' mijmerde Donald. 'Kon ik maar met jou mee naar India.'

'Dat zou ik ook wel willen,' antwoordde ik.

We zaten een tijdje zwijgend bij elkaar, allebei broedend over de kaarten die het lot ons had toebedeeld.

'Je schrijft toch wel?' vroeg Donald.

'Natuurlijk. En het is niet voor lang. Ik weet zeker dat de verkoop van Astbury je bezighoudt.'

'Houd op. De gedachte dat ik de komende maanden alleen moeder als gezelschap heb geeft me de kriebels. En ik ga het haar echt vertellen, hoor, Anni, niet alleen over het landgoed, maar ook over ons en onze toekomstplannen,' zei hij. 'Ik was eigenlijk van plan geweest je officieel ten huwelijk te vragen zodra ik het haar verteld had. Het helemaal doen zoals het hoort, voor je knielen, een mooie ring aanbieden. Maar nu wil ik dat je in ieder geval begrijpt, voor je vertrekt, hoe serieus ik ben over jou en onze toekomst. We zullen trouwen, Anni, ik zweer het. Het is toch ook wat jij wilt?'

'Ja, ik wil het zo erg dat het mij angst aanjaagt,' zei ik naar waarheid.

'Dus je houdt van mij?'

'Natúúrlijk houd ik van je, Donald.'

'Soms vind ik jou veel Engelser dan ik ben, zoals jij in staat bent om je emoties in de hand te houden,' plaagde hij me. 'Zoals je weet ben ik daar niet zo heel goed in. Ik draag mijn hart op de tong. Dat is altijd zo geweest. Kunnen we nu dan zeggen dat wij officieel verloofd zijn?' Hij kuste de toppen van mijn vingers zachtjes.

Ik keek naar hem met alle liefde die ik in mijn ogen voelde branden. 'Ja, dat wil ik, dat wil ik werkelijk heel graag.'

De dagen die volgden, nu ik al mijn reserves had laten varen met de naderende scheiding voor ogen en Donalds niet-aflatende vastberadenheid over onze toekomst samen, toonde ik mijn liefde voor hem openlijk en eerlijk. Mijn verlof van het ziekenhuis was al ingegaan en ik had uit het verpleegstershuis moeten vertrekken, dus ik had mijn koffer meegenomen en was met Donald in het huis aan Belgrave Square getrokken. Hij op zijn beurt gaf de meid een week vrij, zodat we volledige privacy hadden.

We gedroegen ons als elk ander jong verliefd stel en brachten onze dagen door in de mooie Londense parken en de nachten verstrengeld in zijn bed. Ik gooide elke voorzichtigheid overboord wat dat betreft en nam niet de maatregelen die ik had moeten nemen om mijzelf te beschermen, maar op dat moment was niets belangrijker dan onze liefde.

Donald reed me naar Southampton op de dag dat ik naar India zou vertrekken. Hij kwam aan boord van het schip en bewonderde de mooie hut die mij was toegewezen.

'De prinses keert terug naar haar paleis.' Hij grijnsde toen hij mij op het enorme bed trok en mij in zijn armen nam. 'Denk je dat iemand het merkt als ik me onder je matras verstopt?'

'Vast niet.'

'O, wat zou ik dat graag doen,' zuchtte hij toen de scheepsbel luidde om aan te geven dat het tijd was dat niet-passagiers het schip verlieten, omdat het zich klaarmaakte om te vertrekken. 'Ik kan alleen maar beter naar huis gaan en een manier proberen te vinden om jou te onderhouden op de manier die je blijkbaar gewend bent,' zei hij in een poging ons iets op te vrolijken.

'Je weet dat ik niet om luxe geef, Donald.'

'Nou, dat is maar goed ook, want als je mijn vrouw wordt, dan krijg je die ook niet,' plaagde hij.

Onze stemming sloeg om toen ik met hem door de gang en het dek op liep, waar we afscheid zouden nemen.

Hij sloeg zijn armen om me heen en hield me stevig vast. 'Ik houd van je, mijn Anahita. Kom bij me terug zo gauw als je kunt.'

'Dat doe ik, ik beloof het,' zei ik en ik zag dat er tranen in zijn ogen stonden, net als in de mijne.

'Goed dan,' zei hij, na een lange kus. 'Vaarwel, schat. Pas goed op jezelf tot ik het voor je kan doen.'

'Jij ook.' Ik kon nauwelijks spreken van de emotie die mijn keel dichtkneep.

Hij zwaaide nog even toen hij zich van me afwendde en over de loopplank liep, samen met de laatste overgebleven gasten. Vlak voor hij beneden was, riep ik hem.

'Wacht op me, Donald! Hoelang het ook duurt, wacht alsjeblieft op me!'

Het waaide echter flink die dag en mijn woorden gingen verloren in de wind.

25

De reis terug naar India verliep zonder problemen en zou zelfs plezierig zijn geweest als ik Donald niet zo had gemist. Er was van alles te doen om mij bezig te houden en er waren ook jongemannen, zowel Engelse als Indiase, die mij vroegen hen te vergezellen naar het diner en na afloop met hen te dansen.

Ik begon tijdens de reis te beseffen dat de klungelige dertienjarige die zes jaar eerder naar Engeland was komen varen, was opgebloeid tot een elegante en niet onaantrekkelijke jonge vrouw. Dit beviel me wel, zoals het elke jonge vrouw zou bevallen, en het maakte ook dat ik vond dat ik Donald meer verdiende. Hij stuurde lieve telegrammen naar het schip, vol liefde en grapjes, waarin hij me vertelde dat hij een schilderij had kunnen verkopen en nieuwe schapen had gekocht, en dat hij op de veiling een tweede dorsmachine op de kop had weten te tikken. En dat zijn moeder nog altijd in bed lag en deed of ze ziek was. Zijn laatste telegram had een glimlach op mijn gezicht gebracht.

MOEDER WEIGERT NAAR SELINA'S BRUILOFT TE GAAN STOP VOLGENDE WEEK IN LONDEN STOP IK GEEF HAAR WEG STOP VOLGENDE KEER WIJ MIJN SCHAT STOP DONALD XX

Terwijl het schip over een kalme zee richting mijn geboorteland stoomde, begon ik mijn gedachten op Indira te richten. Ik wist hoe koppig ze was en ik betwijfelde of ik iets kon doen om haar op andere gedachten te brengen. Ik hoopte dat mijn pogingen om haar tot rede te brengen vruchteloos zouden blijven en dat de maharani mij zou bedanken omdat ik het tenminste had geprobeerd. Als ik dan mijn plichten had gedaan, zou ik zo snel mogelijk naar Engeland en Donald kunnen terugkeren.

Ik wilde de stemmen niet horen die tegen mij zongen als ik in mijn hut in bed lag, gewiegd door de kalme zee, en die mij zeiden dat dit niet het geval zou zijn. Ik had nu mijn eigen lot in handen, fluisterde ik tegen ze. Ik zou máken dat het gebeurde, koste wat kost.

Op de ochtend dat het schip aanlegde in Calcutta, pakte ik mijn dikke wollen truien onder in mijn koffer en deed ik een oude zomerjurk aan die betere dagen had gekend. Toen ging ik het dek op en snoof de hete, zwoele lucht op. Beneden stond een kleurrijke, lawaaierige menigte op de kade te wachten op hun dierbaren.

Ik was thuis.

De maharani had Suresh, een van haar adjudanten, gestuurd om mij af te halen en mij in de trein te vergezellen van Calcutta naar Cooch Behar. Toen hij in ratelend Hindi tegen mij begon te praten, kostte het mij moeite hem te verstaan. Het was jaren geleden dat ik voor het laatst in mijn eigen taal had gesproken. Op de lange treinreis naar Cooch Behar besefte ik dat het tijd zou kosten om weer te wennen aan een cultuur die ik bijna was vergeten. Ik had last van de hitte, en mijn oren tuitten van het onophoudelijke lawaai dat India en zijn bewoners maakten. Er heerste een intensiteit waar ik maar moeilijk aan kon wennen, nu ik zo gewend was geraakt aan het gematigder tempo van Engeland en de Engelsen.

Ik was ook vergeten hoe overweldigend mooi het Cooch Behar Palace was. Toen de chauffeur mij over het spectaculaire terrein reed, nam ik elk detail gretig in mij op, alsof mijn ogen zo'n dramatische omgeving hadden gemist.

'De maharani vraagt een audiëntie met u met zonsondergang,' informeerde Suresh mij. 'Zij komt naar uw kamer. Neem tot dan alstublieft de tijd om te rusten.'

Ik kreeg een prachtige suite in de weelderige gastenvleugel, en toen de meid buigend mijn kamer verliet, begreep ik dat Indira waarschijnlijk geen idee had dat ik hier was. Ik ging op mijn bed liggen en vroeg mij af hoe ik, een vrouw die zelf in een geheime liefdesaffaire was verwikkeld, een ander ervan moest overtuigen dat ze tegen haar hart moest ingaan?

Om zes uur, toen ik rook dat de dhuan door het paleis werd

gewaaierd en ik zag dat de vele olielampen werden aangestoken, stond de maharani in mijn deuropening.

'Anahita.' Ze kwam naar voren met haar gebruikelijke gratie en zag er net zo mooi uit als ik mij herinnerde. Ze omhelsde mij. 'Welkom thuis,' zei ze en ze deed een stap achteruit om mij te bekijken. 'Kijk nou, je bent een prachtige jonge vrouw geworden en, ik hoop dat ik dat mag zeggen, een vrouw die veel nieuwe levenservaringen heeft opgedaan sinds ik haar voor het laatst zag. Ik heb over je dappere daden in Frankrijk gehoord via Selina's brieven aan Minty.'

'Dank u, Uwe Hoogheid, maar ik was slechts een van de duizenden die deden wat ze konden. Ik moet me verontschuldigen dat ik geen geschikte kleding heb om hier in het paleis te dragen. Tegenwoordig ga ik uitsluitend westers gekleed,' zei ik. Ik voelde me opgelaten toen ik haar schitterende sari zag, gemaakt van dieppaarse stof en geborduurd met fijne hibiscusbloemen.

'Dat geeft niet, ik laat mijn kleermaker morgen bij je langskomen. Laten we nu naar buiten gaan en praten.'

We liepen samen naar een binnenplaats vol zoet geurende plumeriabloemen en jacaranda's. En toen de zon daalde boven de grote centrale koepel van het paleis, vertelde de maharani mij over Indira.

'Ze weigert haar kamer te verlaten tot haar vader en ik ermee instemmen het huwelijkscontract met de maharadja van Dharampur te annuleren en haar toestaan de vrouw te worden van prins Varun. We weten allebei dat Indira heel koppig kan zijn en ik begrijp dat zij denkt dat zij van deze man houdt. Maar het is gewoon onmogelijk!' De maharani gebaarde druk en haar elegante handen vol ringen verraadden haar spanning. 'Het zou een schandaal veroorzaken tussen de vorstenlanden in India en ik wil niet dat mijn dochter óf mijn familie het middelpunt wordt van zoiets.'

'Weet Indira dat ik hier ben?'

'Nee, ik heb het haar niet verteld. Ik dacht dat het beter zou zijn als ze dacht dat je uit eigen beweging was gekomen, gewoon omdat je je oude vriendin wilde zien.'

'Alstublieft, Uwe Hoogheid, Indira is veel dingen, maar niet dom. Ze zal begrijpen dat u mij heeft laten komen.'

'Ja, je hebt natuurlijk gelijk.' De maharani schudde wanhopig haar hoofd. 'Maar jij was de enige persoon die ik kon bedenken naar wie ze zou luisteren. Wat Indira niet begrijpt, is dat liefde kan groeien. Mijn huwelijk met Indira's vader was ook gearrangeerd. Hij was niet mijn keus, maar ik heb geleerd van hem te houden, en hij van mij, en we zijn erg gelukkig.'

'Dat weet ik, Uwe Hoogheid. Iedereen ziet het en voelt het.'

'Ik heb ook ingezien dat Indira een jeugd heeft gekregen die ik nooit heb gehad. Zij heeft tijd doorgebracht in en de vrijheden meegemaakt van de westerse cultuur. Ze is een jonge vrouw die tussen twee werelden is opgegroeid. En hoewel haar vader en ik dachten dat wij haar horizon verbreedden, hebben we haar eigenlijk alleen maar verward. We hebben haar laten denken dat ze keuzes had die zij nooit voor zichzelf zou mogen maken.' De maharani staarde in de invallende schemering met droefheid in haar ogen. 'Jij moet daar alles van weten, Anni.'

'O, zeker. Je hebt het gevoel dat je bij geen van beide werelden hoort.'

'Jij hebt tenminste geen gearrangeerd huwelijk en kunt je hart volgen. Helaas kan Indira dat niet. Ga alsjeblieft vanavond naar haar toe. Probeer haar ervan te overtuigen dat ze redelijk moet zijn, dat ze de schaamte en de schande die dit zou veroorzaken niet over haar familie kan brengen.'

'Ik heb er niet veel hoop op,' zuchtte ik. 'Maar ik zal mijn best doen.'

Ze klopte op mijn hand. 'Dat weet ik.'

Een uur later werd ik naar Indira's kamer gebracht. Toen ik binnenkwam, zag ik het lege bed waarin ik ooit als kind had geslapen. Indira lag in haar eigen bed ernaast, haar ogen gesloten.

'Indy?' fluisterde ik. 'Ik ben het, Anni. Ik ben gekomen om je te zien.'

'Anni?' Indira deed één oog open en keek naar me. 'Hemel, je bent het echt! O, Anni, ik kan niet geloven dat je gekomen bent!'

'Natuurlijk ben ik gekomen.'

'Ik ben zo blij je te zien!' Ze stak haar broodmagere armen naar me uit en ik sloeg de mijne om haar fijne gestel. Deze keer had niemand overdreven over de staat van Indira's gezondheid. Ze zag eruit en voelde aan alsof ze zichzelf inderdaad aan het doodhongeren was.

'Je moeder schreef me en vertelde me dat je ziek bent, Indy,' zei ik toen ik op haar bed was gaan zitten en zij tegen mijn schouder aanleunde.

'Ja, ik ben ziek. Ik wil niet langer leven,' zuchtte ze.

Een deel van mij wilde eigenlijk in de lach schieten, want Indira was niet veel veranderd. Toen ze een kind was, was de wereld te klein als ze iets eenvoudigs miste. Ik begreep dat ook al worden onze problemen als we volwassen zijn misschien ernstiger, onze houding en gedrag hetzelfde kunnen blijven.

'Waarom wil je niet langer leven?' vroeg ik rustig en ik streelde haar haren.

'Probeer me alsjeblieft niet de les te lezen, Anni,' zuchtte ze. Ze ging rechtop zitten en keek me aan. Haar ogen glansden in haar magere gezicht. 'Ik weet dat mijn moeder je heeft laten komen en waarschijnlijk heeft ze al met je gepraat na je komst, dus je weet wat er aan de hand is. En als je bent gekomen om mij om te praten, dan kun je beter weggaan. Want ik luister niet naar je. Ik luister niet. O, Anni, ik...'

Indira begon te huilen, haar lichaam schudde ervan. Ik zat rustig bij haar, net zoals ik met mijn patiënten deed. Ik zei weinig en wachtte tot de golf van emotie voorbijging.

'Hier, neem een zakdoek,' zei ik toen het snikken minder werd.

'Dank je,' snufte ze.

'Ja, ik weet waarom je ziek bent. En ja, je moeder heeft me laten komen,' gaf ik toe. 'Maar het was mijn keus om te komen. Ik heb veel in Engeland achtergelaten om hier te zijn, Indy, en dat deed ik omdat jij mijn vriendin bent. Ik houd van je en wil je proberen te helpen als ik dat kan.'

'Hoe kun je nou helpen?' vroeg Indira terwijl ze haar neus snoot. 'Zelfs jij, met je wijsheid en speciale gaven, kunt er niets aan veranderen dat ik over precies vier maanden met een oude man zal moeten trouwen die ik nog maar twee keer in mijn leven heb ontmoet, en dan de rest van mijn leven in zijn zenana zal moeten doorbrengen en in zijn afschuwelijke, godvergeten paleis waar nooit iemand komt. Ik kan dus maar net zo goed hier sterven, in mijn eigen huis, liever dan daar, helemaal in mijn eentje.'

'Nou, ik denk niet dat dat helemaal de waarheid is. Je voelt je ellendig omdat je verliefd bent op iemand anders,' zei ik voorzichtig.

'Ja, het feit dat ik een gelukkig leven zou kunnen hebben met Varun, die niet zoveel ouder is dan ik, van wie ik houd en naar wie ik verlang op alle manieren die bij een vrouw passen, maakt de gedachte alleen maar erger.'

'Ik begrijp dat heel goed,' zei ik zacht. 'Ik weet hoe het is om van iemand te houden.'

'Echt? Nou, ik wilde dat mijn ouders het ook begrepen.'

'Indy, ik laat wat te eten komen, ik heb trek, ook al wil jij niets, en terwijl we dat opeten, wil ik alles weten over je prins.'

Ik luidde de bel en sprak snel met een bediende, die knikte en uit de kamer verdween.

'Kom,' zei ik toen, 'laten we eens kijken of je uit dat bed kunt komen. Dan gaan we buiten zitten, waar niemand ons kan horen, en kun je mij alles over hem vertellen.'

Indira stapte bibberig uit bed en ik hielp haar naar buiten en zette haar op comfortabele kussens die op de veranda waren neergelegd.

Ze vertelde me dat zij en Varun het voor elkaar hadden gekregen om elkaar zo vaak mogelijk te zien in de afgelopen drie jaar. Gedurende de oorlog was het moeilijk geweest, maar de laatste vijf maanden had Raj, haar oudere broer, Varun op het paleis uitgenodigd en was hun passie voor elkaar alleen maar toegenomen.

'Anni, geen van ons beiden is bereid om zonder de ander te leven,' verklaarde Indira.

Terwijl ze praatte, voerde ik haar kleine hapjes van de soep die de meid had gebracht – ik had àl vaker ondervonden dat een afleidingstactiek werkte bij een patiënt met een slechte eetlust. Met een bezwaard gemoed besefte ik echter ook dat Indira vastbesloten was en dat het geen enkele zin had om te proberen haar op andere gedachten te brengen. Het enige wat ik kon doen was luisteren en, als de professionele verpleegster die ik leerde te zijn, haar helpen fysiek sterker te worden. De slechte toestand waarin ze op dit moment verkeerde, stelde haar niet in staat welke beslissing dan ook te nemen.

Eerlijk gezegd ging mijn hart uit naar mijn lieve vriendin. Het idee te worden gedwongen met een man te trouwen van wie ze niet hield, en dan de rest van haar leven te worden weggestopt in de purdah en een zenana, deed me huiveren.

'En zo staan we ervoor,' zei Indira toen ze haar verhaal had verteld, en de laatste hap soep uit haar kom had opgegeten.

'Ik herinner me nog heel goed die dag op de boot toen je Varun voor het eerst zag en mij vertelde dat hij de man was met wie je zou gaan trouwen.'

'Ja! En dat gaat ook gebeuren. Het moet!' Indira wendde zich tot mij. 'O, het voelt zo goed om open en vrij te kunnen praten met iemand die begrijpt hoe ik me voel.'

'Helaas, ja, dat doe ik.'

Indira sloeg haar armen om me heen en drukte mij tegen zich aan. 'Anni, het is zo heerlijk om je te zien. Ik was vergeten hoe bijzonder jij bent.' Ze liet me los en keek opeens naar me. 'En ik denk dat jij niet alleen bent uitgegroeid tot een schoonheid, maar dat je ook nog wijzer bent geworden dan vroeger,' zei ze en ze pakte een *chapatti* van het bord en scheurde er een stuk af. 'Dus jij gaat niet proberen mij te overreden met de Oude Man te trouwen?'

'Hoe kan ik dat nu doen?' vroeg ik haar met een glimlach. 'Onthoud dat ik jou heel goed ken en ik weet dat het onmogelijk is om te proberen jou van gedachten te doen veranderen. Wat ons nu te doen staat, Indy, is erachter komen hoe je met de man van wie je houdt kunt trouwen zónder een burgeroorlog tussen twee vorstenlanden te ontketenen.'

Mijn ogen glinsterden en de hare gelukkig ook. We giechelden als de kinderen die we vroeger waren.

'Denk je dat de Oude Man bij zonsondergang met mijn vader wil duelleren, zoals ze in Engeland doen, omdat hij in zijn eer is aangetast?'

'Misschien,' zei ik, 'maar ik denk dat het beter zou zijn als er niemand zou sterven vanwege jouw liefde voor Varun.'

'Ja.' Eindelijk zag ik iets van de oude sprankeling terugkomen in Indira's ogen. 'Maar hoe?' vroeg ze me.

Ik kauwde ook op een chapatti terwijl ik de situatie overdacht. 'Mag ik erover nadenken?'

'Je moet me alleen één ding beloven, lieve Anni, en dat is dat je echt aan mijn kant staat,' smeekte Indira. 'Je gaat toch niet aan Ma vertellen wat ik allemaal heb gezegd?'

'Natuurlijk sta ik aan jouw kant en ik zeg geen woord, maar dan moet jij ook iets voor mij doen, Indy. Als wij een plan bedenken, moet je gezond genoeg zijn om het uit te voeren. Je bereikt er niets mee als je hier blijft liggen en de martelaar uithangt. Als ik jou ga helpen, moet je mij beloven dat je gaat eten. Dat betekent drie volledige maaltijden per dag en niet meer in bed liggen treuren om jezelf.'

'Jeetje,' ze rolde met haar ogen en lachte naar me. 'Je bent bazig geworden sinds ik je de laatste keer zag!'

'Nou, als ik zo naar je kijk, denk ik dat áls we een manier vinden om jou met Varun te laten trouwen, hij je niet eens wil hebben. Er is niets van je over! Je raakt je uiterlijk helemaal kwijt als je zo doorgaat!'

'Je hebt gelijk,' gaf ze toe. 'Ik zie er vreselijk uit en zo voel ik me ook. Maar voordat jij hier arriveerde, was er geen enkele reden om dat anders te willen.'

'Nu is die reden er wel,' bevestigde ik. 'Hebben we een deal?'

'Kan ik je echt vertrouwen, Anni?'

'Indy,' zei ik, plotseling geïrriteerd. 'Heb ik je ooit in de steek gelaten? Ik ben de halve wereld over gereisd om je te helpen. En moge de goden mij vergeven, maar ik heb mijn eigen redenen om jouw probleem zo snel mogelijk opgelost te hebben. Want ik heb ook iemand naar wie ik wanhopig terugverlang, in Engeland.'

'Echt? Wat opwindend! Je moet me er morgen alles over vertellen!'

'Dat doe ik. Nou?' Ik keek haar vragend aan.

'Ja.' Ze stak haar hand uit. 'Deal.'

26

Mijn ervaring als verpleegster vertelde me dat het nog lang zou duren voor Indira weer op krachten zou zijn – ze was ernstig ondervoed en haar constitutie was zwak. In de weken die volgden kwam Indira, op aandringen van mij, uit haar bed en nam ze een ontbijt. We maakten dan een kleine wandeling in de tuin, waarna ze ging rusten voor de lunch. Ik had de keuken gevraagd om eenvoudige voedzame gerechten te bereiden. Alles wat te voedingsrijk was zou niet in haar maag blijven, die zo lang was uitgehongerd. 's Avonds aten we samen op de veranda buiten haar slaapkamer. Als aanmoediging zei ik dat ik mijn plannen voor haar toekomst niet zou verklappen voor ze sterker was en in staat om het uit te voeren.

Ik had zelf ook geen idee wat die plannen waren, al begonnen zich wel gedachten te vormen in mijn hoofd. De maharani kwam elke dag bij me informeren, als Indira 's middags sliep. Ze zette grote ogen op over de verandering in haar dochter.

'Jij verricht echt wonderen, Anni, en ik ben zo dankbaar dat je bent gekomen. Misschien wordt ze gauw verstandig.'

'Ze heeft de wil om te leven teruggevonden, laat dat voorlopig genoeg zijn,' zei ik voorzichtig.

's Avonds, op mijn kamer, schreef ik aan Donald. Ik vertelde hem over Indira en het leven in het paleis. Ik waarschuwde hem dat het langer zou duren dan ik in eerste instantie had verwacht voor ik kon overwegen om terug te gaan naar Engeland. Ik miste hem verschrikkelijk en het vergde alle geduld die ik maar kon opbrengen om Indira's langzame herstel te volgen.

Na een maand begon Indira weer een beetje op haar oude zelf te lijken. Ze toonde weer wat van haar oude geestdrift voor het dagelijks leven en was sterk genoeg om 's ochtends korte ritten te paard door het park met mij te maken. Tijdens deze ritten vertelde ik haar eindelijk over mijn eigen liefde voor Donald en het leven dat we samen wilden gaan leiden als ik terug was in Engeland.

Ik vertrouwde haar mijn zorgen over Donalds moeder en haar vooroordelen toe.

'Zoals je over hem vertelt, maakt het Donald niet uit wat zijn moeder denkt,' zei Indira. 'Het landgoed is van hem en hij mag trouwen met wie hij wil.'

'Nou ja, hij heeft haar nog niet over mij durven te vertellen.'

'Dat doet hij vast wel, en dan leven jullie samen nog lang en gelukkig. Bovendien heb jij alleen maar te maken met een nare schoonmoeder, terwijl ik waarschijnlijk een oorlog tussen twee vorstenlanden op mijn geweten heb. Jij bent zo gelukkig, Anni, je bent vrij om te doen wat je wilt.' Ze zuchtte.

Het lukte me om een beetje troost te vinden in Indira's woorden, al wist ik ook wel dat ze de complexiteit van mijn situatie niet volledig kon begrijpen. En op dat moment was er iets wat mij vooral zorgen baarde. Ik had besloten het te negeren, omdat ik, zoals elk meisje in mijn toestand, hoopte dat ik mij vergiste.

Toen ik Indira voor de nacht had geïnstalleerd, liep ik heen en weer en probeerde ik te bedenken hoe ik haar zou kunnen helpen. Ik wist dat als ze werd gedwongen om met een man te trouwen van wie ze niet hield en voor de rest van haar dagen in zijn zenana zou worden opgesloten, ze zou wegkwijnen. En ik zou er niet zijn om haar te helpen.

Ik vroeg de sterren die nacht om raad – mijn moeder had gewaarschuwd dat ik altijd voorzichtig moest zijn als ik mij met het lot van andere mensen bemoeide.

'Pas op, kleintje,' had ze me ooit gewaarschuwd, 'want als je hulp biedt, word jíj een deel van hun lot.'

En ook al wist ik dat elk plan dat ik bedacht vrijwel zeker door de maharani zou worden opgevat als verraad – door de vrouw die ik bijna als een moeder beschouwde – zat er niets anders op.

De volgende dag reed ik, voor ik naar Indira ging om met haar te ontbijten, door het park naar het paviljoen waar ik zes jaar geleden mijn erfenis had begraven. Ik vond de juten zak terug in het gat dat ik gegraven had en was blij om te zien dat de drie stenen er nog in zaten. Ik stopte de twee kleinere robijnen in een zak van mijn sari en stopte de laatste en grootste terug in zijn schuilplaats.

Later, tijdens onze middagwandeling, nam ik Indira mee naar een plaats in de tuin waarvan ik wist dat niemand ons zou horen. Ze keek naar me, met gretigheid in haar ogen, toen ik haar installeerde op het gras onder een jasmijnboom.

'Nou? Heb je een plan bedacht?'

'Ik weet niet of het een plan is,' antwoordde ik, 'maar ik geloof dat als je mensen confronteert met een voldongen feit, ze het uiteindelijk accepteren. Indira, weet jij waar Varun op dit moment is?'

'Ik denk dat hij ergens in Europa is.' Indira wreef nadenkend over haar neus. 'Maar zijn bedienden zorgen dat hij mijn brieven krijgt, waar hij ook is.'

'Dan moet je hem schrijven en hem zeggen dat je je over een paar weken bij hem voegt in Europa. Misschien in Parijs,' stelde ik voor. 'Je moet een plaats en een tijd noemen en hem vragen je daar te ontmoeten.'

Ze keek me verbijsterd aan. 'Vertel je me dat ik moet weglopen?'

'Je hebt geen andere keus. Ik zeg tegen je moeder dat ik denk dat je in Zwitserland van je ziekte moet herstellen. Dat de frisse berglucht en de verandering van omgeving je niet alleen sterker zullen maken, maar je ook van Varun zullen afleiden. En dat jij ermee hebt ingestemd om, als je bent aangesterkt, naar India terug te keren en met de maharadja van Dharampur te trouwen.'

'O, Anni!' Indira greep mijn handen vast. 'Maar zal Ma je geloven?'

'Het spijt me te moeten zeggen dat je moeder mij volledig vertrouwt, Indy. Ik zal mijn rol perfect spelen en haar vertellen dat ik je ervan heb overtuigd dat je je plicht moet doen. Maar jij moet haar ook ervan overtuigen dat je bereid bent je huwelijk te accepteren.'

'Ze zullen nooit toestaan dat ik met Varun trouw.' Indira beet nerveus op haar lip.

'Nee, dat doen ze nooit. En als je hiermee doorgaat, dan is dat iets wat je zult moeten accepteren,' zei ik vastberaden.

Ik zag hoe ze nadacht over wat ik voorstelde. En ik vroeg me af of het verlies van de liefde van haar ouders en het doormaken van hun onvermijdelijke woede en teleurstelling misschien een stap te ver zou zijn voor haar. Het was een verschrikkelijke keus die ze moest maken. Ze moest echter de gevolgen van haar daden volledig kennen voor ze met het plan zou instemmen.

'Dus dan zou ik in het geheim met Varun trouwen?'

'Ja. En als Varun net zoveel om jou geeft als jij om hem, dan moet hij ook accepteren dat het de enige manier is. Het wordt misschien niet de grote ceremonie die hoort bij het verenigen van twee vorstenlanden, maar jullie zullen het ermee moeten doen. Indy,' verzuchtte ik. 'Als je samen wilt zijn met je prins, dan heb je volgens mij geen andere keus.'

'Maar ik heb helemaal geen eigen geld. Niet eens genoeg om een trouwjurk te kopen!' Indira lachte nerveus toen de verdere consequenties van haar situatie tot haar doordrongen. 'Zodra zij het horen, verstoten Ma en Pa mij, zonder een roepie.'

'Ik heb wat geld opzij gelegd,' zei ik en ik bedacht hoe ironisch het was dat ik in het paleis van twee van de rijkste mensen ter wereld hun dochter aanbood haar financieel bij te staan.

'Zullen ze het mij ooit vergeven?'

'Daar kan ik geen antwoord op geven. Het is een risico dat je moet nemen als je zeker weet dat je met Varun wilt zijn. Een van de dingen die ik heb geleerd toen ik in Frankrijk als verpleegster werkte, Indy, is dat het leven te kort is. We moeten allemaal offers brengen als we willen doen wat wij geloven dat goed voor ons is.'

'Nou, ik weet dat het goed voor mij en Varun is om samen te zijn. Ik zal naar hem schrijven en hem vertellen dat we elkaar moeten ontmoeten in Parijs.'

'Ja, en als hij positief reageert, dan praat ik met je moeder.'

Indira stond op en ijsbeerde een poosje op en neer, piekerend over wat ze moest doen. Uiteindelijk stond ze stil en wendde zich tot mij. 'Ik doe het. Ik schrijf hem nu. Misschien kun jij vanmiddag de brief voor mij posten?'

'Natuurlijk.'

Later die dag, nadat ik Indira's brief aan prins Varun had gepost, en ook een aan Donald, liep ik buiten door de drukke straat met een waas voor mijn ogen. Ik probeerde in het reine te komen met het feit dat mijn aandeel in Indira's bedrog vrijwel zeker zou betekenen dat ik nooit meer welkom zou zijn op het paleis.

Ik had nu echter een nieuw leven, een leven dat elders zou worden geleefd. En toen ik een juwelier binnenliep, gaf de liefde voor Donald mij de kracht om de twee robijnen aan de man achter de toonbank te geven.

Ik keerde een half uur later naar de riksja terug, nadat ik aan de blik in de ogen van de man had gezien hoe speciaal en kostbaar mijn stenen waren. Hij had me vrijwel zeker slechts een kwart van hun werkelijke waarde betaald, maar in mijn zak zat nu genoeg geld voor Indira om een trouwjurk te kopen en voor mij om het een jaar uit te zingen, mocht dat nodig zijn. Ik begon langzamerhand te beseffen dat dat mogelijk het geval zou zijn.

Meer dan twee weken leefden Indira en ik in angst en beven, in afwachting van Varuns antwoord. Toen dat eindelijk kwam, bracht ik de brief onmiddellijk naar Indira en haar ogen gloeiden van angst en opwinding toen ze hem opende. Ze las hem snel door en keek toen naar mij. Nu straalden haar ogen. 'Hij is het ermee eens dat het de enige manier is. Hij zegt dat hij zonder mij niet kan leven! Dus... wat nu?'

'Nu ga ik zo gauw mogelijk met je moeder praten.'

'O, Anni!' Indira sloeg haar armen om mij heen. 'Hoe kan ik je ooit terugbetalen voor je hulp?'

'Ooit, ik ben ervan overtuigd dat die dag zal komen.'

Die avond verzamelde ik al mijn moed en vroeg ik of ik de maharani mocht spreken. Ik vertelde haar het plan wat ik had bedacht en terwijl haar mooie donkere ogen op mij rustten, was ik ontzet over het gemak waarmee ik tegen haar kon liegen. Toen ik klaar was, nam ze mijn handen in de hare en lachte naar mij. 'Dank je voor je hulp, Anni. Ik vermoedde al dat jij de enige zou zijn naar wie ze zou luisteren. We zijn je allemaal heel erg dankbaar.'

Ik verliet de vertrekken van de maharani en voelde me de leugenaar en de oplichter die ik ook werkelijk was. Ik stuurde Indira naar haar moeder en ook zij speelde haar rol perfect. De volgende dag werd onze reis naar Europa geboekt. We zouden over tien dagen vertrekken.

Ondertussen moest ik mijzelf moed inspreken om een andere dringende zaak aan te pakken. De volgende dag ging ik naar de zenana naar mijn oude vriendin en lerares Zeena. We liepen samen de tuin in en zij pakte mijn hand en voelde mijn pols. Toen keek ze mij aan en knikte.

'Ik weet waarom je naar mij toe bent gekomen.'

'Ja. Kunt u mij helpen?' vroeg ik. Ik hoorde de wanhoop in mijn eigen stem.

'Wil je het kind niet?'

'Jawel, maar niet nu. Er komen er nog meer...'

Ze boog haar hoofd. 'Kom vanmiddag bij me en we kijken wat we kunnen doen.'

Ik keerde later terug, zoals ze had gevraagd. Mijn zenuwen gierden door mijn lijf toen ze mij onderzocht.

Toen zette ze mij rechtop, keek me streng aan en schudde haar hoofd.

'Je bent al verder dan twaalf weken. Als ik het probeer, zet ik je leven op het spel en dat risico wil ik niet nemen. Je weet net zo goed als ik dat het te laat is om het nog veilig te doen.'

Ik hád het natuurlijk geweten. Ik was tenslotte verpleegster. Ik had mijn kop in het zand gestoken, net zo laf en bang als elke jonge vrouw in mijn toestand.

Zeena keek mij aan. 'Houdt de vader van je?'

'Ja.'

'Waarom ben je dan hier?' Ze lachte naar me.

'Het is... ingewikkeld.'

'Liefde is altijd ingewikkeld.' Ze grinnikte en schudde toen haar hoofd. 'Vertel hem dat je een kostbaar geschenk voor hem hebt. Als hij echt van je houdt, dan is hij blij.'

Toen de consequenties van mijn situatie tot mij doordrongen, raakte ik opeens in paniek. 'Zeena, u begrijpt het niet. Ik weet niet wat ik moet doen!'

'Je vindt een manier, Anahita, ik weet het zeker.'

Ik liep bij haar weg, mijn ogen vol tranen. Ik ging rechtstreeks naar de stallen en liet de staljongen een paard voor mij opzadelen, waarna ik weg galoppeerde en tegen de hete, stoffige wind in schreeuwde om mijn eigen domheid. Ik had het al weken geweten. Waarom, waarom had ik geweigerd om de feiten eerder te interpreteren? Ik was verpleegster, een 'wijze vrouw', heel goed in staat om anderen te helpen met hun leven, en toch slaagde ik erin het mijne te verwoesten.

Ik spoorde mijn paard aan om sneller te gaan en vroeg me af of ik mij van zijn rug moest gooien om niet de verschrikkelijke gevolgen van mijn kapotgemaakte toekomst onder ogen te hoeven zien. Donald kon nog zoveel van mij houden, als ik zwanger terugkwam uit India en de band die wij allebei zo graag wilden al met zoveel problemen was beladen, dan zou hij het zeker ook een stap te ver vinden. Ik dacht aan zijn moeder, een vroom katholiek, die een buitenechtelijk kind liever bij de geboorte verdronken zag worden – laat staan een kind dat was voortgekomen uit de verbintenis van haar zoon en een 'heidens' Indiaas meisje.

Ik bracht het paard abrupt tot stilstand, gleed van zijn rug, zakte op mijn knieën en huilde. Want ik wist dat ik niemand de schuld kon geven, behalve mijzelf.

Eindelijk stond ik op en troostte mijzelf met de gedachte dat ik tenminste een paar weken aan boord van het schip zou hebben om te bedenken wat ik moest doen, en het geld van de robijnen zou me in staat stellen om de beslissing die ik nam uit te voeren. Het enige wat zeker was, was dat de baby die ik in mij droeg over zes maanden in mijn armen zou liggen.

Ik had vaak tegen mijn patiënten gezegd dat ze de wil van de goden moesten aanvaarden en moesten bidden voor kracht en acceptatie. Dit was de mantra die ik nu zelf moest volgen, als ik dit wilde overleven.

De daaropvolgende week vertrokken we naar Europa. Indira's hand zocht de mijne toen we op het dek stonden en India zagen verdwijnen toen het schip uit de haven voer. We waren allebei verdrietig en verloren in onze eigen gedachten.

Indira kwam al snel tot leven en danste tot in de kleine uurtjes met de vele jonge beaus die haar graag vergezelden. Eindelijk had ik de eenzaamheid die ik nodig had om na te denken over mijn toekomst. Ik begon een plan op te stellen.

Het schip legde aan in Marseille en we namen de trein naar Parijs en boekten een kamer in het Ritz. Ik stuurde onmiddellijk een telegram naar de maharani, waarin ik haar vertelde dat we goed waren aangekomen en dat we in de komende dagen per trein naar de kliniek zouden reizen in de Zwitserse Alpen. Prins Varun zou de volgende ochtend arriveren en Indira verkeerde in een staat van grote opwinding. Ze paste de ene na de andere jurk en gooide ze dan lukraak op het bed.

'Ik heb niets om aan te trekken! Het is zo lang geleden dat ik in Europa heb gewinkeld. Alles wat ik heb is ouderwets!'

'Je prins houdt van je, wat je ook aan hebt.'

Die nacht lagen we allebei klaarwakker in ons bed.

'Heb je enig idee hoe het vanaf dit punt verdergaat met jou en Varun?' vroeg ik.

'Hij zei in zijn brief dat we zo snel mogelijk moesten trouwen en dan in Europa moeten blijven tot het stof thuis is opgetrokken. O, Anni, denk je dat het verkeerd is wat ik doe? Pa en Ma zullen er kapot van zijn.'

'Ze komen er wel weer overheen. Zoals ik al zo vaak heb gezegd, Indy, we moeten proberen te doen wat we kunnen om gelukkig te zijn.'

'Ook als het betekent dat we de mensen van wie we houden pijn doen?'

'Soms wel. Hopelijk is het niet voor lang. Je ouders houden te veel van je om je los te laten, al betwijfel ik of je moeder het mij ooit zal vergeven,' zei ik in het donker.

'Natuurlijk wel, want ze zal zeggen dat ik je ertoe heb gedwongen. Ze zullen mij de schuld geven, Anni. Daar zal ik wel voor zorgen.'

'En jij hebt een knappe prins die van je houdt als echtgenoot, net zoals we de eerste avond dat we elkaar tegenkwamen droomden.'

'En jij gaat terug naar de jouwe en we leven allebei nog lang en gelukkig.'

Ik lag in mijn bed te woelen tot het dag werd en wist dat mijn eigen sprookje spoedig in een nachtmerrie zou veranderen.

De volgende dag wachtte ik samen met Indira tot haar prins zou komen. Eindelijk ging de deur van de zitkamer open en daar was hij. Indira gaf een kreet van vreugde en vloog in zijn armen. Ik trok me zo subtiel als ik kon terug.

Ik kwam een paar uur later terug en trof Indira aan het schrijfbureau, met een pen in haar hand, diep in gedachten verzonken.

'Gelukkig dat je er bent, Anni. Ik heb je hulp nodig. Varun zegt dat ik mijn ouders zo gauw mogelijk moet schrijven om ze te vertellen dat we getrouwd zijn. Tegen de tijd dat de brief hen in India bereikt, is het al te laat om ons tegen te houden.' Indira fronste haar voorhoofd. 'Maar ik weet niet wat ik moet zeggen.'

'Natuurlijk help ik je met die brief. Maar vertel me eerst eens, voldeed je prins aan je verwachtingen?'

'O ja, ja!' zei Indira met een dromerige blik. 'Hij heeft al een trouwvergunning voor ons geregeld. Hij zegt dat we geen tijd moeten verspillen, omdat mijn familie veel spionnen in Parijs heeft, die misschien horen wat we aan het doen zijn. De ceremonie is daarom al overmorgen. We gaan naar het stadhuis en ik heb een getuige nodig. Wil jij mijn getuige zijn, Anni?'

'Wie A zegt, moet ook B zeggen,' antwoordde ik. 'Natuurlijk wil ik dat. Kom, laten we gauw met die brief beginnen.'

Varun bezocht Indira de volgende dag en we dronken met zijn drieën thee in Indira's suite om hun plannen te bespreken. Ik was in ieder geval blij om te zien dat Indira's liefde zo duidelijk werd beantwoord door haar prins. Ze straalden allebei van geluk om hun hereniging.

'Waar neem je Indira mee naartoe als jullie getrouwd zijn?' vroeg ik hem.

'Ik heb een goede vriend die zei dat we zo lang als we willen zijn huis in Saint-Raphaël kunnen gebruiken,' antwoordde Varun. 'Onze families zullen allebei tijd nodig hebben om te wennen aan wat wij gedaan hebben. Ik wil ze niet nog meer van streek maken door met ons huwelijk te koop te lopen in de Europese society, dus we houden ons voorlopig gedeisd.'

'In Europa vindt iedereen het vast vreselijk romantisch,' zei ik lachend. 'Een prins en een prinses die samen weglopen heeft alle elementen van een sprookje, vind je niet?'

'Varun zegt dat ik een vriendelijke brief moet schrijven aan mijn afgewezen maharadja,' zei Indira van achter haar schrijfbureau. 'Wat moet ik in vredesnaam zeggen? "*Beste prins Oude Man, je bent dik en lelijk en ik heb nooit van je gehouden. Ik ben bang dat ik je moet vertellen dat ik met iemand anders ben getrouwd. Hoogachtend, prinses Indira*"?'

We moesten er allemaal om lachen. Varun legde een beschermende arm om Indira's schouders. 'Ik weet dat je hem niet wilt schrijven, lieverd, maar we kwetsen een heleboel mensen. We moeten proberen om ons niettemin zo integer mogelijk te gedragen.'

'Ja,' zuchtte Indira. 'Ik weet het.'

Varun stond op en richtte zich tot mij. 'Dank je wel, Anahita, voor alles wat je voor mijn prinses hebt gedaan. We zijn je allebei heel veel verschuldigd. Ik zal jullie nu alleen laten om mijn eigen brief naar huis te schrijven. En ik zie je morgenochtend in het stadhuis, Indira.'

'*Bon nuit, mon amour*,' zei ze en ze wierp hem een handkus toe. Toen zei ze tegen mij: 'Ik kan nauwelijks geloven dat morgen mijn trouwdag is. Ik had me altijd de grootste staatsieplechtigheid voorgesteld in Cooch Behar, waarbij mijn prins in de Durbarhal aankomt op een olifant, gekleed in ceremoniële gewaden. En nu nemen we gewoon de taxi naar het stadhuis!'

'Maakt het je wat uit?' vroeg ik.

'Helemaal niets, en hem ook niet.'

'Ik denk dat Varun een goede man is, Indy. Je hebt geluk dat je hem hebt gevonden. En het allerbelangrijkste is dat ik zie dat hij ook van jou houdt.'

'Ik weet het,' zei ze ernstig. 'Ik moet mijn best doen om me niet langer als een verwend kind te gedragen – en we weten allebei dat ik dat soms doe – als ik zijn echtgenote ben.'

'Mee eens,' zei ik en ik glimlachte om haar zelfinzicht. 'Nou, waar heeft de aanstaande bruid zin in voor haar laatste diner als vrijgezel?'

De volgende dag, ondanks het feit dat Indira niet urenlang gebaad, geolied en gekleed was in de traditionele bruiloftssari en alleen mij had om haar bij te staan, vond ik dat ze er beeldschoon uitzag in haar witte kanten jurk, met kleine roze rozenknopjes in haar inktzwarte haar. Toen ik samen met Varuns huisknecht in het sombere zaaltje van het stadhuis toekeek hoe mijn liefste vriendin met haar prins trouwde, voelde ik dat de cirkel van onze jonge levens rond was. Onze toekomst zou niet het sprookje zijn waar we als kleine meisjes van hadden gedroomd toen we samen op het gras hadden gelegen en omhoog hadden gekeken naar de sterren; we waren allebei aangeraakt door liefde en dat had ons veranderd op een manier die we ons nooit hadden kunnen voorstellen.

Na de plechtigheid liet het pasgetrouwde stel champagne brengen naar de bruidssuite die Varun voor hen had gereserveerd.

'Liefste Anni, je moet me je adres geven voor onze wegen scheiden,' zei Indira.

'Ja, natuurlijk. Ik zal het je sturen naar jullie adres in Saint-Raphaël als ik terug ben in Londen.'

Twintig minuten later nam ik afscheid, want ik zag dat de twee ernaar verlangden om alleen te zijn. Ik lachte bemoedigend naar Indira, want ik wist dat ze zowel bang als opgewonden was voor de intieme handelingen die ze die nacht voor het eerst met haar prins zou ervaren. Toen ik wegging, voelde ik zowel angst als opluchting dat ik mij nu eindelijk op mijn eigen toekomst kon richten.

De volgende ochtend, toen het stel rond het middaguur tevoorschijn kwam uit hun suite, had ik mijn koffer al gepakt en was ik klaar om te vertrekken. Indira's gezicht betrok bij het zien van mijn koffer. 'Weet je zeker dat je niet een tijdje met ons mee wilt naar Saint-Raphaël?'

'Nee, ik denk dat jullie genoeg te doen hebben samen. Daar heb je mij niet bij nodig,' zei ik met meer opgewektheid dan ik voelde. 'Bovendien moet ik terug om mijn eigen geliefde weer te zien.'

'Natuurlijk. Ik kan je niet zeggen hoe dankbaar ik ben dat je mij hebt geholpen de mijne terug te vinden.'

'Dan is het nu tijd om afscheid te nemen.'

We huilden allebei toen we elkaar omhelsden.

'Wees gelukkig, mijn liefste vriendin,' zei ik toen de portier kwam om mijn koffer naar beneden te brengen.

'Dat zal ik doen. En jij ook, Anni. Ik zal nooit vergeten wat je voor mij hebt gedaan. Ik weet niet of ik het je ooit kan terugbetalen, maar als er ooit een moment komt waarop je mij nodig hebt, hoef je het alleen maar te vragen.'

'Dank je.' Ik knikte. Ik kon niet meer zeggen. 'Vaarwel.'

Ik haalde diep adem, wendde mij van haar af en liep door de deur. Ik keek niet achterom, omdat ik wist dat ik, als ik dat deed, volledig zou instorten.

Buiten, op de Place Vendôme, stond ik even stil en probeerde mezelf te herpakken. Ik liep naar de dichtstbijzijnde brievenbus en postte de brief die ik aan Donald had geschreven – waarin ik hem uitlegde dat ik nog wat langer weg zou blijven. Toen pakte ik mijn koffer op en nam mijn eerste stap in de richting van het onbekende.

ASTBURY HALL

JULI 2011

27

'Wil je een cognacje? Ik in ieder geval wel!' zei Anthony tegen Ari, toen Mrs. Trevathan de dessertborden kwam afruimen in de eetzaal en daarmee de stilte tussen beide mannen verbrak.

'Graag,' antwoordde Ari en hij keek toe hoe Anthony een karaf van een blad op een buffetkast pakte, de cognac in twee glazen schonk en hem er een gaf.

'Proost,' toostte Anthony.

'Gezondheid. Het spijt me oprecht als het verhaal je van streek heeft gemaakt.'

'Ik geef toe dat ik moest stoppen met lezen na de onthulling van Anahita's zwangerschap. Ik kan gewoon niet geloven dat alles wat je overgrootmoeder heeft opgeschreven de absolute waarheid is,' antwoordde Anthony.

'Ik weet zeker dat het haar waarheid is. Liefde is iets wonderlijks, denk ik,' mijmerde Ari.

'Wat wel echt lijkt, is Anahita's beschrijving van Maud, mijn overgrootmoeder. Zij was verschrikkelijk. Moeder en ik leefden allebei in angst voor haar tot de dag van haar overlijden.'

'Ik kan je vertellen dat Maud zeker een belangrijke rol had in de tragedie die volgde,' verzuchtte Ari.

'Nou, het feit blijft dat er geen spoor van bewijs te vinden is om de relatie van jouw overgrootmoeder met mijn grootvader te bevestigen, of dat ze hier in Astbury aanwezig is geweest.'

'Als Donald inderdaad een kind bij Anahita heeft verwekt, dan zullen alle sporen van haar en haar zoon toch zijn uitgewist, gegeven het schandaal dat het zou hebben veroorzaakt?'

Ari zag Anthony huiveren. 'Het kind is overleden – je hebt me toch verteld dat je overgrootmoeder zijn overlijdensakte van Indira, haar vriendin, heeft ontvangen?'

'Ja, en tot dusver heb ik geen bewijs dat suggereert dat hij wel in leven is gebleven,' gaf Ari toe. 'In die zin ben ik hier naar alle waarschijnlijk bezig met een hopeloze onderneming. Toch ben ik blij dat ik ben gekomen. Het is geweldig om de plaats te leren kennen die zo belangrijk voor haar is geweest.'

'Ik wilde dat ik je verder kon helpen met je onderzoek, maar dat kan ik niet,' zei Anthony vlak. 'Je moet toch zeker ook hebben bedacht dat een groot deel van het verhaal van je overgrootmoeder fantasie kan zijn? Het is dertig jaar na dato geschreven en we weten allemaal hoe herinneringen verdraaid raken naarmate de tijd verdergaat.'

'Ik ben het met je eens dat er zeker wel wat overdrijving in het verhaal kan zitten. Er was alleen nog een ding wat ik nader zou willen onderzoeken. Later in het verhaal noemt ze een huisje waar ze een paar jaar heel gelukkig is geweest.'

'Welk huisje precies? Er zijn er een heel aantal op het landgoed,' zei Anthony.

'Het huisje op de heide, in het dal bij de beek. Rebecca en ik zijn erlangs gekomen toen we gingen rijden. Ik weet zeker dat dat het huisje is waarover Anahita het had.'

'Hemel! Dat oude huis is volledig vervallen, er is binnen niets meer over. Ik sta op het punt het te laten slopen.'

'Je bent binnen geweest?' vroeg Ari.

'Ja,' antwoordde Anthony op zekere toon.

'Nou, ik zou, als het mag, heel graag je aanbod om nog eens een paard van je te lenen aannemen om over de moors te rijden, als dat nog geldt.'

'Natuurlijk,' zei Anthony en hij dronk zijn glas leeg. 'Wanneer ben je van plan om terug te gaan naar India?'

'Het hangt ervan af. Ik moet overmorgen mijn bed and breakfast uit. Het is hoogseizoen en de eigenaresse heeft een gezin geboekt staan voor twee weken, dus ik moet naar iets anders op zoek.'

'Goed dan.' Anthony stond plotseling op. 'Kom wel even gedag zeggen voor je weggaat.'

'Dat zal ik zeker doen.' Ari begreep dat de avond voorbij was en hij werd weggestuurd en stond ook op.

Anthony liep naar de deur en draaide zich toen om, alsof hij zich bedacht. 'Als je morgen een paard meeneemt, moet je me beloven dat je het huisje bij de beek niet binnengaat. Het is onbewoonbaar verklaard en ik wil niet verantwoordelijk worden gehouden als je iets overkomt als je dat wel doet. Begrijp je?'

'Zeker.' Ari volgde Anthony de zitkamer uit, de hal in. 'Bedankt voor het eten.'

'De voordeur zit niet op slot. Je kunt jezelf uitlaten.' Anthony knikte toen hij in de richting van de trap liep. 'Het spijt me dat je reis naar Astbury Hall niets heeft opgeleverd. Goedenavond.'

'Goedenavond.' Ari liep de hal door en de voordeur uit, de stille, door sterren verlichte avond in. Toen hij naar zijn auto liep, dacht hij na over zijn gesprek met Anthony. Hij kende de man niet goed genoeg om uit te maken of hij gewoon weinig wist van het verleden en daarom zo beschermend was over zijn voorouders dat hij het niet kon verdragen om de waarheid in te zien. Of dat hij in feite veel meer wist dan hij liet merken.

Toen ze na haar bad terugkwam in haar kamer, zag Rebecca dat het al na tien uur was en Jack nog niet terug was van zijn avondje uit met James. Ze begreep dat ze gemakkelijk met Anthony en Ari had kunnen dineren, als Jack haar had gezegd dat hij zo lang zou wegblijven, maar ze slikte haar irritatie weg en probeerde zich op haar script te concentreren.

Om half twaalf klonk er een aarzelend klopje op haar deur.

'Kom binnen,' riep ze.

Het hoofd van Mrs. Trevathan verscheen. 'Sorry dat ik je stoor, Miss Rebecca, maar komt je jongeman vanavond nog terug of niet?'

'Het spijt me, Mrs. Trevathan. Jack is uit met James Waugh in Ashburton. Waarom gaat u niet naar bed en laat mij op hem wachten?'

'Dat is niet nodig, maar als hij hier langer blijft, kan hij me voortaan misschien beter op de hoogte stellen hoe laat hij terug is.'

'Natuurlijk. Ik verwachtte hem veel eerder.'

'Het geeft niet. Slaap lekker, lieverd. Ik zie je morgenochtend.'

Mrs. Trevathan sloot de deur en Rebecca besloot dat als Jack langer zou blijven, ze maar beter naar een hotel konden gaan. Ja, ze zouden te maken krijgen met de mediagekte over hun huidige samenzijn in Engeland, en de paparazzi zouden heel waarschijnlijk buiten het hotel hun tenten opslaan, maar ze wilde geen misbruik maken van de gastvrijheid van Anthony en Mrs. Trevathan.

Vandaag had ze zich positiever gevoeld over hun relatie. Het was fijn om hem te zien en hun vrijen had haar herinnerd aan de intensiteit van de band die ze hadden. Misschien had ze zijn ware gevoelens voor haar inderdaad onderschat. Het feit alleen al dat hij naar Engeland was gekomen om haar te zien was zeker een bewijs hoeveel hij om haar gaf.

Om middernacht gaf Rebecca het op en deed het licht uit. Ze moest de volgende ochtend weer vroeg op de set zijn.

In de vroege uurtjes schrok ze wakker door een groot kabaal in de kamer. Ze deed het licht aan en zag Jack op de grond liggen. Hij was gevallen over een tafeltje.

'Sorry,' giechelde hij. 'Ik probeerde stil te doen en je niet wakker te maken.'

Rebecca staarde naar hem vanuit haar bed en haar hart zonk. Het was overduidelijk dat hij stomdronken was.

'Je had blijkbaar een leuke avond?'

'James is een kerel die weet hoe je feestviert. Ik liet hem achter met een vrouw die hem in zijn kamer gezelschap zou houden. Goed...' Hij probeerde op te staan. De eerste keer mislukte, maar de tweede keer slaagde hij erin. Hij haalde het tot het bed en liet zich er volledig gekleed op vallen. Hij opende zijn ogen en keek omhoog naar haar. 'Weet je wel hoe mooi je bent?' zei hij met dubbele tong.

Rebecca zag zijn vergrote pupillen. 'Jack, je hebt vanavond gesnoven, hè?'

'Een paar lijntjes maar. Kom nou eens hier.' Hij stak zijn arm uit, maar zij trok zich onmiddellijk los.

'Ik moet slapen, Jack, ik moet over...' Rebecca keek naar de klok. '... vier uur op.'

'Kom, schat, ik zal snel zijn, echt,' zei hij en hij graaide in haar T-shirt naar haar borsten.

'Nee, alsjeblieft!' Rebecca worstelde zich los uit zijn greep en reikte naar het licht om het uit te doen.

'Spelbederver, ik wilde alleen maar met mijn meisje vrijen. Alleen maar met mijn meisje vrijen. Alleen...'

Rebecca wachtte. Ze wist uit ervaring dat hij binnen twee minuten zou slapen. En inderdaad, algauw hoorde ze zijn bekende gesnurk.

Tranen brandden in haar ogen, maar Rebecca deed haar best om nog wat te slapen.

De volgende ochtend reed Ari al vroeg naar de Astbury-stallen. Debbie zadelde de bruine ruin voor hem en hij vertrok de heide op. Het was een prachtige ochtend en hij reed hard. Toen hij twintig minuten later bij het huisje aan de beek aankwam, sprong hij van zijn paard en liep naar de hoge houten schutting met het hek erin, aan de zijkant van het gebouw. Deze leek in een relatief betere staat dan de rest van het buitenwerk en hij dacht dat erachter misschien een deur zou zijn naar de achterkant van het huis. Hij trok aan de zwarte ring in het midden, maar de deur bewoog niet en hij zag dat er een slot op zat. Hij deed een paar vruchteloze pogingen om erover te klimmen, maar de schutting was te hoog.

Hij zette zijn paard naast de schutting, klom erop en greep de bovenkant van de schutting vast. Hij trok zichzelf omhoog, zwaaide zijn benen erover en sprong omlaag. Na een zachte landing zag hij dat hij op een erf stond met een aantal kleine bijgebouwen. Hij wierp er een snelle blik in en zag dat ze leeg waren, afgezien van een oud koetsje dat in een hoek van een ervan stond.

Toen richtte hij zijn aandacht op de achterkant van het huisje zelf, liep naar de enige deur en voelde aan de deurknop. Hij was verrast toen die gemakkelijk bewoog en de deur open sprong. Voorzichtig stapte hij naar binnen. Hij stond in een keuken.

Door de ondoordringbare, met klimop begroeide buitenkant van het huisje en door wat Anthony gisteravond had gezegd, had Ari aangenomen dat hij een vervuild, met spinnenwebben bedekt interieur zou aantreffen. Maar nee. Hij ging met zijn vinger over het oppervlak van de houten tafel die midden in de keuken stond en er lag zeker een laagje stof op, maar niet het vuil van negentig jaar verwaarlozing. Toen hij door de ruimte liep, zag hij dat de kopjes netjes aan haakjes waren gehangen, het oude zwarte aanrecht geen roest vertoonde en dat de borden in de kast wel barsten bezaten, maar schoon waren. Toen hij omlaag keek, zag hij dat zijn voeten geen voetstappen in het vuil achterlieten dat zich zeker zou hebben verzameld op de tegelvloer.

Toen zag hij een moderne elektrische waterkoker op een plank boven het aanrecht. Ari trok een stoel van onder de tafel en ging er pardoes op zitten. Dit was duidelijk geen verlaten huisje dat zo onveilig was dat het op het punt stond gesloopt te worden, zoals Anthony had gezegd.

Ari stond weer op, zich opeens bewust dat er misschien wel een bewoner elders in het huis aanwezig kon zijn, en liep zachtjes naar de keukendeur. Hij opende hem. In de gang luisterde hij of hij iets hoorde, maar het was stil. Toen hij een deur links opende, zag hij een kleine zitkamer. Deze was donker, door de klimop die de vensters bedekte, en Ari had moeite om zijn ogen aan het duister te laten wennen. De haard vertoonde slechts een beetje zwarte stof die onlangs van de schoorsteen naar beneden was gekomen. De stoel die ervoor stond, was kaal, maar schoon.

Toen hij naar de boekenplanken liep, zag hij dat ze vol stonden met oude exemplaren van de klassieke Engelse literatuur. De boeken waarvan Anahita had gezegd dat ze er zo van hield.

Ari beklom de smalle trap en stond op een kleine overloop waarna hij voorzichtig een van de twee deuren openduwde. Hij betrad een kleine slaapkamer, met verbleekte bloemetjesgordijnen voor de ramen en een versleten patchwork quilt op het koperen ledikant. De kussens waren keurig in een sloop gestopt en de lakens en dekens leken klaar voor de bewoner om ertussen te kruipen. Op de kaptafel stonden verschillende vrouwelijke verzorgingsmiddelen en een grote fles parfum.

Ari krabde op zijn hoofd. Hij voelde zich verward. Alles wat hij zag wees erop dat het huisje bewoond was.

Maar door wie?

Het was een perfecte schuilplaats, dacht Ari bij zichzelf toen hij de slaapkamer verliet om de kamer aan de andere kant van de overloop te onderzoeken. Niemand kon aan de buitenkant zien dat er iemand in woonde.

Een nieuwe golf van emotie trok door hem heen toen hij zag wat deze kamer bevatte. Een verroest ijzeren kinderbed nam de meeste ruimte in, een door de motten aangevreten babydeken lag nog altijd op het matras. Een paar treurige ogen keken omhoog naar hem vanuit het bedje en Ari pakte de oeroude teddybeer en drukte hem als een kind tegen zich aan.

'Mijn god,' fluisterde hij. Hij geloofde nu echt dat het verhaal van zijn overgrootmoeder waar was.

28

Jack had zich niet bewogen toen Rebecca de volgende ochtend uit bed was gestapt. Ze zette zijn gedrag uit haar hoofd, trok een trainingsbroek aan en ging naar beneden, naar de make-up.

Het was een lange, zware opnamedag en ze voelde zich leeg tegen de tijd dat ze na zessen die avond weer boven kwam.

'Ga je weg?' vroeg ze verrast toen ze de kamer binnenkwam en zag dat Jack zijn overhemden in zijn weekendtas aan het pakken was.

'Ja, maar alleen naar Londen. Mijn nieuwe beste vriend James vertelde me over een film die Sam Jeffrey aan het maken is. Ik heb de telefoon in de studeerkamer gebruikt en heb mijn manager zo ver gekregen dat hij hem vanochtend gebeld heeft om hem te zeggen dat ik hier ben, en hij wil mij morgenochtend spreken. Is het niet geweldig, schat? Die vent is een jonge regisseur en heeft al een aantal BAFTA's in zijn zak. Dus heb ik een taxi gebeld die mij naar Londen brengt. Ik ben morgenavond terug.'

'Oké,' antwoordde Rebecca, verbijsterd.

'Naar Engeland komen om jou op te zoeken blijkt een goede zet te zijn geweest.' Hij kwam naar haar toe, sloeg zijn armen om haar heen en kuste haar. 'Wens me succes en beloof me dat je niet in de armen van mijn nieuwe beste maatje valt als ik weg ben,' zei hij toen hij zijn tas oppakte en naar de deur liep. 'Ik weet waar hij geweest is. Houd van je, *baby, bye*!' Jack knipoogde naar haar en sloot de deur achter zich.

'Ik dacht dat je hiernaartoe was gekomen om mij te zien,' fluisterde ze tegen zichzelf toen ze als in een waas op bed neerplofte. Na een paar minuten, waarin ze aan het idee wende dat Jack plotseling weer vertrokken was, stond Rebecca op om een bad te nemen. Het was een mooie avond en nadat ze de hele dag binnen had gezeten onder de warme lampen, besloot ze een eindje te gaan lopen en wat frisse lucht in te ademen. Ze kwam Mrs. Trevathan tegen op de trap.

'Passeer me niet, Rebecca. Het betekent ongeluk als je elkaar kruist op de trap,' zei ze.

'Echt? Dat zal dan wel een Engels gebruik zijn.' Ze haalde haar schouders op.

'Ja, dat zal wel,' zei Mrs. Trevathan. Rebecca vond haar er extreem nerveus uitzien. 'Is je jongeman nu weer vertrokken?'

'Ja, maar hij komt morgen terug.'

'Goed, dus je wilt vanavond avondeten?'

'Nee, dank u, ik heb vanmiddag uitgebreid geluncht op de set.'

'Dan breng ik je wat sandwiches en de kamillethee die je zo lekker vindt op je kamer, voor later.'

'Dank u, Mrs. Trevathan.'

De crew was vertrokken naar het dorp voor avondopnames, dus het huis en de tuin waren uitgestorven. Rebecca ging op het bankje zitten in de ommuurde tuin. De rozen kwamen in volle bloei en hun geur was hemels.

'Hallo.' Anthony's stem deed haar opschrikken uit haar gemijmer. 'Dus je jongeman is naar Londen vertrokken, hoor ik?'

'Ja, maar hij komt morgen weer terug. Echt, als het een probleem is, zeg het dan alsjeblieft, dan nemen we een hotel.'

'Nee, het is geen probleem. Alleen...'

'Wat?'

'Hij is niet wat ik verwachtte,' gaf Anthony toe. 'Vergeef me, ik weet niets over relaties tussen mannen en vrouwen.'

'Het geeft niet, Anthony, echt niet.'

'Als hij maar voor je zorgt en jij gelukkig bent, dat is alles wat telt.'

'Ja.' Rebecca gaf verder geen commentaar; op dit moment kon ze er niet voor instaan dat ze niet iets negatiefs zou zeggen.

'En, wat vind je van onze jonge vriend uit India?'

'Ik mag hem,' zei Rebecca naar waarheid.

'Ja, hij lijkt een aardige vent, maar persoonlijk heb ik er moeite mee zijn verhaal te geloven. Als ik dat deed, zou het mijn beeld van Donald en Violet, mijn grootouders, veranderen en ik vind dat heel schokkend,' bekende hij.

'Ik ken niet het hele verhaal, maar waarom zouden hij of zijn overgrootmoeder zoiets verzinnen?' vroeg Rebecca.

'Dat weet ik niet. Misschien wil hij iets van me,' mompelde Anthony somber.

'Wat zou hij kunnen willen?'

'Geld? Aanspraak op het landgoed?'

'Anthony, ik heb alleen de eerste honderd bladzijden gelezen, dus ik kan dat niet beoordelen. Maar Ari lijkt me een eerlijke vent. Ik denk niet dat hij hier is gekomen om problemen te maken. Hij wil alleen meer weten over het verleden van zijn eigen familie.'

'Ook al was hij uit op geld, hij weet nu dat er hier niets te halen valt,' antwoordde Anthony.

'Ik heb begrepen dat Ari een zeer succesvol ondernemer is. Ik denk echt niet dat dat de reden is dat hij hier is, Anthony.'

'Echt niet?'

Rebecca voelde nogmaals Anthony's bijna kinderlijke behoefte aan bevestiging. 'Nee, echt niet.'

'In dat geval,' zei Anthony, en hij ontspande zich zichtbaar, 'vrees ik dat ik niet erg gastvrij ben geweest. Hij vertelde me gisteravond dat hij vanaf morgen geen onderdak heeft. Zal ik hem een kamer aanbieden tot hij over een paar dagen naar India vertrekt?'

'Dat zou een heel vriendelijk aanbod zijn,' stemde zij in.

'Hemel, dit huis heeft in jaren niet zoveel gasten binnen zijn muren gehad,' zei Anthony.

'Vind je het gezelschap prettig?' vroeg ze hem.

'Ja, ik denk het wel. Mrs. Trevathan is er minder blij mee, natuurlijk. Goed, Rebecca, dank je wel voor je advies. Ik ga naar binnen en bel Mr. Malik.' Hij glimlachte kort naar haar en liep weg, in de richting van het huis.

Rebecca liep in de richting van het park aan de voorkant van het huis. Ze wilde wat tijd voor zichzelf om haar hoofd leeg te maken en na te denken over hoe het verder moest met Jack. Ze had minder dan vierentwintig uur in zijn aanwezigheid nodig gehad om weer te weten waarom ze moeite had gehad om ja te zeggen op zijn aanzoek. Ze wandelde over het met zonnevlekken bedekte gazon tussen de grote kastanjes door in het park en besefte dat de twee weken die ze hier op Astbury had doorgebracht haar hadden veranderd. Ze was in staat om de dingen helderder te zien, alsof de fysieke ruimte om haar heen haar meer ruimte in haar hoofd had gegeven. En de waarheid was dat toen Jack vannacht dronken en stoned in haar kamer was verschenen, ze van hem had gewalgd.

Tegen de achtergrond van Astbury had alles aan hem als een stereotiep Hollywoodcliché geleken. In Tinseltown waren Jacks gedrag, ego en egoïsme misschien normaal, maar in de echte wereld – de wereld waarin gewone mensen hun leven leidden en hun best deden hun hoofd boven water te houden – was het dat zeker niet. Hoe vaak ze ook probeerde er een excuus voor te vinden, ze kon niet leven met Jacks afhankelijkheid van drugs en alcohol. Ze wist uit bittere ervaring dat het een weg was die nergens toe leidde.

Ze kon zijn aanzoek echt niet accepteren. En wat dan nog als de wereld dat niet begreep? De wereld hoefde niet met hem te leven. Rebecca wist dat ze hem moest zeggen dat het niet doorging tenzij hij drastisch veranderde. Als ze het hem nu vertelde, terwijl ze hier op Astbury was, zou ze tenminste beschermd zijn tegen de reacties in de media. Haar agent zou natuurlijk gek worden, maar Rebecca begon ook in te zien dat veel te veel andere mensen – de meesten van hen mannen – de afgelopen jaren haar lot hadden bepaald. Ze moest weer verantwoordelijk voor zichzelf worden, koste wat het kost.

Misschien zou haar afwijzing voor hem het laatste zetje betekenen om zijn demonen onder ogen te komen. Eigenlijk betwijfelde ze dat.

Ze keek op en zag dat ze een deel van het park in was gelopen waar ze nog niet eerder was geweest. Voor haar, te midden van een bosje, stond een gebouw dat herinnerde aan een Griekse tempel. Het viel uit de toon in deze landelijke Engelse omgeving. Ze liep ernaartoe en beklom de treden tussen de witte marmeren zuilen. Ze verwachtte dat de enorme deur op slot zou zitten en was verbaasd toen hij openzwaaide toen ze aan de deurknop draaide.

Rebecca stapte het koele, duistere gebouw binnen en huiverde toen ze zich herinnerde dat Anthony had verteld dat zijn voorouders begraven lagen in een mausoleum op het terrein. Ze wilde direct weer weglopen, maar toen ze om zich heen keek naar de muren met hun grote natuurstenen plaquettes, waarop de namen stonden van degenen wiens botten erachter lagen, was ze geïntrigeerd. Ze las de namen van Astbury-voorouders die teruggingen tot de zestiende eeuw; echtelieden die eeuwig samen begraven lagen. Rebecca liep naar de recentere graven en stond voor de laatste rustplaats van Lord Donald en Lady Violet Astbury.

DONALD CHARLES ASTBURY
geb. 1 december 1897 – overl. 28 augustus 1922
25 jaar oud

VIOLET ROSE ASTBURY
geb. 14 november 1898 – overl. 25 juli 1922
23 jaar oud

Er trok een rilling over Rebecca's rug, toen ze nog eens goed naar de datum van Donald Astbury's overlijden keek. Hij was nog zo jong… en maar een maand na Violet. Was het toeval? Rebecca wilde het heel graag weten. Naast de steen van Donald en Violet lag die van Lady Maud Astbury, die haar zoon drieëndertig jaar had overleefd en in 1955 op drieëntachtigjarige leeftijd was overleden. Ze lag begraven bij haar man George, die haar vierenveertig jaar eerder was voorgegaan, in 1911. De recentste steen was die van Anthony's moeder:

DAISY VIOLET ASTBURY
geb. 25 juli 1922 – overl. 2 september 1986
64 jaar oud

ANTHONY DONALD ASTBURY
geb. 20 januari 1952 – overl.

De laatste datum onder Anthony's naam was niet ingevuld.

Onder deze steen stond een grote vaas vol verse rozen. Rebecca bukte zich en rook eraan. Ze dacht erover na waarom Anthony's vader niet met Daisy, zijn moeder, begraven was. In plaats daarvan zouden Anthony's botten uiteindelijk bij haar te ruste worden gelegd. Rebecca huiverde opeens van de kilte en verliet het mausoleum, piekerend waarom Anthony vijfentwintig jaar geleden ervoor had gekozen om bij zijn moeder te worden begraven en niet bij een mogelijke echtgenote die hij in de toekomst nog zou krijgen.

Toen ze terugliep door de tuin naar het huis, bedacht Rebecca nogmaals dat Anthony misschien wel homo was. Of misschien was hij gewoon niet geïnteresseerd in een relatie en had hij dat altijd al geweten.

Wat zijn voorkeuren ook waren, het bezoek aan het mausoleum had voor Rebecca één ding bevestigd, en dat was dat het leven te kort was om je zorgen te maken over de gevolgen van je beslissingen. Als Jack terugkwam uit Londen, zou ze hem vertellen wat ze besloten had.

29

De volgende ochtend voelde Rebecca weer de inmiddels bekende misselijkheid en het begin van een opkomende hoofdpijn. Ze nam twee ibuprofen bij de kop thee die Mrs. Trevathan haar had gebracht en ging naar beneden, naar de make-up.

'Je ziet er weer bescheten uit, Becks,' merkte James op toen ze samen naar de woonkamer liepen om hun volgende scène op te nemen.

'Ik raak die hoofdpijn maar niet kwijt,' zei ze, 'maar ik ben oké.'

'Weet je, ik vind echt dat je Steve moet vragen of hij de dokter kan laten komen om je na te kijken. Je bent jezelf gewoon niet.'

'Zeg alsjeblieft niets,' vroeg Rebecca. 'Ik wil niet dat ze denken dat ik een typische aanstellerige Amerikaanse ben.'

'Ik denk niet dat iemand dat zal denken, gegeven je huidige toestand,' zei James geruststellend. 'Je hebt gewoon kippenvel, en het is hier bloedheet.'

'Ik beloof dat ik naar een dokter zal gaan als ik me niet snel beter voel.'

'Wanneer komt mijn nieuwe maat Jack eigenlijk terug uit Londen?'

'Ik weet het niet. Ik begreep dat jullie een leuke avond hebben gehad,' antwoordde ze sarcastisch.

'Dat hadden we zeker. Een man naar mijn hart, die verloofde van je. En ik neem alles terug wat ik heb gezegd over dat mensen uit Hollywood niet drinken. Bij Jack vergeleken ben ik een amateur.' Hij grijnsde.

Na de lunch had Rebecca vrij tot de avond. Dan zou de cast samen op het terras eten ter ere van Robert Hope's verjaardag. Ze ging naar beneden en besloot, in een impuls, om naar de bibliotheek te gaan. Eenmaal binnen liep ze naar de schoorsteen en keek omhoog naar het portret van Violet Astbury.

'Ja, de gelijkenis is opvallend,' zei een stem achter haar.

Rebecca draaide zich om en zag Ari Malik, die van achter een leren stoel met hoge rug naar haar lachte.

'Je maakt me aan het schrikken. Ik had je niet gezien.'

'Sorry.' Ari stond op en liep naar haar toe. Toen hij naast haar stond, keek hij ook op naar het portret. 'De voor de hand liggende vraag is: ben je verwant aan Violet Astbury?'

'Zoals ik al tegen Anthony zei, toen hij mij het portret liet zien, mijn familie komt uit Chicago en is niet rijk. Dus, voor zover ik weet, nee.'

'Die arme Anthony moet wel het gevoel hebben dat het verleden van zijn familie hem aan alle kanten inhaalt.' Ari zuchtte.

'Ja, ik sprak hem gisteravond en hij is er duidelijk door van slag. Hij lijkt de herinnering aan Violet en aan zijn moeder, Daisy, hoog te willen houden,' zei Rebecca. 'Heb je vandaag een afspraak met hem?'

'Ja, ik denk het wel, al heb ik hem niet gezien sinds ik ben gearriveerd. Ik kreeg gisteravond opeens een telefoontje van hem en hij nodigde me uit om hier te komen logeren tot ik naar India vertrek. Mrs. Trevathan leek er niet zo gelukkig mee toen ze me daarnet mijn kamer wees.'

'Heb je gevonden wat je hier zocht?'

'Ik heb genoeg gezien om er tamelijk zeker van te zijn dat mijn overgrootmoeder hier inderdaad geweest is en dat haar verhaal grotendeels klopt. Ik ben hier niet gekomen om dingen in de war te schoppen en Anthony is begrijpelijkerwijs erg terughoudend in het vrijgeven van informatie over het verleden van zijn familie. Volgens mij denkt hij dat ik een achterliggend motief heb.'

'En is dat zo?'

'Nee,' zei Ari en hij schudde zijn hoofd, 'ik wil alleen bevestigen dat mijn overgrootmoeder hier op Astbury is geweest en dat haar zoon inderdaad heel jong gestorven is, zoals in zijn overlijdensakte staat.'

'Denk je dat Anthony meer weet dan hij loslaat?'

'Soms denk ik van wel, maar aan de andere kant, toen ik hem sprak tijdens het diner laatst, nadat hij was begonnen het verhaal te lezen, vertelde hij me dat hij het niet aankon om verder te lezen en ik geloofde hem. De hele gebeurtenis was een tragedie voor alle betrokkenen,' verzuchtte Ari. 'Ik geloof dat Anthony gelijk heeft als hij zegt dat de dood van zijn grootouders, Violet en Donald, het begin van het einde betekende voor de Astbury's.'

'Ari, ik ken het verhaal niet helemaal, maar van wat ik heb gelezen, denk ik dat de relatie van Anahita en Donald aan het begin stond van alles wat er daarna is gebeurd. Klopt dat?'

'Ja,' knikte Ari.

'Ik wil niet nieuwsgierig zijn, maar betekent het dat jij en Anthony misschien aan elkaar verwant zijn?'

'Het is ingewikkeld, Rebecca. Het roept allemaal zoveel vragen op.'

'De eerste die bij mij opkomt is of het feit dat jullie misschien familie zijn betekent dat je wettelijk aanspraak kunt maken op dit landgoed,' probeerde ze.

'Daar heb ik nog niet eens aan gedacht,' zei Ari. De verbaasde uitdrukking op zijn gezicht was oprecht.

'Misschien heeft Anthony dat wél gedaan. Het is misschien een goed idee om hem gerust te stellen. Zoals je ziet, is Astbury zijn leven.'

'Je hebt gelijk. Eerlijk gezegd begrijp ik weinig van Anthony.'

'Misschien is het onderwerp te pijnlijk voor hem. Soms is dat zo met het verleden,' antwoordde Rebecca.

'Ik beloof je, ik zal hem niet verder onder druk zetten. Er zijn nog enkele onderzoekslijntjes die ik zelf kan nazoeken. Maar goed, genoeg over mij en de geheimen van het verleden. Hoe gaat het met jou? Gaat het goed met de film?' vroeg Ari haar.

'Met mij gaat het goed en met de film ook. Al heb ik wel last van migraine sinds ik hier ben.'

'Dat is vreemd. Heb je daar eerder ook last van gehad?' vroeg hij. Hij keek haar onderzoekend aan.

'Nee, het is de eerste keer dat ik daar last van heb. Maar ik ben vastbesloten er mijn verblijf in Engeland niet door te laten verpesten.'

'En je verloofde?'

'Hij is op dit moment in Londen, waar hij met een regisseur praat over een film. En als ik helemaal eerlijk ben, Ari, het zit niet goed tussen ons.' Ze zuchtte.

'Ik dacht dat je juist zei dat het beter leek te gaan toen hij eenmaal hier was?'

Rebecca schudde langzaam haar hoofd. 'Ik denk dat ik dat alleen maar wilde geloven. En ik denk dat ik mezelf moet gaan vertrouwen en mijn eigen beslissingen moet gaan nemen.'

'Je hebt zojuist een regel uit een gedicht geciteerd wat ik onlangs las. 'If' van Rudyard Kipling. Het favoriete gedicht van mijn vader. Ken je het?'

'Nee,' zei Rebecca. 'Ik ben bang van niet.'

'Nou, je moet het maar eens lezen. Het gedicht gaat helemaal over dat je eerlijk moet zijn tegen jezelf.'

'Ik zal het opzoeken,' zei ze. 'Ik moet ervandoor. Er is vanavond een etentje voor onze regisseur op het terras en ik moet me klaarmaken.'

'Ik ga naar het plaatselijke kerkhof om te zien of ik daar een spoor van Anahita's zoon terugvind en dan door naar Exeter om te kijken of zijn dood officieel is aangegeven.' Hij liep naar de deur en Rebecca volgde hem.

'Laat je me weten of je iets ontdekt? Het klinkt misschien gek, maar ik voel me betrokken. Ik denk dat dat er ook mee te maken heeft dat ik zoveel op Violet lijk. Heeft je overgrootmoeder haar gekend?'

'Ja, daar lijkt het wel op,' zei Ari toen ze de bibliotheek verlieten en naar de hal liepen. 'Fijne avond, Rebecca, en als die hoofdpijn niet weggaat, ga dan alsjeblieft naar een dokter.'

'Ja, dat doe ik. Dank je.'

Ari keek haar na toen ze sierlijk de grote trap op zweefde. Hij begreep heel goed dat Anthony getroffen was door haar aanwezigheid in het huis. Zelfs hij, een buitenstaander, viel haar gelijkenis met Violet op. Er hing ook, ondanks al haar succes en beroemdheid, een natuurlijke kwetsbaarheid om haar heen. Hij voelde dat het lot haar naar Astbury had gebracht, als een onschuldige pion in een ingewikkeld schaakspel.

Hij – laat staan Anthony – kon onmogelijk negeren dat het voelde alsof de geschiedenis zich herhaalde: Donald en Anthony, de ongetrouwde erfgenamen van Astbury Estate, Violet en Rebecca, de mooie, rijke Amerikanen, en hij en Anahita, afkomstig uit een ver, exotisch land...

Ari keek omhoog naar de grote centrale koepel en dacht dat als Anahita echt daarboven was, bij de geesten van wie ze beweerde dat ze haar haar hele leven de weg hadden gewezen, ze nu met grote belangstelling omlaag zou kijken terwijl een nieuwe generatie menselijke spelers het gecompliceerde spel dat leven heette speelde.

Ook al had Rebecca zoveel pijnstillers genomen als ze durfde om haar hoofdpijn eronder te krijgen, kostte het haar nog steeds de grootste moeite om die avond Roberts verjaardagsetentje te overleven.

'Je bent erg stil,' zei James. Hij legde zijn arm om haar schouders. 'Voel je je nog niet beter?'

'Ik ben in orde, James. Echt. Dank je wel.'

'Die kwajongen Jack komt straks weer terug, hè?'

'Dat denk ik, maar hij kan me hier op Astbury niet bereiken om te zeggen hoe laat hij terug is.'

'Ik zou het maar als een compliment beschouwen dat jij hem eronder hebt gekregen, Becks. Die avond in het café kwamen er van alle kanten vrouwen op hem af en hij keurde ze geen blik waardig. Hij houdt echt van je, schat.'

'Echt?'

'God, ja!' James nam een slok van zijn champagne. 'Ik bedoel, er is echt wel een heel bijzondere vrouw voor nodig om mij voorgoed aan zich te binden!'

'Ik vat dat dan maar op als compliment,' zei Rebecca. 'Ik ga er nu vandoor en probeer wat te slapen. Ik zie je morgenochtend.'

Toen ze naar boven liep, naar haar kamer, met het geluid van lachende mensen dat van het terras klonk op de achtergrond, dacht Rebecca na over wat James gezegd had. Jack hield dan misschien wel van haar, hij was dan misschien wel bereid om de toenaderingspogingen van andere vrouwen te negeren – voor nu – maar het feit bleef bestaan dat hij problemen had die onoverkomelijk waren als hij ze niet onder ogen kwam.

Of was haar oordeel te hard?

Rebecca voelde zich te ziek om vanavond nog ergens iets van de vinden, maar wilde ook niet dat haar eerdere besluit om hem te confronteren zou wegebben. Ze kleedde zich uit en kroop in bed, nam een slokje van de nog warme kamillethee die Mrs. Trevathan had neergezet, keek op haar horloge en vroeg zich af waar Jack in 's hemelsnaam was. Toen ze het licht uitdeed, hoopte ze half dat hij vanavond weg zou blijven, zodat ze kon doorslapen.

Het was al na middernacht toen hij in de kamer verscheen.

'Hé schat!' Hij stampte door de kamer, kuste haar en sloeg zijn armen om haar heen. Hij stonk naar verschaalde alcohol en Rebecca, toch al misselijk, wendde zich van hem af.

'Gaat het, Becks? Je hebt zo'n rare kleur.'

'Het is die hoofdpijn weer, die maakt me misselijk. Ik ga naar een dokter als hij morgen niet weg is.'

'Ja, dat moet je doen.' Jack ging op de rand van het bed zitten en pakte haar hand. 'Arme schat,' zei hij. 'Je denkt toch niet dat ik je zwanger heb gemaakt, hè?'

'Nee, Jack. Dat kan niet. Ik neem de pil, weet je nog wel?'

'Dat weet ik, maar zou het niet geweldig zijn? Het zou het knapste kind ter wereld worden, denk ik. En ik beloof je dat als het zo is, ik er geen problemen mee zou hebben. Het wordt tijd dat ik een papa word.'

'Jack, ik ben er bijna honderd procent zeker van dat het niet zo is,' antwoordde Rebecca vermoeid. 'Hoe is je gesprek gegaan?'

'Geweldig. Die regisseur en ik konden het uitstekend met elkaar vinden. Na afloop zijn we gaan lunchen en hadden we wat je noemt een mannenuitje,' zei hij, glimlachend bij de herinnering.

'Wanneer hoor je meer over die rol?'

'In de komende paar dagen. Goed, ik ga een bad nemen in die oude badkuip verderop in de gang, want er is hier geen douche. Christus, wat een idiote plek om te logeren.' Hij kuste haar op haar neus. 'Rust jij maar lekker uit.'

Rebecca knikte en sloot haar ogen toen Jack zijn toilettas pakte en de kamer verliet.

Een kwartier later was hij terug en kroop naast haar in bed.

'Kun je genoeg energie opbrengen om vannacht nog een baby te maken?' fluisterde hij en hij stak zijn handen naar haar uit.

'Alsjeblieft, Jack, ik voel me echt niet goed. Kun je me alsjeblieft met rust laten, zodat ik kan slapen?'

'Spelbreker.' Toen hij zich over haar heen boog om haar te kussen, zag ze tot haar afgrijzen een restje wit poeder aan de binnenkant van zijn neusvleugel.

'Het spijt me, Becks, maar je moet begrijpen dat ik in bed stap bij de vrouw die de hele westerse wereld zou willen neuken, omdat ze zo gruwelijk mooi is. Het is niet gek dat ik opgewonden raak.'

'Alsjeblieft! Ik zei dat ik me niet goed voelde en dat ik wil slapen!'

'Sorry, hoor' zei hij beledigd, toen hij van haar weg rolde en het licht uitdeed.

In de ochtend vroeg Rebecca Steve om een dokter te bellen. Het was niet mogelijk om in bed te blijven liggen, want ze kon de arts moeilijk ontvangen met een verloofde naast zich die nog van de wereld was door drugs- en alcoholgebruik, dus ze strompelde naar beneden en wachtte op hem in de woonkamer.

Twintig minuten later kwam er samen met Steve een lange man van middelbare leeftijd binnen met een dokterstas in zijn hand.

'Ik laat jullie alleen,' zei Steve vanuit de deuropening, toen de dokter naast haar ging zitten.

'Hallo, Miss Bradley. Mijn naam is dr. Trefusis. Wat kan ik voor u doen?'

Rebecca beschreef haar symptomen en de dokter onderwierp haar aan een uitgebreid onderzoek.

'Goed,' zei hij. 'Uw hartslag is sneller dan ik zou verwachten en uw bloeddruk is ook aan de hoge kant. Dat kan echter het gevolg zijn van stress, zeker als je op een onbekende arts moet afgaan om erachter te komen wat eraan scheelt,' zei hij. Hij glimlachte vriendelijk naar haar.

'Ik begrijp het gewoon niet. Ik ben haast nooit ziek,' zei ze zuchtend.

'Helaas zijn we mensen en het overkomt ons allemaal. Ik wil nu graag een urinemonster en ik zal wat bloedonderzoek doen om een paar mogelijkheden uit te sluiten. Maakt u zich alstublieft geen zorgen, Miss Bradley. U hebt naar alle waarschijnlijkheid een virusje te pakken. U hebt geen verhoging, maar dat kan komen doordat u, zoals u mij vertelde, eerder ibuprofen hebt genomen.'

Rebecca ging met een potje naar de wc en deed wat haar gevraagd werd, en keek vervolgens de andere kant op toen de dokter de naald in haar ader stak. De aanblik daarvan bracht herinneringen aan haar moeder naar boven.

'Goed, we zijn klaar. Hier is mijn nummer voor het geval het erger wordt. Ik bel zo snel mogelijk met de uitslagen van uw tests. Het kan wel enkele dagen duren. Tot dan schrijf ik bedrust voor. Drink veel, blijf ibuprofen gebruiken en we zullen zien of u opknapt.'

'Bedrust? Dat kan helemaal niet! Mijn opnameschema is de komende twee dagen helemaal vol, dokter, en ik wil het filmen niet ophouden,' zei Rebecca vol schrik.

'U kunt er niets aan doen dat u ziek bent, Miss Bradley. U bent niet in staat tot welke opnames dan ook. Laat mij maar even praten met de man die mij binnenliet. Ik leg hem uit hoe de situatie ervoor staat.' Dr. Trefusis sloot zijn tas en liep naar de deur. Hij stond stil alsof hem iets te binnen schoot. 'Is het misschien mogelijk dat u zwanger bent?'

'Ik gebruik de pil,' zei Rebecca.

'We doen vanmiddag toch maar even een zwangerschapstest met het urinemonster, gewoon om het uit te sluiten. Tot ziens, Miss Bradley.'

Rebecca leunde achterover op de bank. Ze voelde zich in gelijke mate ziek én schuldig omdat ze ziek was. Ze wilde dat ze naar boven kon gaan, naar haar kamer, de gordijnen dicht kon doen en kon gaan slapen. De gedachte Jack onder ogen te komen terwijl ze zich zo breekbaar voelde, was echter niet aanvaardbaar.

Tien minuten later kwam Steve de kamer binnen. 'Goed, het is allemaal geregeld, lieverd. Ik heb even met Robert gepraat en we stellen een nieuw schema op, zodat je een paar dagen vrij hebt en kunt herstellen.'

'Het spijt me, Steve, ik vind het zo erg dat ik al dit gedoe veroorzaak.'

'Rebecca, wees niet zo paranoïde. Iedereen op de set houdt van je en ze hebben gezien hoe toegewijd je bent en hoe hard je werkt. We vinden het alleen naar voor je dat je je ziek voelt. Laten we maar hopen dat een paar dagen rust je goed doen.'

'Ja,' zei ze dankbaar. 'Dank je.'

'Waarom ga je niet naar je kamer om wat te slapen?' stelde Steve voor.

'Jack slaapt nog. Hij was uitgeput na Londen. Ik blijf hier wel beneden tot hij wakker wordt.'

'Oké...' Steve keek haar raar aan. 'Maar onze prioriteit ligt bij jou en jij hoort in bed te liggen. Ik praat wel even met Mrs. Trevathan om te zien of ze nog een kamer heeft die je ondertussen kunt gebruiken.'

Rebecca schaamde zich dood. Ze was te ziek om te werken en had ook nog eens een lastige vriend die in haar bed lag te slapen.

'Hallo, liefje.' Mrs. Trevathan kwam een paar minuten later de woonkamer binnen met een medelevende blik in haar ogen. 'Hoe voel je je?'

'Afschuwelijk,' zei Rebecca. Haar reserve verdween als sneeuw voor de zon toen ze de moederlijke figuur zag. Haar ogen vulden zich met tranen; ze veegde ze weg.

'Ach lieverd.' Mrs. Trevathan legde een hand op die van Rebecca. 'Steve vertelde me wat er aan de hand was, dus ik heb een andere kamer voor je in orde gemaakt.'

Een half uur later lag Rebecca in een enorm hemelbed, terwijl Mrs. Trevathan in en uit liep met water, thee, geroosterd brood en tijdschriften waarvan ze dacht dat Rebecca ze zou willen lezen.

'Volgens mij sta je er zelf in,' zei ze plagerig toen ze ze aan haar gaf.

'Dit is een prachtige kamer. Volgens mij heb ik een upgrade gehad,' zei Rebecca met een vage glimlach.

'Ja, hè? Dit waren de vertrekken van Lady Violet Astbury en in de veertig jaar dat ik hier werk heb ik nog nooit meegemaakt dat ze gebruikt werden. His Lordship stelde zelf voor dat je hiernaartoe zou verhuizen, toen ik hem vroeg waar ik je vanochtend zou onderbrengen. Deze kamer heeft het mooiste uitzicht over de tuin en de heide en is de enige met badkamer. Achter die deur vind je ook een eigen zitkamer en een kleedkamer,' zei ze en ze wees naar een deur.

'Nou, bedank Anthony maar van me. Ik beloof dat het alleen is tot Jack wakker wordt.'

'Als ik jou was, zou ik hier blijven tot je je beter voelt. Doe nou je ogen maar dicht.'

'Dank u wel voor al uw vriendelijkheid.'

'Doe niet zo gek. Daar ben ik toch voor.' Mrs. Trevathan glimlachte naar haar en verliet de kamer.

Toen Rebecca later wakker werd, voelde ze zich iets beter en ging rechtop zitten. Ze nam een slokje van de thee die Mrs. Trevathan had gebracht. Ze keek nu pas beter naar de details van de kamer waarin ze verbleef. Het was nauwelijks te geloven dat hij zo lang onbewoond was geweest. Alles was onberispelijk – zelfs het schilderwerk op de plinten zag er vers uit. Haar blik viel op een glimmend gewreven art-decokaptafel en ze zag parfumflesjes, een haarborstel en een kralenketting die over een van de spiegels hing. Ze stapte uit bed, liep ernaartoe, pakte een parfumflesje en rook eraan. Met een schok herkende ze de lichte bloemengeur die sommige nachten in haar kamer had gehangen.

Ze liep op blote voeten naar de ernaast gelegen badkamer en weer werd ze verrast door hoe onderhouden die eruitzag. De badkuip was oud, maar zonder enige slijtage, terwijl die elders in het huis juist zo overheersend was. Een lange rij kledingkasten met spiegelende deuren strekte zich uit langs een van de muren. Rebecca opende er een en keek verbijsterd naar de prachtige kleren, onberispelijk opgeborgen in doorzichtige plastic hangtassen.

'Violets kleren,' zei ze zacht. Ze sloot de deur snel weer en liep door de slaapkamer naar de andere deur. Erachter was een kleine, maar prachtig ingerichte zitkamer. Foto's in zilveren lijstjes stonden op het bureau en ze herkende Violets gezicht – haar eigen gezicht. Naast haar stond een knappe jonge man in avondkledij; het moest Donald zijn, Anthony's grootvader.

Een andere deur gaf toegang tot een sober gemeubileerde kleinere kamer – een mannenkamer, zonder vrouwelijke opsmuk.

Rebecca besefte dat dit Donalds kleedkamer geweest moest zijn. Ze zag een smal houten bed, een mahoniehouten kledingkast, een ladekast en een volgepakte boekenplank. Rebecca las de titels op de plank, die alles bevatte van kinderboeken tot Thomas Hardy. Een titel in het bijzonder trok haar aandacht: 'Rudyard Kipling – *If*' stond in gouden letters op de rug van een dik, in bruin leer gebonden boek. Ze herinnerde zich het gedicht waar Ari het gisteren over had gehad en dat door de beroemde schrijver was geschreven, en ze haalde het boek voorzichtig van de plank. Er zat een verfijnde gouden ex libris voorin. Ze ging op het bed zitten en opende het boek voorzichtig. Aan de binnenkant van de omslag stond in verbleekte inkt een opdracht geschreven:

Kerstmis 1910

Mijn liefste Donald, dit zeer bijzondere geschenk kreeg ik van Zijne Hoogheid, de maharadja van Cooch Behar, toen ik weer naar Engeland vertrok nadat ik daar vijf jaar resident was geweest. Hij heeft het speciaal voor mij laten maken, want hij wist dat Rudyard Kipling mijn favoriete schrijver en dichter is. Het bevat een prachtig, handgeschreven gedicht voor in het boek, maar het is eigenlijk een dagboek. Gebruik het zoals je wilt.

Je toegewijde vader,

George

Rebecca herinnerde zich van de stenen plaquette in het mausoleum dat George Astbury slechts twee weken later was overleden, in januari 1911.

Ze sloeg de eerste vergeelde bladzijde om en zag het gedicht, zoals Donalds vader had aangegeven, met de hand geschreven en met een weelderige gouden versiering op de bladzijde. Ze las de verzen door en wist dat er nooit een veelzeggender geschenk van een vader aan een zoon zou zijn.

De woorden gaven, honderd jaar nadien, ook háár kracht. Ze

stond op en wilde het boek terugzetten op de plank, toen een inktvlek aan de onderkant van een van de latere bladzijden haar door deed bladeren.

Ze ging weer zitten en las het eerste, keurig geschreven stukje tekst.

Januari 1911

Vader is vier dagen geleden overleden. Het werd mij op school verteld en nu ben ik thuis voor de begrafenis. Moeder is bijna de hele dag in de kapel en staat erop dat wij met haar meegaan. Eerlijk gezegd heb ik op dit moment weinig geloof in Hem, maar ik zal mijn best doen om haar te steunen in haar rouw. Ook Selina is buiten zichzelf. Ik begrijp dat ik nu de man in huis ben en moedig en sterk moet zijn. Vader, werkelijk, ik mis je vreselijk en ik weet niet hoe ik de vrouwen moet troosten.

De rest van de bladzijde was leeg, maar toen ze doorbladerde, zag Rebecca dat het dagboek in 1912 opnieuw begon en in de drie jaren daarna regelmatig was bijgehouden. In februari 1919 namen de bijdragen toe. Rebecca besefte dat de Eerste Wereldoorlog toen net was afgelopen.

Rebecca hoorde haar naam roepen. Ze zette het dagboek met tegenzin terug op de plank en liep snel terug naar de slaapkamer.

'Hoe voel je je, lieverd?' zei Mrs. Trevathan, die net was binnengekomen.

'Iets beter.'

'Je hebt in ieder geval meer kleur op je wangen. Rebecca, Jack is wakker en wil je graag zien. Ik heb gezegd dat je nog slaapt. Ik wilde vragen of je al klaar bent voor bezoek?' Aan de blik die Mrs. Trevathan haar gaf kon Rebecca zien dat ze het wel begreep.

'Nee, niet echt,' zei ze naar waarheid.

'Wil je dat ik ervoor zorg dat hij tot morgen bezig is? Ik kan voorstellen dat hij later met zijn vriend de acteur meegaat naar het hotel in Ashburton. Mr. James vroeg trouwens net nog naar je en stuurt je zijn beste wensen,' voegde ze eraan toe.

'Dat is heel vriendelijk van u. Als Jack inderdaad uitgaat met James, komt hij waarschijnlijk weer heel laat terug. En...'

'Ja, lieverd, ik begrijp het,' zei Mrs. Trevathan. 'Maak je geen zorgen. Ik vang hem wel op.'

'Stuur hem alstublieft naar mij, als hij problemen maakt.'

'Ik kan je verzekeren dat ik in mijn tijd met veel ergere mannen te maken heb gehad dan die van jou,' merkte ze vinnig op. 'Goed, ik heb avondeten voor je neergezet, veel water, en een glas warme melk. His Lordship stond erop dat ik je die melk bracht. Hij laat je ook groeten en hoopt dat je spoedig herstelt. O, en die Indiër die nu ook bij ons logeert was erg bezorgd en wil je graag zien,' voegde ze eraan toe. 'Goed, ik ga nu maar en zorg ervoor dat je vanavond niet wordt gestoord door je bewonderaars.' Mrs. Trevathans ogen glinsterden. 'Als je iets nodig hebt, trek dan aan de bel naast je bed.'

Rebecca keek ernaar. 'Werkt die nog?'

'Ja hoor, lieverd, die werkt nog steeds,' antwoordde Mrs. Trevathan. 'Waarom neem je niet een lekker lang bad en ga je niet vroeg slapen? Ik kan je je spullen uit je vorige kamer brengen.'

'Dank u, dat zal ik doen. En u hebt gelijk, ik heb rust nodig.'

'Dat weet ik, lieverd, ik kan het zien. Zoals ik al zei, laat het maar aan mij over.'

Rebecca liep spontaan naar Mrs. Trevathan toe en omhelsde haar. 'Dank u wel.'

Mrs. Trevathan was duidelijk verrast door deze vertoning en trok zich snel terug uit Rebecca's armen en liep naar de deur. 'Welterusten, lieverd, slaap lekker.'

'Dat zal wel lukken.'

Ze voelde zich rustiger nu ze wist dat Jack niet elk moment kon opduiken, dus nam ze een bad en haalde toen het in leer gebonden dagboek uit Donalds kleedkamer. Ze kroop weer in bed en bladerde door de bladzijden die na de Eerste Wereldoorlog waren geschreven. In de eerste bijdrage was er sprake van een 'A' die aan boord ging van een schip naar India.

Rebecca bedacht opeens dat Donald hier toch zeker Anahita mee bedoelde?

Als dat zo was, dan kon dit onschuldige boek, dat tientallen jaren onopgemerkt tussen de andere boeken op de plank had gestaan, het bewijs leveren dat Ari nodig had om Anahita's verhaal te bevestigen.

Rebecca hoefde niet lang te lezen voor ze zeker wist dat 'A' inderdaad Anahita was. Ze keek omhoog en glimlachte naar de hemel.

'Je hebt ons allebei hiernaartoe gebracht, Anni, en ik heb het gevonden,' fluisterde ze terwijl ze zich installeerde en zich door Donalds woorden het verleden in liet voeren...

DONALD

FEBRUARI 1919

30

1 februari

A is vandaag vertrokken op het schip dat haar naar India zal brengen. Ik voel me zo ellendig dat ik er geen woorden voor heb. Ze is zo geweldig, op alle denkbare manieren – zo warm, zo wijs, zo anders dan alle meisjes die ik ooit heb ontmoet. Hoe ik het de komende weken zonder haar moet uithouden weet ik gewoon niet. En morgen moet ik terug naar Astbury om te proberen aan moeder te vertellen dat we het landgoed moeten verkopen. Ik zie op tegen haar reactie, om eerlijk te zijn.

19 februari

Op Astbury. Moeder weigert nog altijd haar kamer te verlaten. Ze zegt dat ze doodgaat aan een of andere vreselijke ziekte, maar de dokter kan niets bij haar vaststellen. De hele huishouding weet dat ze nog steeds aan het mokken is over Selina's huwelijk met Henri. Ik kreeg een prachtig telegram van A, die drie dagen geleden aan boord van het schip negentien is geworden. Haar liefdevolle woorden houden me overeind. Ze komt over twee weken in Calcutta aan. Ik kan alleen maar hopen dat ze snel weer thuis is. Ik heb een telegram teruggestuurd, waarin ik haar vertel hoeveel ik van haar houd. Hoe dan ook, of ze het nu wil of niet, ik ga vandaag met moeder praten. We kunnen zo niet blijven doorgaan.

Donald zette zich schrap en klopte op de deur van de slaapkamer van zijn moeder. Hij hoorde het gerinkel van porselein en ten slotte een zwak 'binnen'.

'Hallo, moeder, zal ik een van de gordijnen openen? Het is hier zo donker dat ik u niet eens kan zien.'

'Als het niet anders kan... maar het licht doet pijn aan mijn ogen,' antwoordde Maud met trillende stem.

Donald schoof een van de gordijnen opzij en liep naar zijn moeder. 'Mag ik even bij u komen zitten?'

'Schuif maar een stoel bij mijn bed.' Ze wees met een zwakke beweging van haar vingers, die op de lakens lagen.

Donald deed wat hem gevraagd werd. 'Hoe gaat het?'

'Geen haar beter.'

'U hebt in ieder geval iets meer kleur.'

'Dat komt dan waarschijnlijk door de rouge die Bessie op mijn wangen heeft gedaan vanochtend,' antwoordde Maud prompt. 'Ik voel me elke dag slechter.'

Donald haalde diep adem. 'Moeder, ik begrijp dat u niet in orde bent, maar er zijn echt dingen die we moeten bespreken.'

'Zoals je zuster die met die afschuwelijke kleine Fransman gaat trouwen? Je vader zou zich in zijn graf omdraaien.'

Donald dacht terug aan zijn warme, lieve vader en wist dat hij heel gelukkig zou zijn geweest dat Selina iemand had gevonden om haar leven mee te delen nadat ze zoveel verdriet had moeten doorstaan.

'Gedane zaken nemen geen keer, moeder, en wij kunnen daar geen van beiden iets aan veranderen. Selina is volwassen en moet haar eigen beslissingen nemen.'

'Als jij het er niet mee eens bent, waarom ga je dan naar die zielige vertoning van een bruiloft?' reageerde Maud. 'Niemand van de Londense society gaat ernaartoe, dat kan ik je wel vertellen.'

'Ze is mijn zuster, moeder. En bovendien mag ik Henri wel. Volgens mij houdt hij van Selina en zal hij goed voor haar en Eleanor zorgen.'

'Als dat zo is, wat wil je dan met mij bespreken?' Maud veranderde van onderwerp.

Hij rechtte zijn rug om haar te vertellen wat hij moest zeggen. 'Moeder, de financiën van het landgoed staan er vreselijk slecht voor, en als ik daar niet snel iets aan doe, stort het huis letterlijk in.

De bank zou zelfs beslag kunnen leggen, zoveel schulden hebben we.'

Zijn moeder reageerde niet, dus Donald zwoegde verder.

'Het is heel verdrietig, maar het enige wat ik kan doen, is verkopen. Ik hoop dat ik een koper kan vinden met genoeg geld om de potentie van het landgoed te zien en het op zich te nemen.'

Op dat moment schoten Mauds ogen naar haar zoon. Zelfs in het schemerlicht kon Donald zien dat ze vol afschuw stonden.

'Het Astbury Estate verkópen?'

Hij zag hoe zijn moeder haar hoofd in haar nek gooide en hard begon te lachen.

'Donald, ik weet dat het huis toe is aan een opknapbeurt, maar je overdrijft. Natuurlijk kunnen we het niet verkopen! Het is al sinds de zeventiende eeuw in de familie!'

'Moeder, ik heb de afgelopen maand met bankiers, de accountant en de beheerder van het landgoed gesproken, en zij zeggen allemaal hetzelfde. Het landgoed is bankroet en er komt een eind aan. Het spijt me, maar zo staan de zaken.'

'Donald.' Mauds stem klonk opeens luid en duidelijk, ondanks haar ernstige toestand. 'Ik kan veel verdragen, maar ik zal nóóit toestemmen in de verkoop van Astbury Estate.'

'Moeder,' antwoordde Donald, zo rustig als hij kon, 'misschien herinnert u zich nog dat het landgoed drie maanden geleden, toen ik meerderjarig werd, wettelijk aan mij is overgedragen. Daarom is het aan mij om te beslissen wat het beste is. Hoe verdrietig en onaangenaam de situatie voor ons allemaal ook is, we moeten verkopen. Of afwachten tot onze schuldeisers ons met geweld eruit zetten.'

Toen ze dat hoorde, viel Maud terug in haar kussens en greep naar haar hart.

'Hoe kun je zo wreed zijn? Ik ben ziek en je brengt me zulk nieuws! Ik heb een verschrikkelijke pijn in mijn borst; alsjeblieft, roep Bessie, haal de dokter…'

Donald keek naar haar en zag dat ze inderdaad afschuwelijk bleek zag.

'Moeder, alstublieft, het is niet mijn bedoeling u van streek te maken, maar echt, we hebben gewoon geen keus.'

Ze hijgde nu, probeerde op adem te komen. Donald stond op. 'Ik laat dr. Trefusis komen. Het spijt me dat ik u zo van streek heb gemaakt.' Hij zuchtte en verliet de kamer.

Dr. Trefusis kwam onmiddellijk. Hij onderzocht Maud en voegde zich toen bij Donald die nerveus op de gang stond te wachten.

'Ze heeft een soort zenuwinzinking. Ik heb haar een slaapmiddel gegeven en kom morgen terug om te kijken hoe het met haar is. Ik zou echter, voor ons aller welzijn, voorlopig niet meer terugkomen op hetgeen u eerder met haar besproken hebt, wat het ook was.'

10 maart

Ik kreeg een telegram van A waarin ze me vertelt dat de boot veilig in India is aangekomen en dat ze nu onderweg is naar Cooch Behar Palace. Moeder weigert nog altijd uit haar kamer te komen of iemand toe te laten en ik ren door het huis in een toenemende staat van wanhoop. Ik heb vanmiddag een lange brief aan A geschreven om mezelf tot rust te brengen. De sluier van somberte die op dit moment over Astbury hangt is tastbaar. Bedienden zijn altijd de eersten die problemen aanvoelen en ik denk dat ze allemaal weten dat er iets aan de hand is. Vanochtend heb ik een makelaar laten komen. Het landgoed is getaxeerd en het is vrijwel niets waard, in aanmerking genomen waar het uit bestaat. Het zal in ieder geval genoeg zijn om de schulden te betalen en om een klein huisje op het land te kopen voor A en mij. En genoeg voor een huisje voor mijn moeder.

Het werd april en Donald was blij dat de tuin weer tot leven kwam en dat de brem op de heide weer felgeel kleurde. Toen hij op een ochtend met Glory de stal uit draafde, werd hij echter bevangen door een knagende angst. Hij had al bijna een maand niets van Anni gehoord, niet sinds zij in het paleis in Cooch Behar was aangekomen. Toen hij Glory tot een hoger tempo aanspoorde en over de hei galoppeerde, begonnen kleine duiveltjes gaatjes te boren in zijn vertrouwen.

Had ze na haar terugkeer in India iemand anders ontmoet? Ze was tenslotte een mooie vrouw – geen prinses, nee, maar aristocratisch, met het soort opvoeding, elegantie en intelligentie waar elke man voor viel. Hij was een Engelse lord, zeker, maar bezat geen cent en als Astbury was verkocht, had hij geen bezit meer om over te heersen.

In de afgelopen maand was tot Donald doorgedrongen dat zijn opvoeding hem alleen geschikt had gemaakt om een lid van de aristocratie te zijn en zijn landgoed en personeel te bestieren. Als hij niet naar het leger zou terugkeren – een gedachte die hem afschuw inboezemde – wist hij niet wat hij met zijn toekomst aan moest na de verkoop van het landgoed. Hij stapte af bij de beek waar Anni en hij die eerste zomer hadden zitten praten, en ging in het gras liggen om na te denken.

Na zijn ervaringen in de oorlog leek een leven zonder inhoud hem zinloos. En hij voelde zich schuldig – schuldig omdat hij degene was die zo vele honderden jaren geschiedenis van de Astbury's op Astbury Hall zou uitwissen. Hij begon weer na te denken of er misschien toch een manier was waarop het landgoed gered zou kunnen worden, maar er kwamen geen uitvoerbare ideeën bij hem op. Hij wist dat als er een kans wás, hij die zou grijpen, niet alleen vanwege de familiegeschiedenis, maar ook omdat hij dan tenminste iets goeds zou doen, door de tweehonderd personeelsleden en pachters een bron van inkomen te geven – om maar niet te spreken van zijn moeder, die ondanks haar hysterische gedrag, er oprecht kapot van zou zijn als ze zou moeten vertrekken.

Donald stond op en stapte weer op Glory. Hij zei tegen zichzelf dat hij het gewoon moest accepteren en zijn energie moest richten op zijn nieuwe toekomst met Anni. Daardoor zou hij een nieuwe zin aan zijn leven geven.

15 mei

Gisteren kwam moeder (eindelijk) uit haar kamer tevoorschijn. Niets van A gehoord in bijna tien weken. Ik heb talloze brieven gestuurd naar het adres dat ze mij gegeven had, in het paleis, maar ik heb geen antwoord gekregen. Waar kan ze zijn? Ik heb me nog nooit zo rot gevoeld. Misschien is ze mij vergeten. Misschien heeft zij ook, net als haar vriendin Indira, een Indiase prins ontmoet en is ze met hem weggelopen...

Donald gooide zijn pen neer, stond op en staarde somber door zijn slaapkamerraam. De zon stond hoog aan de hemel en het was een prachtige dag, maar hij kon er niet blij om zijn. Vreselijke gedachten over Anni en de redenen waarom ze hem niet antwoordde gingen voortdurend door zijn hoofd. Misschien, redeneerde hij, was het wel gewoon zo simpel dat haar brieven niet aankwamen. De post tussen Engeland en India was erom berucht. Hij wist echter dat hij niet tot rust kon komen tot hij iets van haar hoorde.

Beneden, aan het ontbijt, zag hij dat zijn moeder een bord vol bacon en eieren wegwerkte.

'Ik ben blij dat u er zoveel beter uitziet, moeder.' Hij slaagde erin een zuinig lachje te laten zien.

'Je weet hoe de winter mij altijd parten speelt. Maar het is nu bijna zomer en er is veel te doen.'

'Echt?' vroeg Donald. Hij vroeg zich af wat zij in vredesnaam kon bedoelen.

'Ja.' Maud schoof hem een brief toe over de ontbijttafel. 'Oude vrienden van je vader hebben voorgesteld om ons te komen bezoeken. En natuurlijk heb ik ja gezegd.'

Donald bekeek de brief, waarop een adres in New York stond. 'Er staat dat ze over ongeveer zeven weken hier zijn. Wie zijn de Drumners eigenlijk?'

'Ralph Drumner is het hoofd van een van de oudste en rijkste families in New York. Volgens mij bezit hij een bank. Zijn vrouw, Sissy, is, naar ik me herinner, een heel lieve vrouw. Ze hebben ook een dochter, Violet, die ongeveer even oud is als jij. Zij maakt op dit moment een reis door Europa, maar zal zich in de zomer bij haar ouders voegen.'

Donald was verbaasd over haar enthousiasme. Maud beschouwde de meeste Amerikanen als 'gewoontjes'.

'Nou, zolang u zich goed genoeg voelt om ze te ontvangen, moeder, ben ik blij dat het idee dat er oude vrienden op bezoek komen u heeft opgevrolijkt.'

'Ja, ik geloof echt dat dat zo is.' Maud lachte blij naar haar zoon.

Omdat ze zo'n goed humeur had, besloot Donald het Selina-probleem maar meteen aan te pakken. 'Misschien moet u, als uw bezoekers er zijn, vragen of Selina langskomt. Ik weet dat kleine Eleanor haar grootmoeder, en Astbury, mist.'

'Je weet heel goed, Donald, dat zolang ze met die man is getrouwd, Selina nooit meer welkom zal zijn in dit huis. Ben ik duidelijk?'

Donald zuchtte. Hij wist dat hij als Lord Astbury en wettige eigenaar van het landgoed, het recht had om haar wil te negeren en zijn zuster uit te nodigen wanneer hij maar wilde. De onvermijdelijke gevolgen van het opnieuw van streek maken van zijn moeder, terwijl ze nu zo opgeknapt leek, waren echter meer dan hij op dat moment aankon.

9 juni

Ik ben naar Londen geweest om de bankmanager nog een keer te spreken. Meer slecht nieuws – de tijd raakt op en ik moet nu plannen maken om het landgoed snel te koop te zetten. Ik ben ook langs geweest bij de hoofdverpleegster van Anni in het London Hospital in Whitechapel. Zij heeft ook niets meer van haar gehoord. Ik heb Selina kort gesproken en zij vertelde mij dat ze Indira en haar nieuwe echtgenoot in het zuiden van Frankrijk heeft ontmoet. Anni had Indira gezegd dat ze direct naar Engeland zou terugkeren, toen ze in mei uit Parijs vertrok. Ik ben echt buiten mezelf van ongerustheid. Zonder haar, wat is er dan nog?

14 juli

Ralph Drumner en zijn vrouw Sissy zijn vorige week op Astbury aangekomen. Ze lijken heel geschikt en vinden het, ondanks de erbarmelijke staat van het huis, leuk om in een echt statig huis te logeren, met een echte Engelse lord. Sissy boog zelfs voor me toen ze aankwamen! Ik denk dat Ralph Drumner veel slimmer is dan hij zich voordoet. Hij is duidelijk schatrijk; Sissy draagt alleen maar de laatste mode uit Parijs en is behangen met diamanten. Ze zijn hier twee maanden, om 'Engeland te doen', zoals ze het noemen, en morgen komt hun dochter Violet ook. Nog altijd geen woord van A. Mijn hart verandert langzaam in ijs, want ik kan echt geen enkele reden bedenken waarom ze me niet geschreven heeft, behalve één.

'De Drumners zijn hier om half vier terug, op tijd voor de middagthee,' kondigde Maud aan. 'Ik stel voor dat we die op het terras gebruiken. Je weet toch dat ze naar Londen waren om hun dochter op te halen. Ze is gisteravond uit Parijs gekomen.'

'Ja, moeder,' antwoordde Donald afwezig tijdens het ontbijt.

'Jij bent van haar leeftijd, dus het zou prettig zijn als jij erbij kwam zitten en haar wat bezighoudt.'

Donald sloeg *The Times* dicht en stond op van tafel. 'Geen zorgen, ik zal er zijn.'

Die middag maakte Donald een rit over het landgoed. De pachters die hij een bezoek bracht waren in ieder geval goedgemutst, nu ze de beste weersomstandigheden hadden gehad voor een geweldige graanoogst, die in de komende paar weken zou worden binnengehaald. Dit was nieuws waarvan ze hoopten dat het hem zou bevallen; ze hadden geen idee wat hen boven het hoofd hing.

Er was een koper gevonden voor het landgoed. Mr. Kinghorn uit Cornwall was een zakenman die tijdens de oorlog goed had geboerd in tin. Hij leek een redelijke kerel en wilde zichzelf een tree hoger plaatsen op de sociale ladder door het Astbury Estate te verwerven. Hij kocht het voor een appel en een ei, alleen omdat er geen concurrentie was in de financieel zware naoorlogse periode. Donald moest zijn fiat er nog aan geven. Hij wist tenminste, dacht hij toen hij zijn merrie overdroeg aan de staljongen en terugliep naar het huis, dat het landgoed efficiënter en zakelijker beheerd zou worden onder de oplettende blik van de nieuwe eigenaar.

Toen hij de tuin in liep, zag Donald de Drumners en zijn moeder op het terras zitten, aan de thee, en hij besefte dat hij laat was. Ze moesten hem maar accepteren in zijn rijbroek. Dat liever dan dat hij nog meer ongenoegen van zijn moeder te verduren zou krijgen. Hij rende de treden op en terwijl hij dat deed, trok de jonge vrouw aan tafel zijn aandacht. De man in hem zag direct dat Violet Drumner een schoonheid was. Haar slanke lichaam was gehuld in een halflange jurk, haar blonde haar droeg ze kort, in een moderne bob. Toen hij dichterbij kwam, zag hij dat ze levendige bruine ogen had en perfect gevormde lippen. Haar huid was licht en smetteloos.

'Een goedemiddag allemaal,' zei hij toen hij bij de tafel op het terras aankwam. 'Moeder, Ralph, Sissy, mijn excuses dat ik laat ben en, Miss Drumner,' zei Donald en hij wendde zich tot de jonge vrouw, 'welkom op Astbury. Mag ik u Violet noemen?'

'Ja, graag.' Ze lachte en toonde daarbij een glimp van haar perfecte tanden.

'Het is mij een genoegen om kennis te maken,' zei hij toen hij ging zitten en de meid toesnelde om hem een kop thee in te schenken. 'Hoe was je reis hiernaartoe?'

'Heel plezierig,' antwoordde Violet. 'Ik ben niet eerder buiten Londen geweest. Alle bals die ik hier in Engeland heb bezocht aan het begin van de zomer waren in de stad.'

'En Violet heeft afgelopen jaar natuurlijk haar debuut gemaakt in New York,' zei Sissy.

'Zeker,' zei Maud, met een nauwelijks waarneembaar optrekken van haar wenkbrauwen.

'Heb je hier ook van het Seizoen genoten?'

'Nou en of! Ik heb zoveel interessante mensen ontmoet. Ik ben gewoon dol op Engeland,' voegde Violet eraan toe, met haar vrolijke New Yorkse accent.

'Violet was volgens iedereen de belle van het Londense Seizoen,' zei Ralph. 'Er zat een hele rits adellijke jongemannen achter haar aan. Ontken het maar niet, Violet.'

'O, Pa.' Violet bloosde charmant. 'Alle meisjes waren populair.'

'Was er een jongeman die in het bijzonder je aandacht trok?' vroeg Maud.

'Ik denk dat ik nog te jong ben om me te binden,' was haar diplomatieke antwoord.

'Rijd je paard, Violet?' vroeg Donald om haar te redden.

'O ja, in Central Park, best vaak, en als we naar ons zomerhuis in Newport gaan. Daar heb ik mijn eigen paard.'

'Dan moet je me toestaan om, terwijl je hier bent, je mee te nemen voor een rit over de moors.'

'Dat zou ik geweldig vinden, Donald.'

24 juli

Ik ben met V gaan rijden vanochtend. Ze is technisch bekwaam, maar ze rijdt als een meisje. A reed als een man. En toch... ze is lief, slim en goed opgeleid en haar plezier omdat ze hier in Engeland is vrolijkt mij op. Ze is ook bijzonder knap en soms kijk ik naar haar en bedenk ik dat haar lichte huid en blonde haren niet meer konden verschillen van A's exotische, zwoele uiterlijk. Dat ze hier is leidt me in ieder geval af van A. Haar natuurlijke energie is aanstekelijk.

Donald merkte dat hij de afgelopen twee weken in ieder geval met veerkrachtiger tred was gaan lopen. Met hun typisch Amerikaanse enthousiasme hadden de Drumners de somberte die de laatste tijd over Astbury had gehangen weggenomen. Zijn moeder had een paar dagen geleden zelfs wat plaatselijke aristocraten uitgenodigd voor een zeldzaam dinertje. Zelfs het personeel leek het extra werk dat hen vanwege de gasten toeviel te waarderen. Meiden renden de trappen op en af om een bad klaar te maken voor de twee Amerikaanse vrouwen en zorgden voor hun enorme garderobes. De gang waaraan de gastenkamers lagen rook permanent naar Violets parfum, licht en zomers, net als Violet zelf.

Hun vrolijke gezichten begroetten hem die ochtend aan de ontbijttafel. Ralph maakte hun plan bekend om de komende dagen 'Cornwall te doen'.

'Moeder,' zei Violet, 'zou u het erg vinden als ik niet meega? Amy Venables geeft een bal in Londen en heeft me geschreven met de vraag of ik kom. Het zou zo fijn zijn om een paar van mijn Engelse vrienden van het Seizoen nog een keer te zien voor we teruggaan naar New York.'

‘Dat geloof ik graag, lieverd, maar je kunt onmogelijk in je eentje naar Londen gaan. Daar is geen sprake van,’ antwoordde Sissy.

‘We hebben ruimte genoeg in ons huis in Londen,’ zei Maud. ‘Je kunt daar overnachten, Violet.’

‘Dat zou heel vriendelijk van u zijn, Lady Astbury.’

‘En zei jij niet dat je de komende dagen naar de stad moest, Donald?’ voegde Maud eraan toe.

‘Ik... ja, ik ben dan ook in Londen,’ antwoordde hij ongemakkelijk. Hij wilde niet onbeleefd zijn.

‘Nou, dat is dan helemaal perfect – dan kun je met mij mee naar het bal! Ik weet zeker dat Amy Venables dat niet erg vindt,’ zei Violet. Ze klapte in haar handen.

‘Wat een geweldig idee!’ zei Maud. ‘Nou, dat is dan geregeld.’ Ze lachte naar het verzamelde gezelschap.

Na het ontbijt trok Donald zich terug in de bibliotheek met *The Times*, maar het lukte hem niet zich te concentreren. Ondanks het feit dat het nu vijf maanden geleden was dat hij voor het laatst iets van Anni had gehoord, voelde hij zich ongemakkelijk bij het idee dat hij met Violet naar een bal zou gaan. Het leek erop dat zijn moeder hem in deze situatie had gemanoeuvreerd en het zou heel onbeleefd zijn om nu spelbreker te zijn.

Hij dacht na over de plotselinge opleving van zijn moeder en haar ongewone gastvrijheid en voor het eerst vroeg Donald zich af of de komst van de Drumners op Astbury wel zo toevallig was geweest als het leek. Er bestond tenslotte geen twijfel over de rijkdom van de Drumners en Ralph had pas nog verteld over het ruime trustfonds dat hij voor Violet onderhield tot ze over drie maanden meerderjarig zou zijn. En dat geld zou ze natuurlijk meenemen als ze zou trouwen.

‘Verdomme, moeder!’ Donald gaf een klap op de tafel met *The Times*, stond op en liep naar het raam. Hij vervloekte zichzelf dat hij zo naïef was geweest; hoe kon hij het web dat zijn moeder om hem heen aan het spinnen was nou niet hebben gezien?

‘Ik word niet gekocht of gemanipuleerd,’ zei hij met opeengeklemde kaken toen hij naar buiten keek, naar de in de warme augustuszon badende tuin. Bovendien had Maud geen controle over

Violets gevoelens voor hem. Met haar rijkdom, aantrekkelijke persoonlijkheid en ontegenzeggelijke schoonheid, kon ze elke man krijgen die ze maar wilde. Het was onwaarschijnlijk dat ze in hem geïnteresseerd was. En toch, als hij dacht aan de manier waarop ze naar hem keek van onder haar lange wimpers, hoe ze maar al te graag mee ging op elk uitstapje dat hij voorstelde...

Tijdens de lange treinreis naar Londen luisterde Donald naar Violet die vertelde over haar leven in New York, het mooie huis aan Park Avenue waar ze woonde met haar ouders en prachtige dingen die ze op haar Europese rondreis had gezien.

'Ik ben bang dat het heel moeilijk wordt om terug te gaan. Amerikanen kunnen zo bekrompen zijn,' voegde ze eraan toe, alsof de ervaringen van haar drie maanden in Europa haar een wereldburger hadden gemaakt.

'Dus Engeland bevalt je beter?' informeerde Donald beleefd.

'O ja, ik heb altijd een grote passie gehad voor jullie literatuur. En ik ben gewoon dol op het landschap hier. Alles is zo bijzonder!'

Toen ze arriveerden in Belgrave Square werd Violet door een meid naar haar kamer boven gebracht en Donald liep de woonkamer in, waar hij Selina trof die aan het bureau een brief zat te schrijven.

'Donald!' Haar gezicht klaarde op toen ze hem zag en ze stond op om hem te omhelzen.

'Hoe gaat het met je, Selina?'

'Ik ben net terug van Henri's chateau in Frankrijk. Hij is daar nog om wat zaken te regelen. Eleanor en ik wonen nu even hier tot ons nieuwe huis in Kensington klaar is. Thee?'

'Lekker,' zei Donald en hij ging zitten terwijl Selina de meid belde.

'Hoe gaat het op Astbury?' vroeg ze hem.

'Met moeder gaat het in ieder geval veel beter; ze zit vol leven, vergeleken met hoe ze was toen jij haar voor het laatst zag.' Donald wierp een veelbetekenende blik op zijn zuster.

'Denk je dat ze mij heeft vergeven?'

'Eerlijk gezegd ben ik er de laatste tijd niet meer over begonnen. Ze is zo opgewekt dat ik niet over iets wilde beginnen wat haar stemming zou kunnen bederven.'

'En je hebt het waarschijnlijk ook druk gehad met het rondleiden van je jonge Amerikaanse erfgename door het mooie Devon.'

'Ik heb mijn plicht gedaan,' knikte hij. 'Vanavond moet ik met haar naar een of ander vreselijk bal met al haar debuterende vriendinnen.'

'Vind je Violet leuk, Donald? Ik kijk ernaar uit haar te ontmoeten.'

'Ja, ze is heel aardig.' Donalds gezicht betrok. 'Maar je begrijpt dat er niets van kan komen.'

'Ja, natuurlijk. Heb je nog iets van Anni gehoord?'

'Geen woord.' Hij zuchtte. 'Ik heb zelfs Scotland Yard geschreven om te kijken of zij onderzoek konden doen naar haar verblijfplaats, maar zij hebben niets gevonden. Ze is letterlijk van de aardbodem verdwenen.'

'Nou ja, dat is tenminste iets,' troostte Selina. 'We kunnen er tenminste van uitgaan dat ze niet dood is.'

'Selina, ze kan overal zijn. Misschien is ze zelfs niet teruggegaan naar Engeland, zoals ze zei. Ik begin te denken dat ze in India is gebleven en het gewoon niet over haar hart kon krijgen om mij dat te vertellen.'

Ze zaten stil bij elkaar toen de meid binnenkwam met het theeblad. Selina schonk hen allebei een kop in en keek nadenkend naar Donald.

'Donald, lieverd, ik vind het vreselijk om te zeggen, maar...'

'Ik weet het, en zeg het alsjeblieft niet,' snoerde hij haar de mond. 'Ik begin ook te beseffen dat ik misschien geen andere keus heb dan door te gaan met mijn leven.'

'Ja, daar ben ik ook bang voor,' zei Selina instemmend. 'Ik weet hoeveel je van haar gehouden hebt, maar...'

'Van haar houdt,' corrigeerde Donald haar.

'Ja, van haar houdt,' verbeterde Selina zichzelf. 'Maar een huwelijk tussen jullie zou nooit gemakkelijk zijn geweest. Je weet hoe de Engelse society is, en jullie zouden grote moeite hebben gehad om geaccepteerd te worden.'

'Dat kan mij allemaal niets schelen,' zei Donald boos. 'Ik heb zij aan zij gestaan in de loopgraven met mannen van allerlei geloof en kleur en ik heb hun moed gezien. En ik heb gezien hoe ze sneuvelden, net als de mannen met een blanke huid.'

'Nou,' zei Selina rustig, 'het is heel mooi van je dat jij geen vooroordelen hebt, maar je weet heel goed dat dat voor anderen niet geldt en dat dat niet zal veranderen.'

'Zeg je nu dat Anni mij heeft verlaten om mij voor al die dingen te beschermen?'

'Nee, ik opperde alleen de mogelijkheid dat dat zo zou kunnen zijn. Ik ben net zo verbijsterd als jij dat ze geen contact met je heeft gezocht.'

'Ik hoop dat Anni zich nooit ongemakkelijk heeft gevoeld over haar huidskleur als ze bij mij was.'

'Donald, lieverd.' Selina probeerde hem te kalmeren. 'Ik zeg niet dat dat zo was, maar misschien wel bij anderen. Kijk bijvoorbeeld eens naar je eigen moeder. En wat als jullie kinderen hadden gekregen? Het zouden halfbloedjes zijn geweest, en...'

'Genoeg!' Donald zette met een klap zijn kopje terug op het schoteltje.

'Neem me niet kwalijk.' Selina had tranen in haar ogen. 'Ik probeerde alleen de valkuilen aan te geven voor als het was gelopen zoals jullie hadden gepland.'

'Het had allemaal niet uitgemaakt, als we maar samen waren.'

Donald stond op. 'Ik moet me verkleden voor dat verdomde bal.'

Hij liep naar boven, naar zijn kamer, en plofte neer op zijn bed, met zijn hoofd in zijn handen. Kon de theorie van Selina kloppen? Had Anni, om hem tegen zichzelf te beschermen, besloten dat het beter was dat zij wegbleef?

Hij weigerde gewoon te geloven dat dat het geval was. Anni wist dat hij vooroordelen verafschuwde.

Donald kwam steeds weer uit op dezelfde conclusie. Hij was er nu van overtuigd dat zij had ingezien dat ze niet zoveel van hem had gehouden als ze dacht. Of misschien hield ze gewoon meer van iemand anders, dacht hij en hij huiverde.

Er sprongen tranen in zijn ogen, toen hij voor het eerst een toekomst zonder haar voor zich zag, en besefte dat hij de hoop begon op te geven.

31

25 augustus

Ik heb gisteravond meer van het bal genoten dat ik had verwacht. Er waren een paar van mijn oude vrienden uit Harrow die met twee van de meisjes waren meegekomen. Het was heel fijn ze weer te zien en even over vroeger te praten. Ze gaan allebei trouwen in de komende weken en hebben mij gevraagd te komen. Ze hadden het natuurlijk allebei direct over V en zeiden dat ik geluk had omdat ik met het mooiste meisje in de zaal danste...

Violet had besloten dat ze wat langer dan gepland in de stad zou blijven. En Donald zag ertegen op om naar Devon terug te gaan om Mr. Kinghorn het groene licht te geven voor de verkoop van het landgoed, dus hij besloot dat nog even uit te stellen. Hij begeleidde Violet naar verschillende diners en naar enkele bezienswaardigheden in Londen, en bezocht tussendoor zijn club in Pall Mall. Hij vond het prettig om oude kennissen weer te zien en om tot laat in de avond over de oorlog te praten.

Hij besefte steeds meer dat toen hij na de wapenstilstand in Londen was geweest, zijn hele leven om Anni en zijn liefde voor haar had gedraaid. Niets anders was belangrijk geweest, alleen dat hij bij haar was, en hij had nauwelijks tijd of belangstelling gehad voor iets anders. Het was alsof hij in een zeepbel had geleefd en hoewel zijn hart nog altijd pijn deed, was de huidige sociale afleiding in ieder geval plezierig.

Natuurlijk vond hij het leuk dat zijn vrienden jaloers waren op zijn relatie met Violet, die werkelijk de belle van de Londense society leek te zijn. Ze was mooi, grappig en, zoals Donald ontdekte toen ze uit de verstikkende cocon van haar ouders weg was, bezat zowel een levendig karakter als een ondeugend gevoel voor humor.

Zelfs hij werd betoverd door haar vrolijkheid en haar oprechte plezier in het leven. Anni was diep, gepassioneerd en donker geweest, maar Violet was opgewekt, frivool en licht. Hij ontdekte ook dat ze enorm gul was en vaak attente verrassingen had voor haar vrienden.

De uitnodigingen stroomden binnen en ze was welkom aan elke eettafel in Londen. De mannen streden om naast haar te mogen zitten en van haar gezelschap te kunnen genieten. Donald ging bijna elke avond met haar mee en, hij moest het toegeven, hij begon het steeds leuker te vinden.

Tegen het eind van Violets tijd in Londen, werden ze uitgenodigd voor een diner in het huis van Lord en Lady Charlesworth, vlak bij Hyde Park. Hun zoon Harry was erfgenaam van een van de grootste en meest vooraanstaande landgoederen van het land. Hij was ook bijzonder knap en bezat een charmante en uitbundige persoonlijkheid. Zoals gebruikelijk, omdat ze nu eenmaal het meisje van de dag was, kreeg Violet een plaats naast haar jonge gastheer aan tafel en Donald zag hoe zij en Harry op een intieme manier met elkaar fluisterden. Het was duidelijk dat hij erg van haar onder de indruk was, en zij van hem. Tijdens de pudding voelde Donald een bezitterig steekje in zijn hart en besefte hij tot zijn schrik dat hij jaloers was.

Dit plotselinge besef bracht hem van zijn stuk en tijdens de autorit naar huis was hij stil en dacht na. Violet was zoals altijd vrolijk gehumeurd en praatte opgewekt over Harry en dat hij haar had uitgenodigd op zijn landgoed in Derbyshire, als het jachtseizoen begon, over een paar dagen.

De volgende ochtend lag er een brief voor Violet op het blad in de hal. Donald, die erlangs liep om te gaan ontbijten, draaide hem om en zag het zegel van de Charlesworths op de achterkant. Die avond vroeg Violet Donald niet om haar te vergezellen. In plaats daarvan kwam een van haar vriendinnen om met haar mee te gaan en ze vertrok in een adembenemende Paquin-jurk en een wolk parfum. Het lukte hem niet in slaap te vallen voor hij in de kleine uurtjes haar lichte voetstap op de trap hoorde.

Ze kwam de volgende ochtend niet naar beneden voor het ontbijt, maar tijdens de lunch zat ze gapend aan tafel.

'Heb je een leuke avond gehad?' vroeg Donald beleefd.

'Geweldig,' zei ze dromerig. 'Harry weet waar je naartoe moet gaan in Londen. Hij heeft me meegenomen naar een undergroundclub waar ze de beste jazz spelen! We hebben de hele avond gedanst, zoveel dat mijn voeten vanochtend pijn deden. En zijn vrienden zijn ook fantastisch.'

'Ga je Harry vaker zien?'

'Dat hoop ik wel. Hij is zo leuk!'

'Ik moet terug naar Devon. Zal ik je hier in Londen achterlaten?' stelde Donald voor. 'Je lijkt me heel goed in staat om op jezelf te passen.'

Ze keek naar hem van onder haar lange wimpers, kwetsbaar opeens. 'Ik weet niet of ik die lange reis terug wel alleen wil maken.'

'Ik wil geen spelbreker zijn,' antwoordde hij en hij voelde zich twee keer zo oud als hij was. 'Waarom sluiten we geen compromis en vertrekken we aan het eind van de week naar Devon?'

'Ja, dat zou perfect zijn! Ik heb zo'n heerlijke tijd in Londen gehad! Dank je wel, Donald!'

'Geen dank. Ik ben blij dat je het naar je zin hebt gehad. Nu moet ik mij verontschuldigen. Ik heb een afspraak in mijn club.' Donald stond op en liep naar de deur. Toen wachtte hij even en keek achterom. 'Misschien kun je me voor we weggaan naar een van die nieuwe tenten meenemen die Harry kent?'

'O, Donald, dat zou ik geweldig vinden!'

En opeens waren de rollen omgedraaid. In zijn verlangen om Violet een plezier te doen leerde Donald de daaropvolgende drie avonden om te dansen op de nieuwe jazzmuziek die zo populair was in Amerika en in Engeland voor opschudding zorgde. Ze kwamen zwetend en giechelend thuis in Belgrave Square als het al licht begon te worden. Donald kuste haar braaf welterusten onderaan de trap en zij lachte naar hem, waarna ze op haar onnavolgbare vrouwelijke manier de trap op trippelde en naar bed ging.

Op hun laatste avond in Londen was Violet zoals gebruikelijk de trap op gegaan en Donald liep de woonkamer in om zichzelf een glas cognac in te schenken. Toen hij een slok nam, wist hij dat hij haar vanavond echt had willen kussen. Met een zucht bedacht hij dat hij er zelfs naar uitkeek om de volgende dag terug te gaan naar Devon en haar voor zichzelf te hebben.

'Anni,' fluisterde hij en hij leunde achterover in zijn stoel, met een gevoel van schuld. 'Vergeef me.'

Tijdens de treinreis naar huis viel Violet, die doodmoe was van haar bezigheden in Londen, in slaap en gebruikte Donald de tijd om de balans op te maken van zijn gevoel.

Hij wist niet zeker of zijn toenemende affectie voor Violet gewoon een reactie was op zijn verdriet over het kwijtraken van Anni, maar hij kon ook het feit niet negeren dat in haar mooie ogen een alternatieve sleutel voor zijn toekomst verborgen lag. Als hij Astbury moest verkopen, zou hij geen doel meer in zijn leven hebben. Toen hij dat scenario eerder had overwogen, was Anni in de afwegingen opgenomen en de gedachte aan een nieuw begin met haar aan zijn zijde had de gedachte draaglijk gemaakt. Maar nu, dacht Donald met een zucht, als hij nu moest verkopen en alleen was, wat voor zin had zijn leven dan nog?

Aan de andere kant, als hij met Violet zou trouwen, op wie hij dol was en die Astbury Hall ongetwijfeld nieuw leven in zou blazen met haar geld, haar persoonlijkheid en haar sociale contacten, zou dat echt zo'n vreselijk alternatief zijn?

Misschien, dacht hij, had Selina wel gelijk gehad; in de eerste maanden na de oorlog was hij mentaal en emotioneel kapot geweest, beschadigd door de verschrikkelijke dingen die hij had meegemaakt. Het was van groot belang geweest om die dingen met iemand te kunnen delen. Op de lange termijn echter... Donald staarde uit het raam van de trein en vroeg zich af of het wel had kunnen werken. Had hij met zijn hoofd in de wolken geleefd?

Hij gaf ook aan zichzelf toe dat hij van zijn oude leven had genoten in de afgelopen maand in Londen. Misschien had het af en toe wat weinig diepgang, maar hij hoorde er wel thuis. Hij wist zeker dat hij nooit zo van iemand zou kunnen houden als hij van Anni had gehouden, maar wie van zijn klasse kon zich nu eigenlijk wel de luxe veroorloven uit liefde te trouwen? Hij wist dat zijn ouders dat ook niet was gegund – zij hadden alleen een succesvol partnerschap gevormd.

En hij kon zich geen mooiere bruid wensen, dacht Donald toen hij naar Violet keek over de tafel in de eersteklascoupé heen. Het zou geen straf zijn om met haar te vrijen. Hij verlangde fysiek al naar haar.

Natuurlijk wist hij dat de kans groot was dat Violet zijn aanzoek zou weigeren. Hij was slechts een man in een lange rij van gegadigden, en dan ook nog een zonder een cent.

Tegen de tijd dat de trein Exeter binnenreed, was Donald vastbesloten om haar hand te vragen.

Die avond, tijdens het diner, spraken de Drumners over hun terugreis naar huis, die over een week zou beginnen.

'We vinden het allemaal jammer om Engeland te moeten verlaten. Is het niet zo, Violet?' vroeg Sissy aan haar dochter.

'Heel erg jammer,' zei Violet met een zucht. 'Engeland is mij zo goed bevallen.'

'En jij bevalt Engeland ook heel goed,' hoorde Donald zichzelf met een glimlach zeggen.

Later, bij een glas cognac en sigaren in de bibliotheek met Ralph Drumner, vatte Donald moed om de woorden uit te spreken die gezegd moesten worden.

'Mr. Drumner...'

'Alstublieft, Lord Astbury, noem me Ralph.'

'Noem mij dan Donald,' reageerde hij. 'Ralph, het kan je niet zijn ontgaan dat ik heel erg gesteld ben geraakt op Violet.'

Ralph trok een wenkbrauw op. 'Echt? Dan moet jullie relatie zich de afgelopen maand hebben ontwikkeld.'

'Ja, dat is zo,' zei Donald. 'Violet is heel bijzonder en...' Donald dacht goed na over zijn woorden. 'Ze heeft zichzelf op vele manieren dierbaar gemaakt.'

'Ze is inderdaad bijzonder.' Ralph keek hem onderzoekend aan. 'En ze beschikt over veel geld. Je begrijpt zeker wel dat ik niet wil dat er om die reden door een man misbruik van mijn dochter wordt gemaakt.'

‘Natuurlijk niet,’ haastte Donald zich te zeggen. ‘En ik kan je verzekeren dat het niet in mijn aard ligt om zoiets te doen.’

‘Zelfs niet nu de Astbury’s dringend behoefte hebben aan een financiële injectie?’ Ralph keek hem aan. ‘Geloof me, Donald, ik ben niet blind. Of dom. Ik heb de tijd genomen om rond te kijken en ik heb met mijn eigen ogen gezien hoeveel geld er nodig is om dit landgoed weer op poten te zetten.’

‘Ralph, neem me niet kwalijk, maar ik heb het over mijn gevoelens voor je dochter, niet over mijn financiële situatie,’ antwoordde Donald, niet van zijn stuk gebracht. ‘In alle eerlijkheid, ik heb al een koper voor het landgoed gevonden en overweeg serieus om zijn bod te accepteren.’

Daar keek Ralph van op. ‘Werkelijk? Zou je bereid zijn om je geboorterecht, je eigen familiegeschiedenis te verkopen? Dit huis wat, vergeef me als ik het verkeerd zeg, sinds de zeventiende eeuw in je familie is?’

‘Als dat nodig is, ja. Op dit moment heb ik een strop om mijn nek, en als ik de financiële middelen om de schulden te betalen en het landgoed te restaureren niet kan vinden, dan ben ik liever realistisch en verkoop ik het.’

Ralph zweeg en Donald zag dat hij de dingen op een rijtje zette. ‘Waar zou je moeten wonen als je zou verkopen?’

‘Ik heb geen idee, maar om eerlijk te zijn, is dat ondergeschikt aan mijn zorgen om mijzelf en mijn moeder, plus de vrouw die ik zou trouwen en de kinderen die wij zouden krijgen, financiële zekerheid te bieden.’

‘Ik denk dat ik je heb onderschat, jongeman. Ik heb altijd moeilijke financiële beslissingen moeten nemen die niet door emoties gestuurd kunnen en mogen worden. Ik ben weinig mensen tegengekomen die dit soort problemen zo pragmatisch kunnen benaderen. Zeker als het hun familiebezit betreft.’

‘Ik kan je alleen maar verzekeren, Ralph, dat ik aan het eind van deze week Mr. Kinghorn ga bezoeken, de toekomstige koper. Het is mijn bedoeling om hem dan mijn uiteindelijke beslissing mede te delen.’

‘En die is dat de verkoop doorgaat?’

‘Ja,’ antwoordde Donald. ‘Ik heb geen keus.’

'Het zal je moeders hart breken als je dat doet, nietwaar?'

'Zoals je zelf zojuist al zei, kan ik mijn emoties hierin niet laten meewegen. Ik moet bovenal pragmatisch zijn.'

'Heb je het met Violet over deze situatie gehad?' vroeg Ralph.

'Nee, maar ik ga ervan uit dat als zij met mij wil trouwen, zij genoeg van mij houdt dat het niet uitmaakt waar wij uiteindelijk zullen wonen.'

Donald kon een glimlach niet onderdrukken toen zijn opmerking doel trof.

'Natuurlijk,' stemde Ralph in, nadat hij even had nagedacht. 'Als je je crediteuren hebt betaald, blijft er dan nog iets over van de verkoop van Astbury?'

'Genoeg om een aanvaardbaar huis op het land van te kopen en om ons huis in Londen aan te houden.'

'Ik begrijp het.'

'Ik hoop dat het genoeg zal zijn om de toekomst van je dochter zeker te stellen,' voegde Donald eraan toe.

'Begrijp ik het goed dat je om de hand van mijn dochter vraagt?'

'Ja,' zei Donald. 'Al kan ik begrijpen, na wat wij besproken hebben, dat je het onverstandig vindt om toe te stemmen. Ik kan haar tenslotte niet geven wat andere gegadigden misschien wel kunnen.'

'Luister goed, jongeman, ik weet, ondanks wat ik zojuist beweerde, dat geld hier niet de belangrijkste overweging is. Het gaat om het hart van mijn dochter en om haar toekomst. Heb je je gevoelens voor haar uitgesproken?'

'Nee, ik vond dat niet gepast, voor ik met jou had gesproken.'

'Nou, Donald, je hebt me wel iets gegeven om over na te denken. Maar uiteindelijk is het Violets beslissing.'

'Dus je geeft me toestemming om haar een aanzoek te doen?'

'Ja. Al heb ik liever niet dat je haar vertelt dat je overweegt om Astbury te verkopen. We weten allebei dat dat niet nodig zal zijn, als zij ja zegt. Ik ben een vader en ik wil het beste voor mijn kleine meid.' Ralph dronk zijn glas leeg en keek Donald ernstig aan. 'Jongeman, ik moet toegeven dat ik aan je twijfelde, maar je eerlijkheid in dit gesprek heeft mij overtuigd. Ik denk dat je een goede echtgenoot voor mijn dochter zult zijn.'

'Dank je, Ralph, ik ben blij dat je er zo over denkt.'

'Ik ben gelukkig als mijn meisje gelukkig is. Zullen we ons nu bij de dames voegen in de woonkamer?'

Misschien voelden ze het aan, maar alle drie de vrouwen keken verwachtingsvol op toen Ralph en Donald binnenkwamen.

'Ik verlang naar mijn bed. Sissy, ga je met mij mee?' zei Ralph tegen zijn vrouw.

'Natuurlijk,' zei Sissy. Ze gaf Violet een nachtkus voor ze de kamer verliet.

Maud volgde al snel en ze wenste zowel Violet als Donald mooie dromen.

'Nou, daar zitten we dan,' zei Donald onhandig toen ze eindelijk alleen waren.

'Ja, daar zitten we,' zei Violet.

Donald ging in een stoel tegenover haar zitten. 'Weet je, ik zei net tegen je vader dat ik je heel erg ga missen als je volgende week teruggaat naar New York.'

'Echt?' vroeg Violet met grote ogen. 'O jee!'

'Ja, echt. Je moet hebben gemerkt dat ik de afgelopen maanden erg dol op je ben geworden.'

'Het is heel lief van je dat je dat zegt, Donald, dank je wel.'

'En ik besprak net met je vader een manier waarop ik jou misschien zou kunnen overhalen om langer te blijven.'

'Zoals?'

'Nou...' Donald haalde diep adem. 'Violet, ik begrijp het als je dit een ongepast voorstel vindt, want ik heb geen idee hoe jij over mij denkt. Maar ik heb gemerkt dat ik voor je gevallen ben. Dus, ik vroeg me af of... eh... ik je kon vragen of je misschien mijn vrouw wilt worden?'

Ze keek naar hem, met een zweem van een glimlach om haar lippen. 'Donald Astbury, probeer je mij een aanzoek te doen?'

'Ja, en het spijt me als ik wat onhandig overkom. Ik doe zoiets niet elke dag, weet je.' Donald haalde nogmaals diep adem en knielde toen voor Violet. Hij nam haar handen in de zijne. 'Violet Drumner, ik vraag je of je mij de gelukkigste man van de wereld wilt maken en met mij wilt trouwen.'

Ze keek op hem neer en antwoordde niet.

Hij voelde zich opgelaten en ongemakkelijk in de stilte die volgde, maar hij vervolgde: 'Ik begrijp het volledig als er een ander is die je hart heeft gestolen en ik beloof je om je afwijzing als een man te dragen.'

Toen hij dat zei, gooide Violet haar hoofd in haar nek en barstte in lachen uit. 'Bedoel je Harry Charlesworth?'

'Ja, eerlijk gezegd wel,' antwoordde hij. Hij begreep niet wat er zo grappig aan was.

'O, Donald, neem me niet kwalijk.' Violet probeerde zich te beheersen. 'Harry heeft geen enkele romantische belangstelling voor mij. Om precies te zijn heeft hij geen enkele belangstelling voor welk meisje dan ook, als je begrijpt wat ik bedoel.'

'Bedoel je dat hij homoseksueel is?'

'Natuurlijk! Is dat niet duidelijk?'

'Voor mij niet, nee.'

'Goed,' zei Violet en ze werd weer ernstig. 'Ik weet zeker dat Harry in de toekomst een van mijn beste vrienden zal blijven. Ik heb veel met hem over jou gepraat.' Opeens werd Violets blik ernstig. 'Hij zei dat er veel onduidelijks om jou heen hing.'

'Werkelijk?'

'Ja, en blijkbaar is er afgelopen jaar in Londen veel over jou gepraat.'

'Echt?'

'Ja, iets over dat je een geheime vrouw had, die je verborgen hield.'

'Mijn hemel.' Donald toonde oprechte verbazing. 'Ik wist niet dat ik zo goed in de gaten werd gehouden.'

'Donald Astbury!' zei ze bestraffend. 'Je bent de bloem van de natie en bovendien een heel aantrekkelijke. Natuurlijk werd je in de gaten gehouden. Dus, voor ik je mijn antwoord geef, wil ik weten of het waar is. Had je een geheime liefde?'

Donald probeerde een goed klinkend antwoord te formuleren. Hij wist dat dat essentieel was. 'Er was iemand met wie ik heel goed bevriend was, ja. Maar ik beloof je, Violet, dat is allemaal allang achter de rug.'

'Weet je het zeker?'

‘Heel zeker.’ Voor het eerst geloofde Donald het werkelijk.

‘Nou, ik moet zeggen dat je aanzoek mij verrast. Ik had het idee dat je helemaal niet in mij geïnteresseerd was,’ bekende Violet.

‘Meen je dat?’

‘Ja, ik bedoel…’ Ze bloosde heel charmant. ‘… ik denk dat het je een tijdje geleden wel was opgevallen dat ik heel erg in jou geïnteresseerd was.’

‘Dan is de vraag, is dat nog steeds zo?’

‘Nou, Donald! Hoe kun je daaraan twijfelen? Volgens mij heb ik de afgelopen weken alles gedaan wat in mijn vermogen ligt om je dat te tonen. Heb je echt niets gemerkt?’

‘Om eerlijk te zijn, dacht ik dat je gevallen was voor onze vriend Harry Charlesworth.’

‘Nee, gansje! Ik heb voortdurend tegen hem zitten klagen over het feit dat jij mij niet zag staan. En dat terwijl heel Londen weet hoe waanzinnig verliefd ik op je ben.’

‘Is dat echt zo?’ vroeg Donald verbijsterd.

‘Natuurlijk, en dat is zo geweest vanaf het eerste moment dat ik je het terras op zag rennen in je rijbroek!’ Ze keek koket naar de grond.

‘Betekent dat dus dat je wilt overwegen om mijn vrouw te worden?’

‘Ja, eerlijk gezegd zou ik maar al te graag nu meteen al ja zeggen.’

‘Daar maak je mij een gelukkig man mee.’ Donald trok Violet omhoog en nam haar in zijn armen. ‘Mag ik je, nu we onszelf als verloofd kunnen beschouwen, kussen?’

‘Ik denk van wel, ja, maar ik moet je nog één ding vragen: krijg ik een ring?’

‘Violet…’ Donald was van zijn à propos. ‘Ik heb hem boven, ik kan hem nu gaan halen. Ik…’

Violet legde een vinger op Donalds lippen. ‘Ssst, ik plaagde je maar.’

Toen kuste Donald haar en haar lippen waren zacht en verwelkomden hem. Hij voelde niet dezelfde dringende passie als voor Anni, maar hij werd beloond door haar gretigheid. Uiteindelijk maakte hij zich los en keek in haar ogen. ‘Zullen we dan morgen iedereen maar vertellen dat Lord Astbury zijn toekomstige "lady" heeft gekozen?'

'Dat zou fantastisch zijn. Ik denk alleen niet dat ze verbaasd zullen zijn. Wij vrouwen dachten al dat de reden waarom je vanavond zo lang met Pa aan de cognac en de sigaren zat, was dat je hem om mijn hand vroeg. Ik twijfel er niet aan dat mijn ouders blij zullen zijn. Mijn moeder weet hoe ik over je denk en ik begrijp uit Pa's plotselinge besluit om vroeg naar bed te gaan dat hij geen bezwaar had. En zo lang Pa het ermee eens is, denk ik dat we een deal hebben.'

'Nou, dan lijkt het erop dat we het eens zijn,' zei Donald lachend. Opeens geeuwde hij. 'Vergeef me, Violet, ik ben volstrekt uitgeput. Het is waarschijnlijk de spanning van het gesprek met je vader. Zullen we naar boven gaan?' Hij bood haar zijn hand en zij stak haar koele, slanke vingers in de zijne. Ze liepen van de woonkamer de hal in en stonden samen onderaan de trap.

'Ik kan nauwelijks geloven dat dit mijn nieuwe thuis zal zijn,' zei ze verwonderd toen ze omhoogkeek naar de grote koepel boven haar. 'Maar ik denk dat het wel een likje verf kan gebruiken, vind je niet?' vroeg ze toen ze langzaam de trap beklommen.

'Zeer zeker.'

'Er is vast ook geen goede verwarming geïnstalleerd. Ik denk dat het hier 's winters behoorlijk koud kan zijn.'

'Je hebt alweer gelijk,' zei hij toen ze bovenaan de trap waren aangekomen. 'Welterusten, mooie Violet.'

'Welterusten,' zei ze zachtjes en ze wendde zich van hem af om door de gang naar haar kamer te lopen.

Donald liep in de tegenovergestelde richting naar de zijne. Eenmaal binnen, ging hij op zijn smalle bed zitten en staarde uit het raam naar de maan.

'Anni, waar je ook bent, weet dat ik je voor altijd liefheb. Vergeef me.'

Toen sloeg hij zijn handen voor zijn ogen en huilde.

32

30 september

V's 'folks', zoals zij ze noemt, staan op het punt naar New York terug te gaan. Daddy Drumner moet voor zaken terug – waarschijnlijk om zijn miljoenen te tellen. Violet blijft op Astbury om de bruiloft te organiseren, samen met moeder. Als ik al had gehoopt op een rustige ceremonie, dan word ik teleurgesteld. Je zou haast denken dat het een koninklijke bruiloft is, als je het aantal gasten ziet dat V wil uitnodigen. Gelukkig hoest daddy Drumner de kosten op voor zijn kleine meid. Gisteravond nam hij me mee naar de bibliotheek voor een gesprekje…

'Zo,' zei Ralph en hij schonk zichzelf een flink glas cognac in, ging zitten en stak een sigaar op, 'het maakt me blij mijn kleine meid zo stralend te zien.'

'Ik zal alles doen wat in mijn macht ligt om ervoor te zorgen dat dat zo blijft, sir,' zei Donald en hij ging tegenover hem zitten.

'Laten we het nu eens nader bekijken – ik bedoel Violets fortuin. Het zal over zes weken tot haar beschikking komen, op haar eenentwintigste verjaardag. Het is een aanzienlijk geldbedrag, maar ik besef dat een groot deel ervan nodig zal zijn om de schulden van het landgoed af te betalen en het huis te restaureren, zodat ze het tot haar toekomstige thuis kan maken.'

'Ralph, zoals ik je die avond toen ik om Violets hand vroeg ook al zei, als je je niet prettig voelt bij de situatie, dan zeg ik net zo lief tegen Mr. Kinghorn dat het landgoed van hem is. We kunnen heel goed naar iets kleiners verhuizen.'

'En, zoals je heel goed weet, jongeman, zou mijn dochter dat afschuwelijk vinden,' reageerde Drumner. 'Laten we ter zake komen:

ik wil graag precies van je weten om hoeveel geld het gaat. En daar kun je dan nog vijftigduizend dollar bij optellen voor het interieur. Je zult merken dat mijn dochter alleen het beste wil. Kun je mij de cijfers geven, jongen?'

'Ik kan mijn uiterste best doen je een algemeen beeld te geven,' zei Donald.

'Goed, maar houd niets achter. Ik geloof erin dat je de zaken meteen aan het begin goed moet aanpakken, en ik wil dat Violet het allermooiste huis in heel Engeland heeft. Wat het ook mag kosten, ik kan je verzekeren dat ik de kosten kan dekken. En meer,' voegde Ralph eraan toe. 'Haar investeringen zijn sinds de oorlog door het dak gegaan. Violet is een bijzonder vermogende jonge vrouw. Het enige wat ik van je vraag is dat je mijn kleine meid gelukkig maakt. Als je dat niet doet, als er gescharreld wordt – en je weet wat ik daarmee bedoel – dan ben ik niet blij. Begrepen?'

'Zeker,' knikte Donald en hij dacht dat Ralph Drumner goed wist hoe hij zowel etiquette als emoties kon uitschakelen.

'Zolang als wij het daarover eens zijn, ben ik helemaal vóór dit huwelijk. Het ziet ernaar uit dat je heel wat te doen hebt, en aangezien ik degene ben die als Violets adviseur de cheques zal uitschrijven, stel ik voor dat je zo snel mogelijk aan het werk gaat.'

'Dat zal ik doen.'

Terwijl Donald de kosten van de restauratie van het gebouw begon te ramen, hield Violet zich bezig met de inrichting ervan. Het huis raakte overspoeld door monsters van gordijnstoffen en er kwamen handelaars uit Londen met moderne meubels, kleurige tapijten, lampenkappen en nieuwe matrassen voor alle bedden. Ze stond erop dat Donald en zij ze allemaal probeerden.

'Als we in het weekend gasten willen ontvangen, dan kan ik ze onmogelijk laten slapen op de matrassen die we nu hebben. Ze zitten waarschijnlijk vol beestjes.' Violet rilde toen ze van een matras stapte dat op de vloer van de woonkamer was neergelegd. Ze pakte een staal gouddamast en hield die bij het raam. 'Denk je niet dat dit hier schattig zou staan? Het zou de kamers zo warm maken. Of...' Ze legde hem op haar blonde lokken. 'Zal ik hem als sluier dragen?'

Ze liep naar hem toe en gaf hem een kus op zijn wang. 'Het zou fantastisch zijn als we het huis op poten hebben tegen de tijd dat al onze vrienden arriveren voor de bruiloft.'

Donald wist dat als iemand de inrichting van het huis zo snel klaar kon krijgen, het Violet was. Er stonden al overal vloerplanken tegen de muur en loodgieters en elektriciens onderzochten wat er gedaan kon worden om het huis van verwarming en moderne verlichting te voorzien. Schilders verzamelden zich om de reusachtige klus van het schilderen van de kamers te organiseren, zodra het basiswerk was gedaan. Donald stuurde de cijfers per post en telegram door naar Ralph zodra ze binnenkwamen. Hij stond versteld van de kosten. Tot dusver hadden ze geen klachten ontvangen.

Violet had al een binnenhuisarchitect in de arm genomen, Vincent Pleasance, die haar door al haar Londense vrienden was aangeraden. Persoonlijk kon Donald Vincent niet uitstaan en ergerde hij zich blauw als hij door het huis liep en zijn nieuwe visie van Astbury aan Violet etaleerde.

'Mijn hemel,' zei Maud op een ochtend aan het ontbijt, toen Violet elders met Vincent de inrichting van de hoofdslaapkamer besprak. 'Ziet ze dan niet dat het de kleren van de keizer zijn? Dat nare mannetje maakt er een hoerenkast van, als je niet oppast, Donald.'

'Ik heb hem gezegd dat hij niet aan mijn kleedkamer mocht komen, moeder. Ik heb gezegd dat ik die goed vind zoals hij is.'

'Dat mag ik hopen. Violet heeft ook voorgesteld dat Vincent zijn oog laat gaan over het Dower House, om het te "updaten" voor als ik er intrek na jullie bruiloft. Je begrijpt dat ik zijn hulp heb afgewezen. Het is goed, zoals het is.'

De datum voor het huwelijk was bepaald op begin april 1920. Donald trok zich dankbaar terug in Londen en liet Violet aan het hoofd van de organisatie van de verbouwing van het huis en de voorbereiding van het huwelijk. Ze was onvermoeibaar en miste geen detail. Donald had het gevoel dat hij het maar het beste aan haar kon overlaten.

Op zijn club kreeg hij talloze schouderkloppen en flessen champagne aangeboden.

'Goed gedaan, ouwe jongen!'

'Zij zal jou en die puinhoop in Devon wel weer op poten krijgen!'
'Een schoonheid, ik kan niet wachten op de bruiloft. En jij vast ook niet, hè?'

14 oktober

Afgelopen weekend ben ik naar huis gegaan in Devon om met de beheerder van het landgoed te praten over de nieuwe spullen die hij nodig heeft. Het huis verkeert in wanorde. Handelaren en arbeiders lopen overal rond en V overziet het allemaal als een koningin. Ik heb wel bewondering voor haar. Haar uithoudingsvermogen en weigering om een nee te accepteren zijn zo on-Engels. Ik vraag me alleen weleens af of ze misschien meer van Astbury houdt dan van mij...

De Drumners kwamen met Kerstmis terug uit New York en Donald wist dat ze onder de indruk waren van wat hun dochter tot dusver voor elkaar had gekregen. Donald had geen commentaar gegeven op het kleed dat voor de woonkamer was uitgezocht. Het was gemaakt van achttien luipaardhuiden en door een beroemde Italiaanse ontwerper in elkaar gezet. Donald kon een grijns niet onderdrukken toen hij het gezicht van zijn moeder zag toen zij het voor het eerst bekeek.

'Wat denkt u ervan, moeder?' Violet was Maud zo gaan noemen.

'Het is niet iets waar ik voor gekozen zou hebben,' gaf Maud heel eerlijk toe.

'Ik vind het geweldig, lieverd,' zei Sissy en ze nam plaats op de nieuw beklede rode chesterfieldbank. 'Je hebt het oude huis veel warmer gemaakt.'

'Wat vind jij ervan, Donald?' Violet richtte zich vol spanning tot haar verloofde. 'Dierenhuiden zijn op dit moment helemaal in.'

'Ik vind het... heel opvallend,' antwoordde hij diplomatiek.

Het was de bedoeling dat het meeste verbouwwerk zou worden gedaan als Donald en Violet op een lange huwelijksreis zouden gaan na hun bruiloft in april. Eerst zouden ze naar New York gaan, waar Donald aan de society zou worden voorgesteld. Daarna wilde

Violet graag terug naar Europa. Ze zouden voor de zomer een huis huren in Italië.

'Venetië zal zo romantisch zijn, alleen wij tweetjes,' had Violet gezegd toen ze het voorstel deed.

Violet kennende, bedacht Donald later, zouden ze vrijwel zeker niet lang alleen zijn. Ze had het al over vrienden gehad, die in de buurt verbleven. Donald was niet iemand die dol was op een wervelend sociaal leven en hij hoopte maar dat als ze op Astbury zouden terugkeren na hun huwelijksreis, Violet tot rust zou komen. Toen een hele sliert vrienden en vriendinnen uit Londen overkwam voor het weekend en het huis bol stond van het lachen en het geluid van de eindeloos spelende grammofoon, had hij zijn twijfels.

'We moeten meer personeel nemen, Donny,' zei Violet op een ochtend in februari toen de laatste gasten waren vertrokken na weer een bijzonder druk weekend. 'Het huidige personeel trekt het gewoon niet.'

'Natuurlijk,' antwoordde hij en hij ging vervolgens een rit over de heide maken met Glory. Hij ging zitten op zijn favoriete plekje bij de beek en huiverde in de koude ochtendlucht, zich afvragend of hij ooit de moed zou hebben om nee te zeggen op een van Violets verzoeken. Hoe kon hij, sinds zij overal voor betaalde?

Donald stond op en liep wat heen en weer, omdat het te koud op de heide was om stil te zitten. Hij vroeg zich af wat er precies van het oude Astbury zou zijn overgebleven als Violet er klaar mee was. Haar huidige project draaide om nieuwe kunst aan de muren. Vanochtend had ze gezegd dat ze de familieportretten die langs de trap hingen niet mooi vond.

'Ze zijn zo saai, lieverd! Er is zoveel prachtig werk van moderne kunstenaars die het oude huis zouden kunnen opvrolijken. Ik ben zo dol op Picasso,' had ze dromerig gezegd. 'Ik heb Pa al een hint gegeven dat ik hem adoreer en ik hoop dat hij ons een schilderij van hem geeft als huwelijkscadeau. Zou dat niet leuk zijn?' zei ze en ze omhelsde hem.

Hij had op zijn lip gebeten en besloten dat dit soort discussies het best gevoerd konden worden als ze terug waren van hun huwelijksreis en het huis af was.

Donald schopte somber tegen een bevroren graspol. In de afgelopen weken had hij slecht geslapen. Hij was midden in de nacht zwetend wakker geschrokken en had angst voor de toekomst. Het enige waar hij zich aan vasthield was dat Astbury in ieder geval voor nog een paar generaties gered was, ook al moest hij verdragen dat het huis volliep met Violets vrienden.

Donald zuchtte. Hij redde Astbury, maar leek zichzelf te hebben geofferd. Toch wist hij dat er niets kon worden gedaan om dat tegen te houden. De wielen waren in gang gezet en als een op hol geslagen trein kregen ze steeds meer snelheid.

2 april

Morgen zal ik met V trouwen. De hele huishouding verkeert in een staat van grote opwinding en V rent in het rond om ervoor te zorgen dat alles, van de bloemen op tafel in de balzaal tot het haar van de bruidsmeisjes zo perfect is als zij nodig vindt. Gisteren liet ze de menukaarten terugsturen omdat het lettertype niet naar haar zin was. Ik mag alleen maar hopen dat ik haar wel beval…

Donald stopte met het schrijven in zijn dagboek en zette het toen weg op de plank tussen zijn andere boeken. Hij voelde dat dit zijn enige vorm van zelfexpressie was geworden – met wie moest hij anders praten over zijn zorgen voor de toekomst? Hij had gezien hoe zijn moeder steeds weer haar wenkbrauwen optrok over wat zij beschouwde als Violets vulgaire en ostentatieve smaak. Omdat zij zelf het hele proces, dat haar zoon uiteindelijk naar het altaar in de familiekapel zou brengen, in gang had gezet, kon ze moeilijk klagen.

Donald stapte voor het laatst als vrijgezel in zijn eenpersoonsbed. Morgenavond zou hij hun nieuw ingerichte hoofdslaapkamer betrekken – compleet met tussendeuren naar een woonkamer en een badkamer – waar hij zijn bed en zijn leven zou gaan delen met Violet.

Hij lag wakker tot in de kleine uurtjes en verlangde naar Anahita's kalme, wijze kracht. En haar donkere huid. Was zij het maar die hij morgen als echtgenote thuis zou brengen, en later mee zou nemen naar bed…

Hij voelde zich schuldig over zijn plotselinge opwinding bij die gedachte, draaide zich om en probeerde te slapen.

Nog maanden later zou er met veel ontzag over de bruiloft van Violet Drumner en Lord Donald Astbury worden gesproken. De gelukkige gasten die erbij waren spraken vol verwondering over de weelderige, prachtige bloemen die de kapel vulden, het overdadige huwelijksontbijt en het dansen in de Long Gallery op de muziek van het Savoy Quartet, dat helemaal uit Londen was gekomen.

En natuurlijk over de bruid zelf, die beeldschoon was in met de hand geborduurd Frans kant, met een sluier die bijna zo lang was als het middenpad van de kapel. *Tatler* wijdde een artikel van maar liefst acht pagina's aan de bruiloft, iets wat nog nooit vertoond was, met foto's van de fine fleur van de Amerikaanse en de Britse society, een gezonde verzameling politici en sterren van het toneel en het witte doek.

De volgende ochtend, toen Donald aan het ontbijt verscheen, zaten de Drumners stralend naar de foto's in alle nationale kranten te kijken.

'Het lijkt erop dat ons feestje heel wat teweeg heeft gebracht, jongen,' zei Ralph, met een lach van oor tot oor.

'Violet ziet er zo prachtig uit op de foto's, en natuurlijk sta je er zelf ook bijzonder knap op, Donald. En hoe gaat het vanochtend met mijn kleine meid?' vroeg Sissy met een samenzweerderige knipoog.

'Heel goed, neem ik aan. De meid heeft haar ontbijt naar boven gebracht en ik dacht dat ik haar maar beter met rust kon laten, zodat ze zich in alle rust klaar kon maken.'

'Verstandige jongen,' mompelde Ralph, 'je begint het al te leren.'

Toen de gasten die waren blijven slapen de ontbijtkamer binnendruppelden, vertrok Donald naar zijn kleedkamer.

4 april

Het is zover. Ik ben getrouwd met V. Iedereen is enthousiast over hoe de dag is verlopen, en ik moet toegeven dat V het fantastisch heeft gedaan.

Hij wachtte even en keek uit het raam terwijl hij bedacht hoe hij zijn gevoelens onder woorden moest brengen.

Onze eerste nacht samen was goed. V zag er sprookjesachtig uit in haar zijden nachtjapon – beter dan de bergen kant die ze aan had om met mij te trouwen – en ik denk dat alles naar wens is verlopen. Natuurlijk niet zoals het met A was, maar ik heb me inmiddels neergelegd bij het feit dat niets meer kan zijn als toen. Ik ben nu een getrouwd man en ik zal mijn best doen een plichtgetrouw echtgenoot te zijn. V is een lieve meid en ze verdient het. Nu moet ik pakken, want we vertrekken morgenochtend met Ma en Pa Drumner naar Amerika.

Een maand later zat Selina in de woonkamer van het huis in Londen de foto's van Donald en zijn nieuwe bruid in *Tatler* te bekijken.

Voor de bruiloft was hij naar haar toe gekomen om haar te zeggen dat hij erop had aangedrongen bij hun moeder dat zij, Henri en Eleanor ook werden uitgenodigd. En ze had hem gevraagd of hij gelukkig was.

'Gelukkig genoeg,' had hij geantwoord en was toen snel op een ander onderwerp overgegaan.

Selina was een middag in het huis aan Belgrave Square om de laatste dingen die mee moesten naar het nieuwe huis in Kensington dat ze deelde met Henri in te pakken. Als Donald en Violet zouden terugkeren van hun huwelijksreis, zou het huis alleen voor hen zijn, en een meid was boven bezig de laatste restanten van haar oude slaapkamer in te pakken.

Selina hoorde de bel, maar maakte geen aanstalten open te doen. Drie minuten later werd er op de deur van de woonkamer geklopt en stak de huishoudster haar hoofd om de hoek.

'Neem me niet kwalijk, gravin, maar er is een… buitenlandse die u wil spreken. Ze was hier gisteren ook al met het verhaal dat ze hier een paar maanden geleden iets had achtergelaten, maar ik heb haar weggestuurd.'

'Echt? Wat is haar naam?'

'Ze zegt dat ze Anahita heet.'

Selina's hart sloeg een slag over. 'Goed,' zei ze en ze herstelde zichzelf. 'Laat haar binnen.'

Ze stond op toen Anni de woonkamer binnenliep. Selina zag onmiddellijk dat ze afschuwelijk mager was.

'Hallo, Selina. Ik kom mijn koffer ophalen. Die heb ik hier achtergelaten toen ik wegging.'

'Alsjeblieft, Anni,' zei Selina, 'ga zitten. Ik laat thee komen.'

'Dank je wel.'

Ze ging zitten en zodra de meid was weggestuurd, zei Selina: 'Anni, wat is er met je gebeurd? Waar was je? Je ziet er vreselijk uit. Donald en ik hebben ons vreselijke zorgen gemaakt.'

'Het is een lang verhaal. Ik ben ziek geworden toen ik in Frankrijk was. Ik ben teruggekeerd naar Engeland en heb maandenlang in het ziekenhuis gelegen.'

'Anni, waarom heb je geen contact opgenomen? Je weet dat ik je had geholpen.'

'Ja, Selina, dat weet ik en daar ben ik je dankbaar voor, maar op dat moment was ik te ziek om te weten waar ik was. Sommige dingen gebeuren nu eenmaal – onverwacht.' Anni zuchtte.

'Het spijt me zo te horen van je ziekte.'

'Dank je. Ik word nu elke dag sterker,' zei Anni en ze glimlachte voor het eerst.

'Waar woon je nu?' vroeg Selina. Ze begreep dat wat de waarheid achter Anni's verdwijning ook was, ze er niet over wilde praten.

'Ik heb een vriendin van school, Charlotte, die in Yorkshire woont. Ze heeft mij onderdak aangeboden tot ik hersteld was. Haar familie heeft een huis op de heidevelden van Yorkshire en daar wonen we… ik. Als ik sterker ben, hoop ik naar Londen terug te keren en mijn werk als verpleegster weer op te pakken.'

'Je had iets van je moeten laten horen,' zei Selina toen de meid binnenkwam met de thee.

'Maar Selina, ik heb een lange brief aan Donald gestuurd vanuit Parijs, waarin ik hem vertelde dat ik enige tijd weg zou blijven en hem vroeg op mij te wachten. Ik heb onlangs nog meer brieven geschreven. Heeft hij ze niet ontvangen?'

'Nee, Anni. Hij heeft in ruim een jaar tijd geen woord van je gehoord, sinds je bent aangekomen in Calcutta.' Selina zag hoe Anni wit wegtrok en hoe haar lange, dunne vingers hun greep om haar kopje versterkten.

'Hoe gaat het met Donald?' vroeg ze.

'Goed, heel goed, hij is… op dit moment in het buitenland voor de zomer,' zei Selina, volledig onvoorbereid en niet in staat om deze verdrietige, zwakke vrouw de waarheid te vertellen.

'O, ik begrijp het. Dan zal het nog wel veel langer duren voor ik hem weer zie.' Ze lachte zwak naar Selina. 'Nou ja, we hebben allebei zo lang gewacht, wat maakt een paar weken dan nog uit?'

'Natuurlijk.' Selina's ogen vulden zich met tranen, zo wanhopig was de situatie.

Anni nam een aarzelend slokje van haar thee. 'Waar is Donald eigenlijk precies?'

'Op dit moment in New York en dan geloof ik dat hij naar Europa zou gaan tot het eind van de zomer.'

'Ik neem aan dat hij Astbury heeft verkocht en behoefte had om ertussenuit te gaan?'

'Nee, Anni, Astbury is niet verkocht.'

'Echt? Dan ben ik blij voor hem. Ik weet dat het hem veel verdriet bezorgde dat hij het moest verkopen.'

'Ja, en je hebt geluk dat je mij vandaag hier treft. Ik ben hier alleen om mijn laatste spullen op te halen, waarna ik verhuis naar het huis dat ik nu met Henri deel in Kensington. We verwachten een kind samen.'

'Selina!' Anni's ogen straalden van blijdschap. 'Het lijkt erop dat jouw liefde, die in het begin zo moeilijk verliep, een gelukkig besluit krijgt.'

'Ja, ik denk dat dat zo is.'

Terwijl Anni haar thee dronk, nam Selina een besluit. Het was niet aan haar om dit meisje, die zei dat ze Donald geschreven had om op haar te wachten, te vertellen dat de man van wie ze hield met iemand anders was getrouwd.

'Zou je de meid kunnen vragen om mijn koffer naar beneden te brengen?' vroeg Anni. 'Ik denk dat Donald hem in zijn slaapkamer heeft gezet.'

'Natuurlijk. Het is denk ik het beste dat je je adres opschrijft. Dan geef ik dat aan Donald, als hij terugkomt. Ik weet zeker dat hij onmiddellijk contact met je opneemt, lieverd.'

'Dank je wel.'

Selina belde de meid en vroeg haar de koffer te halen. Toen pakte ze een blad papier en een pen uit de la van het bureau. 'Anni, vertel het me eerlijk, heb je geld nodig?'

'Nee, dank je wel, ik heb genoeg,' antwoordde ze trots.

Selina gaf haar pen en papier. 'Schrijf alsjeblieft je adres op en ik geef je mijn nieuwe adres in Kensington. Als je iets nodig hebt, terwijl Donald nog weg is, moet je me schrijven. Beloof je dat?'

'Ja, maar zoals ik al zei, ik hoop snel weer aan het werk te kunnen gaan,' antwoordde ze, toen de meid met haar koffer terugkwam. 'Heb je een adres van Donald in New York? Ik zou hem graag willen schrijven. Als hij mijn brief niet heeft ontvangen, moet hij erg ongerust zijn geweest.'

'Dat was hij ook, maar helaas heb ik geen adres van hem in New York; hij reist nogal veel rond,' loog Selina. 'De volgende keer dat hij belt, vertel ik hem dat je bent langsgekomen. Hij zal buitengewoon opgelucht zijn te weten dat je in leven bent en het goed maakt.'

Anni zette haar kopje op tafel. En het tijdschrift *Tatler*, dat openlag bij de foto's van de bruiloft, trok haar aandacht. 'Is dat Donald?' vroeg ze. Ze boog zich naar voren om beter te kunnen zien.

'Ja, op een of ander feest...'

Maar het was te laat. Anni had het tijdschrift in haar handen genomen.

TATLER EERT HET BRUIDSPAAR VAN HET JAAR, LORD DONALD ASTBURY EN VIOLET ROSE DRUMNER...

Anni keek een paar seconden naar de foto's en leunde toen abrupt achterover in haar stoel, met pijn in haar hart. 'Hij is getrouwd?' bracht ze uit, met toegeknepen keel, waardoor het haar moeite kostte adem te halen. 'Hij is getrouwd... ik... waarom heb je dat niet gezegd? Hoe kon je het mij niet vertellen?!'

'Anni, ik...'

'Ik kan niet geloven dat hij getrouwd is. Ik had hem gezegd dat hij moest wachten...' Haar hoofd viel in haar handen, die ze tot vuisten balde, waarmee ze tegen haar voorhoofd sloeg.

'Anni, alsjeblieft, Donald had maandenlang niets van je gehoord. Je vriendin Indira zei dat je vanuit Parijs rechtstreeks naar Engeland was teruggegaan. Toen je niet terugkwam, kon hij alleen maar denken dat je hem niet langer wilde. Alsjeblieft, het is vijftien maanden geleden dat je naar India bent vertrokken. Ik vind het zo erg, Anni, jij verdient zoveel beter dan dit,' besloot Selina hulpeloos. Ze wist niets te zeggen.

'Ik moet weg,' zei Anni en ze kwam wankelend overeind. 'Vaarwel.' Ze draaide zich om en liep naar de deur van de woonkamer.

'Anni, echt, hij houdt niet van haar, ik weet dat hij niet van haar houdt. Hij heeft altijd alleen van jou gehouden!'

De deur van de kamer sloeg met een klap dicht en Anni was weg.

21 augustus

We zijn terug op Astbury. Niet dat ik het vanbinnen herken als mijn oude huis. De werkbijen zijn doorgegaan met hun werk, terwijl wij weg waren, en nu voelt het alsof ik in een soort luxehotel verblijf als ik de woonkamer of de eetkamer in loop of de gangen doorkruis. Ik zal eraan moeten wennen, maar ik moet zeggen dat ik onder de indruk ben van V's organisatietalent. New York was geweldig en Violets familie en vrienden hebben me met open armen ontvangen. Geen wonder dat ze zo actief is – de energie in de stad is iets wat wij hier helemaal niet kennen. De hartenklop is snel, vierentwintig uur per dag, en er hangt daar een sfeer waar Londen nogal pedant en tamelijk saai bij afsteekt.
Europa was net zo heerlijk beschaafd als ik het mij herinnerde en Violet gaf elke avond feesten en diners om ons te vermaken. Ze is een wonder en iedereen is dol op haar. Zelfs prins Henry, de zoon van koning George, vond de tijd om van haar inmiddels befaamde gastvrijheid in Italië te genieten.
Gelukkig word ik steeds doller op haar, want ik vind haar bereidheid om te leren en haar levenslust heel aantrekkelijk, ook al voel

ik me een oude man, bij haar vergeleken. Soms kan ik nauwelijks geloven dat we even oud zijn. Ze is als een overactief kind dat bescherming nodig heeft en nog veel moet leren, en ik vind er troost in haar die bescherming te bieden. Ik heb haar nog nooit in een slecht humeur of een sombere bui gezien. Wat het probleem ook is, ze zorgt ervoor dat ze het overwint. Overbodig te zeggen dat veel van mijn problemen die voor de bruiloft naar boven waren gekomen, zijn verdwenen. En, godzijdank, ik geloof werkelijk dat de spoken van het verleden mij met rust laten…

Donald zat in de bibliotheek aan zijn bureau en opende een stapel post die in de afgelopen vier maanden was binnengekomen. Elk verzoek om geld kon hij nu op een andere stapel leggen, die Violet doorstuurde naar haar vader. Het was bloedheet in de kamer – het was de eerste keer dat hij in de verleiding was gekomen om een van de oude schuiframen te openen om wat frisse lucht binnen te laten. Violet had de nieuwe centrale verwarming getest en de geur van verse verf hing in de lucht. Donald liet zijn schoenen in het tapijt wegzinken, dat zo dik was dat hij zich afvroeg of het gemaaid moest worden, en dronk koffie uit het nieuwe Limoges-servies. Alles in het huis was gericht op comfort, van de zachte nieuwe matrassen op de bedden tot de nieuwe badkuipen met hun glimmende gouden kranen, waaruit altijd stomend heet water kwam, op elk moment van de dag. Hij richtte zijn aandacht weer op de post, herkende Selina's handschrift en opende haar brief.

21 Pitt Street
Kensington, Londen

15 augustus 1920

Liefste Donald,

Ik hoop dat deze brief je in gezondheid bereikt, op je terugkeer van je reizen. Dank je wel voor je prentbriefkaarten van al die fantastische plaatsen die je hebt bezocht. Misschien vind je, als je weer thuis bent, eens de tijd om mij te bezoeken in ons nieuwe huis in Kensington. Het is vast niet zo groots als het gerenoveerde Astbury Hall, maar ik wil je zo gauw mogelijk spreken. Ik heb bezoek gehad, van iemand die wij allebei kennen. Bel me of misschien kun je zo snel als je kunt naar de stad komen. Misschien kun je het combineren met andere zaken die je hier moet afhandelen.

Lieve groeten, en Eleanor stuurt je een kus.

Selina

Donald herlas de brief om er zeker van te zijn dat hij de subtiele opmerking niet verkeerd had begrepen, maar hij wist dat het niet zo was. Hij leunde achterover in zijn stoel en pakte toen, zonder verder na te denken, het pas geïnstalleerde telefoontoestel op zijn bureau, draaide het nummer van de centrale en gaf de telefoniste Selina's nummer.

Twee dagen later reisde Donald naar Londen en rechtstreeks naar Selina's huis in Kensington.

'Dus ze kwam naar het huis aan Belgrave Square? Je hebt haar gezien? Hoe ging het met haar? Waar heeft ze al die tijd gezeten? Ik...'

'Donald, alsjeblieft, ik vertel het je,' zei Selina, 'maar laten we eerst de woonkamer in gaan, waar we rustig kunnen praten.'

'Sorry, Selina, maar ik heb de afgelopen achtenveertig uur geen oog dichtgedaan, zoals je wel begrijpt.' Hij zuchtte.

'Ik snap het. En aangezien de zon al voorbij zijn hoogste punt is, lijkt het me tijd voor een dubbele gin.'

'Heb ik die nodig?'

'Ik in ieder geval wel.' Selina zuchtte en vroeg de butler om een fles en glazen naar de woonkamer te brengen.

Selina sloot de deur stevig achter hen en bekeek haar broer eens goed. 'Allereerst moet ik zeggen, Donald, dat je er fantastisch uitziet. Heb je een fijne tijd gehad?' vroeg ze en ze ging met enige moeite zitten. Toen pas viel Donald haar bolle buikje op.

'Ja, maar Selina! Je bent zwanger. Wat geweldig!' Hij liep naar zijn zuster toe en sloeg zijn armen om haar heen. 'Gefeliciteerd! Wanneer komt het?'

‘Over ongeveer twee maanden, en eerlijk gezegd zou ik willen dat het eerder was. Het was een lange, warme zomer hier in Londen. Henri wilde niet we dat naar Frankrijk reisden voor het geval dat slecht was voor de baby.’

‘Je ziet er stralend uit, Selina!’

‘Ik ben inderdaad heel gelukkig en ik heb het gevoel dat de cirkel compleet is. Het zal goed zijn voor Henri en mij om samen een kind te hebben.’

‘Natuurlijk. En dit huis is schitterend.’

‘We zijn hier gaan wonen zodat de kinderen ruimte zouden hebben om in de tuin te spelen als we in Londen zijn,’ legde ze uit. ‘Ik besefte pas onlangs hoeveel geluk wij hebben gehad dat we in Astbury zijn opgegroeid met de heide om ons heen.’

De butler kwam en schonk hun drankjes in. Donald nam een flinke slok van zijn gin. Toen ze weer alleen waren, hield hij het niet meer uit. ‘Goed, Selina, vertel het me nu. Maakt ze het goed?’

‘Nou, ze leeft in ieder geval, maar ze zag er heel slecht uit, Donald. Ze was zo mager als een lat. Ze vertelde me dat ze heel ziek is geweest en in het ziekenhuis heeft gelegen.’

‘O god.’ Donalds bloed stolde in zijn aderen. ‘Is ze hersteld?’

‘Eerlijk gezegd weet ik dat niet. Ik zweer je dat ik niets gezegd heb over jou, maar ze zag de foto’s van je bruiloft in de *Tatler*, die openlag op tafel toen ze binnenkwam. En toen is ze nogal haastig vertrokken.’ Selina beet op haar lip.

Donald sloeg zijn handen voor zijn gezicht. ‘Wat een afschuwelijke manier om zulk nieuws te horen. Heeft ze gezegd waarom ze niet heeft geschreven?’

‘Ze zei dat ze wél heeft geschreven, Donald, om je te zeggen dat ze langer weg zou blijven dan verwacht. En om je te vragen op haar te wachten.’ Selina’s ogen vulden zich met tranen bij de gedachte. ‘Ik zei dat ik dacht dat je die brief nooit had ontvangen en dat je er in ieder geval nooit iets over had gezegd. Is dat zo?’

‘Nee, dat is zo.’ Donald schudde zijn hoofd. ‘Je weet dat ik je dat verteld zou hebben. Als ik zo’n brief hád ontvangen, had ik zeker op haar gewacht. Weet je waar ze nu is?’

‘Ze heeft haar adres voor me opgeschreven voor *Tatler* de bom deed barsten. Ik zei dat ik het aan je zou geven zodra je weer terug was uit Europa.'

'Waar woont ze?'

Selina stond op en liep naar haar bureautje. Ze pakte een stuk papier en gaf het aan Donald. 'Dit is het adres. Ze verblijft ergens in Yorkshire bij een vroegere schoolvriendin.'

'Wat doet ze daar nou? Anni wíst dat als ze hulp nodig had ik er voor haar zou zijn. Ze wíst hoeveel ik van haar hield en dat wat ze ook maar nodig had, ik...'

'Donald, alsjeblieft, vergeef me, maar ik heb me elke dag sinds ik haar drie maanden geleden zag hetzelfde afgevraagd.' Selina wrong haar handen. 'Ze heeft vast haar redenen gehad.'

'Ik moet er onmiddellijk naartoe. Wil jij mij dekken?'

'Natuurlijk, maar het is niet zeker dat je haar daar zult vinden. Ze kan weer zijn vertrokken.'

'Ze zullen me op zijn minst toch kunnen vertellen waar ze naartoe is gegaan? Mijn god, Selina, waarom heb ik die brieven niet gekregen?'

'Ik heb daar ook over nagedacht,' zei Selina, toen ze de pijn in de ogen van haar broer zag, 'en ik ben bang dat het weleens mijn schuld zou kunnen zijn.'

'Hoe zou het nou jouw schuld kunnen zijn?' vroeg Donald.

'Omdat ik misschien per ongeluk aan moeder heb verteld, vlak voor die vreselijke ruzie over mijn huwelijk met Henri, dat jij Anni weer was tegengekomen in Frankrijk toen de oorlog voorbij was. En dat Anni ons had bezocht in het huis aan Belgrave Square,' voegde ze er verdrietig aan toe.

Donald viel neer in zijn stoel. Hij begreep onmiddellijk waar zijn zuster op doelde. 'Oké,' zei hij.

'Ik weet het natuurlijk niet zeker, maar aangezien moeder wist hoe dicht bij een faillissement het landgoed destijds was, was het misschien niet in haar belang dat jij het familiehuis verkocht en met een Indiaas meisje trouwde.'

'Selina, zeg je nou dat moeder misschien Anni's brieven heeft onderschept?' vroeg Donald verbijsterd.

'Alsjeblieft, dit zijn vragen die je haar zelf moet stellen, als je dat aandurft. Als ze aan jou gericht waren en uit India kwamen, of uit een ander land, dan kan ze natuurlijk haar conclusies hebben getrokken. En toen jij uiteindelijk geloofde dat Anni uit beeld was, nodigde onze lieve mama de rijke en knappe Violet Drumner uit om jou van je gebroken hart te genezen en de schatkist van Astbury te vullen.'

'Ik kan gewoon niet geloven dat ze zo manipulatief zou kunnen zijn.' Donald schudde zijn hoofd.

'Echt niet? Nou, als ze inderdaad Anni's brieven heeft onderschept, dan klopt dat helemaal met haar karakter. Ik bedoel, moeders leven draaide altijd alleen om moeder, toch? Ik acht haar er helaas wel toe in staat. Het heeft mij wel geleerd dat ik een liefhebbende moeder voor mijn kinderen moet zijn. God weet hoe papa het met haar heeft uitgehouden.' Selina schudde haar hoofd. 'Ze is altijd een koude kikker geweest.'

'Als dit waar is, Selina...' Donald balde wanhopig zijn vuisten. '... dan sta ik niet voor mezelf in. Heeft die vrouw geen hart?'

'Dat hart van haar houdt haar in ieder geval springlevend. Het is wel zo dat zij ook een groot offer heeft moeten brengen om Astbury te redden. Het moet niet gemakkelijk voor haar zijn geweest om te zien hoe jouw vrouw haar geliefde huis overnam. Ik hoorde op de bruiloft van alles over het afschuwelijke Schiaparelli-tapijt van achttien luipaardvellen.'

'Dat is inderdaad nogal ordinair.' Donald trok een vies gezicht. 'Maar luister, Selina, wat moet ik in vredesnaam beginnen?'

'Dat weet ik niet, Donald. Ik denk niet dat Anni je nog eens zal lastigvallen nu ze weet van je huwelijk. Ze is altijd zo trots geweest.'

'Ja, en om je de waarheid te zeggen, zijn Violet en ik de afgelopen weken erg dol op elkaar geworden, ondanks mijn reserves in het begin,' gaf Donald toe. 'Ik wil haar geen pijn doen. Ik heb de dag dat ik haar trouwde gezworen dat ik een plichtsgetrouw echtgenoot zou zijn. Ik houd misschien niet zoveel van haar als van Anni, maar zij staat hier helemaal buiten.'

Selina legde haar hand op zijn schouder. 'Ik begrijp het. Misschien moet je het dan maar laten rusten.'

Donald keek naar haar op, zijn ogen vol verdriet.

'Ik denk dat we allebei weten dat ik dat niet kan.'

33

1 september

Ik ben nog helemaal van slag van wat Selina me vertelde over dat A haar in Londen heeft opgezocht. En het allerergste, over dat ze mij heeft geschreven. De woede die ik voor mijn moeder voel, als het waar is wat Selina opperde en ze mijn brieven heeft onderschept, kent geen grenzen. Tot ik haar ermee confronteer, weet ik het natuurlijk niet zeker. Dat zal nu even moeten wachten, want het belangrijkste is nu dat ik A vind. Misschien is ze niet meer op het adres dat ze Selina gaf, maar ik hoop dat zij daar een adres voor mij hebben waar ik haar kan vinden. Ik heb V gezegd dat ik nieuwe machines voor de boerderij ga bekijken. Ik vind het vreselijk om tegen haar te liegen, maar ik doe alles om A te vinden...

Donald zette zijn auto neer bij de pastorie in Oxenhope, een mooi dorpje in Yorkshire, midden op de heide. Zijn hart klopte sneller toen hij uitstapte en naar het houten hek liep. Hij keek omhoog naar het huis en durfde nauwelijks te geloven dat de vrouw die hem de afgelopen negentien maanden in zijn dromen had achtervolgd daarbinnen kon zijn.

'Alsjeblieft, God, laat haar nog hier zijn,' fluisterde hij.

Hij verzamelde al zijn moed en belde aan.

Even later kwam er een meid aan de deur. 'Kan ik u helpen?'

'Ja. Ik ben op zoek naar Anahita Chavan. Ik heb gehoord dat ze hier woont.'

'Het spijt me, ik heb die naam nog nooit gehoord. Dominee Brookner en zijn dochter wonen hier nu. Ik ben nog maar twee maanden in dienst, maar ik heb begrepen dat het huis altijd van hem is geweest.'

'Ik begrijp het. Is de eerwaarde of zijn dochter thuis?'

'De predikant is aan het werk, maar zijn dochter is in de tuin.'

'Mag ik dan alsjeblieft binnenkomen en haar spreken?' Hij gaf haar zijn kaartje.

De meid bekeek het en deed toen een stap opzij, zodat Donald kon binnenkomen. Ze ging hem voor een duistere woonkamer binnen. 'Wacht alstublieft hier, dan haal ik Miss Brookner.'

'Dank je wel.'

Donald wachtte braaf tot Charlotte verscheen. Eindelijk kwam er een eenvoudige jonge vrouw met warme, intelligente ogen de kamer binnen.

'Lord Astbury?' vroeg ze, toen ze de deur achter zich sloot. 'Ik neem tenminste aan dat u het bent, als u op zoek bent naar Anahita.'

'Ja,' zei hij en hij stak zijn hand uit. 'En u bent Miss Brookner, Anni's vriendin?'

'Inderdaad. Gaat u alstublieft zitten.'

'Dank u. U weet natuurlijk waarom ik hier ben?' vroeg Donald. Hij ging vol spanning op een stoel zitten.

'Ja, ik denk het wel.' Ze keek naar hem. Haar bruine ogen stonden verdrietig.

'Weet u waar ze is?'

'Ja, maar ik heb gezworen dat ik dat geheim zou houden.'

'Is ze in orde? Mijn zuster zei dat ze heel erg ziek was geweest.'

'Toen ik haar voor het laatst zag, was ze redelijk gezond.'

'Ze vertelde mijn zuster dat u heel goed voor haar geweest bent.'

'Ik heb gedaan wat ik kon om haar te helpen in haar... moeilijke omstandigheden. Toen mijn vader twee maanden geleden echter terugkeerde uit Afrika was het, gegeven de situatie, tijd dat Anni vertrok.'

'Mag ik vragen op welke situatie u doelt?' vroeg Donald.

'Mijn vader is een man van de kerk, Lord Astbury, en ook al voelt hij medeleven voor arme zielen die in moeilijkheden zijn geraakt, zou het bij parochianen met een minder open geest niet zijn gewaardeerd als hij een vrouw in haar toestand onderdak bood. Dit is een klein dorp in Yorkshire, we zijn hier niet in Londen.' Charlotte zweeg en voegde er toen aan toe: 'Ik moet zeggen dat het mij verbaast dat u hier bent.'

'Geloof me, als ik de brieven had gekregen die ze mij blijkbaar heeft gestuurd, dan was ik hier al vele maanden eerder geweest.' Donald haalde zijn schouders op. 'Helaas is dat niet zo.'

'Ik kan bevestigen dat ze u inderdaad geschreven heeft, Lord Astbury. Ik heb zelf nog een brief aan u gepost, toen ze boven lag, te ziek om uit haar bed te komen.'

'Ik kan u alleen maar smeken te geloven dat ik de waarheid spreek. Ik heb meer dan een jaar lang geen enkele brief van haar ontvangen.'

'Als ik eerlijk mag zijn ben ik bang dat ik niet meer in u geloofde, na al die maanden waarin Anni geen antwoord kreeg. En ik heb Anni gezegd dat ze hetzelfde moest doen. Ze weigerde en daarom besloot ze naar Londen te gaan om u te zoeken.'

'Ja.' Donald voelde vijandigheid doorschemeren in Charlottes beleefde woorden.

'U was blijkbaar op huwelijksreis,' voegde ze eraan toe. 'Hebt u een mooie reis gemaakt?'

'Ja, ik... Luister eens, Miss Brookner, Charlotte... u moet me vertellen waar Anni is, dan kan ik haar in ieder geval uitleggen dat ik haar brieven niet negeerde. Ik ben gek geweest van ongerustheid. Ik had geen idee of ze nog leefde. Ik zou er nooit mee hebben ingestemd een andere vrouw te trouwen als ik niet oprecht had geloofd dat ik Anni kwijt was.'

'Ze hield meer van u dan van wie ook en zou nooit een kwaad woord over u accepteren. Ook al heb ik maar al te vaak tegen haar gezegd dat u dat verdiende.'

'Ik accepteer dat u denkt dat ik een schoft ben en haar in de steek heb gelaten...'

'Nee, Lord Astbury, ik dacht dat uw sociale status het nooit zou hebben toegestaan dat u ook maar overwoog een Indiase te trouwen,' antwoordde ze heel eerlijk.

'Anni heeft toch zeker wel verteld dat ik haar ten huwelijk heb gevraagd voor ze naar India vertrok?'

'Ja, natuurlijk, maar ik was niet verbaasd dat u, toen het erop aankwam, van gedachten veranderde.'

'Dat is gewoon niet waar!' protesteerde hij. 'Als u het echt wilt weten, ik ben er haast van overtuigd dat het mijn moeder is geweest die ervoor heeft gezorgd dat ik geen post van Anni ontving toen zij eenmaal in India was aangekomen. En het klopt dat het háár niet goed was uitgekomen als ik met Anni was getrouwd. Of als ik Astbury had verkocht, wat ik van plan was te doen.'

'En dus trouwde u een paar maanden later met een Amerikaanse erfgename?'

'Ja, maar pas nadat ik langer dan een jaar had gewacht zonder ook maar iets te horen. Op dat moment kon het me niet schelen met wie ik trouwde, als het niet met Anni was.' De tranen sprongen Donald in zijn ogen. 'In godsnaam, Miss Brookner, u móét me geloven. Het spijt me, ik...'

Toen ze Donalds oprechte emotie zag, leek Charlottes houding wat minder hard te worden. Ze klopte voorzichtig op zijn hand. 'Als het waar is wat u mij vertelt, is het ongetwijfeld een tragische loop van omstandigheden. Het verdrietige eraan is dat ik niet weet hoe die ooit nog kan worden rechtgezet.'

'Ik smeek u, vertel me waar ze is en dan kunnen zij en ik die beslissing nemen.'

'Ik heb gezworen dat ik nooit...'

'U móét!' drong Donald aan.

Uiteindelijk knikte ze. 'Ik zeg het u. Ik denk dat u in ieder geval de kans moet krijgen om het uit te leggen, of Anni het nu wil of niet. Wat ze heeft doorstaan kan nooit meer worden rechtgezet, maar het helpt haar misschien als ze weet waarom de dingen zo gelopen zijn.'

'Dank u,' zei Donald met een zucht. Opluchting overmande hem toen Charlotte opstond en naar een bureautje liep in de hoek van de kamer. Ze pakte er een adresboek en blocnote uit en schreef een adres voor hem op.

'Ze woont in Keighley, een industriestadje op ongeveer drie kwartier van hier. Ik moet toegeven dat ik haar niet meer heb opgezocht sinds ze daarnaartoe is verhuisd. Ik heb het nogal druk gehad met de zorg voor mijn vader, die praktisch als invalide uit Afrika is teruggekomen.'

Donald was al overeind gesprongen. 'Ik kan u niet genoeg bedanken dat u mij heeft ontvangen en mij dit hebt gegeven, Miss Brookner,' zei hij toen hij het adres in zijn borstzak stak. 'Ik ga er onmiddellijk naartoe.'

'Misschien wilt u me laten weten hoe het met haar is?' vroeg ze toen ze hem voorging naar de deur. 'Ik heb geen idee hoe haar situatie nu is. Ze is zo trots, weet u. Ik heb haar geld aangeboden, maar dat wilde ze niet aannemen.'

'Ja, dat klinkt als Anni.' Donald zuchtte. 'Vaarwel, Miss Brookner, en nogmaals bedankt.'

Donald reed de korte afstand over de Yorkshire Moors en huiverde toen hij het donkere industriestadje Keighley naderde. Hij parkeerde zijn auto en zocht zijn weg door het labyrint van smalle straatjes, met aan weerszijden gebouwen die zwart zagen van het roet van de katoenfabrieken. Vuile kinderen zaten buiten op de stoepen, met blote voeten, ook al was de septemberavond fris.

Onderweg vroeg hij de weg en bereikte uiteindelijk Lund Street. Hij liep erdoorheen tot hij het juiste nummer vond. Nadat hij op de deur had geklopt, werd er opengedaan door een slonzige vrouw met een baby op haar heup en een peuter die aan haar rokken hing. Ze bekeek hem argwanend.

'U bent toch niet de nieuwe huurbaas, hè? Ik zei al tegen de laatste dat die pas vrijdag kon worden betaald. Mijn man is net zijn baan in de fabriek kwijtgeraakt, ziet u.'

'Ik heb gehoord dat Anahita Chavan op dit adres woont,' zei Donald. 'Misschien ben ik verkeerd.'

'Nee, dat klopt. Anni is onze onderhuurder, maar zeg niks tegen de huurbaas. We mogen niet onderhuren, maar met zeven monden om te voeden, moet je soms wel. Bent u een vriend van haar?'

'Ja, mijn naam is Donald. Is ze thuis?'

'Ze komt bijna nooit buiten, is nogal op zichzelf, onze Anni. Een lieve meid, hoor. Kom maar binnen,' zei de vrouw en Donald wurmde zich door de smalle gang een klein kamertje binnen dat dienstdeed als keuken. 'Ga daar maar zitten, meneer, dan ga ik haar halen.'

Toen de vrouw vertrokken was, zag Donald een aantal heldere

ogen met belangstelling naar hem kijken vanuit de deuropening.

'Hoe heet u, meneer?' vroeg een van de kinderen, een jongen van een jaar of zeven.

'Donald. En jij?'

'Ik ben Tom,' zei de jongen. Hij kwam dichterbij. 'U praat heel duur en u hebt mooie kleren. Hebt u een fabriek?'

'Nee, ik heb geen fabriek.'

'Als ik groot ben, dan heb ik mijn eigen fabriek,' zei Tom, 'en dan ben ik heel rijk, net als u.'

Een peuter was de kamer binnengekropen en trok zich op aan Donalds broekspijp om te gaan staan. Haar dikke handjes lieten vieze sporen achter.

'Joanna, laat die arme man met rust!' zei de moeder, toen ze de keuken weer binnenkwam. 'Anni komt er zo aan, en ze zegt dat ze u in de voorkamer wil ontvangen. Ze leek er niet erg gelukkig mee dat u er bent. Goed, kom maar mee, ik wijs u de weg.'

'Dank u,' zei Donald.

De vrouw ging hem voor door de gang en liet hem binnen in de relatieve rust van de salon. Toen ze de deur achter zich dichtdeed, huiverde Donald. Hij had nog nooit zo'n afschuwelijk huis gezien. Wat was er van Anni geworden sinds hij haar voor het laatst zag?

De deur ging open en daar stond Anni. Haar exotische schoonheid vormde een groot contrast met de akelige kleurloosheid van haar omgeving. Ze was zo afgevallen dat haar jukbeenderen en haar enorme, amberkleurige ogen nog meer opvielen.

Ze sloot de deur met een sierlijke beweging – Donald herinnerde zich nog heel goed dat al haar bewegingen sierlijk waren geweest – en bleef daar doodstil staan.

'Anni, ik ben er.' Donald haatte zichzelf omdat hij niets beters wist te zeggen op zo'n belangrijk moment.

'Ja,' antwoordde ze uiteindelijk. 'Je bent er.'

'Ik... gaat het goed?'

'Het gaat goed,' zei ze koud. 'Met jou?'

'Ja, ja. Anni...' Donald ging zitten. Zijn benen konden hem niet langer dragen. 'Ik weet niet wat ik moet zeggen.' Hij sloeg zijn handen voor zijn ogen.

‘Nee, vast niet.’

‘Je moet me geloven als ik zeg dat ik niet een van je brieven heb gekregen vanaf het moment dat je van boord bent gegaan. Ik had geen idee of je nog leefde. Ik ben zelfs naar het ziekenhuis gegaan waar je werkte en ben bij Scotland Yard langs geweest. Ik was wanhopig. Uiteindelijk moest ik wel aannemen dat je mij niet langer wilde. En dat je misschien iemand anders was tegengekomen in India.’

‘En dus trouwde je maar met iemand anders?’ zei ze op harde, bitse toon, zo anders dan haar normale, zachte stem.

‘Ja,’ bevestigde hij verdrietig. ‘Als ik niet met jou kon trouwen, maakte het mij niet uit met wie dan wel. Grof gezegd, het geld van mijn vrouw kon Astbury redden.’

‘Ik las in het tijdschrift dat je nieuwe vrouw een erfgename is. Ik hoop dat jullie erg gelukkig zijn samen,’ zei ze op dezelfde emotieloze toon.

‘Natuurlijk ben ik niet gelukkig!’

‘Je zag er anders heel gelukkig uit op de foto’s.’

‘Ja, waarschijnlijk wel,’ gaf Donald toe. ‘Iedereen moet lachen voor de camera’s.’

Er viel een stilte en Anni keek alle kanten op, behalve naar hem. Hij kon zijn ogen niet van haar af houden. ‘Wat kom je mij zeggen?’

‘Ik heb geen idee!’ Donald liet een verstikt lachje horen. ‘Ik wilde je uitleggen dat ik er zeker van ben dat mijn moeder jouw brieven aan mij heeft onderschept.’

‘Donald, ook al had ik niets van jou gehoord, ik zou een eeuwigheid hebben gewacht en nooit met iemand anders zijn getrouwd. Maar wat maakt dat allemaal nog uit?’

De afstandelijke kilte die hij bij haar voelde, was volstrekt nieuw voor hem. Het liefst wilde hij zijn armen om haar heen slaan, op zoek naar de warme, levendige vrouw die ze vroeger was. ‘Kunnen we tenminste ergens anders naartoe gaan en praten?’ smeekte hij. ‘Het is hier niet uit te houden.’

‘Er zijn hier geen hotels waar we thee kunnen gaan drinken,’ antwoordde ze op licht sarcastische toon. ‘Bovendien is dit mijn huis.’

‘Anni, alsjeblieft, ik weet hoe je geleden hebt en hoe je over mij denkt, maar ik beloof je dat ik nooit ben opgehouden van je te houden en dat er geen moment is geweest in de afgelopen negentien maanden dat ik niet aan je heb gedacht.'

Anahita keek naar hem. 'Wat er ook gebeurd is in het verleden, Donald, ik ben hier en jij bent daar, getrouwd met een ander.'

'Wat mijn situatie ook is, mijn gevoelens voor jou zijn onveranderd. Alsjeblieft, ik ben het met wie je praat,' zei hij dringend. 'Jij, meer dan wie ook, weet wie ik ben.'

'Ik dacht dat ik het wist, ja. Maar wat doet het er nu nog toe?'

'Het gaat erom, lieverd, dat ik je na al die vreselijke maanden heb gevonden en dat we in dezelfde kamer zitten en met elkaar praten. Begrijp je dan niet wat dat voor mij betekent?'

Ze gaf geen antwoord. Er werd zachtjes geklopt en de deur ging open. Anni's huisbazin kwam binnen, met een huilend kind in haar armen.

'Sorry dat ik je moet storen, Anni, maar hij schreeuwt alles bij elkaar in de keuken en niemand kan zichzelf meer horen nadenken.'

Donald keek toe hoe Anni het kind in haar armen nam. 'Dank je,' zei ze tegen haar huisbazin, die nog een argwanende blik op Donald wierp en toen op de baby, en de kamer weer verliet.

Donald was in de war. 'Is dat haar baby?'

Anni nam hem zorgvuldig in zich op, alsof ze iets overwoog. Ten slotte zuchtte ze. 'Nee, hij is van mij.'

Donald staarde naar de baby, en hij nam langzaam de mooie, honingkleurige huid, de bos donker haar en de helderblauwe ogen die hem nieuwsgierig aankeken, in zich op.

Hij vond zijn stem terug. 'Ik... is hij...'

'Ja, Donald, dit is Moh, je zoon.'

34

4 september

Daarna gebruikte ik de gezondheid en het welzijn van mijn zoon als hefboom en accepteerde ik geen nee meer. Ik liet A haar weinige bezittingen bij elkaar zoeken en reed met haar en mijn zoon weg van het verschrikkelijke huis waar ik ze had aangetroffen. We bleven die eerste nacht in een hotel voor we verder reisden naar het zuiden. Ik had geen idee waar ik haar naartoe moest brengen. Ik wist alleen dat ik haar nooit meer zou achterlaten. Haar oude vuur leek volledig te zijn uitgeblust, alsof ze leeg was vanbinnen, alsof niets haar meer kon schelen. Tijdens de lange autorit sprak ze alleen om mij kort antwoord te geven op mijn vragen.

'Heb je honger?' vroeg Donald aan Anni toen ze door de Derbyshire Dales reden.

'Nee, maar ik moet de luier van de baby verschonen.'

'Natuurlijk.' Donald stopte bij een hotel aan de rand van Matlock en ze stapten uit. Terwijl hij in het restaurant wachtte tot Anni terugkwam, vroeg hij of er een telefoon was, want hij moest bellen. Tijdens de lange, zwijgzame rit was er een plan in zijn hoofd ontstaan. Hij zou ze naar Selina brengen, die, in ieder geval tijdelijk, zeker bereid zou zijn Anni en het kind op te nemen in haar huis in Kensington. Als tijdelijke maatregel kon hij niets beters bedenken en hij wist dan tenminste dat Anni er niet weer tussenuit zou knijpen.

De ober zei dat er inderdaad een telefoon was en Donald maakte er gebruik van. Toen hij terugkwam in het restaurant, zat Anni aan hun tafel, met de baby diep in slaap in haar armen.

'Ik heb net met Selina gesproken, en je kunt bij haar wonen tot ik iets permanenters heb geregeld,' zei Donald.

'Goed,' antwoordde Anni. Ze liet niet blijken of de regeling haar beviel of niet.

'Ik heb soep en broodjes besteld, denk je dat dat genoeg is?'

'Dank je.'

Donald stak in zijn wanhoop een hand naar haar uit. 'Anni, alsjeblieft, ik kan me niet voorstellen wat je hebt doorgemaakt en hoe erg je mij moet haten, maar ik ben er nu en ik zweer je dat ik je nooit meer in de steek laat. Je moet me vertrouwen, alsjeblieft, en geloven dat als ik er niet echt van overtuigd was geweest dat ik je voorgoed kwijt was, ik nooit met Violet zou zijn getrouwd.'

Anni trok langzaam haar wenkbrauwen op. 'Houd je van haar?'

'Ik ben erg op haar gesteld, ja,' antwoordde hij eerlijk. 'Ze is erg lief en op de een of andere manier nog erg jong, ook al is ze ouder dan jij, en ik wil haar geen pijn doen. Maar nee, ik houd niet van haar en dat heb ik ook nooit gedaan. Het was een gearrangeerd huwelijk, net als bij jullie in India.'

'Ze is erg mooi.'

'Ja, dat is ze, maar... in hemelsnaam.' Donald schudde gefrustreerd zijn hoofd. 'Ik kan de redenen waarom niet blijven herhalen. We doen allemaal dingen waar we later spijt van hebben.'

Anni at zwijgend haar soep en probeerde toen een broodje. Ze leek op te leven van het eten, het bracht wat kleur op haar wangen. Donald concludeerde dat ze vrijwel zeker ondervoed was.

Ze liepen terug naar de auto en zowel Anni als de baby sliepen de rest van de reis. Donald maakte ze voorzichtig wakker toen ze bij Selina's huis in Kensington waren aangekomen.

'Zijn we er?' vroeg ze.

'Ja. Zal ik je helpen met de baby?'

'Nee!' Er kwam een angstige blik in Anni's ogen. 'Weet Selina van het kind? Ik heb het haar niet verteld toen ik haar in Londen zag.'

'Ik heb het haar verteld en ze was niet geschokt,' stelde Donald haar gerust. 'Ze begrijpt nu beter waarom je was verdwenen.'

De meid bracht Anni en de baby naar een kamer op de bovenverdieping en Donald dronk een flink glas gin met Selina in de woonkamer.

'O, Donald, het is allemaal zo tragisch. Ik weet maar al te goed hoe Anni zich gevoeld moet hebben. Ze moet doodsbang zijn geweest. En hier ben ik met mijn kleine meisje, gezond en wel in een kinderkamer, en een nieuwe baby op komst. Het contrast kon niet groter zijn.' Ze zuchtte.

'Nee. Mijn hemel, Selina, als je had gezien waar Anni woonde – het was een sloppenwijk.'

'Natuurlijk kunnen Anni en haar baby hier zolang wonen, maar wat ga je in godsnaam doen op de lange termijn?' vroeg ze. 'Die baby is tenslotte jouw zoon en zou, tot jij en Violet een kind krijgen, technisch gesproken je erfgenaam kunnen zijn, maar ik durf er niet aan te denken wat er gebeurt als Violet ooit achter zijn bestaan komt.'

'Het is een rotzooitje, ik kan er niets anders van maken. Maar het belangrijkste is dat ik Anni heb teruggevonden. Ik houd van haar, Selina. Het enige waar ik aan dacht was dat ik haar en ons kind moest weghalen uit dat gat. Ik heb nog geen tijd gehad om na te denken over de gevolgen. Een van de oplossingen zou zijn om haar onder te brengen in een huis in de stad en haar en mijn zoon te bezoeken als ik in Londen ben, maar ik wil Anni niet behandelen alsof ze mijn maîtresse is en ik weet zeker dat zij dat ook niet zou verdragen.'

'Heeft ze al iets gezegd over wat zij eigenlijk wil?' vroeg Selina.

'Ze heeft nauwelijks een woord gesproken,' antwoordde hij verdrietig. 'Ze is alleen maar aan het overleven geweest de afgelopen maanden. Ik denk dat het nog wat tijd zal duren voor ze op krachten komt, zowel mentaal als fysiek.'

'Nou, ik kan haar in ieder geval een warm bed, goed eten en een kindermeisje geven die de baby van haar over kan nemen zodat ze kan rusten. Nog een kleintje in de kinderkamer maakt echt geen verschil.' Selina glimlachte. 'Het zijn tenslotte neef en nicht.'

'En ik zou alleen maar willen dat we het van de daken konden schreeuwen.'

'Nou ja, dat kan nu eenmaal niet. Het is niet anders. Die arme Violet kan er al helemaal niets aan doen en hoewel ik nooit zal beweren dat zij en ik grote vriendinnen zullen zijn, ik zou niet willen dat zij ooit de schande hoeft te ondergaan dat ze weet dat haar man een kind bij een andere vrouw heeft.' Selina schrok ervoor terug om de nare term te gebruiken.

'Je hebt gelijk, natuurlijk,' zei Donald en hij schonk zichzelf nog een gin in. 'Nu wil ik eerst naar Devon gaan en moeder confronteren. Ik moet zeker weten of zij het is geweest die al deze ellende heeft veroorzaakt.'

'Ga je haar ook over het kind vertellen?'

'Ja.' Donald glimlachte grimmig. 'Ik kan niets bedenken wat moeder meer van streek zou maken dan de wetenschap dat ze een onwettige halfbloed als kleinzoon heeft die ik zou kunnen erkennen als erfgenaam van Astbury.'

'Mijn god, Donald, dat nieuws zou weleens haar einde kunnen betekenen!'

'Ik betwijfel het. Ze doet misschien wel of ze tachtig is, maar we mogen niet vergeten dat onze moeder nog niet eens vijftig is,' bracht Donald haar in herinnering. 'Ze is zo taai als wat onder alle dramatiek, en ze overleeft ons waarschijnlijk allemaal. Deze gruwelijke situatie is aan haar te wijten, als we gelijk hebben. Ik ben gewoon niet langer bang voor haar.'

Anni liet weten dat ze te moe was om samen met Selina en Donald beneden te eten. De meid bracht haar eten naar boven op een blad. Voor hij zich voor de nacht terugtrok, ging Donald naar haar kamer en klopte aan.

'Wie is daar?'

'Ik ben het, Donald. Mag ik binnenkomen?'

Toen hij geen antwoord kreeg, opende hij de deur. Anni zat in bed de baby te voeden.

'Neem me niet kwalijk,' zei ze. Ze trok Moh los en bedekte zichzelf.

'Ik vind het niet erg,' zei Donald. 'Ik vind het heel mooi. De meeste vrouwen die ik ken voeden hun kinderen niet zelf.'

'Ik had geen keus. Ik kon extra melk niet betalen. Maar hij wordt nu wel groot, volgende maand is hij een jaar oud, en ik heb niet genoeg melk om hem tevreden te stellen. Ik denk dat hij daarom in Keighley zoveel huilde.'

O, Anni,' zei Donald met een zucht. 'Mag ik bij je komen zitten?'

'Als je dat wilt.'

Donald ging op de rand van het bed zitten en keek naar de baby, die nu voldaan was en in Anni's armen sliep. 'Mag ik hem vasthouden?'

'Natuurlijk,' antwoordde Anni en ze gaf Moh aan hem.

Donald snoof de warme, melkachtige geur op van zijn huid en de zoete lucht van het talkpoeder dat het kindermeisje had gebruikt na zijn bad. Hij keek neer op het gezicht van zijn zoon en voelde zoveel liefde door zich heen spoelen dat de tranen in zijn ogen sprongen.

'Ik kan gewoon niet geloven dat wij hem gemaakt hebben.'

'Elk kind is een wonder, in welk leven ze ook geboren worden,' zei Anni.

'Anni, haat je mij?'

Ze wachtte even voor ze antwoord gaf. 'Ik heb dat graag gewild, Donald, vele malen. Misschien mag ik je op dit moment niet zo, maar ik heb vanaf de eerste dag dat ik je ontmoette van je gehouden.'

'En nu ik je heb teruggevonden? Vertrouw je mij toe om voor jou en onze zoon te zorgen?'

'Welke keus heb ik?' vroeg ze hem treurig.

De volgende dag liet Donald Anni en Moh achter in de capabele handen van Selina en de kindermeid en reed naar het zuiden, naar Astbury Hall. Direct na aankomst liep hij rechtstreeks naar het Dower House, waar zijn moeder nu woonde, aan de rand van het terrein.

'Is ze er, Bessie?' vroeg hij de geschrokken meid toen hij het huis binnen beende.

'Ik denk dat ze boven ligt te rusten, my lord.'

Donald beklom de trap met twee treden tegelijk en klopte op de deur van zijn moeders slaapkamer.

'Binnen,' zei een stem en Donald betrad Mauds slaapkamer, waar ze in een stoel bij de open haard zat te lezen.

'Donald, wat doe jij hier?' vroeg ze en ze fronste haar voorhoofd afkeurend.

'U en ik moeten praten. Leg dat boek alstublieft weg, moeder. Er zijn vragen waar ik antwoorden op wil,' antwoordde Donald en hij ging tegenover haar zitten.

Maud schrok van Donalds heftigheid en deed wat haar gevraagd werd. 'Wat is er?' vroeg ze hem.

'Ik ben er pas achter gekomen dat een aantal brieven die aan mij op Astbury Hall waren gericht verdwenen zijn, en ik heb alle reden te geloven dat u daar een hand in hebt gehad.'

'Brieven?'

Donald zag hoe zijn moeder probeerde te doen of ze van niets wist.

'Ja, moeder, brieven. Brieven uit India, Parijs en ten slotte Yorkshire, van een zekere jongedame van wie u had gehoord dat ik gek op haar was. Van wie ik, dat u het maar weet, hield en nog altijd houd.'

'Ik... werkelijk, Donald, we krijgen zoveel post, brieven uit de hele wereld. Het is toch zeker aan de post te wijten als ze niet zijn aangekomen? Ik denk toch niet dat je mij de schuld kunt geven als ze zijn zoekgeraakt.'

'Ik denk van wel, moeder. Het zou heel gemakkelijk voor mij zijn om naar het personeel te gaan – dat, zoals u misschien nog weet, nu in míjn dienst is – en ze naar de waarheid te vragen.'

Donald deed of hij opstond, maar Maud gebaarde onmiddellijk dat hij weer moest gaan zitten.

'Ben je gek geworden? Het laatste wat ik wil is dat het personeel over onze privézaken praat,' siste ze.

'Dat kan me geen donder schelen.'

'Zelfs niet als Violet ervan hoort?'

'Dat moet dan maar, want ik heb Anahita eindelijk gevonden. Ze verblijft op dit moment bij Selina in Londen tot ik besluit wat we het beste kunnen doen.' Donald voelde een vreselijke opwelling om te lachen om de geschokte uitdrukking op het gezicht van zijn moeder.

'Wat bedoel je daar precies mee, wat we het beste kunnen doen?' herhaalde Maud. 'Je bedoelt toch niet dat je Violet gaat vertellen over die... relatie die je met dat Indiase meisje hebt gehad?'

'Dat weet ik nog niet, maar als u niet schoon schip maakt en toegeeft dat u het was die die brieven heeft achtergehouden, ben ik sterk in de verleiding dat inderdaad te doen.'

'Goede god, Donald! Ben je helemaal buiten zinnen? Je richt deze familie te gronde! Violet zou onmiddellijk van je scheiden, en wat zou er dan van Astbury worden?'

'Denkt u dat dat mij ook maar iets kan schelen? Dat het mij ooit iets heeft kunnen schelen?' reageerde hij. 'U wist heel goed dat ik op het punt stond het te verkopen en zelfs al een koper had gevonden. Dat beviel u echter niet, is het niet zo, moeder? Geef toe, voordat ik het Violet ga vertellen. Geloof me.' Hij keek naar haar. 'Ik heb absoluut niets te verliezen. Astbury verkopen was toch al mijn bedoeling. Ik zou volstrekt gelukkig zijn als ik een rustig leven kon leiden met de vrouw van wie ik houd,' zei Donald en hij speelde zijn belangrijkste troef. 'En bovendien heeft Anni onlangs het leven geschonken aan ons kind. Wat betekent dat ik een zoon heb en u een kleinzoon.'

Donald zag zijn moeder voor zijn ogen verschrompelen, maar hij ging door. 'Dus, moeder, zal ik mijn vrouw dit allemaal gaan vertellen? Kunt u zich het schandaal voorstellen?'

'Houd op! Houd op! Hoe kun je zo wreed zijn? Ik ben je moeder!'

'Ja, een moeder die haar eigen behoeften boven die van haar zoon stelt. Anni is een hooggeboren en goed opgeleide Indiase vrouw. Niet een eenvoudig boerinnetje dat ik uit een bordeel heb gehaald!'

'Alsjeblieft!'

'En voor het geval het u interesseert, er komt tegenwoordig al best een aantal gemengde huwelijken voor binnen de society. Maar nee, moeder, uw vooroordelen staan niet toe dat uw zoon met zo'n vrouw zou trouwen. U bent een ijskoude, berekenende vrouw met vooroordelen en dat bent u altijd geweest. Ik...'

'Stop! Genoeg!' schreeuwde Maud en ze barstte plotseling in tranen uit.

De aanblik van zijn huilende moeder maakte een eind aan Donalds tirade. 'Hier, moeder, droog uw tranen.' Hij haalde onhandig een zakdoek uit zijn zak en ze pakte hem aan.

'Je hebt gelijk,' bracht Maud eindelijk uit. 'Ik heb die brieven verstopt, of in ieder geval heb ik gevraagd om de post direct naar mij te laten brengen, zodat ik kon zien wat er binnenkwam. Maar begrijp je dan niet dat ik alleen maar probeerde je te beschermen? Je zegt dat het tegenwoordig geaccepteerd is om iemand als haar te trouwen. Ik weet het niet, misschien heb je gelijk. Maar er kwam bij dat je ook het landgoed ging verkopen. Wat zou je dan hebben gehad, met een Indiase bruid en geen familiebezit?'

'Ik zou liefde hebben gekend, moeder,' zei Donald rustig. 'Ik zou gelukkig zijn geweest. Maar ik kan niet van u verwachten dat u dat begrijpt.'

Ze antwoordde niet en leek in gedachten verzonken.

'Dank u dat u toegeeft dat u haar brieven hebt onderschept,' zei Donald ten slotte. 'Nu moet ik proberen om de rotzooi waarin deze situatie mij heeft gebracht recht te breien.'

'Wat ga je doen?'

'U zult blij zijn te horen dat ik niet van plan ben Violet te kwetsen. Niets van dit alles is haar schuld.' Donald keek naar zijn moeder en zag dat ze bloosde. 'Maar ik ben ook niet van plan om de vrouw van wie ik houd en ons kind weg te stoppen als een smerig geheim, ergens waar ik mijn zoon niet kan zien opgroeien. Ik wil dus aan Anni voorstellen dat zij en Moh hier in de buurt gaan wonen. Ik zal ze een huis beschikbaar stellen hier op het landgoed.'

'Maar Donald, wat als Violet de waarheid ontdekt?' vroeg Maud vol afgrijzen.

'Er zijn maar vijf mensen in de hele wereld die die kennen. Ik sta ervoor in dat geen van hen iets zal zeggen. Dit is de enige manier waarop ik wil leven met de leugen waarin u mij hebt gemanoeuvreerd.'

'Je hebt zelf besloten dat je met Violet wilde trouwen, Donald,' wierp Maud tegen. 'Ik heb je nergens toe gedwongen.'

'Nee, moeder, dat hebt u niet gedaan,' zei Donald. 'Maar als alle hoop vervlogen is, dan kan het je niet meer schelen wat de toekomst brengt. Dus, zijn we het eens?'

'Zoals je wilt,' antwoordde ze bibberig, met neergeslagen ogen.

'Goed. Dan ga ik nu op zoek naar een geschikt huis voor Anni,' zei hij toen hij naar de deur liep. 'En misschien wilt u ooit uw kleinzoon zien. Hij heeft uw ogen.'

ASTBURY HALL

JULI 2011

35

Toen Rebecca wakker schrok, zat ze rechtop, met Donalds dagboek in haar hand. Ze had geen idee wanneer ze in slaap was gevallen, maar haar dromen waren weer onrustig geweest en vervuld van het vreemde, hoge gezang.

Ze bladerde door het dagboek en zag dat er na september abrupt niets meer in was geschreven, wat haar teleurstelde, want ze wilde meer weten, met name over Violet. Rebecca keek op haar horloge en zag dat het negen uur in de ochtend was geweest.

Ze stapte uit bed om naar de wc te gaan, waste haar handen en keek naar haar gezicht in de spiegel. Er bestond geen twijfel over dat Donalds beschrijving van Violet net zo goed op haar van toepassing kon zijn.

Rebecca huiverde. Het verdrietige was, begreep ze uit wat ze had gelezen, dat Donald niet van Violet had gehouden, maar van een mooi, exotisch Indiaas meisje uit een andere wereld. Rebecca liep door de kamers, raakte Violets bezittingen aan en rook de inmiddels bekende geur van haar parfum. Ze kon het toenemende gevoel van surrealisme niet van zich afschudden. Dit was Violets bed geweest, dat ze ooit met Donald had gedeeld. Ze droeg elke dag Violets kleren en speelde de wereld na waarin zij had geleefd…

'Jezus.' Rebecca liet zich in een stoel in de zitkamer vallen en vroeg zich af welke speling van het lot haar naar Astbury had gebracht. Het was onmogelijk om de overeenkomsten tussen hen beiden te negeren.

'Becks, ben je hier?'

Een bekende stem doorbrak haar mijmeringen. 'Ja,' riep ze en een paar seconden later stampte Jack de kamer binnen, gevolgd door Mrs. Trevathan die rood zag in haar gezicht.

'Ha, schat,' zei hij en hij liep naar haar toe.

'Het spijt me, Rebecca, ik weet dat je rust nodig hebt en ik heb geprobeerd tegen Mr. Heyward te zeggen dat je niet gestoord wilde worden.'

'Dank u, Mrs. Trevathan,' zei Rebecca rustig. 'Het geeft niet. Ik voel me vandaag veel beter.'

'Goed dan, ik deed alleen maar wat mij gevraagd was,' zei ze. Ze draaide zich om en sloot de deur achter zich.

'Bedankt.' Jack plofte in een stoel en slaakte een gespeelde zucht van opluchting. 'Wie denkt ze wel niet dat ze is? Je moeder? Hoe durft ze mij ervan te weerhouden om mijn verloofde te zien? Kom hier en geef me een knuffel.'

Rebecca verroerde zich niet. Ze staarde met een kille blik naar zijn bloeddoorlopen ogen en vette, ongekamde haren. Hij was duidelijk weer met James op stap geweest. 'Fijne avond gehad?'

'Ja, het was leuk.'

'Ik ben blij voor je.'

Jack keek onzeker in haar richting en probeerde te bedenken wat ze bedoelde. Uiteindelijk begreep hij dat ze ironisch was en ging tot de aanval over. 'Behandel me niet als een kind, Becks! Dat is het probleem met jou,' zei hij en hij zwaaide met zijn vinger naar haar. 'Mevrouw Brandschoon en Perfect, die niet drinkt, nooit rookt, nooit iets leuks doet. En die denkt dat ze boven ons stervelingen staat die dat wel doen.'

'Zo bedoelde ik het niet, Jack,' antwoordde ze vermoeid. 'Luister. We moeten praten.'

'O god, daar gaan we weer, de volgende preek omdat ik een stoute jongen ben geweest. Nou, toe maar, ga je gang, mammie, en geef me billenkoek,' zei hij gemeen.

'Je hebt een probleem en dat moet je aanpakken, Jack,' zei Rebecca rustig. 'Ik zeg het alleen omdat ik om je geef en ik bang ben dat als je niet stopt, het alleen maar erger wordt.'

'En over welk probleem hebben we het precies?'

'Het is niet grappig, Jack. We weten allebei dat je te veel drinkt, zo ongeveer vanaf het moment dat we elkaar ontmoetten. Je bent verslaafd, Jack. En als je daar niets aan doet...' Rebecca vatte moed om het hardop te zeggen. 'Dan kan ik niet langer een relatie met je hebben.'

Jack gooide zijn hoofd achterover en lachte schaterend. 'O, Becks, je bent me er een! Vanaf het moment dat je naar Engeland bent vertrokken wist ik dat er iets aan de hand was. Dat je misschien niet langer van me hield, of dat er misschien een ander was. En nu zit je hier en gebruik je de oudst denkbare truc: je geeft míj de schuld en gebruikt een probleem dat er niet eens is om het met mij uit te maken. O ja.' Jack knikte en speelde alsof hij het allemaal heel goed begreep. 'Ik snap het helemaal.'

'Jack, ik zweer het je, de enige problemen die ik met je heb zijn je drank- en drugsgebruik. Als je nuchter bent en niets gebruikt hebt, dan ben je de beste en houd ik van je. Maar als dat niet zo is, en dat gebeurt steeds vaker, dan kan ik je gewoon niet verdragen. Ik stel voor dat je teruggaat naar LA en er iets aan doet. Als je dat doet, dan ben ik er voor je. Zo niet...' Rebecca maakte haar zin niet af.

'Dus dit is een ultimatum?' Jack ging voor haar staan, zijn armen over elkaar heen geslagen. 'Of ik pak een probleem aan dat ik niet heb, of we zijn verleden tijd? Is dat het?'

'Nee, dat is het niet, en dat weet jij ook. Wie gaat je anders de waarheid vertellen?' smeekte ze hem. 'Begrijp je dan niet dat dit voor mij net zo moeilijk is als voor jou? Ik wil niet dat we uit elkaar gaan, Jack. Ik hield van je vanaf het eerste moment dat ik je zag. De enige reden waarom ik nog geen ja heb gezegd op je aanzoek is omdat je je probleem niet aanpakt.'

'Dus...' Jack begon op en neer te lopen in de kamer. 'Je vraagt me om af te kicken om te bewijzen dat ik van je houd?'

'O, Jack, hoe je het ook wilt formuleren, ik kan zo gewoon niet verder. Ik ben ziek, ik ben met een film bezig en wat er in de toekomst ook gebeurt, ik wil dat je hulp zoekt. Misschien kunnen we erover praten als ik weer thuis ben, en bekijken hoe het dan met je gaat.'

'Jezus, Becks! Wil je ophouden mij de les te lezen?' Jack plofte weer in een stoel. 'De kans is trouwens groot dat ik een film ga maken met die vent die ik laatst sprak. En mijn manager heeft gebeld om te zeggen dat hij een paar geweldige scripts heeft gekregen. Dus afkicken past even niet in mijn programma, zelfs niet om jou een plezier te doen.'

'Ik ben blij dat er wat mogelijkheden voor je zijn gekomen, Jack,' antwoordde ze. Ze was uitgeput.

'Ja, je kerel is nog niet helemaal afgeschreven. En als ik een beetje veel gedronken heb, dan was dat uit verveling, nergens anders om.' Jack keek haar aan. 'Dus meen je het? Wil je er een punt achter zetten?'

'Nee, dat wil ik niet, maar ik heb het gevoel dat ik geen keus heb.'

'Oké!' Jack sloeg zijn handen op zijn dijen en stond op. 'Ik ga mezelf niet langer verdedigen. Als jij het zo wilt, dan gebeurt het zo.'

'Het spijt me zo, Jack. Echt waar.' Rebecca's ogen stonden vol tranen.

'Vast,' sneerde hij. 'Ik denk dat jij je misschien moet afvragen waarom je het mij zo moeilijk maakt, terwijl ik niets gedaan heb, alleen een beetje feestgevierd. Ik ben niet die dronken tor van een moeder van je, Becks, en ik verdien het niet om net als zij te worden behandeld. En als je denkt dat je mij hiermee kapotmaakt, wacht dan maar af. Misschien ben je beter af met een priester dan met een echte man. Maar ach, dat is mijn probleem niet meer. Dus ik denk dat ik maar vaarwel zeg.'

Het was alsof ze een klap in haar gezicht kreeg. Ze bleef zwijgend zitten en kon geen woord uitbrengen.

'Nog één ding,' voegde Jack eraan toe, 'omdat ik gedumpt ben en naar huis word gestuurd omdat ik een stoute jongen was, is het wel zo eerlijk als ik het nieuws in de openbaarheid breng. Ik vraag mijn manager een korte verklaring uit te brengen. Goed?'

'Ja, zeg maar wat je wilt.'

'Dat zal ik doen. En ik hoop dat je geen spijt krijgt van wat je zojuist hebt gedaan. Vaarwel, Becks.'

Rebecca keek hoe hij de deur achter zich dichtsloeg. Ze sloot haar ogen en legde haar hoofd op de koele, zijden stof van de stoel, nog niet bekomen van Jacks gemene opmerking over haar moeder. En ja, ze moest toegeven dat hij vrijwel zeker gelijk had. Wat zij als kind had meegemaakt, had haar overgevoelig gemaakt voor elk drank- of drugsgebruik.

Dat maakte Jacks gedrag echter nog niet acceptabel.

Tranen prikten in haar ogen toen ze besefte wat de gevolgen waren van wat ze zojuist had gedaan en ze wist dat ze niet meer terug kon. Jack was eraan gewend dat hij de vrouwen niet van zich af kon slaan. Ze betwijfelde of hij ooit gedumpt was en het zou niet lang duren voor hij haar had vervangen. Als zij later de bewijzen in de media zou zien, zou dat vreselijk pijn doen. Ze moest echter accepteren dat de Jack van wie zij ooit had gehouden was verdwenen.

'Gaat het, lieverd?'

Rebecca keek op en zag Mrs. Trevathan bij de deur staan. Ze haalde zwijgend haar schouders op.

'Het gaat mij natuurlijk niet aan, maar ik denk dat je de juiste beslissing hebt genomen,' zei Mrs. Trevathan vriendelijk. 'Zoals mijn moeder altijd zei, er zijn nog veel meer vissen in de zee, zeker voor iemand die zo knap is als jij.'

'Dank u wel,' fluisterde Rebecca hees. 'Wilt u mij het alstublieft laten weten als hij is vertrokken?'

'Natuurlijk, liefje.' Ze glimlachte meelevend naar Rebecca en vertrok weer.

Een half uur later kwam Mrs. Trevathan terug met thee en toast en vertelde haar dat Jack het huis had verlaten.

'Hoe voel je je nu?'

'Bibberig, geloof ik. Ik hoop alleen maar dat ik het juiste heb gedaan.'

'Als het je tot troost kan strekken, ik was ooit getrouwd met een man als Jack. Het huwelijk duurde maar een jaar. Toen moest ik bij hem weg. Ik zeg niet dat jouw Jack het gewelddadige type was, zoals mijn vent, maar als ze elke dag weer te diep in het glaasje kijken, weet je nooit wat ze gaan doen.'

'Nee. Hield u van uw man?'

'Natuurlijk.' Ze zuchtte verdrietig. 'In ieder geval aan het begin. Maar aan het eind kon ik hem niet meer zien. Geloof me, Rebecca, het doet nu misschien pijn, maar het is het beste, echt waar.'

'Dank u, Mrs. Trevathan,' zei Rebecca dankbaar.

'Luister eens, er zijn een paar mensen die je zouden willen spreken, maar ik heb gezegd dat je op dit moment aan het rusten bent. Is dat goed, liefje?'

'Ja, misschien kan ik ze later zien.'

‘Hoe gaat het met de hoofdpijn?’

‘Beter vandaag, dank u.’

‘Je ziet nog wel erg bleek, al verbaast me dat niet echt,’ grinnikte ze. ‘Ik kom later terug en dan kun je mij vertellen of je het al aankunt om bezoek te ontvangen.’

Rebecca was uitgeput en sliep enkele uren, waarna ze zich iets beter voelde. Ze waste zich en kleedde zich aan. Toen vroeg ze aan Mrs. Trevathan om Steve naar boven te sturen, die vanzelfsprekend had gevraagd of hij haar kon spreken.

‘Sorry dat ik je stoor, schat, ik wilde alleen weten hoe het nu met je gaat,’ zei hij toen hij de zitkamer binnenkwam.

‘De hoofdpijn wordt minder, dus ik kan morgen vast weer aan het werk,’ verzekerde ze hem.

‘Dat is goed nieuws, Rebecca. En de stress van de afgelopen dagen heeft er natuurlijk ook geen goed aan gedaan, zeker.’

‘Wat bedoel je?’ Rebecca deed of ze hem niet begreep.

‘Lieverd, dit is een filmset. Niemand van ons is Jacks probleempje ontgaan. Hij vroeg me direct al toen we elkaar ontmoetten of ik niet wat voor hem had.’

‘O god, het spijt me, Steve.’

‘Hoeft niet, jij kunt er niets aan doen. Ik zag hem een paar uur geleden en hij vroeg me om een chauffeur voor hem te bellen om hem naar Londen te brengen. Ik hoef niet alles te weten, maar aan zijn gezicht te zien, was het geen pais en vree tussen jullie.’

‘Nee,’ bevestigde Rebecca. Ze besloot dat het maar het beste was om er direct open over te zijn. ‘Ik heb hem gezegd dat het over was tussen ons als hij niet stopte met zijn drank- en drugsgebruik, maar ik heb liever dat dat tussen ons blijft.’

‘Helaas, ze hebben het al geraden,’ zei Steve. ‘Je weet hoe snel een nieuwtje over de set gaat. Hoe dan ook, Rebecca, het belangrijkste is dat je weer gezond wordt. Hopelijk kun je je daar nu op richten, nu Jack is vertrokken.’

‘Ja, en ik beloof je dat ik morgen weer helemaal terug ben.’

‘We zullen het zien. We hebben maar één scène voor je gepland, laat in de middag. Kop op, meisje,’ riep hij toen hij de kamer verliet.

Een half uur later klonk er weer een klop op de deur van de zitkamer. Het was Anthony. Hij staarde even naar haar, slaakte toen een gefrustreerde zucht en lachte geforceerd.

'Ik kom even kijken hoe het gaat,' zei hij. 'Hoe voel je je nu?'

'Beter, denk ik,' zei Rebecca. 'Dank je wel dat ik deze prachtige suite mocht gebruiken.'

'Nou, ik kan niemand bedenken die hem meer verdient,' zei hij stijfjes. 'Ik hoor dat je jongeman is vertrokken?'

'Ja, en hij komt niet terug.'

'Ik begrijp het.' Hij stond naar haar te kijken. 'Ik dineer vanavond weer met onze Indiase jonge vriend,' merkte hij uiteindelijk op.

'O?' zei Rebecca. Ze wist niet wat ze moest zeggen.

'Ik hoop dat je je morgen beter voelt.'

'Dat hoop ik ook. Dank je wel dat je even kwam kijken.'

'Dag!' zei Anthony. Hij draaide zich om en verliet de kamer.

Toen Anthony weg was, nam Rebecca een bad in de grote badkuip. Ze had nu zo lang geslapen dat ze zich klaarwakker voelde. Toen Mrs. Trevathan met thee en scones kwam, at ze die met smaak op.

'Ik denk echt dat het beter met me gaat,' zei ze.

'Dat hoor ik graag, lieverd.'

'Is Mr. Malik aanwezig?' vroeg ze.

'Hij ging een tijdje geleden weg, maar ik denk dat hij nog wel ergens in de buurt is, ja. Hij eet straks bij His Lordship.'

'Als u hem ziet, wilt u hem dan vragen of hij misschien bij mij langs wil komen?'

'Als ik hem zie, laat ik hem weten dat je dat hebt gevraagd,' zei Mrs. Trevathan toen ze de kamer verliet.

Twintig minuten later werd er op de deur geklopt.

'Kom binnen!' riep Rebecca.

'Hallo, Rebecca, je wilde mij zien?'

'Ja, Ari, kom binnen. Hoe is het gegaan bij de plaatselijke kerk?' vroeg ze hem.

'Nou, ik heb over de begraafplaats gelopen, maar ik zag nergens een zerk waarop de naam Moh voorkwam. Toen ben ik naar Exeter gereden om hem op te zoeken in het geboorte- en overlijdensregister, maar alweer, niets. Dus ik ben bang dat het weer een doodlopende weg is.'

'Is dat niet vreemd?' vroeg Rebecca zich af. 'Een overlijdensakte zou toch geregistreerd moeten zijn?'

'Dat zou ik ook denken, ja.'

'Ari, ik heb gisteren iets in deze suite gevonden en dat bewijst onomwonden dat Anahita hier op Astbury is geweest.'

'Echt? Wat dan?'

'Het dagboek van Donald Astbury. Je weet waarschijnlijk het meeste wel van wat erin staat, maar het bevestigt dat hij heel veel van je overgrootmoeder hield en dat ze samen een kind hadden.'

'Rebecca, dat is ongelooflijk! Ik zou het heel graag lezen!' zei Ari enthousiast.

'Ik denk dat het een schok voor je zal zijn als je het dagboek ziet. Ik ga het halen.' Rebecca ging naar Donalds kleedkamer en pakte het van de plank. 'Alsjeblieft,' zei ze en ze gaf het aan hem.

Ari bekeek de naam op de rug en de letters op het omslag. Hij opende het, zag de inscriptie en toen het gedicht. 'O mijn god,' fluisterde hij. 'Het is hetzelfde gedicht als waar ik het een paar dagen geleden over had.'

'Ik weet het, dat is de reden waarom ik het van de plank pakte. Het is net alsof iets ons de weg wijst.'

'Ja. Weet je, Rebecca, ik heb nooit veel in de hocus pocus van mijn overgrootmoeder geloofd, maar nu...' Hij bekeek het boekje in zijn handen nauwkeurig. 'Op de een of andere manier begin ik van gedachten te veranderen. Denk je dat Anthony dit heeft gelezen?'

'Ik denk van niet,' zei Rebecca. 'Het heeft al die jaren als een van de andere boeken op de plank gestaan.'

'Mag ik het vanavond lenen?'

'Nou ja, het is niet aan mij om daarover te beslissen, nietwaar?'

'Nee, maar ik wil het niet eerst aan Anthony vragen.' Ari trok een wenkbrauw op. 'Dank je wel, Rebecca.'

'Ik wil er wel iets voor terug, Ari.'

'Natuurlijk, wat kan ik voor je doen?'

'Ik weet dat het belachelijk klinkt, maar ik begin het gevoel te krijgen dat er werkelijk een band bestaat tussen mij en Violet. Ik raak ervan in de war.'

'Dat kan ik heel goed begrijpen,' zei Ari meelevend.

'Dus… wil ik weten hoe Violet is overleden.'

'Oké. Eens kijken.' Ari keek op zijn horloge. 'Ik moet over twintig minuten beneden met Anthony dineren. Ik kan je het beste Anahita's verhaal geven. Zij legt het allemaal veel beter uit dan ik het zou kunnen.'

'Zou je dat dan nu willen halen?' vroeg Rebecca. 'Dan kan ik er meteen aan beginnen.'

'Ja.' Ari stond op en verliet de kamer, met het dagboek onder zijn arm. Een paar minuten later was hij terug met een plastic mapje in zijn hand.

'Ik waarschuw je, Rebecca, het is niet prettig om te lezen, maar ik denk dat je gelijk hebt. Jij moet weten wat er met Violet is gebeurd.'

'Oké,' knikte Rebecca.

Zodra Ari was vertrokken, rolde Rebecca zich op op de bank, haalde de papieren uit de map en zocht naar de plaats waar ze gestopt was met lezen…

ANAHITA

1920

36

Toen Donald me vertelde waar hij ons wilde onderbrengen, was ik geschokt en van streek. Het eerste wat ik hem vroeg, was wat zijn moeder daarop te zeggen zou hebben.

'Ze heeft daar helemaal niets over te zeggen, Anni,' zei Donald vastberaden. 'Zij heeft ons in deze situatie gebracht met haar egoïstische gedrag. Zonder haar zouden jij en ik nu getrouwd zijn en ons kind samen grootbrengen, en Astbury zou verkocht zijn.'

Donald probeerde me gerust te stellen, maar er bleef een ongemakkelijk gevoel hangen. Maud Astbury had altijd een hekel aan mij gehad en ik voelde instinctief dat dat gevoel voortkwam uit meer dan alleen een vooroordeel op raciale gronden. Zij wist dat ik door haar heen kon kijken, diep in haar egoïstische ziel.

'Maar als het personeel praat?' vroeg ik aan Donald. 'Zij weten wie ik ben.'

'Ja, dat weten ze,' had Donald gezegd, 'maar daar heb ik aan gedacht. We zeggen gewoon dat je in India met iemand bent getrouwd, en dat je man overleden is en je nu weduwe bent. Misschien is het verstandig om een nieuwe achternaam voor jullie beiden te verzinnen?' Hij legde zijn hand om de mijne. 'Ga je met mij mee naar Astbury, Anni? Ik wil heel graag dat jij en ons kind bij mij in de buurt zijn. Het is misschien niet perfect, maar het is het beste wat ik je kan bieden.'

Ik vroeg hem om wat tijd om na te denken over zijn voorstel. Er zaten veel aspecten aan die mij niet bevielen. Vlak bij Donald wonen en hem te zien met zijn nieuwe vrouw was geenszins aantrekkelijk voor mij.

Als ik er nu op terugkijk, weet ik dat ik extreem kwetsbaar was. Ja, ik had het overleefd, maar het had niet veel gescheeld. In Keighley had ik alleen mijzelf en jou, mijn liefste Moh, in leven willen houden, en had ik alle plannen voor de toekomst opgegeven. Ik had al het geld van de robijnen opgebruikt om mijn ziekenhuisrekeningen te betalen en aan huur en eten voor ons. Ik wilde de steun van Donald heel graag afwijzen, maar op het moment dat hij mij terugvond, stond ik aan de rand van de afgrond. Ik kon het me niet veroorloven om hulp te weigeren.

Ik was misschien eerder bereid een vroegtijdig graf te vinden dan mijn kostbare trots te verraden, maar ik kon jou datzelfde lot niet aandoen. De voorzienigheid had bepaald dat Donald ons op tijd vond, en ondanks de gal die naar mijn keel opsteeg als ik eraan dacht dat ik door hem zou worden verborgen, wist ik dat ik geen keus had en Donalds oplossing moest accepteren, wat die ook was.

In de voorgaande week voelde ik mijn kracht terugkeren in de mooie slaapkamer die Selina zo ruimhartig aan mij beschikbaar had gesteld. Goed eten en rust deden hun werk en mijn geest klaarde op. Misschien was de situatie onverdraaglijk, maar Donalds aanbod bood in ieder geval ruimte om adem te halen. En misschien zou ik straks, als ik sterker was, mijn verpleegsterswerk weer kunnen oppakken en mijn onafhankelijkheid kunnen hervinden.

Kon ik de gedachte verdragen dat Donald naar zijn vrouw terugging als hij bij ons was geweest? Daar dacht ik het meest over na. Onze liefde was altijd zo compleet geweest; ik kon me niet voorstellen hoe die kon blijven bestaan met een derde partij erbij.

En toen, via Selina, die haar vriendin Minty had verteld dat ik was teruggevonden, kreeg ik een brief van Indira, die mij vertelde dat ze zwanger was. Ze klaagde op haar omstandige wijze over de ochtendmisselijkheid en ook over de onvriendelijke houding van Varuns eerste vrouw, die in het paleis boven haar geplaatst was, al was dat niet zo in zijn hart.

Die brief zette me aan het denken over mijn eigen situatie en ik vroeg me af of die wel zo verschilde van die van Indira. De mannen van wie we hielden hadden allebei een vrouw die technisch gesproken boven ons stond, ook al bezaten wij, zoals Indira het uitdrukte, hun hart. Als ik met een prins was getrouwd in India, zou ik hem met minstens één vrouw moeten delen. En hoewel er geen ring van

Donald aan mijn vinger zat, waren we getrouwd op alle manieren die ertoe deden.

Toen ik het eenmaal op die manier begon te bekijken, had ik er minder moeite mee. Het feit dat Donald met Violet was getrouwd omdat zij in sociaal opzicht geschikt was, plus een bruidsschat meebracht die Astbury zou redden, was een regeling die identiek was aan het huwelijk van elke prins van koninklijken bloede in mijn eigen land. Als ik mijzelf zag als Donalds tweede vrouw, in plaats van als zijn maîtresse, kon ik beter met de situatie leven.

Bovendien werden twijfels die mochten overblijven ondermijnd door het simpele feit dat ik van je vader hield.

Uiteindelijk zei ik hem: 'We gaan met je mee naar Devon.'

'O, schat! Ik ben zo blij dat je ermee instemt. Ik weet dat het niet perfect is, Anni, en ik zou niets liever willen dan dat ik je mee terug kon nemen naar Astbury Hall. Ik heb een huisje op het oog dat niet op het terrein zelf staat, of in het dorp, maar op de heide. Het ligt geïsoleerd, wat wel belangrijk is als ik jullie regelmatig wil bezoeken.'

'Ik vind het juist prettig om ongestoord en in stilte te leven, en bovendien heb ik Moh die mij gezelschap houdt,' zei ik.

'Het heeft jaren leeg gestaan, dus het duurt nog een paar weken voor het geschikt is voor bewoning. Vind je het goed om hier in Kensington te blijven tot ik het voor elkaar heb?'

'Als Selina mij zolang wil hebben.'

'Je weet dat ze dol op je is, en met haar baby op komst en Henri nog in Frankrijk, denk ik dat ze blij is met je gezelschap. Is dat dan zo afgesproken?'

'Ja, ik denk het wel,' zei ik.

Donald bleef nog twee dagen bij ons en zei toen dat hij voor het weekend terug moest naar Astbury Hall. Zijn vrouw gaf een huisfeest om met haar nieuwe interieur te pronken en hij zei dat hij erbij moest zijn. Ik deed mijn best om het niet erg te vinden – dit was de eerste van vele gelegenheden die ik zou moeten verdragen als ik in de toekomst deel wilde uitmaken van zijn leven. Ik zwaaide hem vriendelijk lachend uit en dacht ondertussen aan Indira en hoe zij met haar tanden moest knarsen en moest wijken voor de eerste vrouw van haar man.

Ik herinner me de weken waarin we moesten wachten tot ons nieuwe huis was opgeknapt als rustig. Jij groeide goed, dankzij voldoende gezonde voeding, een schone en warme kinderkamer en een paar minder uitgeputte moederarmen om je heen. Je kwam in een maand ponden aan en begon te kruipen. Met je inmiddels stevige lijfje verplaatste je je razendsnel over de vloer van de kinderkamer.

Selina's baby werd in oktober zonder complicaties geboren en ik was blij dat ik wat voor haar vriendelijkheid kon terugdoen door voor haar en het kind te zorgen. Zij en Henri noemden haar Fleur. En toen, in december, reed Donald ons naar Devon. Ik zag dat hij opgewonden was over het idee dat ik ons nieuwe huis voor het eerst zou zien.

Een onverhard pad over de heide bracht ons bij een dalletje waarin een huisje lag. Het was van het plaatselijke natuursteen gebouwd, had een dubbele gevel en was heel lief. Het deed me denken aan Charlottes pastorie in Oxenhope. De beek waar Donald en ik die zomer, lang geleden, samen hadden zitten praten, liep erlangs.

Donald zette zijn Crosley aan de achterkant van huis, sloot toen de poort in de hoge houten schutting achter ons, voor het geval er pottenkijkers waren. Hij pakte mij bij de hand, en leidde ons naar de achterdeur, die hij opende. We stapten een keuken in, met een laag plafond, en kwamen toen, via een smalle gang in een gezellige, vers geschilderde zitkamer met een open haard.

Boven, in de kleine tweede slaapkamer die Donald voor jou als kinderkamer had ingericht, legde ik je te slapen in het bedje. Toen stapte ik de grotere slaapkamer binnen en zag de lichte, gebloemde gordijnen en het grote koperen tweepersoonsbed, waarover een vrolijke patchwork quilt lag.

'Wat vind je ervan, Anni?' vroeg hij nieuwsgierig.

'Ik vind het prachtig, Donald,' antwoordde ik, werkelijk onder de indruk. Na de benauwde vuiligheid in Keighley, stond dit gelijk aan de hemel.

'Ik heb de vensters laten vervangen en elektrisch licht laten aanleggen en een badkamer toegevoegd naast de bijkeuken beneden. En… dit is voor jou.' Hij haalde een stapel papieren uit zijn zak en gaf ze aan me.

Ik keek ze vluchtig door, gissend naar wat ze te betekenen hadden.

'Er staat, lieverd, dat ik, Lord Donald Astbury, jou levenslang het gebruik van dit huisje schenk. Dat betekent dat niemand je er ooit uit kan zetten, wat er ook gebeurt. Zolang je het nodig zult hebben, is dit jouw huis.'

Er sprongen spontaan tranen in mijn ogen. Sinds mijn vader was overleden en moeder en ik naar de zenana waren verhuisd, had ik geen eigen huis meer gehad.

'Dank je wel, Donald.'

'Ach, lieve Anni, het is niets. Je verdient zoveel meer.'

Hij nam me in zijn armen en drukte me tegen zich aan. Toen begon hij me te kussen. Misschien kwam het door de opluchting dat ik eindelijk op een plaats was die veilig was, dat er zo goed voor mij werd gezorgd, dat ik voelde dat mijn lichaam zich voor hem openstelde. We vielen samen op het grote, comfortabele bed. Misschien was het de lange tijd die ertussen had gezeten, de vele weken dat we vlak bij elkaar waren geweest zonder fysiek contact, maar ons vrijen was nog hartstochtelijker dan daarvoor. Na afloop lagen we naast elkaar, met onze armen om elkaar heen, en onze zoon sliep vredig in de kamer ernaast. Ik deed mijn best om de gedachte dat hij hetzelfde met zijn vrouw deed van me af te zetten.

Uiteindelijk was hij degene die erover begon. 'Ik weet nu weer hoe het moet zijn,' zei hij weemoedig. 'Ik houd van je, Anni, zoveel dat je nooit zult weten hoeveel.'

'En ik houd van jou, Donald.'

Toen vielen we in slaap en ik weet dat we allebei rust hadden gevonden, voor het eerst sinds ik naar India was vertrokken. Welk pact met de duivel we ook hadden gesloten om hier samen te zijn en hoe slecht dat misschien ook was, op dat moment was alles precies goed.

Veel later, toen ik je beneden in de keuken de borst gaf, liet Donald me zien hoe hij de kasten had gevuld met proviand. 'En ik heb nog een grote verrassing voor je. Kom, laten we naar buiten gaan.'

Met een sjaal om jou heen gewikkeld om de bittere kou buiten te houden, volgden we Donald naar buiten. Er was een stal naast de schuur op de vierkante binnenplaats en Donald opende de deur en stak de lantaarn aan die aan een spijker hing.

'Kijk eens, meisje, maak kennis met je nieuwe baasje.'

Donald aaide de neus van de merrie. Haar vel glansde als gewreven mahoniehout en ze had een wit sterretje op haar voorhoofd.

'Ik heb haar nog geen naam gegeven, ik vond dat jij dat moest doen, want voortaan is ze van jou.'

Ik streelde haar zachte neus en jij merkte het nieuwe speelgoed al snel op en stak je kleine handjes uit naar het paard.

'Ze is prachtig, Donald, dank je wel. Ik noem haar Sheba, want ze ziet eruit als een koningin.'

'Perfect. Ze is niet zoals de hengst die je zo graag reed, maar zachtaardig genoeg voor Moh om later op te leren rijden. Er staat ook een wagentje in de schuur, waarmee je naar het dorp kunt rijden, als dat nodig is.'

'Het lijkt of je overal aan hebt gedacht,' zei ik toen we ons naar binnen haastten en ik water opzette voor een pot thee. 'Maar je weet dat de mensen onmiddellijk weten dat ik hier ben, zeker als ik naar het dorp rijd met een pony voor een wagentje,' merkte ik op.

'Ja, Anni, natuurlijk zullen ze je herkennen. Ongetwijfeld zullen velen van hen blij zijn je te zien. En denk eraan dat het alleen maar vanzelfsprekend zal lijken, vanwege je lange verbintenis met onze familie, dat we je onderdak aanbieden na de dood van je man,' stelde hij haar gerust.

'En Violet?' vroeg ik. 'Wat als zij iets hoort van het personeel en iets vermoedt?'

'Ik beloof je, over Violet hoef je je geen zorgen te maken. Ze is op dit moment het middelpunt van het societyleven en wordt beschouwd als de mooiste vrouw van Londen, zo niet Engeland. Je hebt nog nooit een vrouw ontmoet die zo zeker is van zichzelf. Ik betwijfel of ze het ook maar een seconde zal overwegen dat haar man het aanlegt met een Indiase weduwe die op de heide woont.'

Donald merkte mijn plotselinge spanning op. 'Sorry, lieverd.' Hij klopte me op mijn hand. 'En wat haar relatie met het personeel aangaat, zij zouden net zo goed onzichtbaar kunnen zijn, zoveel belangstelling heeft ze voor hen en hun persoonlijke leven. Ze doen gewoon hun werk en afgezien daarvan is ze niet in hen geïnteresseerd. Er is altijd voldoende voor ze te doen. Ze neemt twee keer per dag een bad. En de lakens op haar bed worden elke dag verschoond.'

'Als een koningin,' fluisterde ik. Ik dacht terug aan de manier waarop de maharani zich had gedragen. Aan de andere kant, alles en iedereen in India had last van de hitte en het stof.

'Ja, en in Amerika is Violet een écht royalty en opgevoed met alleen het beste van het beste. Ik denk dat ze de Engelsen, mij ook, nogal boers vindt.' Donald glimlachte. 'Wat ik wil zeggen is dat Violet het middelpunt is van Violets wereld. Ik betwijfel of ze zou hebben geluisterd als ik haar had verteld van je komst.'

'Ga je het haar wel vertellen?'

'Natuurlijk. Op dit moment wordt ze echter in beslag genomen door de organisatie van een kerstgala. Ze nodigt al haar vrienden uit Londen uit. Ik weet zeker dat ze je direct weer vergeten zou zijn, als ik het haar vertelde.'

'Ik hoop dat je gelijk hebt, Donald.' Ik huiverde onwillekeurig. 'Zij kan hier allemaal niets aan doen. We mogen haar niet kwetsen.'

'Dat weet ik,' knikte hij en hij keek op zijn horloge. 'Helaas eten we over een uur en verwacht ze mij terug uit Londen. Ik kom morgenochtend terug om te zien hoe jullie het maken. Lukt het hier in je eentje? Het is hier wel heel gezellig. Ik zou het liefst willen blijven, maar het kan niet.'

'Natuurlijk lukt het,' zei ik. Ik zag hoe hij zich vastpakte aan de tafelpoot in een vruchteloze poging om overeind te komen.

'Moh zal wel snel gaan praten, nietwaar, kleine vent?' Donald boog zich over de jongen heen en drukte een kusje op zijn voorhoofd. 'Goed, nu moet ik echt gaan,' zei hij. Hij knoopte zijn jas dicht en liep naar de deur. 'Het goede nieuws is dat ik van hieruit over de heide kan rijden naar de doorgaande weg en dan via de hoofdingang het landgoed op kan rijden. Ik kan ook gewoon Glory opzadelen en direct vanaf het huis over de heide hiernaartoe rijden, in een kwartiertje. Je zult nog genoeg van me krijgen!'

'Vast niet,' zei ik en ik drukte een kus op zijn lippen. 'Dank je wel, Donald. Ik voel me veilig, voor het eerst in vele, vele maanden.'

Hij wierp me een kushand toe en was verdwenen.

Nadat ik jou in je bedje te slapen had gelegd, liep ik door mijn nieuwe huisje en keek verrukt naar alle hoeken en gaten die Donald zo liefdevol voor mij had ingericht. Ik maakte het vuur aan in de gezellige zitkamer en bekeek de boeken die op de planken stonden aan weerszijden van de haard. Donald had mijn favoriete titels uitgekozen. Ik zou ze de avonden die zouden volgen steeds weer lezen.

In die lange wintermaanden, toen de heide een sneeuwwoestijn werd waarin ik gevangenzat en Donald zich met moeite een weg kon banen op Glory om voedsel, melk en liefde te brengen, las ik met overgave. Ik leefde alleen, maar ik ervoer een steeds toenemende innerlijke vrede. Misschien gaf de sneeuw mij een vals gevoel van veiligheid; ik werd erdoor afgesneden van Astbury Hall en zijn onzichtbare bewoners en ik leefde in een vacuüm, met alleen jou en Donald als gezelschap.

Terugkijkend denk ik dat die paar maanden precies waren wat ik nodig had om mijn beschadigde ziel te helen; er waren momenten geweest in dat vreselijke eerste jaar van jouw leven waarin ik de moed bijna had opgegeven. Waarin ik de dingen die mij altijd de weg hadden gewezen niet meer kon zien, voelen, horen of zelfs geloven. Waarin ik meer naar de dood dan naar het leven verlangde en ik voor het eerst werkelijk begreep wat het betekende om alleen te zijn. Er gingen nu soms ook dagen voorbij waarin ik Donald niet zag, maar ik wist zeker dat er van mij werd gehouden.

Ik weet nog wel dat Kerstmis een moeilijke periode was. Donald was druk met de feestelijkheden in het huis, waar veel van Violets Amerikaanse familieleden het met haar kwamen vieren, dus ik zag hem erg weinig. Op kerstavond kwam hij even langs met een mand waarin een kalkoen zat die groot genoeg was voor een gezin van twaalf mensen, en cadeautjes voor ons allebei. Op kerstochtend opende ik het cadeau dat op mij lag te wachten onder de kerstboom. Het was een roomwitte parelketting, met een lieve boodschap erbij, verborgen in het doosje. Ik heb ze die kerstochtend van 1920 om mijn hals gedaan en daar zijn ze nog altijd, tot op de dag van vandaag.

Toen de sneeuw begin maart begon te dooien, begon mijn leven in het huisje te veranderen. Donald vertelde me dat Violets moeder ziek was en dat zij terugging naar New York om bij haar te zijn.

'Heeft ze je niet gevraagd om met haar mee te gaan?' vroeg ik. We zaten voor het haardvuur in de woonkamer en keken toe hoe jij je eerste stapjes zette.

'Natuurlijk,' zei Donald, 'maar ik heb haar erop gewezen dat als ik Astbury moet leiden als een bedrijf, zoals papa Drumner dat van mij verlangt, het voorjaar een erg slechte tijd is om het land te verlaten, vanwege de lammertijd. En Violet leek het niet erg te vinden toen ik haar zei dat ik hier moest blijven.'

Dat voorjaar, toen Violet naar Amerika was vertrokken, was een heerlijke periode. Donald regelde met Selina dat hij deed alsof hij bij haar was in Londen. Hij reed dan naar ons toe, op de heide, en verborg zijn auto achter het huis. We leefden met elkaar als een normaal gezin.

De heide kwam weer tot leven om ons heen en wij genoten ervan in onze rustige, geïsoleerde wereld. Het enige jammere was dat jij je vader nooit 'papa' mocht noemen, en dat Donald en ik goed moesten oppassen dat we ons niet verspraken waar jij bij was. Uiteindelijk bedacht je je eigen term voor de man die zo'n grote rol in je leven was gaan spelen.

'Mr. Don, kom!' riep je als je je kleine armpjes naar hem uitstak om door je vader te worden opgetild. Donald zette je op de rug van de pony en jullie draafden over het erf terwijl jij kraaide van plezier. Hij bracht vaak kleine cadeautjes voor je mee of stekjes van kleurige bloemen die hij meenam van het terrein van Astbury, zodat ik ze in mijn tuin kon planten.

'Hier,' zei hij op een dag toen hij van Glory's glanzende rug stapte en mij een klein, met doornen overdekt plantje gaf. 'Ik heb een rozenstruik voor je meegenomen. De tuinman op Astbury was de bedden aan het herplanten en zei me dat dit een heel bijzondere en exotische soort is. Hij heet nachtroos. Ik moest meteen aan jou denken.' Hij glimlachte naar me en kuste mij. 'Zullen we hem gaan planten? Misschien in de voortuin?' stelde hij voor.

Na die verschrikkelijke maanden waarin ik had getwijfeld aan Donalds liefde voor mij, wist ik nu met heel mijn hart dat hij van mij hield. Ik luisterde naar hem, hoe hij tekeerging – tegen de armoede waarin zo velen in Engeland nog leefden, de ongelijkheid en dat zoveel in het bezit was van zo weinigen, en dat hij de wereld niet kon veranderen, maar wel een begin kon maken door de huisjes van de arbeiders op het landgoed op te knappen – en er ontstond een nieuw respect voor hem in mij.

'David Lloyd George doet zijn uiterste best, maar de angst voor verandering bij politici, die grotendeels uit de hogere klassen komen, maakt het zo moeilijk om hervormingen door te drukken,' verzuchtte Donald toen we op een avond bij elkaar zaten in de tuin.

'Mijn vader zei altijd dat als je in je leven een steen een centimeter verplaatst, dat hetzelfde is als honderd kiezelstenen per dag in de oceaan gooien. Grote veranderingen gaan langzaam, maar ze komen, Donald,' verzekerde ik hem. 'Jij bent nu een uitzondering, maar veel mensen zullen de wereld gaan zien als jij nu doet.'

'Mijn moeder heeft mij altijd raar gevonden, omdat ik bevriend was met de zoon van een van de staljongens, toen ik klein was. Ik weet nog dat ik wilde dat hij bij ons in huis kwam eten, omdat hij altijd honger leek te hebben. Ik stal eten uit de keuken om het aan hem te geven. Ik kon niet leven met het klassenstelsel en dat kan ik nog steeds niet.'

'Ik vroeg me af,' zei ik en ik veranderde van onderwerp, 'of ik een keer naar het huis mag komen, voor je vrouw terugkeert uit Amerika. Ik wil graag zien of de medicinale kruiden die ik in de moestuin heb geplant nog leven. Ik zou er stekjes van willen nemen en hier mijn eigen kruidentuin beginnen.'

'Natuurlijk! Denk eraan, Anni, het enige geheim is wat wij samen hebben, niet jouw aanwezigheid op Astbury. Het is absoluut niet nodig dat jij je verborgen houdt nu het weer lente is. Het zou natuurlijker zijn als je dat niet deed.' Hij streelde mij zachtjes over mijn wang. 'Als ik er maar aan denk om je niet aan te raken waar anderen bij zijn.' Hij glimlachte en keek naar de keukenklok. 'Goed, het wordt tijd dat ik zelf weer eens terugga!' Hij zuchtte. 'Het lammeren kan elk moment beginnen.'

37

Een paar dagen later reed ik met jou in de wagen en de pony ervoor naar Astbury Hall en zag dat bijna alle kruiden die ik in een beschut hoekje van de moestuin had geplant het goed hadden gedaan. Ik zat op mijn knieën en probeerde te voorkomen dat jij ze met je gretige handjes uit de grond trok, toen ik een bekende stem hoorde.

'Kijk nou eens wie er is!'

'Mrs. Thomas!' Ik lachte naar haar toen ze naar me toe liep met haar mandje, waarin ze de groenten die ze die avond voor het avondeten nodig had, verzamelde.

'Ik had al gehoord dat je terug was, Miss Anni. Tilly zei dat ze je afgelopen week in het dorp had gezien, maar ik zei dat ze zich dat moest hebben verbeeld.'

'Ik ben hier al sinds de winter, maar er lag zoveel sneeuw op de heide en ik ben ook nog eens ziek geweest,' legde ik uit.

'Dat heb ik ook gehoord, ja, en dat je man is overleden. Dat spijt me heel erg, lieverd. Het moet zwaar voor je zijn geweest, met een kleintje. Hij is een lief kereltje,' zei Mrs. Thomas en ze keek naar jou. Jij draaide je om, keek naar haar en zwaaide met je handje.

'O! Hij heeft blauwe ogen!' merkte de kok op. 'Goeie hemel, ik wist helemaal niet dat Indiërs ook blauwe ogen konden hebben!'

'Zijn vader had blauwe ogen; sommige Indiërs hebben dat,' antwoordde ik en ik probeerde mijn opkomende paniekgevoel te verbergen.

'Ach, hoe moet ik dat ook weten? Hij ziet er in ieder geval schattig uit en je moet hier nu echt vaker komen. Kom, als je buiten klaar bent, naar de keuken en laat je jongen zien aan de rest van het personeel. Ze zullen heel blij zijn je te zien, lieverd.'

'Dat is heel vriendelijk van u, Mrs. Thomas. Ik kom er zo aan.'

Toen ze zich afwendde, keek ik angstig naar jou en besefte dat je blauwe ogen het geheim van je vader en mij direct weggaven.

In de keuken stonden de personeelsleden dicht om ons heen. Na zoveel maanden eenzaamheid voelde ik me dankbaar voor hun oprechte warmte en vriendelijkheid. Jij kreeg taart en chocolade toegestopt tot ik nee moest zeggen, uit angst dat je er ziek van zou worden. Ik ging aan de keukentafel zitten met een kop thee en het personeel bleef maar vragen stellen. Ik antwoordde ze naar beste kunnen en bedacht zelfs de naam 'Jaival Prasad' voor mijn denkbeeldige overleden echtgenoot.

'Ik denk dat je vast wel hebt gehoord hoe het hier in huis is veranderd,' zei Mrs. Thomas en ze trok haar wenkbrauwen op. 'Lord Donald is afgelopen jaar met een Amerikaans meisje getrouwd en we hebben ons allemaal moeten aanpassen aan de nukken van Lady Violet.'

'Nou, en hoe,' zei Tilly zachtjes.

'We moeten natuurlijk allemaal wel toegeven dat er ook voordelen zitten aan de komst van een nieuwe lady in het huis,' zei Mrs. Thomas. 'Ik heb een nieuw aanrecht gekregen en een heleboel nieuwe pannen.' Ze wees er trots naar. 'Ze zei dat de oude niet hygiënisch waren, en ik zei dat er nog nooit iemand aan mijn tafel was doodgegaan. Maar ik moet toegeven dat ik blij ben met die mooie, glanzende nieuwe.'

'Mogen jullie Lady Violet?' vroeg ik. Ik kon me niet bedwingen.

'Ze is best aardig, denk ik,' zei Mrs. Thomas, 'al ziet ze ons hierbeneden niet staan. Ze wist helemaal niets van Engels eten en wat in een huis als dit geserveerd moet worden, dus ik heb haar moeten corrigeren. Nu laat ze het aan mij over. Het kan haar niet veel schelen wat ze binnenkrijgt. Ze is meer geïnteresseerd in de buitenkant!' Alle bedienden giechelden hierom.

'Ik heb nog nooit een vrouw gezien die zo ijdel is,' zei Tilly. 'Hoewel ik laatst met een kamenierster sprak en die zei dat alle Amerikanen hetzelfde zijn. Lady Astbury heeft een hele wand met kledingkasten laten bouwen en die zitten allemaal al vol kleren.'

'Maar ze is erg mooi. Ik heb echt nog nooit zo'n mooie vrouw gezien,' voegde de keukenmeid er verlegen aan toe.

'Dat is zo,' zei Mrs. Thomas, 'maar zouden we dat niet allemaal zijn, als we allemaal zoveel tijd als zij aan ons uiterlijk besteden en genoeg geld hadden om ons mooi te maken met al die jurken van haar?'

'Is ze aardig?' drong ik aan. Ik had het gevoel dat ik nog niets had gehoord over wat voor persoon Violet was, alleen hoe rijk en hoe mooi ze was.

'Best aardig,' antwoordde Tilly. 'Als ik haar help met haar haren of 's avonds met haar nachtjapon, dan praat ze alleen maar over haar kleren en haar juwelen. Ik geloof niet dat ze ooit iets over mijn leven heeft gevraagd.'

'Ach, we hadden het slechter kunnen treffen,' zei Mrs. Thomas. 'Ze is tenminste niet weer zo'n houwdegen als de vrouw die nu naar het Dower House is verhuisd. En het huis is vol jonge mensen in plaats van rouwende weduwen. Astbury is weer tot leven gekomen sinds Lady Violet er is en daar moeten we dankbaar voor zijn.'

Vanaf dat moment zat ik nooit om gezelschap verlegen. Jij en ik werden voortdurend uitgenodigd op de thee bij de personeelsleden thuis in het dorp of voor het plaatselijke feest, de kermis die om de paar maanden op Astbury Green werd gehouden. Ik paste goed op dat ik het was die hén bezocht en wees erop dat het echt véél gemakkelijker was, omdat ik een pony en een wagentje had en het een heel eind lopen was van het dorp over de heide naar mijn huisje. Ook dan nog was ik doodsbang dat er onverwacht iemand langs zou komen als Donald er was.

Het nieuws dat ik terug was in Astbury begon zich te verspreiden in het dorp, net als de berichten over de kruidenremedies die ik weer begon te gebruiken om de artritis van Mrs. Thomas, de bronchitis van Tilly en zelfs de jicht van de butler te behandelen. De stekjes die ik genomen had uit de moestuin en in mijn eigen tuin had geplant waren goed aangeslagen en groeiden welig. Donald bouwde een kleine kas voor me om ze te beschermen tegen de vorst in de winter en als ik op de heide was, ontdekte ik veel inheemse medicinale planten, die ik toevoegde aan mijn steeds groter wordende collectie.

Die zomer trok ik vele middagen met jou naast me in de ponywagen over de heide naar het huis van een dorpeling wiens kind ziek was en koorts had. Deze mensen waren verstoken van elke vorm van gezondheidszorg. De dokter rekende een fortuin voor een bezoek en de meesten van hen konden dat gewoon niet betalen. Ik vroeg geen betaling. De blik op het gezicht van een opgeluchte moeder was genoeg.

Ik ontdekte ook dat mijn traditionele verpleegsterservaring goed samenging met mijn kennis van ayurvedische kruiden. Ik was in staat te zien wanneer mijn behandelingen geen zin hadden. En als de patiënt te ver heen was om door mij te worden geholpen, adviseerde ik dat de gang naar het plaatselijke ziekenhuis dan de enige weg was die voor de mensen openstond.

In juli, bij een doopplechtigheid in het dorp, ontmoette ik de plaatselijke arts weer. Ik had hem niet meer gezien sinds hij te laat was gekomen om Selina's baby te halen, jaren geleden.

'Mag ik u bedanken, Mrs. Prasad,' zei dr. Trefusis en hij boog licht. 'U maakt mijn werk lichter en de dorpelingen profiteren van uw kennis. Hebt u er ooit aan gedacht om uw carrière weer op te pakken? Een districtsverpleegster zou een zegen zijn voor iedereen.'

'Ik heb eraan gedacht, maar ik heb een zoon voor wie ik moet zorgen en elke werkbetrekking zou te veel van mijn tijd vergen nu hij nog zo jong is,' zei ik hem. 'Ik betwijfel ook of de medische professie het zou goedkeuren als ik kruiden van het land gebruik om mijn patiënten te helpen.'

'Nee, u hebt waarschijnlijk gelijk,' knikte dr. Trefusis. 'Ik zou er echter heel graag meer over weten. Alles wat de armen een gratis kans op genezing geeft moet iets positiefs zijn. Gaat u alstublieft zo verder.'

'Ik zie je nauwelijks meer, tussen je goede werken door,' merkte Donald eind augustus op. Violet werd elk moment thuis verwacht, dus Donald was 'naar Londen gegaan' en verbleef bij ons in het huisje.

'Het houdt me bezig en ik help graag andere mensen,' antwoordde ik.

'Dat weet ik,' zei hij en hij schepte de stoofpot op die ik voor ons had bereid. 'Het zal in de winter alleen wel moeilijk voor je worden, denk je niet?'

'Sheba is een sterke pony en ze kent de heide inmiddels op haar duimpje. Ik weet zeker dat ze het redt als er dit jaar weer sneeuw komt.'

'Misschien moet ik een telefoon laten aanleggen,' dacht Donald hardop. 'Dan kan ik je tenminste bereiken als er een probleem is en de dorpelingen kunnen die in het postkantoor gebruiken als er een patiënt is die je hulp dringend nodig heeft.'

'Dat is lief van je, Donald, maar telefoons zijn zo duur en ik wil je niet nog verder op kosten jagen.'

'Anni, lieverd, jouw onderhoud kost me echt de kop niet,' zei Donald en hij probeerde mij gerust te stellen. 'Als we getrouwd waren, zou je er niet eens over nadenken. En dat zijn we ook eigenlijk, alleen niet voor de wet. Bovendien is het geweldig dat je de plaatselijke gemeenschap hier helpt, en ik ben erg trots op je. Dus een telefoon laten installeren is wel het minste wat ik voor je kan doen om je te helpen.'

'Goed,' zei ik met een zucht. 'Dank je wel.'

'Wat jij doet, staat in zo'n groot contrast met mijn lieve echtgenote.' Donald zuchtte ook. 'Violet doet helemaal niets om iemand te helpen, behalve zichzelf. Eerlijk gezegd zie ik op tegen haar thuiskomst uit New York. We hebben nog maar één nacht samen. Het is echt niet genoeg, vind je niet?'

'Ik ben dankbaar voor wat we hebben, Donald,' antwoordde ik, hoewel mijn eetlust acuut verdween toen ik die woorden uitsprak.

'Het kan wel een paar dagen duren voor ik daar weer weg kan komen,' waarschuwde Donald mij de volgende ochtend toen hij naar Astbury Hall vertrok. 'Dag, lieverd, zorg goed voor jezelf en onze jongen.'

'Ja,' zei ik met tranen in mijn ogen. Ik zou hem snel weer zien, maar ik wist dat hij terugging naar zijn andere wereld en dat hij niet meer alleen van mij was.

De volgende winter begon, en met de komst van koud weer begonnen mijn patiënten meer tijd van mij op te eisen. Ik was blij met de afleiding. Donald zag ik veel minder sinds de terugkomst van Violet. Het zou een vreemde indruk hebben gemaakt als hij te vaak van Astbury weg was nadat ze elkaar zes maanden niet hadden gezien. Hij kwam zo vaak mogelijk langs, vaak onderweg naar Londen voor een feest of een bal.

'De meesten van haar vrienden zijn zulke arrogante, saaie types, dat ik ze nauwelijks kan verdragen, maar ik moet doen wat er van mij verwacht wordt,' zei hij met een zucht.

Op een avond, halverwege december, kwam Donald onverwacht het huisje binnen. Hij zag er verward en bezorgd uit en keek me met angst in zijn ogen aan.

'Wat is er?' vroeg ik. Ik zag onmiddellijk dat er iets aan de hand was.

'Ik moet je wat vertellen,' zei hij en hij plofte neer op een stoel aan de keukentafel.

'Slecht nieuws?' vroeg ik, terwijl ik water opzette voor thee.

'Ik denk niet dat iemand anders het zo zou noemen, maar ik ben bang jij wel, Anni. En ik wilde het jou vertellen voordat je het van iemand anders hoort. Je weet hoe het hier gaat, praatjes gaan snel, zeker van deze aard. En ik weet zeker dat het meeste personeel al op de hoogte is.'

'Wat is het dan?' drong ik aan. Ik durfde nauwelijks te gissen wat het kon zijn.

Donald haalde diep adem en zei toen, terwijl hij naar de grond keek: 'Violet... verwacht een baby.'

'Oké.' Ik begreep toen waarom hij dacht dat ik de enige was die dit nieuws niet als positief zou kunnen zien.

'Anni, wees eerlijk, vind je het erg?'

Natuurlijk vond ik het erg! Niet vanwege het kind, maar wel vanwege het eraan voorafgaande proces waardoor het was verwekt. Ik huiverde onwillekeurig bij de gedachte. Toch wilde ik waardig reageren. Ik had geweten wat de situatie was toen ik ermee instemde.

'Het is alleen maar natuurlijk dat jij en je vrouw een gezin willen stichten. En een erfgenaam voor het landgoed willen voortbrengen,' voegde ik eraan toe en ik probeerde mijn stem niet bitter te laten klinken. 'Het is niet mijn plaats om het erg te vinden, toch?'

'Natuurlijk wel!' zei Donald, boos opeens. 'Ik bedoel, als het andersom was geweest, en jij mij dit vertelde, betwijfel ik of ik het had aangekund.'

'Ik heb geen keus, ik kan het aan,' zei ik vastbesloten.

'En je moet ook weten, Anni, dat het proces waarmee het kind is verwekt plichtmatig was.'

Ik wilde zijn woorden graag geloven en twijfelde er ook niet aan dat hij de waarheid sprak, maar eraan denken deed me al pijn.

'Het ergste is dat Violet de zwangerschap nu al vreselijk vindt. Ze heeft alle afspraken voor de komende weken afgezegd, omdat ze zegt dat ze te ziek is, en is in bed gaan liggen. Dit betekent helaas dat in de nabije toekomst haar aandacht niet door andere dingen in beslag zal worden genomen. Ik zal meer thuis moeten zijn, bij haar. Het spijt me zo, Anni.'

'We komen er wel doorheen, ik weet het zeker. Dat is ons eerder ook gelukt.'

'Ja, maar het is ook dat ik steeds meer voel dat het leven dat ik met Violet leid op Astbury Hall een leugen is,' zei hij verdrietig.

'Er is nu eenmaal niets aan te doen, en we moeten er allebei het beste van zien te maken.' Ik wist dat ik een beetje bits klonk, maar ik probeerde de consequenties van wat hij mij zojuist had verteld nog te bevatten. Op dat moment lukte het me gewoon niet om meelevend te zijn.

'Ja.' Hij keek me schuldig en begripvol aan. 'Vergeef me, schat. Vandaag zou ik jou juist moeten geruststellen. Helaas moet ik gaan. Dr. Trefusis komt zo bij Violet kijken.' Donald stond op en kuste me boven op mijn hoofd. 'Ik kom zo gauw mogelijk terug.'

38

Donald zei me dat dr. Trefusis Violet blijkbaar gezond had verklaard. Hij had haar houtskool gegeven voor haar misselijkheid en haar gezegd te rusten tot het voorbijging. Het nieuws zou pas aan de wereld kenbaar worden gemaakt als de zwangerschap twaalf weken ver was, maar ze hadden het al wel aan hun ouders verteld.

'Mijn moeder heeft me gevraagd om bij haar langs te komen in het Dower House om wat zij een "netelige kwestie" noemt te bespreken, dus ik moet gaan,' zei Donald verontschuldigend toen hij ons een paar dagen later kwam opzoeken. 'God weet wat ze nu weer heeft.'

Toen hij was vertrokken, vroeg ik me hetzelfde af. Ik wist dat Maud Astbury mijn wraakgodin was, de zwarte kraai op mijn schouder, en wachtte op een kans om in te hakken op mijn kleine beetje geluk. Toen Donald de volgende dag binnenkwam, zag ik aan zijn gezicht dat de 'kwestie' met mij te maken had. Ik zette thee voor ons en we namen die mee naar de woonkamer om van de warmte van het vuur te profiteren.

'En? Wat zei ze?' vroeg ik hem.

'Ze zei dat er geruchten gingen over waar ik uithing. Blijkbaar word ik regelmatig gezien als ik over de heide rijd.'

'Nou, dat is toch geen misdaad?'

'In een bepaalde richting,' voegde Donald eraan toe.

'O, ik begrijp het. Door wie?'

'De herder heeft het blijkbaar aan zijn vrouw in het dorp verteld, die het doorgaf aan haar vriendin, Mrs. Thomas, en zij weer aan Bessie, de meid van mijn moeder. Ze zeggen dat hij mij vaak op mijn paard in de nabijheid van het huisje heeft gezien in de lente- en zomermaanden. Ik heb haar natuurlijk gezegd dat dat op zich geen reden is voor geruchten,' voegde Donald eraan toe. 'Ik ben tenslotte altijd die kant uit gereden met mijn paard en ben altijd bij de beek gestopt om Glory te laten drinken.'

Ik zat stil naar hem te luisteren.

'Moeder maakte er een heel punt van dat ik de heer van het landgoed ben en dat elke stap die ik zet wordt besproken en geanalyseerd door het personeel,' zei Donald zorgelijk. 'Ze zei dat de reden waarom ze dit onder mijn aandacht bracht was dat Violet nu zwanger is, en de dokter had gezegd dat ze kwetsbaar is. Ze zei dat ze niet wilde dat een van die geruchten, hoe onbeduidend ook, Violets oren bereikte terwijl ze zwanger is van de erfgenaam van het Astbury Estate. Ze voegde eraan toe dat mijn ritjes over de heide om jou te zien voorlopig moesten stoppen, uit fatsoensoverwegingen.'

'Oké.'

'Eerlijk gezegd, Anni, gaf ze mij het gevoel dat ik een echte klootzak was. Ze zei dat het al erg genoeg was dat ik een relatie onderhield onder de neus van mijn vrouw, maar dat ik ermee bleef doorgaan nu ze zwanger is, dat was absoluut walgelijk.'

'Nou ja, wat dat betreft, hoeveel pijn het mij ook doet, geef ik je moeder gelijk,' zei ik uiteindelijk. 'Violet weet hier allemaal niets van. Je zou kunnen zeggen dat dat haar nog meer slachtoffer maakt van de situatie dan wij tweeën.'

'Ik weet het, Anni.' Donald boog zijn hoofd beschaamd. 'Ze verdient dit allemaal niet, zeker niet op dit moment.'

'Nee, dat is zo. En of je moeder de zwangerschap nu gebruikt als breekijzer om haar doel te bereiken en ons uit elkaar te drijven, we moeten allebei compassie hebben voor Violet. Denk niet dat ik niet ook elke dag gebukt ga onder schuldgevoel omdat ik haar bedrieg,' voegde ik eraan toe. 'We moeten ons allebei correct gedragen in deze periode. Je moet daarom niet langer naar me toe komen.'

'Maar hoe moet het dan met jou, Anni? Hoe red je het dan? En meer nog, hoe moet het met mij?'

'Misschien kunnen we elkaar weer brieven gaan schrijven.'

'Heel grappig.' Donald liet een vreugdeloos lachje horen.

'Het is echt het beste.'

'Maar hoe kan ik wegblijven?'

'Je moet gewoon.'

Hij pakte mijn hand en kuste hem teder. 'Goed, het lijkt erop dat we nogmaals afscheid moeten nemen. Maar alleen tijdelijk, tot het kind is geboren.'

'De maanden zullen snel voorbijgaan,' stelde ik hem gerust.

'Mijn Moh zal al bijna drie zijn als ik hem weer zie,' zei Donald weemoedig.

We stonden op en liepen samen naar de keukendeur, waar we elkaar stevig vasthielden.

'Ik vind een manier om contact met je te houden, lieve Anni, maak je geen zorgen. Ik houd van je.'

'Vaarwel, Donald,' fluisterde ik.

Na dat gesprek schikte ik me in het feit dat ik de man van wie ik hield nog minder zou zien. Dat we dit samen hadden besloten en allebei alleen maar het goede wilden doen, maakte het echter iets gemakkelijker te dragen. Ik had het druk met jou en met mijn patiënten en probeerde niet te veel over onze gedwongen scheiding na te denken.

Het werd Kerstmis en 's ochtends vond ik een mand op mijn stoep met alweer een reusachtige kalkoen, allerlei lekkernijen en een cadeau voor mij en voor jou. 's Avonds ging ik met de andere dorpelingen in het dorpshuis naar een kerstfeest. Het was fantastisch om jouw gezicht te zien oplichten bij het zien van de kerstversiering die was opgehangen.

Op oudejaarsavond hadden Tilly en haar lieve man Jim ons bij hen uitgenodigd. Ze hadden een dochter, Mabel, die even oud was als jij.

'Gelukkig nieuwjaar,' fluisterde ik zachtjes tegen Donald toen de kerkklokken het nieuwe jaar inluidden. Op de een of andere manier was het nog moeilijker omdat hij zo dichtbij was en toch zo ver weg.

'Gaat het, Anni?' vroeg Tilly en ze sloeg een arm om me heen. 'Moet je aan je arme man denken?'

'Ja,' antwoordde ik.

'Ik weet zeker dat er ooit weer iemand voor jou zal komen, Anni. Je bent zo mooi en zo slim, ik denk niet dat je lang alleen zult zijn.'

Op dat moment schreeuwde mijn hart het uit om mijn vriendin te vertellen hoe mijn situatie werkelijk was, om iemand in vertrouwen te nemen, maar ik wist dat het niet kon. Ik had geen keus en moest mijn geheim alleen dragen.

Het lot bepaalde dat ik Donald al veel sneller zou zien dan ik toen dacht.

Op een ijskoude avond in januari deed ik jou in het bad op het aanrecht in de keuken en hoorde ik het geluid van paardenhoeven op het erf. Omdat niemand ooit op bezoek kwam 's avonds, wist ik dat het alleen Donald kon zijn. Hij klopte beleefd en opende de achterdeur naar de keuken.

'Wat doe je hier? Ik dacht dat we hadden afgesproken...'

'Dat is ook zo en ik wil dat je weet dat ik hier ben met medeweten van mijn vrouw,' zei hij, nog buiten adem van de rit over de heide.

'Wat bedoel je in hemelsnaam?'

'Mag ik binnenkomen?' vroeg hij. 'Dan leg ik het uit.'

Ik deed een stap opzij en liet hem passeren.

'Mr. Don!'

Jouw ogen lichtten op toen je je vader zag en je spetterde vrolijk in je badje.

'Hallo, kleine vent,' zei hij en hij lachte en kuste je op je ingezeepte hoofd. Toen wendde hij zich tot mij. 'Het gaat erom dat de zwangerschapsmisselijkheid van mijn vrouw niet minder is geworden. Het lijkt erop dat ze de geur van eten niet kan verdragen, dus ze eet helemaal niets. Dr. Trefusis maakt zich niet al te veel zorgen en zegt dat het uiteindelijk zal weggaan, maar Violet voelt zich ellendig.'

'Sommige vrouwen zijn heel ziek tijdens hun zwangerschap,' zei ik voorzichtig. Ik vroeg me af waarom hij mij dit allemaal vertelde.

'Dat brengt me bij de reden van mijn komst. Het lijkt erop dat Violet van het personeel heeft gehoord over de wonderen die jij verricht met je speciale kruidenremedies. En ze heeft gevraagd of je haar wilt bezoeken om te zien of er iets is wat je haar kunt geven tegen haar misselijkheid.'

Ik staarde hem aan of hij zijn verstand verloren had. 'Dat kun je niet menen?'

'Ik meen het wel, Anni. Je naam is rondgegaan en het probleem is nu dat het wel erg vreemd zou lijken als je weigerde om bij Lady Astbury zelf langs te gaan als ze speciaal om jouw hulp heeft gevraagd. Ik weet het.' Donald schudde zijn hoofd en haalde hulpeloos zijn schouders op. 'Het laatste wat ik van mezelf had verwacht is dat ik naar je toe zou komen op uitdrukkelijk verzoek van mijn vrouw.'

'O, Donald, ik...'

Misschien was het de spanning van de weken dat ik hem niet had gezien, of de ironie van de situatie waarin we ons nu bevonden, maar ik begon ineens te giechelen. Uiteindelijk deed Donald hetzelfde en jij, mijn schat, staarde vanuit je badje verbaasd je ouders aan.

'Het is helemaal niet grappig,' zei ik uiteindelijk, toen ik de tranen uit mijn ogen veegde met de badhanddoek.

'Nee,' zei Donald, 'helemaal niet. O, Anni, het is zo heerlijk om je te zien,' zei hij en hij trok me tegen zich aan. 'Heb je mij net zo gemist als ik jou?'

'Nog meer,' zei ik naar waarheid. Ik genoot van het gevoel van zijn armen om me heen. 'Dus, Her Ladyship heeft mij nodig,' zei ik toen ik mij van hem losmaakte om jou uit je badje te tillen.

'Ja. Ik zei dat ik niet zeker wist of je er zou zijn, maar dat ik hiernaartoe zou rijden en een boodschap voor je zou achterlaten. Ze wil dat je komt zodra je tijd hebt. Misschien morgenochtend?'

'Ik moet wel even in mijn agenda kijken, natuurlijk,' zei ik. Mijn ogen twinkelden toen ik je op mijn knie droog wreef. 'Maar ik weet zeker dat ik je vrouw er wel ergens in kan plannen.'

'Dank je wel, Anni,' zei hij dankbaar. 'En echt, alles wat je kunt doen wordt gewaardeerd. Ze heeft het echt te kwaad, het arme ding, en ze laat iedereen meegenieten.'

'Ik kom morgen met de ponywagen. Zeg haar dat ze mij rond half tien kan verwachten,' zei ik. Jij gleed van mijn knie en scharrelde naar je vader toe, je armen naar hem opgeheven.

'Knuffel, Mr. Don?' vroeg je en hij trok je op zijn knie.

'Wat is hij gegroeid in die paar weken,' zei hij en hij streelde je zachte, zwarte haren.

'Ja, hè? Hij praat inmiddels ook de oren van je hoofd. Ik zal Tilly vragen om op te passen als ik naar je vrouw toe ga. Je weet zeker wel dat zij niet meer in Astbury Hall werkt. Haar man Jim is pasgeleden opgeklommen tot assistent-postmeester.'

'Perfect, en nu ik hier toch ben...' Donald haalde wat bankbiljetten uit zijn portefeuille. 'Alsjeblieft, nu hoef ik tenminste geen gebruik te maken van Tilly's man om deze bij je te bezorgen in een brief.' Hij lachte.

'Dank je wel.' Het was het moment dat ik vreselijk vond, maar er was niets wat ik kon doen om het te veranderen.

'Mr. Don, paardjerijden?' vroeg jij verwachtingsvol.

'Vandaag niet, kleine man,' zei Donald tot zijn spijt, 'maar ik beloof je dat je de volgende keer als ik kom op Sheba mag rijden. Nu moet ik gaan.'

Je gezicht betrok en je liep achter Donald aan naar de deur. Toen ik je optilde om je te troosten, vroeg ik: 'Ben jij er morgen ook, bij Violet?'

'Ik denk dat het voor ons allemaal het beste is als ik er niet bij ben.'

'Ja,' knikte ik instemmend.

Toen Donald was vertrokken, bracht ik jou naar bed en zat ik bij het vuur na te denken over zijn plotselinge komst en de redenen daarvoor. Hoewel ik eerst gelachen had over de ironie van de situatie en er grappen over had gemaakt met Donald, sloegen mijn zintuigen een heel andere emotie aan.

Die nacht, toen ik probeerde te slapen, hoorde ik het zingen weer. Het was ver weg, maar onmiskenbaar. En het waarschuwde mij dat gevaar niet ver weg was.

De volgende dag, nadat ik jou bij Tilly's huisje in het dorp had afgeleverd, reed ik met de ponywagen naar Astbury Hall. Ik kwam het huis binnen via de keuken, zoals ik gewoon was, en werd vriendelijk lachend welkom geheten.

'We zijn heel blij je te zien, Miss Anni,' zei Mrs. Thomas. 'Ik zei nog tegen Her Ladyship dat als iemand haar kon helpen, jij het was. Denk je dat je iets kunt doen? Want ik weet echt niet meer hoe ik nog iets bij haar naar binnen kan krijgen.'

'Ik hoop het, maar ik zal haar eerst moeten zien,' zei ik, toen Ariane, Violets nieuwe, Franse kamenierster, de keuken binnenkwam om mij mee naar boven te nemen.

'Nou, we zullen allemaal duimen. We beginnen ons hier echt zorgen te maken om haar,' zei Mrs. Thomas.

'Ik beloof dat ik mijn best zal doen,' verzekerde ik haar toen ik de keuken uit liep en Ariane volgde door het labyrint van gangen die naar de hal van de hoofdingang liepen. Toen ze me mee de trap op nam, stond ik versteld van de veranderingen in het huis en zag dat Violet blijkbaar haar zin had gekregen met de familieportretten die langs de grote trap hadden gehangen. Ze waren vervangen door verbluffende moderne kunstwerken.

'Wacht hier, *s'il vous plaît*,' zei de meid en ze liet me binnen in een weelderig gemeubileerde zitkamer. 'Ik zal Her Ladyship laten weten dat u er bent.'

Ik merkte dat de temperatuur in de kamer als in een oven was, zo bloedheet dat het me deed denken aan mijn tijd in India.

'Her Ladyship kan u nu ontvangen,' zei Ariane, die in de deur naar de slaapkamer verscheen.

Ik volgde haar aarzelend de kamer in, die net zo benauwd was als de zitkamer ernaast. Ik voelde onmiddellijk de aanvechting om de grote ramen open te gooien en frisse lucht binnen te laten.

In het hemelbed, dat aan weerskanten was behangen met rijke brokaten gordijnen, lag een bleek figuurtje dat nog kleiner leek door de afmetingen van het bed.

'Hallo, Your Ladyship.' Ik maakte een buiging. 'Mijn naam is Anahita Prasad. U hebt mij laten komen.'

'Ja, dat is zo, nadat ik het personeel hoorde praten over uw geweldige remedies,' zei ze met haar zachte, Amerikaanse stem. 'Kom alstublieft dichterbij. Ariane, wil je een stoel neerzetten voor Mrs. Prasad, zodat ze naast me kan komen zitten?'

Ariane zette een stoel neer en ik nam plaats. Nu kon ik de vrouw die Donalds echtgenote was eens goed bekijken. Ze leek zo jong – bijna zelf nog een kind. Met haar blonde haren, grote bruine ogen, perfecte gevormde lippen en gave, blanke huid deed ze me denken aan een breekbare, porseleinen pop. Ik zag aan haar gedrag dat ze zwak was, wat vrijwel zeker het gevolg was van een gebrek aan voeding.

'Ik ben heel blij dat u hier bent, Mrs. Prasad, zelfs dr. Trefusis zei dat het geen kwaad kon u te raadplegen.'

‘Ik doe het graag, Your Ladyship. Dr. Trefusis heeft u vast verteld dat ik als verpleegster ben opgeleid en ayurvedische geneeskunde beoefen.’

‘Het maakt me niets uit, als ik me er maar beter door ga voelen.’ Violet zuchtte. ‘Ik voel me al weken zo ziek als een hond.’

‘Zou ik u mogen onderzoeken?’

‘Ga uw gang. Er is al zoveel in mij geprikt en gepord dat niets mij meer kan schelen.’

Ik nam de tijd om Violets vitale functies te controleren en stelde vast dat haar pols een beetje snel was, iets wat vaak het geval was bij zwangere vrouwen, maar haar temperatuur was normaal en haar hartslag regelmatig. Ik voelde de baby, die klein leek voor het aantal weken zwangerschap, maar heel zeker in leven was. Violets huid voelde klam aan, maar ik schatte dat dat waarschijnlijk meer te maken had met de drukkende warmte in de kamer dan dat het een ziekteverschijnsel was. Toen keek ik onder haar oogleden en zag daar de duidelijke tekenen van bloedarmoede.

Ik was tevreden dat ik een zowel traditioneel als holistisch onderzoek had kunnen uitvoeren, waste mijn handen bij de wastafel, droogde ze en ging weer zitten.

Violet had niets gezegd en had het hele onderzoek meegewerkt, maar nu zag ik dat ze verwachtingsvol naar me keek.

‘Ik denk dat ik u wel kan helpen, Your Ladyship.’

‘Godzijdank! Ik heb al dagen het gevoel dat ik doodga.’

‘U bent helemaal in orde, echt waar. Heeft dr. Trefusis u gezegd dat u bloedarmoede hebt?’

‘Nee.’ Violet schudde haar hoofd. ‘Hij schrijft alleen kippenbouillon voor, iets wat ik verafschuw. Bloedarmoede? Is dat ernstig?’

‘Helemaal niet, als je er op tijd bij bent en het behandelt. Het komt gewoon omdat de baby de ijzervoorraad in uw lichaam aanspreekt,’ legde ik uit. ‘Het maakt dat u zich slaperig en loom voelt, maar daar is heel goed iets aan te doen. Hebt u ooit gehoord van donker bier, *stout*?’

‘Dat drinken de havenarbeiders toch op de werf?’ Violet trok een vies gezicht.

‘Ja, maar het is ook heel goed voor zwangere vrouwen, omdat het veel ijzer bevat. Het is niet erg lekker, maar het zal echt helpen. Ik vraag Mrs. Thomas om uw eten in een ijzeren pan te koken. Het eten neemt het ijzer op en zo komt het vanzelf in uw lichaam terecht.'

'Maar dat is nu juist het probleem,' jammerde Violet. 'Ik kan gewoon niet eten! Zelfs de geur van eten maakt me misselijk.'

'Daar kunnen we ook iets aan doen. Ik heb verse gember en dat zal ik u laten brengen, en ik vraag Mrs. Thomas om er thee van te zetten. Dat is een fantastisch middel om de maag tot rust te brengen en zal u veel minder misselijk maken. Om te beginnen moet u dat minstens drie keer per dag drinken.'

'Gember?' Violet trok haar mooie neusje op. 'Nou zeg, de medicijnen die u voorschrijft maken me nog zieker!'

'Echt niet, ik beloof het. Ik zal ook een kruidendrank samenstellen die niet alleen helpt tegen de misselijkheid, maar u ook meer energie geeft en misschien weer wat kleur op uw wangen brengt. Ik zal de instructies op het etiket schrijven. En nee, die smaakt ook helemaal niet lekker,' voegde ik eraan toe. 'En ten slotte, Your Ladyship, het is veel te warm in deze kamer. U moet echt de verwarming lager zetten en wat frisse lucht naar binnen laten. Een dagelijks wandelingetje in de tuin zal u en de baby ook helemaal geen kwaad doen. Hier liggen terwijl u zich ellendig en eenzaam voelt is echt niet goed voor u.'

'Maar het is zo koud buiten.' Violet huiverde.

'Dat weet ik,' zei ik, 'maar u kunt zich warm aankleden. Als u alles doet wat ik voorstel, dan rent u binnen de kortste keren als een lammetje in de lente door de tuin.'

'Echt?'

'Zeker.'

'Oké.' Ze zuchtte mismoedig. 'Ik denk dat ik niets te verliezen heb als ik het op uw manier probeer. Geen van deze dingen is toch gevaarlijk voor de baby?'

'Als dat zo was, Your Ladyship, dan zou ik ze niet voorschrijven.'

'Nee, natuurlijk niet.' Violet bloosde om haar tactloze opmerking.

'Goed. Ik ga naar beneden om met Mrs. Thomas te praten. We zullen samen iets bedenken wat smakelijker is, maar net zo voedzaam als kippenbouillon.'

'Dat zou een hele verbetering zijn.' Violet wierp mij een samenzweerderige blik toe.

'Ik kom over een paar dagen terug,' zei ik toen ik opstond. 'Maar als u mij eerder nodig hebt, laat het dan weten.'

'Graag. Maakt u zich niet druk over dat u de medicijnen die u mij wilt laten innemen hiernaartoe moet brengen. Ik ben u al genoeg tot last geweest en ik weet van het personeel dat u zelf een klein kind hebt. Ik stuur vanmiddag iemand langs om ze op te halen.'

'Dank u. Ik ben alleen maar blij dat ik kan helpen.'

'Dag, Mrs. Prasad.' Violet lachte naar me toen ik naar de deur liep. 'Geef de rekening maar aan de butler.'

'O nee, ik reken niets. Mijn diensten zijn gratis. Tot ziens, Your Ladyship.'

Beneden, in de keuken, noteerde ik mijn instructies en legde ze uit aan Mrs. Thomas.

'Nou, als de dingen die jij voorschrijft werken, dan ben ik de koningin van Engeland, maar je hebt al zo velen van ons geholpen, dat ik bereid ben je te geloven.'

'Dank je wel, Mrs. Thomas. Nu moet ik mijn zoon gaan ophalen bij Tilly. Hij vraagt zich vast af waar ik ben gebleven.'

Donald kwam die middag zelf naar het huisje en ik gaf hem de gember en de kruidendrank die ik voor Violet had gemaakt om haar energieniveau op te voeren.

'Je zou in de komende dagen al een verbetering moeten zien, als ze hier onmiddellijk mee begint,' adviseerde ik hem.

'Dank je wel, Anni,' zei hij en hij stopte de gember en de drank in zijn jaszak. 'Ik zal Violet zeggen dat ze moet doen wat je hebt gezegd. Het is zo lief van je dat je haar helpt, onder de gegeven omstandigheden.'

'Ze is een mens en ze lijdt,' zei ik toen ik hem weer naar de deur toe werkte. 'Natuurlijk wil ik doen wat ik kan om haar te helpen.'

Toen ik een week later terugkwam in Astbury Hall, moest ik weer naar boven, maar deze keer begroette een volledig aangeklede Violet mij in haar zitkamer.

'Mrs. Prasad!' Ze stond op, liep naar mij toe en sloeg tot mijn schrik haar armen om mij heen. 'U bent een wonderdokter! Kijk nou eens naar me!'

Ik keek en zag de roze gloed op haar wangen en een nieuwe vitaliteit die uit haar ogen straalde. 'Het lijkt erop dat u hersteld bent.' Ik glimlachte.

'Ja! Ik kan het zelf nog nauwelijks geloven. Eerst dacht ik echt dat ik nog zieker zou worden van al die vieze drankjes die ik moest drinken, maar dat was niet zo! Ik heb braaf gedaan wat u zei, elke dag, en het heeft gewerkt! O, Anni! Mag ik je Anni noemen? Dat schijnt het personeel ook te doen. Hoe kan ik je ooit bedanken?'

'Echt, dat is nergens voor nodig. Ik ben blij dat het zoveel beter met u gaat.'

Ze gebaarde me te gaan zitten in een stoel tegenover haar. 'Dr. Trefusis kwam gisteren en hij geloofde gewoon zijn ogen niet. Natuurlijk heb ik hem verteld dat je geweest was en hoe geweldig je was,' zei Violet, met bewondering en dankbaarheid in haar ogen. 'Ik heb mijn moeder in New York gisteren een telegram gestuurd – ze was zo ongerust dat ze op het punt stond om op de boot te stappen en mij op te zoeken. Ze is natuurlijk zelf ook niet in orde, dus ik heb gezegd dat dat nu niet nodig is en dat ik me prima voel. Wil je, als ze komt voor de geboorte, misschien zo vriendelijk zijn om ook eens naar haar te kijken, als ze zich dan nog niet beter voelt?'

'Natuurlijk, als ze dat wil.'

'Ik heb zelfs weer zin om wat vrienden uit te nodigen. Sinds ik zo ziek was, is het huis leeg geweest.'

Ik was dankbaar voor de verandering in Violet en besefte dat haar enthousiasme vandaag onderdeel was van haar persoonlijkheid. Ik mocht haar.

'Dan ben ik blij je te kunnen zeggen dat je de gemberthee kunt schrappen. Neem die alleen als je je misselijk voelt. Ik heb Mrs. Thomas wat verse muntblaadjes gegeven, die ook helpen bij misselijkheid. Die vind je misschien lekkerder. Met de stout moet je jammer genoeg doorgaan.'

'O, maar daar ben ik inmiddels aan gewend. Donny vindt het geweldig grappig als hij mij het ziet drinken,' giechelde ze. 'O, Miss

Anni, hij is zo lief en zo bezorgd om mij. Ik denk dat hij je ook een knuffel wil geven!'

Ik vertrok geen spier bij deze opmerking en stond op.

'Ik moet gaan. Een baby in het dorp heeft mijn hulp dringend nodig.'

'Natuurlijk.' Violet stond ook op. 'Ik hoop dat je mij vaak kunt bezoeken. Misschien heb je zelfs weleens tijd om naar een van mijn etentjes te komen.'

'Nou...' stamelde ik. '... dat zal niet gaan, ben ik bang. Ik heb een klein kind en niemand om het bij achter te laten.'

'Ja, Donny vertelde me al dat je man is overleden. Dat spijt me heel erg. Als je kleine jongen ook maar een beetje op je lijkt, is het een knap kind. Je ziet er zo exotisch uit dat ik groen zie van jaloezie!'

'Dank je... heel vriendelijk. Nu moet ik echt gaan.'

'Misschien kan ik je een keer komen opzoeken in je huisje en je kleine jongen eens ontmoeten?' zei ze toen ze mij als een enthousiaste jonge hond volgde naar de deur. 'Ik ken hier zo weinig mensen. Al mijn vrienden wonen in Londen.'

'Ik ben vaak weg,' kapte ik haar af. 'Dus bel me van tevoren even.'

'Dat doe ik. Dag Anni, en nogmaals heel erg bedankt!'

39

'Nou, het lijkt erop dat ik mijn vrouw terug heb,' zei Donald een paar dagen later, toen hij bij me langskwam in opdracht van Violet, om mij een enorme bos bloemen, een doos chocolade en een fles champagne te brengen. 'En jij hebt een nieuwe bewonderaar.' Hij grijnsde. 'Ik had in mijn wildste dromen nooit kunnen bedenken dat ik jou ooit cadeaus zou komen brengen van mijn vrouw. Het kan raar lopen in het leven.'

'Ja, dat is zo,' zei ik terwijl ik probeerde jou bij de chocolade weg te houden.

'Je bent echt geweldig,' zei Donald en hij omhelsde mij. 'Je methoden zijn verre van traditioneel, maar ik hoop dat ze nog lang werken.'

'Ze zijn wel traditioneel in India, en volledig natuurlijk,' wierp ik tegen.

'Hoe dan ook, je bent ongelooflijk slim, al ben ik bang dat er ook een nadeel aan zit,' merkte Donald op. 'Violet rent met haar hernieuwde energie weer volop rond en organiseert weer van alles en nodigt god weet wie uit. Ze is duidelijk tijd aan het inhalen. En je weet wat een hekel ik heb aan haar vriendengroep. Maar het goede nieuws is dat ik een reden had om bij je langs te gaan.' Hij trok me op zijn schoot.

Hij kuste me en ik sloeg mijn armen om zijn hals.

'Ja, dat is heel fijn. Al vroeg je vrouw me wel of ze mij hier mocht bezoeken en kennismaken met Moh.'

'Echt?' Donalds gezicht betrok. 'Wat heb je gezegd?'

'Ik zei dat ze eerst moest bellen, omdat ik vaak weg ben, maar ik kan haar moeilijk tegenhouden.'

'Nee. Hm, dat compliceert de dingen nogal. Ik vind het helemaal geen prettig idee als Violet weet waar je precies woont.'

'Denk je dat ik daar blij mee ben? Maar wat kan ik eraan doen?'

'Niets, denk ik. Misschien is het beter om de foto van ons drieën van je nachtkastje af te halen. Ik bedoel, dat vindt ze misschien een beetje raar,' zei hij in een poging er een grapje van te maken.

'Alsjeblieft, het is niet grappig. Violet heeft van het begin af aan aan mijn geweten geknaagd, maar nu, als ik moet doen alsof ik haar vriendin ben...' Ik huiverde. 'Het voelt echt onprettig. En bovendien, Donald, mag ik haar wel. Ze is zo lief en ondanks al haar geld lijkt ze zo kwetsbaar.'

'Ik weet het, Anni. Laten we maar hopen dat haar belangstelling voor jou tijdelijk is. Omdat jij de enige was die haar heeft kunnen helpen, hangt ze op dit moment nogal aan jou. Jij bent de bron van alle wijsheid geworden voor alles wat met zwangerschap te maken heeft,' grinnikte hij. 'Ik denk dat dr. Trefusis het tegen jou heeft afgelegd.'

'Hij belde mij zojuist en komt morgen bij me langs,' vertelde ik hem. 'Hij zei dat hij mijn kruidentuin wilde zien en meer te weten wil komen over mijn remedies.'

'Werkelijk? Dat verrast me. Ik heb hem altijd nogal ouderwets en kortzichtig gevonden.'

'Nou, misschien staat hij meer open voor nieuwe ideeën dan je dacht.'

'Ik vraag me echt af of je niet iets moet vragen voor de hulp die je de mensen biedt,' zei Donald. 'Ik zou niet graag zien dat er misbruik van je wordt gemaakt.'

'Als Moh ouder is, zal ik misschien serieuzer over de toekomst nadenken en zal ik mij weer echt met de geneeskunde bezighouden. Voor nu ben ik tevreden met hoe het nu gaat.'

'Maak je niet te moe, lieverd,' zei hij en hij streelde zachtjes mijn wang. 'En laat mijn vrouw je niet verleiden iets te doen wat je niet wilt. Ze kan erg volhardend zijn.'

De volgende dag kwam dr. Trefusis in het huisje langs. Ik nam hem mee naar mijn kleine kas en hij liep langs de bakken vol verschillende soorten en stelde mij vragen over alle kruiden.

'Het gaat niet alleen om de remedies zelf,' legde ik uit. 'Je moet vaststellen wie je patiënt is en tot welke *dosha* hij of zij behoort – of hij of zij een *pitta*, *vata* of *kapha* is. Dit ontdek je door naar de fysieke vorm en kleur van de patiënt te kijken en door eenvoudige vragen te stellen om hun emotionele toestand en persoonlijkheid te testen. Dan kun je precies de juiste remedie voor je patiënt bepalen. De remedies die ik gebruik maken al duizenden jaren deel uit van de Indiase cultuur. Ik gebruik niet alleen de verse planten, maar droog ook de blaadjes en bewaar ze in potten of stamp ze fijn tot een poeder. De wortels leveren de krachtigste remedies.'

'Fascinerend, absoluut fascinerend,' mompelde hij. 'En, wat voor type is Lady Astbury?'

'Zij is een *vata*-type, dokter, wat betekent dat ze lichte botten heeft, weinig vet met zich meedraagt en snel last heeft van de kou. Ze heeft ook een temperamentvolle spijsvertering die snel van streek is en waarschijnlijk haar ernstige ochtendmisselijkheid verklaart.'

'Ik begrijp het. Zou u het erg vinden als ik wat stekjes meeneem en probeer of ze ook bij mij willen groeien? Misschien kunt u mij leren hoe ik een paar van de basisremedies bereid? Iets voor een verkoudheid bijvoorbeeld?'

'Ja, neem alstublieft wat u wilt. Excuseert u mij, ik moet even naar mijn zoon. Hij zal nu wel wakker zijn uit zijn middagslaap.'

'Natuurlijk,' zei dr. Trefusis. 'Ik blijf hier en neem wat stekjes. Dan kom ik ook naar binnen.'

De dokter vertrok en zei dat hij de volgende week zou terugkomen, zodat ik hem kon laten zien hoe je een kruidendrank bereidt. Hij is nooit meer teruggekomen.

Violet kwam wel opdagen. Ze was lyrisch over hoe gezellig het huisje was en hoe typisch Engels. Toen ze jou voor het eerst zag, hield ik mijn adem in, en wachtte op een opmerking over je blauwe ogen die je afkomst zouden verraden. Gelukkig bleef die uit.

'O, hij is zo knap! En het evenbeeld van jou, Anni!'

Jij leek Violet onmiddellijk aardig te vinden, al had dat misschien ook iets te maken met het speelgoed en het snoep waarmee ze je overspoelde, elke keer als ze op bezoek kwam.

'Alsjeblieft,' zei ik tegen haar op een middag, toen Violets chauffeur een glimmende rode driewieler uit de achterbak van de auto tilde, waarmee jij vervolgens extatisch rondjes reed over het erf, 'je verwent hem veel te veel.'

'Nonsens, in mijn wereld kan geen kind genoeg worden verwend,' zei Violet. 'Bovendien, Anni, weet ik dat jij je diensten gratis verleent en weinig inkomen hebt, dus dit is wel het minste wat ik kan doen.'

In de weken die volgden zaten Violet en ik vaak op koude februarimiddagen samen bij het vuur en aten de beboterde *crumpets* die zij had meegebracht.

'Ik ben nu veel te dik om naar Londen te gaan en het is zo saai om in het huis opgesloten te zitten, met alleen het personeel en Donny als gezelschap,' zei ze dan. 'Ik ben zo blij dat ik jou heb om naartoe te gaan en mee te praten.'

Ondanks het feit dat ik altijd gespannen was en wist dat ik op mijn hoede moest zijn, luisterde ik gefascineerd naar Violet als ze vertelde over haar bevoorrechte leven in Amerika. Zij was ook geïnteresseerd in mijn verhalen over mijn jeugd in India. En werkelijk, ik raakte in de ban van haar lieve, gulle karakter en haar naïeve overtuiging dat alles in haar leven uiteindelijk goed zou komen. Ze nam me steeds meer voor haar in. Ik begon uit te zien naar onze gesprekjes, want Violets levendigheid vrolijkte de winterdagen wat op. Ik zou zelfs zo ver willen gaan om te zeggen dat wij een soort vriendinnen werden.

Ze keek op geen enkele manier op mij neer. Sterker nog, ze zei meer dan eens dat mijn bloedverwantschap met koningen in India haar wel erg gewoontjes maakte.

'Net als iedereen in Amerika ben ik waar ik ben omdat mijn familie goed geboerd heeft in zaken. In mijn vaderland koop je je aristocratie met geld, en bereik je die niet door je afstamming. Natuurlijk laat Donalds secreet van een moeder mij nooit vergeten waar ik vandaan kom,' zei ze bitter. 'Heb jij haar ooit ontmoet?'

'Ja, zij woonde nog in het huis toen ik er jaren geleden logeerde in mijn schoolvakanties,' antwoordde ik.

'Ik weet dat ze altijd met scheve ogen kijkt naar alles wat ik doe.'

Violet nam bedachtzaam een hap van haar crumpet. 'Niettemin had ze er helemaal geen moeite mee dat ik mijn trustfonds besteedde aan de restauratie van haar familieruïne.' Ze lachte naar me. 'Ik ben zo blij dat Donald haar naar het Dower House heeft laten verhuizen toen wij trouwden. Ik denk niet dat ik het had uitgehouden als ik onder één dak had moeten wonen met die vrouw.'

'Ze is niet gemakkelijk,' zei ik instemmend, maar ik koos mijn woorden voorzichtig.

'Ik zou zelfs willen zeggen dat ze een ouwe heks is!' Violet giechelde om haar eigen brutaliteit.

'De meeste schoonmoeders zijn dat. Ze komt gewoon uit een andere tijd en vindt het moeilijk om zich aan de onze aan te passen.'

'O, Anni, jij bent zo'n goed mens. Je bent altijd zo vriendelijk over iedereen, en je hebt zelf zoveel narigheid meegemaakt. Het personeel praat over je alsof je een heilige bent. Ik hoop dat ik van jou kan leren hoe ik een beter mens moet worden.'

Ik keek Violet onderzoekend aan en zag dat ze dat inderdaad oprecht graag wilde. Ik was me opeens scherp bewust van mijn dubbelleven.

Het werd maart. De vorst verdween en gele brem kleurde de heide en spreidde zich als een gouden tapijt voor het huisje uit. Donald kwam af en toe langs met een boodschap van Violet en klaagde, half voor de grap, dat zijn vrouw mij vaker zag dan hij. Ik merkte ook bij mezelf dat als hij negatief over haar praatte, ik haar verdedigde. Toen het april werd, had ik zelfs het idee dat ik zijn vrouw meer mocht dan hij.

Toen ik Violet nog niet kende en ik haar alleen zag door de ogen van Donald, was de situatie gemakkelijker geweest om mee te leven. Toen ik meer waardering voor haar kreeg, begon ik mij af te vragen hoelang wij drieën deze eeuwige en afschuwelijk bedrieglijke driehoeksverhouding nog konden volhouden.

Op een ochtend kreeg ik een brief van Indira, aan mij doorgestuurd uit Londen door Selina.

Patna Palace
Patna
India

29 maart 1922

Anni, mijn liefste en oudste vriendin,

Hoe gaat het met je? Waar ben je? Ik ben in ieder geval blij om te horen dat je niet langer onvindbaar bent, zoals Selina dacht toen ik haar in Frankrijk zag. Waarom heb je mij niet geschreven??? Schrijf me alsjeblieft snel en vertel me alles.
Wat mij betreft, Varun is in Europa en ik zit vast in de zenana met de door mij gehate Vrouw Nummer Een. Liefste Anni, ik smeek je om hiernaartoe te komen om mij en mijn prachtige baby te zien. Het is een jongen en we hebben hem Kunwar genoemd. Ik vind dat stiekem heel leuk, want Nummer Een heeft twee dochters gekregen, wat betekent dat onze lieve zoon de kroonprins wordt als Varun maharadja wordt na het overlijden van zijn vader. Varun heeft beloofd om mij in juni te komen halen, als de baby oud genoeg is om te reizen. We huren dan een huis in Zuid-Frankrijk. Misschien kun je ons daar ontmoeten?

Ik mis je, lieve Anni. Schrijf alsjeblieft snel.

Indy xxx

Eerlijk gezegd had ik haar niet geschreven, omdat ik niet wist wat ik moest zeggen. Indira en haar man bewogen zich in dezelfde kringen als de Astbury's en discretie kwam gewoon niet in haar woordenboek voor.

Toen ik een nietszeggende brief terugschreef, waarin ik zo weinig mogelijk over mijzelf en mijn omstandigheden vertelde en alleen maar naar haar vroeg, kreeg ik het te kwaad omdat ik zelfs niet eerlijk kon zijn tegen mijn beste vriendin. Mijn hele bestaan was op dit moment een web van bedrog en de fundamentele onjuistheid ervan hing als een donkere wolk om mij heen. Van welke kant ik er ook naar keek, ons bedrog, dat het gevaar in zich droeg iemand diep te kwetsen, haalde elke goedheid uit de liefde waaruit het was ontstaan.

Nu voelde ik, elke keer als iemand mij bedankte voor mijn hulp na een behandeling van henzelf of een familielid en uitweidde over mijn goedheid en ruimhartigheid, de schuld dieper en dieper in mijn ziel snijden. Ik was niet de persoon die zij dachten te zien – niet een arme weduwe die haar tijd en kennis zo gul ter beschikking stelde van de gemeenschap, en die iedereen aardig vond en vertrouwde. Ik was een slechte vrouw, een maîtresse, die een onwettig kind met haar minnaar had en een relatie met hem bleef onderhouden onder de neus van zijn wettige echtgenote. Dezelfde echtgenote die inmiddels dacht dat ik haar vriendin was…

'Wat is er, Anni?' vroeg Donald op een heldere lentemiddag. Violet deed een middagslaapje en hij had van de gelegenheid gebruikgemaakt om heimelijk naar ons toe te rijden. 'Ik weet gewoon dat je iets dwarszit.'

'Ja, dat is zo. Ik haat mezelf!' Ik barstte in tranen uit.

Donald nam me onmiddellijk in zijn armen. 'Anni, echt, ik weet zeker dat als de baby er is, Violet haar vroegere leven weer oppakt en genoeg afleiding heeft. Ze zal vrijwel zeker naar New York willen gaan om met de baby te pronken bij haar familie, en ze is natuurlijk dol op het winterseizoen in Londen. Ik vind het vervelend om te zeggen, maar ze is je waarschijnlijk zo weer vergeten.'

Zijn opmerkingen gleden als druppels van me af en slaagden er niet in tot mijn binnenste door te dringen, waar ik ze het hardst nodig had. Ik zag hoe hij weer vertrok en wist niet hoe ik hem moest uitleggen dat hij het over praktische zaken had, oplossingen om Violet fysiek uit mijn omgeving te verwijderen, maar die niets met de ingewikkelde en pijnlijke emoties in mijn hart te maken hadden.

Die nacht, nadat ik jou naar bed had gebracht, overwoog ik voor het eerst om uit Devon weg te gaan. Misschien zou het voor iedereen het beste zijn als wij vertrokken. Ik zou in alle openheid kunnen leven als de persoon die ik werkelijk was en een schoon geweten hebben. Toen ik die avond de trap op liep om naar bed te gaan, wist ik oprecht niet welk lot erger was, maar ik wist wel dat het bedrog mij van binnenuit opvrat.

Toen ik later in mijn bed lag te woelen, herinnerde ik mij dat Violet mij had gesmeekt om haar bij de geboorte van haar kind bij te staan. 'Mijn schoonzuster Selina zei dat jij geweldig was bij haar bevalling,' had ze gezegd. Het minste wat ik haar verschuldigd was, was te doen wat zij mij vroeg. Als het kind geboren was, wist ik dat ik een beslissing zou moeten nemen over onze toekomst.

En om alles nog erger te maken, werd het zingen met de dag luider. Het waarschuwde mij voor gevaar en een naderend sterfgeval. Ik hoopte maar dat het een weerspiegeling was van mijn eigen wanhopige geestestoestand en ik probeerde er niet op te letten.

De laatste weken van Violets zwangerschap vielen samen met een hittegolf in juli en Violet vroeg me vrijwel dagelijks om haar in Astbury Hall te bezoeken. We zaten in de koele oranjerie, waar ze elektrische ventilatoren aan het plafond had laten aanbrengen.

'Mijn hemel,' zei ze als ze naar zichzelf keek, 'ik ben zo groot als een huis. Het is verschrikkelijk moeilijk voor me om te slapen, zeker met deze hitte.'

'Het duurt nu niet lang meer,' zei ik in een poging haar gerust te stellen.

'Denk je? Ik heb het gevoel dat ik voor altijd zwanger zal zijn. Je moet me helpen om na de bevalling weer net zo slank te worden als ik was. Ik denk dat geen enkele jurk mij meer past,' klaagde ze.

'Natuurlijk wel. Het beste wat je kunt doen om weer in vorm te komen, en ook het beste voor de baby, is om hem zelf te voeden. Zou je overwegen om dat te doen?'

'Hemel!' zei Violet en ze keek me vol afschuw aan. 'Dat is iets wat de inboorlingen doen in Afrika.' Ze rilde.

'Ik heb Moh zelf gevoed,' zei ik minzaam en ik zag dat ze bloosde.

'Anni, ik bedoelde daar niets mee. Ik bedoel, jij komt uit een andere cultuur, ik...'

'Echt, Violet,' zei ik en ik klopte haar geruststellend op haar knie, 'ik begrijp het.'

Een paar dagen later zag ik dat Violets enkels dik waren en ze klaagde sinds kort over hoofdpijn. Ik stelde voor dat ze zou rusten met haar benen omhoog om de zwelling tegen te gaan.

'Het gaat helemaal niet goed met Her Ladyship,' zei dr. Trefusis nadat hij haar op een ochtend had bezocht. Violet had gevraagd of ik in haar zitkamer wilde wachten. 'Ik heb augustusbaby's altijd de ergste gevonden, maar ik veronderstel dat dat waar u vandaan komt het hele jaar zo is.'

Ik negeerde zijn opmerking. 'Ze klaagt de afgelopen dagen over hoofdpijn. Baart dat u zorgen, dokter?'

'Niet overmatig,' zei hij en hij stopte zijn stethoscoop terug in zijn tas. 'Ik heb de baby gevoeld en naar zijn hartslag geluisterd. Die is krachtig en regelmatig. Her Ladyship heeft nog drie weken te gaan. Laten we hopen dat de baby niet langer op zich laat wachten. Misschien kunt u haar iets geven om het proces te versnellen?' stelde hij voor.

'In dit stadium zou ik de loop van de natuur niet willen verstoren. Baby's komen als ze er klaar voor zijn,' antwoordde ik vastberaden.

'Ik dacht dat álles wat u deed natuurlijk was,' zei dr. Trefusis scherp. 'Ik kom morgenochtend weer langs om Her Ladyship te controleren.'

'Natuurlijk.'

Hij glimlachte naar me en verliet de kamer. Ik ging naar Violet toe, die mijn hand vastpakte. 'Anni, deze hoofdpijn is echt afschuwelijk en ik ben misselijk. Kun je me iets geven?'

Ik keek naar haar en zag hoe bleek ze was. Opeens klonk het zingen luid en krachtig in mijn oren. Ik zette het van me af, wilde er niet naar luisteren.

'Ik laat je meid koude lappen halen, en misschien is er iets wat ik je tegen de misselijkheid kan geven. Probeer nu te rusten en kijk of het dan zakt.'

'Blijf je een poosje bij me. Ik voel me echt heel rot, Anni.'

'Natuurlijk, ik blijf hier zitten tot je slaapt.'

Eindelijk, toen Violet in een onrustige slaap was gevallen, maakte ik mijn hand los uit de hare en ging naar beneden. Donald begroette me onder aan de trap.

'Hoe gaat het nu?'

'Ze voelt zich vandaag helemaal niet goed,' zei ik tegen hem. 'Ze slaapt nu en ik ga naar huis om te kijken wat ik heb om haar te helpen.'

'De dokter zegt dat het niet iets is om ons zorgen over te maken. Maak jij je zorgen, Anni?'

Hij hielp me in de ponywagen. Ik vertelde hem niet dat ik eerder vergelijkbare symptomen had gezien en dat ze niet veel goeds voorspelden.

Nadat ik verse muntbladeren had geplukt en een remedie van venkelzaad, komijn en koriander had gemaakt voor Violets dikke enkels, ging ik bij Tilly langs in het dorp om haar te vragen om op jou te passen. Ik had zelfs een verschoning meegebracht, voor het geval het langer zou duren.

'Is Her Ladyship ziek?' vroeg Tilly mij.

'Ze voelt zich vandaag niet goed.'

'Ze heeft nooit in een goed vel gestoken,' merkte ze op. 'Blijf maar zolang als nodig is, Anni. Ik kan Moh hier altijd in het bedje bij Mabel laten slapen.'

'Dank je wel.'

Violet was er slechter aan toe toen ik terugkwam. Ze zei dat ze de pijn in haar hoofd niet langer kon verdragen en dat ze nog altijd misselijk was.

'Alsjeblieft, drink dit,' zei ik en ik dwong haar min of meer de muntthee te drinken. Ik legde een naar lavendel geurend servet op haar voorhoofd, controleerde haar temperatuur, die normaal was, en voelde haar pols, die veel te snel was. Als ze in het komende uur niet rustiger werd, zou ik dr. Trefusis laten komen. Uiteindelijk kalmeerde ze en ik zat twee tot drie uur bij haar bed. Op een gegeven moment werd er op de deur geklopt. Ik zag Donald om de hoek kijken.

'Hoe is het met haar?'

'Ze slaapt. We zullen zien hoe het is als ze wakker wordt.'

'Ja, natuurlijk.' Hij keek me zo lief en dankbaar aan dat er tranen in mijn ogen sprongen. Ik kon me niet voorstellen hoe het voor hem was om zijn vrouw en zijn geliefde samen te zien.

'Roep me alsjeblieft als er iets is wat jullie nodig hebben.'

'Dat zal ik doen, dank je wel.'

Violet werd vlak voor middernacht wakker en ik zag dat haar kleur was veranderd. Ze greep opeens naar haar buik en schreeuwde het uit van de pijn.

Ik sloeg de dekens van haar af en vroeg haar aan te wijzen waar de pijn vandaan kwam.

'Het voelt... als een strakke band die midden over mijn buik loopt...' Ze kon niet verder praten, want een volgende pijngolf trok door haar heen.

'Violet, volgens mij heb je weeën!'

'Mijn hoofd... mijn hoofd,' jammerde ze.

'Doet dat nog steeds pijn?' vroeg ik. Ik voelde aan haar voorhoofd. Ze was gloeiendheet van de koorts.

'Verschrikkelijk, het is...' Door de heftige wee die door haar heen trok kon ze niet verder praten.

'Je hoeft niet bang te zijn,' zei ik toen ik de bel bij haar bed luidde om haar meid te waarschuwen. 'Wat je nu moet doen is je lichaam volgen. Dat weet precies wat er gebeuren moet en je moet ernaar luisteren.'

'Zo blij... dat je er bent...'

'Ik laat dr. Trefusis komen. Hij zal willen weten dat de weeën zijn begonnen en hier bij je zijn.'

'Ga niet weg!' zei ze. Ze greep mijn hand en hield hem stevig vast.

'Violet, ik ben zo weer terug, echt!' zei ik en ik trok mijn hand uit de hare en rende de duistere trap af om iemand te vinden die alarm kon slaan. Het zingen klonk nu onafgebroken in mijn hoofd en ik was niet blij met Violets huidige toestand. Helemaal niet blij.

Beneden kon ik niemand vinden, dus ik vloog door Violets suite en bonkte luid op de deur van Donalds kamer.

'Anni, wat is er?' vroeg hij toen hij in zijn pyjama aan de deur verscheen.

'Violets weeën zijn begonnen en ik wil dat je onmiddellijk dr. Trefusis belt. Ze heeft hoge koorts en zegt dat ze nog steeds die hoofdpijn heeft. Ik denk dat ze zo snel mogelijk naar het ziekenhuis moet. Er is iets niet goed,' voegde ik eraan toe. 'Ik heb haar meid gebeld, maar ze komt niet. Kun jij haar wakker maken en zeggen dat ze gekookt water, koude lappen en schone doeken moet brengen terwijl wij wachten op dr. Trefusis?'

'Natuurlijk, maar de dokter heeft nog steeds geen telefoon, dus ik moet een van de knechten sturen om hem te halen.'

Ik knikte en verdween weer in Violets kamer.

Sinds ik was weggegaan, had ze de lakens onder gespuugd en ze kreunde onnatuurlijk. De baby kwam eraan, snel, veel te snel, en weer klonk het gezang luid in mijn oren.

Ik trok de dekens van haar af en zette haar in een iets comfortabeler houding. Ik fluisterde geruststellende woorden tegen haar en probeerde haar te kalmeren.

'Ariane, ga His Lordship zoeken en laat hem onmiddellijk hiernaartoe komen,' zei ik. De angst sloeg om mijn hart om Violets hoge koorts. Alles, zowel instinctief als medisch, zei me dat ze in gevaar verkeerde.

Donald was er vrijwel onmiddellijk. 'Mijn god!' riep hij uit, geschokt bij de aanblik van zijn vrouw.

'Als dr. Trefusis niet binnen een half uur hier is, moet jij haar in je auto naar het ziekenhuis brengen. We kunnen niet langer wachten.'

Twintig minuten later gaf ik Ariane opdracht Mrs. Thomas wakker te maken en haar een drank van suikerwater te laten maken, ook omdat ik niet langer kon verdragen dat het meisje, geschokt, maar ook nieuwsgierig, achter me rondhing.

Opeens werd Violet rustig. Ze opende haar ogen en staarde me aan.

'Er is iets niet goed, hè?'

'Nee, alles is in orde, echt waar. De baby wil heel graag geboren worden, sneller dan zou moeten, en jij moet dapper zijn en haar helpen.'

'Haar?' Violet glimlachte opeens. 'Is het een meisje?'

Mijn opmerking was instinctief geweest, maar op dat moment knikte ik volledig overtuigd. En ik wist dat het belangrijk was om het haar te zeggen.

'Ja, Violet, ik denk het wel.'

Ze sloot haar ogen weer en daarna zweefde ze tussen bewustzijn en bewusteloosheid. Eindelijk arriveerde dr. Trefusis. Nog eens twintig minuten later werd het dochtertje van Violet en Donald Astbury geboren. Toen ik haar zag, wist ik dat ze klein was en hoopte dat ze het zou overleven. Op dit moment was het echter vooral haar moeder die onze aandacht nodig had. Het bloed stroomde uit haar en hoewel dr. Trefusis en ik de twee uur die volgden alles deden wat we konden, wilde het bloeden niet stoppen.

'Mijn god,' zei Donald. Hij zat naast een bewegingloze Violet en streelde haar haren. 'Is er dan niets wat we kunnen doen? We moeten haar naar het ziekenhuis brengen!'

'Lord Astbury,' zei dr. Trefusis, 'uw vrouw is te ziek om te worden vervoerd.'

'Maar we kunnen toch niet gewoon toekijken hoe ze doodbloedt!'

Dr. Trefusis wierp een wanhopige blik op mij en schudde licht met zijn hoofd.

'Het spijt me heel erg, Lord Astbury, maar er is niets meer wat we kunnen doen om haar te redden. Ik denk dat u het beste afscheid van haar kunt nemen.'

Ik keek naar Donald. Hij legde zijn hoofd op Violets borst en begon te snikken.

Ik wist dat het niet aan mij was om hem te troosten. Ik pakte de kleine baby, die in een wiegje was gelegd en eigenlijk was vergeten terwijl wij hadden geprobeerd het leven van haar moeder te redden.

'Ik neem de baby mee en voed en was haar,' fluisterde ik tegen hem.

Hij knikte vaag en ik verliet de kamer.

Om zes uur in de ochtend werd Lady Violet Astbury doodverklaard door dr. Trefusis. Ze is niet meer bij kennis geweest en heeft haar dochter nooit gezien.

40

Het dorp Astbury was in rouw gedompeld. De tragische dood van Lady Violet wierp een sluier over het dorp die als een zware mist over het hele landgoed hing. Ik hield me gedeisd in het huisje en kwelde mezelf met mijn gedachten over wat er die dag was gebeurd. Ik had in de laatste uren van haar leven geweten dat er iets heel erg mis was. Ik probeerde mezelf gerust te stellen door te bedenken dat de dokter had verklaard dat ze niet in gevaar was, maar toch kon ik Violets ogen niet uit mijn hoofd zetten. Ze hadden zoveel vertrouwen uitgestraald, zoveel geloof dat ik haar kon helpen. En op het eind had ik haar, omdat ik niet naar mijn instincten had geluisterd, op de ergst mogelijke manier tekortgedaan.

Ik had Donald sinds de dag van haar dood niet meer gezien. Ook hij had op mij vertrouwd, net als het hele dorp. Ze hadden zo volledig in mij geloofd. Het feit dat mijn telefoon niet overging, zoals hij altijd deed, en er geen mensen belden die wilden dat ik de zieken kwam bezoeken, vertelde me alles wat ik moest weten. Het bleef onuitgesproken, maar ik kreeg de schuld. Ja, ik kon spit genezen, jicht, een verkoudheid… maar als het erop aankwam, kon ik niets uitrichten.

Ook al wist ik, diep in mijn hart, dat Violets ziekte niet te genezen was geweest – de eminente dr. Trefusis was erbij geweest toen we hadden geprobeerd haar leven te redden – kon ik niet anders dan mijzelf kwellen met haar dood.

En Donald was nu natuurlijk weduwnaar.

Deze gedachte aan hem als vrij man, waar ik onder andere omstandigheden blij om zou zijn geweest, maakte alles eigenlijk nog onverdraaglijker.

Gaf Donald mij de schuld?

Als dat niet zo was, waarom had hij dan in vredesnaam niet gebeld, of was hij niet over de heide gereden om mij te zien? Mijn affectie voor Violet was openlijk en oprecht geweest en ik had hem die meermalen laten blijken. Hij dacht toch zeker niet...

Een paar dagen na Violets dood kreeg ik bezoek. Vanuit mijn slaapkamerraam zag ik Maud Astbury uit de auto stappen en voorzichtig het smalle pad op lopen naar mijn voordeur. Ik zette jou in je bedje met speelgoed om je bezig te houden, haalde diep adem en ging naar beneden om de deur open te doen.

'Hallo, Lady Astbury,' zei ik.

'Mag ik binnenkomen?'

'Ja.' Ze volgde me door de gang de woonkamer in. 'Wilt u niet gaan zitten? Zal ik thee voor u zetten?' vroeg ik haar toen ze ongemakkelijk midden in de kamer bleef staan.

'Nee, dank u, dit is geen bezoekje voor de gezelligheid, zoals u wel kunt begrijpen.'

'Nee,' zei ik met een verdrietige zucht. 'Wat kan ik voor u doen?'

'Ik kom u vragen niet naar de begrafenis van Lady Violet te komen, volgende week. Onder de omstandigheden zou het zeer ongepast zijn als u dat wel deed.'

'Ik begrijp het.'

'U ziet dat toch zeker ook zo?'

'Als u doelt op mijn relatie met uw zoon, dan ja, dan begrijp ik dat het verkeerd zou zijn als ik naar de begrafenis van zijn vrouw zou gaan. Echter, wat Lady Violet zelf betreft, zij was mijn vriendin en ik heb alles gedaan om haar te helpen, de nacht dat ze stierf,' antwoordde ik zo rustig als ik kon.

'Haar hélpen? Noemt u dat zó?'

'Ja, Lady Violet leed aan pre-eclampsie, een levensbedreigende aandoening. Zelfs als ze naar het ziekenhuis was gebracht, is het nog maar de vraag of ze geholpen had kunnen worden. Naar mijn mening, in ieder geval.'

'Ik denk niet dat uw beperkte medische ervaring en de dood van een van uw zogenaamde patiënten u het recht geeft op een mening,' zei Maud hooghartig. 'Maar hoe dat ook zij, Miss Chavan, het is niet aan mij om over u te oordelen. Dat laat ik aan anderen. Wat gaat u nu doen?' vroeg ze daarop.

'Daar heb ik nog geen moment over nagedacht,' loog ik. 'Ik rouw nog om Lady Violet. Mag ik vragen wat er van de baby zal worden, nu haar moeder niet meer leeft?'

'Ik zal natuurlijk het grote huis weer betrekken en Donald helpen met haar verzorging en opvoeding. Dat is niet meer dan mijn plicht. Donald stond erop dat het kind Daisy werd genoemd, wat blijkbaar Violets keus was.'

Ik zag aan Mauds gezicht dat ze het er niet mee eens was. Ik wist ook dat ze niet was gekomen voor een vriendelijk babbeltje.

'Your Ladyship, mag ik u vragen wat de echte reden is van uw komst?'

'Dat mag u. Ik wil dat u onmiddellijk uit Astbury vertrekt. U hebt al genoeg schade aangericht en omwille van mijn zoon en zijn pasgeboren kind, moet u inzien dat u geen keuze hebt.'

'Net als u, toen u mijn brieven aan Donald onderschepte?' reageerde ik scherp.

'Ik deed wat nodig was om mijn familie te beschermen. Anderen vallen misschien voor uw lieve en zorgzame buitenkant, maar, Miss Chavan, toen ik u voor het eerst zag, wist ik onmiddellijk wat voor vlees ik in de kuip had.'

'En wat voor vlees was dat dan?' fluisterde ik. Mijn hele lichaam trilde van woede en spanning.

'U bent niets meer dan een lage Indiase hoer. Denk maar niet dat ik uw soort niet eerder heb gezien, want dat heb ik, o ja.' Maud schudde agressief met haar vinger naar me. 'Toen ik in India woonde, zag ik de duivel in die vrouw die mijn man voor mij verborgen hield. Hij sloop weg voor zijn smerige afspraakjes naar het krot waar zij woonde, nadat zij als meid bij ons ontslagen was. En hij dacht dat ik het niet wist! Ik zag de tranen in zijn ogen toen we uit India vertrokken. Ze waren allemaal voor haar.'

Ik zag de walging en de woede in haar ogen branden. En ik begon meer te begrijpen van haar haat voor mij.

'Zo vader, zo zoon, hè?' Maud gaf een vreugdeloos lachje. 'Je lijkt zelfs een beetje op haar. Ik zag het op de eerste dag dat je bij ons binnenkwam, al die jaren geleden. Maar ja, alle Indiase boeren lijken op elkaar, nietwaar? Blijkbaar heeft jouw soort een onmiskenbare voorkeur voor de Astbury-mannen. Miss Chavan, u en ik zijn allebei vrouwen en we begrijpen hoe snel een man door de knieën gaat voor de vleselijke zonden. Wij moeten hun beslissingen voor ze nemen. Als u van Donald houdt, zoals u beweert te doen, dan zult u begrijpen dat uw betrokkenheid bij de dood van Lady Violet uw verdere aanwezigheid op Astbury ondraaglijk voor hem maakt.'

'Your Ladyship, ik was niet verantwoordelijk voor het overlijden van Lady Violet. Ik heb alles gedaan wat ik kon om haar te redden.'

'Dat mag u denken, mijn beste, maar het is algemeen bekend dat u de hele tijd bij haar was. Er wordt gepraat. Denkt u nu echt dat er een toekomst is voor u en Donald na wat er is gebeurd? U moet toch inzien dat een verdere relatie met hem niet alleen vruchteloos is, maar ook zijn reputatie in de society zal ondermijnen?'

'Ik zal aan Donald moeten vragen wat hij denkt. Er is nog geen geschikt moment geweest om de toekomst te bespreken.'

'Omdat er geen toekomst is.'

Uiteindelijk moest ik wel mijn grootste troef spelen. 'En onze zoon dan, Moh? Bestaat hij ook niet? Vergeef me als ik het verkeerd heb, maar ik zou hem erfgenaam van het Astbury Estate kunnen maken.'

Toen ik dat zei, gooide Maud haar hoofd in haar nek en begon hard te lachen. 'Miss Chavan, weet u hoeveel onwettige kinderen er buitenechtelijk zijn verwekt door mannen als Donald? Lieve schat, uw zoon zal nooit aanspraak kunnen maken op Astbury.'

Ik keek naar haar en besefte opeens waar zij precies zo bang voor was.

'U hebt gelijk, natuurlijk, tenzij we in de toekomst trouwen, zoals we drie jaar geleden al van plan waren.'

Ik keek naar de ontzette uitdrukking op haar gezicht en wist dat mijn instinct klopte.

'Mijn zoon zal nooit met u trouwen,' zei ze. Ze keek me niet aan.

'Nou, Donald heeft mij al eens eerder een aanzoek gedaan. Dus misschien doet hij dat nog een keer,' voegde ik eraan toe en ik zag haar ineenkrimpen. Nu was ik degene die wreed was, maar ik had zo geleden door toedoen van deze vrouw, alleen omdat ik in haar ogen de verkeerde kleur en de verkeerde nationaliteit had. 'Ik laat het u zeker weten als we onze toekomstplannen hebben besproken, Your Ladyship. Nu hoor ik mijn zoon boven huilen en wil ik naar hem toe gaan. Is dat alles wat u mij wilde zeggen?'

'Wilt u geld? Ik kan wel wat voor u vrijmaken, als u onmiddellijk vertrekt.'

'Donald heeft altijd heel goed voor mij gezorgd, en ik ben ervan overtuigd dat hij dat zal blijven doen. Lady Astbury, ik moet u vragen te vertrekken.'

Ik liep naar de deur en hield hem voor haar open.

'Wat wilt u dan?' Ze staarde me aan.

'Niets, alleen dat uw zoon gelukkig is,' antwoordde ik.

Ze vatte dit verkeerd op en ik zag de wanhoop in haar ogen. 'U verwoest hem als u blijft. Dat weet u toch?'

Ik gaf geen antwoord toen zij mijn huisje verliet en terugliep naar haar auto en de chauffeur die op haar wachtte. Ik sloot de deur en was opeens buiten adem. Ik rende naar boven om jou uit je bedje te tillen en je stevig vast te houden. Ik wist dat Maud gelijk had, maar ik gunde haar het plezier niet dat ik haar zou geven als ik haar zou inlichten over mijn plannen.

Ik had mijn besluit al genomen in de lange, eenzame uren sinds Violets dood. Ik wist dat er geen hoop meer was voor Donald en mij. Toen Violet haar laatste adem uitblies, was dat meteen het einde van ons tweeën. Hoe sterk onze liefde ook was, en uit welke hoek ik het ook bekeek, niets kon de schuld overstijgen die wij allebei de rest van ons leven met ons mee zouden dragen.

Maud had gelijk over de afschuwelijke toespelingen die er zouden worden gemaakt over mijn rol in de laatste uren van Violet. Zelfs mijn vrienden op Astbury, die mij kenden en van mij hielden, zouden een toekomstige relatie met Donald niet kunnen goedkeuren. Sommigen zouden zelfs denken dat ik een of ander duivels plan had uitgedacht.

'Moh,' verzuchtte ik in je haren op die verschrikkelijke middag, 'ik geloof echt dat er geen hoop meer is.'

In de dagen die volgden begon ik plannen te maken. Ik had wat geld gespaard van het geld dat Donald mij voor het huishouden had gegeven het afgelopen jaar. Als ik de parels zou verkopen die hij mij met Kerstmis had gegeven, dan zou ik met dat bedrag een derdeklaskaartje op de boot naar India kunnen kopen voor ons tweeën. Ik had nog altijd die ene grote robijn begraven liggen onder het paviljoen bij het paleis in Cooch Behar. Als wij tweeën die konden bereiken, dan zou die ons een dak boven ons hoofd kunnen geven tot ik een manier had bedacht om in mijn onderhoud te voorzien.

In die lange, stille nachten schreef ik Donald steeds opnieuw en probeerde ik hem uit te leggen waarom wij weggingen. Ik verscheurde elke poging weer, omdat hij zo tekortschoot. En misschien, dacht ik bij mezelf, was het het beste om niets te zeggen. Als hij van me hield en me kende, en dat deed hij, dan zou hij alles begrijpen.

Violets begrafenis werd drie oneindig lange weken na haar dood gehouden om haar ouders in staat te stellen over te komen en de nodige voorbereidingen te treffen. Mijn hart ging naar ze uit – ze zouden uit New York komen varen om er te zijn, vlak na de geboorte van hun kleinkind, en hoorden halverwege de reis over de Grote Oceaan dat hun geliefde dochter was overleden. Tilly vertelde het mij toen ik haar de dag na de begrafenis in de dorpswinkel tegenkwam. Ze nodigde ons uit voor een kop thee.

'O, Miss Anni,' zei ze, toen ik in tranen uitbarstte. De eenzaamheid in de tijd die ik alleen met mijn gedachten had doorgebracht was te veel voor mij geweest. 'Huil niet, alsjeblieft. Ik weet dat je je best hebt gedaan.'

'Ik weet dat jij dat weet en daar ben ik je dankbaar voor, maar de dorpelingen en het personeel geven mij de schuld.'

'O, je moet niet op hen letten. Ze vinden niets heerlijker dan roddelen. Het waait allemaal wel weer over en dan komen ze weer bij jou als hun kleintje verkouden is of hoest en ze je nodig hebben. Maak je geen zorgen.'

'Is er echt over mij gepraat?'

'Nou, iedereen weet dat je erbij was en de dokter moet natuurlijk iemand de schuld geven, hè?'

'Wat bedoel je?'

'De mensen die gezien hebben hoe jij die nacht voor Her Ladyship hebt gezorgd, weten hoe je haar hebt geholpen. De dokter zou echter niet graag toegeven dat het zijn schuld was dat hij niet eerder heeft gezien dat er iets mis was.'

Ik voelde mijn hart in lood veranderen toen ze die woorden uitsprak. Moest ik nu de zondebok van de dokter zijn?

'Hoe dan ook, het waait allemaal wel weer over, nu de begrafenis achter de rug is. Het leven gaat door en dan zijn er weer andere dingen om over te roddelen.' Tilly klopte troostend op mijn hand. 'Trek het je niet aan, Miss Anni. Wij kennen je en weten dat je niets had kunnen doen om haar te redden.'

Ik keek naar haar op, de eerlijkheid straalde uit mijn ogen. 'Nee, echt niets.'

Mijn lieve kind, ik moet je nu gaan vertellen over de laatste keer dat ik Donald zag, je vader, en wat er daarna met mij is gebeurd. Ik zal mijn uiterste best doen je een feitelijk relaas te geven van wat er is voorgevallen, maar vergeef me als het verhaal over deze vreselijke tijd je van streek maakt.

Een week na de begrafenis van Violet, stond Donald ineens voor mijn deur. Hij zag er afschuwelijk uit. We wisten allebei niet wat we moesten zeggen, maar jij, Moh, die niets afwist van de gebeurtenissen, vroeg om je gebruikelijke knuffel en klom op zijn knie. Ik maakte thee en we zaten samen zwijgend in de keuken.

Ik weet nog dat ik hem vroeg of hij mij de schuld gaf.

'Je zei dat het zou goed komen, die dag...'

'Ik zei dat als haar hoofdpijn niet zou zakken, we de dokter erbij moesten halen. En dat leek ook te gebeuren, in ieder geval een tijdje. Weet je nog, Donald, dat jij binnenkwam en zij sliep?' vroeg ik hem.

'Ja, ja,' antwoordde hij, maar ik kon zien dat hij overmand was door verdriet – of schuldgevoel. Ik wist niet wat precies. 'Het spijt me dat ik niet eerder naar je toe ben gekomen.'

'Ik begrijp het.'

'O, Anni, wat hebben we gedaan? Ik...'

Ik nam hem in mijn armen en hij huilde als een kind. Ik begreep elke nuance van wat hij voelde, want ik voelde hetzelfde. We hadden geen van beiden schuld aan Violets dood, maar de feiten telden niet. We vóélden ons schuldig en daar ging het om.

Ik bracht je daarna snel naar bed, want ik wilde niet dat je jouw geliefde Mr. Don zo verdrietig zag. Toen ging ik naar beneden en zei dat hij de soep moest eten, die ik eerder had gemaakt.

'Je ziet eruit alsof je weken niets gegeten hebt,' zei ik toen ik erin roerde.

'Dat is waarschijnlijk ook zo.' Hij keek op met zijn lepel halverwege tussen zijn bord en zijn mond. 'Er zitten toch geen rare kruiden in?'

'Donald, je moet me geloven! Alles wat ik Violet heb gegeven, was onschuldig. Niets wat ik niet aan mijn eigen zoon zou geven, of aan jou...'

'Nee, sorry, dat was een slechte grap,' zei hij. 'Vergeef me.'

Toen hij de soep op had, leek hij iets te zijn bijgekomen.

'Heb je misschien cognac in huis?'

'Dat moet ik wel ergens hebben.' Hij volgde me naar de woonkamer en ik ging naar de kast en pakte de fles die in een van mijn kerstmanden had gezeten. Ik opende hem en schonk wat voor hem in. Ik keek toe hoe hij het in één beweging achteroversloeg.

'Nu voel ik me beter.' Hij keek voor het eerst goed naar me en stak zijn handen naar me uit. 'Vergeef me, Anni. Je verdient dit niet van mij en ik voel me er ellendig onder. De roddels, weet je, die hebben ook mij beïnvloed.'

'Ja, ik zie het,' antwoordde ik bedroefd.

'Natuurlijk heb je alles gedaan wat je kon doen om haar te helpen, ik zag het. Kom hier.' Hij stak zijn armen naar mij uit en ik liet me door hem omhelzen. Ik verlangde zo erg naar zijn aanraking en warmte en wilde zo graag dat hij mij geloofde. 'Vergeef me,' zei hij nog eens en hij begon me te kussen. 'Ik houd van je en mijn schuld daarover heeft mijn rationele geest aangevreten.' Zijn handen waren nu overal. 'Ik houd van je, Anni, ik houd van je, ik houd van je.'

Voor die avond had ik Donald alleen gekend als een lieve minnaar die rekening met me hield, maar toen nam hij me op de vloer van de woonkamer, en toen hij mijn naam uitschreeuwde, voelde ik zijn frustratie, schuld en pijn in mij stromen.

Na afloop lagen we samen op de grond.

'Het spijt me zo,' fluisterde hij. 'Ik ben mezelf niet meer.'

'Geen van ons is dat nog,' troostte ik hem.

'Mag ik hier vannacht blijven, Anni?'

'Natuurlijk,' zei ik zacht.

Ik lag die nacht in zijn armen en wilde hem vertellen dat jij en ik Astbury in de komende dagen zouden verlaten. Ik wist echter dat als ik dat deed, hij zou proberen mij tegen te houden en mijn beslissing zou niet sterk genoeg zijn om de kracht van mijn liefde voor hem te weerstaan. Ik keek naar hem, hoe hij lag te slapen, en terwijl ik dat deed hoorde ik het zingen weer, dat mij waarschuwde voor een sterfgeval. Het was luid, wat betekende dat het heel dichtbij was. Verward concludeerde ik dat het vast kwam doordat Donald in de komende dagen ver weg van mij zou zijn, voor altijd verloren. Aan onze liefde zou een einde komen.

Bij zonsopgang stond hij op, kleedde zichzelf aan en zei dat hij terug moest voor het personeel zijn afwezigheid zou opmerken. Ik volgde hem naar beneden om hem uit te laten. Hij omhelsde mij toen met zoveel tederheid en drukte me dicht tegen zijn borst. Ik voelde voor de laatste keer zijn hart tegen het mijne kloppen.

'Vaarwel, Donald,' zei ik. Ik gleed met mijn vingertoppen over zijn gezicht, vastbesloten om elk detail in mijn herinnering op te slaan.

'Ik houd van je, Anni, dat mag je nooit vergeten.' Hij tilde mijn gezicht op naar het zijne. 'Dat mag je nooit vergeten.'

Ik zag hem vertrekken en onderdrukte mijn aanvechting om achter hem aan te rennen. Mijn hart brak toen hij wegreed over de heide, maar ik moest de kracht vinden om genoeg van hem te houden om hem los te laten.

De volgende dag bracht ik door met het verdoofd inpakken van onze kleren en een paar dierbare voorwerpen. Ik had besloten dat we naar Londen zouden reizen, waar ik een kamer in een pension zou nemen en mijn parels naar Hatton Garden zou brengen, waarna ik onze passage naar India vanuit Southampton zou regelen.

De volgende ochtend klonk er een harde bonk op mijn voordeur.

Ik deed open en zag twee politieagenten staan.

'Bent u Mrs. Anahita Prasad?'

'Dat ben ik,' zei ik vriendelijk. 'Waarmee kan ik u van dienst zijn?'

'U wordt gearresteerd voor betrokkenheid bij de dood van Lady Violet Astbury. U hebt het recht om te zwijgen. Indien u geen gebruikmaakt van dit recht, kan alles wat u zegt tegen u worden gebruikt in een rechtszaak, begrijpt u dat? We verzoeken u met ons mee te gaan naar het politiebureau.'

41

Ik staarde naar de agenten alsof ze krankzinnig waren. Ik was zo geschokt dat ik geen woorden kon vinden, dus ik staarde ze alleen maar aan, zonder iets te antwoorden.

'Kom, Mrs. Prasad.' Een van de agenten wilde mij bij mijn arm pakken en me bij de voordeur wegtrekken. 'Laten we het niet moeilijker maken dat het is.

Zijn agressieve houding zorgde ervoor dat ik eindelijk mijn stem hervond. 'Mijn kind ligt boven te slapen. Ik moet hem gaan halen.'

'Maakt u zich daarover geen zorgen. Er komt zo iemand langs om hem op te halen.'

'Nee!' schreeuwde ik en ik probeerde me los te rukken. 'Ik kan hem hier niet achterlaten. Ik moet hem nu halen!'

De greep op mijn arm werd sterker toen ik worstelde om los te komen. De tweede agent pakte mijn andere arm vast en duwde mij de voordeur door. Toen schoven ze mij achter in de auto en reden mij van jou weg.

Mijn herinneringen vanaf dat moment zijn vaag. Misschien heb ik een groot deel ervan verdrongen, zoals iedereen zou doen. Tijdens die vreselijke reis die mij van de heide wegvoerde, dacht ik Donald te zien op Glory, net voordat we door het dorp Astbury reden. Ik draaide me naar hem om en schreeuwde uit alle macht jouw naam naar hem, voor een ruwe hand over mijn mond werd gelegd.

Ik herinner me echter heel duidelijk dat het zingen luid bleef klinken in mijn oren. Ik weet het aan mijn eigen vreselijk ontdane toestand.

Toen ik eenmaal formeel in staat van beschuldiging was gesteld, werd ik naar de Holloway-gevangenis in Londen gereden, een oord dat je je alleen in je ergste nachtmerries kunt voorstellen. Ik herinner me vooral de kou en de natheid van het regenwater dat door het ijzeren rooster in de muur van mijn cel naar binnen stroomde, en de onophoudelijke geluiden van zielen in geestelijke en lichamelijke nood, overal om mij heen. De eerste paar dagen kon ik alleen maar aan jou denken en aan waar je was en ik mengde me in de kakofonie en schreeuwde je naam steeds weer. Ik smeekte iedereen die mijn cel binnenkwam om iets over jou te weten te komen. De gedachte aan jou, alleen achtergelaten in het huisje op de heide, achtervolgde me elke seconde van mijn bestaan.

Ik weet niet hoelang het duurde voor ik mijn eerste bezoek ontving; misschien waren er maar een paar dagen voorbijgegaan, maar het leek een eeuwigheid voor een moeder die bij haar kind is weggerukt en geen idee heeft waar het verblijft.

Toen Selina de donkere bezoekersruimte binnenkwam als een engel van genade, viel ik op mijn knieën en huilde, mijn armen om haar benen geslagen.

'Dank de goden, dank de goden dat je hier bent! Mijn zoon, Selina, ik weet niet wat ze met Moh hebben gedaan!'

Ik werd van haar af getrokken door een bewaker en weer op de stoel gezet, met de waarschuwing dat als ik haar nog een keer dreigde aan te raken, mijn armen erachter zouden worden vastgebonden.

'O, Anni… ik…'

Ik zag dat Selina ook huilde.

'Het spijt me zo, het spijt me zo,' zei ze.

'Maak je alsjeblieft geen zorgen over mij, ik wil alleen dat je mijn zoon vindt,' zei ik. Mijn stem brak.

'Anni, o hemel, o hemel…'

Ik herinner me dat ik hysterie in me voelde opkomen en ik wist dat ik moest proberen me te beheersen om te zorgen dat zij het begreep. 'Selina, alsjeblieft, weet je waar hij is? Misschien is hij nog steeds in het huisje bij de beek. Ik denk dat ik Donald zag toen ze mij wegreden in de auto, maar misschien heeft hij mij niet horen schreeuwen. Alsjeblieft, Selina, ga kijken of Moh daar niet nog is. Hij zal zoveel honger hebben, en zo bang zijn…' Ik begon te snikken, met mijn hoofd in mijn handen.

'Vergeef me, Anni. Henri en ik waren op reis in Europa. We kwamen een paar dagen geleden pas terug in het chateau in Frankrijk en ik kreeg beide telegrammen. Natuurlijk ben ik onmiddellijk naar Engeland vertrokken. Ik ben nog steeds in shock. Wat een tragedie. Zo'n verschrikkelijke tragedie... ik kan het nauwelijks geloven.'

'Geloof me alsjeblieft, Selina, ik heb Violet niet vermoord. Niets had haar kunnen redden. Dr. Trefusis was erbij en hij wist het ook. Ik heb haar niets gegeven wat haar schade had kunnen toebrengen.'

'Ik ben ervan overtuigd dat je alles hebt gedaan wat je kon, Anni,' zei Selina.

'Dat is zo, ik zweer het je. En Donald? Hoe is het met hem?'

'O, Anni, ze hebben je niets verteld, hè?'

'Wat hebben ze me niet verteld? Ik heb niemand gezien sinds ik in dit vreselijke oord ben aangekomen.'

Selina legde haar vingers tegen haar slapen. 'Dan moet ik het doen, Anni. Het spijt me zo vreselijk, maar Donald moet zijn teruggereden naar het huisje om Moh te halen. En ik... Goede God, hoe kan ik je dit vertellen?'

'Selina, alsjeblieft,' smeekte ik. 'Wat het ook is, zeg het gewoon.'

'Anni, niemand weet wat er gebeurd is, maar Donald en Moh zijn samen bij de beek gevonden. We kunnen alleen maar aannemen dat Glory is gestruikeld en dat ze gevallen zijn. Toen ze uiteindelijk zijn ontdekt, was Donald al... weg. Hij was met zijn hoofd tegen een rots geslagen en ze denken dat hij direct is overleden. En Moh...' Selina probeerde zichzelf te herstellen om de woorden te kunnen uitspreken. 'Ze denken dat toen hij van Glory viel, hij in de beek terecht is gekomen. En... is verdronken.'

Ik staarde naar haar alsof ze krankzinnig was. 'Vertel je mij nou dat mijn zoon dood is? En Donald ook? Zeg me dat je liegt, Selina, in godsnaam, zeg het me... zeg het me...'

'Nee, Anni. Het spijt me zo vreselijk. Ik...'

Een diepe, jammerende keelklank echode langs de muren toen ik van de stoel op de grond viel. Ik zag Selina's geschokte gezicht, toen een van de bewakers me optilde en de kamer uit sleepte, waarna hij mij half struikelend door de gangen sleurde, de trappen af en mij weer in mijn cel gooide.

‘Kom er maar weer uit als je bent afgekoeld,’ zei hij toen hij de deur dichtsmeet. Het jammeren bleef in mijn oren galmen en het duurde even voordat tot mij doordrong dat ik het zelf was.

Daarna ging er enige tijd voorbij voor de hysterie mij eindelijk verliet en ik in plaats daarvan onverschillig werd. Ik herinner mij dat ik af en toe werd meegenomen naar de bezoekersruimte, waar vreemde, duistere figuren met mij probeerden te praten en uit te leggen wat er gebeurde, maar ze konden mij niet bereiken. Ik verdween diep in mijzelf in een leegte van niets. Ik bestond gewoon niet, want als ik bestond, dan wist ik dat de pijn die ik zou voelen te erg zou zijn. De vreemden praatten over de aanklacht die tegen mij was ingediend en hoe ik mij moest verdedigen, want als ik dat niet deed, zou ik waarschijnlijk tot de strop worden veroordeeld. Dat als ik niet reageerde, ze mij naar een gesticht zouden sturen tot het proces zou beginnen.

Mijn zoon, misschien vind je je moeder heel zwak, omdat ze niet voor zichzelf opkwam. Het nieuws over jouw dood en die van je vader had me echter volledig gebroken. Ik lag alleen in mijn cel en bad dat de dood me snel zou komen halen, zodat ik bij jullie zou kunnen zijn.

‘Sta op! Je hebt bezoek.’

Ik herinner me dat een van de bewakers op me neerkeek. Ik lag opgerold op mijn brits en schudde lusteloos mijn hoofd.

Hij trok me overeind, maakte een vuile doek, alles wat ik had om mij mee te wassen, nat en haalde die over mijn gezicht.

‘We kunnen niet hebben dat iemand beweert dat we hier niet voor onze gevangenen zorgen,’ zei hij toen hij mij omhoogtrok tot een staande positie en me als een pop mijn cel uit trok.

‘Deze keer geen schreeuwpartij ten overstaan van je bezoeker,’ waarschuwde hij mij.

Hij zette me op de stoel in de bezoekruimte en ik liet mijn hoofd op mijn borst hangen, te zwak om het rechtop te houden en totaal niet geïnteresseerd in wie mijn bezoeker zou kunnen zijn. Als deze nieuwe beproeving voorbij was, kon ik tenminste terugkeren naar de eenzaamheid van mijn vacuüm.

Ik hoorde iemand binnenkomen en een bekende geur bereikte mijn neus, al kon ik niet thuisbrengen waar ik die van kende.

'Anni? Anni, kijk naar me.'

De stem herkende ik ook, maar ik dacht dat het een droom was en ik tilde nog steeds mijn hoofd niet op.

'Ik ben het, Anni, Indira. Zeg me alsjeblieft dat je weet wie ik ben.'

Een stem in mijn hoofd grinnikte om het belachelijke idee dat Indira hier in dit afschuwelijke oord was. Ik wist dat mijn geest een wreed spelletje met mij speelde, want alles aan mijn liefste vriendin bracht herinneringen boven aan warmte, veiligheid en geluk.

'Anni,' smeekte de stem voor de derde keer, 'kijk alsjeblieft naar me.'

'Je bent het niet echt,' fluisterde ik tegen mijzelf en ik trok aan de dunne katoenen rok die mijn knieën bedekte. 'Het is een begoocheling... een begoocheling.'

Ik hoorde het geluid van voetstappen die naar mij toe liepen en toen een paar warme handen die de mijne pakten.

'Anni, open je ogen nu eens! Je droomt niet, ik zweer het je. Ik ben hier echt. En doe het snel, anders begin ik te geloven dat je echt zo gek bent als ze zeiden dat je was.'

Eindelijk vatte ik de moed om te doen wat de stem vroeg en ik bereidde me voor op het feit dat als ik dat deed, ze er niet echt zou zijn.

'Hallo, Anni. Zie je? Ik ben er echt.'

Indira zat op haar hurken voor me, haar ogen vol zorg.

'Ja, ik ben het! Vertel me alsjeblieft dat je weet wie ik ben, Anni.'

Ik knikte, nog steeds niet in staat iets te zeggen.

'Nou, godzijdank!'

En toen zij haar armen naar mij uitstrekte om mij te omhelzen, begon ik eindelijk te geloven dat ze echt was.

'O, Anni, wat hebben ze met je gedaan?' fluisterde Indira, toen ze even afstand nam om naar me te kijken. De tranen stonden in haar ogen. 'Maar nu ben ik er en hoef je je nergens meer zorgen om te maken.'

'Van wie heb je het gehoord?' fluisterde ik toen ik mijn stem terugvond.

'Selina. We zagen elkaar in Frankrijk, vlak voor zij het verschrikkelijke nieuws kreeg. Ze belde me daar wanhopig op, ongeveer een week geleden om mij en mijn familie om hulp te vragen. Gelukkig trof ze me nog, want we stonden net op het punt om naar India te varen. En dus... hier ben ik!'

'Hoelang...' Ik bevochtigde mijn droge lippen met mijn tong om de woorden te vormen. 'Hoelang ben ik hier?'

'Ongeveer drie weken, denk ik. Maar we kunnen alles bespreken als we je hieruit hebben gekregen.'

'Nee, Indy.' Ik schudde verdrietig mijn hoofd. 'Ze laten me niet gaan. Ik ben beschuldigd van de moord op Violet Astbury. Ik denk dat ze me spoedig zullen ophangen, maar ik vind het niet erg. Moh... mijn zoon, is dood. Donald ook. Ik wil echt niet meer leven.'

Ze keek me streng aan. 'Anahita Chavan, weet je nog dat ik een paar jaar geleden exact hetzelfde tegen je zei toen je naar India was gekomen om mij te helpen?'

'Ja.'

'Nou, ik ben hier om hetzelfde voor jou te doen, mijn liefste vriendin.'

'Nee, Indy. Het is anders. Moh is er niet meer, en Donald. Ik wil sterven, echt. Laat me met rust.'

'Ja, ik geef toe dat het een afschuwelijke toestand is. Maar Anni, ik ken je sinds je een klein meisje was. Ik heb gezien hoe je anderen moed insprak, ook mij, en nu moet je jezelf moed inspreken. Dat kun je, ik weet dat je het kunt.'

'Indy, dank je wel,' antwoordde ik, ineens heel moe, 'maar je kunt niets doen. Ik zal bij de rechtszaak de doodstraf krijgen, ik weet het zeker.'

'Anni, er komt geen rechtszaak. De aanklacht is ingetrokken. Ik ben hier om je mee naar huis te nemen.'

Ik staarde niet-begrijpend naar haar. 'Maar ik kan toch niet terug naar het huisje aan de beek? Dat zullen ze toch niet toestaan?'

'Nee, Anni, ik neem je mee naar huis. Je echte huis. We gaan terug naar India.'

Alweer zijn mijn herinneringen aan mijn vrijlating uit Holloway en mijn aankomst in het huis van Indira's familie in Knightsbridge, waar ik als kind had gelogeerd, vaag. Ik weet alleen nog dat ik opeens werd omringd door een heerlijke zachtheid – lieve handen, donzen kussens en stemmen die zacht tegen mij praatten. Er werd geen verdriet meer uitgeschreeuwd, er was alleen stilte. Ik denk dat ik voortdurend heb geslapen – dat is hoe de natuur lichaam en geest heelt.

Ik herinner mij wel dat elke keer als ik wakker werd, Indira naast mijn bed zat. Ze drong dan teder aan dat ik mijn mond zou openen, zodat ze mij bouillon kon voeren, en met haar eigen handen verzorgde en waste ze mijn wonden, veroorzaakt door weken van vervuiling, die over mijn hele lichaam zaten. Terwijl ze mij verzorgde, haalde ze leuke gebeurtenissen op uit ons verleden en vroeg ze of ik nog wist hoe ze bij Pretty in het olifantenverblijf had geslapen voor we naar kostschool in Engeland vertrokken, of hoe we Miss Reid voor de gek hadden gehouden op de boot en zij de perzikkleurige chiffon jurk had aangetrokken en het hart van haar prins had gewonnen.

Ik reageerde niet, maar ik luisterde wel.

Terugkijkend weet ik zeker dat Indira en de liefde die ze mij toonde mij gered hebben. En uiteindelijk wist ik dat ik mij niet langer kon verschuilen achter mijn sluier van slaap en de kracht moest vinden om terug te keren tot de levenden.

'Anni, volgens mij gaat het beter met je,' zei Indira op een ochtend toen ik de soeplepel van haar overnam en aankondigde dat ik zelf kon eten.

'Ja, ik geloof het ook,' zei ik.

'Godzijdank. Eerlijk gezegd waren er momenten waarop ik er niet meer in geloofde. Ik begon mijn eigen kwaliteiten als verpleegster in twijfel te trekken.' Ze grijnsde. 'Voor anderen zorgen is nooit mijn sterkste punt geweest.'

'Indy...' De tranen sprongen in mijn ogen. 'Je was geweldig. Als jij er niet geweest was...' Ik maakte mijn zin niet af.

'Laat maar. Ik weet dat je nog zwak bent, Anni, maar ik wil onze terugreis naar India zo snel mogelijk boeken. Ik wil niet dat die heks in Astbury weer iets uithaalt.'

'Wat bedoel je?' vroeg ik. De schrik sloeg mij om mijn hart. Ik had niet naar de details rond mijn vrijlating gevraagd en die waren mij ook niet verteld.

'O, maak je geen zorgen over haar.' Indira wuifde het probleem luchtig weg. 'Het punt is dat ik gewoon wil dat je thuis bent. Als je eraan toe bent, vertel ik je het hele verhaal.'

'Ja,' zei ik. Ik wist dat ik dat nu nog niet aankon. 'Weet je moeder dat ik hier bij jou ben?' vroeg ik.

'Natuurlijk weet ze dat! Zij is degene die je vrij heeft gekregen.'

'Ze heeft me dus vergeven?'

'O, Anni, natuurlijk. En mij ook, wat niet onbelangrijk is. Het moment waarop haar kleinkind geboren werd, moest ze hem komen opzoeken. Ze schrijft elke dag, stuurt haar liefde en zegt dat ze je gauw zal zien. Goed, Anni, laten we eens zien of je kunt staan en misschien het eindje naar de badkamer kunt lopen.'

De dagen die volgden begon mijn sterke, jonge lichaam snel te herstellen en was ik fysiek gesproken weer in orde. Ik stemde ermee in dat Indira zo snel mogelijk onze reis naar India boekte. Ik was echter onzeker over mijn mentale en emotionele toestand en schrok ervoor terug om de vragen te stellen waarop ik de antwoorden moest kennen voor ik Engeland verliet.

Op een middag kwam Indira mijn kamer binnen en zei dat ik bezoek had.

'Het is Selina, Anni, en ik denk dat je haar moet spreken voor we weggaan.'

De angst sloeg om mijn hart en ik voelde hoe het bloed uit mijn gezicht wegtrok. Indira pakte mijn hand. 'Ik blijf de hele tijd bij je. Echt, Anni, we vertrekken over twee dagen en je moet met haar praten.'

Ik wist dat ze gelijk had en vijf minuten later daalden Indira en ik de trap af naar de woonkamer.

'Anni.' Selina stond op en liep naar me toe. Haar gezicht zag net zo bleek als het mijne. 'Hoe gaat het met je?' vroeg ze. Ze greep mijn hand vast.

'Het gaat beter, dank je wel.'

'Godzijdank! Ik was helemaal van de kaart nadat ik je in dat vreselijke oord had gezien.'

'Ik kan me alleen maar verontschuldigen dat ik zoveel ellende veroorzaak,' antwoordde ik verdrietig.

'Anni, je mag jezelf nooit de schuld geven van wat er is gebeurd,' zei Selina met ongewone heftigheid. 'Deze afschuwelijke tragedie is het werk van slechts één persoon. Kom...' Ze pakte me bij de arm. 'Laten we gaan zitten.'

We gingen samen op de chesterfieldbank zitten, mijn handen nog steeds in die van Selina. Indira zat tegenover ons in een stoel, als een beschermende tijgerin die over haar kwetsbare welp waakt.

'Dank je wel dat je mij helpt, Selina.'

'Nou, je hoeft mij niet te bedanken. Indira en haar familie hebben hier de wonderen verricht.'

'Selina, zeg me alsjeblieft dat je weet dat ik Violet niet heb geprobeerd te vermoorden. Ze was mijn vriendin, ik zorgde voor haar en op het eind heb ik alles gedaan wat ik voor haar kon doen, ook al wist ik dat het hopeloos was.'

'Natúúrlijk weet ik dat, mijn liefste Anni. Jouw hart is uitsluitend gevuld met goedheid. Maar laat ik bij het begin beginnen. Het maakt alles gemakkelijker uit te leggen. Toen ik uiteindelijk in Frankrijk de twee telegrammen ontving die mij op de hoogte stelden van de dood van Violet en van mijn broer, ben ik onmiddellijk naar Astbury gegaan. Toen pas hoorde ik over jouw arrestatie op beschuldiging van moord. Ik wist dat er maar één iemand was die daar verantwoordelijk voor kon zijn. En dus ging ik naar haar toe.'

'Je bedoelt je moeder?' vroeg ik.

'Ja. Natuurlijk zei ze me dat ze er helemaal niets mee te maken had. Ze zei dat het dr. Trefusis was geweest die als eerste zijn twijfels had uitgesproken over de remedies die je Violet had voorgeschreven tijdens haar zwangerschap en op de dag van haar dood. Violets ouders waren inmiddels gearriveerd voor de begrafenis en dr. Trefusis sprak met hen. Zij wilden graag iemand de schuld geven, en dus zeiden zij en mijn moeder tegen dr. Trefusis dat hij naar de politie moest gaan met zijn verdenkingen.'

'Maar hij wist dat hij zelf schuldig was,' viel Indira haar in de rede. 'Hij was tenslotte de verantwoordelijke arts.'

'Die twee hadden een heleboel redenen om jou weg te willen hebben, Anni,' zei Selina met een zucht. 'Dr. Trefusis gebruikte jou als zondebok, en mijn moeder... nou ja, we weten allemaal waarom zij van je af wilde.'

'Ze heeft me een paar dagen na Violets dood bezocht,' zei ik zacht. 'Ze was als de dood dat nu Violet er niet meer was, Donald met mij zou trouwen, zoals ooit de bedoeling was geweest.'

'En als hij was blijven leven, dan had hij dat waarschijnlijk ook gedaan,' zei Selina. Ze probeerde me te troosten. 'Hij hield zoveel van je.'

'En ik van hem...' Mijn stem stierf weg en ik voelde de paniek opkomen bij de gedachte aan wat ik was kwijtgeraakt. Ik wist dat ik mezelf moest beheersen en niet hysterisch moest worden.

'Selina, ik moet je vertellen dat voor je moeder mij kwam opzoeken, ik al had besloten om Astbury voorgoed te verlaten. Ik begreep dat geen van ons ooit over Violets dood heen zou komen. Maar hoe zouden ze ooit enig bewijs hebben gevonden dat ik haar had vergiftigd?'

'Anni, weet je nog dat dr. Trefusis een keer bij je langskwam om stekjes te nemen van de planten en de kruiden in je tuin?'

'Ja. Hij zei dat hij meer wilde weten over hun geneeskrachtige eigenschappen.'

'Helaas,' zei Selina, 'nam de goede dokter niet alleen stekjes van onschuldige kruiden, maar ook van soorten die blijkbaar bekendstaan om hun gevaar, met name bij zwangerschap. En deze gaf hij als bewijs aan de politie. Een daarvan was polei, een muntsoort waarvan bekend is dat hij schadelijk kan zijn voor zwangere vrouwen. Op de dag van Violets dood gaf jij haar een kruidendrank die je zelf had gemaakt voor haar dikke enkels en liet je haar muntthee drinken tegen haar misselijkheid.'

'O mijn god.' Ik sloeg mijn hand voor mijn mond en mijn ogen vulden zich met tranen. 'Ja, dat is zo, maar niet polei! Die thee was van gewone muntblaadjes gemaakt, die ook in mijn tuin groeien. Selina, ik ben opgegroeid met ayurvedische geneeskunde. Polei kan normaal in een thee worden gedronken, in kleine hoeveelheden. Het groeit in het wild in Devon en is heel goed om verkoudheid en griep mee te behandelen. Natúúrlijk weet ik hoe gevaarlijk het kan zijn voor een zwangere vrouw. Het kan een miskraam veroorzaken, toevallen, bloedingen...' Ik zweeg toen tot mij doordrong hoe goed het allemaal uitkwam.

'Anni, alsjeblieft, maak jezelf niet van streek. We weten allemaal dat je niets hebt gedaan om iemand kwaad te doen,' zei Indira in een poging mij te troosten.

'En om het nog erger te maken,' vervolgde Selina, 'kon dr. Trefusis een document laten zien, geschreven door een eminente professor in Amerika, met specifieke details over de schadelijke effecten van polei voor zwangere vrouwen. Dr. Trefusis kwam ook met zilverkaarswortel, nog een kruid dat als gevaarlijk wordt beschouwd bij zwangerschap. Iemand van het personeel zei dat jij haar onlangs thee van zilverkaarswortel had gegeven.'

'Ja, omdat het heel goed is tegen reumatiek!' Ik voelde mijn hart in mijn lijf bonken.

'En dus is de politie naar je huis gegaan en zag dat je die kruiden inderdaad kweekte in je kas en je tuin,' zei Selina.

'Maar zelfs met de stekjes uit mijn tuin kan toch niet worden bewezen dat ik ze daadwerkelijk aan Violet heb gegeven?'

'Liefste Anni, wees niet zo naïef.' Indira schudde gefrustreerd haar hoofd. 'Er was echt niets meer nodig. Maud Astbury regeert daar ter plekke als een koningin en heeft de autoriteiten in haar zak. Violet was dood en als Maud beslist dat er iemand beschuldigd wordt van moord, dan gaat de plaatselijke politie onmiddellijk daarin mee, hoe weinig bewijs er ook is.'

'Ja.' Ik zuchtte hulpeloos. 'Ik denk dat ik dat begrijp. Hoe is de aanklacht komen te vervallen?'

'Ik ben onmiddellijk naar mijn moeder gegaan om haar te confronteren en smeekte haar de politie ervan te overtuigen dat ze de aanklacht moesten intrekken. Ze wilde er niets van horen. Ze zei dat ze er geen invloed op had en dat het recht zijn loop moest hebben.' Selina trok een gezicht. 'Anni, ik moet je bekennen dat ik die dag wel even uit mijn slof ben geschoten. Ik ben bang dat ik toen tegen haar gezegd heb wat ik haar al jaren had willen zeggen, dat ze een bittere, bevooroordeelde, zelfzuchtige vrouw was en dat ze wat mij betreft dood was, net als mijn arme broer. Ik zei haar dat ik zolang zij leefde nooit meer naar Astbury zou komen.'

'En toen nam Selina contact op met mij.' Indira vervolgde het verhaal. 'En gelukkig is mijn moeder veel intelligenter en heeft ze vrienden op veel hogere posities dan Maud,' legde ze uit met een triomfantelijke glinstering in haar ogen. 'Ik geloof dat ze maar één telefoontje nodig had om de aanklacht te laten verdwijnen. De enige voorwaarde was dat jij terug moest gaan naar India en nooit naar Engeland mocht terugkeren.'

'Oké. En de Drumners? Denken zij nog altijd dat ik hun dochter heb vermoord?'

'Ik denk dat zij al genoeg zorgen aan hun hoofd hebben,' zei Selina. 'Sissy is helemaal niet in orde, maar niettemin stonden ze erop dat hun kleindochter met hen meeging naar New York en bij hen kwam wonen. Mijn moeder weigerde dat natuurlijk en zei dat Daisy in Astbury Hall moet blijven, onder haar toezicht, omdat ze haar wettelijke erfgename is. Ze zijn naar New York teruggekeerd om daar allerlei gerechtelijke acties in gang te zetten om de voogdij over hun kleindochter te krijgen.'

'Dus dat arme kleine baby'tje zal worden opgevoed door Maud?' zei ik vol afgrijzen.

'Vrijwel zeker ja,' zei Selina. 'Daisy is tenslotte een Brits staatsburger en zelfs het fortuin van de Drumners zal ze niet helpen om voogdij over haar te krijgen. Ik heb moeder die vreselijke dag gesmeekt om Daisy aan mij mee te geven, zodat ik haar in mijn huis kon opvoeden met haar nichtjes, maar daar wilde ze natuurlijk niets van horen. Ze is al terugverhuisd naar Astbury Hall en staat weer aan het hoofd van haar koninkrijk, met vrije hand om de volgende generatie naar haar hand te zetten. Ik heb haar in jaren niet zo energiek gezien,' zei Selina bitter.

We zaten met zijn drieën zwijgend bij elkaar en ik voelde me misselijk. Maud Astbury had een generatie te gronde gericht en kreeg nu de macht om de volgende te verwoesten.

'Ik heb altijd al gedacht dat ze zo gek was als een deur,' zei Indira met een lach, altijd erop uit om de sfeer luchtiger te maken.

'Je zegt dat misschien voor de grap, maar ik denk dat je gelijk hebt,' zei Selina. 'Ik zag het in mijn moeders ogen toen we met elkaar praatten. Iets wat leek op echte krankzinnigheid.'

'Zij is een vleesgeworden duivel,' zei ik zacht en ik huiverde. 'Het spijt me, Selina,' zei ik er snel achteraan.

'Neem geen blad voor je mond,' stelde ze mij gerust. 'Ik kan je verzekeren dat ik precies hetzelfde voel. Henri en ik hebben zelfs besloten dat we permanent met de kinderen naar Frankrijk verhuizen. Ik wil niet eens in hetzelfde land zijn als zij.'

'Heksen kunnen tenminste niet over glinsterend water heen,' zei ik met het begin van een glimlach.

Selina keek naar de klok op de schoorsteen. 'Het spijt me, maar ik moet weg. Houd alsjeblieft contact, Anni. Kom, als je ook maar enigszins kunt, bij ons op bezoek in Frankrijk. Waar gaan jullie naartoe als jullie in India zijn?'

'Eerst naar het paleis van mijn ouders in Cooch Behar,' antwoordde Indira. 'Ma wil Anni heel graag zien en het betekent ook dat ik nog even niet terug hoef naar de zenana in het paleis van mijn man.' Ze lachte ondeugend naar Selina.

We stonden op en Selina sloeg haar armen om mij heen. 'Het spijt me zo vreselijk dat je zoveel pijn hebt moeten doorstaan. Ik weet zeker dat, waar ze ook zijn, Donald en jouw kleintje op je neerkijken en van je houden.'

'Dank je, Selina, voor alles,' fluisterde ik. Toen ze naar de deur liep, wist ik dat ik de vraag moest stellen die zo zorgvuldig door ons allemaal was vermeden sinds haar komst.

'Selina, waar is mijn zoon begraven?'

Ze stond stil bij de deur, haalde diep adem en draaide zich om. 'Ik heb dezelfde vraag gesteld toen ik op Astbury was. Anni, de dorpelingen en het personeel weten niet dat Moh dood is. Hen is verteld dat hij met jou is meegegaan toen jij werd gearresteerd. Mijn moeder wilde natuurlijk niet dat bekend werd dat Donald is verongelukt toen hij naar jouw huis reed om zijn eigen zoon te redden. De enige andere persoon die de waarheid kent is dr. Trefusis, die mij vertelde dat Moh discreet ter aarde is besteld in een hoek van de parochiekerk in het dorp. Toen ik ernaartoe ging, was er verse aarde op een graf te zien, maar de priester zei me dat toen hij de begrafenis hield en vroeg of er een grafzerk nodig was, dr. Trefusis zei dat dat niet nodig was. Hij kreeg te horen dat het kind bij de geboorte was overleden en geen naam had. Het spijt me zo, Anni,' zei ze, haar ogen vol tranen.

'Zelfs in de dood moest zijn bestaan een geheim blijven,' fluisterde ik.

'Ik weet dat het geen troost kan bieden, maar hij ligt op een heel rustige plek, Anni. Ik heb prachtige rozen op zijn graf gelegd, uit jouw naam. Ik weet dat jij een andere religie hebt, maar ik hoop dat ik er goed aan gedaan heb. Ik... Er zijn geen woorden voor hoe erg dit voor jou moet zijn, Anni. Ik vind het zo verschrikkelijk.'

Ik had met haar te doen, hoe ze over haar woorden struikelde in een poging mij niet nog meer pijn te doen. Zij was ook een moeder.

'Dank je wel, Selina. Wat je gedaan hebt, was goed.'

'Ik heb Indira een exemplaar van Mohs overlijdensakte gegeven, ondertekend door dr. Trefusis,' voegde ze eraan toe. 'Vaarwel, Anni, pas goed op jezelf.'

Toen ze wegging, zag ik de bezorgdheid op Indira's gezicht. Ik wist dat ze bang was dat ik, als ik de realiteit van het overlijden van mijn kind onder ogen zag, opnieuw zou instorten. Het was tenslotte de eerste keer dat ik erover was begonnen.

'Ik ga naar boven om wat te rusten,' zei ik tegen haar.

'Anni, gaat het?'

'Ja,' verzekerde ik haar en ik verliet de woonkamer.

Als ik terugkijk, weet ik dat ik inderdaad heel rustig was toen ik de trap op liep en de stille slaapkamer binnenging waar Indira mij weer terug tot de levenden had gebracht met haar goede zorgen.

Maar waarom?

Toen we twee dagen later de Engelse kust achter ons lieten, en de afschuw en pijn van de afgelopen weken geleidelijk aan uit mijn geteisterde brein wegtrokken, wist ik waarom.

Ik wist dat ik het zingen voor Donald had gehoord, die laatste nacht die we samen hadden doorgebracht. Maar ik had het nooit voor jou gehoord, Moh. Op die laatste ochtend, vlak voor de politie kwam, toen ik je in je bedje had gelegd en je op je voorhoofd had gekust, zoals ik altijd deed, had ik niets gevoeld of gehoord.

Elke avond, als ik op het dek stond en aan degenen boven ons om raad vroeg, luisterde ik naar de stemmen die mijn zintuigen waarschuwden als iemand was overgegaan, net zoals ze dat bij Violet en bij Donald hadden gedaan, maar ik hoorde niets voor jou.

Vlak voor we aanlegden, overhandigde Indira – die mijn nieuwe kalmte aanzag voor acceptatie – mij op een avond, voor het diner, twee enveloppen.

'Maak die als eerste open,' moedigde ze me aan en ze wees naar de kleinste.

Ik deed het en mijn vingers herkenden de gladde, koele textuur van de parels die Donald mij had gegeven.

'Ze zaten bij je kleren toen we de gevangenis verlieten, maar ik dacht dat je van streek zou raken als je ze zag. Zal ik je helpen met de sluiting?' zei Indira toen ik ze uit de envelop haalde.

'Dank je.' Het gevoel van het bekende gewicht om mijn hals troostte me en ik raakte ze aan met mijn vingertoppen, zoals ik dat zo vaak had gedaan.

Indira wees naar de andere envelop. 'Daarin zit een foto van jou en Moh. En zijn overlijdensakte, Anni. Ik dacht dat je die wilde bewaren.'

Ik wachtte even voor ik antwoord gaf. Ik glimlachte in mezelf. 'Dank je, Indy, maar ik hoef zijn overlijdensakte niet te hebben.'

'Ik begrijp het,' zei ze meelevend.

'Omdat mijn zoon niet dood is. Ik weet dat hij nog leeft.'

ASTBURY HALL

JULI 2011

42

Rebecca legde de stapel papier neer en keek op de klok naast haar bed. Het was al voorbij middernacht. Ze staarde de schaars verlichte kamer in en voelde hoe haar hart nog tekeerging van de adrenaline.

Violet Astbury had een kind gebaard op exact dezelfde plaats waar zij nu lag. Violet was een gezonde vrouw geweest van voor in de twintig, die last had gekregen van hoofdpijn en misselijkheid en vervolgens was overleden.

'Houd op!' fluisterde Rebecca tegen zichzelf toen ze paniek voelde opkomen. 'Violet is in het kraambed gestorven!' Ze stond op en ijsbeerde door de kamer. Ze praatte tegen zichzelf om rustig te worden. 'Je bent niet zwanger, in hemelsnaam, Rebecca...'

Toen herinnerde ze zich dat de dokter haar had gevraagd of het mogelijk was, en dat ze nog wachtte op de uitslagen van de onderzoeken. Ze barstte in tranen uit, tranen van angst en frustratie. Zelfs áls haar fantasie met haar op de loop ging, één ding was zeker: ze kon geen minuut langer in deze kamer blijven die zo vol was van Violet en de tragedie die zich er had voltrokken. Trillend van angst besloot Rebecca dat ze op zoek zou gaan naar Ari.

Ze liep op haar tenen de suite uit en door de duistere gangen, en klopte op elk van de deuren, waarna ze ze zo zachtjes mogelijk opende en in het duister erachter staarde. De kamers aan haar gang leken allemaal leeg, en dus liep ze stilletjes over de overloop, langs de grote trap, en begon zachtjes deuren te openen aan de andere kant ervan.

Toen bereikte opeens een bekend geluid haar oren. Het was heel vaag en kwam van een flinke afstand, maar het was hetzelfde hoge gezang dat ze in haar dromen had gehoord. Ze was doodsbang, maar ze wist dat ze degene die het vreemde geluid maakte dat Anahita had beschreven als een aankondiging van de dood onder ogen moest komen. Rebecca begon in de richting van het zingen te lopen.

Ze bleef staan in de donkere gang. Het zingen kwam vanuit de kamer waar ze nu voor stond. Ze schraapte al haar moed bij elkaar, pakte de deurknop en draaide hem voorzichtig naar beneden. Toen duwde ze de deur een paar centimeter open.

Rebecca tuurde door de opening de kamer in. Binnen gloeide een zacht licht en links van haar onderscheidde ze een menselijke figuur die voor een spiegel zat. Toen ze de deur verder openduwde, zag Rebecca dat de figuur voor een kaptafel zat en zachtjes zingend haar lange, blonde haren borstelde. Zelfs op deze afstand rook ze de zomerse geur van het parfum dat 's nachts in haar slaapkamer had gehangen – Violets parfum. Rebecca duwde de deur nog iets verder open om het gezicht van de vrouw in de spiegel te kunnen zien. Het zingen stopte abrupt. Ze had haar gezien.

Toen ze haar hoofd naar de deur begon te draaien, vluchtte Rebecca weg over de gang. Haar ademhaling ging in korte stoten. Ze was bijna veilig in haar kamer, toen opeens iemand uit de duisternis stapte en haar opving.

Rebecca gaf een luide gil toen ze bij haar armen werd gegrepen en door de deur haar slaapkamer in werd getrokken.

'Stil! Ik ben het, Ari!' zei hij toen ze bleef worstelen om los te komen, naar adem happend en jammerend van de schrik. 'Rebecca, wat is er in vredesnaam gebeurd? Waar ben je zo van geschrokken? Alsjeblieft, probeer rustig te worden,' zei hij. Zij steunde met haar handen op het bed, voorovergebogen om weer op adem te komen.

'Ari, alsjeblieft, je moet me hier weghalen… ik denk dat ik word vergiftigd, net als Violet, en ik zag net een rare vrouw in een slaapkamer zitten. Ze borstelde haar haren en ze zong. Ik…' Rebecca moest naar adem happen, voor ze verder kon. 'Ik weet niet of ze leeft of dat ze een spook is, maar ik zag haar echt, Ari, ik zweer het. En ik weet dat ze in mijn kamer is geweest toen ik sliep… O god! Violet is hier gestorven!' Rebecca zakte in elkaar. 'Ari, je moet me hier weghalen, nu, vannacht nog! Ik ben zo bang, ik ben zo bang,' jammerde ze.

Ari knielde voorzichtig naast haar neer.

'Rebecca, ik begrijp dat je erg geschrokken bent, dat je nog steeds niet in orde bent en misschien koorts hebt, waardoor er allerlei hallucinaties kunnen ontstaan en...'

'Nee! Ik zag haar met mijn eigen ogen en hoorde haar met mijn eigen oren. Alsjeblieft, Ari,' smeekte ze, 'je moet me geloven. Ik ben niet gek. Die vrouw was echt!'

'Oké,' zei Ari. 'Ik geloof je. Laten we hier eens rationeel over nadenken. Dit is een enorm huis, met ik weet niet hoeveel slaapkamers, en misschien heeft Anthony een gast die hier logeert. Ik bedoel, dat hoeft hij ons toch niet te vertellen?'

'Nee, maar ik heb haar eerder gevoeld en gehoord,' drong Rebecca aan, 'en soms ruik ik 's nachts haar parfum. Violets parfum! Als er een andere vrouw in huis is, dan is ze hier al een tijdje. Waarom zouden we haar niet gezien hebben, en waarom komt ze 's nachts in mijn kamer? Ik weet dat ze er was, Ari. Ik ben de afgelopen week zo ziek geweest, die verschrikkelijke hoofdpijn die ik had, en die misselijkheid, net als Violet. Ik zweer het je, iemand probeert me te vermoorden. Ik wil hier alleen maar weg!'

'Rebecca...' Ari zag haar schouders schokken van angst en emotie. 'Ik begrijp helemaal dat als je vanavond Anahita's verhaal hebt gelezen, je de overeenkomsten tussen jou en Violet vreemd vindt. Er is alleen absoluut geen logische manier te bedenken waarop jouw aanwezigheid hier door iemand die jou kwaad wil doen zou kunnen zijn gemanipuleerd. Je ziekte helpt niet echt, maar ik denk dat je fantasie met je op de loop gaat. Alsjeblieft, Rebecca, vertrouw me. Het klopt wat ik zeg.'

'Het kan me niet schelen of het klopt, Ari, ik wil hier weg,' snikte ze, 'en wel onmiddellijk.'

'Ik hoor je, Rebecca, maar je weet dat alle hotels hier voor de nacht gesloten zijn. Het is bijna een uur 's nachts. Je kunt toch ook morgen vertrekken.'

'Mijn god,' kreunde Rebecca, 'ik heb niet eens een slot op mijn deur, iedereen kan binnenkomen en...'

'Rebecca,' zei Ari geduldig. 'Voel je je veilig bij mij? Ik bedoel, vertrouw je mij?'

Ze overwoog het. 'Ik geloof dat ik vannacht niet meer weet wie ik kan vertrouwen.'

'Ik stel voor dat ik de rest van de nacht hiernaast in de zitkamer ga zitten. Wat jij meer dan wat ook nodig hebt is slaap.'

'Jezus christus, als iemand dat nog eens tegen mij zegt, denk ik dat ik echt gek word,' verzuchtte Rebecca.

'Ook als ze gelijk hebben?' Ari glimlachte naar haar. 'Zal ik je helpen opstaan?'

'Nee, dat lukt wel,' zei ze toen ze zichzelf bibberig overeind hees en naar het bed liep. 'En ja, het zou fijn zijn als je op de bank hiernaast slaapt.'

'Dat zal ik doen. Welterusten, Rebecca.'

'Dank je wel. Sorry als je vindt dat ik me aanstel.'

'Dat geeft niet. Het is begrijpelijk.'

'Ari?'

'Ja?' Hij bleef bij de deur staan en glimlachte naar haar.

'Morgen wil ik je een paar dingen vragen over het verhaal van je overgrootmoeder.'

'Natuurlijk, maar eerst moet je slapen, Rebecca.'

Rebecca schrok de volgende ochtend wakker en voelde zich gedesoriënteerd. Ze herinnerde zich wat er die nacht was voorgevallen, stapte direct uit bed, rende naar de zitkamer en zag dat die leeg was. Ze verliet de slaapkamer en liep de gang op.

Bovenaan de grote trap stonden Mrs. Trevathan en Ari. Ze praatten zachtjes met elkaar en draaiden zich allebei om toen ze haar zagen.

'Goedemorgen, slaapkop,' zei Ari. 'Het is al middag.'

'O mijn god! Ik heb vanmiddag opnames en ik moet mijn spullen pakken en vertrekken en...'

'Rebecca, alsjeblieft, rustig aan, lieverd,' zei Mrs. Trevathan. Ari stond achter haar. 'Ari heeft me verteld wat er vannacht is gebeurd en ik beloof je dat er een heel eenvoudige verklaring voor is. Kom, laten we teruggaan naar je kamer.'

'Echt, Rebecca,' zei Ari troostend. 'Ze heeft gelijk.'

'Nou, die wil ik dan weleens horen. Ik weet wat ik gezien heb en ik ben niet gek,' zei Rebecca defensief toen ze haar kamer weer binnengingen. Ze ging met haar armen over elkaar op de rand van haar bed zitten. 'Oké, wie was die vrouw? En waarom is ze in mijn kamer geweest toen ik sliep? Want dat is ze, Mrs. Trevathan, ik weet het zeker!'

'Ja, lieverd, ik geloof je,' zei Mrs. Trevathan. 'De vrouw die je vannacht hebt gezien is mijn moeder, Mabel. Ze heeft hier gewerkt als kinderjuffrouw van His Lordship en heeft sinds hij een kleine baby was voor hem gezorgd.'

'Uw moeder? Waarom is zij hier?'

'Alsjeblieft, Rebecca, laat mij het uitleggen. Mijn vader is twintig jaar geleden overleden en nadat mijn moeder was gestopt met haar werk hier in het huis, woonde ze heel tevreden in haar eentje in het dorp. Een paar jaar geleden is ze een paar keer gevallen en haar geest ging achteruit. Ze is tenslotte al eenennegentig.'

'Natuurlijk,' zei Rebecca.

'Dus heb ik His Lordship gezegd dat ik mijn baan opzegde en terugging naar het dorp om voor mijn moeder te zorgen. Hij stelde toen voor dat hij twee van de zolderkamers voor haar zou verbouwen tot een comfortabele flat. In het begin ging dat heel goed en ik kon voor haar en voor His Lordship blijven zorgen, maar in het afgelopen jaar is mijn moeders gezondheid achteruitgegaan. His Lordship is zo goed geweest om een inwonende verpleegster voor haar aan te nemen. Volgens mij heb je haar gezien in de keuken op de dag dat je aankwam.'

'Ja,' knikte Rebecca. 'Dat is zo, en ook een keer buiten. Ze duwde een rolstoel met een oude vrouw erin. Ik dacht eerlijk gezegd dat ze figuranten waren in de film.'

'Dat was mijn moeder. Het probleem is, Rebecca, dat haar geest soms gaat dwalen, en zij ook. Vooral 's nachts, als de verpleegster slaapt. De kamer waarin je haar gisteren zag, was de kamer waarin zij woonde toen ze kinderjuffrouw van His Lordship was. Het is niet voor het eerst dat ik haar daar heb gevonden. Nou, lieverd, stelt dat je een beetje gerust?'

'Maar de vrouw die ik vannacht zag was geen oude vrouw.' Rebecca keek bedenkelijk. 'Ik heb haar niet van voren gezien, maar ze had lang, blond haar en ze zong terwijl ze het borstelde,' zei ze.

'Mijn moeder heeft zeker lang haar,' zei Mrs. Trevathan, 'maar ik zou het eerder wit willen noemen dan blond. Het spijt me dat je de afgelopen weken een paar keer bent geschrokken, maar ik zweer je dat er geen spoken in dit huis zijn en dat niemand je kwaad wil doen. Het is alleen een onschuldige oude vrouw die soms de weg kwijt is.'

'Ik denk dat ik van streek was door het lezen van het verhaal over Violet Astbury dat Ari me gaf,' gaf Rebecca toe. 'Ze had erge hoofdpijn, net als ik, en na haar dood dachten ze dat ze vergiftigd was.'

'Rebecca was vannacht erg overstuur,' zei Ari. 'Ze denkt heus niet echt dat iemand haar probeert te vergiftigen, toch, Rebecca?'

'Nee, natuurlijk niet,' zei ze haastig. Ze begreep zijn blik.

'Ik begrijp het,' zei Mrs. Trevathan. 'Nou, waarom houdt u haar niet even gezelschap, dan ga ik een ontbijt voor haar halen. Roereieren op toast lijken me een goed idee. En je kunt vragen of Mr. Malik ze eerst proeft, lieverd, voor het geval je je zorgen maakt.' Ze verliet de kamer.

'O jee,' zei Rebecca. 'Ik heb haar echt van streek gemaakt.'

'Ze komt er vast wel overheen,' zei Ari. Hij kon een grijns niet onderdrukken. 'Nu is alleen de vraag of je, na de aannemelijke verklaring die Mrs. Trevathan je heeft gegeven, bereid bent om hier te blijven. Of zal ik Steve vragen een hotel voor je te zoeken?'

'Ik weet het niet. Ik heb vannacht misschien wel een beetje overdreven gereageerd.'

'Oké, nou, laat het me zo snel mogelijk weten. Als het nodig is, doe ik wat sommigen van mijn voorouders deden in dienst van de Britten en ga ik voor je slaapkamerdeur liggen om je te beschermen.'

'Ari, plaag me niet zo! Maar mijn god, wat een tragedie was dat waar ik gisteravond over las,' verzuchtte ze. 'Wat een vreselijke vrouw was die Maud Astbury. En zij heeft die arme Daisy grootgebracht, de moeder van Anthony. Geen wonder dat Anthony een beetje vreemd is.'

'Ik denk dat als een familie en een familielandgoed het vierhonderd jaar uithouden, degenen die aan het hoofd ervan staan wel keihard moeten zijn. Maud Astbury zag een eind komen aan de lijn en was bereid om er alles aan te doen om dat te voorkomen.'

'Dat is haar niet gelukt, toch? Als Anthony geen kinderen krijgt, houdt het met hem op.'

'Ja, zo is het. Ik heb gisteravond Donalds dagboek gelezen. Daarom was ik zo laat nog wakker en hoorde ik je rondsluipen over de gang. Ik was in de badkamer toen je op mijn slaapkamerdeur klopte,' verklaarde hij. 'Het dagboek gaf mij ook wel enkele antwoorden, dus dank je wel.'

'Vind je dat we het dagboek aan Anthony moeten geven?'

'Eerlijk gezegd... ik heb gisteravond met hem gedineerd en ik heb het gevoel dat hij zich nog verder afsluit. Ik weet niet wat je ermee wilt bereiken. Het is duidelijk dat hij er niets over wil weten. En dat begrijp ik ook wel.'

'Ik ook,' zei ze en ze meende het.

'Rebecca, mag ik je iets vragen? Wat denk jij, nu je het verhaal hebt gelezen? Is Moh die dag inderdaad in de beek verdronken of niet?'

Rebecca haalde diep adem voor ze antwoordde. 'Ik weet niet wat ik moet zeggen. Ik bedoel, er is geen bewijs dat het zo is en ook niet dat het niet zo is.'

'Nee, maar na al mijn ongeloof over Anahita's verhaal, zegt mijn instinct mij nu dat hij niet is overleden,' zei Ari zacht. 'Ik wil echt achter de waarheid komen voor ik vertrek.'

'Je weet toch dat Tilly, Anahita's vriendin in het dorp, de grootmoeder van Mrs. Trevathan was? Wat betekent dat haar eenennegentigjarige moeder, die mij blijkbaar zo aan het schrikken heeft gemaakt vannacht, met Moh moet hebben gespeeld toen ze klein was.'

'Je hebt gelijk! Dat is ook zo! Ze was vrijwel zeker te jong om zich iets te kunnen herinneren, maar je weet maar nooit. Misschien ga ik later wel even bij haar langs.'

'Ik denk dat Mrs. Trevathan ook meer weet dan ze laat blijken,' zei Rebecca.

'Misschien, maar ze is veel te loyaal aan Lord Anthony en de andere Astbury's om ooit iets los te laten. Toch denk ik dat je hier veilig bent, Rebecca. Ik zou het vreselijk vinden als je hier wegging omdat je in spoken gelooft, of omdat je denkt dat je de reïncarnatie van Violet Astbury bent.'

'Oké, genoeg gepreekt.' Ze lachte kort naar hem. 'Het lijkt bij daglicht ook wel een beetje idioot allemaal.'

'Goed. Nu moet ik ervandoor, want ik heb nog een paar dingen te doen, tenzij jij wilt dat ik blijf en je eten proef.'

'Ari!'

'Grapje! Tot later!'

Rebecca at braaf alles op wat Mrs. Trevathan haar bracht, al had ze helemaal geen honger en was ze ook niet dol op roerei. Toen Steve haar na de lunch kwam opzoeken, verklaarde ze zichzelf genoeg hersteld om die middag te filmen, hoewel de hoofdpijn nog altijd niet weg was.

Toen ze op de set verscheen, werd ze door de cast en de crew met knuffels verwelkomd. Ze wist niet of die warme begroeting te maken had met de beëindiging van haar relatie met Jack of omdat ze ziek was geweest.

Robert nam haar even apart voordat de opnames begonnen.

'Lieverd, je bent een harde, en daar zijn we dankbaar voor. Ik probeer deze scène er zo snel mogelijk op te krijgen en dan wil ik dat je direct weer naar boven gaat om te rusten. Je hebt morgen een druk programma.'

James gaf haar de grootste knuffel van allemaal toen ze stonden te wachten tot de opnames begonnen. 'Het spijt me van Jack,' zei hij. 'Is het echt einde verhaal?'

'Tenzij hij zijn problemen aanpakt, ja.'

'Ik voel me nogal schuldig over mijn rol in dit verhaal. Ik was nou niet wat je noemt een argeloze toeschouwer op onze avonden uit in Ashburton.'

'Hoe was de serveerster?' vroeg Rebecca scherp.

James bloosde en ze wist dat die vraag in de roos was.

Op dat moment riep Robert: 'Actie!'

'Eerlijk gezegd herinner ik me haar niet zo goed,' antwoordde James nadat Robert had laten weten dat hij tevreden was met de opname. 'Ik wil de schuld niet bij Jack leggen, want ik deed graag mee, maar die jongen weet hoe je een feestje bouwt.' Rebecca was blij dat Robert weer 'Actie!' riep voor ze antwoord kon geven.

Na een half uur filmen gaf Robert aan dat het erop stond en vluchtte Rebecca naar de kleedruimte. Toen ze daar tien minuten later weer uitkwam, riep Mrs. Trevathan haar.

'Rebecca, ik ben blij dat ik je tref. His Lordship vroeg zich af of je er vanavond al aan toe bent om samen met hem te dineren. Hij zei dat hij je al dagen niet had gezien.'

'Ja, natuurlijk,' zei ze. Ze voelde zich schuldig dat ze haar gastheer zo had verwaarloosd.

'Goed. Dat zal hem vast wat opvrolijken. Hij is de laatste tijd zichzelf niet.' Mrs. Trevathan keek bezorgd.

'Is hij ziek?'

'Nee, lieverd, niet echt. Maar de filmcrew over de vloer, en al dat praten over zijn grootouders met de komst van Mr. Malik... het is allemaal een beetje veel voor hem. O, en voor ik het vergeet, dr. Trefusis belde om te zeggen dat hij morgen langskomt met de uitslagen van je onderzoeken.'

'Dank u, Mrs. Trevathan, tot later.'

Toen ze naar boven liep, bleef de naam 'Trefusis' in haar hoofd hangen, tot ze de link legde met de dokter in het manuscript van Anahita. Het verleden en het heden leken hier voortdurend in elkaar te grijpen.

Nadat ze een uurtje had gerust, voelde ze zich iets beter en nam ze een bad. Om zeven uur, net toen ze stond te twijfelen over wat ze aan zou trekken voor het diner, werd er op de deur geklopt. Ze deed open en zag dat het Ari was.

'Hallo, kom binnen.'

'Hoe voel je je?' vroeg hij.

'Wel goed. Ik ga zo met Anthony dineren.' Rebecca trok een wenkbrauw op. 'Ik heb er eerlijk gezegd niet veel zin in.'

'Het goede nieuws is dat hij het nooit later maakt dan half tien, dus een latertje zal het niet worden.'

'Ik voel me schuldig over dat hele gedoe met Jack, dus het geeft me de kans het uit te leggen en me te verontschuldigen. Eet je met ons mee?' Rebecca keek hem hoopvol aan.

'Nee, ik ben niet uitgenodigd,' zei Ari.

'O, en trouwens,' schoot Rebecca te binnen, 'het drong vandaag tot mij door dat de dokter die laatst bij mij was familie moet zijn van de dokter die onder een hoedje speelde met Maud. Ze hebben in ieder geval dezelfde naam, Trefusis.'

'Echt?' vroeg Ari. 'Dan kan ik daar ook eens gaan informeren. Dank je wel. Nou, ik ga maar weer eens. Ik wens je een plezierige avond met Anthony en als je me nog nodig hebt, mijn kamer is daar, aan de rechterkant.'

'Het komt wel goed. Steve zei dat de filmcrew in ieder geval tot middernacht bezig is met opnames in de tuin. Ze hebben wat achterstand, door een moeilijk paard dat zijn tekst vergat. Vandaag was ik tenminste niet degene die de problemen veroorzaakte,' antwoordde Rebecca. Ze glimlachte flauwtjes.

'Oké, dan zie ik je later.' Toen Ari de kamer verliet, zag Rebecca dat het tijd was om zich klaar te maken voor het diner met Anthony.

Twintig minuten later betrad ze de eetzaal en zag ze tot haar verbazing dat Anthony een tweedjasje droeg dat er nieuw uitzag. Zijn haar was gewassen en netjes gekamd en hij was pas geschoren.

'Goedenavond, Rebecca.' Hij glimlachte naar haar. 'Ga zitten.'

'Dank je.'

'Mrs. Trevathan vertelde me dat je je nog steeds niet helemaal in orde voelt, dus ik heb haar advies gevolgd en we eten vis. Niet iets zwaars voor een kwetsbare maag.'

'Dat is vriendelijk van je, Anthony,' zei ze terwijl ze ging zitten.

'En mag ik zeggen dat je er vanavond heel mooi uitziet.'

'Dank je,' zei Rebecca. Ze wist niet goed wat ze aan moest met Anthony's nogal opvallende pogingen om aardig te zijn.

'Ben je al helemaal over het drama dat je je vriend naar huis hebt gestuurd heen?'

'Ik voel me er al wel beter over, ja. Het was niet iets wat ik wilde doen, maar hij liet me helaas geen keus.'

'Nou, als je niet meer van elkaar houdt, dan moet je een keus maken.'

'Zo eenvoudig lag het nu ook weer niet, maar ja, het voelt nu wel goed.'

'Laten we het glas heffen op rustiger tijden en een terugkeer naar het normale leven,' zei Anthony en hij pakte de wijnfles.

'Echt, ik houd het vanavond bij water,' zei Rebecca vastbesloten en ze legde haar hand over haar glas.

Mrs. Trevathan kwam binnen en begon de vis uit te serveren.

'Dit ziet er heel gezond uit,' merkte Anthony op. 'Jullie Amerikanen zijn dol op vis, nietwaar? Ik weet dat Violet verse vis uit Lynmouth liet komen, toen ze hier woonde. Wij Britten zijn meer vleeseters.'

'De meeste Amerikanen houden ook van een flinke steak,' antwoordde Rebecca.

'Zo,' zei Anthony. Hij pakte zijn mes en vork. 'Nog maar één week en dan ben je weer op weg naar de Big Apple?'

'Ongeveer, ja, al zijn er nog wat postproductiedagen ingepland in Londen. Het zal wel vreemd zijn om weer in New York te zijn. Ik ga de rust van Astbury Hall wel missen.'

'Echt?'

'Ja, het is hier heerlijk, Anthony. Ik kan je niet genoeg bedanken voor je gastvrijheid en vriendelijkheid.'

'Geen dank, het was fijn dat je er was.'

Ze aten een tijdje zwijgend.

'Dat was echt heerlijk,' zei Anthony toen hij klaar was en hij veegde zijn mond af met zijn servet.

'Zeker,' stemde Rebecca in.

'Lieve Rebecca, weet je honderd procent zeker dat je geen familie bent van mijn grootmoeder Violet?' vroeg Anthony opeens. 'Omdat ik echt het gevoel heb dat je niet zomaar naar Astbury bent gestuurd.'

'Zo zeker als ik kan zijn. Ik denk dat het gewoon toeval is.' Ze glimlachte naar hem en probeerde de spanning die ze plotseling voelde, toen hij zijn mes en vork neerlegde en haar intens aankeek, van zich af te zetten.

'Ik geloof dat niet.'

Rebecca keek naar Anthony's handen; hij wreef ze nerveus over elkaar, zijn vingers verstrengeld. 'Ik bedoel, Rebecca, ik...'

'Anthony, wat is er?' vroeg ze. Ze kon zien dat hij zijn uiterste best deed haar iets te zeggen.

‘Vergeef me als mijn timing niet erg kies is, maar ik dacht dat ik het tegen je moest zeggen voordat je vertrekt. Ik… nou ja, vanaf het eerste moment dat ik je zag, wist ik dat je naar mij toe gestuurd was. Jij het levende, ademende evenbeeld van mijn Amerikaanse grootmoeder Violet. Rebecca, geloof je in reïncarnatie?’

‘Ik heb er eerlijk gezegd nog nooit over nagedacht,’ antwoordde ze nerveus. Ze voelde met angst en beven waar dit gesprek naartoe ging.

‘Nou, ik wel,’ zei Anthony. ‘Mijn moeder zei altijd dat ik zoveel op Violet leek toen ik een klein jongetje was, en inderdaad leek ik veel op haar. En nu ben jij hier, je komt uit Amerika, zo jong en zo mooi, zo precies als zij was.’ Anthony greep opeens Rebecca’s hand en hield hem stevig vast. ‘Zie je dan niet dat het voorbestemd was?’

‘Wat was voorbestemd?’ vroeg Rebecca, in verwarring. Ze voelde zich ongemakkelijk over haar hand in de zijne.

‘Jij en ik, natuurlijk! Donald en Violet, die allebei zo jong zijn overleden en niet in staat waren het Astbury Estate een toekomst te geven. Wij samen, wij kunnen dat wel!’

‘Ik…’

‘Ik weet dat het een schok voor je is,’ vervolgde Anthony haastig, struikelend over zijn woorden, ‘maar ik ben een heer en kon natuurlijk niet, toen je nog met een ander verloofd was, mijn gevoelens voor je uiten. Nu is hij verdwenen en het is alsof het lot het zo heeft gewild. Ons pad ligt voor ons. Zie je dat dan niet, Rebecca?’ drong hij aan.

‘Anthony, ik… ik weet echt niet wat ik moet zeggen.’ Rebecca keek naar de deur in de hoop dat de normaal gesproken overal aanwezige Mrs. Trevathan zou binnenkomen om de tafel af te ruimen en de spanning te breken.

‘Ik heb Mrs. Trevathan gezegd dat ze ons alleen moet laten tot ik haar binnenroep,’ zei Anthony, toen hij zag dat ze naar de deur keek en hij haar gedachten las. ‘Wees dus niet bang dat wij gestoord zullen worden. De reden waarom ik je dit vanavond zeg is omdat ik wist dat je een paar dagen nodig zou hebben om erover na te denken.’ Op dat moment haalde hij een versleten leren doosje uit zijn zak. ‘Rebecca Bradley, ik zou je willen vragen mij het genoegen te doen mijn vrouw te willen worden.’

Rebecca zag hoe hij het doosje opende en er een schitterende verlovingsring met saffier en diamant tevoorschijn kwam.

'Dit was de ring die Donald aan Violet gaf toen hij haar vroeg. Zij heeft hem vanaf dat moment tot de dag waarop ze stierf gedragen. Hij hoort nu aan jouw vinger. Geef me je hand, Rebecca, en laten we eens kijken of hij past.'

Hij greep haar hand en zij keek vol afgrijzen toe hoe hij de ring aan haar vinger schoof. Hij paste perfect.

'Zo!' Anthony glimlachte tevreden. 'Hij is terug waar hij altijd hoorde te zijn.'

Rebecca staarde naar de ring, die glinsterde in het licht van de kroonluchter boven de tafel.

'En, wat zeg je, Rebecca?' vroeg Anthony haar gretig. 'Ga je erover nadenken?'

Rebecca wist dat ze haar woorden zorgvuldig moest kiezen. 'Sorry, Anthony. Ik ben erg gevleid door je aanbod, maar zoals je zelf al zei, was ik tot gisteren nog met een ander verloofd. Ik ben niet in staat om zo snel voor een ander te kiezen. En bovendien, ik ken je nauwelijks… en jij mij ook niet.'

'Ik begrijp dat je tijd nodig hebt om erover na te denken, Rebecca, maar we hebben uren samen doorgebracht sinds je komst, en ik heb je in mijn huis opgenomen toen je een plek nodig had om te schuilen. Ik twijfel er niet aan dat jij de vrouw bent op wie ik mijn hele leven heb gewacht. Bedenk eens hoe wij Astbury samen kunnen herbouwen! Je aanwezigheid hier heeft de sfeer zoveel lichter gemaakt, net als die van Violet in haar tijd. Met jou aan mijn zijde als de nieuwe Lady Astbury zou ik de kracht en het vertrouwen hebben om het huis in zijn vroegere glorie te herstellen voor de toekomstige generatie, die wij samen zullen voortbrengen. Violet, zeg alsjeblieft ja,' zei hij met nadruk.

'Anthony, mijn naam is Rebecca,' antwoordde zij met vaste stem.

'Het spijt me.' Hij glimlachte naar haar. 'Je begrijpt dat het een vergissing is die voor de hand ligt.'

'Ja, maar…'

'Kom hier.' Anthony boog zich over de tafel, greep haar bij haar schouders en trok haar naar zich toe. Voor ze er iets aan kon doen, waren zijn lippen op de hare en drukte hij ze met geweld open om haar te kussen. Ze worstelde om vrij te komen, maar de ijzeren greep om haar schouders was te sterk. Plotseling liet hij haar los. Rebecca sprong overeind en rende naar de deur, maar terwijl ze dat deed, greep hij haar hand en hield haar tegen.

'Neem me alsjeblieft niet kwalijk, ik weet niet wat er over me kwam. Je bent zo mooi,' voegde hij er schaapachtig aan toe. 'Vergeef me dat ik mijn zelfbeheersing verloor.'

Ze draaide zich naar hem en trok haar hand los. Hij liet hem nu zonder tegenstribbelen gaan, zijn ogen stonden vol wanhoop, zijn schouders hingen naar beneden. Ze voelde een mengeling van medelijden en afkeer. Langzaam ging haar rechterhand naar haar linker, haalde ze Violets ring van haar vinger en gaf die aan hem. 'Het spijt me heel erg, Anthony, maar ik kan niet met je trouwen. Ik denk dat het het beste is als ik zo snel mogelijk vertrek uit dit huis,' voegde ze eraan toe. 'Dank je voor je gastvrijheid in de afgelopen weken. Vaarwel.' Rebecca wendde zich af en liep snel naar de deur.

'Ga alsjeblieft niet weg, Violet, laat me niet alleen...'

Ze was de eetzaal uit en rende de trap op naar haar slaapkamer. Toen ze daar was, liet ze zich hijgend op een stoel vallen.

Ze wist nu zeker dat ze Astbury onmiddellijk moest verlaten. Anthony, die arme dwaas, dacht werkelijk dat zij Violet was. In een waas gooide ze haar bezittingen in haar koffer en vroeg zich af hoe ze het huis zou kunnen verlaten zonder dat Anthony zou proberen haar tegen te houden. Eerst zou ze kijken of Ari op zijn kamer was en zo niet, dan wist ze dat de filmcrew ergens in de tuin bezig was met avondopnames.

Ze opende voorzichtig de deur en tuurde de gang in. Die leek verlaten, en dus klopte ze op Ari's slaapkamerdeur en opende die toen er geen reactie kwam. De kamer was leeg. Ze wilde geen seconde langer in het huis blijven en liep haastig terug voorbij de grote trap naar de personeelstrap die naar de keuken beneden liep, waar ze Astbury kon verlaten. Ze struikelde bijna op de smalle trap, met haar koffer achter zich aan, en zwaaide de deur naar de keuken open, die verlaten was. Ze rende door de hal en slaakte een zucht van verlichting toen ze buiten kwam, aan de zijkant van het huis, waar ze zich een weg baande tussen de vrachtwagens waarin de apparatuur was opgeslagen.

De nacht was al gevallen en het was heel donker. Er was geen maan die de hemel verlichtte. Ze schuilde achter de heg die langs een kant van de binnenplaats liep en stopte even om adem te halen en te luisteren of ze iets hoorde wat haar de weg kon wijzen naar waar de filmcrew aan het werk was. Het was doodstil. Ze liet haar hersenen kraken om te bedenken welke scène het ook weer was geweest – hij had iets te maken met een paard – en besloot dat ze ergens bij de oprit moesten zijn. Ze liep zo zachtjes als ze kon over het grind naar de voorkant van het huis, terwijl ze dicht bij het struikgewas bleef om niet gezien te worden. Toen ze de hoek om kwam en naar het park liep dat aan weerszijden van de oprit lag, zag Rebecca dat ze zich vergist had. De felle lampen die bij nachtopnames werden gebruikt waren net zichtbaar vanaf de heide, achter de tuin.

Rebecca zette haar koffer achter een struik – die kon ze later wel ophalen, want nu had ze er alleen maar last van – en begon terug te lopen, weer de hoek om naar de achterkant van het huis en toen langs de duistere rand van de ommuurde tuin. Voorbij de hoge taxushaag die de tuin scheidde van de heide zou ze naar de lichten kunnen lopen, waar de crew was en ze veilig zou zijn. Ze ging sneller lopen. Toen ze bij de heg was, liep ze de opening door en zag de filmset, op nog geen driehonderd meter afstand.

'Goddank,' verzuchtte ze en ze stond even stil om op adem te komen en energie te verzamelen om de laatste paar honderd meter over de open heide te overbruggen.

Opeens klonk er geritsel achter haar. Rebecca begon zich om te draaien, maar voor ze kon zien wie het was, werd er een lap op haar mond en neus gedrukt. Toen ze worstelde om adem te krijgen, drong een scherpe geur haar neus binnen en ze voelde zich meteen duizelig worden.

Een paar seconden later verloor Rebecca het bewustzijn.

43

Het duurde even voor hij de trap had ontdekt die naar de zolder van Astbury Hall leidde, maar uiteindelijk bereikte Ari een donkere, smalle gang. Hij dwaalde door een labyrint van gangen en vroeg zich af in welke kamer Anahita haar eerste zomer hier had doorgebracht.

Opeens trok het geluid van een televisie Ari in de richting van het gedeelte van de zolder dat op dit moment werd bewoond en hij klopte op een deur. Een paar seconden later verscheen er een vrouw in een verpleegstersuniform.

'Kan ik u helpen?' vroeg zij argwanend.

'Ja, ik vroeg me af of ik Mrs. Trevathans moeder misschien even kon spreken. Ik geloof dat ze hier woont.'

'Dat klopt, maar mag ik vragen waar het over gaat?'

'Ik logeer op dit moment hier in het huis en doe onderzoek naar de geschiedenis van de familie Astbury. Ik weet dat zij hier heeft gewerkt en ik vroeg mij af of zij mij met een paar dingen kon helpen.'

'Oké.' De verpleegster aarzelde.

'Wie is daar, Vicky?' zei een stem met een zwaar Devon-accent vanuit de kamer.

'Een meneer die met u wil praten over de tijd toen u hier werkte, Mabel,' antwoordde de verpleegster.

'Laat hem dan maar binnen,' zei de stem.

De verpleegster deed een stap opzij, zodat Ari kon passeren. Hij betrad een gezellige, veel te warmgestookte woonkamer en zag een oude vrouw in een stoel voor een televisie zitten. Het geluid stond op de hoogste stand. Haar witte haar was opgestoken in een knot in haar nek en Ari zag dat ze dezelfde onderzoekende groene ogen had als haar dochter.

'Hallo,' zei ze. 'En wie bent u?'

'Mijn naam is Ari Malik. Uw dochter vertelde me dat u hierboven woont. Ik logeer hier als gast van Lord Astbury in Astbury Hall.'

'O ja, volgens mij heeft Brenda, mijn dochter, het over u gehad, al vertelde ze er niet bij dat ik bezoek kon verwachten,' zei de oude vrouw. 'Geeft niet, hoor. Ik zag u in de tuin vanuit mijn raam. Doe dat uit, Vicky, ik kan mezelf niet eens horen denken,' zei ze tegen de verpleegster. 'Wat wilde u me vragen?'

'Mag ik even gaan zitten?' vroeg Ari.

'Natuurlijk. En mijn naam is trouwens Mabel Smerden.'

'Aangenaam kennis te maken, Mrs. Smerden, en wat fijn dat ik even met u mag praten. Ik ben naar Astbury gekomen omdat ik erachter ben gekomen dat een van mijn voorouders de eerste drie jaar van zijn leven op het landgoed heeft doorgebracht. Zijn naam was Moh Prasad, en volgens mij was Anahita, zijn moeder, goed bevriend met Tilly, uw moeder. U hebt als jong kind zelf met Moh gespeeld.'

Terwijl hij sprak, verdween Mabels glimlach van haar gezicht en ze zakte achterover in haar stoel. 'Mijn moeder is dood, en ik herinner me niets.'

'Nee, dat begrijp ik,' antwoordde Ari vriendelijk. Hij voelde haar ongemak. 'Maar alles wat u zich misschien wél herinnert, ook al is het maar een detail, kan me helpen in mijn zoektocht naar wat er met hem is gebeurd. Ik vroeg me bijvoorbeeld af of er ooit een foto is gemaakt van Moh. Ik weet dat hij bij u in huis was als uw moeder op hem paste.'

De vrouw snoof. 'Er is misschien wel een foto,' zei ze, 'ergens tussen de rommel van mijn moeder.'

'Die zou ik heel graag willen zien,' antwoordde Ari.

'Vicky?' riep ze dwingend naar de verpleegster. 'Haal die oude kartonnen doos eens die onder mijn bed staat.'

De verpleegster deed wat haar gevraagd werd en kwam even later met de doos de kamer in.

'Geef hem aan Mr. Malik, Vicky. U vindt er misschien een paar van uw familielid. Er zijn er in ieder geval enkele van toen ik een baby was.'

'Dank u.' Ari maakte de doos open en zag de zwart-witte overblijfselen van een voorbije tijd. De meer recente, waarop Mrs. Trevathan als kind te zien was, lagen bovenop. Ari bekeek alles zorgvuldig en mompelde gefascineerd terwijl de kwaliteit en de inhoud van de foto's hem verder terugvoerde in de tijd. Hij zag een ingeblikte versie van de enorme veranderingen die in de afgelopen honderd jaar hadden plaatsgevonden. En daar, bijna onderop, was een foto van een vrouw die onmiskenbaar zijn overgrootmoeder Anahita was, naast een vrouw die waarschijnlijk Tilly was. Ze zaten wat stijfjes op een stoel voor een natuurstenen huisje, elk met een baby – Mabel en Moh – op de knie. Ari staarde naar de zoon van Donald en Anahita. Hij was engelachtig, zoals alle kleine baby's, en zijn donkere haren en enorme ogen toonden een grote gelijkenis met zijn moeder. Er waren nog andere foto's van Anahita met Moh op een kerstfeest. Toen hij de foto's goed bekeek, zag hij dat ze een echte schoonheid was geweest.

'Dus je hebt er een gevonden?' vroeg Mabel.

'Ja, ze zien er zo gelukkig uit,' zei Ari, toen hij haar de foto liet zien.

'Zeker. U kunt hem houden, hoor, als u wilt. Ik heb er geen behoefte aan.'

'Dank u!' zei hij. 'Dit betekent meer voor me dan u zich kunt voorstellen.'

'Wil je wat drinken, lieverd? Ik drink nu meestal een kop warme chocolade. Ik krijg tegenwoordig niet vaak meer bezoek.'

'Een kop thee zou heel lekker zijn.'

'Prima. Vicky zet het water op, wil je?'

Toen de verpleegster de kamer uit was, zei Ari: 'Ik weet dat u nog maar een baby was toen dit allemaal speelde, Mabel, maar heeft uw moeder het ooit gehad over de omstandigheden waaronder Moh is overleden? Ik weet dat hij van een paard gevallen is vlak bij het huisje op de heide waar hij met zijn moeder woonde.'

'Dus daar weet je van?' Mabel keek hem verbaasd aan. 'Hoe?'

'Vlak voor haar dood overhandigde Anahita mij haar levensverhaal. Zij had van Lady Selina gehoord dat Donald Moh uit het huisje was komen halen, vlak nadat zij was gearresteerd, en dat vader en zoon samen zijn verongelukt nadat Donalds paard ze had afgeworpen. Moh zou schijnbaar in de beek zijn verdronken...'

'Ik... O jee...' Mabels ogen schoten vol tranen. 'Mr. Malik, beseft u wel dat u hiermee een hele beerput opent?' zei ze toen de verpleegster terugkwam met de drankjes. 'Dank je.' Mabel herstelde zich toen ze haar chocolademelk aanpakte van Vicky. 'Waarom ga jij niet even naar je kamer, terwijl ik met Mr. Malik praat,' zei ze tegen de verpleegster.

'Roep me als u mij nodig hebt,' zei Vicky en ze verliet de kamer.

'Mabel, u weet toch wel waarover ik het heb?'

'Ja, helaas weet ik dat,' antwoordde ze na een korte stilte. 'Ze moesten toch iets tegen zijn arme moeder zeggen, hè? Anders had ze niet gerust tot ze hem gevonden had. Dat had geen enkele moeder gedaan.'

'De treurige waarheid is, Mabel, dat Anahita inderdaad nooit heeft gerust. Ook al heeft ze de overlijdensakte van Moh gekregen voor ze terugging naar India, ze weigerde te geloven dat hij die dag samen met Donald is overleden.'

Mabel staarde in de verte en zuchtte toen diep. 'Die vrouw,' zei ze uiteindelijk zachtjes, 'schrok nergens voor terug om te krijgen wat ze wilde.'

'Bedoelt u Lady Maud?'

'Ja, die bedoel ik. Ze zat voortdurend in de kapel, maar ze had bijzonder weinig van de Heer in haar, en dat is de waarheid,' mopperde Mabel. 'Ik heb het met mijn eigen ogen gezien toen ik door Daisy werd aangenomen om voor die arme Anthony te zorgen toen hij een baby was. We hebben allemaal onder haar geleden.'

'Ja, dat geloof ik graag,' knikte Ari grimmig, 'van wat ik over haar lees. Anahita's verhaal geeft me een heel helder beeld van wie Maud Astbury was.'

'Nou, ik kan je zeggen dat ze met de jaren niet zachter is geworden,' zei Mabel. 'Donald en Violet waren er niet meer, dus Lady Maud had de vrije hand om hun kind op te voeden zoals zij dat wenste. Dat arme, kleine meisje dat helemaal alleen opgroeide in dit grote huis... Daisy moest drie of vier keer per dag naar de kapel om te bidden en kreeg van haar grootmoeder te horen dat alle mannen slecht waren. Geen wonder dat Daisy er zo'n moeite mee had om haar eigen zoon op te voeden, Lord Anthony, bedoel ik,' zei Mabel. 'Ik werd als kindermeisje aangenomen en moest het allemaal aanzien, zonder dat ik een woord kon zeggen. Die arme jongen...' Ze zuchtte. 'Hij wist echt niet meer wat voor of achter was, zoals Daisy hem behandelde. En al zijn problemen gaan terug naar één slechte vrouw, die erin slaagde haar eigen familie te gronde te richten en als enige excuus voor haar gedrag opvoerde dat God het zo gewild had. Ze bedoelde de duivel zeker,' mopperde ze somber.

'Mabel,' zei Ari. Hij wist dat hij het voorzichtig moest aanpakken. 'U leek niet verbaasd toen ik zei dat Moh die dag met Donald in de beek zou zijn gestorven. Als het dorp en het personeel te horen hadden gekregen dat Moh met Anahita was meegegaan toen ze was gearresteerd, hoe kan het dan dat u de waarheid kende?'

'Die ken ik niet,' zei Mabel en ze haalde ongemakkelijk haar schouders op. 'Het was allemaal roddel en achterklap toen ik opgroeide. U weet hoe bediendes zijn.'

'Nou, ik kan u zeggen dat Moh die ochtend niet met Anahita is meegegaan. Ze mocht hem niet meenemen toen de politie haar kwam halen, en ze heeft hem daarna nooit meer gezien. Maar ik denk dat u dat al weet,' voegde hij er zachtjes aan toe.

'Ik zei dat ik niets zeker weet,' herhaalde ze.

'Mabel...' Ari probeerde het nog een keer. 'Ik vertrek over een paar dagen naar India. Ik kom nooit meer terug naar Astbury Hall. Het was de laatste wens van mijn overgrootmoeder dat ik de waarheid zou ontdekken over haar verloren zoon. Ik loop steeds weer tegen een muur aan. Anthony wil niets zeggen, ook al weet hij misschien meer, en...'

'His Lordship weet niets!' viel ze hem heftig in de rede. 'Natuurlijk weet hij niets en waag het niet hem van streek te maken, Mr. Malik. Hij is kwetsbaar en mijn dochter heeft al genoeg met hem te stellen.'

'Natuurlijk zal ik dat niet doen, maar u bent mijn laatste hoop. Alstublieft, Mabel, als u weet wat er echt met Moh is gebeurd die dag, dan smeek ik u mij het te vertellen. Ik zweer dat ik geen woord zal zeggen, maar ik denk dat na wat Anahita door toedoen van de familie Astbury is aangedaan, het alleen maar goed is als u het vertelt. Mabel, is Moh in de beek verdronken of had Anahita gelijk en heeft hij al die jaren geleefd?'

De oude dame zat stil. Ze knipperde nerveus met haar ogen en Ari wist dat ze het zich herinnerde.

'Nee, kleine Moh is die dag niet overleden,' verzuchtte ze eindelijk, 'maar God verhoede dat u iemand iets vertelt. Brenda weet hier niets van, en His Lordship evenmin, begrijpt u?'

'Ik begrijp het,' zei Ari. Hij voelde dat hij door emotie werd overmand nu hij eindelijk wist dat Anahita's instinct al die jaren gelijk had gehad. 'Dank u, Mabel,' zei hij zacht.

'Stil maar, lieverd,' zei Mabel, in een poging hem te troosten. 'Je moet weten dat ik dit allemaal pas hoorde op mijn moeders... Tilly's... sterfbed. Ze wilde het aan iemand opbiechten, begrijp je. Ze had het geheim haar leven lang bewaard en voelde dat ze haar vriendin Anahita had bedrogen. Maar wat had ze anders moeten doen? Als ze ook maar een woord had gezegd over wat mijn vader had gezien, dan was ze haar huisje kwijt geweest en had ze geen inkomen meer gehad.'

'Wat uw vader had gezien?' vroeg Ari. Hij begreep er nu helemaal niets meer van.

'Ja. En misschien is het het noodlot dat mijn oude moeder het mij wél heeft verteld en dat u nu hier bent, op zoek naar Moh. Mijn hart zegt me dat ik u moet vertellen wat mijn vader die dag bij de beek heeft gezien. Hij was assistent-postmeester, weet u...'

HET HUISJE BIJ DE BEEK

AUGUSTUS 1922

44

Jim Fenton fietste over de moors en genoot van de warmte van de middagzon op zijn rug. Op dagen als deze vond hij zijn baan als postbezorger de beste van de wereld, maar in de winter, als het sneeuwde, dacht hij daar anders over. Hij genoot met name van zijn werk als hij bij Miss Anni moest zijn. Zij kwam soms naar de voordeur als hij aan kwam fietsen en dan maakte ze een praatje met hem. Hij bleef doorgaans niet bij mensen hangen, maar haar huisje lag zo geïsoleerd dat niemand het merkte als hij een kwartiertje langer onderweg was.

En bovendien had Jim met haar te doen, zoals ze daar woonde met alleen haar kleine jongen als gezelschap. Tilly zei vaak dat ze vond dat Anni naar het dorp moest verhuizen om wat meer mensen om zich heen te hebben, maar Anni leek het prima te vinden en wilde nergens anders wonen.

Hij hoorde het ongewone geluid van een auto achter zich en keek achterom. Auto's zag je haast nooit op de heide. Toen de auto hem passeerde, zag hij dat het een politieauto was. Hij vroeg zich af waar hij naartoe ging. Er was hier maar één huis in de buurt en dat was van Miss Anni. En inderdaad, toen hij er een paar minuten later aankwam, zag hij de auto voor het huisje staan.

Toen hoorde hij binnen luide stemmen. Net op het moment waarop hij zijn fiets tegen het hek zette, ging de voordeur open en zag hij tot zijn schrik dat twee mannen een schreeuwende Miss Anni naar buiten trokken.

'Ik kan mijn jongen niet achterlaten! Alstublieft! Laat me hem meenemen! Hij zal zo bang zijn! Ik kan hem niet alleen laten, alstublieft!'

Jim dook weg achter het hoge hek toen Anni achter in de auto werd geduwd. Ze schreeuwde hysterisch. Hij hoorde hoe de motor startte, de auto draaide en toen met hoge snelheid terugreed naar het dorp. Hij begreep niet echt wat hij zojuist gezien en gehoord had, maar hij wist wel dat kleine Moh blijkbaar alleen in het huisje was.

Jim tuurde over het hek en zag de auto in een stofwolk aan de horizon verdwijnen. Hij rende naar de achterdeur van het huisje en duwde hem open. Hij zag dat er een pan op het vuur stond en een mand met natte was op de keukentafel. Wat er net ook was voorgevallen, Miss Anni was er niet op voorbereid geweest dat ze zo overhaast zou vertrekken. Hij haalde de pan van het vuur en zette het fornuis uit, waarna hij de smalle gang in liep om in de woonkamer naar Moh te zoeken. De kamer was leeg, dus hij klom de trap op en keek in het kleine kamertje. Daar lag Moh in zijn bedje vredig te slapen, ongestoord door het kabaal dat zojuist beneden had geklonken.

Jim besloot dat het het beste was om Miss Anni's telefoon te gebruiken en Doreen bij de centrale in het dorpspostkantoor te vragen om even naar Tilly te lopen en haar te zeggen dat zij hem hier moest bellen. Zij zou wel weten wat hij moest doen. Hij voelde zich er niet prettig bij het arme kind hier alleen te laten. Jim liep naar beneden, naar de tafel in de hal waar de telefoon stond. Hij was nog maar halverwege de trap toen hij alweer een auto voor het huisje hoorde stoppen. Hij kon niet zien wie het was en besefte dat hij niets in het huis te zoeken had, nu Miss Anni er niet was, dus draaide Jim zich om en rende de trap weer op. Hij ging de slaapkamer aan de voorkant in om te zien wie het deze keer was.

Zijn hart sloeg een slag over toen hij Lady Maud Astbury zelf uit de auto zag stappen, in het gezelschap van dr. Trefusis. Lady Maud marcheerde over het tuinpad naar de voordeur en Jim, doodsbang dat hij ontdekt zou worden, kroop razendsnel onder het grote koperen ledikant. Hij hoorde de voordeur open- en dichtgaan en stemmen beneden zachtjes praten.

'Het kind ligt vast boven te slapen. Wilt u hem gaan halen?'

Jim hoorde de zware passen van de dokter die de trap op kwam en hield zijn adem in toen de deur van de kamer waarin hij zich verborgen hield openging. Hij zag twee glimmende zwarte schoenen, die een paar seconden vlak bij hem stilstonden, waarna ze weer de gang op verdwenen.

'Hij is hier, Lady Astbury! Zal ik een paar van zijn spullen meenemen? Hij heeft wat schone kleren en luiers nodig voor de reis,' hoorde Jim de dokter vanuit de andere slaapkamer roepen.

'Pak wat je nodig hebt, maar doe het snel,' hoorde hij Lady Maud geïrriteerd antwoorden van beneden aan de trap.

Jim hoorde de dokter in de kamer ernaast rondlopen en toen klonk een luide kreet van Moh, waarna de voetstappen de trap weer afdaalden.

'Stil maar, kind,' hoorde hij de dokter zeggen, in een poging Moh stil te krijgen die er met recht over klaagde dat hij zo abrupt door een vreemde wakker was gemaakt. 'Ik moet wat flessen voor hem meenemen, Your Ladyship. Zijn moeder heeft er vast een paar in de keuken.'

'Als het moet, maar ik denk toch niet dat het kind onderweg naar Londen zal verhongeren,' antwoordde Lady Maud. 'Schiet op!'

Jims hart bonsde in zijn keel. Zouden ze het kind naar Londen brengen, naar Miss Anni? Jim had van jongs af aan geleerd nooit vragen te stellen over wat de hoge heren deden, dus hield hij zich verborgen en luisterde.

'Zijn we eindelijk klaar?' vroeg Maud een paar minuten later.

'Ja, Lady Astbury.'

'Goed. Zet mij af bij het Dower House en rijd dan met het kind naar Londen.'

'Ja, Your Ladyship. Het is een instelling die goed bekendstaat en ze zorgen er uitstekend voor de kinderen.'

'En u vertelt ze, zoals afgesproken, dat het kind is achtergelaten en dat u geen idee hebt waar hij vandaan komt of wat zijn afstamming is.'

'Natuurlijk, Your Ladyship,' antwoordde de dokter.

Jim hoorde hen de voordeur openen en weer achter zich sluiten.

Jim liet zijn ademhaling, die hij onbewust al die tijd had ingehouden, terwijl hij zijn uiterste best deed om elk woord dat ze zeiden op te vangen, weer los.

Hij hoorde de motor starten, gevolgd door het geluid van de auto die moeite had om om te keren op het ruige gras van het pad.

Nadat hij onder het bed vandaan was gekropen, wierp hij voorzichtig een blik uit het raam en zag toen een figuur te paard op hoge snelheid naar het huisje komen rijden.

Hij hurkte neer, zijn gezicht half verborgen achter de gordijnen, en keek zo van boven neer op het tafereel. Hij kon elk woord wat werd gezegd horen, omdat het raam halfopen stond om frisse lucht binnen te laten.

De figuur die van het paard sprong was Lord Donald Astbury. Toen de auto wilde optrekken, ging hij ervoor staan om hem tegen te houden.

'Waar is Anni, moeder?' vroeg hij toen hij het portier aan de passagierskant openrukte. 'En waar gaan jullie met Moh naartoe? Wat gebeurt hier in vredesnaam allemaal?'

Donald pakte Moh van de schoot van zijn moeder en nam hem in zijn armen. Op dat moment was de jongen hysterisch, maar toen hij zag wie hem nu vasthield, brak er een lach door op zijn gezicht. 'Mr. Don!' kraaide hij blij.

'Ja, ja, het is Mr. Don, Moh. Ik ben er en ik zal voor je zorgen, zodra we weten wat er aan de hand is.'

Lady Maud was nu uit de auto gestapt en Donald draaide zich naar haar toe. 'Ik zag net hoe Anni achter in een politiewagen door het dorp werd gereden. Ze huilde hysterisch en ze schreeuwde Mohs naam naar mij. Waar ga je naartoe met mijn zoon?'

'Donald, ik hoorde wat er met Miss Chavan was gebeurd, dus ik ben onmiddellijk met dr. Trefusis hiernaartoe gegaan om het kind te halen en voor hem te zorgen tot we weten wat de uitslag is.'

'Echt, moeder? Nou, dan kan Moh ook met zijn vader op het paard terugrijden naar het huis, nietwaar?' Donald stapte weer op zijn paard en zette Moh voor zich.

'Ben je helemaal gek geworden?' schreeuwde Maud opeens. 'Je kunt die... bastaard niet meenemen naar Astbury Hall! In hemelsnaam, Donald, waar is je verstand? Je vrouw is net overleden en je minnares is een uur geleden gearresteerd vanwege moord en weggevoerd door de politie! Je begrijpt toch wel wat dat betekent? Alle sporen van jouw betrekkingen met die Indiase vrouw en... dát,' ze wees naar haar kleinzoon, 'moeten worden uitgewist. Als er ook maar iets van bekend wordt, dan word jij te schande gemaakt! En dan zal de naam Astbury door het slijk worden gehaald!'

Donald staarde haar vol ongeloof aan. 'Is Anni gearresteerd voor de moord op Violet? Hoe? Het is volstrekt belachelijk! Het is obsceen!'

'Donald, laat je toch voor één keer eens niet verblinden door lust! Dr. Trefusis heeft gevaarlijke kruiden gevonden in haar kas. Hij had al zijn twijfels, en dus heeft hij ze aan de politie overhandigd en is zij vervolgens in staat van beschuldiging gesteld. Helaas, Donald, is de zaak nu volledig uit mijn handen.'

'Dat is niet waar, en ik weet zeker dat hij daar bij jou is begonnen, moeder,' zei hij. Zijn stem was koud van haat. 'Dus zeg me, voor ik de moeder van mijn kind uit de gevangenis ga proberen te bevrijden, waar je mijn zoon naartoe wilde brengen? Misschien was je van plan je voorgoed van hem te ontdoen? Het zou me niet verbazen, moeder.'

'Doe niet zo belachelijk! Dr. Trefusis kent een heel goed weeshuis in Londen waar ze gevallen als dit opnemen.'

'Gevallen als dit? Grote god, moeder!' Donald explodeerde toen hij op haar neerkeek. 'Ik denk echt dat je krankzinnig bent geworden. Het lijkt erop dat ik net op tijd ben gekomen. Excuseer me, maar ik neem mijn jongen nu mee naar Astbury Hall.'

'Nee!' schreeuwde Maud, toen Donald Glory aandreef. 'Ik kan het niet toestaan!' Ze sprong voor het paard. 'Geef dat kind aan mij!'

'Moeder, ga opzij, want anders rijd ik je gewoon omver en dat is ook precies wat je verdient!'

Jim, nog altijd gehurkt bij het raam, zag met toenemend afgrijzen hoe de confrontatie tussen moeder en zoon escaleerde.

'Dokter, verplaats uw auto en houd hem tegen,' gebood Maud.

'Voor de laatste keer, ga opzij!'

Glory trappelde nerveus met haar hoeven toen de vrouw voor haar weigerde opzij te gaan. Donald probeerde om het paard naar rechts te sturen, maar dr. Trefusis blokkeerde met de auto hun pad. Glory gaf een angstige hinnik en steigerde zo hoog als ze kon, waardoor haar baas met Moh nog in zijn armen van haar rug viel.

Er klonk een akelige klap toen Donald, die zijn handen niet kon uitsteken om zijn val te breken, neerkwam op een stuk rots dat uit de grond omhoogstak. Vader en zoon lagen bewegingloos, Moh met zijn hoofd op de arm van zijn vader.

Dr. Trefusis sprong uit de auto en boog zich onmiddellijk over hen heen, terwijl Maud als bevroren toekeek.

'Your Ladyship, ik voel nauwelijks een pols. Lord Astbury moet met zijn hoofd die rots hebben geraakt toen hij viel. Er loopt bloed uit zijn oor. We moeten hem in de auto zien te krijgen en zo snel mogelijk naar het ziekenhuis brengen.'

'En het kind?' vroeg Maud. 'Leeft het nog?'

Alsof Moh het wilde bewijzen, bewoog hij opeens en gaf een kreet van pijn.

'Hij moet ook naar het ziekenhuis. Ik heb geen idee of hij inwendige verwondingen heeft opgelopen.'

'Doe niet zo gek, man! Dat kind had nooit geboren mogen worden. U brengt hem nu volgens plan naar Londen.'

'Your Ladyship, ik smeek u, er is geen tijd te verliezen. We moeten Lord Astbury onmiddellijk naar het ziekenhuis brengen!' herhaalde dr. Trefusis.

'U doet wat ik zeg. Til het kind op en we gaan.'

'Ik begrijp het niet...' Jim zag de verwarring op het gezicht van de dokter. 'U wilt uw zoon hier achterlaten? Lady Astbury, hij sterft als hij niet onmiddellijk verzorging krijgt.'

'Kom op, man! Pak dat kind op!'

Met tegenzin pakte dr. Trefusis een huilende, geschrokken Moh op en legde hem op de achterbank van de auto. Lady Maud ging voorin zitten. Ze reden zo hard ze konden weg van het huis.

Jim, te geschokt om bij het raam weg te gaan, staarde omlaag naar Donalds lichaam en zijn paard, dat een paar meter verderop stond en niet van zijn zijde week.

'Mijn god,' bracht Jim uit. Hij draaide zich langzaam om, zijn ledematen voelden zwaar van de schrik. Toen zag hij de foto van Moh, Anni en Donald bij het bed. Als hij nog nader bewijs nodig had van wat hij net gehoord had, dan was dit het. Hij pakte de foto op van het nachtkastje en rende naar beneden en naar buiten om te zien of hij Donald kon helpen.

'Your Lordship! Your Lordship! Kunt u mij horen?' zei Jim dringend toen hij naast hem neerhurkte. Hij wilde dat hij iets afwist van eerste hulp. Plotseling bewoog Donald en opende zijn ogen. 'Goed zo, Your Lordship, blijf wakker tot er hulp komt. In godsnaam, sir, blijf wakker!' smeekte Jim.

Donald staarde omhoog naar Jim. Plotseling verscheen er een glimlach om zijn lippen.

'Anni,' fluisterde hij. Toen sloot hij zijn ogen voor de laatste maal.

ASTBURY HALL

JULI 2011

45

Toen Mabel haar verhaal had verteld, waren Ari's ogen nat van de tranen.

Hij keek naar Mabel die uit het raam staarde, waar de schemering langzaam inviel.

'Het is een… schokkend verhaal, niet te bevatten,' zei Ari. Hij schraapte zijn keel. 'Een moeder die haar zoon voor dood achterlaat op de heide. Onbegrijpelijk.'

'Inderdaad,' knikte Mabel. 'Mijn moeder vertelde me dat toen pap thuiskwam en haar vertelde dat Lord Astbury in zijn armen was gestorven en Moh was meegenomen, ze dacht dat hij te diep in het glaasje had gekeken.'

'Denkt u dat Maud haar zoon dood wilde?'

'Mijn pap zei dat het meer dan twee uur duurde voor er hulp kwam. Toen die eindelijk kwam, zorgde hij natuurlijk dat hij verdwenen was. Niemand zou er iets aan hebben als bekend werd dat hij alles had gezien. Lady Maud zou vermoedelijk ook met hem hebben afgerekend. Het is echt een verschrikkelijk verhaal,' huiverde Mabel. 'Het heeft mijn ouders de rest van hun leven achtervolgd.'

'Dat begrijp ik, Mabel. Wat een geheim om met je mee te dragen. Hebt u enig idee waar de dokter Moh naartoe heeft gebracht?'

'Nee, ik weet alleen dat pap dacht dat Moh naar een weeshuis in Londen is gebracht.'

'Het verbaast me dat Maud hem niet met eigen handen in de beek heeft verdronken,' zei Ari.

'Mijn pap dacht dat ze dat ook wel gedaan zou hebben, als de dokter er niet bij was geweest.'

'Nou, hij was geen haar beter,' zei Ari met een zucht.

'Mr. Malik, u moet begrijpen dat in die dagen de plaatselijke adel de mensen die hen dienden helemaal in hun zak hadden. Niemand durfde tegen hen in te gaan. Dr. Trefusis moest wel doen wat van hem gevraagd werd. Hij wist dat ze hem kapot zou maken als hij weigerde.'

'Hij heeft de overlijdensakte getekend die Selina Astbury aan Indira gaf om aan Anahita te overhandigen,' zei Ari. 'Dat is toch zeker een misdrijf?'

'Wie wist er dat hij niet de waarheid sprak?' vroeg Mabel. 'Alleen mijn arme vader. Na die tijd weigerde mijn moeder op Astbury Hall te werken, ook toen ik al groot was en ik begreep nooit waarom. Ze zouden zijn verhuisd als ze de mogelijkheid hadden gehad, maar in die dagen was dat gemakkelijker gezegd dan gedaan.'

Er werd op de deur geklopt en ze keken allebei op. 'Neem me niet kwalijk dat ik stoor, maar het wordt al laat en ik wil niet dat u zich te moe maakt, Mabel,' zei de verpleegster. Ze reed een rolstoel naar binnen. 'Misschien kunt u morgen terugkomen, Mr. Malik?'

'Ja,' zei Mabel, toen de verpleegster haar voorzichtig in de stoel hielp. 'Ik geloof niet dat er veel meer te vertellen is, behalve dat ik u nog eens herinner aan uw belofte wat ik u verteld heb voor uzelf te houden.'

'Natuurlijk. Ik kan u niet genoeg bedanken dat u dit met mij hebt gedeeld, Mabel,' antwoordde Ari.

'Nou, het was het enige juiste wat ik kon doen. Ik heb het gevoel dat er tenminste één onrecht is rechtgezet. Dag, Mr. Malik, kom nog even gedag zeggen voor u vertrekt. Misschien kunnen we dan over vrolijker tijden praten.'

'Dat doe ik.' Ari stond op en liep naar de deur, toen hem iets inviel. 'Kunt u eigenlijk helemaal niet meer lopen, Mabel?'

'Nee, niet meer. Mijn artritis heeft mijn benen te veel aangetast. De enige manier waarop ik nog ergens kan komen is in mijn stoel. Soms draagt Lord Astbury mij naar beneden, zodat Vicky mij kan rondrijden in de tuin en ik wat frisse lucht krijg. Hij is zo goed voor mij.' Ze glimlachte. 'Maar mijn grijze cellen doen het nog goed, nietwaar, Vicky?'

'Zeker, Mabel!' Vicky lachte naar haar. 'Haar ontgaat niets, hoor.'

'Dat wil ik graag geloven. Goedenavond,' zei hij toen hij de deur achter zich dichttrok.

Ari liep naar beneden. Zijn hoofd tolde van de nieuwe informatie die hij had verzameld. Hij was nog vervuld van een gevoel van euforie bij de gedachte dat Anahita al die tijd gelijk had gehad. Alleen… wie wist wat er van Moh was geworden nadat hij uit Devon was vertrokken?

Hij dacht opeens aan iemand die er misschien meer van wist…

De andere gedachte die hij niet kon loslaten was de vastberaden aanname van Mrs. Trevathan dat het Mabel was geweest die Rebecca gisternacht in de slaapkamer had gezien. Mabel zelf had hem zojuist verteld dat ze niet kon lopen, dus hoe kon ze dan in vredesnaam in het holst van de nacht door het huis dwalen? En hoewel ze aan hem was beschreven als half seniel, wist Ari dat hij sinds Anahita nog nooit een bejaarde vrouw had ontmoet die zo goed bij haar verstand was als Mabel. Mrs. Trevathan had gelogen. De vraag was, waarom?

Rebecca droomde. Ze droomde alweer van het zingen, en van de bloemengeur van het parfum, van wegvluchten uit Astbury en alle gevaren die het huis in zich borg…

Met een schok schrok ze wakker, opende haar ogen en merkte dat haar zicht troebel was. Ze wilde in haar ogen wrijven om helder te kunnen zien, maar haar armen leken achter haar rug vast te zitten en ze wilde ze graag losmaken, want ze deden pijn. De geur was sterk, zo sterk was hij nog nooit geweest en in het schemerige licht zag ze de vrouw weer die ze eerder had gezien.

Ik droom, dacht ze. Ik slaap en ik word zo wakker en dan is ze weg.

Enige tijd later vertelden Rebecca's zintuigen haar dat ze wel degelijk wakker was en ze opende met moeite haar ogen. Gelukkig was haar zicht nu helder en ze zag de rug van de vrouw die ze de vorige nacht had gezien, zittend achter haar kaptafel, terwijl ze haar haren borstelde. Ze keek omlaag en zag haar eigen knieën. Ze zat op een stoel met hoge rugleuning en toen ze delen van haar lichaam probeerde te bewegen, merkte ze dat haar armen achter haar zaten vastgebonden en haar enkels waren samengebonden. Ze was nog steeds wazig en had een hoofdpijn die de hoofdpijn die ze eerder had gehad op een peulenschil deed lijken, maar ze probeerde haar gedachten op een rij te krijgen en erachter te komen waar ze was. Ze tilde haar hoofd langzaam op en zag onmiddellijk dat dit niet haar slaapkamer in Astbury Hall was.

Rebecca sloot haar ogen. Langzaam begon haar gedrogeerde brein informatie af te geven: Anthony's huwelijksaanzoek, zijn plotselinge agressieve kus, haar vlucht uit Astbury Hall, op zoek naar de filmcrew die bezig was op de heide, de lap over haar gezicht en toen... duisternis.

Ze opende voorzichtig haar ogen weer en keek naar de vrouw. Ze ademde diep in en uit, wetend dat hoe meer zuurstof ze inademde, hoe sneller haar brein het middel wat haar was toegediend zou kwijtraken. Wie er ook aan de kaptafel voor haar zat, het was zeker geen fragiel oud dametje van boven de negentig. Op de rug gezien was ze breed en stevig gebouwd.

Rebecca keek naar haar eigen benen en zag dat die niet meer gehuld waren in een spijkerbroek, maar bedekt met de zachte, zijden stof van een rok die tot op haar enkels viel. Voorzichtig bewoog ze haar blik omhoog naar haar lichaam en zag dat dezelfde stof ook haar bovenlijf bedekte.

Ze droeg een jurk. Wat betekende dat wie deze vrouw ook was, ze haar had uitgekleed.

Er ging een rilling van angst langs Rebecca's ruggengraat.

Ik ga dood, net als Violet, ik weet het zeker...

Ze sloot haar ogen weer. Haar hoofd en haar hart bonsden. Instinctief ontsnapte haar een diepe zucht, ondanks haar pogingen geen geluid te maken.

'Ik weet dat je wakker bent. Ik zie je oogleden bewegen.' Opeens klonk er een tinkelende lach. 'Doe ze open en laat me zien hoe mooi ze zijn. Er overkomt je niets, echt niet. Mijn naam is trouwens Alice, net als in *Alice in Wonderland*.'

Rebecca had alle mentale kracht nodig die ze bezat om te doen wat haar werd gevraagd en zag toen dat Alice zich naar haar had omgedraaid. Ze hield vol afgrijzen haar adem in, want dit was geen vrouw, maar een weerzinwekkende parodie van vrouwelijkheid. Het lange, blonde haar viel rond een gezicht dat onder de slecht aangebrachte make-up zat. Blauwe oogleden, valse wimpers, zwaar van de mascara, zwarte randen rond de ogen. De felrode lippenstift vulde de rimpels in de verouderende huid en rondjes van roze rouge kleurden de wangen.

'Goed zo,' zei Alice en ze glimlachte naar haar. 'Zie je wel?' Ze duwde haar haren omhoog. 'Zo eng ben ik toch niet?'

Rebecca dwong zichzelf om nee te zeggen.

'Het spijt me dat ik tot zulke maatregelen moest overgaan om je bij me te houden. Het zou echt niet goed zijn geweest als je was vertrokken. Ik hoop dat je dat begrijpt. Je bent mijn nieuwe vriendin.'

Rebecca begreep dat ze moest instemmen met alles wat Alice zei en ondertussen proberen te snappen wat er gebeurde en waar ze was.

'Arm ding, je ziet ontzettend bleek. Ik zal beneden een lekker kopje thee voor je gaan maken.'

Rebecca knikte weer.

'Geef antwoord, lieverd. Mammie zei altijd dat het onbeleefd was om dat niet te doen.'

'Ja, graag,' bracht ze uit.

'Goed zo.' Alice stond op en Rebecca zag hoe lang ze was. De vrouw torende boven haar uit. Ze volgde Alice met haar ogen toen ze de kamer verliet en zag dat ze een ouderwetse zijden jurk droeg, niet heel anders dan de jurk die Rebecca zelf droeg. Toen ze haar hoofd zo ver als ze kon draaide om haar te zien vertrekken, zag ze enorme voeten die in zijden schoenen zaten geperst.

'O god, o god...' verzuchtte ze en ze smeekte haar trage brein om wat ze zojuist had gezien te begrijpen. Nu ze haar hoofd kon draaien, keek ze om zich heen en zag dat ze in een vreemde kamer was. Op het ouderwetse koperen ledikant lag een patchwork quilt en de gesloten gordijnen waren bezaaid met vergeelde bloemen. Het marmeren blad van de kaptafel lag vol met make-upspullen. Er stond ook een flesje met hetzelfde parfum als in Violets kamer, met het dopje eraf.

Denk na, Rebecca, denk na...

Ze snikte even wanhopig. Ze begreep niet wat er van haar werd verlangd.

En wie was Alice?

Ze hoorde zware voetstappen naderen keek weer voor zich.

'Zo, ik heb een lekker kopje thee voor je gezet. Ik maak je los, dan kun je het zelf drinken,' zei Alice en ze zette twee kopjes thee op de kaptafel. De inhoud klotste grotendeels over de rand. Ze liep naar Rebecca toe, maakte haar polsen los en boog zich toen om ook haar enkels te bevrijden. 'Ik hoop dat ik je geen pijn heb gedaan. Het was alleen om te voorkomen dat je van de stoel zou vallen toen je sliep. Ik heb een zijden sjaal gebruikt om je polsen niet te beschadigen. Nou, dat voelt beter, hè?'

Toen Alice haar ogen naar haar oprichtte, in afwachting van een antwoord, wist Rebecca opeens precies wie ze was.

Als je het over de duivel hebt, dacht Ari, toen Mrs. Trevathan in de gang boven opdook en hem ongerust aankeek.

'Hebt u Rebecca gezien?' vroeg ze hem.

'Ik dacht dat ze bij Lord Anthony zou eten.'

'Dat was ook zo, maar ze is verdwenen. Ik keek in haar kamer en al haar spullen zijn verdwenen, ook haar koffer.'

'Echt?' Ari fronste zijn voorhoofd. 'Misschien heeft ze besloten dat ze toch liever naar een hotel ging. Ik geef haar geen ongelijk, na de schrik die ze vannacht heeft gehad.'

'Ja, daar heb ik ook aan gedacht,' zei Mrs. Trevathan, 'maar ik dacht dat ze u zou vragen om haar weg te brengen.'

'Het ligt toch meer voor de hand om het aan Lord Anthony te vragen? Hij was tenslotte degene met wie ze zou dineren.'

'Ja, maar hij gaat altijd naar zijn kamer na het eten en ik wil hem liever niet storen.'

Ari zag dat Mrs. Trevathan nerveus was. 'Misschien kunt u vandaag een uitzondering maken? Als u mij zijn kamer wijst, ga ik bij hem informeren.'

'Dat is vast niet nodig,' antwoordde ze. 'Misschien kan ik beter eerst Steve bellen, de productiemanager, om te vragen of hij iets van haar heeft gehoord. Hij zou nu terug in het hotel moeten zijn.'

'Goed idee,' knikte Ari.

Hij zag hoe ze naar beneden liep, naar de telefoon in Anthony's studeerkamer. Zelf ging hij naar Rebecca's kamer en zag dat die inderdaad leeg was; al haar spullen waren weg. Hij verliet de kamer weer en volgde Mrs. Trevathan om te zien of er nieuws was van Steve, maar hij zag onmiddellijk aan haar gezicht dat dat niet zo was.

'Hij heeft niets van haar gehoord, ben ik bang,' zei ze.

'Als u mij een telefoonboek geeft, bel ik alle hotels in de buurt om te zien of ze een kamer heeft geboekt,' zei Ari.

Een kwartier later had Ari alle hotels in de omgeving gebeld, zonder resultaat. Steve belde en zei dat hij hetzelfde idee had gehad, en evenmin succes had gehad.

Ari ijsbeerde door de kleine studeerkamer. Als Rebecca inderdaad had besloten te vertrekken, dan wist hij zeker dat ze een boodschap in zijn kamer had achtergelaten of het in ieder geval tegen Mrs. Trevathan had gezegd. Ze was gewoon te beleefd om zomaar weg te lopen. En wie had haar weggebracht? Steve had gezegd dat Graham ook niets van haar had gehoord. Tenzij ze zelf een taxi had gebeld.

'Weet u iets meer?' vroeg Mrs. Trevathan, toen ze de studeerkamer weer binnenkwam.

'Nee, het lijkt erop dat Rebecca in het niets is verdwenen. Ik maak me inmiddels ernstige zorgen en ik ben bang dat het tijd wordt om het aan Lord Anthony te vragen. Hij was tenslotte de laatste die haar heeft gezien.'

'Hij zei me dat hij tijdens het diner niet wilde worden gestoord,' zei Mrs. Trevathan plotseling, alsof het haar ineens te binnen schoot.

'Echt? Is dat niet vreemd?'

'Ik...' Mrs. Trevathan zuchtte. 'Je weet nooit wat er in het hoofd van His Lordship omgaat.'

'Waar is zijn slaapkamer?' vroeg Ari. Hij beende de studeerkamer uit, in de richting van de trap. 'Want als u het mij niet zegt, dan beuk ik elke deur in dit godvergeten mausoleum open tot ik hem vind.'

'Goed, goed,' zei Mrs. Trevathan, bijna in tranen. 'Ik breng u ernaartoe.'

Ze liepen door de gang aan de andere kant van de grote trap dan de gang waarin hij en Rebecca waren ondergebracht en Mrs. Trevathan passeerde ettelijke deuren voor ze bijna aan het eind bij een deur stilstond.

'Dit is zijn suite,' wees ze. 'Wacht u alstublieft in de gang als ik aanklop. Ik wil niet dat hij u hier ziet als hij de deur opent. Hij wil 's nachts echt niet door vreemden worden gestoord, en er is me heel wat aan gelegen dat dat ook niet gebeurt.'

Ari ging een eindje achteruit. Toen hij voldoende afstand had genomen, klopte Mrs. Trevathan op de deur.

'Your Lordship? Sorry dat ik u stoor, maar ik moet u dringend spreken,' zei ze luid.

Er kwam geen antwoord.

'Misschien slaapt hij,' zei Mrs. Trevathan en ze wierp een angstige blik op Ari. 'Ik probeer het nog eens.' Ze deed het, maar er kwam nog steeds geen reactie.

'U moet naar binnen gaan en hem wekken,' gebood Ari.

Hij zag de angst op Mrs. Trevathans gezicht toen ze wachtte. 'Hij wil echt niet dat iemand zonder zijn toestemming zijn kamer binnenkomt.'

'In hemelsnaam, zeg hem dat het een noodgeval is! Als u het niet doet, doe ik het.' Ari deed een stap in de richting van de deur en Mrs. Trevathan opende hem onmiddellijk.

'Wacht hier,' zei ze toen ze naar binnen ging en de deur achter zich sloot.

Een paar seconden later kwam ze weer tevoorschijn. 'Hij is niet in zijn kamer.'

Ari staarde naar haar, niet overtuigd.

'Luister, jongeman, ik ben net zo bezorgd als u over Rebecca's verdwijning, en ik zeg u dat His Lordship niet in zijn kamer is. Het is echter niet ongebruikelijk dat hij 's nachts gaat wandelen.'

'En waar wandelt hij dan naartoe?'

'O, gewoon het landgoed over.'

'Mrs. Trevathan!' Ari verloor zijn geduld. 'Het is ver na middernacht en Rebecca is nog steeds niet gevonden. Nu is Anthony blijkbaar ook verdwenen. Ik ben nu zo ongerust dat ik de politie ga bellen.'

Mrs. Trevathan keek hem vol afschuw aan. 'Alstublieft! Doet u dat niet. Ik weet zeker dat ze in orde is. Misschien is ze met His Lordship...' Haar stem stierf weg.

'Ik besef dat uw loyaliteit bij hem ligt, maar we weten allebei dat u meer weet dan u loslaat. Ik zag uw moeder zojuist, de vrouw van wie u mij wilde laten geloven dat ze 's nachts door het huis dwaalt. Ze vertelde me zelf dat ze nergens komt zonder rolstoel. Zij was niet de vrouw die Rebecca gisternacht zag, is het niet? U liegt, Mrs. Trevathan. En dus hebt u dertig seconden om me te vertellen waar ik Lord Anthony kan vinden, of ik bel de politie!'

Ari liep snel over de overloop, de grote trap af, en marcheerde de studeerkamer binnen. Mrs. Trevathan holde achter hem aan en hijgde van inspanning toen ze de kamer binnenkwam. Ze zag Ari de hoorn oppakken, zijn vingers hingen boven de draaischijf. Even was er een impasse, en toen gaf Mrs. Trevathan zich over.

'Stop, alstublieft...' Haar stem brak en ze viel huilend in een stoel. 'Ik wist dat het slecht voor hem was als zijn routine werd doorbroken. Zolang het rustig is om hem heen en hij privacy heeft, redden we het met elkaar. Het komt door al die onrust, ik had het moeten zien aankomen.'

'Luister, vertel me nu gewoon waar ze zouden kunnen zijn. Dan kunnen we het vast oplossen zonder de politie erbij te betrekken.'

Mrs. Trevathan gaf zich met een diepe zucht gewonnen.

'We zullen uw auto moeten nemen.'

46

Terwijl ze samen met Alice thee zat te drinken, gingen er duizend dingen door Rebecca's hoofd. Ze gaf de beleefde antwoorden die Alice nodig leek te hebben om haar tevreden te houden en ondertussen begon Rebecca's langzaam ontwakende geest de afgelopen weken door te nemen en op alle vragen antwoorden te geven.

'Is het niet gezellig zo? We hebben samen een theekransje!'

'Ja.'

'Mammie adoreerde je, weet je dat, Violet,' zei Alice. 'Ze liet je kamers onaangeroerd, ze zorgde ervoor dat de meisjes er elke dag stof afnamen, je bed verschoonden, bloemen in alle vazen zetten. Natuurlijk, je was dood, maar ze heeft altijd gezegd dat ik je op een dag zou tegenkomen. Ik dacht dat ze bedoelde in de hemel, maar hier ben je op aarde! Is dat niet heerlijk?'

'Ja,' antwoordde Rebecca gehoorzaam.

'Natuurlijk, toen je nog niet hier was, maar toen je daarboven was, deed mammie graag of ík Violet was.' Alice streelde haar haren. 'Mammie zei altijd dat ik als kind precies op je leek. Ze liet mijn haren groeien en ik droeg er mooie zijden linten in. Ze kocht de prachtigste jurken voor me, die ze door Harrods liet opsturen, precies als de jurk die ik nu draag.'

'Een hele mooie jurk,' zei Rebecca. Ze had al snel begrepen dat Alice ervan hield te worden geprezen.

'Dank je. Het is zo fijn om hier te zitten en een leuk gesprek te hebben met een andere jongedame. Mammie had het niet zo op jongens – of op mannen, wat dat aangaat. Ze waren lelijk, agressief en ze stonken, zei ze altijd. Het was veel beter om een meisje te zijn. Ik herinner me nog dat ze me vertelde dat ze maar voor één ding deugden, en ik denk dat we allebei weten wat ze daarmee bedoelde.' Alice giechelde en er verscheen een echte blos op haar wangen.

'Je moeder had vast gelijk,' zei Rebecca. Hoe meer Alice zei, hoe beter Rebecca het begon te begrijpen.

'Weet je, ik was zo eenzaam als kind. Mammie wilde nooit dat er andere meisjes kwamen spelen en dus had ik geen vriendinnen. Was je er toen maar geweest.' Alice keek bedroefd voor zich uit. 'We kunnen het heel goed met elkaar vinden, hè? We lijken zo op elkaar.'

'Ja,' zei Rebecca, 'en wat naar dat je zo eenzaam was.'

'Nou, uiteindelijk verzon ik een vriendinnetje dat ik Amy noemde. We praatten urenlang met elkaar, ook al wist ik dat ze niet echt was. En nu heb ik jou. Ik wil dat je altijd bij me blijft. Je gaat toch niet weg, hè?' Opeens sprongen er tranen in haar ogen.

'Nee, natuurlijk niet.'

'Mijn moeder is weggegaan, weet je, en toen was ik helemaal alleen. En weet je, ik denk eigenlijk dat ze helemaal niet zoveel van me hield. Ze schreeuwde altijd tegen me. Ik...'

Rebecca zag dat Alice begon te huilen. De tranen trokken zwarte strepen van mascara over haar wangen.

'Zal ik een zakdoek voor je pakken?' bood Rebecca aan, op zoek naar een reden om op te staan van de stoel.

'Dank je, je bent zo lief,' antwoordde Alice dankbaar. 'Ze liggen daar, in de la bij het bed.'

Rebecca begreep dat het nu of nooit was. Ze stond op en liep zo snel ze kon naar de slaapkamerdeur, gooide die open en strompelde de smalle trap af. Ze bereikte de voordeur en draaide wanhopig aan de deurknop, maar kreeg er geen beweging in.

'Waar ga je naartoe? Kom terug!'

Toen Rebecca terugliep door het gangetje naar de achterkant van het huis en bad dat er een andere uitgang was, hoorde ze Alice achter haar de trap af komen stampen.

'Help!' gilde Rebecca in paniek toen ze in de keuken terechtkwam. Ze sloeg de deur dicht in het gezicht van Alice en zocht in het aardedonker op de tast naar een achterdeur. Ze hoorde dat Alice nu in dezelfde ruimte was als zij en over de meubels struikelde.

'Waar ben je, Violet? Alsjeblieft, ik houd niet van dit spelletje. Ik ben bang in het donker...'

Het lukte haar niet een uitgang te vinden en Rebecca kroop in een hoek en liet zich langs de muur omlaag zakken toen ze Alice op zich af hoorde komen.

'Daar ben je!' De enorme handen trokken Rebecca weer omhoog. 'Ik houd niet van dit spelletje. Waarom ga je niet terug naar boven met me? Dan houden we een verkleedpartijtje.'

'Alsjeblieft… laat me gaan,' jammerde Rebecca toen Alice haar onhandig door de keuken sleurde. Toen hoorde ze een deur opengaan, ergens in de ruimte.

'Kom, lieverd, wees niet zo ondeugend en laat je vriendinnetje los,' zei een bekende, zachte stem. 'Ik weet dat je alleen maar wilt spelen, maar mammie zal helemaal niet blij zijn als ze dit hoort, denk je ook niet?'

Na een kort moment lieten de handen haar los. Rebecca viel op de grond als een afgedankte lappenpop.

'Mr. Malik, wilt u het licht aandoen? Deze twee stoute kinderen hebben "moord in het donker" gespeeld.'

Opeens baadde de kamer in het licht en zag Rebecca Mrs. Trevathan en Ari in de keuken staan.

'Het spijt me, Brenda,' zei Alice, 'ik ben een stoute meid geweest, hè?'

'Ja, wel een beetje, maar als je lief bent en rustig met me mee gaat, beloof ik dat ik het niet aan mammie vertel. Kom maar, liefje.' Mrs. Trevathan stak haar hand uit. 'Het is tijd dat je nieuwe vriendinnetje naar huis gaat.'

'Maar ik wil niet dat ze weggaat. Alsjeblieft, Brenda, kan ze niet blijven? Ik…'

Rebecca en Ari zagen hoe Alice' onderlip begon te trillen en ze begon te huilen.

'Als je lief bent, kan je nieuwe vriendin misschien morgen weer komen spelen.'

'Ja, alsjeblieft? Ik ben zo eenzaam, zo helemaal alleen, zo eenzaam…'

'Dat weet ik, lieverd, maar het is al erg laat. Goed,' zei ze met vaste stem tegen Ari, 'ik neem dit kind mee naar boven en maak haar klaar om naar bed te gaan. Waarom neemt u uw kleine meisje niet mee, dan kunnen ze misschien een andere keer nog eens met elkaar spelen. Is dat goed?'

Ari, die geschokt staarde naar het schepsel dat Mrs. Trevathan bij de hand hield, knikte zwijgend.

'Goedenavond, en dank u voor uw komst,' zei Mrs. Trevathan.

Toen Ari Rebecca omhoogtrok en haar door de achterdeur en naar zijn auto meevoerde, hoorden ze de stem van Mrs. Trevathan die rustig bleef praten. Hij zette Rebecca voorzichtig op de passagiersstoel.

'Ben je gewond?' vroeg hij toen hij achter het stuur ging zitten en de motor startte. 'Zal ik je naar het ziekenhuis brengen?'

'Haal me hier alleen maar weg,' jammerde ze. 'En weg van dat verschrikkelijke... monster!'

'Heeft hij je iets gedaan, Rebecca? Echt, ook al heb ik Mrs. Trevathan beloofd dat ik niet de politie zou bellen als ze mij zou vertellen waar hij je naartoe had gebracht, gaat wat ik zojuist heb gezien alle perken te buiten.'

'Ik ben niet gewond, echt niet. Haal me alleen maar weg!' herhaalde Rebecca snikkend.

'Oké,' zei hij. 'Maak je geen zorgen, ik breng je ergens naartoe waar je veilig bent.'

Toen hij over de heide reed, pakte Ari zijn mobiel en belde Steve.

'Rebecca is bij mij. Ik zal niet op de details ingaan, maar ik moet haar naar een hotel brengen en ik wil dat je die dokter belt die laatst bij haar is geweest. Hij moet komen en controleren of ze in orde is.'

'Is ze gewond?'

'Ik denk het niet, nee, maar er moet wel even naar haar worden gekeken.'

'Goed. Breng haar maar naar mijn hotel in Ashburton. Ik neem onmiddellijk contact op met de receptie. Ze hebben vast nog wel een kamer voor haar. Zo niet, dan mag ze de mijne hebben.'

'En laat de dokter zo snel mogelijk komen.'

Steve gaf Ari het adres. Ari stelde zijn navigatie in en begon te rijden.

Toen ze in het hotel aankwamen, was Ari dankbaar dat Steve een suite had kunnen regelen voor Rebecca. Hij had een boodschap achtergelaten bij de receptie, waarin hij zei dat Ari hem kon bellen als er iets was wat hij kon doen.

Rebecca liet zich door Ari naar de lift brengen en vervolgens door een gang naar haar kamer begeleiden.

'Ik heb niets bij me,' zei Rebecca. Ze zuchtte diep toen Ari haar op het bed hielp.

'Waar is je koffer?' vroeg hij.

'In een struik, ergens op het terrein van Astbury.' Ze lachte vaag naar hem.

'Geeft niet. Ik haal hem morgen op. Is er iets wat je dringend nodig hebt?'

Voor ze kon antwoorden, hoorden ze een klop op de deur. Ari ging ernaartoe om open te doen.

'Goedenavond,' zei dr. Trefusis, 'of moet ik zeggen, goedenacht? Het spijt me dat het even duurde voor ik er was. Ik was bij een andere patiënt. Hoe gaat het met haar?'

'Voor zover ik kan zien,' zei Ari, 'is ze fysiek in orde, maar heel erg van streek. Zal ik uitleggen wat er is gebeurd?'

'Dat hoeft niet,' zei de dokter zacht. 'De patiënt van wie ik net vandaan kom is Lord Astbury. Mrs. Trevathan had me laten komen.'

'Oké. Waar is hij nu?'

'Nog in het huisje op de heide. Ik heb hem een zwaar slaapmiddel gegeven, waardoor hij in een diepe slaap blijft tot ik morgenochtend maatregelen voor hem tref. Mrs. Trevathan blijft bij hem. De kans is groot dat hij morgen wakker wordt en zich niets meer herinnert van wat er vanavond is voorgevallen. Goed, ik zal nu kijken hoe het met Miss Bradley is.'

'Natuurlijk, ik zal jullie alleen laten.' Ari verliet de kamer en dr. Trefusis liep naar Rebecca toe.

'Ik hoor dat u vanavond het een en ander hebt meegemaakt,' zei hij vriendelijk toen hij op de rand van het bed ging zitten en haar hand pakte om haar pols te voelen. 'Heeft hij u iets gedaan?'

'Nee.' Rebecca was zo uitgeput dat ze nauwelijks nog iets kon uitbrengen. 'Hij duwde een lap in mijn gezicht die sterk rook en ik verloor het bewustzijn en werd wakker in een huis. Ik weet nog altijd niet waar.'

'Hij heeft vrijwel zeker chloroform gebruikt, wat chirurgen vroeger gebruikten om hun patiënten te verdoven. Het is onschuldig en heeft geen bijwerkingen. Mrs. Trevathan denkt dat hij het waarschijnlijk in de medicijnkast in de bijkeuken heeft gevonden. Het moet heel oud zijn geweest. Ze heeft me het flesje gegeven en ik laat de inhoud morgen analyseren om zeker te zijn.'

Rebecca likte aan haar droge lippen. 'Ik dacht dat ik nooit aan hem zou kunnen ontsnappen.'

'Dat geloof ik graag, Miss Bradley. Het moet een vreselijke ervaring voor u zijn geweest. Ik kan u alleen maar geruststellen en zeggen dat ik sinds ik de medische praktijk van mijn vader overnam van de toestand van Lord Astbury heb geweten. Het is uiterst onwaarschijnlijk dat hij u, hoe opgewonden en verward hij gisteren ook was, iets zou hebben aangedaan.'

'Hij dacht dat ik zijn grootmoeder Violet was,' zei Rebecca.

'Ja, dat vertelde Mrs. Trevathan me.'

'O mijn god! Hij weet toch niet waar ik nu ben? Hij komt toch niet achter me aan?' Ze greep hem bij zijn armen, met angst in haar ogen.

'U bent volstrekt veilig, Miss Bradley, geloof me. Hij heeft geen idee waar u bent en hij is op dit moment zo zwaar verdoofd dat hij ook niet weet waar hij zelf is. Goed... ik ga u wat u vanavond heeft meegemaakt niet laten herbeleven, maar wil u wel even nakijken.'

De dokter onderzocht haar en controleerde haar vitale functies. Rebecca lag stil. Er waren zoveel vragen die ze hem zou willen stellen, maar haar op de proef gestelde, uitgeputte brein kon de energie niet opbrengen ze onder woorden te brengen.

'Hoe is de hoofdpijn nu?' vroeg hij toen hij naar haar hartslag luisterde.

'Op dit moment heel erg.'

'Nou, de chloroform die Lord Astbury heeft gebruikt zal er ook geen goed aan hebben gedaan. Ik zou trouwens morgenochtend toch al langs zijn gekomen omdat ik denk dat ik heb ontdekt wat u zo ziek maakte.'

'Echt?'

'Ja. En ik kan u geruststellen. U hoeft zich nergens zorgen over te maken,' zei hij met een glimlach.

'Ben ik zwanger?'

'Nee, Rebecca, dat is niet het geval. Alle tests zijn negatief bevonden. Ik zal morgen mijn theorie nader toelichten.' Dr. Trefusis pakte zijn tas en haalde er wat tabletten uit. 'Nu stel ik voor dat u deze neemt. Het is een licht slaapmiddel, waardoor u kalmeert en in kunt slapen.'

'Wat is er met Anthony aan de hand? Waarom was hij als meisje verkleed? Hij noemde zichzelf Alice. Ik...'

'Het is een lang verhaal, Miss Bradley. Ik zal het u morgen graag uitgebreid vertellen, als u bent uitgerust. Nu volsta ik ermee u te zeggen dat u fysiek in orde en hier volkomen veilig bent en dat u het beste kunt gaan slapen.' Dr. Trefusis stond op. 'Ik zal de jongeman op de gang zeggen dat hij weer kan binnenkomen. Goedenacht.'

Ari liep op en neer door de gang. 'Hoe gaat het met haar?'

'Zoals u al zei, ongedeerd, maar erg geschrokken. En dat is ook volkomen begrijpelijk.'

'Ik zag hem in zijn... kostuum, en zelfs ik was bang,' gaf Ari toe. 'Ik weet dat Rebecca zich niet veilig kan voelen voor hij achter slot en grendel zit. We moeten de politie bellen na wat haar vanavond is overkomen. Hij heeft haar tenslotte ontvoerd!'

'Als Miss Bradley dat wil, ja, dan moet ze de politie inschakelen,' stemde dr. Trefusis in. 'Ik wil haar nog wel even spreken voor ze dat doet. Ik kom morgenochtend vroeg nog even langs. Goedenavond.'

Ari keek de dokter na en ging toen de suite weer binnen. Hij ging op de rand van het bed zitten en nam Rebecca's hand in de zijne. 'Hoe gaat het?'

'Goed,' zei ze zacht, met gesloten ogen.

'Vind je het goed als ik vannacht bij je blijf? Ik slaap op de bank in de kamer hiernaast.'

'Nee!' Haar hand greep de zijne stevig vast en ze opende haar ogen. 'Laat me alsjeblieft niet alleen! Blijf hier, Ari!'

'Natuurlijk, als je dat wilt.'

'Ja, alsjeblieft,' zei ze en haar greep ontspande zich weer. 'Zoveel vragen,' zei ze met een zucht.

'Weet ik,' zei hij, 'maar niet nu. Alsjeblieft, Rebecca, probeer te slapen,' zei hij toen hij naar de stoel in de hoek van de kamer liep.

'Ari?' vroeg ze verlegen.

'Ja?'

'Wil je me vasthouden? Dan weet ik het als je weggaat.'

'Natuurlijk, maar mag ik dan in het bed naast je gaan liggen? Dat is gemakkelijker dan het vanuit deze stoel te proberen.' Hij grijnsde naar haar.

'Natuurlijk.'

Ari stapte in bed en Rebecca draaide zich om en kroop als een kind in zijn armen.

'Dank je wel dat je er bent,' mompelde ze half slapend.

'Geen dank. Welterusten, Rebecca,' fluisterde hij.

Een bleke, maar rustige Rebecca zat de volgende ochtend met een kop koffie in haar handen in haar suite, toen dr. Trefusis haar het verhaal vertelde.

'Lord Astbury werd toen hij halverwege de dertig was gediagnosticeerd als schizofreen. Hij stortte in na de dood van zijn moeder en vertoonde vergelijkbaar gedrag met wat jij vannacht hebt gezien. Het is niet verbazingwekkend dat hij de weg kwijtraakte – zijn moeder, Daisy, had volledige controle over hem en heeft hem zijn hele leven nauwelijks uit het oog verloren. Hij werd naar de plaatselijke psychiatrische inrichting gebracht, waar hij bijna een jaar verbleef en werd gestabiliseerd met medicijnen en constante therapie. Niemand weet precies waar zijn ziekte door veroorzaakt wordt, of het aanleg is of hoe hij is opgegroeid, maar Lord Astbury heeft zo'n moeilijke jeugd gehad dat ik ervan overtuigd ben dat dat ermee te maken heeft.'

'Hij praatte tegen me toen hij verkleed was.' Rebecca slikte. 'Hij zei dat zijn moeder mooie jurken voor hem bestelde bij Harrods. Dat kan toch niet waar zijn?'

'Helaas is het de waarheid. De moeder van Lord Astbury, Daisy, is door haar grootmoeder opgevoed met de overtuiging dat alle mannen slecht zijn. Toen ze dus zelf werd gedwongen om te trouwen en een erfgenaam te produceren en die erfgenaam een jongen bleek te zijn, weigerde ze dat te accepteren,' legde dr. Trefusis uit. 'U kunt het aan Mrs. Trevathan vragen, of aan haar moeder Mabel, die hem allebei zijn hele leven hebben gekend. Ze deed linten in Lord Astbury's lange haar en hij heeft zijn hele kindertijd jurken gedragen.'

'O mijn god, dat arme kind,' zei Rebecca. 'Ik bedenk me opeens dat ik een foto in zijn studeerkamer heb gezien van een klein meisje dat precies op Anthony leek. Ik dacht dat het zijn zusje was, maar hij moet het zelf zijn geweest. En zijn vader?' vroeg ze. 'Had hij er dan niets over te zeggen?'

'Van wat mijn eigen vader zei, die de praktijk heeft overgenomen van zijn vader en destijds Daisy's dokter was, was Lord Astbury's vader afwezig als echtgenoot en vader. Het huwelijk was van het begin af aan een pragmatische regeling geweest. Maud Astbury haatte mannen, maar ze kon er niet omheen dat er een nodig was om ervoor te zorgen dat haar kleindochter een erfgenaam kon voortbrengen. De man die ze voor Daisy had uitgezocht bleek een beruchte dronkaard te zijn die meestal in Londen verbleef, waar hij het geld van de Astbury's erdoorheen joeg. Hij stierf toen Lord Astbury nog heel klein was.'

'Ja, dat heeft Anthony me verteld. Dus het waren alleen Maud, Daisy en Anthony toen hij opgroeide?'

'Ja, en toen overleed Maud, wat misschien een opluchting was, maar toen was het kwaad al geschied.' Dr. Trefusis schudde langzaam zijn hoofd. 'Daisy weigerde Anthony naar een school te sturen, en haalde in plaats daarvan een verzameling gouvernantes in huis die hem moesten onderwijzen. Haar obsessie met Violet, haar mooie, maar dode moeder, hield ook niet op. Lord Astbury werd geleerd haar te adoreren.'

'Ja, zoveel heb ik ook begrepen,' zei Rebecca licht sarcastisch.

'Hoe dan ook, toen hij stabiel genoeg werd bevonden om terug te keren in de maatschappij, kwam hij weer op Astbury wonen, onder de hoede van Mrs. Trevathan, die al jaren als huishoudster in het huis had gewerkt en hem begreep. Echt, Miss Bradley, die vrouw is een heilige. Ze heeft haar leven grotendeels aan zijn verzorging gewijd.' Dr. Trefusis zuchtte. 'En zo lang alles rustig was en niets de kalmte en de privacy van Astbury Hall verstoorde, kon Lord Astbury uitstekend functioneren. Hij hield ervan een beetje te rommelen in zijn geliefde tuin en dat was al therapie op zichzelf. De medicijnen die hij elke dag nam stabiliseerden hem voldoende om een soort van normaliteit te behouden. Soms verdween hij naar het huisje op de heide om "vadertje en moedertje te spelen", zoals Mrs. Trevathan het eufemistisch noemde. We vonden het allebei het beste als hij zijn neigingen ergens botvierde waar hij niet gezien werd. Ik hield hem in de gaten, net als zijn psychiater, en Mrs. Trevathan belde me als er reden was voor bezorgdheid. Hij had al jaren geen terugval gehad.'

'Oké,' zei Rebecca.

'Begin dit jaar besloot hij echter om het landgoed ter beschikking te stellen aan de filmmaatschappij. Er is geldgebrek op Astbury en hij moest wat rekeningen betalen. Mrs. Trevathan was er van het begin af aan op tegen. Ze kende hem voldoende om te weten dat hij het vrijwel zeker niet aan zou kunnen, maar wat kon ze ertegen doen?'

'Niets, denk ik.' Rebecca haalde haar schouders op.

'En toen kwam u. Onmiddellijk zag Anthony de gelijkenis met zijn dode grootmoeder Violet, die volgens zijn moeder de perfecte vrouw was geweest en naar wie hij zijn alter ego modelleerde.'

'De eerste keer dat Anthony mij ontmoette in mijn gewone kleren, reageerde hij helemaal niet,' dacht Rebecca hardop. 'Pas toen hij mij zag met mijn haren blond geverfd en in mijn jarentwintigkostuum, vertelde hij me dat ik op haar leek.'

'Ja, hij moet hebben gedacht dat hij een spook zag. En tegelijkertijd – en nu ben ik gedeeltelijk aan het invullen, want ik heb het rapport van de psychiater nog niet gelezen – voelde hij een normale, mannelijke reactie op u als vrouw. En dit bracht hem in een totale verwarring. Beide persoonlijkheden waren in conflict met elkaar, allebei waren ze gedestabiliseerd. Het mannelijke deel van Anthony werd verliefd op u, maar het "kleine meisje" begreep niet waarom Violet terug was, want die zou dood moeten zijn. Begrijpt u, Miss Bradley?'

'Ja,' zei Rebecca. 'Helaas wel. En alles wat u zegt klopt met wat hij mij gisteravond vertelde. Weet u, ik heb hem de nacht ervoor ook verkleed gezien in het huis. Mrs. Trevathan zwoer dat het haar bejaarde moeder was geweest, maar dat was natuurlijk niet zo. En ik heb hem ook horen zingen, met een rare, hoge stem. Ik ben er ook van overtuigd dat hij 's nachts in mijn slaapkamer is geweest,' voegde Rebecca eraan toe en ze huiverde. 'Ik rook het parfum.'

'Het spijt me, Miss Bradley. Ik weet dat Mrs. Trevathan zich heel schuldig voelt dat ze het zo ver heeft laten komen zonder in te grijpen. Normaal gesproken verschijnt het alter ego van Lord Astbury niet in het huis zelf. En Mrs. Trevathan wilde hem alleen maar beschermen.'

'Tja, ze wist het in ieder geval de dag nadat ik Anthony in die slaapkamer had gezien. Ik was er volledig van overstuur. Ze heeft tegen me gelogen, dokter,' herhaalde Rebecca.

'Ik weet het, Miss Bradley, maar probeer haar te vergeven. Ze probeerde Lord Astbury te beschermen, want ze wist dat als hij inderdaad een terugval had, hij weer in de inrichting zou eindigen. En hij vond het daar verschrikkelijk.'

'Dat begrijp ik wel, maar dat geeft Anthony of wie hij gisteravond dacht te zijn nog niet het recht om mij te bedwelmen, me te ontvoeren en me vast te binden in een huisje ergens in de rimboe!' Rebecca bracht een hand naar haar voorhoofd. 'Ik probeer te luisteren naar de redenen waarom ik dit gewoon moet vergeten, maar ik dacht oprecht dat ik het vannacht niet zou overleven!'

'Ik begrijp dat u doodsbang was, Miss Bradley. Het spijt me zo. Ik voel me ook verantwoordelijk, want ik had eerder moeten zien dat het misging,' zei dr. Trefusis. 'Het zal u opluchten te weten dat Lord Astbury nu achter slot en grendel zit in een psychiatrische inrichting, waar hij de hulp krijgt die hij nodig heeft. En of u hiermee naar de politie gaat, die beslissing is geheel aan u. De kans is groot dat áls u aangifte doet, Lord Astbury op dezelfde plaats terechtkomt als waar hij nu is. Bovendien zullen de media ervan smullen.'

'Daar ben ik me van bewust,' zei Rebecca. 'Hoelang blijft hij opgesloten?'

'Tot zijn psychiaters beslissen dat hij weer stabiel is. Gegeven zijn huidige toestand denk ik dat dat nog vele maanden duurt, zo niet jaren. Misschien wordt hij wel nooit meer beter.'

'Weet u, ik vond altijd dat Anthony iets kinderlijks had, ook als hij zichzelf was. Ik had ook het gevoel dat ik hem moest beschermen...' Rebecca voelde de tranen in haar ogen springen. 'Hij was zo'n lieve man, maar zoals hij gisteravond was... Mijn god, ik kan het gewoon niet beschrijven!'

'Miss Bradley, probeer voor uw eigen bestwil en dat van Lord Astbury aan hem te blijven denken als de vriendelijke, intelligente man die u hebt leren kennen, en niet de verknipte persoon die u gisteravond zag. Hij heeft als kind zoveel moeten doorstaan, dat hij ons medeleven verdient. Hij heeft nooit de kans gekregen een normaal bestaan te leiden. En u kunt er zeker van zijn dat hij u niet meer zal lastigvallen.'

'Dat begrijp ik. En ik heb inderdaad heel erg met hem te doen.'

'Voor ik het vergeet, ik wil de mogelijke oorzaak van uw hoofdpijn met u bespreken.' Dr. Trefusis haalde zijn papieren uit zijn dokterstas. 'Zoals ik u vannacht al vertelde, de uitslagen van uw bloedtest waren allemaal negatief. Ze gaven alleen wel een iets verhoogd adrenalinegehalte aan. En ik vroeg me af, Miss Bradley, hebt u misschien last van hooikoorts?'

'Inderdaad!' Rebecca was verbaasd. 'Ik heb er in de States altijd veel last van. Ik merkte wel dat mijn ogen jeukten en Mrs. Trevathan zei dat het een reactie op alsemambrosia kon zijn, wat hier vlakbij voorkomt.'

'Precies. De volgende vraag: hebt u misschien kamillethee gedronken?'

'Ja, Mrs. Trevathan zette die geregeld voor mij. Ze zei dat het mij hielp te ontspannen. Ik drink hier wel twee tot drie koppen per dag.'

'Dan denk ik dat we de oorzaak van het probleem hebben gevonden,' zei dr. Trefusis opgelucht. 'Alsemambrosia en kamille komen van dezelfde plantenfamilie en een allergische reactie op beide kan soms een reactie in de bloedsomloop geven – zeker als de thee is gemaakt van een lokaal inheemse soort. Je krijgt dan symptomen zoals die u beschreef. Zware hoofdpijn en constante misselijkheid zijn de meest voorkomende. Ik neem aan dat dat de oorzaak is van uw probleem, Miss Bradley.' Dr. Trefusis' ogen glinsterden. 'Als ik Mrs. Trevathan spreek, zal ik zeggen dat zij het was die u zonder het te weten vergiftigde.' Hij sloot zijn tas en lachte naar haar. 'Geen kamillethee meer en we zullen zien of uw symptomen minder worden. Ik heb nog wat slaaptabletten achtergelaten voor het geval u die nodig hebt en als u nog problemen ondervindt, ben ik natuurlijk altijd bereid om langs te komen.'

'Dank u wel voor uw hulp, dokter,' zei ze toen hij naar de deur liep. 'Ik denk na over wat ik zal doen met de situatie rond Anthony.'

'Natuurlijk. Tot ziens!'

Dr. Trefusis nam de lift naar de lobby.

'Hoe gaat het met haar?' vroeg Ari, die had lopen ijsberen in afwachting van de terugkomst van de arts.

'Opvallend goed, gegeven de omstandigheden,' zei hij. 'Ze ziet er misschien kwetsbaar uit, maar ze is een taaie.'

'Ik vind dat ze zich tot dusver ongelooflijk goed heeft gehouden,' zei Ari. 'Voor u gaat, dokter, zou ik heel graag nog iets aan u voorleggen.'

'Waar gaat het over?'

Dr. Trefusis luisterde toen Ari het begon uit te leggen.

Ari zorgde ervoor dat Rebecca lunchte en stelde toen voor dat ze zou gaan rusten. Een uur later werd er op de deur geklopt. Ari deed open.

'Hoe gaat het?' vroeg James Waugh. 'Mag ik binnenkomen?'

'Natuurlijk,' riep Rebecca. Ze lachte toen hij de zitkamer betrad.

'O, goed!' James sprong de kamer binnen en omhelsde haar.

'Rebecca, je hebt bezoek, vind je het goed als ik een uurtje naar buiten ga?' vroeg Ari.

'Ja, dat is prima.'

'Ik kom zo weer terug,' zei hij, 'en ik haal op de terugweg je koffer op bij Astbury Hall.'

'Dank je wel, Ari.'

'Je windt hem duidelijk om je vinger, schat,' merkte James op toen Ari weg was. 'Vertel me alles. Je kunt je voorstellen dat het op de filmset gonst van de geruchten over wat er vannacht nou precies met je is gebeurd. Ik heb verhalen gehoord dat je door Lord Astbury naar een of ander godverlaten huisje op de heide bent weggesleept.'

'Van wie heb je dat gehoord?'

'Wie weet waar het verhaal oorspronkelijk vandaan kwam, maar het zal toch zeker overdreven zijn? Toch?'

Dr. Trefusis had er terecht op gewezen. Het laatste wat Rebecca wilde was dat het verhaal de kranten zou halen. Het was het soort verhaal dat bleef rondzingen en waar ze voor altijd vragen over zou krijgen in talkshows. Ze wilde het gebeurde zo snel mogelijk vergeten en doorgaan met haar leven.

'Hij vroeg me ten huwelijk en was er niet blij mee toen ik nee zei,' zei Rebecca kort, met een spoor van ironie in haar stem.

'Mijn hemel,' zei James. Hij plofte neer op het bed en pakte wat druiven van de fruitschaal. 'Die mannen komen op je af als vliegen! En hoe zit het met die knappe Indiër die je beschermer uithangt? Is hij ook een van je vrijers?'

'Ari is geweldig geweest,' zei Rebecca defensief. 'Maar hij is alleen een vriend.'

'Als jij het zegt,' zei James en hij trok een gezicht. 'Hoe dan ook, lieverd, het is goed dat je er weer een beetje uitziet als jezelf.'

'Ja. Ik heb Steve al gezegd dat ik morgen wel weer met de opnames wil beginnen.'

'Nou, ik vind het niet erg, hoor, als het wat langer duurt. Alle scènes die ik nog moet spelen zijn met jou, dus ik had lekker wat dagen vrij.'

'Met de serveerster om je gezelschap te houden?'

'Touché!' James grinnikte. 'Ze stalkt me nu en sluipt achter me aan rond het hotel. Ik denk dat ze baby's van me wil. Helaas staan die voorlopig nog niet in mijn woordenboek. Ik laat je met rust, maar als je later zin hebt in een licht souper, dan houd ik je maar wat graag gezelschap.'

'Dank je, James, maar ik denk dat ik op mijn kamer blijf en vroeg ga slapen,' zei Rebecca.

Hij keek onderzoekend naar haar. 'Zeg eens, waar sta ik eigenlijk in de rij van mannen die om jouw aandacht bedelen? Ik schuif toch zeker op, nu je ze allemaal afwijst.'

Rebecca gaf hem een vriendschappelijke por. 'Jij bent een player, James. Ik weet dat je niet serieus bent.'

'Nee, waarschijnlijk niet,' gaf hij toe. 'Ik hoop wel dat we contact houden als je teruggaat naar Amerika. Echt, Rebecca, ik heb van je gezelschap genoten. Het was leuk. Robert zei dat er echt een klik was tussen ons op het scherm. Je weet maar nooit, misschien worden wij wel de volgende Olivier en Leigh, of Brad en Angie. Goed, ik ga eens kijken of mijn serveerstertje me beneden een lekkere kop thee met veel melk wil serveren.' James gaf haar een kus en stond op. 'Tot gauw, lieverd.'

Toen Ari bij dr. Trefusis' huis aankwam, nam hij hem mee naar de keuken.

'Wilt u een kop thee? Ik stond net op het punt om water op te zetten.'

'Graag.'

'Ik heb, zoals u vroeg, de patiëntendossiers van mijn grootvader van het jaar 1922 doorgenomen en heb niets gevonden over de dood van een kind dat Moh Chavan of Prasad heette, op of rond de data die u opgaf.'

'Tja,' zei Ari met een zucht. 'Dat verbaast me eerlijk gezegd niets.'

'Ik begrijp niet goed wat er is gebeurd met uw familielid. U zei dat er een overlijdensakte voor hem was opgesteld?' vroeg de dokter. Hij pakte twee mokken uit een kast.

'Ja.' Ari haalde de akte uit de plastic map. 'U kunt zien dat hij is ondertekend door uw grootvader. Ik heb gezocht in de kerkelijke en gemeentelijke archieven hier, maar er is niets over te vinden.'

'Wat vreemd.' Dr. Trefusis boog zich over Ari's schouder om de akte goed te bekijken. 'Ja, dat is inderdaad de handtekening van mijn grootvader, maar hij had een kopie moeten opsturen om hem officieel te laten registreren.'

'Ik heb alle archieven online geraadpleegd en er is geen spoor van te vinden,' zei hij. 'Bovendien heeft zijn moeder nooit geloofd dat Moh die dag is overleden.'

‘Echt?’ Dr. Trefusis reageerde verbaasd. ‘En? Was het inderdaad niet waar?’

‘Nee. Mabel Smerden kon bevestigen dat hij niet is gestorven. Ze weet zeker dat Moh die dag naar een weeshuis in Londen is gebracht.’

‘Door wie?’ vroeg dr. Trefusis. Hij ging tegenover Ari zitten.

‘Het spijt me, maar door uw grootvader.’

Ari verwachtte een defensieve reactie en was verbaasd toen de dokter alleen zijn ogen neersloeg.

‘Helaas verbaast me dat niet. Ik ken de omstandigheden rond de geboorte van uw familielid niet, maar ik kan bevestigen dat mijn grootvader een aantal jonge vrouwen die in de problemen waren gekomen heeft geholpen. Als de baby’s waren geboren, dan bracht hij ze in het geheim naar een aantal door de kerk geleide weeshuizen. U begrijpt toch zeker, Mr. Malik, dat de wereld in die dagen heel anders was dan nu.’

‘Dat dringt nu wel tot mij door, ja.’

‘Mijn grootvader was geen slechte man,’ zei de dokter. ‘Hij deed wat hij kon om te helpen. Ik kan u wel de namen van de weeshuizen geven die mijn grootvader gebruikte. Geen idee of ze nog bestaan, maar het is het proberen waard. Wacht even.’

Dr. Trefusis kwam even later terug met een dun leren boekje. ‘Dit is het boekje waarin mijn grootvader zijn medische contacten noteerde, met adressen en telefoonnummers van plaatselijke ziekenhuizen, namen van chirurgen en dergelijke. Achterin staan de adressen van drie weeshuizen. Slechts één ervan is in Londen. Zal ik het voor u noteren?’

‘Graag, al is het, zoals u al zei, maar de vraag of het nog bestaat.’ Ari zuchtte. ‘Ik heb ook geen idee of Moh zijn geboortenaam heeft behouden of niet, al weet ik wel precies op welke dag hij ernaartoe is gebracht. Het was de dag waarop Donald Astbury stierf.’

‘Is dat zo? Nou, u kunt het online opzoeken, denk ik,’ zei dr. Trefusis. ‘En als het niet lukt, kunt u altijd bij mij terugkomen om te zien wat ik kan doen om te helpen. Ik moet toegeven dat ik nu wel benieuwd ben naar de rest van het verhaal.’

‘U moet het Mabel Smerden vragen. Ze heeft me laten zweren dat ik het niet zou vertellen. Goed, ik zal u niet langer lastigvallen,' zei Ari toen hij opstond. 'Ik zal het u laten weten als ik erachter kom wat er met hem gebeurd is.'

'Graag. Trouwens, hoe gaat het met onze patiënt?'

'Heel goed, dank u,' zei Ari, toen dr. Trefusis met hem meeliep naar de voordeur.

'Ik moet toegeven dat ik erg van haar onder de indruk ben. Het verbaast me niets dat Lord Astbury dat ook was. U bent een gelukkig man, Mr. Malik.' De dokter lachte naar hem. 'Goedenavond.'

Onderweg terug naar Ashburton reed Ari de oprit van Astbury Hall op, zette zijn auto op de binnenplaats en ging op zoek naar Rebecca's koffer. Het duurde even voor hij de struik vond waar Rebecca hem had achtergelaten, maar toen hij hem had gevonden, zette hij hem in de achterbak van zijn auto. Toen liep hij het huis in, en ging naar de zolder om afscheid te nemen van Mabel Smerden.

Ze lachte naar hem toen ze hem zag. 'Hebt u misschien tijd om thee met mij te drinken?' vroeg ze hem.

'Nee, Mrs. Smerden, jammer genoeg niet. Ik kom afscheid nemen. Ik vertrek morgen naar Londen en ik heb dr. Trefusis vanmiddag gesproken. Hij gaf me de naam van een weeshuis in Londen, dus daar ga ik eens op onderzoek uit, als ik er ben.'

'Heel goed. Laat u het me weten als u erachter komt wat er van hem geworden is?'

'Dat zal ik doen, en bedankt voor uw vertrouwen.'

'Ik ben blij dat de waarheid eindelijk boven tafel is gekomen. Mijn moeder, Tilly, vond Anahita een geweldige vrouw.'

'Dat was ze ook,' zei Ari trots.

'O, voor ik het vergeet, ik heb dit voor u opgezocht.' Mabel pakte een ingelijste foto van de tafel naast haar en gaf hem aan Ari. 'Het is de foto van wijlen Lord Astbury, Anahita en Moh die mijn vader meenam uit het huisje aan de beek.'

Ari staarde verwonderd naar de drie mensen op de foto. Hun verhaal was nu ook zijn verhaal geworden; hij voelde het aan zijn botten. 'Dank u wel, Mabel. Die zal ik mijn hele leven goed bewaren.'

Ari liep naar beneden om zijn spullen uit zijn kamer te halen. Hij bekeek Donalds dagboek nog eens goed en stopte het toen met de foto in zijn weekendtas. Anthony zou het nu niet meer nodig hebben en het hoorde ook bij zijn familiegeschiedenis.

Hij droeg zijn tas naar de hal, stond even stil onder de grote koepel en dacht aan Anahita en alles wat haar door de Astbury's was aangedaan. Hij vroeg zich nog altijd af waarom Anahita het aan hem had toevertrouwd om het verhaal te ontdekken.

En toen hoorde hij het, eerst zachtjes, zo zacht dat hij dacht dat zijn oren tuitten. Maar toen, toen het gezang aan kracht won, werd het een puur, perfect geluid dat leek op te stijgen naar de enorme koepel boven hem, en werd hij vervuld door een vreemde, maar prachtige euforie.

Ari voelde tranen in zijn ogen opwellen, toen hij daar stond en omhoogkeek. Eindelijk begreep hij alles en wist hij dat Anahita veel meer dan alleen haar verhaal aan hem had overgedragen.

47

Die avond dineerden Ari en Rebecca samen in haar suite.

'Je bent fantastisch,' zei hij toen hij haar een klein glas wijn inschonk. 'Als ik had doorgemaakt wat jij gisteravond hebt beleefd, dan zou ik nu gebroken zijn, ik zweer het je.'

'Tja,' zei Rebecca en ze haalde haar schouders op, 'ik denk dat ik vreemd gedrag wel een beetje begrijp. Mijn moeder was weliswaar niet schizofreen, zoals Anthony, maar als ze dronk, kon ze heel agressief worden. Ik ben dus wel gewend aan de bizarre kant van de menselijke natuur. Jij bent hier de held, Ari. Jij weigerde te worden afgescheept en dwong Mrs. Trevathan te vertellen waar hij mij naartoe had gebracht. Godzijdank!' Ze huiverde.

'Geen wonder dat Anthony niet wilde dat ik het huisje aan de beek onderzocht. Hij vertelde me dat het vervallen was, toen ik ernaar vroeg. En natuurlijk blijft de grote vraag, of je werkelijk verwant bent aan Violet.'

'Ik weet niet wie mijn vader is, dus ik zal er waarschijnlijk nooit achter komen. En eigenlijk wil ik dat ook niet eens. Het verleden is voorbij. Ik wil me nu op de toekomst richten.'

'Je hebt gelijk, Rebecca. Het heeft geen zin om in het verleden te blijven hangen. Ik moet je voorbeeld volgen, sterk zijn en verdergaan met mijn toekomst, hoe die er ook uitziet.' Ari zuchtte.

'Nou, ik ga in ieder geval mijn best doen. Ik geef toe dat ik tranen met tuiten heb gehuild toen ik een foto van Jack met zijn nieuwe vriendin zag in de krant die ze naar mijn kamer brachten. Dat deed echt pijn.' Rebecca stond op, liep naar de bank en haalde er een krant onder vandaan. 'Er staat: "Het is voorbij! Jack dumpt Becks voor zijn nieuwe liefde!" Ik had ook niets anders verwacht,' zei ze gelaten.

'Het spijt me, Rebecca.'

'Hoeft niet. Het is echt beter zo. Ik wist dat er geen weg terug was, zodra ik hem vertelde dat hij moest veranderen. Zijn trots had het niet aangekund.'

'En cirkelen de media nu als aasgieren om je heen om jouw kant van het verhaal te horen?'

'Blijkbaar. Mijn agent belde me toen jij weg was. Ze weten voorlopig tenminste niet dat ik hier logeer. Iemand zal het wel weer doorvertellen, dat gebeurt altijd.'

'God, Rebecca, je hebt niet echt een gemakkelijk leven, hè?'

'Mijn agent wil dat ik een verklaring naar buiten breng. En weet je wat? Dat heb ik geweigerd. Ik heb genoeg van dat spelletje. Wie kan het nu iets schelen wat andere mensen denken? Ik weet wat er gebeurd is en dat is het enige wat telt. Ik heb er zo genoeg van.' Rebecca schudde haar hoofd. 'Je zult het nauwelijks geloven, gegeven de gebeurtenissen van de afgelopen vierentwintig uur, maar ik mis de rust en de stilte van Astbury Hall. Niemand kon mij daar bereiken met dit soort onzin. Ik zit in een draaimolen, waarin mijn leven als voer aan het publiek wordt geserveerd en ik wil dat gewoon niet langer.'

'Dat snap ik,' zei Ari.

'Ik zie ertegen op om terug te gaan.'

'Nu we het over teruggaan hebben, ik moet je vertellen dat ik morgenochtend moet vertrekken. Ik moet een paar dingen doen in Londen voor ik aan het eind van de week terugvlieg naar India.'

'Moet je echt weg? Ik bedoel, ik begrijp het natuurlijk.'

'Je bent nu veilig, daar ben ik van overtuigd. Anthony is opgenomen, je bent hier in het hotel bij de filmcrew en over een paar dagen vertrek je zelf ook.'

'Ja, dat is zo. Dus vanavond is ons afscheid?'

'Ik denk het wel, ja.'

'Ik kan alleen maar zeggen dat ik je heel dankbaar ben voor alles wat je de afgelopen dagen hebt gedaan om mij te helpen. Ik zal het nooit vergeten.'

'Mij ook niet, hoop ik?' Ari glimlachte naar haar.

'Nee, ik vergeet jou ook niet,' zei ze zacht. 'Weet je, een paar dagen geleden was ik er echt van overtuigd dat ik familie was van Violet...

en misschien is dat ook wel zo, maar ik zal er nooit achter komen.'

Ari keek naar haar en zei: 'Kun je het je ouders dan niet vragen?'

'Nee, mijn moeder is dood en ik heb geen idee wie mijn vader was. Hoe dan ook, hoe jammer ik het ook vind, ik heb morgen een drukke dag voor de boeg en ik moet me voorbereiden. En jij moet vast je koffers pakken,' voegde ze eraan toe.

'Oké. Ik laat je met rust.'

Ze stonden allebei op.

'Nou,' zei ze en ze glimlachte. 'Dat is het dan.'

'Ja.'

Ze liepen zwijgend naar de deur.

'Slaap lekker straks, en pas goed op jezelf,' zei hij.

'Dat doe ik.' Opeens schoten er tranen in Rebecca's ogen. 'Ik loop met je mee naar de lift,' zei ze.

Ze verlieten samen de kamer en liepen naar de lift. Geen van tweeën zei iets toen de lift kwam.

'Nou, vaarwel, Ari,' zei ze toen hij erin stapte en de deuren begonnen te sluiten.

Hij drukte op de knop om de deuren tegen te houden. 'Rebecca?'

'Ja, Ari?' zei ze met neergeslagen ogen.

'Kijk me aan.'

Rebecca keek hem aan hij zag de emotie in haar ogen. Die was gelijk aan de zijne.

'Ik wil je nog iets zeggen voor ik wegga. We hebben allebei een reis die we moeten afsluiten de komende paar dagen en ik moet terug naar India. Maar ik denk dat we elkaar snel weer moeten zien. Ben je het daarmee eens?'

De liftdeuren begonnen weer dicht te schuiven. Deze keer drukte Rebecca op de knop.

'Ja,' zei ze.

'Ik wil je ook zeggen dat als je ooit besluit om naar India te komen, je mij dat moet laten weten.'

'Dat doe ik.'

'Beloofd?'

'Beloofd.'

De deuren schoven dicht en Ari verdween.

Toen ze de volgende dag naar Astbury Hall terugging om haar scènes op te nemen, trilde Rebecca van de zenuwen.

'Probeer het van je af te zetten, Rebecca, we zijn hier allemaal om je te beschermen tegen verliefde mannen die zich in donkere hoekjes schuilhouden,' zei Steve toen hij haar naar de make-up bracht. 'Nog maar één dag.'

'Het lukt wel,' antwoordde ze. Ze voelde zich opgelaten dat een versie van het verhaal zich kennelijk al onder de cast en de crew had verspreid.

Gelukkig waren de meeste opnames buiten en werd Rebecca direct na afloop ervan teruggereden naar het hotel.

Toen ze weer in het hotel was, besefte Rebecca dat ze, nu ze niet langer in Astbury Hall verbleef, niet kon wachten tot ze uit Devon zou vertrekken. Ze voelde zich gevangen in haar suite, al was het de grootste van het hele hotel, en verlangde naar de grote ruimte om zich heen waaraan ze gewend was geraakt.

'God help me als ik terug ben in New York,' mijmerde ze. Ze dacht aan haar flat op een hoge verdieping van een glanzende stalen wolkenkrabber, waar ze weer ingesloten zou zijn door paparazzi zodra ze naar de stad terugkeerde.

Het waren niet alleen de uitgestrekte tuin en de eindeloze heide van Astbury die ze zou missen, besefte ze. En Jack was het ook niet. Er had zich de afgelopen vierentwintig uur een leegheid in haar genesteld die ze moeilijk kon beschrijven. Het was alsof een deel van haar was verdwenen en er een doffe pijn voor in de plaats was gekomen. Ze weigerde nog even te erkennen wat dat precies kon zijn.

Op de laatste dag van de opnames, toen de regisseur had verklaard dat alles erop stond, hadden de cast en de crew zich verzameld op het terras en dronken champagne in het schitterende avondzonlicht.

'Vind je het jammer dat het voorbij is, Becks?' vroeg James.

'In veel opzichten, ja. Het is een geweldige ervaring geweest. Ik denk dat ik zowel als mens als actrice ben gegroeid.'

'Dat is zeker zo,' zei Robert. Hij legde een arm om haar schouders. 'Geweldig gedaan, lieverd, echt geweldig. Reken maar op een bak vol prijzen volgend jaar.'

'Dank je wel, Robert, ik hoop dat ik je niet heb teleurgesteld.'

'Helemaal niet, lieverd, helemaal niet. En ik hoop dat we heel gauw weer kunnen samenwerken.'

Rebecca zag Mrs. Trevathan aan de andere kant van het terras de champagne serveren. Ze was haar de afgelopen twee dagen uit de weg gegaan, omdat ze zich niet wilde bezighouden met wat er was voorgevallen. Nu wist ze dat ze naar haar toe moest gaan en afscheid moest nemen. Wat er ook gebeurd was, Mrs. Trevathan was heel vriendelijk voor haar geweest.

Toen de filmcrew voor de laatste keer begon in te pakken, liep Rebecca de woonkamer binnen en ging naar haar op zoek. Ze vond haar in de keuken, waar ze glazen stond af te wassen.

'Hallo,' zei ze verlegen. 'Ik kom even gedag zeggen.'

Rebecca zag hoe Mrs. Trevathan haar handen droogde aan haar schort en zich omdraaide om haar aan te kijken. Haar ogen stonden verdrietig. 'Rebecca, het spijt me zo. Ik vind het zo erg wat jou is overkomen. Ik houd mezelf verantwoordelijk. Ik was de enige die had moeten zien waar dit op uit zou lopen.'

'Geef uzelf alstublieft niet de schuld, Mrs. Trevathan, ik doe dat in ieder geval niet. Ik vind dat u geweldig bent, zoals u al die jaren voor Anthony hebt gezorgd.'

'Ach, je doet wat je kunt voor de mensen van wie je houdt.' Ze zuchtte. 'Hoe dan ook, ik hoop dat je niet alleen maar slechte herinneringen hebt aan je tijd op Astbury.'

'Natuurlijk niet. Afgezien van wat er een paar dagen geleden is gebeurd, vond ik het heel fijn om hier te zijn. Maar hoe gaat het nu verder met u?' vroeg Rebecca. 'Wat gaat u doen nu Anthony voorlopig niet meer hier woont?'

'Het Astbury Estate is nu in handen van de curators, lieverd. Zij moeten beslissen wat zij het beste vinden voor het huis. Ook als ze besluiten het te verkopen, zal daar nog wel enige tijd overheen gaan.'

'Kunnen de curators dat doen? Ik dacht dat alleen Anthony die beslissing kon nemen.'

'Ja, maar helaas zal His Lordship ontoerekeningsvatbaar worden verklaard. Ik had je willen schrijven, lieverd, want ik ben bij hem langsgegaan in het ziekenhuis en hij wil je laten weten hoe erg hij het vindt dat hij je zo aan het schrikken heeft gemaakt. Het probleem is dat hij verliefd op je was geworden en dat bracht hem in verwarring, die arme schat.'

'Ik weet het, dr. Trefusis heeft het mij uitgelegd. Het spijt me zo.'

'Daar kun jij niets aan doen. Jij kunt niet helpen dat je bent wie je bent en kunt ook niets doen aan het effect dat je op hem had. Als je hem ooit zou willen schrijven, ik weet zeker dat hij het erg op prijs stelt als je hem zou kunnen vergeven. Misschien helpt het hem.'

'Ja, dat zal ik doen.' Rebecca zag het gezicht van Mrs. Trevathan opklaren bij haar toezegging. 'Hij maakt het dus iets beter, zegt u?'

'Nou, het is nog te vroeg om dat te zeggen. Ik vind het een beetje moeilijk om hem op te zoeken; hij huilt veel en hij vraagt om mee naar huis te mogen, omdat hij nog niet begrijpt waar hij is. Hij is erg in de war. Ik kan alleen maar hopen dat ze hem snel stabiel krijgen. Daarom zou het heel fijn zijn als je zou schrijven. Hij heeft helemaal niemand, begrijp je, behalve mij.'

'Ik zal het echt doen, ik beloof het. Maar nu moet ik ervandoor. Ik reis vanaf hier direct door naar Londen.'

'Je zult wel blij zijn om te kunnen terugkeren naar je echte leven in New York.'

'Nu nog even niet, om eerlijk te zijn,' gaf Rebecca toe. 'Ik zal u missen, Mrs. Trevathan. Echt waar.'

'O, houd op! Je maakt me nog aan het huilen! Je bent toch zo'n lieverd. Kom en geef me een knuffel.'

Mrs. Trevathan spreidde haar armen en Rebecca omhelsde haar.

'Er is veel gebeurd sinds je komst,' zei Mrs. Trevathan met een zucht toen ze Rebecca losliet. 'Houd je contact met die Indiër?'

'Ik weet het niet.'

'Het gaat mij natuurlijk niet aan, maar ik vond jullie goed bij elkaar passen. En op de lange duur zou hij beter voor je zijn dan zo'n doldrieste acteur,' voegde ze eraan toe. Ze zwegen allebei even bij de herinnering aan Jack.

'Misschien.' Rebecca knikte.

'Nou, ga nu maar en maak me trots.'

'Ik doe mijn best, en als u ooit naar New York zou willen komen en mij wilt opzoeken, dan weet u dat er in mijn flat altijd plaats voor u is, zolang als u wilt.'

'Dank je wel, lieverd. Maar ik denk dat we allebei weten dat ik His Lordship nooit alleen kan laten, zelfs niet voor een paar dagen. Schrijf je mij ook? Houd me op de hoogte hoe het met je gaat.'

'Dat zal ik doen, Mrs. Trevathan.'

'O ja, voor ik het vergeet. Ik wilde je vragen of je deze misschien wilde meenemen als aandenken aan je tijd hier.' Van de vensterbank achter de gootsteen pakte Mrs. Trevathan de roos die Anthony voor haar had geplukt in de tuin van Astbury. 'Weet je dat hij is blijven bloeien sinds ik hem weken geleden in je kamer heb gezet?' zei ze. 'En toen je was vertrokken, viel het eerste bloemblaadje eraf. Het is zo'n prachtige kleur. Misschien kun je hem drogen en in een boek bewaren. Hij helpt je misschien His Lordship te herinneren zoals hij was.'

'Ja,' zei Rebecca en ze pakte de roos aan. Ze begreep waarom Mrs. Trevathan hem aan haar wilde geven. Ze bracht hem naar haar neus en inhaleerde de nog altijd sterke geur. 'Dag, Mrs. Trevathan.'

'Dag, lieverd.'

Rebecca liep de keuken uit en de hal in. Ze stond stil onder de grote koepel en dacht terug aan de eerste keer dat ze Anthony bij de deur had zien staan.

'Dag,' fluisterde ze in de stilte.

48

Ari keek uit het raam op het lommerrijke groen van de stadstuin die het victoriaanse gebouw omringde. Hij hoorde de stemmen van de kinderen die buiten speelden.

'De administratrice, Miss Kent, kan u nu ontvangen,' zei de receptioniste.

'Dank u,' zei Ari. Hij stond op en volgde de vrouw door de smalle gang. De kenmerkende geur van te lang gekookt eten herinnerde hem aan zijn eigen tijd op kostschool in Engeland. Hij werd binnengelaten in een klein, vol kantoortje, waar een onberispelijke, kleine vrouw van in de zestig achter een bureau zat.

'Goedemiddag, Mr. Malik. Ik moet u zeggen dat dit heel ongebruikelijk is. Het is de bedoeling dat u contact opneemt met een officiële adoptieorganisatie, die ons dan benadert met de gegevens van uw voorouder.'

'Neemt u me niet kwalijk, Miss Kent, maar om een aantal redenen – allereerst omdat ik de naam die hem gegeven is niet ken en ten tweede omdat ik zelf morgen naar India vertrek, heb ik mij direct tot u gewend.'

'Ik begrijp het. Mag ik vragen hoelang geleden uw familielid in ons weeshuis is toegelaten?'

'Negenentachtig jaar geleden. In 1922, om precies te zijn, op 22 augustus.'

'Dat is tenminste heel precies,' zei Miss Kent. 'En hoe oud zou hij toen zijn geweest?'

'Ongeveer drie. Hij was van gemengd ras, Engels-Indiaas. En hij had blauwe ogen. Hij is hier waarschijnlijk binnengebracht door dr. Trefusis, maar ik weet ook niet of hij zijn echte naam heeft gebruikt.'

'U bent goed op de hoogte, Mr. Malik. Ik moet u wel waarschuwen dat het hoogst ongebruikelijk was dat een kind van die leeftijd, zeker van gemengd bloed, hier werd toegelaten. Vergeef me dat ik een wat ongepaste analogie gebruik, maar het is net als met pasgeboren puppy's. Voor kleine baby's werd eerder een nieuw huis gevonden dan voor oudere kinderen. En het is altijd het doel geweest van dit huis om een gezin te vinden voor de kinderen die aan onze zorg werden toevertrouwd. Het was destijds een harde wereld, Mr. Malik.'

Ari merkte dat deze vrouw er niet omheen draaide. 'De familie was rijk, dus misschien is er geld geboden?'

'Misschien.'

Ari zag dat Miss Kent hem scherp observeerde, terwijl ze de ongebruikelijke situatie voor zichzelf afwoog.

'Goed, u hebt ervoor gekozen het systeem te omzeilen, Mr. Malik, maar ik kan u vertellen dat ons instituut toestemming heeft om na tachtig jaar gegevens uit de archieven vrij te geven aan familieleden. U begrijpt natuurlijk dat dit is omdat we aannemen dat de betreffende persoon dan al is overleden en er geen last meer van heeft dat zulke persoonlijke informatie wordt gedeeld. In andere instellingen wordt een norm van negentig of zelfs honderdtien jaar gehanteerd voordat dit soort archieven worden geopend. We leven tegenwoordig zoveel langer, ziet u.'

'Het volstaat te zeggen dat het familielid naar wie ik zoek vrijwel zeker dood is, hoewel het nog maar de vraag is of hij als kind is overleden of slechts tien jaar geleden.'

'Laten we dan eens beginnen met de datum die u mij hebt gegeven en zien wat er in de archieven te vinden is.' Miss Kent pakte de telefoon en vroeg om de betreffende legger. Even later verscheen een jonge vrouw met een groot, in leer gebonden boek.

'Dank je wel, Heather. Goed, laten we eens kijken.'

De spanning werd Ari bijna te veel toen ze door het boek bladerde, op zoek naar de juiste datum. Hij wist dat als dit op niets uitliep, hij geen andere mogelijkheden meer had.

'Oké, hier is het, 22 augustus...'

Hij wachtte met ingehouden adem terwijl zij las wat er geschreven stond, in ieder geval blij dat er iets genoteerd was op de bladzijden.

'Goed, er is een baby, een jongetje, binnengebracht om tien uur 's avonds, door ene dr. Smith. Het kind was een vondeling, blijkbaar, en op de stoep van de dokter achtergelaten.'

'Maar niet heus,' mompelde Ari.

'Mr. Malik...' Miss Kent keek hem aan over haar bril. 'Ik kan u verzekeren dat dit heel normaal gedrag was voor wanhopige vrouwen. Het was of de predikant of de plaatselijke dokter die zich van het kind mochten ontdoen. En zij deden hun uiterste best om te helpen.'

'Natuurlijk.'

'En u hebt gelijk.' Miss Kent richtte haar aandacht weer op de legger. 'Het kind had geen naam. Hij wordt hier beschreven als "met een Euraziatisch uiterlijk en blauwe ogen. Gezond, lijkt goed gevoed en omstreeks drie jaar oud. Geen opvallende kenmerken. Donatie".' Miss Kent keek over haar bril naar Ari. 'Klinkt dit als het kind dat u zoekt?'

'Ja.' Ari voelde een golf van emotie door zich heen trekken, maar deed zijn best dat niet te laten zien.

'Nog niet meteen juichen, Mr. Malik,' zei Miss Kent met een zweem van een glimlach, 'er is meer.'

'Hebben ze hem een naam gegeven?'

'Inderdaad.'

'En...?'

'Ze noemden hem Noah. Vraag me niet waarom, misschien was er die dag een overstroming in Londen. Kinderen hier zijn naar minder vernoemd en ik vind het nogal een opvallende naam.'

'Zeker. En een achternaam?'

'Adams. Ook al een echte Bijbelse naam. En weet u, dat zegt nogal wat...'

'Noah Adams,' herhaalde Ari. 'Is hij hier lang gebleven?'

'Geduld, Mr. Malik, ik kijk even iets na.'

Miss Kent was opgestaan en naar een archiefkast gelopen. Ze haalde er een dossier uit en bladerde erin. Toen wendde ze zich tot hem, zelf duidelijk geëmotioneerd.

'Mijn hemel,' zei ze.

'Wat is er?'

'Het schijnt dat hij een gewaardeerde curator en lid van ons bestuur is geworden, die ik heb gekend als dr. N. Adams.'

'U kende hem?'

'Ja. Hij was een geweldige man. Hij heeft zoveel voor het huis gedaan op het gebied van geld inzamelen en de omstandigheden van de kinderen verbeteren. Hij trok zich terug toen hij in de zeventig was vanwege een slechte gezondheid en is een paar jaar later overleden. Hij was een instituut hier, dat kan ik u wel zeggen.'

Ari haalde uit de plastic map de envelop die Anahita via haar advocaat had laten opsturen en haalde de inhoud eruit. 'Kent u misschien de exacte datum waarop hij is overleden?'

Miss Kent keek weer in het dossier en haalde er een fotokopie van een necrologie uit. 'Hier, deze heeft in *The Times* gestaan. We hebben hem bewaard, omdat erin staat dat hij bij ons in het bestuur zat.'

Ari pakte hem aan en las op welke datum Noah Adams was overleden. Toen vergeleek hij hem met de datum die Anahita tien jaar geleden had opgeschreven in haar zwakke, spichtige handschrift, vlak voor zijzelf was overleden.

'O mijn god.'

De data waren gelijk.

'Gaat het, Mr. Malik. U lijkt geschokt.'

'Dat is ook zo, neem me niet kwalijk.'

'Nou, het goede nieuws is dat u nu alles hebt wat u nodig hebt om meer over zijn leven te weten te komen, dankzij *The Times*. Het is echt heel vreemd,' dacht Miss Kent hardop toen ze naar het kopieerapparaat liep. 'Ik wist dat dr. Adams hier als kind gewoond had, maar ik had nooit een aanleiding om dat nader uit te zoeken. Ik was heel erg dol op hem – dat waren we allemaal. Alstublieft.' Miss Kent overhandigde Ari de fotokopie van de necrologie.

'Dank u.' Ari keek naar de zwart-witfoto van een aantrekkelijke oudere man. En er bestond geen restje twijfel meer bij hem dat hij keek naar de kenmerken van zijn eigen bloedlijn. Hij was nog altijd in shock en probeerde zich te concentreren om te bedenken wat hij Miss Kent nog meer kon vragen om de gaten op te te vullen die de necrologie niet invulde. 'Was hij een aardige man?'

'O ja. Hij bezocht de kinderen eenmaal per week, op woensdag en trakteerde dan op taart. Ze dronken dan samen thee en hij luisterde naar ze, Mr. Malik, in plaats van dat hij tegen ze sprak. En omdat wij een particuliere instelling zijn en niet door de overheid worden gesteund, deed dr. Adams alles wat hij kon om fondsen te werven en de faciliteiten hier te verbeteren. Hij stelde de slimmere kinderen in staat om te gaan studeren, net als hijzelf. Hij was een inspiratie voor hen.'

'Mijn overgrootmoeder heeft nooit geloofd dat haar zoon was overleden, zoals haar verteld was. Weet u misschien of dr. Adams ooit heeft geprobeerd om zijn echte moeder te vinden?'

'Dat weet ik niet, Mr. Malik, en helaas is de enige die dat misschien zou hebben geweten, zijn vrouw Samantha, een paar jaar geleden ook overleden.'

'Hadden ze kinderen?'

'Helaas niet. Dr. Adams zei altijd dat de kinderen hier zijn familie waren. Sterker nog, na de dood van zijn vrouw bleek dat ze alles wat ze bezaten aan het huis hebben nagelaten. Het heeft ons gered, Mr. Malik, dat kan ik u wel zeggen.'

'Waren ze gelukkig getrouwd?'

'Volgens mij was het echt een huwelijk uit liefde, en ze leken dol op elkaar als ze op bezoek kwamen. U kunt de details lezen in de necrologie.'

'Natuurlijk. Dank u, Miss Kent, voor al uw hulp. Ik zal u nu niet langer ophouden.'

'Geen probleem. Ik ben alleen maar blij dat ik kon helpen. Hier is mijn kaartje met mijn e-mailadres. Als u nog vragen hebt, aarzel niet contact met mij op te nemen.'

'Dat zal ik zeker doen.' Ari stopte het kaartje in zijn portefeuille en stond op. 'Tot ziens, Miss Kent.'

Nadat hij zelf ook een donatie had gedaan, liep Ari het gebouw uit, het felle licht in van de julimiddag. Aan een kant van het gebouw was een speelplaats, waar enkele jonge kinderen in een zandbak zaten te spelen met schepjes en emmertjes. Ari hoorde ze lachen, zag de goed onderhouden tuin en het onberispelijke schilderwerk van het oude gebouw.

Dit was Mohs nalatenschap, dacht hij. Hij ging op een bankje zitten in de zon om de necrologie te lezen. Anahita zou zo trots zijn geweest op haar zoon, die blijkbaar de aanleg voor geneeskunde van zijn moeder had geërfd en de filantropische aard van zijn vader.

Dr. Noah Adams mb, bch (Oxon), frcog, obe

24 februari 2001

De eminente verloskundige dr. Noah Adams is opgegroeid in het Randall Instituut voor Vondelingen in Walthamstow, Oost-Londen. Ondanks een moeilijke jeugd won dr. Adams een beurs om in Oxford medicijnen te studeren. Zijn tijd daar werd onderbroken door de Tweede Wereldoorlog. Hij sloot zich aan bij het medische corps, waarmee hij in Frankrijk en later in Oost-Afrika diende. Toen hij in Oxford terugkeerde om zijn studie af te maken, trouwde hij met Samantha Marshall, een Britse verpleegster die hij in Frankrijk had ontmoet. Dr. Adams verhuisde naar Londen en werkte in het St. Thomasziekenhuis, waar hij de benodigde examens haalde om te worden toegelaten tot het Royal College of Surgeons. Zijn specialisatie was verloskunde en de zorg voor zwangere vrouwen in het bijzonder. Hij was een pionier in het onderzoek naar de oorzaken van pre-eclampsie, een levensbedreigende aandoening die de dood van de moeder en haar ongeboren kind tot gevolg kan hebben. Dr. Adams schreef veel belangwekkende artikelen over dit onderwerp en over zwangerschap in het algemeen. Dr. Adams was curator en bestuurslid van het kindertehuis waar hij was opgegroeid en zette zich onvermoeibaar in voor weeskinderen. Hij ontving een lintje van de koningin voor zijn liefdadigheidswerk en onderzoek naar verloskunde. Dr. Adams laat zijn weduwe na, Samantha.

Ari merkte pas dat hij huilde toen hij zag dat vochtige vlekken de letters op de fotokopie deden uitlopen. Hij veegde zijn tranen weg en zat in de zon te kijken naar de jonge kinderen die vrolijk speelden.

Toen pakte hij de overlijdensakte van Moh Chavan uit de plastic map, verscheurde hem en liet de snippers op de grond vallen om hem heen.

'Ik heb hem gevonden, Anahita,' fluisterde hij en hij keek omhoog.

49

'Ik zei dat ik er even tussenuit ga, Victor,' zei Rebecca tegen haar manager. 'En ik blijf minstens een half jaar weg, misschien zelfs een jaar.' Of misschien wel altijd, dacht ze.

'Maar Becks! Je bent nu helemaal in. Ik snap dat je een vakantie nodig hebt, maar waarom kom je nu niet gewoon naar huis en plan je die vakantie over een jaar of zo?'

'Nee, ik vertrek morgen,' antwoordde Rebecca vastbesloten.

'Nou, persoonlijk denk ik dat je gek bent geworden. De media zullen ervan uitgaan dat het is omdat je hart gebroken is vanwege Jack en dat idee ook niet voor zich houden.'

'Laat ze. Weet je wat, Victor? Het kan me geen donder schelen.'

Het bleef even stil aan de andere kant van de lijn. 'Ik begrijp het gewoon niet, Becks. Al die jaren waarin we samen jouw carrière op poten hebben gezet en de goede films voor je hebben uitgezocht. We brengen je tot dit punt en dan zeg je toedeloe! Je bent toch niet zwanger?'

'Nee, Victor, ik ben niet zwanger,' zei Rebecca. Ze wilde dat het gesprek was afgelopen. 'Zoals ik al zei, ik moet er gewoon even tussenuit.'

'Oké, en waar ga je dan naartoe?'

'Dat ga ik je niet vertellen. Ik snap dat je het niet begrijpt, maar er is niets wat je kunt zeggen om me op andere gedachten te brengen. Dus ik stel voor dat we dit gesprek beëindigen. Als je wat er de komende maanden nog binnenkomt overmaakt op mijn rekening, dan ben ik heel dankbaar.'

'Ja, en dat is misschien wel het laatste wat je verdient als actrice als je zo doorgaat. Je weet net zo goed als ik dat het zo voorbij kan zijn, dat je niet meer gebeld wordt en oud nieuws bent.'

'Dag Victor, en echt, bedankt voor alles.'

Rebecca legde de telefoon neer en liet zich opgelucht op het bed vallen. Misschien wás ze wel gek, maar voor het eerst in haar leven ging het haar er niet meer om om anderen een plezier te doen. Ze moest haar tijd gebruiken om meer te leren over de wereld en wat haar plaats daarin was. Ze was geen artikel dat je kon verhandelen, maar een mens. En als haar carrière in de tijd waarin ze weg was ten einde kwam, dan was dat maar zo.

Zoals Marion Devereaux die dag tegen haar had gezegd, ging het erom dat je jezelf kende en levenservaring opdeed. Dat zou haar vaardigheden als actrice alleen maar ten goede komen. Dat zou moeilijk gaan in haar geprivilegieerde wereldje, als ze alleen maar fictieve vrouwen speelde voor wie het altijd goed afliep, en als ze alleen maar als prinses werd behandeld. Ze keek rond in haar hotelsuite in het Claridge's en lachte mistroostig. Ze wist dat ze waar ze morgen naartoe ging niets van deze luxe zou terugvinden.

Ze had al eerder een paar boodschappen voor Ari achtergelaten en hem gevraagd haar te bellen, maar tot dusver had hij dat niet gedaan. Dat deed haar meer pijn dan ze wilde toegeven, maar of hij nu wel of niet onderdeel van het plan was, ze ging ermee door. Ze wist dat mannen en hun behoeften tot nu toe een veel te grote rol in haar leven hadden gespeeld. Het werd tijd dat ze eens wat respect kreeg voor haar eigen mening en haar eigen intelligentie, in plaats van alleen haar schoonheid. Misschien kon ze dan eindelijk eens tot een eerlijke en gezonde relatie komen met iemand anders.

En dus, of Ari Malik nu wel of niet reageerde, morgenochtend zou ze in een vliegtuig naar India zitten.

Ari kwam terug in zijn hotel, at snel even iets in het restaurant en ging toen naar zijn kamer. Hij liet zich volledig aangekleed op het bed vallen, uitgeput van de spanning en de emotie van de afgelopen dagen. Hij werd de volgende ochtend om zes uur wakker en besefte dat hij onmiddellijk moest vertrekken als hij zijn vlucht nog wilde halen. Hij gooide alles in zijn tas en hield een taxi aan om hem naar het vliegveld te brengen. Hij keek naar zijn mobiel, zag dat die moest worden opgeladen en vervloekte zichzelf dat hij gisteravond in slaap was gevallen voor hij dat had kunnen doen. Hij had nog graag even met Rebecca gepraat en haar eraan herinnerd hoe graag hij haar zou willen terugzien, maar dat moest nu wachten tot hij thuis was.

Toen hij in de rij stond voor de businessclass, dacht Ari na over waar hij naar terugkeerde. Het zag er niet aantrekkelijk uit. Zijn grote, maar zielloze flat, gevolgd door een dag op kantoor om te worden bijgepraat, trokken hem allerminst aan. De afgelopen vierentwintig uur was hij er zelfs over gaan nadenken om zijn bedrijf te verkopen. Hij wilde iets doen wat zinvol was, zoals Anahita en dr. Adams hadden gedaan, en niet alleen werken om zichzelf financiele zekerheid te geven.

Misschien zou hij direct doorreizen naar zijn moeder, haar vertellen wat hij in Engeland had ontdekt en haar om advies vragen. En natuurlijk zou hij Donalds dagboek aan Muna, zijn grootmoeder, geven. Hij had Mrs. Trevathan gevraagd of hij het een tijdje mocht lenen en zij had het goed gevonden.

'His Lordship zal het de komende weken toch niet missen,' had ze bedroefd geantwoord.

Toen hij zijn instapkaart had gekregen, keek hij naar de rij bij de economyclass, en bedacht dat zijn harde werken hem tenminste wat luxe had opgeleverd. Hij zag een meisje in de rij staan met een rugzak. Ze droeg een T-shirt, een afgeknipte spijkerbroek en slippers. Haar donkere haar droeg ze in een korte paardenstaart onder een baseballpet en ze droeg geen make-up. Ze zag er vaag bekend uit, maar hij kon haar niet plaatsen.

Hij wilde net doorlopen, toen het vage zingen dat hij voor het laatst in Astbury had gehoord in zijn oren klonk. Hij keek nog eens beter en nam het meisje dat langzaam opschoof in de rij voor de incheckbalie eens goed in zich op.

Hij liep naar haar toe en er verscheen een brede lach op zijn gezicht. Nu zag hij het. Hij reikte over de afscheiding die de business- van de economyclass scheidde en tikte haar op haar schouder.

Ze draaide zich verrast om.

'Hallo, wat doe jij hier nou?' vroeg hij. 'Ik herkende je bijna niet met je donkere haar en je pet.' Hij lachte. 'Zo lijk je helemaal niet op Violet.'

'Nee.' Ze haalde haar schouders op. 'Ik heb ingezien dat het allemaal maar schijn was.' Ze keek hem ernstig aan. 'Heb je mijn berichten niet gehad?'

'Nee, de batterij van mijn telefoon was leeg. Maar... wat doe je hier?' vroeg hij haar.

'Zoals je kunt zien, ga ik naar India.' Ze grijnsde naar hem en ze giechelden allebei.

'Economyclass?'

'Ja,' zei ze ferm. 'Ik wil het goed doen.'

'Ik snap het,' zei hij en hij knikte. 'Maar denk je dat ik je, voor deze ene keer, kan overhalen om mij gezelschap te houden in de businessclass? Weet je nog, ik ben een native, en het zou jammer zijn als ik je de komende negen uur niet zou kunnen helpen om erachter te komen waar je naartoe moet gaan om jezelf te ontdekken, vind je niet?'

Ze dacht even na en zei toen: 'Je hebt gelijk.'

'En misschien mag ik je af en toe op je zoektocht begeleiden? Mijn rol als spirituele gids en beschermer verder spelen? India kan best gevaarlijk zijn voor een alleenstaande jonge vrouw, weet je.'

'Echt? Net zo gevaarlijk als Astbury?' Ze lachte naar hem.

'Dat betwijfel ik. Nou, Rebecca, kom je?' Hij stak zijn hand uit over de afscheiding en zij pakte hem. Zo stonden ze even, lachend naar elkaar.

'Ja,' zei ze toen.

'Kom, geef die aan mij,' zei Ari toen hij haar hand losliet. Hij haalde de rugzak voorzichtig van haar schouders en tilde hem over de afscheiding. 'En nu jij,' zei hij.

Hij wachtte tot ze onder de afscheiding die tussen hen in stond door dook.

'Hallo.'

'Hallo.'

En toen nam hij haar in zijn armen.

EPILOOG

INDIA, 1957

ANAHITA

Mijn verhaal komt ten einde, mijn kind. Het enige wat ik je nog moet vertellen is wat er gebeurd is sinds mijn terugkeer naar India. De maharani onthaalde mij weer in haar huis alsof ik nooit weg was geweest. De laatste robijn vond ik terug in zijn schuilplaats onder het paviljoen en ik wist dat onder zijn doffe, met modder overdekte buitenkant de sleutel lag verborgen tot mijn toekomstige vrijheid en onafhankelijkheid.

Indira wilde heel graag dat ik met haar mee zou gaan naar haar paleis en mijn oude rol als gezelschapsdame weer op me zou nemen en met haar heen en weer zou reizen naar Europa, maar ik sloeg haar aanbod af.

Want weet je, Moh, ik had nog een laatste geschenk gekregen van je vader voor hij stierf. Alleen de hemelen kunnen verklaren hoe het kleine sprankje van leven dat hij in die laatste nacht in mij plantte de stormen van mijn gevangenneming, mijn rouw en daaropvolgende ziekte overleefde, maar het leefde. Toen ik in Cooch Behar aankwam, werd het bevestigd door mijn oude vriendin Zeena, de wijze vrouw, dat ik vier maanden zwanger was.

Deze keer was er geen schrik, alleen vrede. Ook al was mijn hart gebroken door het verlies van jou, of het nu alleen door fysieke afwezigheid was of door de dood, ik voelde dat er in ieder geval nieuw leven bloeide op de as van deze tragedie.

Indira ging kort na onze aankomst terug naar haar eigen paleis, haar man en haar kind, maar ik bleef in Cooch Behar. Er kwam een vreemde, slaperige rust over mij toen ik dikker werd, als een fokmerrie in een veld vol vers gemaaid hooi.

Je zuster Muna werd geboren op 5 juni 1923. Zeena was erbij. En mijn nieuwe baby bleek net zo ontspannen en vredig als haar komst in de wereld was geweest. Ik vroeg me soms af, als ik haar midden in de nacht in mijn armen hield en voedde en op haar neerkeek, of zij mijn gave had geërfd. Het bleek toen ze groter werd dat dat niet zo was. Ik weet echter dat een van haar kinderen of kleinkinderen hem wel zal erven. En dat ik dat, als het zover is, onmiddellijk zie.

Toen Muna vijf jaar oud was, vond ik dat ik eindelijk eens moest beginnen mijn eigen leven vorm te geven, mijn dromen te volgen en dat ik het beschermende schild van het paleis moest verlaten.

Het was grotendeels te danken aan mijn oude hoofdverpleegster in het Royal Hospital die mijn gegevens doorstuurde vanaf de periode van de Eerste Wereldoorlog en er een daverende referentie bij gaf, dat ik een baan kreeg aangeboden in het plaatselijke ziekenhuis en ik eindelijk aan de officiële opleiding kon beginnen om verpleegster te worden. Natuurlijk was het altijd mijn droom geweest om dokter te worden, maar in 1928 was dit in India zeer ongebruikelijk voor een vrouw.

Ik maakte er het beste van en toen India begon te veranderen, veranderden mijn kansen ook. Ik steunde Gandhi, met name op het gebied van vrouwenrechten. Mijn lieve zoon, het zou weleens kunnen kloppen dat ik een hele reputatie kreeg.

Terwijl ik dit schrijf, zijn we al tien jaar onafhankelijk van de Britten. Het land is nog steeds op zoek naar zijn ware identiteit. Het kan nog niet echt geloven dat het in staat is zijn eigen beslissingen te nemen, nadat die zo lang aan ons zijn opgedrongen. Ik geloof wel dat we er komen. Ik ben op dit moment, met steun van Indira en haar moeder, bezig het eerste vrouwenziekenhuis in India op te richten. Met de hulp van koninklijke connecties raadplegen we enkele goed bekendstaande verloskundigen over de hele wereld.

Een in het bijzonder, een arts uit Engeland, is zeer behulpzaam geweest. Dr. Noah Adams werkt in het St. Thomasziekenhuis op de vrouwenafdeling en heeft daarom veel praktische hulp kunnen bieden in mijn poging de patiëntenzorg goed op poten te zetten. Ik hoop dat hij ooit, als ons ziekenhuis is voltooid, tijd heeft om mij hier te bezoeken.

Mijn liefste Moh, ik ben aan het eind van mijn verhaal. Als je in leven bent, iets waar ik altijd in heb geloofd, dan wens ik je geluk, vrede en voldoening toe. En ik kan alleen maar bidden dat we elkaar, zo niet bij leven, weer ontmoeten na onze dood.

Mijn kind, weet dat er altijd oprecht van je is gehouden.

Je toegewijde moeder,

Anahita x

DANKBETUIGING

Ik wil mijn uitgevers over de hele wereld bedanken, met name Peter Borland bij Atria Books, die mij het vertrouwen in mijzelf gaf om zo'n grote uitdaging aan te gaan als *De nachtroos*. Ik hoop dat het me gelukt is. Een speciaal dankwoord aan Catherine Richards bij Pan MacMillan, die het manuscript zo geduldig doornam, Jeremy Trevathan, Almuth Andreae en Georg Reuchlein, Judith Curr, Jorid Mathiassen en Knut Gorvell, Fernando en Milla Baracchini, Annalisa Lottini en Donatella Minuto. Zonder hun vriendschap, aanmoediging en steun zouden mijn boeken hun lezers nooit bereiken.

Er zijn veel mensen die mij geholpen hebben met mijn research, onder wie Raj Chahal, dr. Preema Vig, Rachel Jaspar in Coram, Line Prasad, Pallavi Narayan, Mark van All Experts, Radhika Artlotto, Greg en zijn team in het Dhara Dhevi Hotel, Chiang Mai, omdat ze mij niet alleen de rust boden die ik nodig had om Anahita's verhaal te schrijven, maar mij ook een korte cursus ayurvedische geneeskunde gaven.

Mijn geweldige assistente, Olivia Riley (wie zegt dat familie niet kan samenwerken?), mijn fantastische vrienden en trouwe fans: Jacquelyn Heslop, Susan Boyd en Rita Kalagate, mijn moeder Janet en mijn zuster Georgia. En natuurlijk mijn man Stephen en mijn kinderen Harry, Isabella, Leonora en Kit. Zij maken hard werken de moeite waard.

En ten slotte bedank ik alle nieuwe vrienden en lezers die ik ontmoet heb toen ik de wereld rondreisde, wier enthousiasme en steun mij inspireren om door te gaan met schrijven.

BIBLIOGRAFIE

De nachtroos is een fictief verhaal dat tegen een historische achtergrond is geplaatst. De bronnen die ik heb gebruikt om onderzoek te doen naar de periode waarin het boek speelt en de details van mijn personages staan hieronder vermeld:

Lionel D. Barnett, *Hindu Gods and Heroes: Studies in de History of the Religion of India* (Crest Publishing, 1995).

Deepak Chopra, *The Complete Book of Ayurvedic Home Remedies* (Piatkus Books, 1999).

Gayatri Devi, *A Princess Remembers: The Memoirs of the Maharani of Jaipur* (Rupa Publications, 1995).

E.M. Forster, *A Passage to India* (Penguin Publishing, 1995).

Rudyard Kipling, *Rewards and Fairies* (Folio Society, 1999).

Lucy Moore, *Maharanis: The Lives and Times of Three Generations of Indian Princesses* (Penguin, 2004).

Ruth Prawer Jhabvala, *Heat and Dust* (Abacus, 2011).

Trevor Royle, *Last Days of the Raj* (Michael Joseph Ltd., 1989).

Paul Scott, *The Raj Quartet* (Arrow; New Edn., 1996).

Amy Stewart, *Wicked Plants* (Algonquin Books, 2010).

LEES OOK *DE ZEVEN ZUSSEN* VAN LUCINDA RILEY

Na de plotselinge dood van hun vader komen Maia en haar zussen bij elkaar in hun ouderlijk huis aan het Meer van Genève. De zussen werden als baby door Pa Salt geadopteerd en krijgen na zijn dood allemaal een brief met een mysterieuze verwijzing naar hun afkomst...

De zeven zussen is het eerste deel uit de zevendelige serie over liefde, verlies en de zoektocht naar wie je werkelijk bent.

Lees hier alvast het eerste hoofdstuk en maak kennis met Maia

1

Ik zal zolang ik leef precies weten waar ik was en wat ik deed toen ik hoorde dat mijn vader was overleden.

Ik zat in de mooie tuin van het Londense herenhuis van mijn oude schoolvriendin Jenny en koesterde me in de junizon, terwijl Jenny haar zoontje van de crèche haalde. Mijn boek, *The Penelopiad*, lag opengeslagen maar ongelezen op mijn schoot.

Ik voelde me rustig en bedacht dat het een goed idee was geweest om er even tussenuit te gaan. Ik bestudeerde net de knoppen van de clematis, die, aangemoedigd door een warme vroedvrouw, op het punt stonden van een weelderig kleurenboeket te bevallen, toen mijn telefoon ging. Ik keek op het schermpje. Het was Marina.

'Hoi Ma, hoe gaat het?' vroeg ik, en ik hoopte dat de zomerwarmte doorklonk in mijn stem.

'Maia, ik...'

Marina zweeg, en ik wist dat er iets goed mis was. 'Wat is er?'

'Maia, het valt me zwaar om je dit te vertellen, maar je vader heeft gistermiddag hier thuis een hartaanval gehad, en hij is vanochtend vroeg... gestorven.'

Ik kon niets zeggen, er raasden duizenden idiote gedachten door mijn hoofd. De eerste was dat Marina om wat voor reden dan ook had besloten een misselijke grap met me uit te halen.

'Ik vertel het jou als eerste van de zussen, Maia, omdat je de oudste bent. En ik wilde je vragen of je het zelf aan ze wilt vertellen of dat liever aan mij overlaat.'

'Ik...'

Ik kon geen verstandig woord uitbrengen, ook niet toen ik me realiseerde dat Marina, die lieve, geliefde Marina, de vrouw die als een moeder voor me was, me nooit zoiets zou vertellen als het niet waar was. Dus moest het wel waar zijn. En op dat moment stond mijn wereld stil.

'Maia, zeg alsjeblieft of het wel goed met je gaat. Ik heb nog nooit zo'n akelig telefoongesprek moeten voeren, maar wat moest ik anders? God weet hoe de andere meisjes hierop zullen reageren.'

Pas op dat moment hoorde ik het verdriet in háár stem en begreep ik dat ze niet alleen belde om me dit te vertellen, maar dat ze er ook behoefte aan had hierover met mij te praten. Dus stapte ik in mijn vertrouwde comfortzone, dat wil zeggen: anderen troosten.

'Natuurlijk bel ik de zusjes als je dat liever wilt, Ma, hoewel ik niet precies weet waar ze op dit moment allemaal zitten. Was Ally niet ergens aan het trainen voor een regatta?'

En zo praatten we nog een tijdje door over waar elk van mijn jongere zussen kon uithangen, alsof we niet samen treurden over het verlies van mijn vader maar ze voor een verjaardagsfeestje

wilden uitnodigen. Dat gaf het gesprek een surrealistisch tintje.

'Wanneer zullen we de begrafenis plannen? Nu Electra in Los Angeles zit en Ally ergens midden op zee zit, zal dat op zijn vroegst volgende week kunnen, denk je niet?' vroeg ik.

'Nou...' Ik hoorde de aarzeling in Marina's stem. 'Misschien kunnen we dat het beste bespreken als je hierheen komt. Je hoeft je echt niet te haasten, Maia, dus als je liever je laatste vakantiedagen in Londen doorbrengt is dat prima. We kunnen hier toch niets meer voor hem doen...' Haar stem stierf weg, ze werd overmand door verdriet.

'Ma, natúúrlijk neem ik de eerste de beste vlucht naar Genève. Ik bel direct de luchtvaartmaatschappij en ga proberen iedereen te bereiken.'

'Het spijt me zo verschrikkelijk, chérie,' zei Marina verdrietig. 'Ik weet dat je erg dol op hem was.'

'Ja,' zei ik, en ik besefte dat de merkwaardige kalmte tijdens ons gesprek over wat er allemaal geregeld moest worden, me plotseling in de steek liet, als de stilte vlak voor een hevige onweersbui. 'Ik bel je zodra ik weet hoe laat ik aankom.'

'Pas alsjeblieft goed op jezelf, Maia. Je hebt net een schokkend bericht gekregen.'

Ik hing op en voordat de onweerswolken in mijn hart zich zouden ontladen en me konden overspoelen ging ik naar boven om mijn reispapieren te pakken en de luchtvaartmaatschappij te bellen. Ik werd in de rij wachtenden gezet en wierp ondertussen een blik op het bed waaruit ik die ochtend was opgestaan met de gedachte: weer een heerlijke dag. Ik dankte God voor het feit dat de mens niet in de toekomst kan kijken.

De bureaucratische mevrouw die ik eindelijk aan de lijn kreeg was niet bepaald behulpzaam. Toen ze begon over volgeboekte vluchten, extra kosten en creditcardgegevens voelde ik dat mijn emotionele dam op doorbreken stond. Toen ze me eindelijk met tegenzin een plaats op de vlucht van vier uur had toegewezen – wat betekende dat ik direct al mijn spullen in mijn weekendtas zou moeten gooien en een taxi naar Heathrow moest nemen – ging ik op het bed zitten en bleef ik zó lang naar het behang staren dat het bloemetjespatroon in beweging kwam.

'Hij is weg,' fluisterde ik. 'Voorgoed. Ik zie hem nooit meer.'

Ik had verwacht dat die woorden een stortvloed aan tranen teweeg zouden brengen, maar tot mijn verbazing gebeurde er niets. Ik zat daar maar, verdoofd, met mijn hoofd vol praktische zaken. Ik vond het vreselijk om alle vijf mijn zusters te moeten bellen en speurde mijn emotionele archief af om te bepalen wie ik het als eerste zou vertellen. Dat was onvermijdelijk Tiggy, de op een na jongste van ons zessen en het zusje met wie ik me altijd het meest verbonden had gevoeld.

Met trillende handen scrolde ik naar haar nummer. Toen ik haar voicemail kreeg kon ik alleen een paar warrige woorden uitbrengen, en de boodschap dat ze moest terugbellen. Tiggy werkte ergens in de Schotse Hooglanden in een centrum voor verweesde en zieke wilde herten.

En wat de andere zussen betrof, hun reacties zouden variëren van onverschilligheid tot emotionele uitbarsting.

Omdat ik geen idee had hoe ik er zelf emotioneel aan toe zou zijn als ik ze aan de lijn kreeg, koos ik de weg van de minste weerstand en stuurde ze een sms'je met het verzoek zo snel mogelijk contact op te nemen. Daarna propte ik snel mijn spullen in mijn weekendtas en haastte ik me de smalle trap naar de keuken af om een briefje met uitleg voor Jenny achter te laten.

Ik gokte erop dat ik in een stad als Londen een taxi zou kunnen aanhouden, en vertrok. Met stevige pas liep ik de lommerrijke halfronde laan in Chelsea door, zoals elk normaal mens dat op een doodgewone dag doet. Ik geloof dat ik zelfs nog hallo zei tegen een voorbijganger die zijn hond uitliet, en naar hem glimlachte.

Niemand zal aan mij kunnen zien wat me is overkomen, dacht ik toen ik in de taxi stapte die ik op de drukke King's Road had kunnen bemachtigen en de chauffeur opdracht gaf naar Heathrow te rijden.

Niemand zal het zien.

Vijf uur later, toen de zon kalmpjes over het Meer van Genève neerdaalde, kwam ik aan bij onze privéaanlegsteiger, waarvandaan ik de laatste etappe van mijn reis naar huis zou afleggen.

Christian zat al in de slanke motorsloep op me te wachten. Aan zijn gezicht te zien had hij het nieuws al gehoord.

'Hoe gaat het met u, Mademoiselle Maia?' vroeg hij, toen hij me aan boord hielp. Zijn blauwe ogen straalden medeleven uit.

'Ik… ik ben blij dat ik hier ben,' was mijn neutrale reactie, terwijl ik doorliep naar de met roomkleurig leer beklede bank langs de achtersteven. Ik zat altijd voorin naast Christian als we tijdens het twintig minuten durende tochtje naar huis over het rustige water van het Meer van Genève raceten. Maar dit keer had ik behoefte aan privacy. Terwijl Christian de krachtige motor startte keek ik om me heen en zag het zonlicht schitteren in de ramen van de fantastische huizen langs het meer. Ik stelde me tijdens die vaartochtjes vaak voor dat ze toegang boden tot een onaardse wereld, ver van de alledaagse werkelijkheid.

De wereld van Pa Salt.

Ik voelde de eerste tranen in mijn ogen prikken toen ik aan mijn vaders bijnaam dacht, die ik als klein kind had verzonnen. Pa Salt was dol op zeilen, en als hij thuiskwam, naar ons huis aan de oever, rook hij vaak naar zee en buitenlucht. De bijnaam was blijven hangen, en toen mijn jongere zussen bij ons waren komen wonen gingen ze hem ook zo noemen.

Toen de boot snelheid maakte en ik de zwoele wind langs mijn haar voelde strijken, dacht ik aan de honderden tochtjes naar Atlantis, Pa's sprookjeskasteel.

Atlantis was over land niet te bereiken, want het stond op een uitstekend stuk privégrond, en achter ons huis lag een steil, bergachtig terrein, zodat je er alleen per boot naartoe kon. De dichtstbijzijnde buren woonden kilometers verder weg, aan het meer, zodat Atlantis ons privékoninkrijkje vormde, afgezonderd van de rest van de wereld. Alles aan Atlantis was magisch, alsof Pa Salt en wij, zijn dochters, daar onder een betovering leefden.

Pa Salt had ieder van ons als baby uitgekozen, hij had ons uit alle vier de windstreken gehaald en mee naar huis genomen om daar onder zijn bescherming te wonen. En ieder van ons was bijzonder, zoals Pa graag zei, ieder van ons was ánders, we waren zíjn meisjes. Hij noemde ons naar de Zeven Zusters, zijn favoriete sterrengroep, waarvan Maia de eerste en oudste is.

Toen ik klein was nam hij me vaak mee naar het observatorium met de glazen koepel, boven op het huis. Dan tilde hij me met zijn grote, sterke handen op en mocht ik door zijn telescoop

naar de sterrenhemel kijken.

'Daar heb je 'm,' zei hij dan, als hij de lens had scherpgesteld. 'Kijk, Maia, naar die prachtige, fonkelende ster ben jij genoemd.'

En ik zág de ster. Ik luisterde nauwelijks als hij vertelde over de mythe rond onze namen maar genoot van zijn stevige armen om me heen en was me intens bewust van dat zeldzame, bijzondere moment waarop ik Pa helemaal voor mezelf had.

Ik had Marina toen ik opgroeide altijd als mijn echte moeder beschouwd en haar naam zelfs tot Ma afgekort. Pas op latere leeftijd realiseerde ik me dat ze eigenlijk een veredeld kindermeisje was, door Pa in dienst genomen om voor me te zorgen omdat hij zo vaak van huis was. Maar natuurlijk was Marina voor ons allemaal veel meer dan een kindermeisje. Zij was degene die onze tranen afveegde, die ons een standje gaf vanwege onze tafelmanieren en ons kalmpjes door de lastige overgang van kind naar vrouw had geloodst.

Ma was er altijd, en ik had niet meer van haar kunnen houden als ze me zelf ter wereld had gebracht.

Tijdens de eerste drie jaar van mijn bestaan woonden Marina en ik met ons tweeën op ons sprookjeskasteel aan het Meer van Genève, terwijl Pa Salt de zeven zeeën bevoer om zaken te doen. Na die drie jaar kwamen mijn zusters een voor een bij ons wonen.

Als Pa thuiskwam nam hij altijd een cadeautje voor me mee. Zodra ik de boot hoorde rende ik langs de uitgestrekte gazons en boompartijen van het park naar de aanlegsteiger om hem te begroeten. Net als ieder kind wilde ik weten wat voor verrassing hij in zijn magische zakken had verstopt. Op een dag gaf hij me een fijn bewerkt houten beeldje van een rendier. Hij verzekerde me dat het in het atelier van de Kerstman zelf, op de Noordpool, was gemaakt. Maar achter hem dook een vrouw in uniform op, met een in een sjaal gewikkeld bundeltje in haar armen. En het bundeltje bewoog.

'Maia, dit keer heb ik een heel bijzonder cadeau voor je meegebracht. Je hebt een zusje.' Hij glimlachte toen hij me optilde. 'Nu ben je niet langer alleen als ik weg moet.'

Vanaf dat moment veranderde mijn leven. Na een paar weken verdween de kraamvrouw die Pa had meegenomen en nam Marina de zorg voor mijn kleine zusje op zich. Ik begreep maar niet hoe dat rode, krijsende ding, dat vaak stonk en alle aandacht voor zich opeiste, een cadeau kon zijn. Tot Alcyone – ze was genoemd naar de tweede ster van de Zeven Zusters – op zekere ochtend tijdens het ontbijt vanaf haar kinderstoel naar me glimlachte.

'Ze weet wie ik ben!' zei ik verrast tegen Marina, die haar aan het voeren was.

'Natuurlijk weet ze wie je bent, Maia, liefje. Jij bent haar grote zus, de zus tegen wie ze zal opkijken. Jíj bent degene die haar straks een hoop dingen moet leren die zij nog niet weet maar jij wel.'

En toen Ally – want zo was ik haar gaan noemen – opgroeide werd ze mijn schaduw, volgde ze me overal, wat me evenveel irriteerde als het me plezier deed. Ze waggelde steevast achter me aan en eiste dan luidkeels: 'Maia, wacht op mij.'

Ally mocht in het begin dan wel een ongewenste toevoeging aan mijn droombestaan op Atlantis zijn, ik had me geen liever en schattiger zusje kunnen wensen. Ze huilde maar zelden en vertoonde niet de driftbuien die je zo vaak bij peuters ziet. Met haar waterval aan roodgouden krullen en grote blauwe ogen bezat ze een natuurlijke charme, waarmee ze iedereen, ook haar vader, inpalmde. Als Pa Salt van een lange reis thuiskwam lichtten zijn ogen op als hij haar zag, en ik wist zeker dat ze dat bij mij niet deden. En terwijl ik verlegen was en me gereserveerd opstelde tegenover vreemden, was Ally open en vol vertrouwen, zodat ze iedereen voor zich innam.

Ally was ook zo'n kind dat in alles uitblonk, vooral in muziek, maar ook in elke sport die met water te maken had. Ik weet nog dat Pa haar in ons uitgestrekte zwembad leerde zwemmen. Terwijl ik de grootste moeite had om te blijven drijven en het vreselijk vond om onder water te zijn, gleed mijn zusje als een zeemeermin door het water. En terwijl ik zelfs op de grote Titan, Pa's prachtige, oceaanwaardige jacht, nog geen zeebenen ontwikkelde, smeekte Ally hem om haar mee te nemen in de Laser, die permanent aan onze steiger lag aangemeerd. En terwijl ik tegen de krappe achtersteven weggedoken zat, hadden Pa en Ally de boot volledig onder controle als we over het glasheldere water raceten. Hun gemeenschappelijke passie voor zeilen schiep een sterke band die ik voor mijn gevoel nooit met hem zou kunnen hebben.

Hoewel Ally aan het Conservatoire de Musique de Genève had gestudeerd en een sterk getalenteerd fluitiste was, die een carrière bij een beroepsorkest had kunnen opbouwen, had ze gekozen voor een fulltimebestaan als zeiler. Ze deed regelmatig mee aan regatta's en had Zwitserland bij een aantal wedstrijden vertegenwoordigd.

Toen Ally bijna drie was, kwam Pa thuis met het volgende zusje, dat hij Asterope doopte, naar de derde van de Zeven Zusters. 'Maar we noemen haar Star,' had Pa, glimlachend naar Marina, Ally en mij, gezegd, toen we de nieuwste aanwinst van de familie in haar mandwiegje bestudeerden.

Ik kreeg inmiddels elke ochtend les van een privéleraar, en daardoor was de komst van mijn nieuwe zusje minder ingrijpend dan die van Ally. En al een half jaar later kwam er nog een baby bij, een meisje van twaalf weken oud, genaamd Celaeno, wat door Ally onmiddellijk tot CeCe werd afgekort.

Star en CeCe scheelden maar drie maanden, en ik weet niet beter of die twee smeedden van meet af aan een hechte band. Ze waren praktisch een tweeling, brabbelden met elkaar in hun eigen babytaaltje, waarin ze zelfs nu nog af en toe met elkaar communiceren. Ze leefden in hun eigen wereldje en sloten ons, de andere zussen, uit. En zelfs nu ze twintigers waren was daar niets aan veranderd. CeCe, de jongste van de twee, was de baas. Met haar stevige lijf en notenbruine huid vormde ze een groot contrast met de bleke, graatmagere Star.

Het jaar daarop arriveerde er weer een baby, Taygete. Ik doopte haar direct om tot Tiggy, omdat haar korte, donkere sprieten haar naar alle kanten uit haar minuscule hoofdje staken, waardoor ze me deed denken aan de egel in het beroemde verhaal van Beatrix Potter.

Ik was inmiddels zeven jaar, en vanaf het moment dat ik Tiggy zag voelde ik een band met haar. Ze was het teerst gebouwd van ons allemaal en kreeg de ene kinderziekte na de andere, maar ze was als klein kind al stoïcijns en makkelijk. Nadat Pa een paar maanden later alweer met een baby'tje was thuisgekomen – dat Electra werd genoemd – vroeg de uitgeputte Marina me nogal eens om op Tiggy te passen, die vaak koorts of aanvallen van benauwdheid had. Toen uiteindelijk bleek dat Tiggy astma had, werd ze maar zelden in haar kinderwagen naar buiten gereden, uit angst dat de koude lucht en zware mist slecht zouden zijn voor haar borst.

Electra was mijn jongste zus, en die naam paste perfect bij haar. Ik was inmiddels gewend aan baby's en hun claimgedrag, maar mijn jongste zusje spande op dat gebied de kroon. Ze was een en al elektriciteit. Dankzij haar aangeboren talent om van het ene op het andere moment van donker naar licht en vice versa te schakelen, werd ons voorheen zo rustige huishouden dagelijks opgeschrikt door schril gekrijs. Als ik terugdenk aan mijn jeugd hoor ik weer haar driftbuien; en haar temperamentvolle karakter werd er in de loop van de jaren niet milder op.

Als we het over Electra hadden gebruikten Ally, Tiggy en ik onder elkaar ons zelfverzonnen bijnaampje: 'Tricky'. We liepen op eieren als we in haar buurt waren, doodsbenauwd dat we iets deden wat een razendsnelle stemmingswisseling zou veroorzaken. Er zijn eerlijk gezegd momenten geweest waarop ik haar haatte omdat ze ons leven op Atlantis ontwrichtte.

Maar zodra Electra wist dat een van ons in de problemen zat, was zij de eerste die hulp en steun bood. Haar empathie was even groot als haar ego.

Na Electra wachtte het hele huishouden op de komst van de Zevende Zuster. We waren tenslotte genoemd naar Pa Salts favoriete sterrengroep, dus zonder nummer zeven waren we niet compleet. We waren heel benieuwd naar haar en wisten zelfs hoe ze heette, Merope. Maar er ging een jaar voorbij, en nog een jaar, en nog een, en nog altijd had Pa geen baby mee naar huis genomen.

Ik herinner me nog levendig dat ik een keer samen met Pa in zijn observatorium stond. Ik was veertien en stond op het punt vrouw te worden. We wachtten op een zonsverduistering en hij had me verteld dat een eclips een keerpunt voor de mensheid betekende en meestal een verandering met zich meebracht.

'Pa,' vroeg ik, 'neem je ooit nog eens ons zevende zusje mee naar huis?'

Zijn stevige, beschermende lijf leek een paar seconden te verstarren. Hij zag er plotseling uit alsof hij de last van de wereld op zijn schouders torste. Hij draaide zich niet om, omdat hij zich moest concentreren op het richten van de telescoop, maar ik voelde dat mijn vraag hem van zijn stuk had gebracht.

'Nee, Maia, dat zal niet gebeuren. Omdat ik haar nooit heb gevonden.'

Toen de vertrouwde, dikke sparrenhaag in zicht kwam die ons huis aan het water tegen nieuwsgierige blikken beschermde, zag ik Marina op de steiger staan en begon de verschrikkelijke waarheid dat ik Pa kwijt was eindelijk tot me door te dringen.

En ik realiseerde me dat de man die het koninkrijk had gesticht waarin wij zijn prinsessen waren, er niet langer was om de betovering vast te houden.

LEES OOK *DE ZEVEN ZUSSEN – STORM*, ALLY'S VERHAAL

Na een traumatische ervaring op zee besluit Ally haar zeilcarrière de rug toe te keren en haar vaders aanwijzing te volgen. Het brengt haar naar Noorwegen, naar een verleden waarin muziek de hoofdrol speelt. Hoe meer Ally te weten komt, hoe meer vragen er ontstaan. Wat probeert haar vader haar duidelijk te maken?

'Een zoektocht naar liefde en identiteit vol exotische locaties, glamour en mystiek. Heerlijk!' – ***Margriet***

ONTDEK HOE HET VERDERGAAT MET STAR IN *DE ZEVEN ZUSSEN – SCHADUW*

Star D'Apliëse staat op een keerpunt in haar leven. Na de dood van haar vader heeft ze de opdracht gekregen op zoek te gaan naar haar afkomst. Een zoektocht die ze alleen moet aangaan, zonder haar zusje CeCe, met wie ze alles deelt. Als ze met lichte tegenzin toch naar Londen vertrekt, gaat er een wereld voor haar open. Zal Star in Londen eindelijk uit de schaduw van haar zusje kunnen stappen?

'Leest als een trein.' – ***Libelle***

MAAK KENNIS MET CECE IN
DE ZEVEN ZUSSEN – PAREL

CeCe heeft altijd het gevoel gehad dat ze nergens echt bij hoorde. Na de dood van haar vader verlaat ze Londen in een poging haar verleden te ontrafelen. De enige aanwijzing die ze heeft is een zwart-witfoto en de naam van een vrouw die honderd jaar eerder in Australië leefde. Zal CeCe in de wildernis eindelijk haar geluk vinden?

De zeven zussen, Storm, Schaduw* en *Parel
zijn nu overal verkrijgbaar

REIS MET TIGGY NAAR SCHOTLAND EN SPANJE IN *De zeven zussen – Maan*

Na de dood van haar vader vertrekt Tiggy naar de afgelegen bossen van Schotland om daar te doen wat ze het liefste doet: werken met dieren. Ze komt terecht op het landgoed van de intrigerende maar moeilijk te doorgronden Charlie Kinnaird. Op het landgoed leert Tiggy de oude Chilly kennen, die haar op het pad van haar verleden brengt. Dat pad voert haar naar het Spaanse Granada en de zigeunergemeenschap van Sacromonte. Wanneer het lot een onverwachte wending neemt, zal ze moeten beslissen of ze in Granada blijft, of teruggaat naar Kinnaird...

***De zeven zussen* – *Maan* verschijnt in januari 2019**